U0438800

陈忠实
文集
增订本

第
10
卷

2010—2015

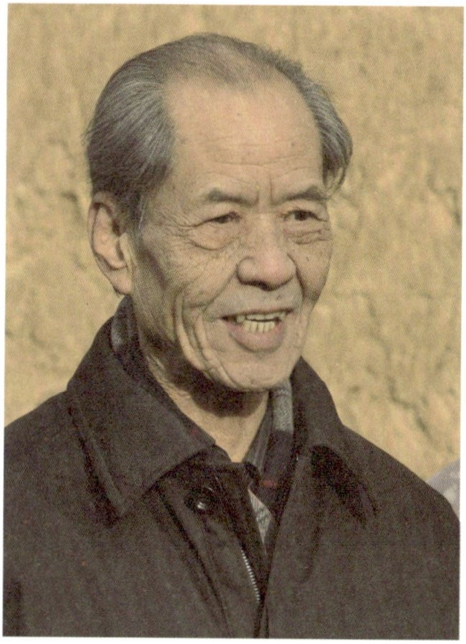

目　录

散文·随笔

我读《创业史》…………………………………………（3）
仅说一种本能的情感驱使…………………………………（6）
热情率性与悄没声息
　　——王愚印象……………………………………（10）
我经历的狼……………………………………………（16）
大智慧者的人生选择
　　——忽培元印象…………………………………（25）
十九届世界杯足球赛点评…………………………………（27）
毛乌素沙漠的月亮…………………………………………（45）
我经历的鬼……………………………………………（49）
感动一种决绝…………………………………………（58）
两株玉兰树……………………………………………（62）
原上原下樱桃红………………………………………（67）
敲响城门的远方乡党…………………………………（73）
猜想一根神经…………………………………………（79）
饭事记趣………………………………………………（86）
我们村的关老爷………………………………………（101）

一个人的邮政代办点 …………………………………… (104)

依然品尝你的咖啡 …………………………………… (110)

缺失斋号 ……………………………………………… (115)

白墙无字 ……………………………………………… (118)

难忘的一声喝彩
　　——我与上海文艺出版社 ………………………… (121)

有关《白鹿原》手稿的话 ……………………………… (126)

年年柳色 ……………………………………………… (133)

删繁就简 ……………………………………………… (138)

我看老腔 ……………………………………………… (141)

沉默的翻译家孔保尔 ………………………………… (149)

难忘一种鸟叫声 ……………………………………… (154)

接通地脉,只因乡村情感 ……………………………… (157)

愿白鹿长驻此原 ……………………………………… (161)

感受历史的生动和鲜活 ……………………………… (165)

儿时的原 ……………………………………………… (168)

回家　回家 …………………………………………… (182)

闲心一例 ……………………………………………… (186)

文盲体验 ……………………………………………… (189)

神秘神圣的文学圣地 ………………………………… (192)

不能忘却的追忆 ……………………………………… (198)

言　论

我们没有史诗,是思想缺乏力度 ……………………… (219)

珠联璧合说吴、罗 ……………………………………… (221)

难得一种渴望性阅读 ………………………………… (223)

感知躬行者的履迹声响 ……………………………… (230)

话说陕西人 …………………………………………（243）

简说柏峰散文 ………………………………………（245）

想起了杰克·伦敦 ……………………………………（247）

说给云儒三句话 ……………………………………（250）

老到少年陈奕博 ……………………………………（253）

独得一笔活字 ………………………………………（254）

探索与创造者的礼赞 ………………………………（256）

回首山路，槲叶依然灿烂 …………………………（265）

思考和思想，是精神活力与精神脊梁 ……………（277）

一方独特的艺术风景 ………………………………（285）

说者与被说者，相通着的境界和操守 ……………（291）

一次探秘性阅读 ……………………………………（302）

难得敏捷与坦诚 ……………………………………（307）

马蹄溅落的诗行 ……………………………………（311）

期待交流 ……………………………………………（315）

略说党宪宗 …………………………………………（317）

四位才子，共舞心灵绿地 …………………………（319）

慢说解读　且释摹写 ………………………………（324）

不敢妄言经典 ………………………………………（327）

横空出世　非同凡响 ………………………………（329）

独立个性的声音 ……………………………………（332）

借助一双敏锐的眼睛 ………………………………（336）

记忆抒雁 ……………………………………………（340）

因为感动作后记 ……………………………………（345）

难得热诚，更难得慧眼
　　——《谷溪序文集》序 …………………………（348）

新时期最具影响力的文学评论家——雷达 …………………（355）
超越文学的史料品格
　　——《一号文件》读记 ……………………………………（357）
感佩一双眼睛 ……………………………………………………（360）
燃烧的生命
　　——《张剑颖烈士纪念文集》阅读感知……………………（364）
欣慰与感动
　　——"田小娥命运大家谈"感言 ……………………………（369）
父子冲突的社会内涵与文化意蕴
　　——谈《西京故事》里的几个人物 …………………………（372）
难忘一个人的响动
　　——忆吴天明 ………………………………………………（381）
生命禁区里的生命壮歌
　　——我读《阿里生死缘》 ……………………………………（384）
哲思的诗性抒怀
　　——读张立散文集《树荣》笔记 ……………………………（391）
我去你来无尽意
　　——怀念贤亮 ………………………………………………（398）
路遥和他的《平凡的世界》………………………………………（403）

对　　话

作家要有使命感
　　——答裔兆宏问 ………………………………………………（407）
作家都在思考这个时代
　　——答《江南》杂志黎峰问 …………………………………（411）
作家生命的意义在写作
　　——答《辽沈晚报》陈妍妮问 ………………………………（438）

自我定位,无异自作自受
　　——和中国国际广播电台邱晓雨谈话 ……………………（444）
有关我的创作
　　——答《黄河文学》和歌问 ……………………………（467）
没上大学是人生的遗憾
　　——与西安工业大学人文学院院长冯希哲对话 ………（481）
有关体验及其他
　　——和《陕西日报》张立的对话 ………………………（485）
关于电影《白鹿原》
　　——和《文艺报》记者李晓晨的对话 …………………（491）
和作家秦岭说水 ………………………………………………（496）
文学的心脏,不可或缺
　　——与《解放日报·周末刊》高慎盈的对话 …………（505）
白鹿原上的文化守望
　　——与《中国文化报》记者杨晓华的对话 ……………（527）
从话剧《白鹿原》再演说起
　　——答《陕西日报》记者高山　蔡思雨问 ……………（534）
再说《白鹿原》
　　——与陕西广播电视台主持人、西北大学文学博士刘睿对话 …（540）

附:诗词23首 …………………………………………………（548）

散文·随笔

我读《创业史》

《创业史》是一九五九年四月在《延河》首发。当时我正在读初中三年级,离毕业大概还剩下两个月。那个时候的乡村学生上中学,绝大多数都是背馍,就是家里把馒头蒸好,我们当地人都叫馍,背一礼拜的馍,礼拜六吃完再回家去背。家长一个礼拜给我两毛钱,买咸菜或者辣子酱、副食。一周六天吃的都是从家里背的干馍,大部分都是杂粮,就着咸菜或者辣子酱,喝开水。从报纸等媒体上知道《创业史》要在《延河》连载的时候,我就把那两毛钱的咸菜钱省下来,只吃干馍喝开水,赶到纺织城邮局买了一本《延河》。我直到现在都很清楚地记得,首发的《创业史》是那个《题叙》。那个题头插图到现在仍然历历在目,尽管刚才展示的刊物有点远,我老花眼也看不见,但到现在这个印象仍然在我脑海里。首发时不叫《创业史》,叫《稻地风波》,题头画的是稻田和稻田水渠上的一排白杨,白杨迎风舞摆。我一看到这幅图画就想到我家门前就是这景象。我家门前是灞河,一道一道的灌渠,灌渠上就是一排一排的白杨,少有柳树,也有稻田。读完《题叙》之后,我心里最欣慰的,或者说当时觉得最可安慰的,是把这两毛钱的咸菜钱省下来,买这本杂志是大赚了,而没有任何受苦的感觉。然后一直到念完初中毕业回家,后来断断续续地就买不全这本杂志了。后来我上了高中,听说《创业史》要在《收获》全文载出,当时托了在西安当工人的老舅给我买了一本《收获》,送到灞桥的三十四中学去，我才完整地读完了《创业史》。初读《创业史》还不能完全理解，因为当时只是一个初中转入高中的学生，但几个人物仍留在了我的记忆中，至今不能忘记，梁三老汉、梁生宝、郭世富、富农姚士杰、改霞。这一茬人物，我在我们那个村子一个一个都能找到相对应的形象。我的这个村子和柳青的那个村子相隔大概也就是六七十里路。越到后来我越相信，《创业史》的人物在任何一个村子都能找到相应的生活人物。到后来对文学有了不断加深的理解的时候，才明白了柳青从生活真实到艺术真实的这个过程，应该说达到了一个完美的过程，至今令我望尘莫及。

《创业史》这部小说我前后大概读过九本。《创业史》单行本出版时，我首先买，仍然是托我舅买的，因为我舅有工资收入，我没有钱。我记得，"文革"时，气势之猛，令人很恐惧，我把我存的书（当时宣布是黑书），全部都当废纸卖掉了，唯一保存的一本就是《创业史》，尽管当时《创业史》也被批判，但我偷偷把它保留下来了，后来也不知叫谁拿走了。另一次记忆犹新的是一九七三年末至一九七四年初，我上南泥湾五七干校去锻炼，规定必须要带"毛选"，另外我偷偷带了一部《创业史》，外面套了一个"毛选"的塑料封皮。在南泥湾的窑洞里，晚上十时统一断电熄灯，我自制了一个油灯，同窑里的人睡了，我在油灯下读《创业史》。好在我们那个窑里的人没有谁说陈忠实读黑书。后来不知道谁把我这本书发现了，悄悄拿走了，再没还我。我记得十余年间先后读丢过九本《创业史》。这本书读到后来，就是我有一点时间随便打开这本书，打开到任何一页或者任何一章，我就能读进去，而且就能把一切烦恼排除开，进入蛤蟆滩那个熟悉的天地，这种感觉是我这一生的阅读史绝无仅有的现象。

生活已经发生了重大变化，社会也发生了天翻地覆的变化。最早对这种变化的感受，我在一篇文章里写过，对我印象最深的一个晚上，是一九八二年的春天，我被我们西安市灞桥区派到渭河边上去给农民分地，实行责任制。区上派的工作组到各个乡镇（当时叫公社），开始给农民分地。我在我驻的那个公社先做了一个村子分牛分马分地的试验，总结经验然后再推广。我记得在渭河边上第一个分牲畜的那个村子，晚上分完牲畜以后大约快到凌晨一点了，我骑着自行车回驻地的时候，路过一个大池塘——莲花池，刚从分牲畜的纠纷里冷静下来，突然意识到，一九八二年春天我在渭河边倾心尽力所做的工作，正好和柳青五十年代初在终南山下滈河边上所做的工作构成了一个反动。完全是个反动。三十年前，柳青不遗余力，走村串巷，一个村子一个村子宣传实行农业合作化的好处；三十年后，我又在渭河边上一个村子一个村子说服农民，说服干部，宣传分牛分地单家独户种地最好，正好构成一个完全的反动。那个晚上从村子走回到我驻地的时候，这个反动对我心理的撞击至今难忘。生活发生这种戏剧性的变化，在我们文学界，多年以来涉及对《创业史》的评价，也是最致命的一个话题，就是农业合作社不存在了，那么《创业史》（包括柳青的写法）存在的意义如何？我以为很有探究的必要。作为柳青一个忠实的读者，截止到今天，《创业史》里头的那个梁三老汉、郭世富、姚士杰、梁生宝、徐改霞，依然在我脑子里栩栩如生，作为中国乡村的典型人物，似乎还没有哪部作品能把这些人物掩盖了，更别说抵消了。柳青和他创造的生命的意义，我想就在此。这就是我的理解。

2010 年 1 月 23 日　长安

仅说一种本能的情感驱使

至今依然清晰地记得,三十一年前的一九七九年的二月下旬,因"文革"而瘫痪了十余年的陕西作家协会(当时为中国作家协会西安分会)召开会员代表大会,我有幸作为代表参加。会议结束的那天下午,一位陌生人敲门并走进我的房子,开口便自报家门:我是《陕西日报》文艺部的编辑吕震岳。我自然虔诚恭敬迎接。老吕头发脱得稀疏,脸上突兀着一副高而又直的鼻梁,说话嗓门很响亮。他没有一句客套和寒暄的话,开口便约稿,并再三强调副刊版面最大的容载量是七千字。说完急匆匆走掉了。

我在这年春天刚刚开始新时期的文学创作,兴致正盛,接连写了三四个短篇,都送给几家文学杂志了。尽管记着老吕的约稿,却无奈这几篇小说都在万字上下,报纸版面难以容纳。到五月初,收到老吕一封短信,催问约稿事。我顿然觉得有负老吕了,当即决定把正在构思的一个短篇小说确定给他写出来,关键还是七千字的极限。我便从两条途径探路,一是结构,要集中要紧凑;二是语言,必须简洁凝练,才可能缩短篇幅,经两三构思,较为顺利写成《信任》。尚不足七千字,甚为庆幸。这篇小说托一位正好要去陕报的作家朋友丁树荣捎给老吕,我便带着被褥骑着自行车到西安北郊农村参加夏收劳动去了。

大约半月后,我从下乡的农村回到西安郊区文化馆,才知道《信任》已发表多日,从送走稿件到见诸报纸刚好一周时间,这是我的习作发表得最快的一次。又过了几天收到老吕来信,说《信任》见报后反响很大,不断有读者打电话和写信说看法,约我到报社去看读者来信。第二天我赶到陕报,老吕很兴奋,嗓门更响亮,把一摞读者来信交给我。我读着那些多为赞赏《信任》的或长或短的信,感受到一种前所未有的欣慰。那些写信的人,是全省各地从事各种职业的男人和女人,我更感觉到心理上的踏实。

此时《人民文学》一位编辑到陕西组稿,我很敬重又很崇拜的王汶石向她推荐了《信任》,当即在七月号《人民文学》转载(各种文学选刊尚未创刊)。这事我随后才得知,更敬重王汶石老师了。

一九八〇年春节刚过,接到北京一位编辑来信,告知《信任》获得第二届全国短篇小说奖,又是太过重大的喜讯。这届评奖是由读者投票推选,可以判断不单陕西读者喜欢《信任》。这一年《陕西日报·秦岭副刊》搞农村题材征文评奖,老吕写信约我应征。我很用心写了《第一刀》,发表后不久,老吕又电话告我去编辑部看读者来信。我看着那些评说习作的热情洋溢的信,鼓舞和欣慰是最好的享受了。老吕摘编发表了三位读者来信。这是我最早写农村体制改革的一个短篇小说,由此发端,三年后写成十二万字的中篇小说《初夏》。

十年后的一九九〇年初秋某日,我从乡下回到省作家协会开会,《陕西日报》副刊部年轻编辑田长山和另外三位先生赶来,说陕报要宣传一位长期深入渭北的农业科技工作者李立科,要我采访写作报告文学,且郑重说明,是陕报总编辑骞国政点名钦定的。我当时正融入《白鹿原》的写作过程,孤守原下一隅,目无暇顾,当即推辞。然架不住几位编辑词恳意切的煽呼,尤其说到是省委决定要宣传这位默默地为农民干实事的科学家,我不敢执意推辞了,只得把手头正写的《白》暂且放下,便接受下来,仅提出一个要求,让田长山和我联手完成这一写作使命。

　　一个由农业科技记者、摄影记者和文字记者共七八人组成的采访组来到合阳县。我平生唯一一次被授名为特约记者。我们见到了李立科。我们和李立科坐下长谈。主要是倾听李立科说他在合阳十几年的科技普及和推广，自然免不了发问。我们到几个乡镇和几个村庄，访问那些接受新技术并且获得显著效益的干部和农民，更多地感知到干部和农民对李立科的赞颂乃至感恩的真挚情感。我们跟着李立科来到田间地头，亲眼看到实施他的新技术和未用新技术的麦田里差异明显的麦苗，起码对我也是一次科技知识的普及。记得我们采访到号称合阳的西伯利亚的一个乡镇，那位朴实而又务实的乡党委书记说到李立科，似乎有讲不完的故事，言语里深沉的情感味儿是那样自然的、由衷的。这个号称西伯利亚的乡镇，年降雨量很少，李立科的新技术正好解决了缺水保墒使麦子增产的矛盾，他说他这个书记也好当了。我至今依旧不能忘怀的是，接受我们采访的李立科不久前刚刚做过面部颌骨癌症手术，说话困难；许多接受采访的男女乡民，说着说着便泣不成声……我在那一刻，真实地理解了作为一个人的生命的意义和价值；那些男女乡民的眼泪，无疑是对一个堪称伟大生命的礼赞。

　　回到西安不久，我和田长山写成了报告文学《渭北高原，关于一个人的记忆》。全篇约一万五千字，《陕西日报》全文刊发。

　　隔日，陕西省委和陕西省政府联合做出向李立科学习的决定，在《陕西日报》头版刊登。一个长期扎根渭北高原为民兴利造福却默默无闻的农业科学家李立科，突显在人们眼前，影响着也提升着人们的审美和价值判断。我也完成了一次心灵洗礼。

　　一九九二年春天，在写完《白鹿原》等待编辑审稿意见的颇为忐忑的情境里，我一个人仍住在原下祖居的屋院，陡增吟诵古典诗词的兴致。初夏时节，一个始料不及的好事发生了，《渭北高原，关于一个人的记忆》被评为一九九〇至一九九一年度全国报告文学奖。这是中国作协的奖项,《渭》文是由谁家推荐参评,我竟然不知,所以说是意料不及的好事。

　　三十多年过去,我颇多感慨,在我文学写作的生涯中,有幸获得三项国家文学奖,而其中两项(短篇小说奖和报告文学奖)的作品,都是在《陕西日报》发表的,而且是编辑热诚邀约促成的创作。且不论理性的意义,也不说道德的操守,单就纯粹本能的情感驱使,恰是《陕西日报》这方平台,让我获得了文学创作探索过程中的重要突破……许多年来,凡有《陕西日报》召唤,需我配合,我都不敢马虎,多是那种本能的情感驱使。

2010 年 3 月 13 日　二府庄

热情率性与悄没声息

——王愚印象

王愚以悄没声息的方式告别这个世界,在我的直接感觉里颇为意外。他谢世前两三个月时,便留下"不设灵堂不搞遗体告别仪式不保留骨灰不接受花圈……"的手书遗嘱。他不要惊动任何人。他要安静地告别这个世界。我之所以产生甚为意外的直接反应,除了不合时下通行的丧葬习俗因素,除了这位在文学理论、文学批评界有建树且有广泛影响的人应有的社会反响,姑且不论,单就王愚个人性情而言,似乎难能采取这样决绝的悄没声息地告别这个世界的方式。

在我的印象里,王愚是位热情洋溢的人,尤其于他钟情的文学事业,永远是一种热情洋溢的姿态;涉及文学创作和文学评论两翼的人,无论性别和年龄,无论省内或外省的生人或熟人,他总是一种不分彼此的热情洋溢的姿态;在上世纪五十年代初初涉文坛时的热情洋溢,历经二十年"右派"冤案及至牢狱之灾后重返新时期的文坛,不仅热情不减一丝一缕,而且焕发出一种更为持久的热情洋溢的姿态,倒像是要把"右派"帽子和牢狱之灾重压之下积久的热情加倍释放出来。

我认识王愚的时候,是新时期文艺复兴的上世纪七十年代末尾,他刚刚获得平反走出冤狱重新坐到《延河》编辑部的办公桌前。我见到他的突出印象,是上唇和鼻头下一绺修剪得整整齐齐的极其浓密的胡须,当即联想到鲁迅先生标志性的那道胡须,颇为相像。其实远不止一抹胡须与鲁迅相像,王愚的又瘦削又低矮的个头,浓密而又硬挣的剪短直立的头发,尤其是窄窄的脸型,还有高眉骨下略显深陷的单皮眼睛,活脱一个北方的鲁迅。这张脸看一眼便储成记忆,不会发生张冠李戴的混乱。就是这位刚刚走出牢狱不久的王愚,于一九八〇年春天发出一篇影响广泛的文学评论文章,题目为《二十五篇之外》。文章的背景是这年春节刚过,中国作协公布了一九七九年全国短篇小说评奖的获奖篇目,共二十五篇。王愚当即做出反应,品评了几篇未获奖的优秀的短篇小说。尽管他没有对获奖的二十五篇小说提出歧义或批评,然力举另外几篇小说的评论本身,就显示着不言而喻的辩争意味。我读过这篇评论文章,一个历经二十年冤情刚刚走出劳改砖场不久的王愚,对文学作品依然保持着敏锐的审视眼光,还有不看别个眼色直抒己见的纯文学精神,在我就自然发生了敬重和钦佩。

　　人们似乎有一个基本的看法,上世纪八十年代是新时期文艺复兴的黄金岁月。在这个黄金岁月里的王愚,展示出他人生里程中的黄金时段。他关注着一波迭过一波的中国文学的潮流,许多新跃出的作家的重要作品,都进入他的视镜,而且发出他独特的评说的声音,说他是新时期文学的推波助澜者当为恰切。尤其是对刚刚跃上陕西新时期文坛的几位青年作家,都有他关注的目光,这几位作家的每一篇或每一部中、短篇小说所展示的新的艺术追求上的变化,都被他扫描到了。我在八十年代中期写过一篇短篇小说《轱辘子客》,在《延河》发表。我那时住在乡下老屋,有一日回作协办事或开会,在作协院子里碰见王愚,匆匆地擦肩而过时,他停住脚:"刚看了你发在《延河》上的短篇小说,不像原来的陈忠实了,变得好。"这是这篇短篇小说面世后我听到的第一声评说。仅仅一句话的好评之所以经久不忘,在于我对这篇小说写作的用心非比寻常。我已在构思着

《白鹿原》,需要用一种叙述语言完成,《轱辘子客》这篇小说的写作,纯粹是为着叙述语言的试验而作的,通篇故事和情节都以叙述实现,只在结尾处有几句人物对话。这种叙述语言的艺术效果如何,在我已不仅是这篇短篇小说的成败,而是牵涉到未来长篇小说的写作,能否有自信实现叙述语言的新探索。王愚给了我鼓励。也可见王愚对一篇短篇小说都不放过。其实何止于我的写作,新时期初始涌现的十余位陕西青年作家的作品,都被王愚关注着,写了大量的评论文章,对这些青年作家创作的探索和发展,起到了难以量化却确实积极的促进作用。王愚促成了"笔耕"评论组的成立,被推为组长。在上世纪八十年代初,由他和陕西高校的几位当代文学评论家谋划,成立了一个纯民间性质的文学评论团体,取了一个极富诗意的名字——笔耕。这个"笔耕"评论组,既关注新时期中国文学创作的发展动向,更关注陕西刚刚涌现的一批青年作家的创作,不仅写了许多评论文章,而且对每一位青年作家创作的优长和缺失都进行讨论,力促他们的创作不断跃升新的艺术境界,我是受益者之一。难得在于这个"笔耕"评论组没有公费,那时尚未发生社会赞助的事,他们专注地讨论完某一个文学专题,散伙后各自回家吃饭,顶奢侈的时候,是由一位慷慨之士掏腰包请大伙吃一碗羊肉泡馍。

在全国十余家文学理论与批评杂志里,有一种单纯对中国小说进行评说的杂志《小说评论》,王愚是促成这本杂志创刊的主力之一,先任副主编,接任主编。这本个性独具的评论杂志,对新时期当代文学的重要小说作品都发出了评说的声音,视野之开阔,已不局限陕西文学创作,而是对当代中国文学的发展起到了无可估量的作用。自然,对陕西新时期以来涌现的一茬又一茬以小说创作为主的作家的作品的研究,对他们创作的提升和发展,有近水楼台先得月的优势,恕不一一赘述。

送别王愚那天,看到躺在花丛中的这位体形瘦削脸孔酷似鲁迅的人，我突然意识到这样一个事实，在认识他并和他在一个院内生活和工作的三十余年的时间里，无法数计听过他多少回作品研讨会的发言，更记不得闲适环境里听过他多少回即兴的随意而出的闲话，却几乎没有听到过他在二十年的冤狱里遭遇的灾难生活的只言片语。他向来不说，我也一直不敢问。我约略知道一点，就是他在监狱的砖场劳动改造。任谁都知道，上世纪七十年代以前的砖场生产属于手工劳动，尤其是把烧成的砖从砖窑里弄出来，通常说出窑，主要靠人往出背，后来稍微先进的轮窑，用架子车往外拉。我不敢想象，体重不足五十公斤、身高顶多不过一米六的王愚，怎样完成规定的背砖出窑的定额！即使用架子车往外拉砖，也得把刚刚烧成的砖块搬到架子车上，从高温和灰尘弥漫的砖窑里拉出来，再把砖块一摞一摞搬下来垒堆到砖场上，那些尚等不得冷却的砖头，搬上搬下，烫人手掌。王愚竟然挺过来了，挺了许多年而没有倒下，对于这个矮小瘦削到不足五十公斤的生命个体，算是一个奇迹，也属万幸。然而，他却不说，也没有看到他对这些不堪的往事的文字记述。

我之所以对他不说不写那些灾难性经历多所感慨，是有一个诱因，七八年前我读过从维熙先生的一部写他"右派"劳动改造生活的书《走向混沌》。如果用一句话概括我的阅读直感，应是惨不忍睹。从维熙写得很平静，通篇文字里都是一种平静，平静的文字愈让我感受着惨不忍睹。我那时就想到王愚，背砖拉砖的劳动改造的日子怎么熬过来的，他却不说，也不写。我自然会发生庸常的猜测，王愚襟怀宽阔，过去的事就过去了，不说也罢，说了也白说，往前看也往前走，珍惜重新获得的生命创造的机会，着重于钟爱的文学评论的新探索；再，能做到不提也罢的基础心理，大约是不想再触及那些业已过去了的不堪，痛苦到难以言说的状态，有人索性就不说了，这是性格的一种，这是王愚。

在人多的场合，王愚是健谈的一个人，尤其是在朋友聚餐喝过几盅酒之后，妙语连珠；再贪杯多喝几盅之后，便呈现出一种忘我忘他又忘乎所以的自由状态，常常做出一些类似童稚少年的表情和举动，转瞬又说出几句狂放的豪言大话。同座熟悉的或初识的朋友便看到一个鲜活而又个性化的王愚。我在那种场合里，往往会突然想到，这样富于性格张力的一个人，如何走过了背砖出窑还不许"乱说乱动"的二十年岁月；同时想到，被封口二十年的王愚，一旦出了劳改的砖窑，依然保持着既能说又喜动的活泼天性，真应验了民间俗语说的禀性难移的话。还有，他手舞足蹈，妙语迭出，尽是国事省事文学写作事，却绝不提及自己二十年冤狱里的任何事，即使喝到八九成醉态，仍不会提及，我便感佩这个瘦削矮小的人的巨大的承载能力，也隐约感知到这个人非同一般的精神品相。

　　王愚喝酒在文学圈里已有名气。他每天必喝，多是在自家屋里自斟自饮，喝到兴奋处，便推开稿纸，把激扬的文字倾泻出来。他喝酒似乎不大讲究品牌，记得上世纪八十年代中期，我从乡下回到城里，在住宅楼道上遇见王愚，他手里提着一瓶酒，是从巷道里的小卖部买来的，我想看看这位大评论家喝什么好酒，一看却是汉中生产的"城固特曲"，当时售价不过三元。未及我问，他笑着自我解释，这酒好着哩。王愚喝酒也留下不少笑话，多是喝醉时的失控行为惹出的。典型的一次是某晚聚餐后回到作协大院，东倒西歪地走步，竟然不辨眼前的水泥围栏的水池，一头栽了进去，爬不出来。一个路过的人听到水池里有拨拉池水的声音，初以为是鱼儿戏水，又想到金鱼弄不出这样大的水声，跑到池边一看，晦暗的水池里蠕动着一个人，当即拖出水来，一看，竟是大评论家王愚。任谁都会想到，如若没有路过的这个人的奇遇，后果不堪设想。然而睡过一夜的王愚，又正襟危坐在《小说评论》主编的书稿堆垒如山的办公桌前，或是对一位来访的作家纵横捭阖起他的阅读意见来。

　　这样一个热情洋溢又颇见自由率性的王愚，却决然地选择了悄没声息告别这个世界的方式。我在最初感到诧异之后,随之也就释然,这是王愚性情里相辅相成的另一面,犹如鲜亮的阳光之后,浮上天际的柔媚的月亮的谧静。

2010 年 4 月 15 日 二府庄

我经历的狼

几个根系都扎在乡村的朋友遇到一起,很随意也更自然地慨叹着生活发生的急促到不敢想象的变化,由此而不由自主地感慨童年时期乡村生活的艰难,有人说到一块糖疙瘩留下的难忘的记忆;有人说到他直到进县城寄宿读中学时,晚上睡觉脱裤子时才发现别人穿着贴身衬裤,回家哭闹着要母亲赶制一条;有的人说他和一位女同学同坐一条长凳同趴一张课桌整一个学年,竟然发现没有说过一句话,甚至不敢正眼看对方一眼,往往是伪装看书用眼角的余光偷瞄一眼,如此等等。这些旧时生活经历的细节,几乎是一人道来人人呼应,都有过同样的或类似的经历。其实不难理解,那时候关中乡村乡民的生活情况大同小异,如上三种在今天几乎是不可思议的事,在我都经历过也发生过,那时候寻常存在的生活世象,今天竟有恍若隔世之感,却又如此鲜活,如在昨天发生。

这种老朋友老同学老乡党的聚合,没有任何主题话语,纯粹闲聊,想到哪儿就说到哪儿,一种再轻松不过的气氛,再加上几杯酒下肚,情绪愈加亢奋,往往发生几个人同时说话各说各的人生际遇以及感慨。我往往在这种境况里省下口舌,享受听的乐趣,却也有控制不住的时候,便是有人说到了狼。几个人都争抢着说到自己幼年遭遇狼的险事和趣事,我也加入了说狼的旧话之中。朋友中竟有人插话说,你能写文章,把你这些狼的故事写出来,挺有意思。我曾动过此念,之后又觉得意思不大,便拖下来。前几日在电视上看到一个说狼的短片,业已沉寂的写狼的兴趣又发生了。

自有生活能力的幼稚时期,我对自己生活的世界最早产生的恐惧来自两种东西,一是狼,另一个是鬼。印象里对狼的恐惧肯定早于鬼,先说狼,暂且搁置鬼的故事。

小时候闹性子耍脾气,父母顺口一句恐吓的话,狼来了。尤其是晚上,玩得兴奋不安生睡觉,或是因什么不高兴的事使性子,父母没招了就请出狼来吓唬我。狼是什么样子无法想象,恐惧的效应却在心里形成了。我对狼的近距离感知,发生在十三四岁的时候。

那年实行了农业合作化,劳动分红需得等到年底,父母平时只顾在农业社出工干活,属于自己的土地和土地上的物产都归集体了,自然没有任何经济收入了。家里总不能缺盐,醋可以由母亲酿造,也难免头疼脑热去看病买药,还有我和家兄的学费,都得花钱。父亲想到了养猪,猪养肥杀了卖肉,或是把肥猪卖给屠户,都会赚一点利钱。父亲在后院垒了猪圈,春天买回一只小猪,放进猪圈。那个猪圈的上方,横着搭了几根木棍,上边又架着一束一束从坡坎上砍下来的满身长刺儿的野酸枣棵子,是为防狼跳进猪圈咬小猪的。在猪圈的外墙上,用当地出产的一种白土化成浆水画了几个圆圈,据说狼怕钻圈。其实,村子里凡养猪的人家,猪圈四周和上边都是这种防狼的措施。然而,不妙的是,把小猪放进猪圈仅仅半天一夜的第二天早晨,父亲便在猪圈外边的地面上发现了狼的蹄印。尽管小猪安然幸免,父亲仍断然采取措施,白天把小猪关进猪圈,晚上把小猪放出来安置到屋子里,在后门左侧的木梯下的墙拐角,铺了一层黄土,又撒了一撮稻草,小猪便卧在那里过夜。

我那时在城里读初中,寄宿学校,周六晚上才回家一次。有天晚上睡到半夜,我被敲击后门的响声惊醒。父亲却依旧打着鼾声。我摇醒父亲说谁在敲门。父亲随口不在意地说:"是狼。"我不由得

"啊"的一声，睡意全吓跑了。父亲便告诉我，自打把小猪安置到后门门内的墙角，夜里时不时就有狼来守在后门口，初发生门被撞响的头两次，他手抓一根木棍，拉开后门门闩时，狼便蹿上后门外的白鹿原坡上了。他曾在月光下看见慌急逃窜的狼的身影，佯装追赶几步，吓一下狼，多少能安生几晚。过不了十天半月，狼又来了，又把后门板弄得咣咣当当响，他不仅懒得招理，而且照睡不醒。父亲告诉我，狼能够在很远的原坡上闻到猪的气味，总想吃猪。父亲还告诉我，狼是用屁股碰撞后门板，狼是铜头铁尻子（屁股）豆腐腰，打狼要打腰。说罢，又睡着了。

我却睡意全无，似乎心还在慌跳着。后门板停住了响声，大约是狼听见了父亲说话的声音。当父亲睡着不久，后门板又响起来，我更加害怕了，从我睡觉的后屋的炕，到后门不过几步，狼就在后门外用尻子碰撞后门，门板响几声，卧在后门内的猪就发出却也不甚惊慌的一两声哼哼。我怎么也睡不着，想象着狼的发着绿光的眼睛，龇着长牙的大嘴，越想越怕越睡不着。我又摇醒父亲。他披衣下炕，懒得开后门，只听他用脚把后门板蹬得山响，就回屋睡下了。后门再未发出响声，狼吓跑了。我缓了好久才睡着。

到这年冬天放寒假时，这头猪已长成一头大肥猪了，正在加精料追肥，不久就该卖掉或宰杀了。我几乎每天晚上半夜时分都能听到狼用尻子碰撞后门板的响声，竟然也不再发生惊吓睡不着的事了。有一晚，又被狼碰撞后门板的声响惊醒，我竟然想和狼有一个短距离接触的冒险举动，捞起父亲常备的那根木棍，走到后门口，本想拉开后门敲那只恶作剧的狼一棍子，但到后门前却胆怯了，万一我在拉开后门板的一瞬间，那馋急了的狼朝我扑来怎么办？我便学着父亲的做法，用脚猛蹬后门板，狼逃走了。这是我与狼的最短距离的接触，之间仅隔两扇门板。过了几天，杀了肥猪，再也听不到夜半狼用尻子撞碰后门板的响声了，我竟觉得有点寂寞，似乎缺失了什么。

早在一年前的冬天,还经历过一回狼的故事,不是发生在通常的乡野,却是发生在省会城市西安。我刚刚考上初中,新建的校舍尚未完工,便把新招的四个班级的学生临时安排在一所停歇的教堂里。教堂在西安城东门外的东关北边一条狭窄的小巷里,倒也清静,是一方听讲写字的好地方。教堂的后门外,是一块很大的平场,有一孔早已废弃的砖窑,可以判断这儿曾经是一个制砖烧砖的场地。有人在这里养了一群羊,用很简陋的围栏围住羊群,养羊人自己食宿在废弃的也很破旧的砖窑里。教堂的后门外设置男女厕所,我和同学一天几次走出后门去方便,不久也就看出过去的砖场,现在的"牧场"上的生活景象,大约在太阳出来许久,养羊人才赶羊出场(据说羊吃不得有露水的草)到野外去放牧。太阳落山时,他又把吃饱了牧草的羊拦回"牧场",圈进围栏里。入学时看见的小半大羊,眼看着到冬天就长成大羊了。

临近寒假,正是关中地区最寒冷的数九季节。我在某日早晨进入教室开始早读,听班里同学说,昨晚"牧场"上的羊被狼咬死了两只。我架不住好奇,和一个同学跑出教堂后门,头一眼就看见,放羊汉子正在持刀剥着羊皮,那羊是倒挂在一根凌空架起的横杆上,并排挂着两只,一只已经剥光了皮,鲜红的肉体,且已开膛,内脏就堆在脚旁边的一只木盆里,正在剥离这一只羊的羊皮。我闻到一股血腥味,却也没问羊的主人,想来昨天夜里发生狼咬死羊的惨事是无疑的了。

这是一九五五年的冬天,西安城东门外的东关北边一条小巷里发生的狼咬死羊的事。顺便简介一下那时的西安古城的格局。西安古城有一圈虽则破旧却基本完整的明代修筑的城墙,墙顶上可以对开汽车,足见其雄厚。西安城中心有钟楼鼓楼作为标志,以此展开东西南北四条大街,也就有了东门西门南门北门四道大城门。四道城门外仍然延续着城市的格局,分别为东关西关南关北关,比之四道城门内的四条大街的规模自然小而短得多了。我在一九五五年看到的东关的东面南面和北面都是庄稼地,这里那里散落着村庄,却不与东关里的城市人混居。就在东关的北面的小巷里,庄严肃静的教堂后门外,竟然有狼光顾,且咬死了两只即将出栏的肥羊,约略可以想到五十多年前古城西安的一斑。我曾猜想,说不准那野狼完全可以蹿进东门,在东大街乃至钟楼鼓楼下转悠觅食……在我却是看到了弱肉强食的直观现场,竟然是在城市范围内的教堂后院。

  我第一次看见狼,是在两年后的一天早晨。我上初中三年级时,转学到离家较近的一所中学,约二十华里,依旧继续着背馍寄宿的生活。已成规律的生活秩序,是周六下午放学回家,周日下午背着母亲蒸好的馍上学,绝大部分的农村学生都是这样求学读书的,不仅不以为只啃干馍喝白开水的生活艰苦,而且对新中国给予的上中学的机会心怀感恩。记不得那个周日下午因何故未能返校,周一天不明便起身背馍赶路,那时没有公交车,更不敢奢望自行车,只有步行,却也习以为常。因为天尚未明,父亲便陪我赶路,主要担心是怕遇见狼,那时候拦路打劫的凶事几乎闻所未闻。

  暑末秋初的灞河川道的黎明时分,弥漫着一层白色的水雾。路上不见行人。过了一个马家村,也未遇见一个早起的村人。出马家村要翻一道流沙沟,很深,仅有一步宽的小道,这是传说中多有野狼出没的地方,往往使人有阴森的心理压迫。有父亲相陪,我只顾走路,没有任何恐惧,下沟再上沟丝毫也不觉得累,只怕迟到,尤其是陌生的新学校的开学第一天。不觉间翻上流沙沟对面的平地,天色有亮光了。父亲突然惊叫一声,狼!我吓得当即收住脚步,便看见离我们不过十来步远的谷子地头,有两只狼,灰黄色。两只狼在谷子地头的流沙沟边上嬉戏,这只跳起来扑向那只,那只歪头躲过,纵身跃起又扑向这只。狼肯定看见了父亲和我,却不逃走,依然戏耍着。人说虎不失威,我直接看到了的狼也不失威。父亲似乎不甘于就此走掉,顺手在地上捡起两块石头,接连朝狼扔去。那两只玩得正开心的狼并不惊慌,却也终止了戏闹,缓缓慢跑着朝北边去了,给人以悻悻的感觉。这是我平生唯一一次在乡野间和狼的遭遇,距离很近。有父亲在身边,短暂的惊怕很快过去,我又真实体验了父亲存在的意义。再说,那两只戏耍着的狼,没有任何凶猛残忍的外相,和我见惯了的戏耍的狗几乎没有差别。这是一九五八年九月初"大跃进"正热火的年月的一次奇遇,这年我十六岁。

这时候,我尚无在生产队参加劳动挣工分的资格,每逢学校放假,寒假时到坡上拾柴火,暑假也是到坡上割草,可以挣工分。这里所说的坡,就是地理上白鹿原的北坡,起伏有急有缓,形成一条连着一条的大沟浅峪;舒缓的坡地上被先人们开垦为田地,种植小麦;陡峭的坡坎和沟峪里只能生长荆棘和野草,间有杂树。我和伙伴拾柴割草的时候,常常能发现狼拉下的新鲜粪便。狼的粪便很容易辨认,常常挟裹着白色的羊毛和黑色的猪毛,任何其他动物不会拉出这种粪便来。可以想到,就在昨夜,狼从这里走过,不由得心里发紧,偶尔还会看到被狼撕扯破烂的小孩的衣裤,那是不幸早夭的孩子因为埋得浅,被狼刨出来了,却不见残骨,我常被吓得不敢多看一眼。后来的许多年间,时不时会听到村人中间的传闻,邻近哪个村子什么人家的猪或羊被狼咬死了,或叼走了,甚至偶尔传闻吓人的惨事,什么村什么人家的小孩被狼伤害了。这样积久的传闻,即使无意,也在加深着对狼的印象,凶残。

大约到了"文革"发生的第二年,我所工作和生活的西安东郊地区,也和西安其他地区一样激烈着造反夺权的风潮,几乎是村村社社无宁日。与这里那里不断发生的武斗相映成趣的是,有两只狼似乎也被疯狂的社会气氛感染了,到处为非作歹,前日咬死了坡上某人家的猪,昨天夜里又叼走了河川一户人家的羊,还有威胁行人的危险事相继发生,已经闹得人心惶惶。我那时候正在一所民办中学任教,造反伊始便停课闹革命了,学生时来时不来,教师也获得了来去自由。

我因被划到"保皇"系列,受到小小的批判,虽然成了什么组织也不参加的逍遥派,却不敢任性,坚守在学校养那只正待产的老母猪(农业中学自力更生办校)。这时几乎心如死灰,却也没有了任何欲望的烦恼,业余爱好文学创作的兴趣早都消亡了,能否继续做一名教师都不敢太乐观。尽管如此,却仍然不敢马虎对老母猪的保护,到坡地上挖来酸枣刺棵子,几乎把猪圈上边纵横交错架满了,料定那两只癫狂的狼也只能徒叹奈何。我真的在猪圈外边的土地上不仅发现了狼的蹄印,还发现了狼拉的粪便,完全可以想见在猪圈外踅摸着又不能得逞施暴的狼猴急的样子,可惜这里没有我家的后门板供它用尻子碰撞撒野,我自安然睡觉。

这年春节过后不久的一天,早晨起来便看到地上落了一层不薄亦不太厚的雪,原也不足为奇。我正洗脸的当儿,突然听到学校背后传来几声响亮的枪声,扔下毛巾便跑到院子里,心里想着武斗虽不新鲜,却还没有动用过枪炮,是不是今日破禁了?跑到院子里往后看去,白鹿原北坡上茫茫一层白雪,蓝天下的白雪地上,有三四个人在缓慢行走,可以辨认出是穿着绿色服装的军人,手里提着枪。起初以为驻军借着难得的雪地演练,随之遇到一位路过学校的熟人说,解放军为民除害,打死了那两只呈疯狂状态作恶多端的狼。我当下便有欢呼的欲望,表现出来却是脱口而出的一句"这下好嘞"的话。

我的家乡有一所军事性质的高校,就在白鹿原北坡一个很大的深洼里。据说是经过反复论证,这是一方最可隐蔽的好地方,便把军校设置在这里。军校有警卫连,常常做许多爱民的善事,在当地群众中口碑甚好。他们肯定听到乡民被那两只癫狂的狼危害的议论,便决定为民除害。难得这一场雪,再狡猾的狼也无法消除行走留下的蹄印。战士便循着狼的蹄印,在白鹿原北坡的沟梁坡坎之间追踪发现了两只狼,先打死一只,再追着逃脱的另一只,又打死了。我听到的那几声枪响,就是射击逃到学校背后坡沟里的那只狼时发生的。

眼看着战士们从坡坎上走下来，从学校门前的公路上经过。我站在路边等着，看见两个战士用步枪抬着一只狼，另两个战士跟在左右，侍候着换肩。那只狼的皮毛上染着血，刚刚结束它癫狂的生命。狼头耷拉着蹭着地皮，舌头伸到长嘴外边。我不自觉地留心看了看狼的皮毛的颜色，灰黄色，只是比我十年前上学路上碰到的那两只狼的灰色偏重一点，感觉却相去甚远，那两只狼在熹微的晨光里嬉闹，尽情撒着欢，眼下看到的却是被枪击致死的一具狼尸。

这是我的家乡灞河川道白鹿原坡地最后的两只狼，死在解放军战士的枪口下。四十多年过去，这方有原有坡有河有川的颇为适宜野生兽类生存的地方，却再也没有发现过狼的行踪。

在濒临灭绝的动物名单中，似乎还没有列入狼，可见狼的生命力之强。然而，就我眼见的关中平原地区，自不必说，单是渭北高原乃至毛乌素沙漠，十余年间已经变得铁路、公路和高速公路纵横交错形成网状体系，火车奔驰汽车穿梭，狼们便失去了任性撒野随性作恶的自由空间，迁徙到更僻远也更阔大的荒野地带去了。可以想见狼的数量在减少，比不得上世纪五十年代随处都有狼的蹄印的现象了，却远远不到濒临灭绝的危机状态。我又想到，有些濒临灭绝的动物，除了生存环境恶化等因素外，很重要一条是这些动物自身所具备的商品价值，被那些生财无道挣钱无门的人盯住，或捕捉或猎杀，偷换几张钞票。譬如老虎，虎皮虎骨乃至虎血，都是任人随意张口要价的昂贵之物。狼的皮毛不值几个钱，狼的骨头亦无保健的药用功能，内脏无疑属于废物。即使作为动物的一个品种，狼在动物园里，其形象也缺失观赏趣味，甚至连狐狸的毛色也不及。狼是以凶残而造成深远影响的。如果不是它对人类和家畜为害太过太烈，一般情况下，人是不会和狼计较的，也懒得费劲劳神去捕杀它。同样可以对比的是狐狸，不在乎它天性就喜欢偷鸡，可见人的宽容；人之所以捕杀狐狸，诱因全在它那一身珍贵的皮毛，狐皮做褥不仅色彩漂亮，而且特别暖和，尤其是它的尾毛，是中国传统的书写工具毛笔的绝佳用料。狼与狐狸是连一点优势都比不出的，且不说虎。

时不时地从媒体上得知老虎生存的危机，便引发担心；获知仅剩几只的朱鹮，经持续多年的精心救助和保护，已经繁衍到一千余只的颇为壮观的族群，完全脱离灭绝的危情，我甚为欣慰，那鸟儿实在太漂亮了；无论狼是否会灭绝，我却怎么也操不上心来。平心而论，我和狼没有构成成见的因由，尽管它曾经用尻子撞碰过我家的后门门板，却不过是猴急的无奈的举动罢了，没有对家养的猪造成伤害；尽管上学的路上遇见过两只狼，因为身边站着如山的父亲，我也没有受到威胁，倒是看到戏闹着的狼的可爱的一面。在我生存的白鹿原下灞河川道，四十年不见狼的声息和踪迹，似乎也没有听到过一声惋惜或遗憾。

我相信狼不会绝种，少几只就少几只吧；也希望狼不要灭绝，它毕竟是野生动物之一种，是造化赋予世界的一种生命形态，无论其可恶或可爱与否。

2010 年 4 月 30 日 二府庄

大智慧者的人生选择

——忽培元印象

结识忽培元先生有许多年了。许多年来,这个人总是给我带来意料不及的惊诧和欣喜。我最初读过他的散文,最直接的感觉是作家的散文。我之所以产生这种感觉,在于我知道他的社会身份是一位职位颇高的"官员",我先入为主的偏颇印象是,"官员"的文学创作难免有附庸风雅的印记。然而,我最初读忽培元的散文,却完全是作家的纯粹的生活体验的表述,文字也是颇有个性化的韵味。及至读到他的长篇人物传记《群山》,我的意料不及的惊诧和欣喜就同时发生了。《群山》对我产生的已经不是一般作品的欣赏层面的意味了,而是一种真实而强烈的震撼。忽培元以崇敬的心态和冷峻的眼光,叙写了陕北红色革命根据地创建和发展的艰难历程,让我看到业已成为历史的真实而又撼人心魄的、沉重到不敢掀动的一页。我那时有一种很直接的反应,就是忽培元应该把创作当主业,把行政任职辞掉,或者挂一个虚衔,不然,把这样好的文学天赋和创作实力耽搁了,就太可惜了。

随后多年,忽培元隔不长时间送我一本散文集,或是人物传记,或是中短篇小说集,都引发我的慨叹。这个人的创作量之大,真难以思议。而且他兼任着实际的行政工作,真不敢想他有多少睡眠时间。及至看到他的长篇小说《雪祭》、长诗《共和国不会忘记》,我简直就是惊诧连连了。属于文学的几乎所有样式,散文、特写、传记、中、短、长篇小说、诗歌以及评论,忽培元都多有著述,成就卓著。可见忽培元不仅有文学创作的鲜活而敏锐的灵感,而且有理论审视的严密,更难得有一腔澎湃着的诗性激情。我司空见惯着天才之说,忽培元当属天生文学创作之大才。这位可谓著作等身的天才作家,兼任着行政要职,又恪守着作为一个既传统又当代的作家的道德,把自己对历史和现实的体验作尽可能完美的艺术表述,却不见一丝张扬性宣传,更不屑做任何炒作,尤为难能可贵,令我钦佩和敬重。

写到这里,我突然意识到,我最初读《群山》之后产生的所谓弃官作文的意念确实褊狭了,甚至谬误了。忽培元担任行政官职,不是虚职而是实职,便可令他直接进入当代日新月异的生活主潮之中,包括漩涡里焦灼的社会矛盾,已不是通常意义上的体验或感受生活,而是生活迫使他必须作深刻思考;这种痛切乃至焦灼里的思考所获得的体验,就不是作为局外人的体验者的感受了。忽培元的体验是独有的发现,而且泛溢着生活主潮的脉动。这样想来,我才理解了忽培元多年来把主业放在行政职场,始终把文学创作置于业余的因由。他这样做,无疑是一位有大智慧的人。

2010 年 5 月 18 日 二府庄

十九届世界杯足球赛点评

未闻哨响已踊跃

世界杯又来了,我的心也开始踊跃起来。作为一个标准的球迷,这是我盼望已久的时刻。

世界杯是独一无二的,别的项目也有世界杯,但只有加上体操、摔跤等定语,它们的身份才能得到确认。但足球的世界杯没有这样的障碍和烦恼,只要没有特别注明的世界杯,就肯定是足球的,仅就这一点,就表明了足球的普遍性和影响力。这是一种殊荣,只有足球才能专美。

据我了解,北京奥运会有二十八个大项,三百零二个小项。但那么多的项目,却没有任何一个能和世界杯足球相比。论参与国家和地区的广阔程度、论参与球迷的数量、论社会影响的大小,足球都堪称第一,而世界杯则是足球的最高舞台,更是具有至高无上的影响力。

世界杯既是竞技场,也是人类的狂欢节。世界杯最令我感动的是,在这三十天里,在绿茵场内外,无论肤色白、黑、黄,性别男或女,年龄大或小,地球上所有人种所有民族,都能投入全部的热情,都能够忘乎所以。

用现在时髦的话说，我算是一个"骨灰级"球迷。我看了三十多年球，不光看世界杯，还看各国联赛，看中国足球，原本以为随着年龄的增长，体能的减弱，我对世界杯会慢慢冷漠起来。但当世界杯真的来了，我却发现自己对足球的情绪依然没有冷却，最近几天，看着央视世界杯的赛前报道，我也莫名激动起来，心也一直向南，到了那个美丽的彩虹国度。

就我以往看球的经历来说，我觉得看球实在是莫大的享受。在这九十分钟里，足球可以让人全身心投入，让人忘记年龄，忘记生活中发生的那些不堪之事。在飞来飞去的足球中，我常常忘乎一切。在我看来，看球时的这种状态才是最美妙的，才是最适宜人生存的心理形态。毫无疑问，世界杯的到来又可以使我的心进入到那种欢畅欣赏的状态里。那些妙到不可思议的传球、过人、射门，总能够让我惊奇，让我迷醉。

世界杯揭幕战的开场哨今晚就要响起了，我的心已踊跃起来。我和全世界的球迷一样，期待着一台精彩大戏的开场。

2010年6月11日 二府庄

劣境也有出奇处

揭幕战无疑是最受人关注的。而墨西哥队和南非队恰好是两支风格截然不同的球队，他们碰出的火花也因此格外绚烂迷人。因为以前没有机会看墨西哥队的比赛，所以我对他们比较陌生，但比赛刚踢了三分钟，我就有眼前一亮的感觉。墨西哥队是典型的技术型球队，他们有精到的短传配合，通过层层传递通过中场，前几分钟就制造出了几次有威胁的进攻，这种风格的球队我非常喜欢。而南非队则主要采取长传冲吊的打法，他们总在伺机用长传打对方身后，企图用最简单也最有效的办法给对手致命一击。

两支球队风格各异,各有所长,这样的比赛踢起来自然好看。以我一个老球迷的看法,南非队所用的防守反击打法一般是弱队打强队时采取的路数。毫无疑问,这是一种理性务实的选择。技术不如人,比赛的控制权就不在你手里,因此只能打防守反击,这是一种无奈之下的选择。但世间的事往往就是这样,那表面上弱势的一方反倒可能是一场角力的胜利者,而表面强势的一方却有可能吞下失败的苦果。

整个上半场,无论控球时间还是射门次数,墨西哥队都远胜于南非队。我就觉得东道主这次麻烦大了,而且随着比赛的进程,我的这种感觉越来越强烈。但最终的结果我们都知道了,场面上必胜无疑的墨西哥队最终只得到了一个难以令他们满意的平局,而在很长时间里都被动挨打的南非队却得到了已经可算是万幸的平局。强弱分明的过程和绝对平等的结果,这两者放到一起,也给了我们一个很好的启示。就像打仗一样,两军对垒,有精兵强将和坚船利炮的一方却往往被四处迂回的散兵游勇所打败。这就是现象和本质,主观愿望和客观结果的悖论,这也是人生和世事的常态。

幸好,拥有美妙技术的墨西哥队扳回了比分,平局是他们至少应该得到的一个结果。如果输了,我会替他们遗憾。在墨西哥队扳平的那一刻,我这个原本中立的球迷突然有了倾向性。站在一个欣赏者的立场上,平局的结果不完美,但也可以接受。毕竟,墨西哥队踢出了那么美妙的足球,一支富于美感又如此努力拼搏的球队,上帝不应该以失败让他们难堪。

2010 年 6 月 13 日 二府庄

两种功夫，脚下和心理

看到韩国队完胜希腊队的那一刻，听到解说员倾情韩国队为亚洲足球争气争光的语言，我颇有同感的同时，甚至改变了我某些积久的偏见。几十年看足球比赛，几乎形成一个基本的印象，足球这项运动，是上帝安排给人高马大的欧洲人玩的；亚洲人尤其是东亚地区黄色肌肤的几个国家的人，玩玩足球是无可无不可，要在世界足坛玩出大名堂，却几乎是不可能的。我向来不怀疑东亚球队投入的真诚，主要因素归之于先天性的人种劣势，论身高、论力量，无法与欧美白种人抗衡，论韧劲、论灵巧又比不得黑种人，而兼具力量与灵活双重生理优势的南美混血人种，就更难比肩了。事实也无可争议，亚洲球队在世界杯上不仅没有摘冠的事，仅有韩国入四强的一次突破性纪录，我却仍不踏实，是否因当年作为东道主而受到某些运气的光顾。

韩国队那晚的胜利堪称完胜，面对身高马大的希腊队，却基本看不到人矮体轻者的被动和难堪，倒是尽得主动，尽显风采，甚至不无足球的风流，倒让我看到了身高马大者的笨拙和尴尬。韩国球员如何把先天的人种劣势实现了突破，很值得仍然对足球尚未丧气死心的中国队研究研究，借鉴其妙招儿。作为球迷的我能想到的通常公开的奥秘，不外乎精湛的脚下功夫，还有不服输更不服软的心理功夫等等。所有这样那样的制胜招数要显示效应，都必须把踢假球捞外快的坏事清除。不然，纵有上帝亲派教练来，也救不了球场失败的命运。

韩国队开了个好头，但愿一路浩荡。

此前曾闻朝鲜队要夺冠的豪言壮语，初听时我竟有哑然失笑的感觉，随之又觉得自己又犯了某种偏颇的毛病，即使不能夺冠，即使进入不了复赛，单是有这种藐视群雄的心态，就为未来的朝鲜足球奠基了一个宏大而又坚实的起点。

2010年6月13日 二府庄

期待一次痛快淋漓的发生

昨晚看完世界杯的几场比赛，竟是少有的一种平淡到可看可不看的心态，且不说失望。尽管导播员不厌其烦地强调日本队是亚洲的巴西足球，同样不厌其烦地强调加纳队的非洲雄狮威名，然而我看到的两队的表现，却都不尽然。日本有比加纳多几脚的门框内射门，却不具威胁性，唯一一次进球，也说不上精彩惊人，有点逮着运气的便宜球。加纳队倒像是狮子，不过不像威风凛凛的雄狮，倒像是一群莽撞的缺失训练的野狮子，个人控球以及拼抢确有点狮子的野性的本能，却缺失了整体配合的耐心和功夫，拿球便长传到禁区，多有从后场的盲目远传，十有八九都被日本队员反踢反顶出去，不仅不能构成对日本球门的威胁，倒让旁观者的我都感到了乱无章法。

再说荷兰和丹麦，也让我感到乏善可陈。相对而言，我对这场比赛的兴趣更是在于对荷兰队的独具个性化的印象，想看到他们既有整体配合更显个人风采的出奇制胜的表演。再说丹麦也属可以抗衡荷兰的欧洲强队之一，相撞必有亮丽的惊人的火花迸出。结果仍让我兴奋不起来，荷兰队只有在临结束前逮住了一次对方失防的机会，把近在咫尺的碰柱球打入门内，和日本那个进球一样，不过是个进球而已。这场比赛令我心头唯一发生一震的事，是那个踢了乌龙球的丹麦队员的表情，不仅不懊悔丧气，更不见通常所见的顿足捶胸乃至痛苦流泪的表情，反而自自然然地笑着。这是我看足球比赛几十年来唯一一次看到踢乌龙球者的笑脸，肯定将会记忆不忘许久许久。

到昨晚我才发现，自己看世界杯的诸种兴趣之中，有一种是期盼那种意料不及也想象不来的惊喜的发生，诸如马拉多纳当年连过三四道围堵的绝境，而仍然能把球打进对方球门，我在那一刻便失声惊叹乃至噢呀大叫起来，那是看足球赛的精神享受。还有不可思议的几十米外的远射中的，密不透风却又精准灵巧的短传配合获得的进球，等等，都会激发出我的惊叫来……然而，我已看了四天的比赛，竟然难得发生一次痛快淋漓的惊叫，多少有点不能释怀的遗憾。

继续期待一次令人痛快忘情的时刻的发生。

2010年6月15日 二府庄

初尝酣畅淋漓的忘情

前日刚说罢本届世界杯缺失令人痛快淋漓的忘情享受的话，不料昨晚就发生了。弗兰三十多米外的一脚远射，确凿惊出我压抑多日的一声惊叹来。堪称开赛五天来独具风采的一脚。再从大场面上说，三场比赛，都异常精彩。精彩在于激烈的拼争，令人有目不暇接的甚至喘不过气来的紧张。三场比赛的场面，竟是难得一遇的惊人的相似，几乎都是一家压着另一家打，智利死死压着洪都拉斯，西班牙更把瑞士压得更死，乌拉圭也基本上是占据优势的压迫型打斗。这种场面的发生，几乎无可选择的战术套路也就相似了，强者一味强攻，弱者一心死守。三家强队的教练不谋而合采取攻势策略，三家弱队的教练都取死守之对应措施，肯定是无可选择的选择。然而，令人悬念迭生的兴致，恰恰在于大相径庭的结局。

论好看当数智利对洪都拉斯一战。在世界足坛上，这两国足球队的名字肯定没有响亮过。在我的盲目印象里，半斤对八两（老秤），谁也强不了谁一分二分。然而，一开场来回几脚，便突显出智利队强势的架势，而且把这种强势的猛攻保持到最后。整场比赛，智利攻势一浪高过一浪，洪都拉斯却死守不漏，把几次失城的危机化解。我为智利的绝对强势而仅得一球颇为遗憾，却也为洪都拉斯的成功防守而赞叹。我不意间想到此前阿根廷的首场比赛，尤其在下半场，阿队进攻不仅不见起色，甚至不起性了，过来过去的后场倒脚，看得我既烦又腻。我看着半刻也不安生的主教练马拉多纳，猜不透这个激情而又好动的人押的何种绝招，仅有一球入账的阿队难道不存在万一的错失……智利和洪都拉斯的比赛，是作为球迷的我最能感受足球魅力的比赛。

西班牙和瑞士的比赛结局，造成了开赛以来的最大最冷的冷门。从始至终占据绝对优势和攻势的西班牙队，却败倒在欧洲一般化球队的瑞士人脚下。无论从控球时间无论从射门次数看，西班牙都成两倍三倍优于对手，然而却只见频频射门，不见一粒入球，真应了只开花不结果的中国民谚。瑞士队的死守是铁了心的，封堵围堵，不惜粗脚犯规，却不忘死守总策略里得着机会的反击，竟然奏效，难得发生的第二连着的第三脚射门，把欧洲冠军又兼夺冠热门的西班牙球门射穿了。那是一次出其不意的巧妙传递造成的杀机，于人仰马翻的乱局中得逞，令人感觉着惊心动魄的一幕。

本来只顾看球赏球不带偏向的我，到后半场却为西班牙人着急了，有倾向性了，占尽绝大优势的西班牙队踢不进一球，似乎有亏公平，直到终场而不能替西班牙队舒一口气。顿然间我意识到又犯了球迷大忌，足球是圆的，意料不及和逆反结局，不仅是足球的无限魅力，也合着某些生活世相，且不论纯技术战术的因素。

2010年6月17日 二府庄

两个半想不到

看了昨晚三场球赛，我的直观感觉是两个半想不到。

想不到德国队竟然输给塞尔维亚队，而且输得如此窝囊。即使被红牌罚下一人，我想依着德国队的实力，和塞队起码可以持平。从场面上看，少了一人的德国队仍然略占上风，却总是打不进一粒入球，甚至连点球都射飞了。抱怨裁判出牌太频太多，不着边际，黄牌是亮给双方球队的。在世界足坛久享威名的德国队遭遇如此不堪，我真的没有料想得到。再想不到的是英国这支同样在世界足坛公认为老牌劲旅的球队，竟然拿不下名不见经传的阿尔及利亚队。倒让我想到英国队被美国队逼平的首场赛事，媒体普遍怪罪守门员在比赛的最后时刻扑球失措，导致了美国队的侥幸进球。阿队大约在实力上强不过美国队，英国队照样赢不了，该怪罪谁？

美国队和斯洛文尼亚两队的比赛，在我的感觉里是半个想不到。论其在世界足坛的影响，两队都不具备德、英的盛名；论其实力，两队大约旗鼓相当，也不像德、英和各自对手的较大差距。两个堪称球（棋）逢对手的球队相遇，往往难以预料结果，更富悬念，也更好看。然上下半场的比赛场面的跌宕起伏，出我意料——算半个。

我约略知道美国人最喜欢篮球棒球等球类运动，足球大概排到其后了。然而近年间足球在美国开始发热，尽管仍比不得橄榄球篮球运动，而足球运动的水平提高之势，却令人刮目相看。我看过美国队几场国际比赛，是一种大开大合删繁就简激情澎湃的风格，颇为喜欢。然而上半场连丢两球，旗鼓不仅不相当了，而且已成积重难返之势。美国队在下半场刚开始的惊人一举，堪称石破天惊。一脚身后长传，造成巨大空当里的疾风奔突，直冲到守门员当面，射门的角度和空间几乎没有了，教练儿子布拉德利却是朝高处踢去，球应声入网。我在那一刻便想到绝了。绝在球迷的我没有想到会如此出脚，更绝在斯队的守门员也没有料到会有如此脚法。我不是低估斯队守门员和我一样平庸的判断，在足球飞过他头顶的时候，他不仅没有做出任何扑球动作，竟然把脑袋往一旁闪躲过去，这完全是一种下意识的自防动作，足以证明他的无备。

我又一次印证了对美国足球的原有印象，而且有新的发现，不仅是激情式的简捷，而且有了聪明的细活儿，上述那个往高处踢的选择，堪称灵机一动的绝妙一脚；第二粒进球也属此类，面对即将冲到身边的斯队队员，美国队队员用脚往高一搓，球从守方队员头顶越过，入网，搓球的时机和力量都恰到好处，可见脑袋之机灵，又兼不俗的脚尖功夫。

跌宕起伏，峰回路转，柳暗花明，绝处逢生，是美国队的精彩表演，让我看了一场好球。转败为平（且不说那个被废的进球是否冤枉）确非易事，美国队却实现了。这不仅需要足球技战术，更需要强大而良好的心理素质，美国队证明了自己。

2010 年 6 月 19 日 二府庄

足球赛场不理会眼泪

朝鲜队昨晚以三个失球的完全失利告别本届世界杯。终场哨响的那一刻，我的眼前浮现出郑大世在首场比赛开赛仪式上那热泪涌流的感人一幕。我当时确凿被打动了，随之从媒体上看到岂止是我，世界上各个角落的许多人都被感动了，真可谓珍贵无价的一掬热泪。

朝鲜队首战巴西，尽管以 1:2 告负，我想到郑大世热泪涌流的面孔，反倒觉得这帮小伙子输得不失体面，尤其是能打进巴西队球门一粒进球，颇令人敬重。到再战葡萄牙队时，我的预感是一场尤为好看的球赛,因由有二,一是能与巴西这样的头号强队打成1∶2的比分,和葡萄牙队当为旗鼓相当的对手,又有满脸热泪和满腔热血的激情,当会有神奇的发挥。更看重的一点,是一九六六年那届世界杯上,朝鲜队和葡萄牙队相遇,在3∶0领先的绝对优势下,竟然被葡萄牙队连进五球而告负。输虽输了,能率先打进葡萄牙队三球,说明朝鲜队不差葡萄牙队多少,属于等量级,况且已有前车之鉴的难忘教训,这回会发挥得更好。这样推想,我很自然地更看好朝鲜队。万万没有料到朝鲜队竟然以0∶7的创纪录(本届世界杯)的大比分,输得一塌糊涂。直到昨晚再以三球输给科特迪瓦,又出乎我的预料,原本推想这应是挽回尊严的一战,况且科队的水平也不过尔尔……那个热泪涌流的郑大世,怎样接受这种惨不忍睹的再二再三的失败?

如实说来,在葡萄牙队打进朝鲜队第一粒入球时,郑大世的泪流满面的面孔,几乎同时浮现到我的面前;之后葡萄牙队每进一球,球应声入网那一瞬,我的眼前就出现那张动人的泪脸;及至连续不断的失球发生时,郑大世的泪脸就挥之不去了;我在电视画面上着意寻找郑大世,想看他此刻会是怎样一番表情,甚至替他操心,如何接受这种不堪忍受的尴尬。及至昨晚与科特迪瓦队的比赛,又一次不堪忍受的尴尬如何忍受得下?须知那是感动过包括我在内的世界上无以数计的人的一掬热泪的人呀!

谢幕的哨声吹响的那一瞬,我从替郑大世操心的情绪里折转过来,耳畔响起一句老掉了牙的进口箴言,莫斯科不相信眼泪。由此推演,足球赛场更不理会眼泪了。足球赛场上,无论万众瞩目的世界杯,无论欧洲的各大赛事,以及各国的俱乐部联赛,都是各个球队实力的较量。这种实力不过两种因素,有一位好教练的操持,再就是队员的脚下功夫,后者比前者更重要,因为教练的战术策略的实现,需得依靠队员的超强的脚下功夫,非此都是纸上谈兵而已。这样,我便想到还是那个基本的事实,脚下功夫不如人,纵有满眼满脸热泪,也只能徒叹奈何。

我为朝鲜队送行,回朝鲜好好练习基本的脚下功夫,不惜卧薪尝胆之狠劲。脚下功夫超强了,再有一掬报国的至诚的热泪,当会有惊世骇俗的竞技风景。

2010年6月26日 咸宁

话说一个球的错判

英格兰队和德国队谁淘汰谁而能进入八强的这一仗,早几天就被各路媒体所关注,热心球迷也期待着这场两强对决的好戏了,我自不例外。然而对决的结果,媒体和球迷对于德国队以4:1的悬殊比分取胜的兴趣,似乎远远不及对英格兰队那个被裁判错判的进球更大。我甚至遗憾到有点耿耿于怀。平心而论,看这两队的比赛,我完全是等距离地纯粹地观赏,尚不存在为韩国队出局而惋惜的东亚情结,确是那个误判破坏了我坐山观虎斗的情绪和兴趣。

且不赘论公平,这是明摆着的天大的冤枉。然而在足球这方特殊的语境里,裁判的哨音和手势是绝对权威,判对了要执行,判错了也要按判对了执行。仅从这一点来说,足球裁判比独裁的皇帝还要牛皮,稍微开明的皇帝如果事后发现某道圣旨下错了,还能够收回成命,历史上不乏此例;足球场上裁判的错判误判,却是一错到底,冤死你也不改判。然而这不是裁判自己要独裁到如此不讲理的程度,而是足球规则规定了的,裁判想改判反倒不能了。大家共同议定的足球规则,大家都得循规照办,万一轮到谁蒙受冤枉,你就只能受着。这里再说足球是圆的那个套话,就显得太过轻飘,无法使蒙冤者化释半分冤气。

我之所以遗憾到有点耿耿于怀,完全是这个错判破坏了一场好看的足球比赛。在德国队两球领先的优势里,英格兰队有如神助,竟然连进两球,且已接近上半场结束,可以想见下半场的好看了。关键就在英格兰队第二粒进球被裁判废掉了,这在英格兰队球员的心里会造成怎样的挫伤,情绪会发生怎样的波动,真是难以估量,势必影响到战术配合,及至足下头上功夫的正常发挥。任谁都明白这第二粒进球对英格兰队的意义,甚至比第一粒进球更大更重要,扳平比分对英格兰队员来说,无疑能使自信心达到最佳状态;对德国队却会造成一定的心理压力,起码要比两球或一球领先时的压力要重得多了。这个不算数的第二粒进球,对英格兰队无疑就有几重伤害了,不单是一个错判的进球。

我还在想,如若没有发生对英格兰队第二粒进球的错判,英、德两队上半场打成平分秋色的2∶2比分,下半场该会是激烈到怎样不可猜测的精彩场面,只能是遗憾再遗憾了。

2010年6月28日 二府庄

巴西队也猴急了

巴西队输给荷兰队多少有点出乎我预先的猜想,倒也不甚惊讶;而巴西队赢得起输不起猴急的样子,确令我大跌眼镜了。

巴西队和荷兰队属强强对决,又是欧式足球和典型的南美风格的对抗,任谁都会以极大的兴趣关注这场好看的比赛。就我积久的印象而言,稍微看好巴西队,胜数可能大些。开赛刚刚十分钟,巴西队一次简捷到令荷兰队员发愣的传接配合,创造出一粒漂亮到令人赞叹的进球,我看好巴西队的比重又添了一分。

不单是这粒进球,开赛后巴西队员娴熟自如而又准确的传接配合,令我眼花缭乱目不暇接,直感叹这帮小子把足球玩到如此轻松的程度，简直不可思议，不觉间便沉浸到艺术足球的享受之中了。完全料想不及的是，下半场开赛不久，巴西队一记乌龙球之后，似乎乱了阵脚，尤其在荷兰队趁势又攻入一球之后，巴西队完全变成了个令人陌生的球队，传接球频频失误，精妙的短传配合不见了，优势一下子倒向荷兰队。更令人不可思议的是，五号梅洛情急中恶意踩踏倒地的罗本，一脚还不解恨，呜里哇啦口水乱溅，肯定没什么好话，招致红牌被逐出场。我竟忍不住自言自语，巴西队员咋成了这模样了。

这里能想到的原因，便是心理失衡。然而令我颇为不解的是，丢球后的慌乱乃至失衡，多见于那些弱队，或中不溜儿球队，像巴西这样既拥有盛名又不乏球星的老牌强队，居然也会脆弱到架不住一球落后的失控到失衡的境况。其实，在我这个球迷看来，依着巴西队的实力，完全有可能扳平甚至胜出。这样失衡导致的失控以至失态，就把脚下练就的令人羡慕的功夫全窝死了，发挥不出来了，可见心理素质和脚下功夫都不可或缺。

最值得一说的是巴西人五号梅洛。巴西队的进球，起码一半功劳该归功于他精确且神奇的直传；巴西队的乌龙球也是这个梅洛造成的；恶意踩踏对方队员而被罚下的也是梅洛。梅洛是巴西队失衡到崩溃的典型代表，真可谓成事是他，坏事也是他。在旁观者的我看来，梅洛失衡失控失态到有点气急败坏，有点丧失理智，用中国民间话来说，猴急了。马拉多纳情急之下用手打进一球而逃过裁判法眼，不无幽默地自诩为上帝之手；梅洛踩踏罗本的一脚，却不仅缺乏幽默，确实当属魔鬼的黑脚，猴急到有失体面了。应该说，巴西队不是输在技不如人（荷兰），也不可完全归罪于教练（据说邓加治军以严厉著称），肯定不会唆使梅洛情急时使出魔鬼一脚。

我颇为感慨，印象里的巴西队，向来以良好的心理素质和精湛的球技享誉国际足坛，罗纳尔多和小罗纳尔多都堪称典范，尤其那个有点龅牙的小罗，赢球时兴高采烈，输球时也不见怒气丧脸，常见着的是一副可爱的纯真的笑脸，包括龇牙都笑得别具风情。这天晚上的巴西队不仅输了球也丢了人。但愿大罗小罗的笑，重新回到巴西队队员的脸上。

2010 年 7 月 3 日 二府庄

神来之笔及其他

在两场诱人的半决赛即将打响之前，凭着说不清道理的直观印象，我预想荷兰队可能胜过乌拉圭，德国队更强于西班牙。两场比赛哨终人散，我的猜断半对半错，却不仅不留遗憾，反倒大开眼界，获得了预想不到的两三点强烈的足球奇观和无可企及的一种愉悦。

且不说荷兰队战胜乌拉圭队应验了我的预测，我经久不忘的兴致，完全集中在范布隆克霍斯特的那一脚劲射入网的风采上了。那是一脚堪称神来之笔的射门。距离有三十五六米远，范氏面前有乌拉圭队两个防守队员。范氏脚步不急，铆足了浑身力气一脚踢出去，皮球如离膛炮弹，击中门柱上端内侧，应声入网。守门员尽管跃起扑救，那皮球正好高过他的指尖，有如神算。守门员显然预料不及这个球的来路和击中点，从他站在球门正中的位置可以证明，也是造成进球的致命之误。设想守门员如能料定此球的来路和击中点，他肯定会移位到他的左侧门柱旁，那样扑救就很保险了。

我之盛赞此球为神来之笔，在于通常情况下是万难实现的。我看过不知多少场球赛，如此远距离的如此精妙的射门，屈指数不出几个。我甚至想，且不说别的足球明星，即使范氏本人，让他再来如此一脚，十有九点九成也做不到；即使不设防，让他在同样距离射中同样位置，也难。我便想到，神来之笔是不可能重复的，也难以仿效，可能连踢出这一脚好球的范氏本人也理论不清，神就神在那瞬间不可重复的一脚。人们常说某个画家的某一个线条或某个作家的某个细节为神来之笔,也是不可重复不可仿效的。范氏这神来之笔,似乎称为神来一脚更恰切。有了这神来一脚的美的享受,对于我这个球迷来说,谁输谁赢都不重要了。

德国队和西班牙队的比赛结果出乎我的预料,不仅不尴尬,反倒增添了观赏的兴趣。我为西班牙队队员灵活自如游刃有余的短传配合而入迷,起码不逊色于精通此道的巴西队。欧洲人能把脚下的活儿演练到如此精绝的状态,真让人大开眼界。我便看到在西班牙队员的细活儿面前,德国队员处处不适到有点狼狈不堪的局面,真有点不敢相信眼前的赛场景象,一路雄风一路凯歌直打到半决赛的这一帮德国小伙子,被西班牙人压在半场围打,昨日和前日的威风全然不见了。西班牙队有两三次势在必得的进球,仅仅错失在毫厘之间而不得,按照比赛的场面,应当不是1∶0的结果。

德国队教练赛后不仅服输,而且很感佩西班牙的球技。我在看着这位教练说话的时候,竟然心软到感动了。赛场上常见的多是脚软嘴硬的人,难得认可对手的优长。德国队未来的希望大约也在此时奠定了,如若能让这位教练继续留任的话。

2010年7月8日 二府庄

悬念的诱惑

看着德国开场不到二十分钟便打进一球,我便发出由衷的慨叹,这才像是德国队踢的足球。同时也就意识到,对两天前与西班牙队的半决赛中败下阵来的德国队的表现,仍然存在着遗憾。其实,德国队和西班牙队谁胜谁负,在我并无倾向性,谁赢我都会为他们球队和他们国家庆幸。遗憾恰恰在于德国队在关键一仗中的表现出乎我的预料，用观球者纯粹的直接感觉说来，德国队那场比赛踢得不像德国队的足球了，且不究是教练布局的失误，或是球员心理压力导致的足下的失措。昨晨与乌拉圭队的比赛，其实在首粒入球之前我已经感知到印象里的德国队重新披挂登场了，又会有一场精彩的比赛可以欣赏了。

德国队踢得像德国队的样子了。乌拉圭队也几乎是超常发挥了。一家是典型的欧式足球，一家是比南美足球更见力量型的新风貌，一开场便不客气，你攻我也攻的对攻战，看起来尤为痛快，也委实让人过瘾。从场面上看，似乎势均力敌，看不出谁强过谁一分二分，尽管球场统计各种技术数字德国队略多一分比例，现场却让我看到谁胜过谁都有可能。相对而言，一方死守一方强攻的比赛不大好看，两方如果都守字当头就更难看了；还有双方实力相差过大，造成一方死压着一方的一边倒的比赛，也不大好看，就在于缺失了竞赛的悬念。在我多年看足球比赛的印象里，高水平的对攻，势均力敌的较量，看起来是最忘情的享受，关键就在难判输赢的悬念的无可言表的魅力。

德国队和乌拉圭队的季军争夺战，就是这样一场峰回路转高潮迭起悬念悬到终场哨响的那一瞬，诱惑得人几乎不能移开电视画面半分钟。因为每一个半分钟里都发生着精妙叫绝的传切配合，都可能发生射门入网的精彩瞬间。德国人先入一球，似乎略胜一筹，容不得德国队得意太久，上半场结束前乌拉圭队也打入一球，上半场平分秋色，悬念就留到下半场。不料下半场乌拉圭又进一球，倒该德国队着急了，高潮又一次迭起，悬念便更悬了。德国队打入第二粒入球，悬念不仅没有减弱，坐同一条板凳的较量更趋白热化。到德国队再次领先一球的时候，我却希望乌拉圭队能二度扳平，重新坐到一条板凳的两头，却也隐隐替德国队操心，能保住一球的优势吗？悬念悬到我竟然顾此（乌队）又怕失彼（德队）了。我的预感略差一分，就在终场哨音吹响之前半分钟,乌拉圭队一记漂亮的任意球射门击中横梁,揭开了谜底,结束了悬念,留下了遗憾。

难得这样一场峰回路转到扑朔迷离,高潮迭起到悬念重重的精彩比赛。我倒担心最后的大力神杯的争夺战会如何表演,通常的现象是,最致命最关键的比赛,球员往往会发生心理上的异变,还有教练决策上的取向,都是为着那个杯的如何得手的最保险的套路去干的,丝毫不顾及足球场面好看不好看的闲事了,更不会顾及如我一类纯粹欣赏足球的球迷的兴趣了。且拭目以待。

2010 年 7 月 11 日 二府庄

侥幸也否

世界杯决赛打响之前一天,接到上海一家报纸体育记者打来的电话,说他们筹备一期各界人士猜球的活动,问我大力神杯将杯落谁家。我不好生硬谢绝,顺口答道,你问得晚了一步,那只神奇的章鱼已经做出判断了,满世界都知道了,我不宜再多嘴多舌了。对方竟愣怔不语。

玩笑归玩笑。决赛双方的西班牙队和荷兰队,盘旋在我的脑子里,几天来一直是此起彼伏又此伏彼起,难得形成一个哪怕纯属个人偏颇的猜测意向。西班牙队和荷兰队的最后对决,都是一路打杀过来,力克群雄,也技高一筹,才得以脱颖而出。这里没有投机倒把,没有银子贿赂(假球赌球传闻不足信),完全靠实力才争得亿众瞩目的最后决战。两家此前的几场比赛我都看过,各有优长,又有差异,西班牙队员娴熟的传接配合,把南美尤其是巴西人的脚下细活玩到家了,给传统的欧式足球别树一帜;荷兰队依旧是欧式打法,简捷明快,脚下更见准确的功夫,这两家对垒,的确难做出预测,却可以肯定有好球看了。尤其是有西班牙队的参与，弥补了南美风格足球的缺失，成为了一个看点。

无须赘述比赛过程。西班牙还是西班牙人的打法，荷兰队也依旧还是荷兰队的风格，似乎看不出任何一家的缺陷，却总是打不进球去，直到加时赛的最后，西班牙队才侥幸打入制胜一球。我之所以用侥幸这个词儿，是荷兰队的防守出现了空白，射门的那个西班牙队员面前无碍，只对着守门员一人打了远角入网。须知造成这种难得的又是优越的射门空当，是在荷兰队被罚下场一人之后发生的，不无侥幸的成分，也很难让事不关己的我欣赏到进球的快愉。整场一百一十多分钟的你来我往，竟然谁也打不进一球，难免让观赏者感到沉闷，尚不至于乏味，就在双方都有两或三次单刀或近在咫尺的射门机会，却都浪费了。尤其是作为荷兰队功臣射手的罗本，两次单刀面对球门的时候，却都被守门员化解了，给观赏者的我留下一次又一次有惊无险的遗憾，其实也是欣赏心态的别一番滋味。

有评球家说西班牙队夺冠是顺理成章的结果，依据是该队控球时间占较大优势。我不能信服，因为控球时间的谁多谁少，可以看出球场上的上风和下风，然而更重要的是控球的有效和无效，设想罗本独对守门员时踢出更冷静也更刁的一脚，那么起码场面上就更好看了。常识和常遇的赛场现实，过于繁琐的控球，往往招架不住简捷实用的精准到致命的一脚直传造成的威胁。

西班牙队赢了，好。尤其是第一次捧得大力神杯，国王都喜得蹦起来给球队打祝贺电话了。

荷兰队输了，尽管是完全可能赢的结局，却输了，倒显出世界冠军的征象，也潜伏着希望。

2010年7月12日 二府庄

毛乌素沙漠的月亮

朋友电话约写一点有关月亮的记忆。话尚未落音,我的心底便有一轮又圆又大的满月缓缓浮现出来。这是我平生见过的最大的月亮,在毛乌素大沙漠的天空悬浮着,也沉浮在我的心底,整整二十五年了。

那是一九八五年的酷暑时月,由路遥挑头在陕北召开"长篇小说创作促进会"。"促进"二字彰显着这次会议的主旨,却也明白不过地提醒与会作家,应该考虑长篇小说创作的探索了。客观的情况是,新时期出现的一茬陕西青年作家,正热衷于中篇小说和短篇小说的创作,尚无一部长篇小说出版,作协领导有点着急,需要促进一下。会议的第二阶段由延安转移到毛乌素大沙漠中的塞北重镇——榆林,作家们的兴致更高涨了,纷纷表态要把长篇小说的创作列入最近的写作计划,"促进"促得会上会下的气氛十分热烈。挑头的路遥无疑也很鼓舞,顿时突发奇想又别出心裁,要搞一场篝火晚会,就在荒无人迹的毛乌素沙漠里,这在当时无疑是一场浪漫而又颇为新潮的晚会。

柴火是向当地乡民购买的,一捆一捆干绷绷的沙柳棒子,见到引火便蹿起火苗,得着沙漠夜风的鼓吹,火势顿时便起一丈多高,把刚刚降下的夜幕现出一片光亮的空间。与会的这一茬作家正值青年壮年,又得着思想解放的时风的鼓舞,全都围着噼啪爆响的火堆几近疯狂地蹦跳起来，很难看到谁有规范的舞步，都是随心所欲地胡蹦乱跳，夹杂着平素很难发生的野性的狂呼吼叫，把静谧无息的毛乌素沙漠吵翻天了。我也夹杂其中，蹦着跳着，便有了难得的一次尽情放纵的生命狂欢。不料有人从背后抓住了我的胳膊，不容分说把我拉出狂欢的人窝儿，说，咱俩散散步去。依声音辨识，这是诗人子页。

我便随着子页走，几乎是漫无目的地无意识行走，却恰恰走在往北的沙地上。往北无疑是更为荒凉的沙漠腹地的方向。估摸不准走出多远了，篝火晚会的嘈杂的人声消失了，腾跃的火焰也看不见了，只有一片小小的略显红色的亮光标示着篝火晚会会场的方位。天上繁星点点，沙漠夜幕里仅有一丝微弱的亮色，我只能看见并排走着的子页的人形，完全看不清他的眉眼。凭着感觉判断，已经走得很远了，恰好脚下踩到了一道沙梁，两人不约而同停住脚步。他坐下来。我也坐下来。白天被晒得烫脚的沙子似乎还有余温。他说了些什么话，社会热点话题或文学写作什么的，认真的和不认真的，正经的或不正经的，现在竟通通忘记了，一句也没留下来。同样，我对他说了些什么话，也通通忘记了，一句都回忆不起来。我俩在沙梁上对面坐着，此起彼落地聊着（用西安当地话说叫"谝着"），仍然是谁也看不清谁的眉眼，依着说话的语调和口吻的缓急，感知对方的思想和情感。

无意间，我突然看见他脸上的轮廓了，不由一惊，瞬间就意识到月亮出来了。他几乎同时轻轻地惊呼：啊！多大的月亮！我转过身，就看见沙漠尽头地天相接的地方，浮现着一轮小碾盘那般大的月亮，惊得我一跃身站立起来。子页也站起来了。

多大的月亮。我忍不住赞叹。

没见过这么大的月亮。他也随口赞叹。

多大多圆哇。我忍不住再说一句，便想到当属农历的六月十五或十六。

难得看见毛乌素沙漠的满月。子页庆幸地说。

子页是一位颇具广泛影响的诗人。我也算得一个作家。诗人的他和作家的我站在毛乌素沙漠里,面对初升起来的一轮满月,反复赞叹的词汇里,只有一个"大"字和一个"圆"字,竟然再反应不出一个更生动更美妙的文字来。我俩站在沙地上,看那又圆又大的月亮缓缓浮升起来。沙漠里偶尔传来一声单调的野兽的叫声,我可以辨出是狐狸,城市长大的子页却以为是狼。月亮浮上天际大约有一竿子高了,似乎渐渐缩小了一轮,却更明亮更清湛了。子页突然对我说:"我有一个提议——"却不说提议的内容。我也没有急于追问。只见他俯下身去,在月亮照亮的沙地上摸索,终于找到几根沙蒿秆儿,捋去枝叶,盯着我说:"面对毛乌素的满月,咱俩发誓——"说着便跪倒在沙地上,把三根蒿草秆儿双手举起,反复三匝,插在沙地上,颇为郑重地发出誓言:"我对毛乌素沙漠的月亮起誓,和忠实老哥肝胆相照,永不背叛……"我看着他突如其来的甚为庄重的举动,虽然始料不及,却没有任何犹疑,瞬即便和他并排跪下了,捡起三根替代香火的蒿草秆儿,照他的动作做起:双手握住蒿草秆儿,从胸前举起到眉心,反复者三,同样插在他插着的蒿草秆儿的一边,也信誓旦旦地对着毛乌素沙漠上空的月亮起誓,誓词自然和他的誓词保持一致。待我说完,两人相应地转过脸来面对面瞅着对方,两双手便紧紧地握在一起,然后便四仰八叉倒躺在沙地上,纵声大笑起来……

有人吼叫我和子页的名字,我俩当即应了声,料想篝火晚会要收场了,我俩似乎还留恋这一方静谧神奇的夏夜的沙漠,更有沙漠上空越升越高也愈加明亮的月亮。奔到我俩面前的两位作家虚张声势:还以为你俩被狼吃了呢!我俩都不在意地笑笑。有位作家颇认真地渲染说,沙漠里的狼可厉害了,常叼牧民的羊。子页随机应变,从沙地上捞起他和我插下的蒿草秆儿,说:"我俩有金箍棒,什么样的恶狼都不怕……"

算不得结义,也算不得结拜,不过是面对沙漠上空一轮又圆又大的月亮,诗人子页诗性激情的瞬间生发的举动。我之所以毫无犹疑地响应,有一个基本的感知,就是子页弃政从文的人生选择。他在新时期文艺复兴的热烈而又神圣的文学氛围里,辞去了给一位重要领导当秘书的工作,自愿调动到文艺圈子里来,在作家圈里曾发生了好久的一阵议论。任谁都能预料,为一位重要的一把手当秘书多年,仕途上绝不会亏他的;他却舍弃了,毅然投身到文学圈子里来了,可见他对文学的痴迷和神圣。平心而论,我和他认识也有四五年了,来往屈指可数,他热衷诗的创作,我学习写作的兴趣却在小说,文学大圈子里还有不同文学样式的几个小圈子。再说他住在西安城里,我住在白鹿原下的乡村,平素难得相遇。我对他最直接的印象,便是他舍弃官场投身文坛的举动,一个如此痴迷文学也神圣文学的同龄人,大致该当是可以信赖的……我便和他并排跪倒在毛乌素沙漠上,面对那一轮又圆又大的月亮。

之后二十五年,淡淡如水,一年半载遇合到一起,我看着他虽依旧浓密却大半花白的头发,他瞅着我光亮的谢顶,互相先自笑了,竟然谁对谁都说不出一句客套的话,开口总是调侃。待喝过两盅之后,或他或我就会说起毛乌素沙漠里用蒿草秆儿作香火对月起誓的事来,仿佛就在昨夜。可见毛乌素沙漠上空的那一轮又圆又大的月亮,沉浮在我的心底,也在他的心底沉浮着。我便自然想到,如果谁有了无论大或小的苟且之事,沉浮在心底的那一轮又圆又大的毛乌素沙漠天空的月亮,就再也浮现不出来了。原本仅属于诗人子页兴之所至的一项提议,其实不无玩笑作趣的成分,现在倒感觉到一种人生的颇可珍重的情趣了。

2010年7月28日 二府庄

我经历的鬼

知道世界上有鬼,和知道有狼一样,都是在少不更事的愚顽时期。晚上玩得癫狂不能安生睡觉,母亲为了节省灯油,好话规劝无奈,往往就用绿眼长牙凶相毕露的狼来吓唬我,却从来不说鬼,这已成铁定的忌讳。然而,她不说鬼却有人说鬼,谁家屋里昨晚闹鬼了,一个看不清面目的黑衣女人从院中飘到房脊上;隔不了三五天又有鬼事发生,某人在村人回家歇工的正午时到坡地上寻找丢遗的烟袋,看到乱葬坟堆里有二三人影,均无头,他咳嗽一声便消失了;某妇人走娘家回来,看到不远处的柿树下有一位老妇人在哭着诉着,便加快脚步想劝慰其节哀,不料竟眼睁睁看着那人隐去了……我的这个不过三十多户人家的小村庄,隔不过几天就有鬼事发生,当天便传得家喻户晓,两人一堆,五人一伙,说得如同亲见一般生动翔实。夹在她们胯旁的我听得头发倒立毛骨悚然,却仍忍不住想听。相对于狼而言,鬼更可怕,狼一般在夜深人静时才到村子里偷叼猪羊,鬼却不管白天黑夜都在游荡;狼活动在山野荒坡,鬼却天上地下荒野宅院任由出入,防不胜防,想躲更难。年少时我不仅不敢独睡一屋,甚至不敢走进空无一人的自家院子,心里总怯着房顶上、过道里或屋梁上会隐藏着一个鬼。

我只说我经历过的几次鬼事。

有月亮的夜晚,往往是村里孩子聚合玩耍的天赐良机。我平生仅有一次碰见过的鬼，就发生在一个冬天的月色朦胧的村巷里。我跟着比我稍高一点的哥哥到村子东头去玩耍，刚走到离家门不过百十步的一户人家的围墙口时，他却突然改变主意不许我跟他走了。眼睁睁看着他和几个伙伴往前走去，我很失落地转身回家。就在刚转过身的一瞬，看见不过五步远的一个茅厕里有一个怪物，体形像一头半大的牛，又像一只超大的猪。出奇更在不是我每天都能看见的活牛生猪，而是如同过年时乡村集市上叫卖的纸扎的动物造型的灯笼，从头到脚涂饰着红的黄的绿的色彩鲜艳的圆形和方块形的图案，似乎还有一缕亮光透出。好奇心驱使我停住脚步，那纸扎的"四不像"的怪物竟然走动起来。那时候的乡间茅厕，多是三堵半的土墙围成的一方避身遮丑的小小空间，那怪物笨拙地移动着纸扎的躯体，竟然还扭过头来看着我。恰是在这一瞬间，我的毛发倒竖，后脊发冷，恐惧顿时攫住了我的心，腿都软了。我已经记不得是怎么回到家的，也不记得母亲后来施用了民间的哪种措施为我驱鬼除邪，随后似乎也未遭遇什么灾祸或病痛。然而，那个纸扎的却会移动的"四不像"的怪物的身影，却铸成永久的记忆，及至六十年后的今天，我仍然能够描绘出曾经眼见的形态和色彩。

我更多经见过的鬼事，都是发生在村子里这家或那家、这个人或那个人身上。

村子里以及周边最爱闹鬼的地方，是距村子不过一里路的一座孤坟。这座孤坟在很窄的一畛地的南头，倚着矮矮的一道地坎。这畛地的北边有一条两步宽的土路，是我们村子通向外部世界的主干道，离那座孤坟不过十来步远。这里埋着一个不幸死去的年轻男子。我很小的时候就听到村里某个女人或某个男人在这里撞见了鬼，有的人在夜里撞见，有的人竟然在大白天撞见，还有早起赶路的人在微明的晨光里，也撞见过鬼。有人撞见的是有身躯却无脑袋的鬼，有人撞见的竟然是有头有脸四肢齐全的走动着的鬼，还有人竟然看到坐在孤坟不远的路边发出呜呜哭声的鬼。谁都会想到,这是孤坟里那个年轻男人的鬼魂再现。

我记不清从这座孤坟旁走过几千上万次了,却一次也没有撞见那个被许多人都看见过的鬼。然而,每一次走过这座孤坟旁的进村路时,我都不敢扭头去看土坎下的那个小小的长着荒草的坟堆,而且头发便倒立起来,头皮感觉到一缕凉意。小时候不敢单人走过这里,即使和家人或伙伴大白天走到这座孤坟旁,仍然抑制不住头发倒立头皮生凉的反应。及至成年,我自信已经成为不信神更不信鬼的唯物论者,每当单人路过这里,头发照旧倒竖头皮仍然会生出一缕凉气,甚至连自己都忍不住暗暗自嘲。有一回我和自己较起劲来,当头发倒竖头皮生凉的反应发生时,我索性停住脚步,点燃一支烟,直对着孤坟抽起烟来;似乎这样还不足以把劲较足,干脆走到土坎下的孤坟堆前,转过去又转过来,抽着烟转了三圈,又伫立在坟堆前,直到倒竖的头发不再倒竖,头皮上的凉气消散,我才离去。我以为经过这次最近距离的心理抗争之后,当会终止往常生理反应的惯性,结果却依然故我。说来更不可思议的是,在我住在原下老屋写作《白鹿原》的最后一年,难耐每天停笔歇工之后的无聊,迷上了下象棋,本村的棋友如若凑不到一起,我便到东边或西边的邻村去找棋友,常常玩到半夜方可尽兴。关键是去西边邻村下完棋回家时,满天星光,走到土坎下的孤坟旁,仍然头发倒竖头皮生出凉气,须知我已经是年近五十岁的准老汉了。幼年时因为这座孤坟野鬼的传闻而发生的恐惧,由恐惧而引发的头发倒竖头皮生凉气的生理反应,竟然成为一种惯性,直到准老汉的年岁都难以消除,也就只好任其发生罢了。

真正致成我心理创伤的鬼事,却是发生在一九六二年。

这一年,我高中毕业,高考的作文题有两个,一为"雨中",一为"说鬼",前者无疑是记叙文,后者亦无疑为论文体。依我自己而言,选择叙述文体的"雨中"为宜,因为我在初中的作文本上早就写过几篇小说了,颇得语文老师好评,记事的叙述文体当胜过论文一筹。然而,我却鬼使神差地选择了"说鬼"。我已不记得我是如何说鬼的,也不必说我把鬼论说得如何,致命在于我没有写完。考场的铃声响起的时候,我的紧张在残酷的铃声里完全失控了,脑子里一片空白,完了!我完了。看着监考老师从我桌上收走考卷,我连站起来的力气都没有。我走出考场和设置考场的中学的大门,看到街道上熙熙攘攘的人群,这时才意识到已经尿湿裤裆了。

后来自我检讨,之所以选择我并不擅长的论文体去写"说鬼",原是出于一种错误的判断;之所以发生判断的失误,说穿了是自作的小聪明所致成;再扎实说来,是不无投机心理的。我读高中的上世纪六十年代初,有一本名为《不怕鬼的故事》的书,不仅风靡全国,而且成为高中生的必读物,是政治课的补充教材。后来才知道出版并要求党政干部和高中以上学校师生阅读这本书的社会背景,既有国际因素,又有国内因素。国际关系中,兄弟般的苏联和中国,矛盾已发展到不可调和的面临翻脸成仇的地步,视苏联为修正主义,简称"苏修"。修正了马克思列宁主义的修正主义的代表人物赫鲁晓夫,被喻为鬼。国内的背景是庐山会议关于"大跃进"大炼钢铁和人民公社造成灾难的事,持这种观点的彭德怀被定为右倾机会主义者。右倾机会主义者也是鬼。无论赫鲁晓夫,无论彭德怀,两大事件尚没有向国民公开,先以打鬼运动造成舆论。我那时候似乎在私下里隐隐听到一点风声,便自作聪明地选择了论文"说鬼"的题目,以为正合拍于社会的大命题,肯定要比"雨中"这类抒情的叙述文更切社会热点……不料却栽倒在"说鬼"上。那个年代的高考语文试卷,问答题占六十分,一篇作文占四十分。我的作文无疑为零分,我便觉得完了。

我回到那个三四十户人家的小村庄,才切实感到曾经热烈到热切的人生梦想彻底破灭了。上初级中学时,关于人生前途还黏黏糊糊,而一当坐进高级中学的教室,便想着某所大学,几乎再无第二种意向。我是我们那个小村庄的第一个高中毕业生。我回乡务农的事实开了一个念书白念也白花钱的糟糕先例。当然,关键还是对我自身的挫伤,"说鬼"没有说完,更遑论完美,这个意象里的鬼便刺刻在我的心灵深处。

单举填表一例。从我走出学校走进社会,几十年来不知填过几百成千次表,无论什么用途的表,不可或缺"文化程度"专栏,我都填写"高中"。每一次写着"高中"这两个字时,心底便泛出"说鬼"这道作文题目来,几乎没有一次幸免。尽管随着岁月的流逝和年龄的递增,"说鬼"泛出的心理滋味渐渐淡化;尤其是得幸成为一个作家写出了一些作品,"说鬼"没有说完全的那种无以言状的挫伤感基本平复,然而仍缺失不了填表每遇"文化程度"栏目写着"高中"俩字时,便泛出"说鬼"的事。那情形极其类似每过村子西边土坎下孤坟时头发倒竖头皮生凉的生理反应。孤坟野鬼致成的是纯粹的恐惧,由恐惧致成的头发倒竖头皮生凉的纯粹生理反应竟然成为根深蒂固的生理惯性,即使成为无神无鬼的唯物论的信徒,仍抑制不住生理惯性的发生。相对而言,"说鬼"写作的失败造成的心理伤害,是我人生历程中可以用致命来划档的三两次最厉害的伤害之一,且是第一次。

高考落榜的那年暑假,我不止一次于半夜里惊叫着翻跌到床下。父亲大约担心我会弄成"神经客",却也只有一句平常的话来劝慰:天底下农民一层人哩。正是这句平常到平庸的话,遏止了我的慌乱无着的情绪的恶性发展,我的人生参照是中国最庞大的人群——农民,我的悬空的心便落到了鸡鸣狗叫猪哼哼的村巷里了。然而,"说鬼"里的那个纯属意象的鬼,尽管没有村子西边土坎下孤坟里的野鬼可怕,却远远超出其伤害的重和深。有一年我被邀出国访问,办公室王主任让我填写出国申报表时,笑着为我建议,在"文化程度"栏目里填上高等学历，至少应该填成大专学历。他替我操心，怕我以往所填的中等学历会被洋人轻视；他又为我释疑，反正也没人查验毕业证书。我拿着表格回到自己办公室，犹豫之后，还是填写上"高中"二字。这一回，"说鬼"里的鬼所引发的心理反应较大，办公室王主任好心替我出谋划策的时候，这个意象里的鬼就在心里泛浮出来，一直盘旋在心头，直到我回到自己的办公室，直到我犹豫不决的一段时间，直到我终于拿定主意写上"高中"二字，那鬼才隐去……村子西头孤坟里的野鬼和高考作文"说鬼"里的鬼，竟然几乎伴我一生，我至今辨不清有幸或不幸。

还遭遇过更严峻的鬼事。

上世纪八十年代后半段写作《白鹿原》时，涉及田小娥被杀后变鬼的情节，有二，一是田小娥的鬼魂附着在杀死她的公公鹿三身上。关于这个情节的合理性和我写作的原意，且不自白，以免自我阐释之忌讳，单说出处。

乡村中的层出不穷的鬼事，有一种便是鬼魂附体，即刚刚死去不久乃至死去多年的某个男人或女人，其鬼魂附在活着的女人或男人身上（女性居多），说出他或她生前未能实现的心愿，甚或冤情。被鬼魂附体的人往往处于失去自我的半癫狂状态，说出的事乃至说话的口吻，都很像死鬼生前的神态。

我小时候看见过被鬼魂附体的人，成年及至中年也都见过和听过。印象深的是一个接近成年尚未成年的女孩，昏倒在灞河岸边的浅水里，被午后出工的人发现救回家中，恢复知觉后便自说自话，竟然说什么他被淹死灞河的事，亏了什么他的妻子养大了孩子……云云。那口吻显然不是一个尚未成年的女孩说话的习性。她说着说着又昏厥过去，围着的女人们便往她身上扣一张簸箕，用桃树枝条抽打簸箕（桃树枝条驱邪），她竟又苏醒过来，又自说那些鬼话。我看得身上直起鸡皮疙瘩。我写田小娥鬼魂附着鹿三的情节，得益于许多年前亲自目睹的鬼事。

然而,让我敢把这种可能被认为是"宣扬迷信"的情节写进小说,却是得了马尔克斯的启示,他敢让他人物长出尾巴,我何必要忌讳写鬼。再说,他让人物长出尾巴等情节属拉美魔幻。我面对至今也不能消除的乡村鬼事,自审依旧属于生活真实的现实主义范畴。好在基本没有人批评我"宣传迷信"。

二是田小娥的鬼魂不散制造瘟疫,朱先生和白嘉轩修塔镇压的情节,却出了一点麻烦。关于这个情节的合理性,同样不做阐释,我已因评论家和读者的评说深感欣慰了。麻烦恰恰出在关于这个情节的写作上,有一位批评《白》的评论家说,这是模仿鲁迅《论雷峰塔的倒掉》里那座镇压白蛇的塔而写作的。如实说来,我从构思到实施写作这个情节时,确实想到过镇压白娘子的雷峰塔,我最终没有回避,是以为此塔与彼塔还是有区别的。再者,储存在我记忆里的塔,有记不清的许多座,而镇压白娘子的雷峰塔是在中学语文课本上才知道的。单说我们那个三四十户人家的小村庄,不仅有四座敬神的庙,敬着关公敬着佛爷(不知谁),还有一座仅为一间房的马王爷庙,那是为保家畜安全而修建的最小的庙。此外,还有四座镇邪驱鬼的高低和粗细不同的塔,分别建在村子的东头和西头。

我能在村子里玩耍的年纪,常和伙伴在其中的三座塔周围游戏,至于这三座塔因何故而修建,不甚了了,而第四座塔却是我眼见着修建起来的。上世纪五十年代初,我们村子发生过牛的瘟疫,作为农户半个家当的犍牛和母牛一头接着一头死掉了,我父亲养的一头黄色皮毛的牛也未躲过。第二年又有一种儿童传染病流行,村子里夭折了六七个娃娃。接连发生的灾难,搞得村子里一片悲伤的气氛,便有人出招,应该找一位能禳灾驱祸的阴阳先生来,看看哪儿出了毛病。被请来的阴阳先生很认真,把我们村子东部和西部的坡地踏察了一遍,最后把脚步停驻在村子西头稍微偏后的小台地上,说,给这儿修一座塔。据说他给村里干部说明修塔的原因,是村子东头有一道深沟,村口已有一座塔,避了邪气妖孽,邪气妖孽却从村子西边的沟里钻进村子来施虐了。村里干部召集全体村民议事,得到一哇声的拥护,家家户户都交去了该分摊的粮和款,这座青石垫底料礓石砌身青砖镶顶的塔很快垒成了,塔的高度和塔身的直径,都是严格遵照阴阳先生设定的尺码修筑的。这是我眼看着平地而起的一座塔。

　　我家在村子西头的倒数第二家,距这座新修的也是村子里最高最粗的塔,不过百十步距离,尽管当时我只是一个小学高年级学生,似乎隐隐也感觉到了驱邪避灾的安全感。其实,何止我们那个小村子,在我走到过的大大小小的原上原下的村子,都有敬神的庙,更有驱邪避祸的塔,有的且不止一座。

　　乡村里后来经历了一场连一场的运动,传承了许多代人的敬祭神灵的庙会废止了,香火也断了,庙里神像的色彩也渐渐褪色,以至褪皮,再也没有谁敢张罗重塑,却也没有人搬掉神像,而是一任其垮塌。塔更无人问津,风吹雨淋,村东村西的四座高低不同的镇压不同来路鬼魅邪恶的塔,先后倒塌,了无痕迹。这些敬神驱鬼的庙和塔的消亡,主要是多种运动扫荡的结果,也包含着乡民对神和鬼之事看法的变化,通常说觉悟提高了,起码对神鬼这类被指斥为封建迷信的事是如此。我在高中政治课上学习《辩证唯物主义常识》时,又有附加教材《不怕鬼的故事》,自信已基本确定为既不信神又不信鬼的唯物论者,回到村子听到鬼事时,我便向乡民宣讲纯属迷信的道理,年轻气盛到不能容忍鬼事继续迷蒙乡人。尽管如此,直到我在上世纪八十年代中期回看白鹿原前半世纪的生活演变时,那些沉潜在记忆深处的庙和塔里的神和鬼,以及我亲历的听说的鬼事,竟然也都浮泛上来了,而且不仅只是封建迷信的概念,而是和原上原下的男女人物的心理结构中的文化色彩大有关系……无法排除神,更无法回避鬼,尽管知道法海用雷峰塔镇压过白娘子,仍然让白嘉轩把田小娥的尸骨压埋到塔下,不惜犯模仿这种写作之大忌。唯一让我可以强词夺理的因素,便是原上原下那个时代里的真实生活的难以回避的世象,白嘉轩面对田小娥的鬼魂,除却修塔这种惯用的也是极端的手段,似乎都不足以达到彻底解决的目的。

生活发展到改革开放的年代,科学思维以迅猛之势连续冲决政治概念上的个人迷信,无疑给人鼓舞,而传统习惯里的封建迷信却在刚现宽松的社会氛围里死灰复燃。上世纪八十年代初,我的家乡的一座业已拆除多年的古庙又得以重建,引发了不大不小的社会舆论。这座古庙位于白鹿原北坡西段,曾经是西安城东规模最大的一个庙会,每年农历二月二俗称的龙抬头的吉祥日子为会日,人山人海。大约在"文革"前两三年已被拆毁,倚坡而挖的敬着多路神仙的窑洞也被挖掘机械毁掉了,那儿刚刚建立了一家机械生产砖瓦的国营工厂。二十多年后,当地乡民串通联手,捐资捐粮,在原坡上很快挖出新窑洞,窑洞里又塑成了神像,二月二烧香拜神包括乞子的庙会又红火起来。当地政府曾经力阻而不能止,随后就任其自然了,直到现在红火依旧。我曾在事发之初,理智和情感上都不能接受这种封建迷信活动,曾写过一篇随笔类短文发在当地报纸上,不惜惹恼乡党。然而谁也不在乎我那篇小文章,庙会每年依旧红火,我也只能随其自然了。

说了这些鬼事,似乎想图得一缕抛却的轻松;回头一想,其实无论镇鬼的塔或记忆里的鬼事,早已失去分量,仅留下习惯性的生理反应;写罢这篇谈鬼事的文章,不知能否除去头发倒竖头皮发凉的生理反应,还有"说鬼"没有说好更没有说完全的心理亏损,也只能随其自然了。

2010年8月8日 二府庄

感动一种决绝

一个刚刚进入中学尚未读完一年书的十三四岁的少年，突然决绝弃学，回到家中窝居一室，铺纸磨墨练习书法，间以执刀勒石摸索篆刻手艺，一干便是二十年。这人名叫钟镝。钟镝坐在我对面叙说着自己这种非常举动，我似乎惊诧到不敢相信的程度。在我的习惯性印象里，十三四岁的刚刚进入初级中学的少年，多是把学习作业当作任务来完成的，兴趣也多在各种时兴的耍活儿，大约只有极少的也是个别的孩子发生兴趣性偏爱和追求，譬如少年写作爱好者和天文爱好者等等。然而，没有听说过哪个孩子舍弃学业而去追求某种爱好的事。即如我，尽管也是在相同年龄发生了对文学的兴趣，却从来没有过放弃学业的念头，倒是愈来愈看重接受高等教育的迫切性；后来的自修，那是名落孙山之后别无选择的选择。我便对坐在对面侃侃而谈的钟镝刮目相看了。

十三四岁便敢于做出弃学的决绝举动，足以证明他对书法和篆刻艺术的爱好不仅痴迷，而且已经确立了钻研这两项中国传统的也是中国独有的艺术的宏大志向，而且已经专注到刻不容缓时不我待的迫切状态，这种心理和行为，在同龄人中大约是绝无仅有的。这个少年便在自己的小居室里开始了基本功的练习，从正书下手，唐楷、魏碑、隶书和篆书，一笔一画正正规规临摹，反复多回，不仅不曾厌烦，反倒意趣无穷，体味横生，直到把颜真卿的《勤礼碑》写得惟妙惟肖到以假乱真的形态。他又迷恋魏碑,临摹过二百通北魏墓志,深得多家妙笔奇韵。不仅正楷,对隶书亦下足功夫;还有篆书,因为喜好篆刻,更为着力用心。他把一本秦汉印谱《十钟山房印举》敬奉为楷模,每天临摹刻印三方,持之以恒,即使大年初一也不间断,持续三年通临一遍……写到这里,我便感慨连连了……

我自然想到基本功这个话题。就文学创作而言,我是深知文字基本功的重要的,曾在年轻时以遣词造句和写生活记事练习文字表述能力,大约类似于钟镝的临摹。钟镝深得几位书法大家的指点,从临摹起步,打下扎实的基础功夫,进入个人的创造便是水到渠成的事了。他的天性爱好在书法篆刻,扎实的基本功会使那种天生的灵性获得张扬和发挥的最大可能,便会进入独立个性的艺术创造的境界了。我依文学创作类比,常有灵性和智商不俗的作者,也有甚好的构思,往往因文字功力不逮而留下表述的遗憾。钟镝下足了底功,而且是地道的童子功,又兼着天生的书法灵性,获得篆刻和书法的个性化创造,当属顺理成章,他在十九岁能入选全国优秀篆刻作品,我倒不甚惊讶了。

我同时也想到苦守寒窗的话题。无论从事哪一门艺术追求,都有一个较长时月的包括基本功练习的初创初探的艰难过程,古有苦守寒窗十年的佳话,今有耐得寂寞冷眼喧嚣的倡导。然而切实想来,在诸种艺术门类的追求中,最枯燥也最难耐的寂寞,大概莫过于书法临摹,尤其是篆刻了。我习文学创作,写到得意而又尽兴处,常常忘情到忘我,不仅不觉寂寞,反倒能享受一种痛快淋漓的体验;即如不可或缺的读书,读到那些精彩的章节或妙句时,常常会有击掌称绝的阅读享受。在我推想,面对古碑文,一笔一画临摹,而且日以继日、年以继年;还有篆刻,一把刻刀,一块石头,从早刻到晚,经年不断;该会是几重的寂寞和枯燥,而且是正当一个人好奇好玩的少年时代。我再推想,单是毅力,即使是出名图利诱惑下的用意和用心，都是难以为继的。只有天性里的爱好所促成的兴趣，才是承受寂寞耐得枯燥的无可量化的心理基础；天性不枯兴趣便不会改易，追求的兴致和劲头不仅不减，反倒愈久愈强烈；天性驱使着的兴趣，不仅不会发生枯燥寂寞的感觉，反倒在一笔一画的无穷韵味里获得陶醉。这样，我便看见从少年到青年一直陶醉在笔墨和刀石兴趣里的钟镝，已经成就了自己的事业，成为一个独立创造且卓有建树的书法家兼篆刻家了。

我很惊讶钟镝的阅读。作为书法和篆刻这种纯粹中国的艺术，和中国传统文化是浑然一体的，从事书法和篆刻的人，接受传统文化的熏陶是必不可缺的，也是顺理成章的事，有建树的书法名家，无一不是国学修养深厚的人。钟镝钻研儒释道，我觉得是必修的功课，他说他读《报任安书》感动得热泪涌流，我也能理解，所以并不惊讶。惊讶发生在他所列举的一长串翻译书籍以及作者的名字，诸如他读过巴尔扎克、雨果、莎士比亚的全集，而且对康德、黑格尔的哲学著作也有涉猎，我便刮目相看这个年轻人了。我无法判断孔子、孟子、老子和康德、黑格尔同聚一庐会是什么情景，却可以肯定既接受中国传统哲学又接受西方哲学的这个人的思维，当会脱俗，必然直接影响到他看待生活世相的眼光，必然影响到他直面自己从事的艺术的姿态，必然影响到手中的毛笔和刻刀在宣纸和石头上的成色和韵致了。我相信这种成色和韵致，只属于既读中国国学又读西方哲学的钟镝所独有；或者说，只有经过中国传统文化和西方文化交替熏陶的钟镝才会展示出这种独特品格的成色和韵致。在我理解，个性化的艺术景观便由此发生而形成了。

钟镝的书法和篆刻便形成独有的气质和气象，行家里手识得真谛和妙处，多所赞赏，古拙奇诡，自标一格；书法更是苍奇古厚，笔法浑拙；刀石刻工，浑然如上古图腾，显示丈夫之气……如此高的评价，用一句话归纳，便是艺术个性已经形成，且突出。对于三十来岁的钟镝来说,既是一种心理报偿,也是一种自信,对于未来的艺术追求,都是最可珍贵的无可量化的精神动力。

2010 年 9 月 8 日　二府庄

两株玉兰树

清明前一日后晌回到老家,到村子背靠的白鹿原北坡上,在父母的坟头烧了一堆被视为阴币的黄纸。尽管明知这是于逝者没有任何补益的事,然而每年此日不仅不能缺少,甚至早早就泛溢着一种甚为急切的情绪。自己心里明白,上坟烧纸和跪拜的行为,无非是为消解对父母恩德亏欠太多的负疚心理,获得一种安慰。

天气很好。温润的风似有若无。西斜的依然明媚的阳光下,原坡和河川满眼都是蓬勃的绿色和黄色,绿的是返青的麦苗,黄的是盛开的油菜花,间有零星散落在坡梁上杏花的粉白。

回到老屋小院,便坐在前院闲聊。许是那种负疚心绪得到消解,许是得了这明媚春色的滋润,竟是一种难得的轻松和平静。记不得是谁颇为惊诧地叫了一声,玉兰树开花了。我便朝大门右侧的玉兰树看去,在树梢稍下边的一根分枝上,有两朵白花。我的心微微一颤,惊喜得轻叫一声,从坐着的小凳上站起来,几步走到玉兰树下,久久观赏那两朵玉兰花。那是两朵刚刚绽放的玉兰花,雪白,鲜嫩,纤尘不染,自在而又尽情地展示在细细的一根枝条上,洁白如玉,便想到玉兰花的名字确属恰切。玉兰树尚不见一片叶子,叶芽刚刚在枝条上突出一个个小豆般的苞,花儿却绽放了。我久久地看那两朵花儿,竟然不忍离去。玉兰花在我其实也算不得稀罕,见得也早也多了,之所以发生一缕不寻常的惊喜,这是开在自家屋院里的玉兰花,而且是我栽植的玉兰树苗,便有了一种情结;还有一种非常因素,就是这株玉兰树苗成长过程的障碍性经历,曾经让我颇费过一番心思。

几年前我重回原下小院读书写字,一位在灞河滩苗圃打工的乡党,闲聊中听说我喜欢玉兰花,便给我送来一株不过食指粗的幼苗,我便在大门右侧的围墙根下挖坑栽下了。为了便于浇水和保护,我在玉兰幼苗四周用砖箍了一圈护栏。得到我的用心守护和浇灌,玉兰树苗日见蹿高,分枝,加粗,蓬蓬勃勃,生机盎然,我便期待花苞的出现。恰好盼到玉兰树应该发苞开花的规定期树龄,不仅没有开花,失望且不论,等到叶子成形,我发现了非常的征象,本应是深绿色的叶子,却呈现着浅黄;即使到盛夏烈日暴晒的时月,各种树叶都变得深绿近青的颜色,我的玉兰树叶反而由浅黄变得几乎透亮了。任谁都会看出这是一种病态的表征。村里乡党见了,有说是蛴螬咬了树根,有说是缺肥,有说是化肥施多烧了根,等等。后两种说法不能成立,我栽植时填的是农家粪土,不缺肥更不会发生烧根的事,倒是蛴螬啃食树根有可能发生,却也无可奈何。我曾扒土寻找蛴螬,一只也未见到。我就怀疑大约是玉兰根自身发生了什么病患。

等到第二年,玉兰树仍然是满树病态的黄叶,自然不会开花了。我便有所动摇,这株病态的树会不会自愈?需得几年才能缓解过来?如果等过几年不仅缓解不了反而病情加重以致枯死了,那我就会白等了。我便想挖掉它,重植一株。拿着镢头刨挖的一瞬,却似乎听到一种凄婉的求生的哀音,那一片片透亮的黄叶似乎也幻化成哭相,我便举不起镢头来。突然想到,任它继续存在着,如果真的挨过了病患,当一树健康墨绿的叶子呈现在小院里的时候,我会获得一种别样的欣慰和鼓舞;如果万一病患发展到发生枯死,再换植一株也无妨,这株玉兰树便保存下来。约略记得去年夏天回家,玉兰树的叶子变绿了,尽管仍不像正常的叶子那么深色近青的绿,却不是往年那种透亮的黄色了,我不由得庆幸,它的病情缓解了,更庆幸我握在手里的镢头没有举起来……今年,这株玉兰树开花了。尽管只有两朵,却是一种美的生命的胜利。遭遇过生存劫难之后开放的这两朵洁白如玉的玉兰花,就不单是通常对所见的玉兰花的欣赏的愉悦了,多了一缕人生况味的感受。

栽在中院里的一株广玉兰,相对而言似乎简单得多了。这是我离开老屋小院之后一年春天栽下的。大约是我栽植上述这株玉兰幼苗的时候,问过送来玉兰树苗的乡党,苗圃里有没有广玉兰?问过也就不在心了,尤其是返城之后就淡忘了。这年清明回家祭祖时,那位乡党又送来一株广玉兰幼苗。他竟然对我的那句问话经年而不忘,知道我每年清明肯定回老家,便预备下这株我问过的广玉兰树苗,让我颇感动。我就把它栽到中院左侧的北边,避免后屋对阳光的遮蔽。

我之所以喜欢广玉兰,不全在它的各种颜色的花朵,更偏爱它的四季常青的绿叶。多年前到广东见识这种完全迥异于玉兰树的广玉兰,尽管很喜欢它四季不落的深沉的绿色,却不曾发生拥有的奢望,常识让我难以动心,这种在南方温暖湿润气候环境里生长欢实的好树,难得抵御北方凛冽的寒风和大雪。及至近年间,我在西安看到作为街心路边风景的广玉兰树,才意识到我犯了一个想当然的错误。这种广玉兰树在干燥缺雨的西安依然蓬蓬勃勃,有紫红的花,也有雪白的花;尤其是那浓密的深绿色叶子,在最难熬的冷风刺骨的三九寒冬里,依然蓬勃着一道绿色,为天灰地枯的冬天的西安增添了一种生命的活力。我就在第一眼看见这道风景时,便想给我家屋院栽植一株广玉兰,冬日回到老家,开门进院能看到一株绿树,当会是别一番生动情怀……这株广玉兰的幼苗终于栽到中院了。

我对这株广玉兰的管护,远不及前院那株玉兰树。这是难能补救的事。我居住在城里,偶尔回到乡下老屋,才可能为它浇一桶水,拔除杂草,每到夏天常有的久旱不雨的时月,它就只好忍受干渴了。然而,这株广玉兰生长的欢实简直令我不可思议,每隔二三月回家看到它时，又冒高了一大截，树干也变粗了许多，且又伸出二三条横枝来。不过二三年，树梢已经高过房檐了，树干也有我的胳膊粗了，我便想到它该开花了。

这株连管护粗疏都说不上的广玉兰，就这样茁壮起来蓬勃起来。春天夏天和秋天且不论，每到山枯水瘦的冬天回到老家时，看到的是白鹿原北坡灰黄的枯草，灞河川道里落光了叶子的果树和杂树，路边上烧荒留下的黑色灰渣。而一当走进屋院，看到绿色依旧的广玉兰，这古老的祖居的屋院洋溢着生命的活力，心理上便泛起一种鲜活。就在我盼着它开花的期待心绪里，灾难却不期而至。那是三年前的隆冬季节，一场多年少见的大雪降至。雪后多日我回到乡下老屋，便看到一幅惨不忍睹的场景，广玉兰的主干从高处折断了，颇为庞大的枝叶躺在尚未融尽的残雪上。我看着主干折断处白色的断茬，再看看脚旁的断枝，一种隐痛久久难以化释。这是太浓密的树叶上积压的雪所导致的惨相。无论怎样惨不忍睹怎样心疼，却无可如何，我只能弥补，便用水在地上和了一团泥巴，涂抹到白色的断茬上，这是乡村里抚慰断枝的传统技法。当我涂抹着泥巴的时候，心情渐渐缓解了，相信到来年春天，断茬处肯定会发出新芽来，这是我种树的生活经验。

去年夏天回家时，从断茬处长出的主枝，已经和主干浑然一体了，初看竟看不出曾经让我心疼的断折的痕迹，凑近了才能看到重新弥合后的新枝与老干树皮颜色的差异。我便有了灾难之后的完全的欣慰。尤其让我格外惊喜的是，广玉兰开花了。枝叶太过繁密，几朵紫红色的花朵夹在树叶之间，不拨开枝叶竟难以发现。我似乎不大在意这花的色彩，也不甚在意这花朵夹在枝叶之间难得赏心悦目，我栽广玉兰的着意处，原本是为着冬日的小院有一派绿色。

山枯水瘦万木萧条的隆冬季节，回到祖屋小院，我能看到蓬勃的绿树绿叶。

初春的刚刚明媚的阳光里，回到祖屋小院，我可以尽情观赏洁白如玉的玉兰花。

这方久蓄着许多代先人命运的沉重气氛的小院里，平添了绿叶的鲜活和玉兰花的柔媚。我回归的向往便铸成永久。

2011年5月4日 二府庄

原上原下樱桃红

白鹿原的樱桃红了。

时令刚过立夏,向阳面的原坡上的樱桃率先红了;晚不过两天,原下灞河川道里的樱桃接着也红了;再过两三天,受地理高度温差制约的原上的樱桃,最后红了。

这个时候的白鹿原,便进入一年里最红火的时月。原上原下和原坡,新修的水泥大道和田间小径,便呈现着车水马龙熙熙攘攘的车流和人群,这是西安城里的男人女人或搭伙结伴或扶老携幼摘樱桃来了。他们散漫在樱桃园里,伸手攀下缀满或紫红或金黄的樱桃的树枝,摘下一串一串熟透的樱桃,填到嘴里,便发出舒心的赞叹,好鲜好甜耶。更有男孩或女孩,攀爬到树上,从树梢上摘下最大也熟透的樱桃极品,下树来送到情侣手里,会心的微笑里荡漾着别具一格的浪漫。喧哗声嬉笑声和呼朋唤友的声浪,此起彼伏在樱桃园里。原上原下通往樱桃园的大道和小路两边,摆满了盛着樱桃的筐篮和纸箱,叫卖声议价声嘈嘈一片,交易活跃。我看着那些抱着一箱箱樱桃乘车离去的男人和女人欣慰的脸色,无疑是北方这种第一料鲜果独有的滋味带来的。我更感兴趣的是那些出售樱桃的卖方收款装钱的动作,无论农夫农妇抑或小伙姑娘,从买方手里接过钱来数一数,尽管数钱的手指的动作有灵巧和笨拙的差别,而脸上的表情却无多大差异,不见惊喜,更不见得意,多是数过之后塞入挂在胸前的布兜，无论三十五十乃至三百五百，都是以习惯性的动作塞入布兜了事，又忙着招呼围过来的新的顾客了。他们一把一把往布兜里塞着钱时所显示的平静而又平常的表情，可以透见原上原下乡民的心理气象了。

这里的樱桃，在我已形成难以化释的情结。

我至今依旧清楚地记得，四十六年前的一九六五年，我在《西安晚报》发表过散文《樱桃红了》，是歌颂一位立志建设新农村带领青年团员栽植樱桃树的模范青年。这是我初学写作发表的第二篇散文，无论怎样幼稚，却铸成永久的记忆，樱桃也就情结于心了。樱桃在我生活的白鹿原地区，是当地乡民种植的诸如桃、杏、沙果等果类中的一种，多在原坡不能种植庄稼的坡地上生长，没有资料显示何朝何代开始栽植这种水果；村子里年龄最大的长者也说不清，只记得自己穿开裆裤的幼稚年纪，就吃樱桃，吃着自家园里的樱桃还嫌不够味儿，常常结伙偷摘品尝别家的樱桃。当地人自古以来不称樱桃，称作玛瑙。如果依这种水果的果形和色彩而论，玛瑙远比樱桃更为恰切也更富诗意，那缀满树枝的一嘟噜一嘟噜或鲜红或金黄的小颗粒，活脱就是一串串珍珠玛瑙。

加深且加重这种樱桃情结的另一种因素，说来就缺失浪漫诗性了。我在白鹿原地区生活和工作大半生，沉积在心底的记忆便是穷困的种种世相。不单是我和我的家庭，整个白鹿原的乡民，从年头到年尾都纠结在碗里吃食的稀了稠了有了空了。尤其是我在公社（现称乡或镇）工作的十年时间里，体味尤深。每年交上五月，即民间俗话说的青黄不接的时月，一些生产队（即今村民小组）的干部便三天两头赶到公社来，堵住分管粮食的干部，百般申述缺粮的困境，要求多给他们分配救济粮食。这些求助的生产队干部，多是来自白鹿原北坡上或大或小的村庄。坡上沟道里有小股泉水，仅供人畜饮用，"学大寨"大潮中修建过一些蓄水池，效益甚微；北坡上的田地，多为跑水跑肥不蓄墒的薄田,仅种一料庄稼的小麦产量,顶好的年份不过二百斤,遇到干旱缺雨的灾年,稀疏矮小的麦秆儿搭不住镰刀,只好用手揪拔,俗称猴拔毛,产量就可想而知了。上级调拨下来的救济粮可以说是杯水车薪,分管粮食的专干即使慈心软肠也只能撒胡椒面儿。那时候的樱桃虽然依旧开花结果,却当不得饭吃。随着"文革"愈来愈"左"到极端的农村政策,一只鸡蛋卖给国家还是卖给城里个人,都被提高到资本主义和社会主义两条道路斗争的严重性看待,又有"以粮为纲"的纲纪,樱桃树虽然没有被铲除,却也不提倡,处于自生自灭状态。尤其在"学大寨"学得几乎发疯的"文革"后几年,许多生长在坡地上的樱桃树,因为修造梯田而砍掉了。有幸存留的樱桃树,在青黄不接的五月初成熟的樱桃,由社员摘下再送到指定的国营商店,换回的有限的钱款,成为生产队空乏已久的钱柜里的库存,首先作为头等合理开销的项目,便是给发生疫情的牲畜作疗治费用,弥足珍贵。

在西安郊区辖属的二十六个公社里,地处坡、原和山岭地区的公社不过两三家,与那些占据渭河平原腹地的公社相比,难以望其项背。这两三家自然环境较差的公社干部遇合到一起,便自我调侃定位为"第三世界";在"第三世界"里,我工作的原坡地区当属垫底的一家,走到处似乎都有矮人半截的感觉,所谓人穷气短不单说个人,工作单位似乎也应此话,我有双重体验。

彻底扭转以至完全改换那种不良感觉的卓绝一笔,便是樱桃。我约略知道,自上世纪八十年代中期起始,灞桥区的领头人,既得改革开放之"天时",更度白鹿原地理特质之"地利",确定该地区以樱桃种植为主业,为乡民开创一条脱贫致富的途径。且不赘述领头人和技术人员如何四处奔走,引进西洋大樱桃品种;如何向乡民推广普及樱桃种植的技术要领;还有为樱桃的销售不遗余力……我尤为赞赏尤为敬重的一点,二十余年来,灞桥区的领头人调换过一茬又一茬,而一茬又一茬的新继任的领头人,都一如既往地瞅住樱桃园的建设和发展,终于形成气候,形成产业化的规模。单是白鹿原原上原下和原坡,现已种植樱桃二点四万亩,结果的樱桃树有一点五万亩。三千余户乡民现在年均收入超过四万元,人均超过万元,竟然比本区那些过去的盛产粮食的平川地区的人均收入超出近两成。尽管我知道读者腻烦文章里引用数字,仍然忍不住要把这些数字摆列出来;这些数字牵涉我的情感,甚至颠覆了情感记忆里最软最短的那一脉。我确凿相信这些数字,尽管没有必要挨家逐户去询问谁个收入了多少,因为你随便走进原上原下和原坡的或大或小的村庄,一街两行全部都是新建的房子,有平房也有二层小楼,三合院司空见惯,迎着大门的正面几乎全部都用白色瓷片包装,一派崭新气象。这里的乡民积习已久善于门楼的建筑,却几乎很少见到老祖宗们用青砖刻着神鹿白鹤的图案,而是用现代建筑材料或白色或紫红颜色的瓷砖,给人直观的感觉是清爽和温暖。每每看到这些宽敞漂亮的农家小院,我便想起高晓声的小说《李顺大造屋》来,如果说李顺大是上世纪八十年代初以前的中国农民生活形态和心理形态的一个典型,那么白鹿原上下一幢幢新房小楼的主人,便是对李顺大的终结。我在原坡的樱桃园里散漫时,看到龙湾村几幢破旧的厦屋,墙皮多半脱落,房檐多处垮塌,垒墙的土坯暴露无遗。这些尚未拆除的旧房破屋,却勾起我的似曾相识的记忆,在这些屋子里,我当年下乡时吃过派饭,约略还记得房子的主人。他们不是作家创造且难免夸张的李顺大,却是我亲历且认识的真实的村民。

  有朋自远方来,恰逢樱桃成熟的五月,我便领他们上原摘樱桃。站在白鹿原头,原上平地里是蓬勃着的樱桃树,一眼难尽;原坡上随着坡势和浅沟起伏错落着一派绿色,自然都是樱桃树了,几乎看不到裸露的地皮;原下的川道,灞河自东而西蜿蜒过来,几乎被满川的樱桃树遮掩住了。朋友无论男女,也不论长幼,站在原头观赏这一方自然景致的时候，无不发出由衷的慨叹，你老兄（或老弟）竟独得这一方活水绿山！我便凑兴纠正，这不是山，是原和原下的坡。另有一点需要纠正的，活水绿坡绿原只是当今的景象，为不致扫兴，我不想提过去。远方的朋友多见过中国和世界多处的好风景，能对白鹿原的樱桃园流连忘返感慨连连，储存在我心底的那种"第三世界"的块垒，便悄然化释了。

进入五月，便进入这座古原最红火的季节。果农们选择了早熟和晚熟的多种樱桃品种，采摘的时间可以延续月余。这座雄踞于西安东南方位的开阔的古原，距离西安不过十来公里，工余假日，人们呼朋唤友引妻携子，驾车不过半个多小时便进入樱桃园了，或上原或上坡或到原下的河川，尽都是缀满红色金黄色珍珠玛瑙的樱桃树，诸种烦恼和疲倦顿然消解了。当各种媒体大呼急叫着西安城区应该形成"低碳"的健康空间的时候，这里的樱桃园无疑是一方天然氧吧，从城里赶来的男女老幼，从树枝上摘下一颗颗樱桃填到嘴里嚼咂品尝的时候，或在樱桃园里逸情漫步的时候，把在城市里吸入的污浊废气全都排出了，获得一种神清气爽的生命活力。即使在樱桃清园以后的夏天和秋天，原上原下和原坡的果园和小路上，仍有不少城里人观光散心，迷恋这个天然氧吧的洁净的空气。

每到清明，樱桃花开，原上原下和原坡，尽皆是粉白的樱桃花，香气弥漫。树叶刚刚吐芽，花儿却灿烂了，这原这川这原坡，望去是纯一色的樱桃花的世界。果农们忙着种种技术性管护，只企盼樱桃开花时不要下雨，雨水灌花就结不出樱桃。城里人搭帮结伙来赏花了，散漫在樱桃花的海洋里，留几张以樱桃花为陪景的照片，在农民开办的"农家乐"饭馆吃一顿地道的农家饭菜，不仅释放了胸中积存的废气，缓解了办公室或工作台上的紧张的神经，把粉白的樱桃花储入胸间，当属滋养精神心理的氧。

有朋友要约见，我便顺口说，如果事由不急，最好五月来，或清明前后来,或摘樱桃或赏花,坐在农家屋院或果园里说话,我会有最佳的情绪;相信南方北方来的朋友,也会感应而生诗性的灵气。

2011年5月30日 二府庄

敲响城门的远方乡党

和这个人握住手的一瞬,我的胸膛里发生了非同寻常的响动,同时就有终于有此机缘的默然慨叹。

这个人叫安胡塞,哈萨克斯坦陕西村的村长,一个远方归来的乡党。他原本姓安,取了个异族色彩很明显的名字胡塞,想来是入异乡而随其俗的一个标志。他一开口说话,却是满口最地道的关中东府腔调,地道得比当今西安及其周边人的口语腔还要纯正与古朴。也许是受普通话的持久性影响,许多太过费解的方言土语和太过艰涩的发音,西安城里乃至郊区的本地人都不说不用了,但安胡塞一如既往满口满腔地说着。在我的听觉感受里,却不单是品咂家乡原生态口语的韵味,更在他这原生态口语里所隐伏着的悲惨不堪的历史。那是一八七七年的清朝同治年间,左宗棠镇压为生存抗争的陕西和甘肃的回民,从陕西关中一直把他们打杀驱赶到天山脚下时,仅剩下一万多人;翻越天山时又遇到暴风雪,有幸翻过天山逃脱劫难者只有三千多人……这不堪的一页已经翻过去一百三十多年了。

现在和我挨肩坐着的安胡塞,就是那侥幸逃过劫难的三千人中的一位安姓回族人的第四代传人。他的祖宗和那些逃亡者进入中亚地区,在楚河岸边停下了长途跋涉的脚步,落脚定居。楚河的那边属今天的哈萨克斯坦辖治,楚河的这一岸是吉尔吉斯斯坦的领土,那时候都统属于沙俄,他们却浑然不知。他们看到的是一眼望不到边的水草茂密的草原，当地人竟然不种庄稼只放牧牛羊，真可惜了这一方好水沃土。他们停下脚便开荒种地，把从渭河平原上带过去的粮食和蔬菜种子，撒播到中亚楚河两岸向来没有垦植过的土地里……直到有一天，一位或者几位沙俄官员来到他们的驻地，瞅了又瞅这一伙穿着长袍、拖着长辫子的"怪人"，便开口盘问，第一个问题就是，你们是从哪里来的？他们谁也不敢说明真实的来路，只含糊地说出一个大的方位，是从东岸子来的。这样，在沙俄帝国的众多民族里，又添加了一个东干族。这个"东干"族名，显然是"东岸"的音译。关中人说到四个方位时很少说东边西边南边北边，多是说东岸西岸南岸北岸，而且习惯在末尾顺带一个子字。我从小听惯了也说惯了这样的方位指向词，现在和乡党说起来也还会顺口说东岸子西岸子这样的话。本属中国回族的一伙移民，却成了沙俄和后来的苏联以及今天的哈萨克斯坦、吉尔吉斯斯坦和乌兹别克斯坦的东干族。

我第一眼看到东干族乡党似曾相识的面孔时，竟然下意识地从坐着的沙发上站了起来。那是一九九三年陕西电视台播放的春节晚会，一位来自中亚的东干族演员出现在荧屏上。这位被称也自称黑老五的人，头戴一顶草原牧民习惯戴的高顶皮帽，开口便叫了一声："乡党！黑老五回来咧！"我就是在那一声地道而动情的乡音里站起身来的。这是太过久远却又令我闻之耳热心跳的一声乡音，是逃亡到中亚的三千多乡党在近一百三十年后第一个返回故乡的后人发自肺腑的声音。黑老五的脸色不仅不黑，而且泛着俊气和喜色，他演唱着一首古老的民歌，歌曲的音调只有关中平原才会产生，我听来再贴切不过。而那首民歌的歌词在我却颇为陌生，也就甚感新鲜，如果不完全是我孤陋寡闻，在我生活的这个时段和空间大约已经失传了。却在中亚地区的东干族乡党中完整地传承下来。接着在一九九四年的陕西电视台的春节晚会上，一位名为侯赛因的乡党跃上荧屏，比之英俊的中年汉子黑老五，他的如雪一般银白闪亮的头发，成为舞台上的一个亮点。他同样表演的是关中民谣《一对牛》，内容是说一个已经贫困至极的农民，却连续遭遇一个又一个倒霉事，诸如借牛耕地打破犁铧，收获的麦子不及种子多，天上下冰雹穿过房顶的窟窿打破了孩子的头，等等。他的绘声绘色又极尽诙谐幽默的表演，惹起一阵又一阵笑声，谁都很难看出这是一位七十二岁高龄的老人。这首民谣我似曾相识，大约是少不更事的幼童时期听婆说给我的，自然比不得曾荣获苏联人民演员称号（苏联七十年命名人民演员不足十人）的侯赛因声情并茂且惟妙惟肖的表演了。这"一黑一白"——黑老五和银白头发的侯赛因——两位远方归来的乡党美好而亲切的形象，至今依旧清晰地呈现在我的眼前。尽管侯赛因现已谢世，但他当时模仿的那个乡村倒霉蛋逼真而又滑稽的动作和生动诙谐的音调仍留在我的记忆之中。

　　无论是"一黑一白"舞台表演的语言声调，抑或是坐在我右首的安胡塞，都是百余年前的原生形态的关中语言。这倒不难理解，他们生活在楚河两岸，无论是那边的哈萨克人，还是这边的吉尔吉斯斯坦和乌兹别克斯坦的各族人，没有能听懂或会说汉语的人，更谈不上关中话了。这样，他们便形成一个完全封闭的语言环境，任何影响他们关中语言和语音发生变化的因素都不存在。他们学会了俄语和所在地的民族语言，那是走出家门作为社会交流的工具，一旦走进家门或面对同族乡党，便是更为顺口也更为自如的关中话了。因着环境的封闭，对许多社会事象以及生活世相的称谓，竟然原封不动地保留着清朝的词汇，至今把政府机构称"衙门"，把警察称"衙役"，把政府官员笼统称作"大人"，把总统或首相仍然称为"皇上"或"皇帝"，把无论小学或大学一律称为"学堂"。有意思的是，他们把从事写作的作家称为"写家"，我斟酌起来，似乎"写家"比"作家"更切合从事写作这种职业的特点。最具直观的服装，依旧保持着清代关中民间的样式，男人的礼帽和长袍，女人的偏襟上衣、裤子和裙子都有绣花彩饰。

出门上班,尤其是到各级衙门(政府)或学堂(学校),都是西装革履或校服;回到自己村子里,却更习惯自家的裤褂和手纳的布鞋;尤其是结婚喜事,绝对要穿长袍马褂和彩裙……二〇〇九年,时任陕西省省长的袁纯清到中亚几国访问时走进了陕西村,听着那些久远而纯正的原生态关中话的热烈问候,又看了东干族孩子用关中话表演的文艺节目,竟然激情难抑,跟着孩子们唱起来。孩子们表演的是民间儿童歌谣:娃娃勤,爱死人;娃娃懒,拿个棍棍儿往出撵……尤其是这些孩子唱起至今不仅在关中而且在全国也唱红了的秦腔歌谣:他大舅他二舅都是他舅,高桌子低板凳都是木头,走一步退一步全当没走,哭了笑笑了哭糊里糊涂……在陕西工作多年的袁纯清省长,向来是满口湘音普通话而不说一句陕西话的,此时竟忍不住和这些东干族人用关中话对话了——这次破例被传为佳话。

听到这些传闻,我便自然想到,我如若有幸在那种场合里,不仅关中话会派上用场,可能忍不住会和孩子们唱起来。前一曲教孩子学勤勿学懒的歌谣,婆和母亲不知给我念过多少回。多是在她们让我干活而我贪玩不做的时候;后一曲歌谣全是逗人一乐的大实话,话剧《白鹿原》的编剧孟冰要编主题歌曲,让我为他提供关中地域色彩浓厚的民间歌谣,我不假思索便说出了这一首,他当即选中。这首主题歌曲由华阴老腔艺人演出,成为话剧《白鹿原》的一个热点,由此被邀请到许多地方去演唱。设想我若有机缘到哈萨克斯坦或吉尔吉斯斯坦的陕西村,能看到听到这些东干族孩子唱我唱过的童谣和民歌,当会是一种无可比拟的享受。把隔绝一百三十年的关中与中亚的时空,在这幼童演唱的歌谣里消弭了。

还有一种太过沉重的声音。

每有从中亚楚河两岸陕西村回来的东干人,都要到西安城的西门前,用拳拍击那古老而宽大的明代修建的城门,然后高呼三遍:"我回来了!"安胡塞告诉我,多年前他第一次回到西安,出火车站便直奔西门,拍打着西门门板的时候,热泪涌流,含泪高呼着"我回来了"。三声呼喊过程中,曾祖父、祖父和父亲都映现在眼前,他们的夙愿由他实现。

这是一个太过久远的东干人的共同夙愿。被左宗棠驱赶打杀的关中回民,是从西安城的西门逃亡而去的,西门便成为他们背离家园的一个情结。逃亡的回民领袖叫白彦虎,一个既有较高文化修养又兼过人武功的青年汉子。率领着回族父老兄妹翻过天山到达楚河两岸定居之后,他仍然成为异国他乡里乡党的核心。他为这一伙逃过劫难的幸存者的生存费尽心力,不幸染病不起,正当中年而早逝。在他告别人世的一刻,他对他的乡亲说了一句话:回到陕西,要拍打西安的西门,要连说三遍"我回来了"。白彦虎的遗愿在东干人里一辈一辈传递着,这一令人震撼的敲门的声音,却是一百多年后才敲响的。上世纪九十年代初,前述的"一黑一白"两位东干族表演艺术家,当属第一拨实现白彦虎遗愿的东干人;安胡塞多次回到西安,每一次回来都要去拍敲西门门板,为着白彦虎,为着自己,也为着现在生活在中亚的十余万东干人。

东干人保存着原生态的关中语言和生活习惯,却丢失了汉语文字。逃亡到中亚的三千多回族男女,多为不识字的文盲,迫于新的生存环境的适应和必需,他们和他们的孩子,都接受了俄语和所在地的民族语言,几乎没有人会读会写汉字了。作为十余万人的陕西村的大村长,安胡塞向哈萨克斯坦有关部门打了报告,申请在东干族人聚居区的学校开设汉语课程,却因为师资和经费等多重困难而一时难以实施。安胡塞又多方奔走另辟途径,于十年前把五名东干族孩子送到西安上学。由陕西方面予以资助,他们已经在西北大学读到三年级了,汉语水平得以提升。现在,经安胡塞多年持续不懈的努力运作,已有十六名东干族学生在西安和兰州学习过,汉语语言的空白被填上了开创意义的一笔。

作为村长的安胡塞，为陕西村十余万村民的公益事业热心奔走于陕西和中亚之间，也有自己一个沉积太久的心事，便是想找到祖宗曾经生活过的村子，用中国流行的话说是寻根。从他逃亡到哈萨克斯坦的曾祖父传留下来的甚为模糊的关于村庄的方位是四句话：出门是稻田，抬头见南山，门前有条河，河上有座桥。当他回到西安向人打听这种地理特征的地方时，谁都难以说出具体答案。因为秦岭在陕西段的被称作终南山的北麓，多有从山谷里流出的小河盘绕，河两岸都是稻麦两熟的肥沃良田，小河上多有木桥。这种景象自东而西铺开好几百里，安胡塞却搞不清祖居村庄的名字，说大地寻针也不为过。他便先到离西安最近的长安县走访打问，竟然在一个小铺店和一位女性的闲聊中发现了线索。无须赘述那个太过曲折的问祖寻根过程，他终于找到了本族且为本家的同辈弟弟安和平，其中一个至为关键的因素，是安姓同族每一辈人姓名之中相同的那个字。安和平保存的族谱上，最近的四辈是兴——长——吉——庆。安和平即属庆字辈，遗憾的是他没有遵庆字取名，按祖制规矩应为安庆平；安胡塞尽管没有族谱，却记着祖传的上几辈人的名字，正合着安和平族谱上的辈分，逃亡到哈萨克斯坦的曾祖父就是兴字辈人，叫安兴皇，曾祖父的弟弟叫安兴虎。口头惯称太爷和二太爷。

我这回能和安胡塞握手，就是安和平牵线搭桥。现在，安胡塞坐在我右首的贵宾位上，安和平坐在我左首位上。圆桌上还坐着几位西安的回族朋友，说当年的往事，叙今天的生活，在我是一种少有的别一番感受。安胡塞送我一顶哈萨克人习惯戴的高而且尖的皮帽（就是黑老五戴的那种）。我戴上和他合影留念，似乎我就此成为了他这个村长领导的陕西村的村民。

2011 年 6 月 20 日 二府庄

猜想一根神经

我对文学发生倾向性兴趣的同时，便知道了"天才"这个词汇。我至今依旧记得，是在读书到初中二年级时，我对文学发生了深厚的兴趣，而且在作文本上写起小说来。读书到初中三年级，我转学到离家更近的一所中学，在学校不算太大的图书馆里，发现了刘绍棠的短篇小说集《山楂村的歌声》和长篇小说《运河的桨声》，便喜不自胜地借了来读。在原校读初二时，正是"反右"运动搞得最激烈的时候，我的文学课老师在课上讲到了刘绍棠被划为"右派"的事。我记住了刘绍棠的名字，更神秘着他被冠名的"神童"。我在课后到图书馆去借他的书，却没有。在我新转入的这所中学的图书馆里，竟然借到两本他的著作，真是大喜过望，"神童"的神秘面纱在我第一行文字的阅读时便渐次揭开。

且不赘述我对这两部著作阅读中的喜爱之情状，更富刺激和压迫的是在《运河的桨声》的《后记》里，他写到肖洛霍夫在很年轻的时候便写了《静静的顿河》这部史诗，称肖为天才作家。我知道了文学创作是需要天才的。我几乎没有任何间隔便反躬自问，那么我是天才吗？如果我不具备文学创作的天才，那么把兴趣和精力投入到写作上，不仅出不了成果，肯定把其他可能做成的事也耽误了。然而，生性中天才成分的有无乃至多寡，却是无法检测更难得到判断的事，天才这个令我感到刺激的字眼儿，很快也很自然地转化为一种压迫一道阴影,沉在心底罩在心头。读着中学时写的小说上了中学语文课本,这样令人不可思议的神童刘绍棠,三十岁出头便完成了百余万字的史诗《静静的顿河》的天才作家肖洛霍夫……少年时期便出类拔萃着天才的光环,真是令人有望而却步的畏怯。尽管如此,一个矛盾到令我不无痛苦的事实是,无法中止阅读,也无法停止想写的欲望。

让我减轻心理压迫拨开心头阴影的契机,记不得是哪一天突然想到"大器晚成"这句古训。中国和世界出了许多少年天才作家,而大器晚成的文学巨擘也为数不少,我不敢想自己是晚成的大器,是个很小的"小器"也很荣幸,说到底只要是能写点变成铅字的"器",也知足了。尤其是后来读到契诃夫的一句语录:大狗小狗都要叫,就按上帝给它的嗓子叫好了。我肯定不会是大狗,能成为叫出几声的小狗就足以欣慰了,而能不能叫出声音,无法验证,只能靠埋头苦修。直到我能在地方报纸上发表小散文的那一天,终于可以相信自己是能叫出声的狗了,自然是小狗。不料,刚叫了几声,便哑了嗓子,"文革"把许多令我敬仰的"大狗"全整得趴下了,乃至把命都赔上了,我这个小到不能再小的小狗,不足挂齿。

当文艺复兴在中国风起云涌的时候,我又张嘴叫起来。尽管仍然是小狗,却比"文革"十年前叫得欢了。我发现,天才的阴影依然罩在心头,许多年来都在企图破解天才这个太过虚幻色彩的字眼儿,期望获得一种可以捉摸的物质化的物象。记不准确是哪一年,我突然意识到,天才当属一根对文字尤为敏感的神经,自然是指作家而言。如果有一根对数字敏感的神经,很可能出脱为一个数学家;如果有一根对色彩和线条特别敏感的神经,这个人就会喜欢画画,成为一位画家;如果生来具备一根对音响十分敏感的神经的男人或女人,很可能成为作曲家或演奏家……余不一一。这是我积多年的观察,形成的一种猜想。

准确记得是在上世纪的六十年代初,高考名落孙山回到祖居的白鹿原下的小村子,当了初级小学的民办教师,在煤油灯下读过一部苏联小说《盲音乐家》。一个颇为富裕的知识分子家庭,不幸生下一个盲童。这个盲童长到读书入学的年龄,却只能坐在家里。某一天,他的父亲看见盲童不断地转动脑袋,一会儿转到左边,一会儿又转到右边,看不见东西的眼睛辘辘辘辘转动着,脸上是专注而又兴奋的表情。这位父亲起初以为儿子发生了什么异变,很快又醒悟过来,儿子的脑袋是随着一种美妙的鸟叫声的方向转动着。这位父亲顿然想到,儿子对鸟鸣的天然敏感,很可能敏感乐声,随之便让儿子接触乐器,并接受音乐的辅导和训练。这个孩子后来成为国家有名的钢琴演奏家,而且创作了不少钢琴曲,一位颇有建树的作曲家。我后来才意识到,这个孩子有一根对音响尤为敏感的神经,尽管天生不幸为盲人,却仍然阻碍不了那根神经的神奇发挥;自然也亏得那位聪明的父亲的发现,才不致使他那根上帝施予的乐感神经萎缩。

已经不幸英年早逝的速算专家史丰收,在他未成就大名之前就以神奇到不可思议的速算神话不胫而走。大约是"文革"后期,我所在工作的公社(即今时乡或镇)的一家小学邀请史丰收作速算表演,面对随意写出的三十或五十为一组的数字的加法(每一个加数都在千位和万位),史丰收对着小学黑板上的密密麻麻的数字看过一遍,随口便报出结果来。同时有两位手执算盘的老师,费了小半天工夫才得出结果,和史丰收口算的总数完全吻合。史丰收是陕西大荔县一个农家子弟,"文革"中读初级中学可以想见所获的稀寡,作为农民的家庭环境几乎没有任何数学的氛围,他怎么就练就了如此神奇的速算能力?我便想到上帝赐给他一根对数字尤为敏感的神经。这根神经对数字的敏感反应,基本不受身上穿着西装革履或粗衣布鞋的影响,也不会因为嘴里填的是面包或咖啡或苞谷糁子酸菜而呈现差别。说到此,忽然联想到钱锺书先生,在考取清华大学时数学大约只得了不上二十分,上帝给了他一根对文字尤为敏感的神经,而关于数字和计算的神经几乎是一个盲区。

我记不清读谁的一篇谈创作经历的文章,其中说到他自幼受家庭书香氛围的熏陶,喜欢阅读文学书籍,进而学习写作,后来便成为一个作家。我读着便生疑,同样的书香家庭,为什么仅仅只把他一个人熏陶成为作家,而兄弟姊妹却各有另外的从业选择,有的干技术事项,有的从商,有的就是一个普通工人。我想其实很简单,上帝(父与母)给了他一根对文字敏感的神经,书香便很自然地熏陶上他了;他的兄弟姊妹可能具备一根对其他事项敏感的神经,便有了不同的兴趣和人生追求的选择;"四书""五经"以及中外文学名著还有舞文弄墨的父母所酿造的家庭书香氛围,却难得把他或她熏陶成一个文学爱好者。由此联想到一个普遍现象,在中国和世界文坛,尽管有父子作家母女作家兄弟作家姐妹作家传为美谈,而数量和整个作家的庞大数字构不成一个比例。这仍然属于那根对文字是否敏感的神经的话题。作为作家的父亲或母亲,如果能给儿子或女儿遗传下来一根和他们一样乃至超过他们对文字敏感程度的神经,他们的这个儿子或女儿不仅会成为作家,文学创作成就可能超越父亲或母亲也是合理的。然而,眼见的这样好事太少太少,绝大多数作家包括杰出的文学大家,其子承父业的事都不曾发生,又可见"熏陶说"的先决条件,在于有无那根对文字敏感的神经。

陕西临潼骊山的脚下,上世纪五十年代初出过一位享誉文坛的农民诗人王老九,自年轻时便以随口随性撂出几句顺口溜而在乡里闻名,多是穷人受欺压的泄愤之作,和他一样受欺压的老百姓在传诵他的诗句过程中得到一种报复的快感。解放后,王老九被陕西文艺界扶植,这个粗识文字的农民诗人的诗歌如泉喷涌,曾经受到毛泽东主席的接见。我想王老九便是生来具有一根敏感文字的神经的人。他不仅没有书香环境的熏陶,穷得连上学的机会都失掉了,不仅谈不上文化程度,仅仅是粗识一些汉字的半文盲的农民。然而,他有一根对文字尤为敏感的神经,触景生情,遇事更多感动和感慨,便发出吟诵,不图发表也更不为挣稿酬(压根儿没有发表和稿酬的概念),这种即情即景的诵唱,大约和李白杜甫的随感而出的诗歌的途径如出一辙。当然,内含的哲理和诗的意境难以比对,这是作为半文盲的农民诗人的后天性缺失。然而,仅就语言而言,王老九那根敏感于文字的神经,无须导引便贴上了关中民间语言,响亮的爽口的生硬的幽默的含蓄的等口头语言的精华,尽都凝结聚集在他的诗行里。民间称顺口溜,王老九顺口便溜出来,乡民们听到后顺口再溜出去,在乡野马棚里传诵不绝。杜甫李白们的诗歌在社会的知识人群里被顶礼膜拜,千古传诵不衰;王老九的顺口溜或者称快板诗却赢得了社会下层乡民的喜爱,也是传承不衰。

其实,在关中乡村,多有王老九这样的顺口便能溜出生动诙谐而又易记易说的快板的人,只是没有王老九的机遇和广泛影响罢了。上世纪六七十年代我在家乡农村工作的时候,在灞河川道和白鹿原坡的三十多个自然村下乡跑动,发现好多村子里都有一个能顺口溜出易记易懂的民间诗句的人,其中最有名的一位,名气和影响已经溢泛出我工作的公社(即当今的乡镇)。此人其貌不仅不扬,而确凿有点丑陋,不足一米六的个头且不说,细窄的脸庞上布满大大小小的黑斑,一只眼总是眯着,另一只眼睛似乎歪斜着看物盯人,在以体力劳动为主的生产队里,身单力薄的他很难挣得较多的工分,生活之状况就可想而知了。似乎谁也不在乎他的存在,却总是在人群聚拢的场合喜欢他说顺口溜。他兴致好时说,受窝囊气时更爱说,尤其是有人当面做出不尊重他的话语和行为,他当即便溜出一串挖苦对方的有韵律的快板来,尽是对方的生理缺陷和性格弱点,不仅引得乡民哄笑,更使对方脸红耳赤尴尬不堪。有一位有心人曾收集过他随时随地撂出的顺口溜,却不敢出手,多是挖苦乡党的内容,更有对生产队某些干部和不公的事情的讽刺，收集者担心会出"政治问题"，便不再费心劳神做下去。记得有一年临近春节，公社（乡或镇）派干部到各个村子给过不了年的困难户发放救济款和救济粮，这位顺口溜先生闻讯，很想得到救济粮款，却又硬着性子不找干部申求，竟然弄来两绺红纸，给自家的简易土门楼贴了一副对联。上联：人家过年咱不过；下联：没有菜也没有馍；横联四字：申请救济。很快便聚拢来一群村民看稀罕，嬉笑声议论声稀里哗啦。一位有心人悄悄跑到支部书记家告知此事，完全出于好心，怕他的这副对联一旦"上纲上线"，就会惹出"攻击社会主义"的政治麻烦来。支部书记正在和下乡来的公社干部商量救济对象，闻讯吓得变了脸色，当即奔来，把贴对联的人狠狠训了一通，言下之意，你狗东西不仅得不到救济粮款，还可能因"攻击大好形势"的错误而上批斗会。这位农民诗人当即撕了对联。到傍晚时，支书陪着公社干部把一份救济粮款送到他家……我很熟悉这位堪为农民诗人的乡党，曾经多次在看着他顺口溜出妙词儿的时候突生遗憾，如果他有机缘接受中学教育（且不敢奢望大学中文），发展成为一个当代诗人是合理也合情的，那根敏感于文字的神经，和那些顺口溜出的韵词儿悄无声息地淹没了，真可惜了上帝赐给他的那根敏感文字的神经。

　　同样敏感文字的神经，后天如何敏感文字，敏感出怎样的文字景观，想来令人大开眼界，甚至不无惊心动魄。即以同代人而论，鲁迅创造的博大精深而又经典化的文学高峰，沈从文怡情湘西山水的另一番堪为经典的文学景象，还有别一番耽于男女情爱的鸳鸯蝴蝶派的张恨水，等等。我便看到，那根敏感于文字的神经所创造的文学景观，差异太大了，就人通常能想到的形成这种差异的因素，有作家生存的环境，家园和山水，接受的教育和阅读的书籍，尤其是后来形成的独立思想和艺术审美的情趣，决定着那根敏感文字的神经发挥的倾向和倾情了……这是一个太过复杂的话题，姑妄涉及，不敢也无力深究，便自觉作罢。其实，我只是对天才的一种物质化的猜想，而敏感于文字的那根神经后天如何展示各自的文学景观，已是另一个话题了。

缺乏人体生理常识，生发出一根敏感文字的神经，经不得科学考证，便作猜想。

2011 年 7 月 30 日 二府庄

饭事记趣

几位朋友聚餐,没有任何正经话题,全是随心所欲,即兴发挥,难免东拉西扯,却多为逗笑开心的生活趣事逸闻。记不得谁说到自己幼年时期经历的艰难生活,为争食半碗锅底铲下的锅巴,曾和长自己两岁的哥哥动手厮打。这种锅巴我也喜食,那是用很细的苞谷糁子熬烧稀饭时,大铁锅底留下的一层沉积糁子,被烙得金黄,用锅铲铲下来,多成卷儿状,味道甘美且不论,在"三年困难"时期,一天三顿喝苞谷糁子的情状里,吃不上面条,更见不到馍,这种半干的锅巴则耐得住饥饿;父母把这种稀罕吃食全让给孩子,孩子多的家庭,会分给每人半勺,或轮流吃……

由此引发出我有关吃饭的记忆,便凑热闹说了两三件有关吃饭的事,朋友们甚觉有趣,有人便说,你不妨把这些轶事写出来,挺有点意思。这话倒让我记住了,而且又触发出几则吃饭的事。我想,人一生要吃多少顿饭,吃过也就忘了;而吃过几年乃至几十年的几顿饭难以忘记,这几顿饭就在人生行程中留下印痕。这种多属饥饿年代的有关吃饭的事,会让今天以营养成分调配吃食的读者感到好笑,也不顾忌了,索性让大家笑一回,何妨……

确凿记得是一九六七年五月末的事。这是"文革"派性闹得最疯狂的时月。我供职的公社(即乡镇)农业中学早已停止上课,学生虽然也搞成两派造反组织，却在本公社社区无甚影响，多数学生早回家了。七八个教师也是去留自便，常来的人没有谁夸奖你坚守岗位，常常不来的人也没有谁计较你失职。到了五月末，"靠边站"（即罢官）的校长突然挺身而出，通知所有教师返校，他要安排学校收割麦子的事。农业中学属社办公助性质，学校搞勤工俭学，在学校西南边的荒坡上开荒种地，播种了几亩麦子，还栽下不少果树。这方坡地在白鹿原西头的北坡上，紧依着汉文帝的倚坡而建的陵墓，史称灞陵，因坡根下流淌的灞河得名，白鹿原由此也称灞陵原。灞陵的坡形，东西两边有着几处基本对称的凸出和凹进的地形，活脱如展翅飞翔的凤凰，灞陵的民间名称为凤凰嘴。就在凤凰嘴的东侧，有农业中学师生开荒播种的麦田。这方地域向阳，又因坡高缺水，麦子便早熟了。校长尽管作为当权派被冷置着，却操心已经基本黄熟的麦子，着急了。

且不说这七八位教师怎样汗流浃背地收割麦子，再翻沟过梁人背车拉运送麦子，以及人做畜牲拽着碌碡碾打麦子，单说开镰之日的第一顿饭。教师们聚集在离灶房最近的一座教室里，炊事员老头把刚刚蒸熟的馍端到教室里，当众揭去大蒸笼里的垫布，一片冒着热气的白花花的馍晾现出来。校长宣布：大家割麦运麦要出大力气，这馍就随便咥（吃）。这个主意是我拿的，如果违反粮食政策被追查的话，我负责，处罚就处罚我，与大家无关。校长话音刚落，教师们便动手掂起纯麦子面馍咥起来，就着咸菜，喝着稀米汤。我也不甘落后，早掂来一个馍咬下去了，竟顾不得吃咸菜，白面馍本身香味的巨大诱惑，让我心无他顾，三下五除二就把一个馍吞咽下去了。大家几乎腾不出嘴来说话，自顾自地吞咬咀嚼着馍，教室里一片静寂，咀嚼馍块的或轻或重的吧唧声便突显出来。大约在大家吃到八九成饱的时候，才有人说起笑话，是以某位先生吞咬馍块的怪异表情为由头，随即引发笑声和互相调侃的轻松气氛。多少有点"文革"派别不同"政见"的隐性纠葛,在猛吃狂咥的放浪形骸的欢愉氛围里,暂且忘却了。

有人突然提议,各人自报咥了几个馍,并解释其意图,既不收粮票也不收钱纯属白咥,所以希望如实招来咥了几个。说完,此兄把眼光盯住了我,哈哈着命令:你先报!

我顺口报出:七个。

似乎稍有惊讶之音,却不强烈。随之一个个都报出数来,却没有一个超过我的,连持平的也一个没有,只有一个人报了六个。多数人都报了五个,男教师只有一个人吃得最少,四个。两个女教师都说吃了三个。我当了一回冠军,平生仅此一回。参加过几次篮球、乒乓球和象棋赛事,从来没拿过冠军;一顿咥七个馍的纪录,在农业中学教师的范围内未曾被人打破,我自己后来也未能再刷新。

饭后便提着镰刀到凤凰嘴东侧的坡地上割麦子。我感觉到胃里很撑,也很沉。那时候的馍都习惯以二两为规格,再加一碗稀米汤,我的胃里至少装着两三斤重的食物,馍的计量标准的二两,是指干面粉,和水蒸成馍,不会少于四两。当我挥动镰刀割麦子的时候,感觉到了难受,也就伴之而生悔意,吃得太多了。这种因为贪吃而发生的身体负担以及后悔情绪,在我却是久违了的别一番感慨。许多年来,吃饭已经形成习惯,就是抑制住饥饿便罢手也闭口,很少有吃到一满饱的机遇。每月三十斤粮食定量,我通常是以三四四来分配一天三顿伙食的数量的,计量单位是两。这样的配额,连半饱似乎都勉强,自我感觉就是仅仅"压住了饥饿"。尽管这样,三十斤粮票仍然维持不到月底,便从家里蹭来吃食弥补亏空……

我现在的工作点有餐厅,在我看到吃剩的大半个馍和小半碗干面条或米饭被倒入垃圾桶的时候,常常会泛出曾经咥过七个馍的往事来。且不说可惜了粮食这种陈年老话,我也不无庆幸,中国人不仅告别了如我四十多年前丑陋的食量和吃相,而且可以随意扔掉吃剩的馍、米饭和面条,连眼皮也不会眨一眨。

  大约是我被抽调到公社(乡或镇)协助工作的第二年冬天,我跟一位领导到白鹿原北坡上的一个村子去驻队,还有当地驻军(军校)的一位教员和一个战士,四个人组成一个工作组,单项任务是重建生产大队一级的党组织——党支部。"文革"把各级党委和基层党支部全部搁浅了,现在要恢复重建。这个村子派性比较复杂,更深层的渊源是三大姓氏的由来已久的积怨。如何化解矛盾,争取在上级规定的时限内,完成党支部重建的任务,说来话长,不是本文的主旨,这里只说一件轻松有趣的一顿饭的事。

  下乡驻队在我已经成为习惯性工作,且不说公社机关对干部下乡纪律的严格规范,单就常识而言,到农民家吃派饭不能有任何要求,农民日常吃什么,也就给我等下乡干部吃什么。其实许多人家在轮到为下乡干部管饭的一天,总要比自家平时的饭食做得更好一点,他们平时多吃汤水面条,给干部做一碗干面条;平时他们多以苞谷面做馍,给干部吃的馍里,总要掺进一些麦子面粉。这是当地传统习俗,不能慢待客人。每遇到这种优待饭食,我便对主人说,下顿不要这样了,却收效甚微。这回下乡搞建党支部的这个村子,地理环境缺水,每遇干旱便难保收成,村民的粮食多数吃不到新粮下来,我们工作组的几位干部也就更自觉地接受粗食淡饭了。

  关中乡村自古一天三顿饭,与别的地区无差异,差异在吃饭的时间。农民天明便起身下地干活,上世纪五十年代中期农业合作化之前的个体经营时期是这样,农业合作化集体经营时期依旧遵循着这种生产和生活秩序,干活大约到九点十点(冬夏差别)回家吃早饭,午饭大约在两三点钟,晚饭就是天黑收工以后才吃的。我和工作组的人也是入乡随俗,改变了在公社机关早晨起来先吃早点之后才上班的习惯。这一顿记忆颇深的饭是一顿早饭。

我们四人分成两组,主要考虑农民家庭一次管四个人吃饭负担太重,我和领导为一组,从村子西头到东头一家接一家往过吃;两位军人为一组,从村子东头到西头一家接一家往过吃。无论吃得好吃得差,我们从来不议论,其实没有谁规定不许议论吃食的好坏,也没有人提醒,却都闭口不提,似乎是一种忌讳。那天早晨到早饭时,一位穿戴整齐的青年来叫我吃饭,干净整洁的中山装,浓密油黑的头发梳理得很整齐,谦和的笑容里显示着彬彬有礼,截然区别于农民,尽管难以判断其职业,却可以肯定是一位吃商品粮挣工资的公家人。在靠挣工分生活的绝大多数农民家庭中,谁家有一个能有固定月工资收入的公家人,就意味着这户人家在普遍贫穷的村民中优裕的经济地位。我和我的领导——工作组组长,跟这位公家人去他家吃早饭。

  一个老式方桌,周围摆着条凳,我和组长坐下,陪坐也陪吃的就是这位公家人。组长说,让家里人一起来吃嘛!公家人说,你不用管,他们吃他们的。组长也不再勉强。我却有点敏感,大约是为我们做了好吃食,却不多,只供我和组长以及公家人吃,其他人包括他的父母和姐妹兄弟都不上桌了,是为着节省。这种情况遇见过不止一户人家,也确实令我吃着不自在。公家人先端来一大碟酸菜和一盘红苕,又端来两大碗苞谷糁稀饭,继之又为自己也端来一碗稀饭,热情地招呼我和组长,吃!快吃!天冷得很,小心饭凉了。我先喝稀饭,稀饭稀到筷子上挂不住苞谷糁。我再吃红苕,全是如同未剥皮的花生那样大的堪称袖珍红苕。吃红苕一般要剥去薄皮,这小红苕捏在指间,尤为难剥,我索性连皮吃了。这些未发育长成的小红苕,内里多丝,那丝如同纤维,韧性很强,咀嚼不碎,又不好意思吐出,我便囫囵咽下了。我吃饭的心情有点不好。我家也在农村,每个村子都种植红苕,因为红苕产量大,可以充饥,在困难时期的农村,每个生产队都扩大了红苕种植面积,家家都挖着一口储存红苕的地窖,从初冬一直可以吃到来年初夏即将接上新麦。乡民说,一年到头,红苕坐庄。更有说得损的话,红苕是救命的爷。生产队大量种植多产的红苕,不仅成为村民锅里碗里的主食,红苕的叶子可以窝制酸菜,红苕的蔓和根是喂猪的上佳饲料。我在公家人餐桌上所吃的袖珍红苕,其实是红苕根上不值得采揪的舍弃物,通常都是和根蔓一起晒干粉碎后喂猪的。我猜想这些袖珍红苕的来路,是从生产队分配给他家作饲料用的红苕根上摘下的,或是从挖过红苕的地里捡拾的遗弃物。可见这是一个很节俭的人家。公家人一直陪着组长和我吃饭,不断地招呼我们吃饱吃好。直到我们放下筷子说吃好了,他仍然礼让我和组长再吃几个红苕。

　　出了公家人的大门来到了村巷,组长说要到老支书家说事,我便跟着他走,谁也不说这顿早饭吃得如何,已成习惯。走进老支书家的大门,迎面看见他正跷着腿坐在方桌旁,捉着一根烟袋抽旱烟,走近了又看到尚未收拾的碗筷和菜碟,还有一盘馍。未等组长开口说事,老支书抢先问:吃好了没?我和组长异口同声说,吃好了。老支书很惊讶地说,哎呀,算你俩有福。我能听出他话里的异味,却仍然说,好着哩好着哩。他哈哈一笑,说,自解放到现在,来到村上的干部,在这家管饭时,谁也甭想吃一顿好饭。组长也笑着说,好着哩。老支书说,不好你也不说不好——你有纪律哩。老支书说,曾经在某年有某个下乡干部在这户人家吃派饭,喝的是挂不上筷子的稀溜溜苞谷糁子,还没有馍,干部喝了一肚子稀汤,不到午饭就饿得撑持不住,跑到他家来,二话不说就伸手在装馍的笼子里抓馍吃。他说他曾经提醒过这户人家的主人,却不奏效,后来便不让他家给外来干部管饭,人家还不依。老支书解释说,干部吃派饭交钱又交粮票,仍怕村民吃亏,生产队给管饭的人家再发一份补贴粮,少则每天一斤,多则二斤,会有余头的,所以村民一般都争着给下乡干部管饭。说到这儿,老支书又问:有馍吃没有?我觉得既不好说没有,也不宜说谎说有,比我老到的组长笑着把话题转移开来，说起工作的事项。老支书还不尽兴，继续说，这户人家在村子里是日子过得相对窝逸的，家里大人都不少挣工分，又特别节俭，尤其是有一位挣钱的公家人，"文革"发生前的大学毕业生，月工资听说在六十块上下……组长再次把话题岔开。老支书末了还说，这是这家人的家风，我说了你俩就不见怪了。要是肚子饿了耐不到晌午饭，就到我这儿来拿馍……午饭和晚饭依旧，无须赘述。

顺便说一下这位老支书。这是解放后乡村里发展的最早一批中共党员，历任乡村各种干部和支部书记，刚刚进入中年，俗称老支书。老字不指年龄，而是指任期比较长久，"四清"运动整得死去活来，却没有任何问题，最后仍为支部书记。"四清"运动结束不到一年，"文革"又开火了，他又被当作"走资派"打倒了。这个人性格中有一种天然的幽默智慧，面对灾难善于自我解脱，便是自己调侃自己："四清"运动把我打倒了，又把我拽起来；我还没站稳哩，"文革"又把我目倒了……组长心里有数，这个村子的支部书记非他莫属，关键是化解派性，做好党员和群众工作……喝一顿太稀的稀饭吃一些过碎的红苕，算什么了不得的事嘛。

粉碎"四人帮"之后第二年，刚过完春节上班不久，我被公社（现今的乡或镇）派到一个生产大队（村子）去驻队，任务单纯，调查一个在"四清"运动中被打倒开除党籍的前支部书记的案情。调查小组由三人组成，我被任命为组长，另两位组员都是公社党委从农村临时抽调参与这项工作的，一位是一个村子的现任党支部书记，男性，比我长几岁，另一位是回乡高中毕业生，年龄虽小，有一定文字能力，是做笔录等文字工作不可或缺的人手。这个临时组成的专案小组，是受上级（市和区）的指示做出的，对"四清"运动中被整被打倒被处分的大批干部选几个对象，重新调查其案情，作为试点。这件事非同小可，我们三人小组刚刚入驻那个村子，便惹起一片风声，纷传陈某人要给"四清"中被打倒的某某人翻案了。任谁都能想到这村那寨"四清"中受到打击和处治的干部对这件事的关切之情。

就我亲历的上世纪六十年代农村的风风雨雨而言，一直留有一种也许是偏颇的印象，"四清"运动对集体所有制时期的乡村社会的破坏程度，不仅前所未有，甚至超过后来的"文革"。"文革"的矛盾焦点主要指向公社以上的政府机关，农村里村村都有造反队，首当其冲的自然是生产大队的党支部和大队长，而主管生产决定春播秋收和粮食分配多寡的却是生产小队，造反派一般瞧不上生产队长那个太小的官位。野心大点的造反派先夺公社的党政大权，野心更大的造反派头子再夺区或县以至市和省的大权，绝大多数男女社员依旧干农活儿挣工分过日子。"四清"运动之前，对乡村社会破坏最厉害的是"大跃进"吃大锅饭，直接导致"三年困难"民不聊生的惨景。然而经过中央及时而又务实的政策调整和纠正，农业生产很快得到恢复，到上世纪六十年代中期，多数生产队基本解决了吃饭问题，呈现出毛泽东此时写的一首词里所说的"莺歌燕舞"的气氛。然而，好景不长，莺尚未歌到尽情处，燕亦未舞到尽兴时，"四清"运动由试点到全面很快推开，大兵团的人马浩浩荡荡进驻到大大小小的村庄，生产大队和生产队包括会计出纳在内的干部全部被推上被斗席。历时半年的"四清"运动结束，生产大队和生产队的主要干部至少十有七八都被整下台去，撤职不算最重的处罚，更有被开除党籍，还有被经济退赔时连房子也折价抵账的惨事，且有人自杀。我后来看到了更为严重的后遗症，许多村子的生产遭到难以弥补的破坏和损失，这个时期被打倒被处罚的干部，尤其是生产大队的书记和大队长，多是从解放初锻炼成长起来的一批主宰农业合作社的优秀骨干，能力弱或品行差的人早淘汰了。"四清"运动的最后结局，用农民的一句话概括，把那些好干部"一竿子全扫光了"。农村比不得国家机关和工厂企业，可以调换领导干部，而一个村子要成长一个主要的树得起威望的领导干部，确非易事。我所看到的事实是，许多村子在"四清"后安排的新干部，因为能力或品行太差难以胜任而自动辞职；有的不甘辞职却指挥不灵，村子里的各项工作和生产搞得一团糟。这种局面不是一年两年所能改变，说遗患无穷似不过分。我到这个村子来复查那位被开除党籍的原支部书记的案情，在我确是一种踊跃心态。

这位复查对象，原是本公社的一位先进典型人物，到"四清"运动发生之前，他早已是在本区和西安市都挂了号的模范干部。我做乡村民办教师那几年，已闻知他的大名，却难得接触，不料在他被打倒十余年后，由我来复查他的案情。我也明白，对此人案情的复查，是上级抓的一个"点"，不仅关涉他一个人的命运，更关涉无以计数的"四清"运动中被处治的"四不清"干部的命运，我不仅踊跃，更为谨慎。正是在这次长达两三个月的驻队时月里，我吃了一顿至今难忘的饭。

在公社工作已有十个年头，每个村子都吃过派饭，无论吃得好或差的饭，吃过也都忘记了，我可以自信的是，我从来没有弹嫌过谁家的饭不好吃，倒是对有些特别照顾而做的好饭，我提醒主人不要为我浪费白面。记得有一次吃派饭，竹篮里盛着香气弥散的纯白面锅盔，男主人陪我吃饭，女主人和孩子却不闪面，我也不在意，关中风俗多见如此，自然属男尊女卑的封建遗风。喝完一碗稀饭，还想再喝半碗，陪我的男主人要去为我舀饭，我二话不说便自己闯入灶房去了，眼前的景象令我吃惊：女主人和两个未成年的孩子在灶房里围着一个小桌吃饭，手里拿着纯苞谷面的馍。我的心里就撞了一下，我舀了半碗苞谷糁子稀饭出了灶房，便把装着白面锅盔的竹篮再端进灶房，让两个孩子吃锅盔。两个孩子瞅着白面锅盔，又瞅着他母亲，又瞅着跟脚进来的他父亲的脸，却仍然不伸手抓锅盔。无论男主人和女主人怎样礼让，我已坚决拒绝再吃锅盔，甚至影响了我的食欲。我小时候亲身经历过这种完全类同的情景,轮到我家给下乡的某位干部管饭,也是由父亲陪干部吃专门待客的好饭,只有在干部吃罢告辞之后,我才得以分享剩下的白面锅盔或馍。似乎不完全是好面子的事,是说不清从哪朝哪代传留下来的乡风民俗,在越是穷困的生活里,总要尽力让客人吃得好一点……我说此事似有自我表扬之嫌。其实,不单是干部自律,还有我小时候的那种隐秘的记忆,却在这一户人家里重现了,竟有某种触碰的痛感。

又到乡村早饭时辰,一位中年男人来叫我们吃饭。进村不少日子了,这位男人却显得陌生。他家在村子东头,没有围墙也就没有门楼,敞院里坐西向东两间厦房,台阶上放着镢头铁锨等几样常用的农具。进得厦房,男主人招呼我们三人坐下,是三只粗陋不堪的小木凳,没有小饭桌,一碟自家窝制的酸菜和一碟辣椒摆在脚地上。我在坐下前,或者说踏进厦屋门的一瞬,便颇感惊讶:家徒四壁,一览无余,厦屋北头是连接着锅灶的土炕,西墙根有一个用砖块垫着的破损的木柜,再不见一样家具。锅台有一块案板,上边摆着几个碗和擀杖。男主人从操勺的女主人手里接过舀满稀饭的大碗,再一一端给我们三人,然后自己也端着碗在一边陪吃,坐在一块破砖头上。我把稀饭碗搁在不大平整的脚地上,先掂起馍就着酸菜吃,心里却在猜想,这家人怎么把光景过得如此恓惶?这是一个以蔬菜种植为主业的生产大队,绝大多数土地都是有机井保证灌溉的平地,种植着各种时令蔬菜,定点供应西安的某家蔬菜公司,尽管属于统购统销的计划经营,收入远非那些以粮食和棉花为主业的生产队所可比拟。粮棉队几十个村子,工分值高不过五六毛钱,差劲的许多村子仅只一两毛;而几个以蔬菜种植为主业的村子,工分值最低也不下一块,况且,这些蔬菜生产队由国家供应至少半年的粮食,不愁碗里的稀稠和有无。那些相对贫穷的粮棉生产队的女孩,托亲靠友多想嫁到优裕的蔬菜生产队。这户人家的惨淡光景,是我们进入这个村子近月以来最令人惊讶的一户。我一时想不明白,他们夫妻二人不残不呆,看模样也不会是偷懒怕干活的人,只要出工干活,就有工分,就会分红,怎么弄得这样一副穷光景?我便和他拉家常,问一句,他说一句,或者只说半句,后半句没说出来就不再说了。从木木的神情上判断,他不仅不善言语,确凿属于木讷短语的人,但这并不影响出工干活挣工分。我想问他的身体状况,刚开了口,他不回答,突然转过身,把端着小碗蹲在我和他之间的小儿子抱离开去,我看见小家伙蹲过的地方留下一摊稀屎。我不便再看,男主人的一个举动却把我惊住了,他顺手从墙根下抓过两只破旧的布鞋,从两边刮擦到中间,把那一摊稀屎刮到鞋里,三两步跨出屋门,扔到院子里去了。我瞥了一眼,用鞋刮过的地方还留着一些稀屎,刮在鞋上的稀屎滴溜在脚地上。主人的这种举动是少见也少有的,一般家庭里多有小孩随地拉屎的事发生,大人通常用一把灶灰掩盖,再用铁锨铲除,很干净的。这个木讷的男主人此时才想到用灰撒到残留的屎摊上……我已经感觉到胃里有反应了,隐隐有点恶心。我端起碗,把剩下的半碗苞谷糁子稀饭喝了下去,企图把胃里的恶心压住,似乎收效甚微。我当即采取断然措施,让那两位同伙消停吃,我已吃饱先走一步。

走出厦屋门,很快便走进村子中间的主街道,胃里有了更激烈的响动,我越是用心压制,响动反而越是厉害,走到一个堆积牲畜粪的很大的粪堆旁,便爆发出声音很大的呕吐。刚刚吃下的一个馍和一碗苞谷糁子稀饭,全部倾泻出来。我擦了嘴,警惕地往四周看了一圈,倒是没有人,我才放心地走回房东家的住处。待那两位组员回来,见面问我怎么吃得那么少,我含糊其词地岔开了话题,更没有提呕吐的事。我担心由此事演绎出陈某吃不惯贫下中农的饭食,这可是感情甚至上纲为立场的大问题。

空着肚子工作到午饭时间,我们三人一起到那户人家去吃午饭,熟路熟门又是熟人,仍然是坐在小木凳上,盛辣子的小碟和盛盐和醋的小碗仍摆在脚地上，是纯粹的白面做成的汤面条，我连着吃了两碗，感觉到一种满足。出门的时候，似乎胃里又有隐隐的响动，我和两位组员说笑话，企图把注意力岔开，把胃里的不好反应抑压下去。在走到村中那个粪堆旁，胃里一阵天翻地覆的搅动，哇啦一声又倾泻而出，把两位同行的组员吓得一愣，忙问怎么回事。我谎称胃出了点毛病。待我定睛一看，正是早饭后呕吐的那块地方，早晨呕吐的残痕仍在。回到住处，两位组员担心我空着肚子耐不到晚饭。我说胃里空一空也有好处。关中农村的晚饭都是天黑时吃，两位组员提醒我该吃晚饭了。我推辞不用，并说胃需要再空一空。他俩不信。近月来三人一起吃饭，没发现我的胃有什么毛病嘛。连着追问之下，我便说了缘由，担心吃了晚饭再吐可受不了。他们便张罗如何解决我的晚餐，想到离此村不过三四里地有一家工厂，厂里有一家小门面的营业食堂，他们自告奋勇要去为我买两个烧饼，我坚决制止了。我怕由此惹出事来，说陈某人吃不下贫下中农的饭，吃了呕吐，到食堂里买饭吃。资产阶级作风和感情的帽子谁戴得起。我不仅坚决制止了他们去买烧饼的举动，而且提醒他们两人坚守秘密，不许把我两次呕吐的事道及外人。我开玩笑说，空着肚子再熬一夜不算什么问题，我已经有"三年困难"饿肚子的抗饿功夫了……

　　让我始料不及的好事接着发生了。公社一位和我年龄相仿的干部突然登门，说是周六放假回家顺路来看我。我这时才想到周末，为了赶规定时间办完此案调查，我们自觉放弃了休假。朋友闲聊间，一位组员向这位朋友说了我饿肚子的事。这位朋友不由分说，便拽着我到他家去。他家和我驻队的村子是邻村，不过两里路。我们三人装作到他家走闲的样子，进门便由他给老婆下令做饭。来不及发酵面团，用死面烙了一张饼子，我吃得确如狼吞虎咽。饭毕，大家约定，不向外人道及老陈吃饭的事，以免造成挑食的不好影响……

　　调查那位被打倒的"四不清"干部的案情如期完成。这位被冤枉了十余年的老支书被宣布平反，恢复党籍。此后不过两三年，"四清"被整被处分的干部几乎全部平反了。我其实在做了那项调查之后的第二年夏天，调离了工作过十余年的家乡，到西安南郊的文化馆工作。我已感知到文艺复兴的令人鼓舞的气氛，创作的欲望潮涨起来了。

许多年后，和那两位组员以及那位公社干部偶然相遇，便说我的吃饭的故经……

上世纪九十年代中期，受邀第一次访问美国，在耶鲁和哈佛有两次文学创作讲座，算得上正经事，其余时间便是游山逛景了。一个神秘了大半生的美国，在自东往西的车轮加脚步的匆匆一览里，自然说不上深或透的了解，神秘的帷幕却还是扯去了。姑且不说观后感，只说一顿难忘的晚餐。

这顿饭是一位姓杨的女士邀请的，我没有推辞，概出于她和陕西关中一种非同寻常的亲情渊源。此前一年或两年，她到西安时曾得以谋面，她说到来西安的意图时，且不说我惊诧之类的夸张的话，确凿是万万料想不到的。她说她是来寻根，更是拜祖。初听这些话时我毫不惊讶，国门打开之后已有多年，海外华人尤其是台湾同乡回来的人络绎不绝，在我已司空见惯。然而，杨女士说明她寻的祖宗时，我当下竟惊讶得回不上话来。她所寻的祖宗，竟然是隋朝开国皇帝杨坚。杨坚是五岳之一的华山脚下华阴县人，早已了无踪迹，墓葬在关中西府的扶风县。她虽然没有看到有关始祖杨坚的蛛丝马迹，却也未见多少遗憾，心里早有预料，着重在想感知作为皇帝祖宗曾经生活的一方地域的地脉天象。同在华山脚下的华阴县五方乡，却有为杨坚开创隋朝立下汗马功劳的文武全才的杨素将军的坟墓。杨素不仅善于统军打仗，且是一位诗人，隋朝建立后被隋文帝杨坚封为赤泉侯。然而，杨素和杨坚虽都姓杨，却无血缘宗族脉络，杨素的祖宗上溯到西汉时代的杨喜,曾被汉高祖刘邦封为大将军。五方乡的杨素氏族,现存十八座坟墓。这些有关杨姓两家的简况,是我后来获知的。我更惊讶杨女士的乡土情结,从隋朝到现在多少年了,他们一代一代祖传着关中华阴这个"根";单是她自己,从台湾再到美国,成为美籍华人,却终于实现了到皇帝祖宗诞生的华山脚下走一回的夙愿了。

我按时赴约,是一家中餐馆。我看一眼已经到齐的人,竟然全部都是女性,多为中年,自然都是华人。她先介绍我之后,便一一介绍由她约来的朋友,几乎全是从台湾到美国定居的文化人,多数都出版过散文、小说和诗歌集子,只是名声尚不及我认识的於梨华。都是喜欢写作的人,气氛很快便轻松活跃起来,有人说到她喜欢大陆某作家的作品,有人说到她结识的大陆某位作家,自然也免不了说到她们读《白鹿原》的事。在轻松的气氛里,不觉间过去了近两个小时,饭早已吃完了。在散席前发生的一幕,让我不仅出乎预料,而且惊诧了。

杨女士说了句"那就到这儿"意思的话,在座的女士们,有的翻手提包,有的掏口袋,把一张张美元掏出来放到自己面前的桌面上,杨女士自己也不例外地掏出钱来。我在短暂的发愣的一瞬间便明白了,这顿饭是由进餐者分摊其花费的,也就赶紧掏自己的口袋。杨女士坐在我右边,压住了我往桌子上放钱的手,笑说:你是我们大家请来的客人,你绝不能。在我据理辩解的几句话还没说完,她打断说,在大陆你可能不习惯这样分摊餐费的方式,在这儿(美国)却是通常的事儿,大家想聚会了,或是接待一位朋友,都是这样做的,唯有被请的客人不能付款,这种分摊餐费的方式,说明你是大家的朋友……

我在回到住处后,心里仍不能淡忘每位进餐者纷纷掏钱包的情景。除了杨女士说的"你是大家的朋友"之外,我又想到她们可能没有报销的途径。她是一个民间文艺团体的主事人,没有公款,她的会员可能只交象征性的一点会费,只能作公务性的开销,更多的却是显示对自己参与的这个文艺团体的尊重。我没有问她,仅是我的猜想。

　　这种猜想又一次得到了验证,是随后在另一家华文文化团体搞过一次创作讲座,讲完后听众就散去了,留下十来个团体的骨干人物,和我共进午餐。就在讲座大厅旁边的一个小屋子和通道上,十来个男女朋友纷纷拎来自己的提袋,从里面掏出早已备好的菜和面包,每人都带着盒装的菜,都是在自己家里做好带来的,几乎没有重样儿,一齐摆到桌子上,任由各人挑拣品尝,不时爆出某男或某女大声的惊叫,说某种菜太好吃了,虽不无夸张,却酿成一种即使高档餐馆也难得的融和气氛。我被重点照顾,让我尝一口这种菜,再尝那种菜……我很自然想到,这个文化团体同样没有经费来源,要搞什么活动而避免不了共餐,便是这种办法……回去的路上,我和同行的朋友说,还是社会主义好。

　　平生吃过多少回饭,粗粮野菜也罢,鱿鱼海参也罢,多不记得了。上述几顿饭却总也难以忘记,如实写来,供有兴趣阅读的读者一哂。

2011 年 8 月 25 日　二府庄

我们村的关老爷

在我尚不知晓关羽或关云长为何人的童稚时期，却已知道关老爷这尊神。岂止知道，而且和关老爷左右为邻，距离不过五六十步。自我有记事能力，便记着我家是村子西头第二家，头一家的院墙西边紧挨着一条颇深的沟，是下雨排水的天然洪道。这条沟的西沿上，坐落着一幢比普通农家更讲究的庙，方砖砌墙表面，琉璃小瓦苫顶，房脊高高耸起，砖头上有雕刻的吉祥图纹，这座庙俗称关老爷庙。村民平常简称为老爷庙，敬奉着关羽。我一出自家土门楼，第一眼便看见关老爷庙；从村子里走回家去，直对着我视线的也是这座关老爷庙；关老爷庙的北墙根下，是走出村子的西口，村民下地干活或出村办事，都从关老爷的庙墙根下走过。不仅是我，整个村子里的男女老幼都和关老爷朝夕相处，低头不见抬头见，几乎谈不上距离。

我后来才知道，在民间传说里，关羽谢世升天后，被玉皇大帝封为管民间风雨的职司，任何一方地域的干旱雨涝或风调雨顺，全在这位风雨神的掌控之中。无须考究这个传说起自何时何方，既成的事实却非同小可。即如我眼见的灞河流域密集的大村小寨，几乎每个村子都修建着一座关公庙，敬奉着这位职司风雨的神。我生活的村子到一九四九年新中国成立时，不过三十多户人家，却不知早在多少年前已经修建起这座关公庙来，推想那时大约不过十几或二十几户农家，肯定由每户分摊建庙和雕塑关公神像的不菲的费用，可以想见村民踊跃情态里的虔诚。其实不难理解，以种植庄稼为唯一生存依靠的村民，决定粮食棉花收成丰欠也决定他们碗里吃食的稀稠乃至有无和身上穿戴的厚薄的关键一条，便是雨水，风似乎倒在其次。渭河平原这块沃土，庄稼生长最致命的制约因素，便是干旱。我查阅过西安周边三个县的县志，造成多次饥馑灾荒的原因，都是久旱不雨。敬奉关公祈求风调雨顺是村民们共同的心愿。

每年农历大年三十后晌，村子里的主事人便打开常年挂着铁锁的关公庙门，让几位村民打扫卫生，擦拭关老爷和护卒头上身上的尘土，点上两支又粗又长的红色蜡烛，再敬上三支香，然后跪拜叩头，再说几句祈求风调雨顺的话。接着，整个村子里的成年男人都来焚香跪拜祈祷来年有及时雨降下。我和小伙伴们围在庙门口，看着一个个年长的年轻的爷辈父辈的再熟悉不过的男人们，无论家道或富或贫无论性情属刚属蔫，站到关老爷塑像面前先鞠躬再跪拜时的表情，都是至诚至敬的。关老爷端坐庙堂正中，长耳几乎垂肩，浓眉大眼高鼻梁，满脸红色，黑色的胡须直垂到胸膛，威武里透着慈善，不动声色地看着一茬一茬跪拜他的村民。到得末了，主事人把我等在庙门口围观的小男孩一齐叫进庙去，教大伙抱拳鞠躬，再跪地叩头者三，最后让大伙跟着他齐声说，关老爷爱民如子，给俺多下及时雨……应该说，关公是我平生最早跪拜过的神。

每年农历二月二日，是民间传统传说里的龙抬头的日子，也是冬去春来农事铺开的一个标志性时日。村子的主事人一早又去打开关老爷的庙门，打扫卫生再点蜡焚香，敲锣打鼓和拍铙钹的好手早已敲打得震天价响，村子里的男人们闻声赶来，长辈人跪在庙里，年轻的晚辈跪在庙门外边，我等小伙伴们随意择空当处跪下，叩头三次，然后一齐仰面对着关老爷的塑像，跟着主事人齐声祈祷，祈盼雨顺风调……那声音是浑厚的，也是震动庙宇发生回声的庄严的声响，更是虔诚的心愿之声。

干旱却几乎年年都在发生，有小旱，也有大旱，多在秋苗生长的关键时月，即伏旱。小旱修渠引水可以抗御，大旱就几乎面临绝收，村子的主事人便召集村民商议，用一种激烈悲壮的方式祈雨，当地人叫"伐马角"。同样是在职司风雨的关公庙里庙外举行，点蜡焚香烧表，庙外锣鼓铙钹敲打着激烈紧凑的曲牌，男人们聚在庙里庙外，身上都披着象征下雨的稻草编织的蓑衣，自然都是长跪在地。突然会有一人跳起，从火盆里抽出一根烧得通红的细钢条，大吼一声，吾乃关老爷"通全"的黑乌梢，随之便把通红的细钢条从右腮戳到左腮……黑乌梢是说一种黑色的蛇，蛇是龙的民间化身，即取水地点在南山的黑龙潭。于是，整个村子的人便跟着那个"通全"了神灵的人到南山去，到黑龙潭里"取水"……我等一帮小伙伴聚在一旁，反复诵念两句民谣：云往西，关老爷骑马戴帽披蓑衣。帽是指遮雨的草帽，蓑衣也是遮雨的，都是预示着甘露降临。应验落雨甚少，依旧干旱居多，灾荒和饥馑避免不过。然而，每年农历大年三十和二月二对关老爷的虔诚祭拜，依旧进行，直到新中国成立后破除迷信明令禁止，这种传承了不知几百年的仪式才被废止了。

关羽忠勇孝义，在民间的影响也很广泛，却是隐性的，不像他职司风雨直接关涉千家万户每一个村民的生存。这样，村民们很少说或不说关公庙关帝庙，而通称关老爷庙或简称老爷庙，已显示着一种亲近的情感。

说来有趣，每当在媒体上看到当地驻军在天旱时节向天空发炮催雨成功的消息，我就会从记忆深处泛出村民敬祭关老爷的画面……

2011 年 9 月 6 日　二府庄

一个人的邮政代办点

每当和媒体记者或纯粹的朋友叙旧,对我当年窝居乡下十年写作的生活形态多有兴趣,其中和外部世界的沟通方式是一个常被问到的话题,我便如实相告,主要依赖一条邮路,无论写信说事或投寄刚刚写成的小说稿,都是到一个邮政代办点去办理。这是一个仅有一人撑持业务的"邮局",在我却铸成永久的记忆。

上世纪八十年代初,我在获得专业创作的自以为人生的最佳境地的同时,便决定回归乡下祖居的老家,求得一个耳目清静的环境,却不是陶渊明式的避世隐居。我在这里可以坐下来潜心阅读业已解禁的世界名著;可以平心静气回嚼二十年乡村生活,形成新的作品。我几乎本能地关注着生活运动尤其是乡村世界的变化,自然缺少不得一份报纸,能否每天看到当日的地方报纸,成为一个小小的却也揪心的问题。多年来每天读报的积习已经成瘾,不读似乎就有一种缺失或亏欠。读报之所以成为一个问题,我居住的老家的地理环境的制约是根本原因。

我祖居的村子虽然距西安不过五十华里,却是一个被地理环境限制着的"死角"。村庄位于白鹿原北坡根下,再往北不过两三公里便是闻名古今的骊山南麓,形成一条狭窄的川道,其间自东往西流过一条被秦始皇曾祖改名的灞河(原名滋水)。直到上世纪七十年代中期,才开通了一条沙石公路,我的祖居的村子是这条公路的终点,尽管十天半月也未必能驶来一辆汽车,但是乡民出行推车挑担骑自行车毕竟方便得多了。我回到这样环境的老屋里,首先想到如何能读到当天的报纸。得知这里的邮递员仍旧是我熟悉的那位姓史的乡党,便找到他商量。他做这方地域的邮递员已经多年了,仍然属于邮局聘用的农民工,未能获得邮局正式职工的资格。他负责我所在的这个乡镇东半部的十余个村庄的报纸和信件的投递业务,半边是白鹿原的北坡上的村庄,下边是坡根下一排小村庄,每天要上坡下川跑一圈儿,可以想见其辛苦。和他说明订报的意图,他笑着解释,东边三个村子没有一户报纸订户,只是在有重要信件时,他才骑车去某个村子。我当即明白,如果我要每天读到当日报纸,就意味着他必须比往常多跑五里路,仅仅是为了给我送一张报纸。我确实于心不忍,便和他商量了一个省事的办法,把我所订的报纸投送到他每天必经的村子的我的一位亲戚家,由我走读上中学的儿子放晚学时顺便捎回来。这样,每天傍晚儿子回家,正好是我停歇工作的时候,坐在祖居的小院里,借着尚未暗淡的天光,打开《参考消息》,看世界的这个和那个角落又发生了什么值得关注的大事和趣闻;还有贴近我生活的《西安晚报》,既有国家大事的新闻,更有城市和乡村的新鲜事和某些人的劣行。我曾在该报上读到一位农村女人首创家庭养鸡场的新闻报道,竟然兴奋不已,随之便搭乘汽车追到西安西边的户县,花了两天时间进行采访,先写了一篇报告文学发表在《西安晚报》,后又以其某些事迹演绎成八万字的中篇小说《四妹子》,这是我写农村体制改革最用心也最得意的一部小说。

每有或长或短的小说或散文写成,或者要投寄一封信,我便骑自行车赶到八华里远的邮政代办点。这个邮政代办点设在一所军事大学里。这所军事大学始建于上世纪五十年代末,地址选在白鹿原北坡向里深凹的一个大豁口里,据说可以隐蔽空中侦察。军事大学于六十年代初开学,为了这所规模非凡的军事院校通邮的方便,邮政局便在校内设立了一个邮政代办点。这样,我生活的这方地域,破天荒地有了一个可以订阅报纸也可以寄信寄物的邮政机构,当地近十公里内的乡民跟着军校沾光了。我也是受益者之一。

邮政代办点设在军校大门内右侧的一排平房里,仅仅只占一间小平房。我把自行车撑在路边,便拿出要寄的稿件或信件,走到开着的窗口,便看见一张熟悉的面孔,不笑也不惊讶,却在眼神里显示出"你来了"的意象。我便先开口说我要办的事,如果是寄信,便说要几张邮票;如果是邮寄稿件,便把封好的信递给他,让他在桌旁的磅秤上称一下重量,然后在算盘上算出邮资的钱数,我交了钱,他撕下邮票给我。我用他摆在窗台上的糨糊贴好邮票,再把装着文稿的信封给他。他砸上有"挂号"字样的邮戳,仍然不说话,眉宇和眼神里显示出"办妥了"的意象,我也不便多嘴,点点头便告辞了。

我至今依然记得那张面孔,以及那脸上的表情。那张面孔的脸色微黄偏白,很洁净;眼睛不大也不小,永远是一种平和的神色;鼻梁不高不细更不歪,端正而庄重。他的形象和他的神态,完全专注于案头的工作,多余一句客套话都不说,更不会有东拉西扯的闲话乃至废话了。有一次交办完邮件离开他的窗口时突然想到,他是和我短言少语呢,还是对所有人都如此这般?我便侧立一旁抽烟观望。一位穿戴整齐的军校女学员走到窗口,手里拿着一个包扎规整的邮包送进窗口,肯定是称重量,然后看见她从窗口接过邮包,很认真地贴邮票,之后就把邮包再送进窗口,转身离开了。我大约只听见一两句简短的对话,是说多少邮资的话。一位同样年轻的男军人走到窗口,和那位女军人的过程如出一辙。接着看到一位穿戴不凡的中年女人走到窗口,从衣着打扮和走路的太过自信的姿势,我猜测这是一位军校高干的夫人(此军校属军级级别)。她走到窗口,却不邮寄任何东西(如需邮寄东西,肯定有通讯员代办),只听她嗓门很响亮地向窗口内询问,只听见她的问话声,却听不到窗口里的他的声音,约略可以听得出来,她给远方老家的邮件,怎么还没收到?需要多少日子才能到达××省××县××公社××村子?不会丢吧……从她离开窗口时的表情判断,得到的是肯定的可以放心的答复,咣当响着的皮鞋敲击水泥路面的声音也是欢愉的。我便跨上自行车走了……这人就是不爱说话。

约略记得一次例外,在我接过邮票往信封上抹糨糊再粘贴的时候,他却主动开口了:"你前日在报上登了一篇文章?"我颇惊讶,他竟关注我的写作了,便毫不迟疑地以"噢"予以肯定。他接着又说了一句:"昨日回局里参加政治学习,我听大家说的。"他没说邮局里的人如何说我这篇小说或散文,倒是我很想听的话题。他却闭口再不说了,也没说他看没看那篇文章。我尽管很想听文学圈外诸如邮局的读者对拙作的看法,看着他已没有再议此事的兴趣,我也压住了想问的话不再问。

在我窝居乡下祖屋写作的十年里,每有或长或短的小说写成,便骑上自行车,骑过后来被车碾得坑坑洼洼的沙石公路,心情却是一种踊跃,每有一篇新作写成,无论是篇幅较大的中篇小说,抑或是短篇小说,乃至三两千字的散文,在送到邮政代办点的这八华里的路途中,都是一种踊跃着的心情,沙石公路上坑坑洼洼致成的连续性颠簸,不仅破坏不了踊跃的好心情,反倒激发着踊跃的连续性。乃至赶到熟悉的邮政代办点的窗口前,和那张熟悉的脸孔对面时,领会到那眼神里又现出"你又来了"的意象,我也不说一句客套话,只把邮件送进窗口,照前办理……我已记不清十年间经他的手寄出过多少文稿和信件,却可以肯定,那十年间的文稿和信件十有八九都是经他的手办理的,寄往本省和外省的编辑朋友。更准确也很难能的是,无论稿件或信件,从来没有丢失过。在上世纪八十年代初到九十年代初,邮寄通讯几乎是我唯一和外部世界交流的渠道,且不说乡村里不敢奢望电话,城市家庭也是稀罕物。邮政代办点的这位代办员,便成为我实现和外部世界沟通的最可靠的桥梁。

新的世纪刚刚到来,我又回到离别了七八年之久的原下的屋院,一个人住了两年,夜晚坐在院子里看从东原渐渐移向西原的月亮,早晨常常是被飞到屋檐或院中树梢上的鸟叫声唤醒,在我是一种在世界上任何地方都找不到的最踏实也最美好的感觉。写作的欲望潮起时,便在那间小书屋里铺开稿纸。每有或长或短的文章写成,依照七八年前的轻车熟路——轻便自如的自行车和大半生走得最多也最熟悉的家乡路——赶到距家八华里远的军校大门内的邮政代办点,依旧是那间门口墙上挂着绿色邮箱的平房,依旧是打开着的窗户下层的窗口,窗里桌后依旧坐着那位微黄偏白面孔的代办员,变化仅仅只是他的头顶出现了白色的头发,毕竟过去七八年了。他在看见我的一瞬,眉眼里现出一缕不易觉察却仍被我觉察到了的诧异的神色,问:"你不是进城了吗?"我答:"我又回来了。"之后再无话。我交办了寄件,点点头便告辞了。这两年时间里,我到这个一个人操作的邮政代办点的次数,比之前的那十年的频繁来去少得多了,我已有了手机,家里也安装了电话,无论公事或私事,急事或闲事,随时便用话机说清了,几乎不再使用写信的交流手段了,不写信也就不寄信了,只有写成新的文稿,必须赶到一个人操作着的这个邮政代办点的窗口前。我至今不会使用轻便快捷的电子文稿的传递方法,还依赖于原始的邮寄手写稿件的途径。

到了我重回乡下祖居屋院的第二年,记不清是哪个季节,我又一次骑自行车赶到那个熟悉的邮政代办点的窗口前,交办了要邮寄的稿件,刚转过身要离开的时候,窗口里的他说话了,让我等一下。我再转回身,就看见那张向来平静到不动声色的面孔,呈现着谦谦的微笑,对我说:"麻烦你办点事。"我自然欣然接受,等待他说事。他依旧是少见的谦谦的微笑,以平静而又达观的语气告诉我,他很快要退休了。我不觉一愣,看不出这张呈现着中年人气色的脸,已经年逾花甲了。我在发愣的一瞬,感到了心头的微微一震,顿生难舍的眷眷之情。我随之问:"你竟然要退休了?看去顶多五十岁。"他却不做辩解,依旧谦谦笑着告诉我,他的孩子知道他认识我,便买了我的两本书,让他再见我的时候给书上签名。他说他退休后就难得和我见面了。我自然应诺。他破例拉开那间平房的门板,让我进屋;他把我的两本书摆在桌子上,侍立一旁,让我坐在他的椅子上。我习惯用自己的钢笔,在那两本书上签下我的名字。这应该是我最用心最认真的签名之一。他连着说了两声感谢的话。我为认识和不认识的朋友和读者不知签过多少万册书了,却不敢接受他的感谢的话。我和他握手告别。他竟破例走出门来,在我推起自行车的时候,我又握住了他的手,有点不忍松开。

2011年11月2日 二府庄

依然品尝你的咖啡

作家王观胜突然走了,电话里听到这个噩耗的一瞬,不由得发出呃呀一声痛楚的叹惜,还有不敢相信的感觉。不过在一个多月前,他约我和几位朋友聚餐,说文学说书法更说奇闻轶事,妙语迭出,全是观胜式的对艺术对生活事相的审视,不时语惊四座,凸显着不俗的性格和性情。尽管我早已熟知他的独特禀赋,依旧为他的个性化话语称奇。这样一个鲜活的人,说走突然就走了;昨天的妙语绝句还响在耳畔,今天便不能再和他对话了;一个留给我豪爽且硬气的关中汉子,生命却如此脆弱。

我和王观胜结识,真可谓未见其人先闻其声。这声不是他说话的声音,而是他的小说处女作《猎户星座》在《延河》发表时引发的非同凡响的声浪。那是一九八二年的事,其实我还在灞桥区文化馆工作,收到编辑部赠寄的《延河》杂志,读到这篇佳作,颇为惊诧。我之所以感到惊诧,在于一九八二年这个非同寻常的年份,正是农村分田分地全面铺开的关键性一年,《陕西日报》为农村经济体制改革的大势推波助澜,专门在文艺版组织了征文评奖活动,我那时候正热切地关注乡村社会的变化,写了几篇反映体制改革引起的乡村各色人物心理情感波澜的小说。其实,岂止是我,整个文学界都形成一波迭过一波的写农民从昨天到今天的心理变化的浪潮。在这样的文学潮流里,王观胜的《猎户星座》却写了一个老猎人和一只老狼和小狼的故事，又不是简单的人与动物和谐相处，而是开掘到一种令人惊悚的哲思的深度。我之所以在初读时发生惊诧（且不说震撼）的少有的感觉，在于《猎户星座》是一缕天籁之音，或者说空谷绝唱。我很自然地发问，这是一个什么人，竟然能如此超凡脱俗发出这样一声绝唱。

及至我随后到《延河》编辑部开会或送稿的时候，谜底才揭开。有意思的是，未及我发问，编辑先问我看过《猎户星座》没有？我给予肯定的回答，便打问王观胜是哪里的作者。在我猜想，当属一位高瞻远瞩且富于哲思的老先生，不料，却是一个刚过三十岁的青年，在天山下当过几年兵，复转后在三原文化馆搞群众文化工作，也在闷头创作，和我一样也是中学毕业生。我向编辑坦陈了读《猎户星座》的惊喜，尤其是具有开阔艺术视野的那种惊诧。编辑赞同我的感觉不错，又告诉我这篇小说刚刚面世不久，业已造成普遍好评，不断有文学里手和普通读者打电话或写信，称赞《猎户星座》，刚创刊不久的《小说月报》等两三家刊物已电告要转载《猎户星座》……又一个青年作家跃然新时期中国文坛了。

我已记不清在什么场合和王观胜第一次见面，他的大脑袋尤其是阔大的前额给我留下甚为突出的印象，还有一双突出的单皮大眼睛，显示着一种智慧，也显示着一种坚韧的气象，我感觉到一条汉子的独立禀赋。两三年后，王观胜被调入《延河》编辑部做小说编辑，我和他见面就很方便了。许多年里，他编发过我的小说，我读过他频频发表的短篇或中篇小说，见面时，我说他编的我的小说的意见，我也说到我读过的他的新作的感受，都是坦诚表述，容不得客套。许多往事都已淡忘，而他的高档咖啡却留下美好且难泯的记忆。

我那时住在白鹿原北坡下祖居的老屋，每逢省作协开会才进城，或是买面粉买蜂窝煤，当时属于按人或按户定量供应的物质，我也得进城办理。开完会办妥事后的午休时间，我便很自然地走进王观胜宿办合一的屋子，其实只有半间房，一张办公桌和一张床占据了房间的绝大空间，我多是坐在床沿上聊天。聊得兴起时，他便从立柜里取出一瓶雀巢咖啡，为我冲上一杯，我也不客气，便品尝起这绝佳的洋货饮品。他也品着自己的一杯，说这种在当时称得上高档饮品的来路，是他的某个已居高位的战友送的，或是某位收入不菲的作者感谢他对作品的赏识之情，专意送给他的。上世纪八十年代中期正是世界文学多种流派一波接着一波潮涌中国文坛的最热闹的时期，自然成为闲聊的话题，相对封闭在乡野的我，常常从他这儿获得许多文学新潮流的信息。文学新潮还挟裹着一些洋气的生活习性，喝咖啡便是其中之一，素来讲究喝茶的中国人开始品咂洋饮品了，我也是较早换一种口味的试探者之一。引发我试探咖啡兴趣的人便是王观胜，他说喝咖啡比喝茶能更快地兴奋神经，尤其是早晨和午休起床后喝上一杯，便能很快激发起精神来。我便到西安当时几家国营食品商店去买咖啡，却只有需要煎煮的生咖啡豆，倒是正适宜我的消费水平。我在火炉上煮咖啡，连喝三杯，果然很快便从早起或午休后的困倦状态里清醒到跃跃欲动，进入写作。然而，那些生咖啡豆煮出来的咖啡的味道，远不及观胜冲给我的名牌雀巢的难以准确描写的香味，我也领会了高档和低档的差别。

在咖啡的余味里，我听着观胜说文学，尤其是俄罗斯文学（当时称苏联文学），许多新的作家和新的作品，有的我知道或者读过（我订阅着《苏联文学》和《俄苏文学》两本专门介绍苏联作家作品的杂志），交流阅读感受的话题便会很投机，至今想来仍是一种难得的享受；有的新翻译过来的某位作家的作品我尚未见过，他便介绍给我，我到书店寻找购买，又会成为下一回见面时闲聊的话题。在我的印象里，他对当时的苏联文学兴趣极高，十分推崇，在我正可谓趣味相投。新时期才被介绍进中国的艾特玛托夫的中篇小说和长篇小说，杰出的短篇小说作家舒克申，等等，是我们尤为赞赏的两位大家。品着一杯雀巢咖啡时的这种对苏联文学的学习感受的交流，功利全在提升自己的写作;我更多的时候是从他的说辞里获得启迪,当属比咖啡更耐得咀嚼品味的教益。

观胜的半间房子里,我更多见到的情景是"人满为患",几位资深的《延河》老编辑也到这里来闲聊,椅子和床上都坐满了人,占不上座位的人甘愿站着。闲聊很少涉及家长里短,多是中国文学的最新动向,对某位作家某篇作品的议论,自然有欣赏也有不赏;尤其是刚刚出现的某些非文学因素,常常会引发甚为激烈的议论。在大家你一言我一语七嘴八舌议论着的时候,王观胜突然不温不火地撂出一句:"球不顶。"便引发一阵哄然大笑。一句"球不顶",把热烈议论着的话题给予总结,既然那些非文学现象于文学创作本身球事也不顶用,大家顿然明白连议论的必要都没有了。很快,由此便转换出另一个新鲜话题。我便记住了王观胜用纯正的关中腹地三原语音蔫蔫地说出的"球不顶"的话,也由此话感知到他对某些非文学现象的不齿,对他理想的文学的坚守和自信……每当人多的时候,他只供茶水,免去了上好的雀巢咖啡,他供不起。

路遥是观胜半间屋的常客。尽管我十天半月才进一回城,却几乎每回都能在观胜的屋子里见到路遥。路遥如果不外出,"早晨从中午开始"的第一站,往往是趸摸到这半间屋子,或是写作以及编稿(《延河》编辑)累了需要缓解片刻,也就轻足熟路踵进来。我在这间屋子遇见路遥,常见的姿势是斜躺在观胜的单人床上,即使有空闲的椅子他也不坐,自我解释说看稿(或写稿)坐得腰疼,需要放松一下。我却猜想还有一个原因,日渐突出隆起的下腹已成为累赘,躺着比坐着肯定舒服。路遥的文学见解和对见解的坚信令我感佩,《平凡的世界》对现实主义的体现足以证明,且不赘述;他对世界某个地区发生的异变的独特判断总是会令我大开眼界;更有对改革开放初期某些社会现象的观察和透视,力度和角度都要深过一般庸常的说法;他也是苏联文学的热心人,常常由此对照中国文坛的某些非文学现象,便用观胜的"球不顶"的话调侃了之。"球不顶"由路遥以陕北话说出来,我忍不住笑,观胜也开心地笑起来。他的"语录"被路遥引用,似乎乐见其说,此时便会打开柜子,取出他自己平时也舍不得享用的雀巢咖啡来,为每人冲一杯,记得路遥曾调笑说,观胜这间屋子是"闲话店",也是"二流堂"(上世纪三十年代成都文化人相聚的一家茶社,调侃之称),却不是贬义,是人气最旺的一方所在,《延河》编辑部的领导和编辑,无论长幼,业已喜欢到成为惯性地在此聚合,成为交流信息、抒怀见解而又可以无所顾忌的一方自由且自在的小小空间,显然不是一杯咖啡或茶的诱惑。

和同时代作家相比,观胜的创作数量相对较少,多以短篇小说见长。他的短篇小说一旦出手,多不会自生自灭,而是落地有声,被后来几种选刊争相转载,在文坛传诵热议,诸如《放马天山》《北方之北》《汗腾格里》《北方,我的北方》等,都成为浩如烟海的短篇小说世界俏丽一枝的名篇。在我的印象里,他没有过对自己作品的宣传举动,甚至连一次研讨会这种常见的形式也不做。我曾给他建议,应该搞一次研讨,不仅听听多路专家的意见,也是一种扩大影响的途径。我甚至为他解释其必要性,过去说"酒好不怕巷子深",那是酒的品种太少,当今各种酒类铺天盖地推向市场的时候,且不说藏在深巷里的酒,摆在十字路口的酒都被不做一顾。他淡淡地笑笑,仍是说着那句老话:"球不顶。"在当今文坛,能如此傲视非文学现象而只凭作品说话的个性化禀赋的人,王观胜是我亲历的一位,也见出我的庸俗了,便不再开口建议他做什么"球不顶"的事了。

这位钟情天山、大漠和北方的关中汉子,告别了这个世界,高蹈的精神和自由不羁的灵魂,将更为自在地遨游他的天山,他的大漠和他的北方的天地了。

2011 年 11 月 11 日 二府庄

缺失斋号

有朋友来我的工作室,闲聊间随意问,你的斋号叫什么。我稍觉意外,随即回应没有斋号。朋友说他看到我的文章末尾所注明的写作时间下边,有"原下"、"二府庄"等字样,以为是斋号,却又不大像。我便解释,那是写作某篇文章的地点名称,公用的地名算不得斋号。朋友走后,我还想着斋号的话题,不仅现在没有斋号,过去也没有过命名斋号的事,似乎从来就没有动过要取一个斋号的念头。

在我的潜意识里,斋号多是古代学富五车的文人雅士标示自己做人作文的追求的形象化符号,从斋号就可以领略其不同于别人的个性化心境和情趣。我虽喜欢写作,却从来缺失古代文人的这种意识和兴致。从客观环境来说,似乎不容我发生自取斋号的任何诱因。我大半生都住着公家的办公室,先是学校后是机关再后是文化行政单位,许多时月里还是两人合用一间办公室,不可能把两个人合用的宿办合一的房间为自己取一个斋号。再从个人心理上说,缺少古代文人自我标示的自信,致命在于没有接受系统的高等教育的机会,依靠自学而获得的文学知识,多是写作的实用性常识,自然是残缺不全的。再说,我的写作学习多为当代文学,阅读也主要是当代作品,且以翻译作品更为偏重,很难发生命名斋号的兴趣。

想来倒是有一次例外,细究起来很难算得斋号。那是上世纪八十年代中期,我用积攒了七八年的稿酬,在祖居老屋的前院盖起一幢新房,为我隔出半间约七八平方米的书房,平生第一次有了一方读书写作的领地,却也未曾动过要取斋号的念头。其实在房子的主体建成后,乡村的建筑师问我,要不要在房子前檐的门框上方雕一方刻字的条形框格。我略有筹思之后告诉他,光秃秃的墙壁应该有件装饰,不过不要搞在前檐,雕在后门上方挺好。我在做出确定答复的同时,便想出刻字的内容:白鹿园。我在当地乡村见惯了屋院门楼上诸如"耕读传家"之类的题款,因其既老又旧难以欣赏,我在此时刚刚开始注目祖居屋院背后倚靠的这座古原,对已经失传的白鹿的名字和关于白鹿神奇的传说开始引发兴趣,便想到把白鹿的吉祥引入这个家园,就取了和"原"谐音的"园",这是自己的一方小小家园,不是阔大雄奇的白鹿古原。乡村工匠颇为用心地雕塑出由我用毛笔书写的"白鹿园"三个字。每当在小院里转悠,不经意间看见后檐墙上涂成红色的白鹿园,尽管书写的某一个笔画看起来有点蹩脚,却遮蔽不住顿然浮现在脑海里的神鹿的风采。后来过了大约不足一年,用水泥雕塑的那三个字先后脱落,我虽然遗憾,却也没有劳神费事再作弥补。然而,偶尔抬头看到脱落了字体的条形小框,白鹿的逼真的影像依旧会飘浮在眼前。尽管如此,却从来没有发生过把"白鹿园"作为斋号的意识,无非是在写完一篇或长或短的小说或散文后,附上写作的时间和地点时,用上"白鹿园",取代了往常所附的我所祖居的蒋村的字样。后来,多有读者以为我是白鹿原上人,甚至几次发现有人写文章也误传我生活在原上,逢着机会我便纠正,我是自幼生活在白鹿原北坡根下一个小村庄里。由此便自称为"白鹿原下人",简称"原下人",再简约为"原下",仍然算不得斋号,不过标示着我的来路而已。

想到那位朋友把写作地点误认为斋号的事,我却意识到另一个有趣的现象,在我几乎所有的作品末尾所附的写作地点,几乎全部都是一个又一个乡村的名字,其实后来的几处写作地点都在西安城里。

上世纪九十年代初,我从原下祖居的屋院回到城里的作家协会,作协大门在一条商店和单位栉比鳞次的繁华大街上,通往家属院的巷道有一个古旧却纯属城市标记的名字,然而这方地域还有一个乡村色彩的名字——雍村。似乎依着某种潜意识的自然驱使,在写完某篇文章时便附上"于雍村"或"雍村",没有一次用过街巷或单位的名字。近年间我蜗居在一所高校的住宅院内,周边是日渐加密且增高的楼群,却在院墙外有一个名为"二府庄"的村子,村子里已经见不到一位荷锄挑担的农民,更见不着种植麦子或玉米的土地,然而村子的名字依旧着乡村的标记,我便于文章的末尾附上二府庄的写作地点。梳理新时期以来的写作,文章末尾所附的写作地点,依时间顺序是小寨、灞桥、蒋村、白鹿园、雍村、二府庄、原下等等,竟然没有一次注明城市标志的字样。

直到此刻,我才顿然醒悟,潜意识里依然亲和着乡村;尽管住在城市也有不少年头了,却拒绝把什么街什么路什么巷作为文章末尾的写作地点,乐于附上什么村什么寨什么庄这些乡村的名字;这种亲和和拒绝的意向,却是潜意识更是无意识的自然行为。我由此也明白了,我还是一个乡下人。

2012 年 2 月 21 日　二府庄

白墙无字

熟悉的或初识的朋友到我的工作点来,看着屋子里不挂一纸的光光净净的墙壁,常有好奇者问,你号称文人,墙上却不见墨痕。有的甚至佯装慨叹,真可谓家徒四壁呀!我也不作解释,只说是习惯使然。近日因写有关斋号的短文,引发了这个话题。

自进入社会开始工作直到今天,不觉间竟有五十个年头了,无论换过多少单位的办公室,或是乡下和城里的住宅,还有现在工作的房子里,除了几样简单的办公和生活用具,四面墙壁从来都不曾挂一方纸页。想来似乎还不是有意为之,纯粹属于一种无意识的习性驱使下的习惯。上世纪六十年代初,高考名落孙山回到原下老家,应聘为本村初级小学的民办教师,同时开始了写作的自修,心诚且意专,很想把当下的心境表述出来,按中国人的传统方式,用毛笔书写一方古人或今人为学的精辟语录置于书桌前的墙壁上,以便时时警示。然而犹豫再三而没有去做,却又于心不甘,最后选择了一个变通的方式,找了一二指宽的硬质纸,把自己喜欢的"不问收获,但问耕耘"的格言写上,贴在墙壁和书桌的接触处,外人进屋不大留意这个小小角落,我在桌前坐着读书或写字时,抬头便会看见这个自己信奉的警句,添一分踏实。由此事开端直到今天的五十年间,无论工作环境和职业发生过多少次变化,所有住过的屋子都不曾张贴一纸笔墨,真可谓积习难改。

确有一次破例的事。那是在"文革"初起时,和"语录"热同时潮起的种种向毛主席表忠心的社会风气,不胜枚举,其中之一是家家都敬奉一尊毛泽东的石膏塑像,或贴一张标准照,连农民家里都普及了,作为公社农业中学教师的我也不甘落伍,在办公桌上敬奉着一尊毛泽东的半身石膏塑像。大约是中学教师都会写字的方便,大家不约而同都用红纸抄写了一段毛主席语录,贴在办公桌前的墙上。我也趁热写了一张,因为办公桌对着窗户,不能张贴,便贴在卧床上边的墙上,每天早晨醒来睁开眼睛,第一个看到的目击物,就是当时通用的词汇——"最高指示";每晚上床落枕时最后看到的物象,自然还是这幅写着毛泽东语录的红纸;每天出出进进这间两人合居的宿办合一的房间,便会看到它,已经不是"吾日三省吾身",而是几十次省身警示了。遗憾的是时过境迁太久太远,敲着脑袋也想不起来那句话的内容了。

　　新时期伊始,我迁居到古人折柳送别的灞河岸边的灞桥古镇上,有了一间一人独占的办公室,正热衷于刚刚兴起的农村改革题材的写作,墙上仍然不贴一纸。正当灞河岸边的柳絮如雪花漫天飘飞的某一天后晌,我敬仰的大诗人戈壁舟一行四五人不期而至,我屋子里的椅子都不够用了,着急处从隔壁同志房子借来安顿稀客坐下。戈老先生一行趁着关中绝美的春色出游,看过秦始皇兵马俑,接着在广袤的田野踏青,又在杨贵妃洗浴的临潼温泉净了身,回城时路过灞桥,便乘余兴来到我供职的文化馆。记得他的兴致甚高,满口地道的川腔不时引发大家的笑声,随意所说的话题我已无记,使我完全意料不及的是,他突然从提袋里抽出一幅装裱精美的书法作品来。展开之后,是他挥洒的自己的语录,自然是颇富哲理的诗性话语,他的同行和我的同志,纷纷赞赏他的诗句和他的书法,我却更为惊奇他在书法作品上竟然写着赠送给我的字样,可见他在起程之前就确定了要到我的住处。热心的同志找来钉子,当即挂在我的墙上,每天都可以欣赏他的个性化笔墨和个性化独到语言。大约不足一年,我又搬家另住,却把戈老的赠书存入书柜,墙上又依旧是四壁皆空。此后的三十多年间,我的乡下和城市的几处工作室,再没有贴挂过一张纸,有朋友赠送书画作品,欣赏之后便存入书柜;更没有自己题写座右铭之类的兴趣了。

想来大约是幼年所受的影响,那是父亲的行为规范。记不清我说了什么轻狂的话,随后父亲在一个恰当的时间对我说,不要先说话后做事,要先做事后说话;想做的事做成了,还可以不说话。他未做解释,我后来约略能够理解说与做的关系,先说要做的事如果做成了做好了,自然再好不过;如果说了要做的事(尤其是大事)而做不成功,就会造成吹牛(当地人说谝大嘴)的负面印象;一个人特别是年轻人,如果总是发生说大话而又总是做不到的事,谁也就不在乎你说的话了,可信度就在乡民中丧失了。如果更有某个说着好话而做着鬼事的人,乡民对其归结有一句俗话,嘴上念佛哩,心里咥活哩。咥活是当地方言,多指干坏事,是对某人心口不一的形象化写照。

这种幼年所接受的行为规范,竟然成为一种难以改易的习性,且不说说和做的语言和行为的先后,后来竟形成墙上不贴不挂自己欣赏的做人做事的格言警句,多少还有一点隐蔽着的心理,其实是为自己留着一条后路。格言警句贴在墙上,任谁都能看到,而自己一旦违犯,且不说别人会如何做出挂羊头卖狗肉的不屑表情,自己的尴尬也难以平复。想做的事和自己认可的行为准则,努力去做努力追寻就可以了,万一实现不了或发生错失,自己总结自我反省,也可以避免吹牛和言行不一的尴尬……我的墙壁依旧空白着。

2012年2月26日 二府庄

难忘的一声喝彩

——我与上海文艺出版社

在我的创作历程中,有几个打着颇为浓重的情感色彩的感叹号的年份,其中之一是一九八二年。这年开春,我试写了第一部中篇小说《初夏》,投寄给《当代》的已可称朋友的编辑老何,他肯定了小说的优长,也直言其中的亏缺,希望再修改。我一时竟感觉修改难以下手,便放下了,待冷却之后再重新上手。第一次写中篇小说,写的又是我熟悉不过的与生活同步的农村改革题材,却出手不顺,便有一种挫伤的失败情绪。从新时期文艺复兴到这年开春,我已写了三年多短篇小说,刚刚编成第一本短篇小说集《乡村》后,便跃跃欲试较大篇幅的中篇小说的创作了,不料却如此窝心,尚不属窝气,这个夏天便感觉格外闷热难挨。

待到立秋过后,关中地域的午间虽然依旧酷热,早晨和晚间却清爽可人,我在此间构思完成了又一个中篇小说《康家小院》,写了草稿,接着又写了正式稿,写得很顺畅,自我感觉挺好。在我有点担心的是,这部中篇的生活背景是刚刚解放的关中乡村,离当代生活较远。我截至《康》文之前的几乎所有小说,都是与当下生活发展同步的有感而作,第一次从社会热议着的乡村改革生活转过头去,把眼睛投注到业已冷寂的上世纪五十年代初的乡村小院,便担心读者尤其是编辑会不会有兴趣。这个时段,恰好接到《小说界》编辑魏心宏的约稿信，便把《康》稿给他寄去。寄走了稿件，心却一直悬着，不敢设想再来一次需得修改的回信，更不要说"不宜刊用"的结果了。如果再一再二发生这种情况，无疑对我试图较大篇幅的中篇小说的创作是一个很大的挫折。大约过了半月，接到魏心宏的来信，拆信时竟然心跳加速。及至很快阅完信，心跳愈加加速，却是令我振奋的抑制不住的痛快淋漓的感受，往日的担心就在这一瞬间全部化释了。他在信中说了许多好话，很喜欢《康》文，同时已确定次年前期即见诸《小说界》。

《康》文的顺利出手，无疑给我难以表述的鼓舞，以中篇小说创作为主的打算便确定下来，而且付诸实施，当即回过头来再重写《初夏》，从原先的六万字写到八万字，再得老何的审视和指点，又写到了十二万多字，才得他的首肯。我稍有安慰的是，不仅在于我可以把握十二万字篇幅的小说结构了，更在于对中国乡村的历史性变革，留下了我直接而又颇为动情的文字。这里不能忽视的一点，就自己的创作实践而言，确是得了魏心宏对《康》的欣赏的鼓舞，终于把写得不甚顺利的《初夏》写成了，而且对中篇小说的写作更为专注了。到一九八三年末或一九八四年初，《小说界》搞了第一届评奖，《康》文有幸获奖，魏心宏来信告知这个消息的时候，无疑对于正专注于中篇创作的我，又注入一剂无形的却又强烈的精神补养。一九八四年春天，我趁颁奖的机缘，第一次看到了上海；第一次品尝了鳝鱼的美味，真可惜我们村子稻田里的黄鳝白白生长了；第一次买了皮鞋，是明光锃亮的皮子，自己看着都有点耀眼了；且不说和文学朋友交流获益匪浅的话。

在《小说界》的那次颁奖聚会时，我结识了上海文艺出版社的老大姐编辑张贺琴。她来和我约稿，为我出中篇小说集。我几乎没有任何思考便脱口而出答应了，而且真诚地感动亦感谢她的美意，在我另有一种潜在的意识，便是上海文艺出版社在我心中的分量，能在这家出版社出书,是可以引为自信且骄傲的事,可惜我发表的中篇小说仅有《康》一部,我便和她约定,待我写作的中篇小说可以编一本集子的时候便送她。之后未过两年,这本定名《初夏》的中篇小说集的书稿送到她手上了。这是我的第一部中篇小说集,能在我潜意识里颇有敬重感的上海文艺出版社出版,无疑是深以为幸运的事。

说来还有一件缺憾的事,张贺琴在编辑我的《初夏》集之后,曾约过我的长篇小说。我后来写成《白鹿原》,之所以没有给她,确实是与人民文学出版社何启治别有一番渊源。"文革"中后期,人民文学出版社开始恢复出版工作,老何到陕西来组织一位知识青年写作的长篇小说稿,看到了我在《陕西文艺》(即原来的《延河》)发表的短篇小说《接班以后》,便找到我,让我把这篇短篇小说放开来写,完全可以写成一部十多万字的长篇小说。我几乎被吓住了,这是我平生发表的第一篇小说,连想也从来没敢想过写长篇小说的事,自然不敢应诺。到新时期文艺复兴伊始,老何仍记着约我写长篇小说的事,我和他便私下形成一个君子协议,如果我日后能写成长篇小说,便送他。从第一次见面约稿到写成《白鹿原》,几近二十年,算是我对何兄没有食言。然而,张贺琴后来一直和我约稿,我却再无长篇小说写作,直到她从编辑岗位上退休,我便留下了一种无以言说的缺憾。

直到二〇〇九年初夏,我写完了《白鹿原》创作手记——《寻找属于自己的句子》,十四五万字,可以出一个单行本,首先想到的便是上海文艺出版社,似乎约略可以弥补积存心中十余年的缺憾。可惜张贺琴已退休多年,我便决定送给修晓林。修晓林是我结识多年的一位资深编辑,乐于为作家做嫁衣,我已记不清是哪年哪月和他结识,却留下一种可资信赖的踏实印象;许多年来虽然算不得频繁的接触,仍留下敬业更乐其编辑之业的印象。我把此稿通报给他,满口热情的话,随之在很短的时间便看到样书了。在我有一句没说出口的话,便是对张贺琴的约稿的缺憾,在修晓林这里得以少小的弥补。

《寻》书出版时,正赶上上海图书节开幕,约我到图书节开幕式后为读者签名售书,也作为《寻》的首发仪式。我不敢怠慢,应召前往,心里却有点不踏实,想到这种谈创作的小册子,阅读范围太狭窄,文学圈外的读者难得发生阅读兴趣,我自然就有遭遇冷场的尴尬的担心。令我欣慰也大出意料的是,在我走进签名的场子时,看到排着那样长的一列读者,担心顿然消失了,限定的一个小时的签名时间,能为这么多的读者签完怀中所抱的书——《寻》和别的小说、散文集——就很好了。我只顾签名,几乎没有抬头的余暇,偶尔遇到提问,或是自报家门为在上海工作的陕西乡党,我才和他们说两句话。不觉间一个小时的签名时间已经到点了,签名台上要换另一位签名了,可是我的面前仍然排着一行长长的读者队伍,主办方和我一样不忍看读者失望的脸色,当即作出举措,在签字台的左角临时摆置一张小桌子,由我继续为读者签名。签完最后一个读者的最后一本书,我看了手表,又是整整一个小时。随后有记者追问,其中有一个问题说有人说上海完全是一个商业化的城市,少有人读书,甚至比喻为文化沙漠,问我怎么看。我当即回应,我不大了解上海,不敢附和"沙漠说";就我今天签名的真实而又直接的感受,上海是文化的绿地,不单是我签名的读者比较多,整个书市里人头攒动,各类书柜书架前都围满了男女读者,中青年男女居多,不乏满头银装的老先生,更有少年读者,都在选择自己喜欢的书籍。"文化沙漠说"和这里的气氛不搭调。

  偶有机缘到上海,便和上海文艺出版社的几位朋友相聚叙旧,无疑是一件愉快的事。魏心宏仍记得他编发的《康》文,而且问到有没有人把《康》改编电影,我只能遗憾地说没有。他在刊发《康》之后就说过可以改编电影的话,后来每有见面的机缘,都说到这个话题,我便开玩笑说可惜你不搞电影。修晓林永远是平和的乐观,编了什么好书感受到好的风景,便发来一条信息,我还忍不住要询问他的乒乓球又拿了什么比赛的奖牌。还有郏宗培的一篓螃蟹,至今令我感念。

那年到上海，正当鲜蟹上市时节，晚餐后，郏宗培开车接我到上海郊外一条批发也零售螃蟹的大路边，为我买下一篓乱爬乱翻的螃蟹。看着执意的他挑拣螃蟹的举动，我的感动是难以表述的，作为上海文艺出版社的总编，未必有此耐心为自家来干这种劳神的事。

2012年3月6日 二府庄

有关《白鹿原》手稿的话

一

大约是去年初冬,人民文学出版社一位我尚未接触过的编辑电话告知,社里决定出版《白鹿原》手稿影印本,询问手稿是否还保存在我手里。我一时竟反应不及,搞不清手稿影印本是什么样的版本。其实也不怪我孤陋寡闻,我至今尚未见过哪部小说手稿影印的版本。经她用心解说,我才得知是要把《白鹿原》的手稿一页一页影印出来,装订成书,而且着重说明,是用国画家和书法家画画写字的宣纸印刷。这是我无论如何也想象不出的事。在《白鹿原》面世近二十年的时月里,先后出版过十多种版本,无非是各个不同的设计包装的平装本和精装本,内里却都是铅字印刷和后来无铅印刷的相同的文字。唯一有点出我意料也有点新鲜感的,是作家出版社谋划了几年于前不久刚刚面世的线装竖排版本,我看到样书时,尽管有一种古香古色的稀奇感,却也觉得可能只是一种摆设物,恐怕很难发挥一般书籍的阅读功能,不仅是那种柔软的宣纸耐不住反复翻揭,而且对于习惯横排文字阅读的今天的读者,竖排的文字读起来颇为别扭;我试读了两页,便发生很不适应的别扭感,有亲身体验在,便自然怀疑阅读的实用性功能。

在听明白了手稿影印本的大体设想之后,我的顾虑随即发生,便直言相告,稿纸上写的手稿,每张大约三百字,五十万字的手稿一千五六百页,影印出来会有很厚一摞,而且要用宣纸影印,造价将是很高的,除非那些搞古董收藏的人可能会感兴趣,普通读者肯定会"望本却步"的。再说这种手稿的影印本,更难发生阅读的实用性功能,很难设想谁有耐心阅读手稿里的那些称不得良好的钢笔字体。我为这种版本的销路发生疑问,让出版社赔钱出书,我于心不忍。编辑却不为我的担心而改变主意,似乎对图书市场做过调查,颇为乐观,只要我同意出版手稿影印本,其他事就不用我操心了。我便松口气开玩笑说,《白》书为贵社赚了些钱,即就手稿影印本亏了本钱,也可以相抵……

近日,正在操作手稿影印本的编辑打电话来,让我写点有关手稿的旧事,或长或短都不设限,我随口便应诺下来。

二

这个手稿是《白鹿原》唯一的正式稿。

此稿的写作是比较踏实的。踏实感在于心里基本有数,就是已经写成了草拟稿。我之所以不说草稿而称为草拟稿,似乎称不得以往中短篇小说写作时曾经写过的草稿。草拟稿的写作用意很简单,就是为了给这部长篇小说搭建一个合理的结构框架,因为构思里的人物比较多,时间跨度长,事件也比较多,要让业已跃跃于胸的各色人物展示各自的生命轨迹,结构框架便成为最直接的命题;还有人物的个性化的生活细节,这是我所信奉的现实主义创作的至为关键的要素,一些涉及人物命运转折的重要情节和细节已经在胸,而每个人物一现一隐的个性化行为细节,不可能完全了然于胸,需得写作过程中生发和把握,所以先写了草拟稿。为着缓解第一次写长篇小说的紧张和局促，我索性不用稿纸，而是选用了一个大十六开的硬皮笔记本；为了求得一种舒缓的写作心态，避免通常写作所用的桌子和椅子，而是坐在乡村木匠为我刚刚打制完成的沙发上，把笔记本架在膝盖上开始了草拟稿的写作。许是两年的酝酿比较充分，草拟稿进行得很顺利，大约不足八个月便完成了，粗略算来有四十余万字。这是我写作量最大的一年，可惜仅仅只是草拟稿。有了这个写在两本大十六开笔记本上的草拟稿，我的心里彻底放松了，写正式稿的踏实感便形成了。

在动笔写作正式稿之前，便确定必须一遍成稿，不能再写第二遍。原因很简单，这部小说比较长，字数预计约五十万上下，如果再写第二遍正式稿，不单费时太久，更在于这种反复写作很可能把我对人物的新鲜感磨平了，对于我的写作习惯往往是致命的。以往写中短篇小说有过此类现象，再三反复写一篇东西，对人物和情节的新鲜感就发生减弱以至消失，很难冒出生动恰切的文字。尽管这种写作习惯有违"文不厌改"的古训，我却仍然积习难改。这样，便为自己立下一条硬杠子，集中心力和精力，一遍过手，一次成稿。在我所能做出的唯一选择，就是冷静叙述，首先取决于面对小说人物的事件和命运，叙述要冷静；面对各个人物的叙述角度的把握要准确，同样需要冷静；只有冷静的叙述，才能保持笔下书写文字的基本工整和清晰。

以这样的心态写作，总体而言比较顺畅，也难免发生一些反复，一种情况是某一章的某一个情节或细节，写得过头而缺失含蓄，或者是写得粗疏而不够充分，一经发觉便重新斟酌之后撕毁重写。还有一种意料不及的现象也发生过几次，即写到某个人物的命运发生重大转折和灾变的情节或细节时，我的心态也随着人物起伏，情绪发生失控，笔下的文字也潦草起来。待写过之后冷静下来，便重新抄写一遍。这种情况发生过几次，鹿三杀死小娥的写作过程记忆犹新。在小娥被鹿三从背后捅进梭镖刃子时,猛然回头喊了一声"大呀",我的眼睛顿时发黑了。待失控的情绪重归冷静,只好把呈现着太过潦草的两页手稿重新抄写。

经过两年多的时间写完全稿,且不说这部小说的命运如何,单就字迹而言,基本保持着清晰工整的字样,不必再过一遍手抄写了。

三

在我终于决定可以把《白鹿原》稿投送人民文学出版社的时候,却心生隐忧,万一发生什么意外,丢失了或者毁坏了这一厚摞手稿,那对我来说是不可设想的灾难。恰好有一位在当地区政府机关工作的作者朋友到我家里,得知我已完稿,便想到应该留一份复印稿,以防万一发生不测。他说区政府刚刚购置了一台复印机,他可以帮我复印一份手稿。这种现代化的办公设备,我听说过尚未见过,省作家协会还没有添置这种据说相当昂贵的设备,我尚想象不出它的神秘的形状。我听到他的话很高兴也颇感动,在于他能替我想到。我便道出正为此事束手无策的隐忧。

其时,我正在作手稿的最后梳理,没有大改,只是细部疏忽的弥补,做起来很轻松。他把我已经梳理过的手稿就带走了。过了几天,他把原稿和复印稿送过来,看到用硬质纸复印的一页页稿件,我在心里踏实的同时,甚为惊叹科学技术的神奇功能。确凿无疑地说,这是我平生第一次看见的复印机复印出来的文字,自然也是我的第一份复印的手稿。他又带走了我梳理完毕的一部分手稿。

在他未送回手稿和复印稿这段时日,我继续梳理后半部手稿,又一位作者朋友来到我的乡下老屋,他也在另一个区的机关工作。这回是我开口了,询问区机关有没有复印机,得到肯定答复之后,我便提出让他帮忙复印后半部手稿的事。他很痛快应承下来,而且说他和管理复印机的人是铁哥们,言下之意是干这种"私活儿"没有问题。我的担心正在这里,那位作者朋友第二次拿走手稿之后,我就想到复印完全部手稿,他还得再往返两次,一千五六百页的手稿,复印数量太大了,肯定会让人烦,且不说是否违犯规定的事,须知那个时候的复印机是很稀罕的物件,况且有俗话说的可再一再二,不可再三再四。我曾对他说过咱可以交复印费用的话。他说区机关的办公用具不可能收费。这回我便直言应该交付复印费的话,只要能顺利留下一份复印稿就好了。这位作者朋友连连摆手,言下之意这么点小事不在话下……当这位作者朋友把最后一部分手稿和复印稿送来的时候,我的担心完全解除了,自然免不了真诚的感谢。

在我把《白鹿原》的一摞手稿交给来到西安的人民文学出版社两位比我更年轻的编辑高贤均和洪清波时,便集中纠结着这部小说未来的命运,无论如何,却压根不再担心手稿发生遗失或毁坏的意外事故了。

四

大约是在小说《白鹿原》出版半年后,该书责编老何把手稿交还给我,我看到手稿纸页上写着画着不同笔体的修改字样,包括删节的符号。我辨不清那些字或符号是哪位责编的手迹,却感动他们的用心和辛苦。然而,这个手稿本身,在我心中似乎已经失去了存在的意义,《白鹿原》已出版,且连续印刷多次,肯定不会绝版了,那么这个手稿的用途也就到此为止了,我自然就不会太在意它了。这种心理是长期的习惯形成的不自觉状态,此前写过的所有小说散文手稿,直接投寄给杂志社或报纸,发表出来便收存印刷文本,无论杂志或报纸,只寄样本或样报,没有寄回手稿的事,除非夹着一绺"本刊(或本报)不宜刊用"字条的退稿,才能再看到手稿,然而比不退稿而只寄样刊或样报的心情差得远了。《白鹿原》出版了,退还或不退还手稿,在我确是一种无所谓的心态。

记不得哪一年的哪一天,有位陌生人找到我,提出收购《白鹿原》书手稿的意图,说他喜欢收藏,很坦诚地让我开价。这是一个意料不及的事。我略有迟顿之后,便婉言谢绝。在那一刻,我似乎才意识到保存这一摞手稿是有必要的,不单是可以卖个较好的价钱,而是应当由我自己来收藏,尽管我向来没有一丝收藏古董的兴趣。

之后,还遇到过两三位提出收藏意向的客人,其中一位印象颇深,在于他很爽快,很真诚,口气也就很大,让我不要难为情,不要不好意思说钱,并让我放开口要价。我表示了无意出售的意向后,客人还不改辙,而且报出一个让我吓了一跳的数字。稍作缓和之后,我便开玩笑说,《白鹿原》印量不少,我也进入"万元户"行列了,吃饭穿衣已经无须再操心;而今社会商业竞争很厉害,说不定到什么年月,竞争挫伤了儿女们的生存,日子过不下去的当儿,让他或她去叫卖老父的这一摞手稿……这一摞手稿便保存下来。

《白鹿原》手稿用皮实的厚纸包裹着,再用绳子捆扎,放在书柜里近二十年了,我自己几乎再没有打开看过一次。其间打开过三四次,多是几家电视台为我拍片,执意要拍摄手稿的镜头画面,我不能拒绝。直到去年秋末或初冬,人民文学出版社编辑提出要出《白鹿原》手稿版本的时候,我才觉得保存的这一摞手稿,又派上了用场,尽管是我完全想象不到的用场。同时也想到,如若当初把手稿卖给某位收藏家,现在要从收藏家手里借来影印,可能要费口舌,乃至涉及借用的要价,那将是追悔莫及的事。

从写完《白鹿原》手稿的一九九三年三月,到我写这篇有关手稿的短文的今天,近二十年了。再看已经变色发黄的手稿纸页上的字迹,且莫说岁月沧桑的套话。唯可欣然的是,现在用黑色碳素笔写下的汉字,比当年用钢笔和碳素墨汁所写的《白鹿原》手稿的字体略有进步,也更相信字要多写才出功夫的古训,且不说文字的内蕴的优或劣。

2012 年 3 月 18 日 二府庄

年 年 柳 色

时令刚刚进入关中的初春季节,冷气却依旧凛冽,冬天御寒的衣服一件也减不下来。某天早晨出门,无意间的一瞥,路边的柳树枝条上泛出一片鹅黄的嫩叶,毕竟是春天了,这是瞬间发生的一种本能的心理反应。几乎同时映现于脑际的景致,便是家乡灞河岸边独成一景的柳色,还有回响于心头的李白的词句,年年柳色,灞陵伤别……

在灞河岸边生活和工作了大半生,柳色已储成永久的鲜活的记忆,确凿捺不住初春时节那一抹鹅黄色的嫩叶的诱惑,约一二乡友回到灞河滩上,在瞥见那一派柳色的瞬间,我顿生遗憾,不过迟来了三五天,柳树枝条上的叶子已经转换成绿色了。河岸边的柳林,恣意纵横伸张着的粗干和细枝上,都缀满刚刚由鹅黄转换为嫩绿的新叶;没有一丝风,连接成一道绿色浮云似的柳叶纹丝不动,沐浴着午后温柔的阳光。我还是看到了一团夹杂在望不到头的绿叶中的鹅黄色嫩叶,大约是柳树种族中的一株异类,或者类同双胞胎中的那个后生孩儿,却让我感受到鹅黄嫩色的无可替代的诗意。也许明天或后天,那一团鹅黄色的嫩色就转换为绿色,和漫空的绿云融为一体,成为今年的灞桥柳色了。

眼前的灞河和河上的桥,以及河边桥头的柳色,既不是李白们千古吟诵的柳色,也不是我记忆里的柳色。我无能想象千古诗家词人眼里所见和笔墨所吟的柳色,却淡漠不了我曾经看惯也依旧鲜活的柳色。上世纪五十年代末到六十年代初,我在灞桥南头的中学读书,学校的北围墙紧贴灞河河堤的南坡。河堤向水的一面,不过百米便有一道青石垒筑的挡水坝,坝与坝之间全蓬勃着一株株合抱粗的柳树,无疑也是为着减弱洪水对河堤的冲击力。站在灞桥上远眺,柳树的绿叶顺河而上而下绵延三五十里,成为一种令人惊诧又浮泛诗意的独特景象,自然可以理解历朝历代的诗家词人,何以会留下无以数计的吟诵灞河柳色的诗章。而我所亲历的柳树下的风景,是我的同学在河堤上柳荫下读书,或是于微明中在河堤上跑步做早操。却几乎看不到单男独女谈情说爱的场景,其实灞河水畔柳荫之下野草丛中最是卿卿我我的佳地。在我印象最深的是,每逢周六下午回家,出学校后门便跨上河堤,打开我正在阅读着的小说,一路读过去,不用操心脚下的绊磕,更不用担心撞人碰车,那个时代的汽车很少,连拖拉机也是稀罕的机械,偶尔有人骑自行车过往,总是骑车人绕着步行者。这道于解放前修建的灞河长堤,堤面上可以对开汽车,属于那个国穷民更穷的战乱年代的非凡工程了。照例,周日下午返校时,一踏上河堤,便接着读小说,享受在柳荫里,却几乎全没有感觉了。

也有令人痛切的记忆,我在这儿读高中的三年,正遭遇着共和国历史上最不堪的"三年困难"时期,饥饿的感觉是那个时代人的共同体验。每到鹅黄的柳叶刚刚冒出,不仅村里和镇上的居民争相捋取,我和同学也爬树攀枝,很小心地捋下嫩不堪捋的叶片,在一位当地同学的家里煮熟,用温水浸泡一夜,把柳叶里的苦汁排除,再一勺一勺分配给全班每一个同学。作为农村出身的学生,自幼年我就吃惯了多种野菜野果,却从来也没听说过柳树叶子可以当作饭菜吃的事。想来也很自然,寻常那些诸如荠荠菜、灰灰菜和洋槐花儿、构树絮儿、榆钱儿等野生物,早成为饥饿年月的抢手货,被抢挖抢摘一空,便把肚子的填充物扩大到柳树枝上的叶子。当我攀枝捋采柳叶以及嚼食变成黑色的柳叶时,完全缺失了"年年柳色"的诗性浪漫,只有肠胃得到填充的满足。

匆匆间二十年过去,交上上世纪八十年代,我又回到灞桥古镇。曾经读书的母校在灞桥的南桥头,后来供职的文化馆在灞桥北头的古镇上。刚进灞桥古镇不久,便遇上早春河堤上一派鹅黄的柳色,傍晚时分就散漫在河堤上沙滩里,眼看着那鹅黄的柳叶一天天变得金黄,变成浅绿,又变成深绿色。有文学朋友来,我便以柳色喧哗,招引他到河堤上散漫,无论说正经事无论闲聊,无论是鹅黄的柳叶抑或是绿云般的柳色,都令朋友陶醉。然而,好景不长,大约是我到古镇的第二或第三年,我发现柳树的叶子发生了异变,一棵又一棵柳树的叶子由深绿变成一种枯焦的黄色,刚刚入秋便落叶了,第二年就再也吐不出那诱人的鹅黄了。每当我周六回家和周日下午返回灞桥,骑着自行车在灞河南岸的长堤上行进时,便看到一种惨不忍睹的景象,死去的柳树已被人齐根锯断,留下一个圆圆的树茬子;一棵又一棵合抱粗的柳树的庞大的树冠上的叶子,呈现着如同肝病患者的枯黄色,不久也该被锯断了。未过三年,灞河南岸北岸的柳树死光灭绝了。这些柳树是上世纪四十年代筑成这道河堤之后栽下的,三十多年的树龄,又得着灞河水的滋润,棵棵都长到合抱粗的树干,成为守护河堤的天然屏障;庞大的树冠互相连接,构成一道绵延几十里的绿色云雾;壮观而又不失柔美的柳色,年年月月,成为关中地区独有的一道风景。短短的两三年间,灞河的柳色消失了;没有了柳色的灞桥和灞河,如若李白有灵,该会发生怎样的喟叹?我听说受害于某种病毒,也有人说是空气中的有害的工业废气。我似乎凭本能判断偏重于后者,那个时代关于空气污染还是一个陌生的话题。无论如何,灞桥和灞河的柳色却消失了。

我现在和朋友漫步着的灞河长堤,依旧是那道老堤,面目却全非了。这儿已经被改造被装点成公园了,得着灞河水的滋润,正儿八经被命名为"灞河湿地公园",河堤内外种植着各种花草树木,其中不乏颇为稀罕的品种,长堤外侧和河堤堤面,是两条笔直规整的通车和行人的大道,多条小径曲里拐弯,从堤外沟通着堤顶,又弯转到内侧的河滩;河边原来的沙滩,也是奇花异草连片相间,栅栏围护的木板小桥通到水边;水边长着密不透风的野生苇子,有水鸟在水中自由自在地凫游。我几乎难以想象,也一时很难从印象里的灞河转换为眼前的景致。

我还是偏重这个时月里的灞河柳色。河堤内侧的滩地上和河水两边的苇丛里,有连片的柳树,还有独撑一方柳色的单株,不像是人为的栽植,而是自然的野生物。我和朋友倚在柳树干上闲话,那一株株柳树已经有半抱粗了,柳叶刚刚从鹅黄转换为嫩绿,散发的清爽之气弥漫在空气中,令我有一种发迷似的陶醉,记忆里缺失的柳色终于得到补偿了……年年又有柳色了。

在灞水岸边柳色之中漫步,和朋友少不得说到李白的词句"年年柳色,灞陵伤别"。汉唐时期的灞桥是长安城的东大门,迎接贵客好友到此等候,以示敬重;送别也送到灞桥桥头,依依不舍挥手;更有那些冒犯者被贬到远方,亲朋好友送别到灞桥,就不仅是伤心伤情的告别,而是撕心裂肺的生离死别了。可以想见几百年的王朝更迭中,灞河的河水里、石桥上、柳荫下落过多少泪水。

站在柳色中的长堤上,隐约可以眺见灞陵。灞陵里安卧着汉文帝,陵墓选在白鹿原西端的北坡上,坡根下便是自东向西倒流着的灞水,史称灞陵,白鹿原随后也有了另一种称谓——灞陵原。灞桥距文帝陵不过三四公里,李白不说灞桥伤别而说灞陵伤别了。《史记》里的灞陵原又称"灞上",泛指白鹿原以及原下的灞河小河川,灞桥也在其中。

我现在看到的灞河,河水边依依着青春男女,祖孙三代散漫在柳色之中,偶尔碰见多年不见的熟人,握手叙旧,也都是轻松欢悦的腔调,大约谁在这样的柳色里,都不会有撇不开的心事。这里已经没有伤别,依旧着年年柳色。

2012 年 4 月 6 日 二府庄

删繁就简……

有电话来,如果不自报家门,我便问哪位先生或女士,再问有何事。如果是熟人朋友,不免调侃一句,有何指示。熟人朋友倒好,一般不说虚词套话,开口便直接道出要我做的事儿来。常有半生不熟或完全没有见过听过的陌生人,开口不说有何事要我做,一连串嘘寒问暖的关照话,及至问血压的高或低,胆固醇如何……这种关心令人感觉温暖,可是被问再作答的次数多了,甚至一天要做多次应答,便缺失了耐心,调过话头儿问他有何事相告。对方却口不吐核儿,只说想见一面。我不敢贸然推辞,就问他有何事需要我做,请直说。对方却不说事,仍然坚持要"登门拜访"。我便申明,如果有事要我做,且能够做,我做就是了;如果没有什么事,只是想见见面,我便谢其好意,路不必枉跑了;如果仍然劝阻不住,着急处便自我调侃,被媒体作为共识的这张沟壑纵横的脸没有什么看点,省了你跑路的时间;如果还劝阻不下,情急中便冒出"删繁就简三秋树"的古句来,隐含却也显明着免见的意旨,也不顾及遭骂不识相的后果了。

往往在这种情况下,对方才说出想让我做的事来。我稍作斟酌就做出回应,做不了或做不得的事直言相告,能做的事就答应下来争取做成。只有一事例外,就是为个人或单位所购的我的书籍签名,这是别人无可替代的事,有的是为自己和亲友收藏一本有作者签名的书,有的是作为礼品送各路客人。在我的意念里,读者愿意破费买我的书，这是对我写作最为实在的回报和抚慰，因由再简单不过，写或长或短的文章，都是为着和读者实现交流和沟通。许多年来我辞谢过不少不宜参加的活动，还有仅仅只想见面而无事的人，却基本没有耽搁过要我签名的购书者。签名已成为一种习惯，如果一次要签的书在一百本以内，可以随时安排时间做成，如果超过一百多到三五百本，便只好摊出一个晚上去干了。

再随意说一件常常多有发生的事，有人打电话要见面，经我再三询问，才说想让我为其即将出版的书作序。我便申明案头还压着几部要写序的书，不能也不敢再接了。有理解者或等不及者便松了口，却退一步提出让我为其大著题写书名。这种事相对简单多了，我却不大自信，当即直言相告，我的毛笔字缺失基本功，写出书名不好看。有人信了我的话，就不再坚持要我写了；有人却不松口，仍然要我写。我也退一步说，我可以写，你和搞封面设计的人再斟酌，宜用则用，不宜用就不必勉强。待书名写成，我便交给办公室一位同志，让他交给那位作者。待拿到我为他题写的书名后，还有人要来见面，表示诚意和谢意，且直言顺便带着某一方地域独有的土特产品来。劝阻的情急之中，我又抖出"删繁就简……"的古句，往往生效。

"删繁就简三秋树，领异标新二月花。"这是郑板桥的名句。得了这个佳句，颇多启示，便一遍成记，却找不到出处，以为是郑氏某首七律中的句子，求助朋友在网上查询（我不会用电脑），才得知是郑板桥挂在自家书房里的一副对联。这两句对仗工整又通俗易记的句子，再形象不过地彰显出这位扬州八怪之一的诗人画家的艺术追求的理想和境界。尽管我属书画界外人，却也见过几位国画名家的作品，有的惜墨如金、寥寥几笔便勾抹出一方意趣无穷的意境；有的却是密集山水，整个画面都被黑色的墨汁涂抹，不留空间，只有浓淡差异，真可谓泼墨，一看就见出崇山峻岭的气魄。画家的不同追求，才有国画艺术的万千气象，姑且不赘。"删繁就简"的着力点，为着"领异标新"，这是艺术创造的关键所在，亦姑且不再赘言。

我想说的"删繁就简"，却是生活范畴的话题。任谁一说到当下的生活，脱口便是浮躁；浮躁的世相被人说了许多年，现在还说是浮躁；几乎谁都讨厌浮躁，似乎谁也改变不了浮躁；按说被公众都腻烦的浮躁，就不会有生存的空间，然而依旧浮躁着。浮躁的种种世相里的一种，便是把简单的事复杂化和繁琐化，一件简单不过的事，乃至只需说三两句话的事，却不用电话说（电话太方便了哇），却要"登门拜访"，以示郑重，甚至破费宴请，酒足饭饱之间才说出事来。于是便多了来来往往，把时间都耗费在本不需耗费的客套和应酬的废话里……我往往于情急处，就搬出郑板桥的语录，宜得"删繁就简……"

2012 年 5 月 4 日 二府庄

我看老腔

二〇〇六年六月,话剧《白鹿原》由北京人艺演出的一个月时间里,我应邀两次到北京看戏。中场休息时到剧场外的院子里换换空气,有幸不期而遇几位作家朋友,握手问好之间,不说对《白鹿原》的观感,开口便问在剧情中穿插演唱的老腔,多是一种惊喜的口吻,且几乎都用"震撼"或"撞人心胸"之类的词发出由衷的慨叹。他们随后便打问,老腔是什么剧种,从来没听说过呀;民间竟然保存着这样好的原生态的唱腔,真正的艺术瑰宝哇,等等。听着这样热烈至诚的赞叹,我为老腔这种纯民间原生态的剧种而欣慰。这些作家朋友身居北京又走南逛北,自然见识过中外古今各剧种的艺术景观,何以会对陕西关中乡村纯粹的民间班社演出的老腔发生如此强烈的慨叹,这足以见得老腔独具的魅力。听着作家朋友的议论,我也暗生一分窃喜,即我第一次听到老腔时所产生的心灵震撼和撞击的强度,和这几位作家朋友不差上下,由此便可排除我对关中民间艺术的偏爱之局限,原来,看着听着老腔的演唱,大家的感受基本是类同的。

我第一次看老腔演出,不过是在此前两三年的事。二〇〇四年春节的气氛尚未散尽,一位在省政府做经济工作又酷爱文化的官员朋友告知我,春节放假期间,由他联络并组织了一台陕西民间多剧种的演出,当晚开幕,不属商业性质的演出,只供喜欢本土文化的各界人士闭门欣赏。他随口列举出诸如眉户戏、线腔、碗碗腔、阿宫腔、关中道情、同州梆子、老腔等多种关中地区的戏曲剧种（秦腔属于大剧种，反倒不在其列）。这些地方小戏我大都看过演出，也不甚新鲜，只有他最后说到的老腔，在我听来完全陌生。尽管他着重说老腔如何如何，我却很难产生惊诧之类的反应，这是基于一种庸常的判断：我在关中地区生活了几十年，从来没听说过老腔这个剧种，可见其影响的宽窄了。尽管如此，我还是蛮有兴趣地观看了这台由他热心促成的关中民间小剧种的演出。往日里看过这种小戏或那种小戏，却很难有机缘看到近十种关中小戏同台亮相，真可谓百花齐放，各呈其姿。

开幕演出前的等待中，赵季平也来了，打过招呼握过手，他在我旁边落座。屁股刚挨着椅子，他忽然站起，匆匆离席赶到舞台左侧的台下，和蹲在那儿的一位白头发白眉毛的老汉握手拍肩，异常热乎，又与白发白眉老汉周围的一群人逐个握手问好，想必是打过交道的熟人了。我在入座时也看见了白发白眉老汉和他跟前的十多个人，一眼就能看出他们都是地道的关中乡村人，也就能想到他们是某个剧种的民间演出班社，也未太注意。赵季平重新归位坐定，便很郑重地对我介绍说，这是华阴县的老腔演出班社，老腔是很了不得的一种唱法，曾经在张艺谋的某一部电影中出现过，尤其是那个白毛老汉……我自然能想到，老腔能进入大导演张艺谋的电影，必是得到担任电影作曲的赵季平的赏识，我对老腔便刮目相看了。再看白发白眉老汉，安静地在台角下坐着，我突然生出神秘感来。

这台集中展现关中地区小剧种的"十样锦"式的演出开幕了，参演的演员全部是来自乡村的演出小团队或班社，是他们的衣着装束和眉眼间的气色让我认定的；无论登台演唱的是哪一种"腔"，都唱出一种有别于专业演员太过圆润的另一番韵味儿，我当即联想到曾经在山坡上河滩里乃至马车过后的村路上听过的这种腔那种腔的余韵。

轮到老腔登台了。大约八九个演员刚一从舞台左边走出来,台下观众便响起一阵哄笑声。我也忍不住笑了。笑声是由他们上台的举动引发的。他们一只手抱着各自的乐器,另一只手提着一只小木凳,木凳有方形有条形的,还有一位肩头架着一条可以坐两三个人的长条板凳。这些家什在关中乡村每一家农户的院子里、锅灶间都是常见的必备之物,却被他们提着扛着登上了西安的大戏台。他们没有任何舞台动作,用如同在村巷或自家院子里随意走动的脚步,走到戏台中心,各自选一个位置,放下条凳或方凳坐下来,开始调试各自的琴弦,其中的板胡、二胡、喇叭、勾锣、大鼓、铙钹和马锣这些乐器我都见过,秦腔剧也都要用到的,只有坐在前排的白毛老汉和另一位中年演员怀中所抱的乐器我叫不出名称,却很眼熟,大约是一种少数民族的乐器。好在作曲家赵季平坐我身边,肯定知道我不识此器,当即告诉我,白毛老汉抱的是月琴,老腔的主要乐器。

　　锣鼓敲响,间以两声喇叭嘶鸣,板胡、二胡和月琴便合奏起来,似无太多特点。而当另一位抱着月琴的中年汉子开口刚唱了两句,台下观众便爆出掌声;白毛老汉也是刚刚接唱了两声,那掌声又骤然爆响,有人接连用关中土语高声喝彩,"美得很!""太斩劲了!"我也是这种感受,也拍着手,只是没喊出来。他们遵照事先的演出安排,唱了两段折子戏,几乎掌声连着掌声,喝彩连着喝彩,无疑成为演出的一个高潮。然而,令人惊讶的一幕出现了,站在最后的一位穿着粗布对门襟的半大老汉扛着长条板凳走到台前,左手拎起长凳一头,另一头支在舞台上,用右手握着的一块木砖,随着乐器的节奏和演员的合唱连续敲击长条板凳。任谁也意料不及的这种举动,竟然把台下的掌声和叫好声震哑了,出现了鸦雀无声的静场。短暂的静默之后,掌声和欢呼声骤然爆响,经久不息,直到把已走进后台的演出班社再唤回来,又加演了一折唱段……

　　我在这腔调里沉迷且陷入遐想,这是发自雄浑的关中大地深处的声响,抑或是渭水波浪的涛声,也像是骤雨拍击无边秋禾的啸响,亦不无知时节的好雨润泽秦川初春返青麦苗的细近于无的柔声,甚至让我想到柴烟弥漫的村巷里牛哞马叫的声音……

气势磅礴,粗犷豪放,慷慨激昂,雄浑奔放,苍莽苍凉,悲壮的气韵里却也不无婉约的余韵,我能想到的这些词汇,似乎还是难以表述老腔撼人胸腑的神韵;听来酣畅淋漓,久久难以平复,我却生出相见恨晚的不无懊丧自责的心绪。这样富于艺术魅力的老腔,此前却从未听说过,也就缺失了老腔旋律的熏陶,设想心底如若有老腔的旋律不时响动,肯定会影响到我对关中乡村生活的感受和体味,也会影响到笔下文字的色调和质地。后来,有作家朋友看过老腔的演出,不无遗憾地对我说过这样的话,小说《白鹿原》里要是有一笔老腔的画面就好了。我却想到,不单是一笔或几笔画面,而是整个叙述文字里如果有老腔的气韵弥漫……

后来还想再听老腔,却难得如愿。听说这个演出班社完全是业余的松散组合,仅在华山脚下的华阴县活动,多是为这个村那个村的乡民家庭的红事和白事演出,也应约到一些庙会祭日赶场子,毕竟是少有出场,平时就在自家的责任田里劳作。这样,我就很难再次享受到那种撞击胸腑的腔儿。直到两年之后,正在筹备话剧《白鹿原》的北京人民艺术剧院导演林兆华电告,让我挑选并联系几位秦腔演员,在《白鹿原》话剧的情节中插唱几段。他特别强调,不要剧团的专业演员,就要那些纯粹的乡村里喜欢唱秦腔的演员。我当即满口应承,这事不难,关中乡村唱得一嗓子好戏的人太多了。后来的通话中,我告诉他还约了几位老腔演员试唱,供他根据剧情的构想进行选择。他表示乐于"看看",却不甚迫切,尽管我做了坦诚的介绍,他仍是不太热烈地作"看看再说"的回应。待我在灞桥区文化局工作的朋友帮忙物色到十余位乡村秦腔唱家,我也联系约定好了华阴老腔演出班社,林兆华专程到西安来验收了。且不赘述他对秦腔演员的选择,到他看老腔班社演出的时候,我却独生一分担心:老腔的腔调不知能否切合他构想中的剧情需要。白毛老汉来了,另一位弹月琴唱主角的张喜民自然不可或缺,还有那位用木砖砸长条板凳的张四季等十余位演员都来了。在一个小会议室里,他们仍然依着习惯蹲在地板上,或是坐在作为演员道具的小凳上。他们开唱伊始,我已不能专注于欣赏,而是观察林兆华导演的反应。一折戏尚未唱完,我发现林兆华老兄的两只锐利的眼睛发直了。这是我当时的第一反应,用关中俗话说,那种眼神的确叫发直。我至今依旧记着那种发直的眼神。我在发现那种眼神的一瞬,竟有一种得意的释然,林兄不仅相中了,而且被镇住了。果然,老腔班社刚演唱完两个小折子戏,正准备再演唱第三折,不料林兆华导演离席,三五步走到老腔演员跟前,一把攥住白毛老汉的手说,这就定啦! 随之和在他身边的张喜民等握手又拍肩。最后才转过身对我说,真棒!那眼神已经活跃起来,而且溢出颇为少见的光亮……这样,老腔便登上了北京人民艺术剧院的舞台。

且不说话剧《白鹿原》的演出,穿插在剧情中的老腔的几次亮相却是产生了轰动性效应。我最早感知那种效应是在首演,无论是老腔班社集体出场演唱,抑或是白毛老汉怀抱月琴一人独奏独唱,剧场里屏声静息,当他们短暂的插演结束离去时,便爆出暴风骤雨般的掌声,间以噢噢哟哟的浩叹。尤其是张四季扛着长条板凳走到台前,一边吼唱着一边掀起板凳一头,右手攥着木砖把板凳砸得咣咣响的时候,观众席发出惊诧的呼应,当是一种沉浸其中的忘情境界。其实,老腔班社演出的小折子唱段,与话剧《白鹿原》的情节毫无关联,全是他们素常演出的传统剧目中的唱段,自然是纯正的关中东府地方的发音,观众能听懂多少内容可想而知,何以会有如此强烈的呼应和感染力?我想到的是旋律,一种发自久远时空的绝响,又饱含着关中大地深厚的神韵,把当代人潜存在心灵底层的那一根尚未被各种或高雅或通俗的音律所淹没的神经撞响了,这几乎是本能地呼应着这种堪为大美的民间原生形态的心灵旋律。观众是社会各种职业的人群，对华山脚下的老腔能发生共鸣，我便有如此推想。在我颇为有幸的是，也为老腔提供了两句唱词。这是在话剧《白鹿原》筹备阶段，编剧孟冰要为老腔创作一首作为主题曲的唱词，电话嘱我提供关中民间歌谣。我几乎本能地想到几句流传甚广的既能唱也能顺口溜出的词儿来：他大舅他二舅都是他舅。高桌子低板凳都是木头。走一步退两步全当没走。前奔颅（前额）后马勺（后脑）都有骨头。金圪垯银圪垯还嫌不够，天在上地在下你娃甭牛……孟冰甚感兴趣，这样结实的大实话似乎只有在关中这块土地上才会产生。他随后引用了前两句，且依此民谣编了几句关涉白鹿原人生活形态的唱词。话剧《白鹿原》的主题曲由白毛老汉他们唱响了，颇具反响效应。孟冰把我的名字作为词作者打在屏幕上，未所料及，向他申明予以纠正，竟不能，我就有了平生第一首剧词儿，它能被老腔吼唱出来，深以为幸。

我再一次去北京人艺，是一位工作人员电话告知这是濮存昕团长的指令。我想我已经看过《白鹿原》的首演，接连又陪贵宾和文友看过两场，再去看的兴头尚未潮起，自然就想到可能有什么相关的事由需要商量，电话里人家不说有何事，我也不多问，就按濮团长指令的时间去了。见到濮存昕，他说《白鹿原》休演两晚，他整了一台老腔和秦腔演员的专场演出，定在中山音乐堂，让我来欣赏。这是一个惊喜。他说话剧《白鹿原》演出半个多月以来，观众对剧中插演的老腔和秦腔唱段反响强烈，因为剧中的插演主要为着烘托剧情的气氛，有的插演仅仅唱一句两句，观众似乎很不过瘾，他便想利用话剧休演的这个晚上，搞一场秦腔和老腔的专场演出，让那些专业人员和倾心的观众一饱眼福和耳福……我说我也在期待眼福和耳福的受众之中，我此前看老腔演出不过三次（包括话剧《白鹿原》），每次不过两三小折唱段，也未曾过足瘾，这回可如愿了。

那晚在中山音乐堂的演出，可谓别开生面，濮存昕一人坐镇，优雅自如而又自信地担当节目主持人,介绍演出的话语郑重而又幽默,让我充分感知到这位艺术家对来自民间的艺术演员的敬重之情。我无论如何也想不到,竟然会坐在中山音乐堂里看这些乡党的演出,那些来自白鹿原和灞河两岸的秦腔演员,从来也没有登过大戏台,他们在乡村田野里扶犁吆牛耕地的时候,尽着性情吼唱秦腔,顶得意的是春节期间组织排练,在村头广场上搭台演出,年过完了,又扛着锄头下滩或上坡干活去了。老腔演出班社也类似,多为有红白喜事的人家出演,抑或是被邀到传统的庙会上演皮影戏,算不得高台。对我来说,乡野里吼唱的秦腔早已耳熟,倒是真过足了老腔的瘾。由濮存昕精心安排,秦腔和老腔交替出台,我看到的老腔的演出,都是较为完整的有大段唱词的折子戏,无论白毛老汉,还是张喜民等演员,都是尽兴尽情完全投入地演唱,把老腔的独特魅力发挥到最好的程度(且不说极致),台下观众一阵强过一阵的掌声,当属一种心灵的应和。我在那一刻颇为感慨,他们——无论秦腔或老腔——原本就这么唱着,也许从宋代就唱着,无论元、明、清,以至民国到解放,直到现在,一直在乡野在村舍在庙会就这样唱着,直到今晚,在中山音乐堂演唱。我想和台上的乡党拉开更大的距离,便从前排座位离开,在剧场最后找到一个空位,远距离欣赏这些乡党的演唱,企图排除因乡党乡情而生出的难以避免的偏爱。这似乎还有一定的效应,确凿是那腔儿自身所产生的震撼人的心灵的艺术魅力⋯⋯在我陷入那种拉开间距的纯粹品赏的意境时,濮存昕却做出了一个令全场哗然的非常举动,他由台角的主持人位置快步走到台前,从正在吼唱的张四季手中夺下长条板凳,又从他高举着的右手中夺取木砖,自己在长条板凳上猛砸起来,接着扬起木砖,高声吼唱。观众席顿时沸腾起来。这位声名显赫的濮存昕已经和老腔融和了,我顿然意识到自己拉开间距,寻求客观欣赏的举措是多余的。

据音乐专家考证,老腔的源头远自西汉。华阴县地处黄河、渭河和洛河三条河流的交汇地带,西汉王朝在这里首开通往长安的漕运通道,张喜民家所在的村子背后即是西汉王府的一个超大粮仓遗址。船夫和码头劳工的号子与帮声,逐渐演化出一种拉坡腔,推想当属老腔最早的源头。我对老腔形成的太过悠长的历史略作了解,不甚用心细究,更关注它的生存危机和传承。老腔的领班党安华告诉我,华阴仅存这一个较为拿得出手的老腔班社,而过去计不准有多少活跃在乡村的自演自乐的或紧凑或松散的班社,究其原因,关键的一条是经济效益太差,演出收入低微,不仅年轻人看不上这个行当,过去那些颇具演唱天赋的老艺人也另寻生活途径去了。党安华是县文化局干部,正为老腔的后继无人乃至断档而揪心。出人意料的好事不期而至,且不说在陕西当地被邀频频出场,自参与话剧《白鹿原》演出结束到当年年末,老腔第一次登上了中央电视台"千秋华宴——二〇〇七春节戏曲晚会"的高台,同时又受邀参加中国文联于人民大会堂举办的"百花迎春"春节联欢晚会的现场演出。紧随其后,又赴上海、成都、深圳、香港、湖北、苏州等省市演出;著名歌手任贤齐赶到华阴跟白毛老汉等人学唱老腔;韩国国家电视台追到华阴碾峪乡双泉村,不惜费时一周拍摄老腔艺术专题片;不止一次到我国的香港、台湾演出;随国家文化部的安排,先后到日本、德国、美国献演。我难以想象,那些听惯了交响乐曲的欧美人的耳朵,在听到张四季用木砖砸得长条板凳哐哐哐咣咣咣的声响时,会是怎样一种表情……

令人更为欣慰的是,华阴老腔空前活跃起来,不仅重新组织起不少演出班社,许多具备演出天资的年轻人也亮开了嗓子,党安华、白毛老汉们不再担心断档的事了……生活原本不可或缺老腔的腔儿。

2012年6月23日 二府庄

沉默的翻译家孔保尔

写下翻译家孔保尔这几个字,心里竟有点非同寻常的感觉。平素和文学圈里的朋友说作家和作品,已经司空见惯,作家这个头衔已不稀奇。中国作家协会的会员已接近五位数,翻译家(仅搞文学作品翻译)有多少人,我无法估计,而和我打过交道的不会超过两位数,孔保尔无疑是离我最近且相识多年的一位翻译家。孔保尔搞英文翻译的事,我知道得早了,却没有产生翻译家这个概念,直到大约一年前,我才从一份资料上获悉,他翻译出版的长篇小说有七部,短篇小说近二百篇,堪称翻译家了。

认识孔保尔,大约是在上世纪八十年代初。我那时住在乡下老屋,每有会议或办理柴(应为煤)米之事才进城,午间休息依着惯例到《延河》编辑王观胜宿办兼用的屋子闲聊,多次遇见孔保尔。那时候他大约二十出头,一张好脸,黑白分明的大眼睛,不宽不窄不长不短的脸面上,有一个端正更显得秀气的鼻子,嘴巴也是大小适度。初见他第一面时,竟有似曾相识的感觉,然而此前确凿未曾谋面,略作筹思,却是我意念里头《红楼梦》里的贾宝玉(相异于电视剧里的那位贾宝玉)。另一个个性化的印象是他脸上的笑,他见面打招呼时便笑眯眯的,聊天时也多见那种自然的笑浮出来;似乎见不到他的愁苦表情,更难见怒容了;偶尔说到颇为严重的受伤害的事,竟然是带着满脸的笑容给同座者叙说,可见其旷达,这显然和贾宝玉相去甚远了。

在我的印象里,大家和孔保尔说话都是直呼其名,几乎没听到过带着姓氏的全称,粗心的我竟然好长时月不知他尊姓孔,可见他和文学朋友的融洽。最初认识时,他在一所中学当英语教师,时间不长,调到省上一家大旅行社任英语导游。我想那样一张周正的脸和那自然而又阳光的笑容,肯定会和陕西的历史文物与地理风光一样让欧美游客沉迷。上世纪九十年代,他调到西安电视台从事《英语新闻》播音员,直到今日已经成为《今日西安》栏目的制片人、大型活动部主任兼总导演。我罗列他的生活和工作历程,不在炫耀他的晋升,而是要显现他一直都在具体而又不容疏忽的岗位上工作,几百万字的翻译作品,都是在业余时间完成的。所谓业余,无非是礼拜天和节假日,更多的当属夜晚。我能想象并钦佩保尔的毅力,促成这毅力几十年不见松弛的动因,就是对欧美优秀文学作品的痴迷。

在上世纪八十年代保尔做英语导游的时候,已经翻译了美国作家的两部长篇小说《魔鬼的罗网》和《绑架总统》,前者是畅销书作家西德尼·谢尔顿的杰作,不仅在美国畅销,保尔翻译该作出版后在中国大陆也发行三十多万册,可见同样赢得了中国读者的阅读兴趣。我现在遗憾的是当年竟没有发现这部作品,说来有因,就是在当时,我曾经寻找并买到过谢尔顿两三部长篇小说,是为着正在酝酿的《白鹿原》的写作如何能引发读者阅读兴趣的难题。我选读谢尔顿的作品,就在于他的小说在美国的长销和畅销,读过之后才知道,他的作品并非一般意义上的畅销书,其中有甚为丰厚甚至尖锐的社会内容。保尔翻译的《魔鬼的罗网》,我却错失了阅读的机缘。

其后,他陆续翻译出版了《绑架总统》《地球上的最后一座小镇》《儿戏》《隐讳》《挖掘》《金门惊魂》六部长篇小说,都是在美国和英国文坛引起非同凡响的佳作。仅以二〇〇九年译林出版社出版的《地球上的最后一座小镇》而言,这是美国作家托马斯·马伦的处女作,出版后一举成名,连续四年高居美国畅销书榜首,遂被译为三十多种文字。小说以一九一八年夺去世界一亿多人口的西班牙大流感和第一次世界大战为背景,选取美国西部一个与世隔绝的小镇,人们在自保和救人的两难之中痛苦选择,深刻地揭示了疾病和战争这种谁也躲避不开的苦难对人生活和心灵的伤害以至毁灭,也揭示出人性这样一个普遍性命题。马伦笔下的这个地球上的最后一个小镇,有别于那些通常所见的怪异的生活习俗的状写,而是以人性这个大命题,触动不同国家不同民族不同肤色人群的灵魂颤动,当属文学杰作基本的也是至高的品格。

保尔还翻译了欧美几位堪称大师的作家的短篇小说,其中对英国作家多丽丝·莱辛和美国作家欧文·肖的短篇小说是集束式的译介,一次都是五六篇,在《译林》和《外国文艺》杂志上集中发表,无疑都是这两位大家的不同风格的代表作。莱辛是二〇〇七年诺贝尔文学奖获得者,保尔在二〇〇八年的《译林》杂志两次翻译发表了她的七篇短篇小说,让中国读者及时领略到这位刚获得诺奖的炙手可热的作家的艺术风貌。其中的《一个未婚男人的传奇故事》是一篇堪称经典的短篇小说,小说中涉及一个重大命题:南非的种族歧视政策以及白人对黑人尤其是对黑人女性的非人道伤害,这个短篇小说的精神负载就具有了超常的容量。其艺术手法更是别出心裁,完全颠覆了传统的叙事套路,环环设套,大故事中套进小故事,叙事视角多有变化,把一篇短篇小说写得变幻无穷而又淋漓尽致。欧文·肖是美国现实主义作家,著作浩繁足可等身,独到之处在于他是黑色幽默的开山鼻祖。他的作品无论长篇小说或中短篇小说,均切近现实生活,让异国读者产生故事和人物就在自己身边的真实感受;文字简洁精确,故事引人入胜,美国评论界把他推到海明威的艺术境界。保尔在《外国文艺》上一次翻译了欧文·肖五篇小说,让读者可以感知这位大师的艺术景观之一斑。

美国作家乔伊斯·卡罗尔·欧茨是一位著作等身的女作家,属于文学范畴的诸多门径她都涉猎过,且都有独特卓越的见解。我印象最深的是她的意识流小说,这是我最早见识的意识流小说的范本,那是上世纪八十年代至九十年代初的中国文学复兴时期,西方的各种文学流派都引入中国,意识流小说是最热门的一个话题,我在订阅的《世界文学》上读到过她的短篇小说,直接见识到欧茨的艺术风貌之一味。后来得知,她不囿于一种意识流,而在象征主义、神秘主义等方面都有探索,美国评论界对她的创作定论仍是以现实主义为根基。保尔译介了她具有代表性的短篇小说《约会》,这被公认为是她的经典之作,也是她意识流小说的杰作之一。作品直接揭示当代美国人的精神困惑和女性悲剧,其社会生活的容量在一个短篇小说的有限篇幅里达到了难能实现的丰厚;加之以自由自如的意识流笔法,《约会》成为一篇出类拔萃的经典之作。也许是早年初读欧茨作品的难忘印象,我便企盼保尔能多译介一些她的作品。我也曾给他建议,把那些短篇小说汇集成册出版,让如我一样的读者阅读方便,不知因为何故,至今未见出书,难免遗憾。

谈到翻译,作为英语盲的我很自然会想到最现实的困难,欧美不同国家有不同的历史背景,有不同的社会风情,包括方言,等等,都是文学翻译最需要解决的基本课题。保尔告诉我,他是通过阅读来解决。他读书涉猎广泛,知识面很宽,举凡美国英国这些国家的政治、历史、风俗以至医疗等生活习俗,都有了解。这是他搞翻译必做的基本功课,他做得颇扎实。保尔的翻译作品已引起较为广泛的反响,有评论家对保尔的翻译作品做了多角度的评价和论说。

我很感佩保尔的专注精神,至今他仍然任职于西安电视台,工作繁重,却依旧在休假日和夜晚翻译着英美文学作品,累计超过四百余万字,可以想见其辛劳和专注的精神。保尔从来不张扬不喧哗,更不必说炒作了,似乎少有人知道他在文学翻译领域的成就。保尔几十年默默伏案,把优秀英语小说包括世界名著翻译为汉语文字,以飨中国读者;译著不断出版,且引起好评,当属最切实最可靠的劳动回报,想来他从中获得心理慰藉,也获得依旧默默伏案再译新著的力量。

2012 年 7 月 5 日 二府庄

难忘一种鸟叫声

在乡村生活和工作的几十年里,每到公历五月中下旬的初夏时节,无论是行走在乡间土路上,抑或是坐在月光朦胧的自家小院里,都会听到"算黄算割——算黄算割"的鸟叫声。在乡村叫得上和叫不上名字的诸多鸟儿中,最让人亲切的鸟叫声,莫过于这种被乡人称作"算黄算割"的鸟儿了。没有任何神秘的因由,这种鸟叫声提醒庄稼人,麦子黄熟一点就要及时收割一点,不能等得整块麦子全黄熟了才收割。那样往往会被骤来的暴风雨毁了成熟的也是即将到口的麦子。其实,麦子一边黄熟一边收割,这是任何一个庄稼人都明白的常识,谁也不会太在乎空中响着的这种"提醒"。然而,人们对"算黄算割"的鸟鸣声和对这种鸟儿的亲切感,在于它传达的小麦即将成熟的喜讯。对于喝了一个冬天又一个春天的苞谷糁子的庄稼人来说,麦子成熟最切实的意义,便是碗里可以挑出美味的面条了,锅里可以烙出酥脆的白面锅盔了。尤其是那些日子过得紧巴到吃上顿愁下顿的人家,早已瞪着眼瞅着麦苗返青、拔节、吐穗、扬花,再由绿变黄,"算黄算割"的鸟叫声,既撩拨着他们急不可待的心,也搅动着他们亏欠太久的饱腹的欲望。

在我幼年的记忆里,虽然没有饥饿,却对纯粹的白面馍馍有一种本能的期盼,盼到过年,可以吃到白面包子、饺子和臊子面,过罢初五,就换成苞谷面馍了。再盼到收割麦子,打下新麦,直到地净场光,大约半个月左右,馍和面条都是新麦磨下的纯白面做的,之后又以苞谷、豌豆等杂粮为生了,正所谓"跟着碾麦子的碌碡过个年"。打下第一场新麦,磨下白面,母亲总要先烙一张焦黄酥脆的锅盔,为割麦子拉运麦子碾打麦子没黑没白劳作的父亲改善生活。我却早已迫不及待地守候在锅台边,看着母亲把擀好的白面锅盔放进锅里,当即发出吱吱吱的响声,便有香味弥散开来。及至三翻三扣,满屋满院都漫浮着锅盔的香气儿,我早已口水连连下咽了。母亲把烫手的锅盔从锅里拎起,旋即摆放到案板上,拿起切面刀切成大小匀称的方块。我急不可待从她刀下抓过一块还有点烫手的锅盔,咬出嘎嘣脆响的声音,那是美味香甜到刻骨铭心的吃食了……我对"算黄算割"鸟叫声的敏感,源自幼年的生存感受,即使活到这把年纪,每到初夏时节,在城市的街巷里听到树梢上一声连一声的"算黄算割"的叫声,脑子里便浮出在案板上从母亲刀下抓过锅盔的情景,口中似乎有口水溢出……

  同时浮现于脑际的图像却有点不堪,那是在收割过麦子的麦茬地里搂拾遗丢的麦穗的情景。父亲和母亲收割完一块地里的麦子,母亲回家做饭,父亲用木轮推车把一捆捆麦子拉运回麦场上,麦茬地里遗丢的零散麦穗,要用竹篾或铁丝制作的一个大笆子搂拾,这是我要干的活。其实不单是我,凡能拖动那把笆子的农村男孩,都要干这种劳动。其实那笆子的分量并不重,搂拾的麦秆麦穗也已晒干,没有多少重量,难耐的是头顶火辣辣的太阳,直晒得裸露的胳膊由红变黑,再脱下一层层白色的皮来。在河川的小块水田里,地头有白杨树,搂到地头可以在树荫下乘一会儿凉,还可以从水渠里撩水洗脸。最难受的是在坡地上,地块大,周边见不到一棵树,更见不到一滴水,拖着笆子从地这头搂到那头,再从那头搂到这头,头顶的大太阳晒着,脚下的麦茬地也像火烤一样,满脸满身都流出汗水,直到没有汗水可以流出,喉咙里也似乎有一种着火的焦灼。这是我幼年从事的劳动项目中最不堪的一种。父亲又拉着空车到地里来装麦捆,大约看到我不堪忍受乃至气急败坏的脸色,没有安慰或劝导,只是平静地说一句,这会儿你想一想白面锅盔就好办了……

后来上了中学,读到唐诗"锄禾日当午,汗滴禾下土。谁知盘中餐,粒粒皆辛苦"。我不是听人教诲之后才得知,而是在能拖动那把搂拾麦穗的竹笆的幼年就知道了"粒粒皆辛苦"的道理,是用流尽汗水再无汗水流出的切身感受获得的生存道理,盘中的餐更具体为母亲案板上的一块锅盔,或一碗纯粹麦子白面做成的面条。我对这位已记不得名字的诗人产生了敬重和亲近感。

记不清哪年看到一幅画,是一个拾麦穗的女孩,扎着羊角辫儿,穿着红兜肚,模样是天然的好看,正在收割过麦子的麦茬地里捡拾麦穗。我看见这幅画面,当即想到我拖着笆子搂拾麦穗的情景。我体会到的不堪和画面上那阳光而又富于诗情的美形成反差。我拾麦和搂麦是生活真实,画面上拾麦穗的女孩形象展现的是艺术化了的生活,未必要把拾穗者被太阳炙烤得淋漓的汗水和脱皮的肌肤的不雅画出来,那样就缺少诗性的浪漫诗性的美了。

生活真实和艺术真实是个大命题,我从喜欢上文学就面对这个命题了,几十年过来,依旧朦朦胧胧莫衷一是,姑且不赘。倒是宁可淡忘幼年搂麦穗拾麦穗的记忆,多欣赏画中所洋溢的诗性韵味,当会有一种解脱的轻松。

2012 年 7 月 31 日 二府庄

接通地脉,只因乡村情感

拙作散文随笔集《接通地脉》(作家出版社)出版不足一月,很多人询问有关这本书的事,且不约而同都对书名感兴趣,直言现在正提倡走基层,不能断了地气,你怎么在五六年前就意识到要"接通地脉"?第一次面对这个发问竟有点发愣,半晌回答不出所以然来,随之便如实相告,那是我生活的真实体验和感受。

作为集子名称的《接通地脉》这篇散文,写于二〇〇七年的元旦节假期间,无疑是新的一年的开篇之作。现在完全记不起这篇散文写作的诱因。依我已成习性的写作,无论一个短篇小说,无论一篇散文的写作欲望,大都有某个始料不及的生活事件或某种世象的触发,包括记忆里的陈年旧事,乃至一种自然景色,触动情感和思维的某根神经,便发生一吐为快的笔墨抒发。然而,时过五六年之久,怎么也想不起《接通地脉》这篇散文因为何事而触发了写作的欲望,姑且不究,倒是由此话题引发出新的命题,涉及我的乡村情感。

这种乡村情感或者说情结,在我的生活历程中经历过一个U字形的历程。我大约直到初中毕业的年龄,才有关于个人未来人生前途的设想,最理想也最基本的人生目标,便是进入城市,能当上一个技术工人就很满足了;后来因为未能录入专业技校而误入高中,竟然闹过一段情绪;企图进入大学接受高等教育的强烈而又专一的欲念,那是在高中安下心来就注定了的。无论想当一个技术工人或进入高校,一个最基本的出发点,就是脱离农村进入城市,吃一碗不倚赖土地更不关天旱雨涝决定稀或稠乃至有或无的好饭。这几乎是所有农村学生读书的目的,我不仅不能脱俗,而且欲望颇为强烈。道理不仅不言自明,而且很富刺激性,那就是城市与乡村、工人与农民、脑力劳动与体力劳动的巨大差别。而当高考名落孙山,在我就有天塌地陷般的毁灭感。

我后来有幸从乡村学校进入最基层的乡镇(当时称公社)机关工作,而且不间断地工作了整整十年;更有幸的是在我家乡的乡镇,即白鹿原北坡和原下的灞河(古称滋水)小川道这一方地域;十年时间没有挪窝,各个村子的干部和一些乡民家的前门后门我都熟悉了。我对乡村和农民生活形态的了解,或者说体验,当属这十年形成的。如实说来,我那时候接触乡村干部和乡民,完全是出于各种乡村工作的用意,而不是作家为了创作而深入生活。我后来成为专业作家,才意识到这十年乡村基层工作对我写作的决定性意义,可以毫不夸张地说,我对乡村和农民世界的了解和感知,是作为基层干部做乡村工作的无意识的收获。在我获得专业写作的最理想的工作的同时,便决定回归白鹿原北坡下祖居的屋院,其中一个重要因素,便是乡村情结。

尽管我已经不再扶犁执锄种庄稼,住在乡村祖居的屋院,可以听到狗叫牛哞,出门便看到河川和原坡上麦田和苞谷地里的绿色,可以闻到弥漫在村巷和屋院四季不断变换着的各种野花野草和杂树的花香,也缺少不了东家西家那些熟悉不过的男人女人的家事和纠葛。我也只是在成为以写作为职业的角色而要进入城市的时候,才甚为强烈地意识到我和乡村业已铸就的情结难以割舍,便有了索性回归祖居老屋的取向。住在祖传的屋院里,我的整体感觉是自如而又自在,却也有小小的缺失,在村巷里看着牵牛扛犁走向田野的乡党时,我会发生想要一手扶犁一手执鞭吆喝黄牛耕翻土地的欲念;看着他们用木推车从坡地或河川拉回一捆捆麦子进入打麦场间,我也发生想用镰刀刈割麦子的心动……我尽管住在乡村里,却不是靠土地吃饭的人了,少年青年时期的生活理想实现以后,却感到某种缺失,这是意料不及的事,也让我意识到身在其中却仍然有某种隔膜。村主任让我继续耕种那两分地,我便有了挥镢舞锄的"用武之地",更有接通地脉尤为舒畅的感觉。无论读书,无论写作,在小书屋里窝蜷一天,于傍晚夕阳灿烂之时,我到那两分地里或挥镢挖地,或执锄除草,或赤脚踏泥用自流水浇灌禾苗,完全是一种享受。偶尔会遇到一位路过的乡党,坐在田埂上东拉西扯说闲话,我才真实感受到隔膜的消失,是完全的融合,是地脉的接通。

到《白鹿原》发表的一九九二年末,我离开祖居的屋院进城了。在城里待了七八年,在一种迫切到不堪的情感里,我重回原下祖居的屋院,当年栽植的食指粗的法桐树,竟然长到半合抱粗了,我竟有自虐式的感慨,时光容易把人抛,壮了梧桐,我却老了!我一个人住在祖居的屋院,自己烧水煮面条,自己捅火炉取暖。村主任让我耕种的那两分地已分配给一位村民,栽植的樱桃树已经开花挂果了。然而,我可以到灞河沙滩上漫步,伏天就在河水里洗涮汗斑;或者走上屋后白鹿原的北坡,享受顺坡而下的清风,那清风里变化着各种野花的香味。我又有接通地脉的踏实感觉。我在这里待了两年,终究被洗锅刷碗的事搞得颇烦,顺势应邀到一处朋友安排的较为清静的工作室去了。

这个工作室在城郊。四周日渐崛起如树林般的高楼,却在我的窗外还保存着一方农田,我常常站在窗前,看田地里的男人女人移植菜苗,或施肥,或锄草,或引井水浇灌,一个个悠然而又专注,我看得入神而沉迷。大约两三年后,这方田地上冒出齐摆摆多幢住宅楼房,且都是高层,离我最近的一块庄稼地消失了。

每有机缘回乡或者上原,出西安老城和扩展的新城,在一堆又一堆楼群中穿过,一当车过浐河桥,我的心脏便有了超常的响动,处于一种亢奋状态。浐河是我大半生生活和工作的地域的一条划界性质的河流。一条路一座桥通白鹿原上,另一条路一座桥通白鹿原北坡下我的祖居的村子,无论走哪一条路,无论过哪一座桥,每当车过浐河的时候,我的心跳便加速了,既是心理反应,也是生理反应,无可抑止。

尽管不能每天都感受地脉,能有感受地脉的哪怕短暂的一次机会,也会从生理到心理全身心地接受。

2012年8月14日 二府庄

愿白鹿长驻此原

独寻秋景城东去,白鹿原头信马行。

这是白居易一首七绝中的两句。每有机缘上原,心头便会涌出这首绝句,情绪顿时也会畅朗起来。我无法想象千余年前的白居易纵马白鹿原上寻到的是怎样一幅秋色美景,单是眼前的一派绿色,已经让我沉醉了。

一条新修的宽敞的公路盘旋在西边原坡上,两边是层层叠叠的绿树。刚刚从酷暑进入初秋,尽管杨树柳树槐树等树木的树冠呈现着深色和浅色的小小差异,却依然流露着蓬勃的气象。草木清爽的气味,诱使我连续深呼吸。这里曾经是荒坡和梯田。荒坡上长满枣刺和杂草。梯田里一年只种一料麦子,因为缺水缺肥,麦子长得矮小细瘦如同猴子的黄毛,收割时搭不住镰刀,只能用手薅,民间戏称薅猴毛,产量也就可想而知了。大约不过十年前,那种延续了不知多少年的广种薄收乃至无收的景象中止了,退耕还林,便有了这一派让上原和下原的人心旷神怡的绿色。

上原的路大约走到一半,有一道平台,自南到北散落着一个个或大或小的村庄,俗称二道原。民办大学思源学院已成气候,随坡倚势建造成一幢幢楼房,校园里如同精心构设的花园,四季轮番开放的花草和花树,弥漫着种种诱人的香气。这里活跃着来自全国各地的两万余名学子,避开了都市的喧嚣,在这一方天地汲取知识。校方扶持建立了白鹿书院,我常和一些文学朋友到书院交流,尽管他们多是走南闯北见惯了奇山异水的人,也多感佩这一方地域独有的脉象。大约十年前,这所大学的创始人周先生约我参加一个座谈会,把他想在白鹿原的二道原上创办一所民办大学的意图坦陈出来,让大家论证。我那时竟然很激动,一时尚不敢估计这座古原破天荒建立的第一所高等院校的深远影响,却也想到不仅是每年能有多少年轻人完成高等学业,更有对原上乡民文化意识的潜移默化的启示。十年过去,这所学院不仅被评为全国十大民办大学,而且让民办大学由二道原扩展到白鹿原上,挂着种种专业校牌的民办大学已建成十余所,形成了一个颇具规模的民办大学城。就我粗略的印象,一九四九年新中国成立前,这道原上大约只有两三所新式小学;截止到上世纪九十年代,仅有三四所中学,分属三个区县督管;到今天不过十年时间,这里已经形成拥有十余万学子的民办大学城了。从这些民办大学门前经过的时候,我常有不可思议的感慨,变化之快几乎让我不敢相信,随之也生出生不逢时的自怜,如若晚生许多年,就不会留下缺失高等教育的人生遗憾了。

原的西部已经几乎看不到庄稼,传统的麦田消失了,蓬勃着一眼望不透的樱桃树。种植樱桃和小麦的悬殊的收益,是任谁都不会拒绝对樱桃的选择。每到五月樱桃成熟时节,原上原下和原坡的万亩樱桃园里,笑语喧哗,那是西安城里人或呼朋唤友或扶老携幼上原摘樱桃时忘情的声浪。秋天刚刚来到原上,葡萄又熟了。樱桃几乎是家家户户都有种植,而葡萄却是规模化的集中栽培。原上先后建起三家较大规模的果园,两家既种樱桃又种葡萄,还有一家是专门种植葡萄的园子,种植面积有几百亩到过千亩,都是以最严格也最规范的技术措施栽培管理。我曾有幸参观,可谓大开眼界,且不说那些颇为深奥的技术措施,外行的我看到细水浸润的滴灌设施,顿然感知到现代农业和粗放管理的农业的差异来。为了保证果品的品质,一概不用化肥,连复合型的肥料也不用,而是从内蒙古草原收购牧民的牛羊粪,集中窝沤,使其熟化,再从千里外的内蒙古草原运回原上,单是这项投入的工本就令我咋舌了。这样培植的樱桃和葡萄,不仅味美,更让消费者放心,价格也就高出普通果园的樱桃、葡萄几倍。我走在这家葡萄园里,满眼都是紫红的葡萄串儿,嘴里就有口水溢泛。这位种植园主是我的同乡,一位卓有建树的农民科学家,曾获得国务院的褒奖,那是他向乡民传授各种果树管理技术赢得的奖励。他在原上亲自种植葡萄,更带有示范的效应。我更多感佩的却是这道原的变化,自古以来白鹿原缺水,向来不植一株果树,即使庄稼,也只能保证一料小麦的收成,多有的伏旱,秋天的作物十有九年都无收获。更甚者,生活用水都很困难,原下人调侃原上人说,早晨起来,夫妻对面吐唾沫儿洗脸。现在,每个村子都有深井,自来水通到家家户户,果园也就蓬勃起来了。白鹿原高过渭河平原二百米,昼夜温差大,无论樱桃无论葡萄的甜蜜就享有天时地利的优势了。

绿树掩映着的一个个或大或小的村庄,既是古老的,又是新生的,古老到和这道原的历史一样悠久,新生在于现在的村庄已经完全改换出一派新的风貌,一幢幢二层小楼或平房,从绿树的空隙间显露出来。如果走进村巷,便会看到甚为讲究的一个个农家院的门楼上都有题款。几乎看不到土坯垒墙的传承了千年的厦房了。沟通每一个村庄的道路全部实现了硬化——水泥路面,永久性地告别了泥泞小路。我曾陪《白鹿原》剧组的朋友踏访原上村庄寻找外景地,失望而归,上世纪的白鹿村的影像荡然无存。我不为剧组的失望而失望,倒为原上的乡党而庆幸,他们终于获得了安逸富足的生活,既不为锅里缺米缺面而熬煎,也不为屋漏而愁肠百结了。

写到这里,我突然意识到,每触及一景,便牵出这一景地昨天的景象来。似乎不是有意为之,而是一种自然的不可违逆的心理反应,昨天的贫瘠景象铸存太久,而今天焕然一新的景象来得太快,作为这道原的亲历者,发生今天与昨天的鲜明而又强烈的对比,欣然的感触和感慨就是本能的心理反应了。

因为一只白鹿的出现,这道原便有了象征着吉祥安泰的白鹿的名称。随后,汉文帝葬在白鹿原西北的原坡上,原坡根下流淌着灞水,文史典籍称为灞陵,这道原也被改名为灞陵原,民间却少有人说。自北宋大将军狄青在原上屯兵驯马,这道原又被改换为狄寨原,一直沿用至今,白鹿原的名字早已湮灭以至消亡了。近年间,因为拙作《白鹿原》的发行,这个富于诗意也象征着吉祥安泰的白鹿原的名字又复活了。白鹿原名称的重新复归,恰当其时,多少代人期盼向往的富裕和平的日子已经实现,却是改革开放的科学而又务实的富民国策实施的结果。

愿白鹿长驻此原。

2012 年 9 月 27 日 二府庄

感受历史的生动和鲜活

这是一组古树的彩色照片。逐一欣赏的过程,不无惊诧地慨叹竟然连连发生,真可谓叹为观止。一株在秦岭山中生长了一千二百年的云杉,其顶天立地巍然屹立的姿态,让我感知到大气磅礴壮志凌云的气度,更有一种内蕴的谦谦风韵。我端详着从根到梢的绿叶所彰示的蓬勃生机,几乎不敢想象这是具有一千二百年树龄的生命活力。再如楼观台的那株业已枯死而仍然挺立的古柏,不知死过多少年了,树皮业已脱光,依然如柱般坚劲。富于形象化想象的人为它存留的三根枯枝模拟出栖立枝头姿态各异的苍鹰,颇得神韵。一株生长于广仁寺里的紫荆,满树的紫红色鲜花,呈现着一派热烈奔放一派灿烂浪漫的风采,许是得了佛寺这一方圣洁的净土的滋润,又回报给这方宁静孤寂的圣地一派热烈和灿烂。这样孤立的一株紫荆既能惹得人眼热心跳,设想成片的紫荆当会是怎样一派盛景?非我徒生奢望,户县太平峪里便有满山遍野恣意烂漫着的紫荆花,蔚为大观。这些紫荆散漫于各色杂树之间,或扎根在慢坡,或峭立于石缝;或单株独立,或成丛成片;不见人为痕迹,自由自在的生存形态,便呈现着一种天然的美。在我刚刚看到这紫荆花云的一瞬,便陡生向往,如若能徜徉其中,或倚坐在某株紫荆花树下,当会进入怎样一种陶醉的怡然……

这里有几株古树,远远超出了我对一般意义上的古树的概念,几乎是令我不敢相信的远古之树。树龄在一千余年的古树,有周至县厚畛子的云杉;长安区酒务头村的一株柏树,相传唐王李世民狩猎回程途中在此柏树下歇息饮酒;传说唐代大将军尉迟敬德征战途中曾经拴马休憩的银杏树,依然蓬勃在长安区的百塔寺内;临潼区华清池里的两株皂荚树,相传为唐明皇和杨贵妃合伙栽植,且跪倒树下对天盟誓,诗曰"在天愿作比翼鸟,在地愿为连理枝",尽管后来的悲剧令人嗟叹,这两株皂荚树却成并蒂;相传隐居辋川的王维所植的银杏树,和他的诗歌一样生命持久,被历朝历代以至今天的文人墨客前往观瞻;周至县厚畛子镇八斗河村的一株号称玉兰王的玉兰树,曾任周至县尉的白居易拜观之后赋诗以抒怀;临潼区晏寨乡胡王小学院内一株树龄在两千三百余年的古槐,更有刘邦鸿门宴上落荒而逃得此古槐遮掩的神奇传说;这些古树中树龄最大的一株是银杏树,已过两千六百余年,相传是老子在楼观台传经布道时亲手所植。我在列举这些古树的时候,除了这些不同树种的独特魅力,还在于弥漫在这些古树枝干上绿叶上和花朵上的神秘神奇的传说,这些传说令人着迷,而不介意其可靠性,似乎这样古老的树下,本就应该发生不同凡响的故事;有了这些传奇故事,更见得此树的古。我甚为感慨的是王维在辋川所植的银杏树和白居易观赏过的玉兰王,却不是传说而是真实发生过的事,王维因亲植银杏树而把自己的别墅题为"文杏馆",且赋五绝一首;白居易在观赏玉兰王时也诗兴波涌,吟成七绝:"紫粉笔含尖火焰,红脂胭染小莲花。芳情香思知多少,恼得山僧悔出家。"诗人白居易观花触发的情思真是难得估计有"多少",却以己推人把山僧调侃一回。无论传说,无论王维、白居易的诗证,都让这些一千两千多年的古树平添了神奇和浪漫,给观赏者以无限的美好想象,反嚼不尽。

观赏这些古树,让我很自然地生发悠远的历史性慨叹。墨写的史书难免虫蛀纸朽,而这些古树主干和绿叶以及鲜花上所彰显的中国历史，却是活生生的生动。王朝更迭，人世沧桑，却有这些远至两千多年前的古树依然蓬勃，让今人在一干一枝一叶一花上领略且感知一缕历史的生动和鲜活，这是老的和新的教科书上都难得感知的体验。看着那些古树枝条上缀着的红绸条儿，当属青春男女的心的情结，寄托且誓示着他们的爱情，像古树一样久远不枯，又给这些古树继续蓬勃下去以情感的滋润。

看着一株一株百年千年的诸种古树，我当即想起了我家隔壁门前的一棵古槐，大约有三搂抱粗，庞大的树冠下是一大片树荫，成为夏日酷暑里乡党歇凉谝闲话的聚集之地。这棵古槐已经空心，我和小伙伴常常在下雨时躲进空心的槐树里避雨。在我读书到初中三年级，周六回家时，未进家门便发现古槐树没有了，顿然感觉到一种巨大的空缺。后来得知，村子里刚刚建成不久的供全村人吃饭的大食堂的人，挖了这棵古槐，破碎了树干和树枝，晒干后当作烧饭的木柴烧掉了。一棵起码和村子的历史一样久远的古槐化作灰烬消失了，初见时的门外的巨大空缺，随之便铸成心理感受上无法弥补的空缺。在我看着这些古树照片的时候，尤其是那几株古槐，似乎心理的那种隐存了几十年的空缺得到了弥补，重新感知到那古槐浓荫之下的逸趣。我便对这些古树的守护者顿生敬意。

2012 年 10 月 12 日 二府庄

儿时的原

这道原·那道原

李巍打电话来,竟有瞬间的惊诧。重温那独有的说着普通话的口音,便感知到一种重逢的欣然,是伴着惊诧的欣然。大约有几年不通音信,依旧储存着这位彩云之南的老朋友的别致的口音,久别重逢的欣然就自然地发生了。他约我散文稿。我不仅贸然应允,而且随口提出让他命题,在我的生活范围内,看他对什么话题有兴趣;如果我确凿也有生活体验,便可谋篇。他说让他想想再说。他想过之后便点题了,让我写少年时期所经历的和白鹿原相关的生活。我当即应诺。这自然是地理概念的白鹿原。原是西北地区特有的一种地理地貌,实际就是一方小小的平原,大约因为规模太小而不能称为通常意义上的平原,故叫作原。有好事者为了区别原与平原,给"原"字左边添加一个"土"字变成了"塬"。其实古人都没有多此一举,白居易一首七绝写到白鹿原:"宠辱忧欢不到情,任他朝市自营营。独寻秋景城东去,白鹿原头信马行。"且不究什么人干龌龊事惹得诗人心烦要到白鹿原上扬鞭驱马畅快抒情。单是说这"原"字原本就没有画蛇添足似的"土"字作偏旁。再如毛泽东的名作《沁园春·雪》里的"原驰蜡象"的"原"字,也未有"土"字作偏旁,而陕北地区也有规模大小不等的多种原,毛泽东把大雪覆盖的一道原拟为蜡象,足见得诗人的情怀和气魄。

西安周边有好多道原,城北有龙首原,自然是因其地形像一条扬头的龙而得名。据说汉高祖刘邦之所以把皇都圈定此地,要借龙脉之气象便是诸种因素中最重要的一点。从西安城端直往南靠近终南山的神禾原,传说远古时生长双穗的谷子,便有了神禾原的名称。曾经的西北王胡宗南在此原为蒋介石修建一座阔绰的行宫,老蒋曾站在原头观望原下的灞河小平原和背倚的终南山的风光。作家柳青于上世纪五十年代初相中此地,在原头一座废弃的破庙里安家落户,兼职深入生活,一住就有十四年,创作出史诗著作《创业史》。悲剧也发生在这道原上,他的夫人熬不住"文革"的迫害,跳入井里饮恨而去了。神禾原东边是少陵原,两原之间有潏河流过。少陵原上有汉宣帝刘询和他的许皇后的陵墓,两座陵墓相隔一段距离,许皇后的陵墓规模较小,便有少陵之谓,且成为这道原的名称。此地在秦时曾设杜县,汉宣帝的陵墓被称作杜陵。然而,此原却是依其皇后的小陵墓而得名少陵原,竟然比皇帝刘询还风光。少陵原东边便是白鹿原,两原之间有颇为宽阔的河谷,发源自终南山的浐河自南朝北流过,河川里曾经有五六千年前的新石器时期母系氏族的人群在此渔猎,也种谷,村落遗址被称为"半坡遗址"。遗址旁边的村庄称半坡,位置在白鹿原的西边坡根下。白鹿原的北坡下,也是一道河川,有灞河自东向西流过,是发源地秦岭的山势造成的倒流河。灞河原称滋水,一个让人感觉温馨的名字,却被要称王称霸的秦穆公改为霸河,以显示其统一中国称霸天下的壮志和野心,后人为霸字添加了三滴水,成为灞河。

汉文帝把他的陵墓选定在灞河河畔的白鹿原西头的北坡上,史称霸陵,亦称霸陵原。"沛公军霸上"即是说刘邦和项羽争夺咸阳时驻军在霸陵原上。霸陵原多见于史籍,民间尚未流行。北宋时,大将狄青在白鹿原西部屯兵养马,从此便将白鹿原改名为狄寨原,一直延续到今天,一个古老的镇子也称为狄寨镇。这道原东西长约五十华里,南北宽约三十多华里,自东向西纵断着一条深沟,把此原割裂为南原和北原。我的家在北原的北坡根下,是一个五六十户人家的小村子。出了我家祖屋后门不过十来步,便是白鹿原的北坡坡根;走出我家前门不过五六百米,便可以掬灞河水洗脸了。在我从少年到成年的甚为漫长的岁月里,只知此原叫狄寨原,竟然不知诗性烂漫的白鹿原这个好名称。小说《白鹿原》出版二十年了,褒贬且不论,却把尘封在《竹书纪年》里的白鹿原的名称复活叫响了……

割草·搂麦

出生在农家屋院里的男孩子,从小小年纪就帮父母干农活了。我却记不准自己究竟是从几岁开始动手干活的,按乡村人归结的普通规律,说男娃子一顿能吃完一个馍馍,就是好帮手了。我据此判断,当在我六七岁的时候。我同样记不清先学会的是哪一种农活,却笼统记得我能干的农活有拔草、割草、搂柴火、搂麦穗、掰苞谷和剥苞谷等。幼年从事的这些农活,有的是我喜欢干的,留下了愉快的记忆;有的是难以承受的不想干却不得不干的,便铸成一种伤痛。

我最喜欢干的农活是割草。我家和隔壁一家同族本门人家合养一头黄牛。牛喜食青草。每当春天青草长出来,我便背上柳条编织的小号笼子,提上割草的短把儿镰刀,下到灞河河川或上到白鹿原坡去割草了。当时不知白鹿原的名称,只说上坡割草。割草总是结伴去,几乎没有一个人独自行动的行为,除了结伴搭伙儿热闹有趣,还有至关重要的一条,便是安全。那时候沟梁纵横的原坡上还有狼族活跃其间,常常就有某人在某道坡梁或某条沟谷里撞见了狼,甚至还有某村的小孩被狼叼走的骇人听闻的灾祸发生。父亲总是在我出门割草时提醒,不要单个上坡,找俩伴儿一搭去。

村子里和我同龄或不差上下年岁的伙伴不过三四个,今日我找他,明日他会来找我,三四个人聚齐了,便商量确定到哪一条沟或哪一道梁去割草,说着谝着嘻嘻哈哈便走出村子了。麦子收罢进入伏天的酷热季节,阳光如喷火,伙伴们不约而同在坡梁下的沟道里遮蔽了阳光的背阴处坐下来,玩一种抓掷石子的游戏,或者打扑克,直玩到太阳西斜,才抓起短把镰刀去割草。最富诱惑的快活事儿是逮蚂蚱。蚂蚱有麦蚂蚱和秋蚂蚱,前者是生长在麦子地里的,到麦子成熟时也发育完成了,趴在麦穗上发出吱吱吱的叫声,我曾和小伙伴们在麦子地里逮蚂蚱,着急处就忘记了已经黄熟的麦子,踏倒了麦子,招来麦田主人的叫骂。不过,这种麦蚂蚱叫声很单调,很快就把兴趣转移到秋蚂蚱这灵虫上来了。所谓秋蚂蚱,是相对麦蚂蚱而言的,在麦蚂蚱完成三次脱壳可以鸣叫的时候,秋蚂蚱才从埋在地皮下的卵蛋里化育成虫钻出来,满体嫩绿如同刚刚脱壳的绿豆。秋蚂蚱生长在长满酸枣刺棘的田坎上、荒坡上和坟地里,捕捉很难。我和伙伴们根本等不得它完成三次脱壳羽化为可以鸣叫的蚂蚱,就在刺棘丛中寻找,常常被刺棘的尖刺刺得脚面和小腿布满血印也不在乎。逮着小小的秋蚂蚱,装进竹篾编的蚂蚱笼子里,每天喂它野谷苗的内芯。眼看着它在小笼子里一天天长大,完成三次脱壳成为一只羽翼丰满的蚂蚱,发出铃铛一样响亮有节奏的歌唱,我常常陷入一种沉醉。这种秋蚂蚱生命力很强,如果喂养精到,往往可以鸣叫到深秋以至霜冻时节才会完结,给平静也显孤寂的农家院子添一缕欢乐的声响……逮秋蚂蚱太专注也太投入,往往忘记了割草,无论逮着秋蚂蚱的兴奋或逮不着的懊丧,都会在拾起短把镰刀开始割草不久便淡化了,只畏怯草割得太少父亲那责备的眼色。

印象里最不愿干却不得不干的农活是搂麦子。我家有十六七亩土地，绝大多数分散在原坡上，只有三五亩可以浇灌的水田分作四五块散布在灞河川道里。养牛积攒的土肥，单是施到一年可收两料的麦子和苞谷的水田里都不够，原坡上的单料麦子根本施不上一次土肥，那麦子长得黄不拉叽的样子，收割时几乎搭不住镰刀，散落在麦茬地里的遗穗就很多了。村子里乡民把这种成色的麦子称作猴毛，把小小的麦穗称作蝇子洒（苍蝇头），把割这种麦子称作薅猴毛。父亲把一块又一块全是猴毛似的麦子薅过，我紧跟其后用粗铁丝做箅刺儿的大箅子把遗落的猴毛搂起来。至今印象最深的是在离村子最远的称作唐家坡顶的那块地，这是我家在原坡上最大的一块地，大约两亩还多，周边没有一棵树。我拖着足有一米宽的粗铁丝作箅刺儿的大箅子，一箅紧挨着一箅从东往西搂过去，再从西往东搂过来，却也如同为这块刚刚薅过猴毛的猴子梳头又梳身。这个铁丝箅子倒也不太重，拖起来也不太累，关键是坡地上滚动的热浪太难忍受了，火盆似的太阳就在头顶喷火，被晒了大半天的麦茬子热气蒸腾，拖着箅子过去再拖着箅子过来的过程，是被翻来覆去的炙烤。尽管头顶戴着草帽，头皮和脸皮仍然感觉到难耐的烘烤的灼伤，身上和裸露的小腿更不用说了。从家里带来的沙果叶茶水早已喝光，汗水似乎已经淌干流尽，口干到连一口唾沫儿也吐不出，看着还有一大半尚未搂过的麦茬地，有种想哭却哭不出来的无奈。看到远处一块坡地上有一个同龄的伙伴也在搂着，心里似乎有一种安慰，农家娃娃都得做这种活儿，且谈不到劳动的单调和无趣，那时候还不懂这些高雅的词汇，尽管切实地承受着……而当某天晚上和父亲坐在院子里吃晚饭，抓起母亲刚刚蒸熟端到跟前的白面馍馍咬下一口时，父亲顺口便会说，白面馍馍香不香？香。爱吃不爱吃？爱吃。明年搂麦子，再甭嘴嘛脸吊的了，搂麦子受苦招架不住的那阵儿，想到吃白面馍馍，你就有劲了……这是我最初接受的关于劳动的教诲。

祭　祖

　　我生活的村子叫西蒋村，解放初仅三十七户人家，村子东头有一条沟，流着清凌凌的发源自原坡上的泉水，供全村人饮水、洗衣，也浇灌小块田地。沟那边有一个东蒋村，更小，不过二十七户人家，村子之间的距离不足二里路。两个以蒋姓作村名的村子却没有一户姓蒋的人家，我问父亲，父亲说不清楚，问比父亲更年长的老爷爷，竟没有一个人说得清白。我生活的西蒋村几乎全是陈姓，只有两户郑姓的人家。陈姓共有一个老祖宗，我却搞不清老祖宗的大名了，然而，这个陈姓老祖宗当属三十五户陈姓人家的始祖，也当是第一个在西蒋村这块地盘上落脚的人，有族谱为证。

　　每到大年三十后晌，陈姓的成年男子领着虽然尚未成年却已懂人事的男孩齐聚我家，迎神拜祖。父亲早已把不大平整的上房中间的地面用湿土垫平砸实，清扫干净，把我家那张方桌擦洗得一尘不染，放置到后墙中间开着后门的位置；方桌上已经摆置了蜡台和香炉，还有四盘令人馋涎欲滴的油炸的馃子和点心；那幅族谱——俗称神轴——就摆在方桌上，近乎一丈长，平时架放在木楼上，到此时父亲把它拿下来了。待全村陈姓男人聚齐，由陈姓一位辈分最高年龄最长的老者主持仪式，开首是：点蜡上香。这项指令实际是老者发给自己的，话音刚落，他便拿起点燃的火纸，猛吹一口气，那自燃的火纸便冒出火焰来，老者先点着左边的插在蜡台上的紫红色蜡烛，再点着右边一支，再撮三根紫色的香，在蜡烛上点燃，一根一根又一根插入盛着细沙的香炉，双手抱拳，跪拜三匝，然后退居方桌旁边。在老者发出"点蜡上香"的指令时，侍立在方桌两边的父亲和另一位男子便举起族谱——神轴，缓缓地展开，再挂到墙上。也就在此同时，我家街门外便响起鞭炮的响声，夹杂着雷子炮的震天轰响。侍立供桌前的陈姓男人们，依着辈分的高低，一个一个走到供桌前，从香炉里抽出一根紫香（只有主持的老者上头一道香拿三根），在蜡烛跳跃着的火焰上点燃，双手掬着插入香炉，再双手抱拳举到额头鞠躬，然后跪地三叩首。有领着儿子的人，儿子在他右首照着他的动作做下来。我父亲在陈姓的辈分最低，我自然更低一辈了，轮到父亲朝拜列祖列宗的时候，已经剩下不足十来个人了（拜过的人都回家去了），我跟着父亲一起鞠躬跪拜，心里顿然也会潮起一种肃穆的感觉。

在我们家祭拜陈氏祖宗的事，据说有两个因由，一是我们家有一幢三间大房，尽管这幢房子已经分为两半，我家和叔父家各占一半，但作为敬奉祖宗展挂神轴却是宽展的，几乎是别无选择的。大约到一九四九年解放，村子里仅仅只有两三幢这种被称作大房的房子，多数村民都住着单面流水的比较窄小的厦房，厦房既供不起长宽都过一丈的神轴，也容不下祭拜的陈姓族人。再一个因由，据说是我爷爷曾经是村子里说话很有分量的人，尽管辈分低，却不影响他说话的分量，由他保存神轴年终祭拜祖宗就是顺理成章的事了。爷爷大约在父亲刚刚成年时便英年早逝了，尽管父亲不再具备爷爷说话的分量，保护神轴祭拜祖宗的活动依旧在我家顺延。在我有资格跟着父亲跪拜祖宗不过两三次之后，这幅神轴转移到另一户人家，这户陈姓人家盖起了宽敞的三间新瓦房，而我家的老房子已经漏雨了，积雪融化滴溜的水滴浸洇了神轴——陈姓列祖列宗神圣到顶礼膜拜的族谱——那是不可饶恕的罪孽。在我跟着父亲到这户祭奉祖宗神轴的房子里去跪拜的时候，对祖宗的虔诚已发生自觉，却也因不在我家里而隐隐感到一缕空虚……再没过几年，在破除封建迷信的"大跃进"年头里，神轴——陈姓族谱据说被焚毁了，大年三十后响公祭的事再没有举办过。我也留下了无法补救的遗憾，搞不清陈姓四辈往上的祖宗，更不知进入西蒋村的陈姓始祖的大名了。

原上有个名叫窑村的村子，乡民多姓陈，是从我们村子迁居到原上的窑村的一户陈姓人家繁衍的族群,每到大年初一,他们搭帮结伙从原上下来,到我家(后来到另一家)祭拜祖宗,原上原下两个村子的陈姓后裔相聚一堂。嘘寒问暖,说收成、谝笑话,其乐融融,我和那些跟随父亲来祭拜祖宗的男娃子们,已经结伙玩耍了,同宗同祖的血缘,似乎确有某种亲情的天然纽带相系结。

卖 菜

白鹿原上的这村那寨和白鹿原下的这寨那村的人家,多有亲戚关系,原上的姑娘嫁到原下或原坡上的某户人家,也多有原下的姑娘嫁到原上某个村寨的人家,亲戚间的往来就很频繁。单就我们这个不足四十户人家的小村庄说,竟然有六七户人家都和原上有这种最亲近的亲戚关系,而我母亲的娘家(我的舅舅家)就在白鹿原西头的五坊村,两个姨妈家也在原上的两个很大的村子。这样,在我尚未懂事也爬不动坡上很陡的土路的时候,据说是由父亲背着我上原,每年正月头上去向舅爷舅奶舅舅舅母拜年。到我能走得动的时候,一大清早起来便跟着父亲母亲出门上路了,从我们村子通舅家的原上的村子有一条斜路,大约七八里,尽管天气很冷,走上原头的时候早已浑身淌汗了。

走上原头的感觉是奇异而又新鲜的。天太宽阔了,直到眼睛所能抵达的模模糊糊的终南山的群峰(那时候尚不知终南山的称谓,当地乡民只说南山);往北看,对面的北岭(即骊山的南端,同样在那时尚不知骊山的称谓,当地乡民只说北岭),竟然遮挡不住天了;原上一马平川,远远近近散落着大大小小的村寨,无论如何望不见东边原的尽头,便有一种神秘感。我之所以会有这种感觉,完全是我生活的小村庄所在的特定地域造成的。我们的村子紧紧倚靠着白鹿原的北坡,站在村子的任何一个角度,满眼都是熟悉不过的坡坎和崞梁,刀裁一样的原顶遮住了天空,往北看,便是骊山的南麓,同样遮住了天空;在南原和北岭之间,蓝的天或阴的天,永远都是窄窄的一条长绺的天空,当地乡民自我调侃说,生在咱这地方,一辈子只看一绺绺天。绺绺,通常是说布条的,一绺布条。在我能够独立走上白鹿原的时候,宽阔的天和平坦无边的地让我发生奇异的感觉就不足为奇了。

在我更生动鲜活的记忆,是上原卖菜。

在我考上中学的时候,家庭的经济来源没有了,父亲种树卖树供我们兄弟俩上学,无奈树长得太慢,供给不上两个中学生的学杂费;村子里已经建立了农业合作社,即使劳动有盈余,也得等到年终合作社决算后才能分配,况且多数人家都是倒贴户。我在父亲完全无法可想的困局里,上完初一第一学期便休学了,后来在政府的帮助下复学,却错过了一个年级。记得是在复学读完初一的那年暑假,出现了学生卖菜挣学费的新鲜事,而且很快形成了一股风气。那些和我一样先后考入初级中学的乡村学生,其实大多数的家境相差不了多少,十个有九个都上不起每月大约要花费十元钱的学生灶,都是背着一袋子馍上学,每天三顿都是开水泡馍,伴着辣椒酱或咸菜。即使如此节俭,每学期开学的十多元学杂费仍然成为每个学生家长的重而又重的负担。这一年的暑假,不知由哪个村子的哪位脑门活泛又灵动的学生闯出一条挣学费的生财之道,从原下的农业合作社的菜园里趸下时令蔬菜,第二天一早挑着菜担上原,到原上的镇子上去卖,赚下钱来,到暑假结束便高高兴兴交学费了。我很快就加入到这个刚刚形成的学生卖菜的不大不小的群体中了,心劲颇高,不用再担心失学了。

白鹿原上自古缺水,俗称旱原。无论大村小寨的乡民,吃水是最大的困难,靠人力打下的深井,水多不旺,而且是人力所能挖到的极限深层了。吃水历来困难,种庄稼自不待说是靠天吃饭,每年只种一料麦子,不种秋田,在于秋禾更费水,而当地的气候特征恰恰是十年有九年的伏天都缺雨水,蔬菜就更谈不上种植了。原下人调侃原上人说,宁可给你一个馍,不舍得给你一碗水。更有甚者说,原上人早晨起来,为节省洗脸水,夫妻兄弟姊妹面对面吐唾沫儿洗脸……原下的一个又一个村庄,门前流着丰沛的灞河清流,每个村子都有引灞河水自流浇灌的水田,还有不少稻地。在个体经营时代,几乎每个村子都有一两户心灵手巧善于抚育蔬菜的农民,便有了收入强过普通庄稼的菜园;到上世纪五十年代中期农业合作社建立后,每个社里都有相当规模的蔬菜种植地块,作为合作社的副业。我们村子就有五亩地种植着传统的韭菜、大葱、蒜苗、茄子、辣椒和刚刚引进的洋柿子(西红柿)等,合作社社员把这些蔬菜挑到原上的镇子去卖。原上人自古以来就吃着原下人种的菜。

我在我们村子的合作社的菜园里趸下时令蔬菜,多是大葱、韭菜、茄子和西红柿,总量一般不超过五十斤,这是十五岁的我挑菜上原所能承受的极限重量。

我和村子里的小伙伴一起挑菜上原。天微明便爬起来挑着装满蔬菜的竹笼出门了,走不过一里平地便上坡,目的地是狄寨镇——我尚不知是用北宋大将军名字命名的镇子,大约十华里远,上原后到镇子还有约三华里平路,上原的陡坡路占过大半。我挑着蔬菜,出村子时尚不觉得压迫,很快走过一里平地开始踏上上原的坡路的时候,那装着蔬菜的两只竹条笼便沉重起来,出气也急促了,汗水也冒出来了,直到肩膀疼痛不堪双脚也难以跨步的时候,便招呼伙伴歇一歇……从出家门到上到原顶,少说也要歇四五回,上到原顶的那一刻,肩头的担子几乎是扔到地上的,当即躺倒在地,汗水似乎汹涌而出,喘着粗气的嘴连叫妈的气力都没有了。然而,心里却是一种成功的轻松,最难的坡路爬上来了。待喘息初定,便拿出用布包着的馍来,肚子也咕咕叫起来,吃完一个馍,便挑起两笼蔬菜直奔狄寨镇了。

狄寨镇街道的两边,任由各种商贩自选位置,先到者便先占得街道中间人来人往最稠密的一方地盘。我选定地盘放下装菜的竹条笼,把各色蔬菜都亮出来,便坐在地上迎接买菜的顾客。上世纪五十年代中期的蔬菜价格,我从合作社蹓来的时候,韭菜大约五分钱一斤,大葱一角钱,西红柿七八分钱,挑到镇子卖出时的价格都要翻一倍,开始时咬紧牙关不给购菜者讨价还价的机会,如果销售不顺利,便只好忍痛降低售价了。印象深的事是算账麻烦,那时候还用的是十六两为一斤的秤,买主如果买整数的蔬菜很好结账,如果一斤二斤又带着三两四两,结算就犯难了,我便用小木棍在地上划拉乘法运算,往往惹得那些大叔小婶瘪着嘴笑,逗我说这个"土算盘"算的账准不准? 然后才掏出钱来付我。如果卖得顺利,到人去集散的时候卖完最后一秤菜,挑起空笼走出集市的时候,便有一种想喊想唱的快乐;如果眼看着街道上的人越来越稀,笼里的蔬菜还剩下不少,便着慌了,很自然地减价,而且大声呼喊着"便宜了减价了快来买呀"之类的吆喝;如果仍然无人问津,便只好和同样没有卖完菜的伙伴重新挑起菜笼,到镇子周边的村子去叫卖,肯定会贴本儿,这是令人丧气的事。

从初中一年级到高中一年级,每年暑假都是以割草和卖菜为主要劳动项目。原上有三个较大的集镇,各有各的集日,除过一个距家太远的集镇,另两个集镇每逢集日,除过下雨天,我都会挑着两笼蔬菜去赶集,多数时日里都可以赚一元上下的人民币,也有赚不到钱乃至亏本的倒霉事。无论如何,每到暑假结束背着一袋子馍上学去的时候,口袋里装着我自己卖菜挣来的学杂费,是一种坦然,乃至骄傲。有一年卖菜收入颇丰,母亲竟到供销社买来机织的"洋布",在镇上的裁衣店为我做了一件四兜的制服,我平生第一次穿上了制服。

木板·秧歌

一九五〇年春节过后的一个晚上,父亲把我叫到方桌前,郑重却也平和地说,你明日格去上学。我也不觉得太惊奇,上学的事在年前已经说过不止一回了,只是明天就要走进学堂的时候,还是有一种说不清楚是紧张或是受制约的异样的感觉。我没有说话。父亲接着把一支新买的毛笔递给我，还有一沓写大字的仿纸，说，你跟你哥合用一个砚台。我哥早我两年上学，笔墨纸砚备全，我接过写大字的毛笔。拔下那个竹筒笔帽儿，毛笔的竹竿尖头是一撮紫红色动物毛做的笔头，我当即联想到在原坡上割草时撞见的狐狸尾巴的毛，据说好毛笔都是用狐狸的尾巴制作的，称鸡狼毫。

学校设在村子东头的一孔窑洞里。我们的村子倚着白鹿原北坡的坡根自东向西排列，我家是西头倒数第二家，后门外的坡地却是河卵石和河沙的沉积层，这是不知几千乃至几万年前，灞河曾经流过的河床。村子东头却是黄土崖，不见一粒沙石，村民便在崖根下凿成冬暖夏凉的窑洞。这里的窑洞又高又深且宽阔，里边用土坯垒成隔墙，一家两代乃至三代共住一孔窑内。作为学堂的这孔窑，是村子里有房子住的一户人家放置杂物的闲置窑洞，提供给乡民作学堂，已经使用许多年了。这孔窑洞学堂容纳着二三十个学童，是我村和东蒋村以及处于原坡上的仅有十多户人家的史家坡三个村子的求学的子弟。请来的教书先生的报酬，由上学的学童的家庭分摊，那时候不论钱而论麦子，大约是解放前国民党纸币贬值得和废纸一样，人们常说背一口袋纸币买不来一口袋麦子，乡民们的交易便是以物易物，无论卖地卖树嫁女儿，都以麦子或苞谷为易物。聘请来的教书先生，也是议定一学季给多少斤麦子，具体给多少，我那时不用关心。

我拿着父亲昨晚交给我的毛笔和一沓写大字的仿纸，拘束而紧张地走进那孔窑洞，在自家的方桌旁的自家的长条凳上坐下来。那个时候的乡村学堂，没有公用桌凳，由学童搬来自家的方桌或条桌和凳子上学，有的学童的家长约定合用一张桌子，我家的方桌四边可以坐八个学童，我和我哥之外，另有四五个同村的学童共用一桌。

紧靠窗户是一个土坯垒成的炕。紧靠炕边支着一个方桌。桌上摆着一摞书和一摞纸，还有一个插着粗杆细杆毛笔的笔筒，还有磨墨的砚台。先生正襟危坐在桌边的椅子上。先生很年轻,穿一件淡蓝色长袍,正在给学童写影格。初入学的学童先把先生写好的影格垫在仿纸下面,然后按着影格上的字的笔画在仿纸上照写。我不敢到先生的方桌跟前去,由我哥把一方仿纸送到先生桌上,要求为我写一方影格。约略记得是从一到十最简单的十余个字,我把影格铺到仿纸下,模模糊糊可以看到仿纸下的笔画,用蘸了墨汁的毛笔照写起来,尽管横笔不直竖笔歪扭,却总算是我捉笔写出的第一张汉字了。

印象里的先生眉目清秀,却不苟言笑,看去和善的脸上,一旦被哪个学童惹得生起气来,也够怕人的,顺手便抓起摆放在方桌上的足有三尺长的窄木板,抽打那个学童的手掌,打得学童尖声哭叫,他也不会饶恕,说打五板绝不少打一板。我确凿怯惧那把木板,窝着贪玩的野性子,避免了木板击掌的惩罚。我已记不清学习课目的内容,却记得这种延续到一九五〇年春天的老式乡村学堂的格局到秋季就废止了。据说穿蓝袍的先生被政府收编,集中培训去了。人民政府派来了一位新老师,穿着四个兜的干部服,个头高大且粗壮。他到处向乡民申明他是人民教师,要称他是×老师,不许再称他先生;对入学的孩子要称学生,不能称学童了;最让乡民们新鲜的是,这位人民教师的报酬由政府每月发给,不用学生家庭分摊,村民们惊喜地说,娃娃念书不掏钱,新社会真好。

我上学的第二个春天,村子里实行了土地改革,我们村子没有划定一户地主或富农的农户,比我们村子少一小半农户的东蒋村划定一户地主成分的人家,土地和财物被分配给穷人了,作为三合院的坐庄建筑——三间大房,收归为公有,议定为初级小学的学校。这样,一九五一年的下学期,我和同学们就在这幢宽敞的大房子里上课了。教室宽敞了,光线也比窑洞亮堂了,却要出村子跑远路上学了,东、西蒋村之间纵着一道不太高的土梁,梁的两边是两条不太深的沟。那时候一天上三次学,我和西蒋村同学便来回翻六次沟和梁,却也从来不觉得累或苦。也是从这学期起始,教室里有了女学生,都是老师耐着心到乡民家里说服开导,应该让女娃上学识字,女学生逐渐多起来了,还有十六七岁的大姑娘也认字求学来了。

每天下午,这位老师领着我们在农民的打麦场上扭秧歌,双手上下轮换甩动,高过肩膀,三步一跳,左右扭摆腰身,动作不复杂,很容易做到,难的是排列的两队不仅要步调节奏一致,而且两队要互相交叉变换队形。后来老师又教给我们一种竹竿秧歌,因为多数学生家里没有竹竿,老师变通为柳条,我们从灞河滩到处都有的柳树上砍下擀面杖粗细的柳树枝,剥掉皮,是洁白的柳杆,再用红颜料涂成红白相间的彩色。按照老师教的竹竿秧歌的舞步跳起来,仍然是三步一跳,右手拿着的竹(柳)竿合着脚步击打左肩再击打右肩,最后击打跳起来的脚掌。同学们个个都练得认真,跳得满头大汗也乐在其中,尤其是打麦场边有许多男女村民和小孩围观的时候,大家跳得更认真了,吹着哨子伴着节奏的老师也更来劲了。

教育局的管理部门组织了一场秧歌赛,分片举行,原坡地区的初级小学会聚在中心小学,我们的竹(柳)竿秧歌别具一姿,独领风骚,随后被安排到原坡和原上的村子里去表演(还有另外几所学校的秧歌队)。每有节日庆祝活动,我们的竹(柳)竿秧歌都受邀表演。我大约刚交上十岁,跟着老师和同学,攥着一根磨得溜光的竹(柳)竿,扭遍了原下原坡和原上的大寨小村,兜里装着自家的馍或锅盔,所到之处的村子或学校供给开水,歇息下来便吃馍喝水,依旧劲头十足地扭。

直扭到四年级毕业,在当年考高级小学难似考秀才的升学考试中,我竟考中了。当时学习的情况已经基本无记,只留下竹(柳)竿秧歌的记忆。在我后来到原上或原坡的这村那庄走动的时候,偶尔竟会泛出少年时到这里扭秧歌的情景。

2012 年 12 月 17 日 咸宁居

回家　回家

　　祖居的屋院在白鹿原北坡根下的一个小村子里，距西安城不过五十华里。得着路程近的方便，有事要做很快就能回到那个小院，无事也常常想回去便回去了。其实，无论有事无事，就是想在那个曾经生活过五十多年的屋院里坐一坐，到门前的灞河沙滩上遛一遛，似乎心理上的某些亏缺就获得了补偿。这种感受只有在这一方小小的地域才会发生，回家走走就成为永无遏止、永无满足的欲念潜存心底。

　　近日我又回到原坡下祖居的屋院。车子在愈加稠密的高楼之间的公路上行驶，不觉间便驶上浐河大桥。我的心在那一瞬便发生微妙的变化，顿然亢奋起来，这是走世界上任何一条路、过任何一座桥都不曾发生的一种心理和情绪的反应；更为奇异的是，每次回归老家，车子刚刚驶上这座大桥，我的情绪便发生这种亢奋的变化，几乎没有一次例外。我至今说不准这是一种生理反应，抑或是一种心理反应？我唯一能想到的因由，大约在我的潜意识里，这是我回家的桥，或者说是离我家最近的一座桥，过了这座桥，便进入我大半生都跑跑颠颠于其中的一方地域了。

　　这条浐河发源自横亘在关中平原南部的终南山，自南向北从白鹿原西坡根下流过，形成一道最适宜人类生存的河川，新石器时代的一个人类聚居的村庄——"半坡遗址"就在河岸东边；晴朗无霾的天气里，站在浐河岸边，可以看到白鹿原西坡上绿树掩映下的白墙红瓦。过了浐河桥不过三四里地,就进入白鹿原北坡下的灞河川道了,北坡上和河川里排列着稠如藤叶似的一个个或大或小的村庄。无论作为乡村教师或基层干部,抑或后来有幸成为专业作家,我在浐河灞河两道河川和白鹿原上整整跑跑颠颠了三十多年,在进入传统习惯所划的老年年龄区段时进入西安城。在城里待过几年,在新世纪到来的时候,却也难以抑压灞河岸边家园的诱惑,决然一人回到那个祖居的屋院,读书写字,煮一碗妻子在城里擀成藏在冰箱的面条,日落的霞光里到灞河水边的沙滩上散步,不觉间竟有两年⋯⋯

我后来才意识到,白鹿原西坡根下的浐河和北坡根下的灞河,真是天造地设鬼斧神工的好水滋润着一道好原。我有幸出生在这原下且在这里生活过大半生,先是为这里的乡村孩子教授识文断字,后来组织乡民造梯田修河堤,再用笔叙写对这原这川里的历史和现实的体验和感受,这样的人生经历就很难用通常所说的情感纠结来表述了,反倒是每次车上浐河桥的一瞬所发生的那种微妙的亢奋情绪,才是最真实最准确的难以分清生理或心理的本能性反应,这是在任何地方不曾有过的。

回到祖居的屋院,烧一壶源自村中深井的自来水,三五下清扫了院中走道上的积尘和落叶,坐在院中喝一口茶,在车过浐河桥时发生且持续到开锁进院时的那种亢奋情绪,顿然消失了,不觉间转换为一种沉静,既区别于在城市住室里的沉静,也区别于过去常住这里时的那种沉静,当属重新回归时独有的一种沉静。这种独有的沉静心境也是只有坐在这个小院里才会发生。在城市待得久了,少不得忙忙乱乱,也多有来来去去,有得意也难免懊丧,在走进祖居的屋院坐在小院里抿一口茶的时候,似乎"宠辱"被荡涤得丝毫不留了,任何欲望也都隐退无痕了⋯⋯这种独有的沉静,就成为回归祖居屋院的诱惑,一种永难满足更难得淡化的念想潜存心底。

随意到村子里走走,就会发现变化,这里原本是两间窄小的厦屋和那边撑立了几十年的破旧漏雨的小安间房的房址上，都建起了颇为排场的两层楼房，迎面墙壁都是雪白的瓷片，却依然延续着关中乡村传统建筑的格式，大门门框上方镶嵌一方砖雕刻字的立家宣言，既有传统的"耕读传家"，也有时兴的"满院春光"等等。不觉间村子里全建起了水泥砖瓦结构的房屋，那些还保存着的土坯垒墙的破旧屋院，几乎全是迁居本省和外省的人家留存的空院。我总是会被勾起往时的记忆。在上世纪六十年代初之前的十几年间，这个村子只有一户人家盖起了三间瓦房，不仅成为本村人热议羡慕的"高档建筑"，甚至成为连邻村人都纷纷跑来参观的一道景致。这户人家的主人有一个在高寒荒漠做勘探工作的儿子，收入丰厚，这是任何一家农户（公社社员）难以望其项背的。在我能解知人事时所记忆的村子，竟然没有一户拥有三间瓦房的人家，且不说这个小村庄有几百或千余年的历史，自然可以理解村人对这幢三间瓦房的惊羡情态了。即如我这个有干部身份也有固定工资的人，也是挨到上世纪八十年代中后期才建起三间新房，也就再不用每到雨天便把盒盒罐罐都搬出来接房顶漏下的雨水了……现在，无论谁家盖房建楼，已经不会引发热议，更不会有惊羡的眼光和议论，在于家家都有宽敞的新房了。

我总是想到村前的灞河边上遛遛。走出家门再下一道小坎，便是村人赖以生存的旱涝保收的田地了。在我幼年的记忆里，河川田地有三道灌渠，引灞河水自流浇灌禾苗，如果不是百年一遇的一年两年滴雨不下及至灞水断流的特大旱灾，这方地域的庄稼总有收成。然而，现在的河川里几乎看不到麦子和苞谷苗了，整体变成了樱桃园。村子背倚的白鹿原北坡，凡是可以植栽树木的梯田和坡地，也满是樱桃树了。如果清明前后回家，沿路满眼看到的都是粉白的樱桃花；再过一个月到五月初，坡原河川的樱桃树上都挂满紫红的淡黄的樱桃，西安城里的居民，或扶老携幼或搭帮结伙到原上原下和原坡来摘樱桃，车拥人挤，盛况持续大半月。乡民喜不自胜地说，城里人给乡下人送钱来了……那一幢幢装潢讲究的两层住宅楼的开销,绝对一个多数是从樱桃树上获得的收益。无论在村巷无论在河川,碰到一位乡党,拉起闲话便说到樱桃,两棵樱桃树的收入超过一亩地麦子的价值。用乡党的结实话说,只要不是瓜(傻)子,谁都会算这笔账,自然就不种麦子苞谷全种樱桃了……我几乎每年五月都会上原摘樱桃,既为品尝这北方第一料成熟的鲜果,更在看那些乡党往钱袋里塞钱时生动的喜悦脸色……

这是冬天,我又漫步在灞河边上,冷风飕飕,河水清透见底,我的心里愈加沉静。我走过一些名山大河,多是以观赏的眼光去看的,新鲜的惊喜是自然发生的,也曾把那种感受诉诸文字。然而,那些感受完全区别于面向眼前这条灞河的沉静心态。这是家园。回归家园所发生的沉静心态,是在家园之外的别处不曾有过的。

哦,我的家园。

2013 年 1 月 20 日 二府庄

闲心一例

手机的诸多功能中,每天下午定时有一次第二天的天气预报,一看便知晓明天的阴晴雨雪和风力风向。每每看到手机上天气预报,总是会和当下的农时农事相照应,这几乎是一种本能性反应,自然难以回避。尽管我现在生活在城市好多年了,早已与农事无涉,即如俗话说的天旱雨涝已经不影响碗里的稀稠乃至有无的城里人了。然而,天气状况于农事的有益或有害,依旧是敏感到某种本能性的心理反应。

去年冬天到今年初夏,关中地区没有下过一场透雨,天气预报的几次小雨,果真也都是仅仅打湿地皮的雨丝。报载驻军向云层打炮,以期雨点能降得大点儿密点儿,却收效甚微。这样,关中地区尤其是人口和车辆密集的西安城里,浮尘笼罩,空气干燥,以致患呼吸道疾病的人骤增,城管部门采取应急措施,增加洒水车多多洒水,似乎仅仅弥补于万一。盼雨盼雪已形成一种市声,熟人见面握手之后便慨叹天气太干燥了,太难受了,老天爷瞪着眼把雨雪忘记了。我听着这些话,也有同感,然而几乎同时想到的,却是麦子生长会遇到灾害了,关中平原有水利设施的地区可以及时冬灌,而整个渭北高原缺失水源的麦田,肯定影响小麦的分蘖,也影响收成的多寡了。即如我的家乡白鹿原,自古都是靠天吃饭,近年间借靠各方援助凿打深井,仅仅只是解决了乡民吃水难题,小麦收成的丰歉仍旧依赖雨雪的多少和及时与否。

大约是三月末四月初下了一场小雨,熟人见面握手之后,不约而同以欢悦的声调庆幸好雨降下。我也感受到春雨滋润的舒服,同时泛起于心底的话语还有,这场雨对小麦返青真可谓及时,所产生的经济效益无法估量,说一滴雨就是一枚钢镚儿也不为过。然而,我随即又生发一种矛盾心理,这场雨对正在开花授粉的樱桃却是灾害。白鹿原西头的原上原坡和原下的灞河河川,已经变成樱桃园了,乡民受益于这种每年第一料成熟的鲜果的好价钱,不种小麦不种玉米全部栽植樱桃了。三月末四月初樱桃开花,最担心雨或雪降至,乡民称为雨水灌花,不能完成授粉,影响产量乃至绝收。对小麦是及时雨,对樱桃却是倒霉不过的灾。前不久我和几位朋友上原摘樱桃,乡民说今年樱桃挂果不及往年,就是那场雨灌花招的祸。

预报的天气变化对农事的有益或有害,我往往会言不由衷溜出口来,朋友偶尔听见会显出惊讶,你老兄还操那闲心干啥!我自知操这份闲心什么意义也没有,然而却无法不发生这种反应。我其实也清楚,只是由来已久,根深蒂固。大约在我略知人事的少小年纪,便常常听到的是村人乡党对阴晴雨雪的话语,天旱得久了,村人见面就哀怨天气,老天爷真是要收生了哇!"收生"是说饿死人的意思。在我刚入中学的一九五六年,六月初麦子黄熟收割时节,关中出现百年不遇的连阴雨,直下得麦穗里的麦粒冒出淡黄色的嫩芽来;麦田里被雨水浸泡得稀软的土地脚踩不住,无法收割,乡民徒叹奈何,眼瞅着到嘴的麦子统统被毁了。之后直到第二年收割麦子的整整一年时间里,几乎家家户户一天三顿都是苞谷馍馍苞谷稀饭和苞谷面做成的俗称糨糊的搅团。天旱雨涝的灾难性记忆,是从略知人事的幼年便铸就了的。乃至成年后到公社(即现今乡或镇)工作,纲领是"抓革命促生产",革命多指一个时段的中心运动,生产却是年年重复的夏秋两料麦子和苞谷的播种、管理和收获。上述二十世纪五十年代下得麦穗上的麦粒发芽的霏霏霪雨,在夏季的关中地区确实少见,而伏天的干旱却几乎年年发生,差异仅在干旱的程度。这样,麦子收割完毕,一边碾打,一边及时抢种苞谷,此时如有透雨落下,乡村里便涌起播种苞谷的紧张、欢快以及庆幸的声浪。然而,这种天遂人愿的好事不常发生,一天连着一天的晴天大日头,把土地晒得裂口,有井水和引灞河水灌溉的水田,引水浇地再播种,而白鹿原上和原坡地区便只好仰天叹惋了。这个时节,我和公社干部分头跑到各个村子,督促抓紧抗旱播种,甚至白天晚上轮流浇水,所谓人歇水流不断;偶尔还会发生两个村子争水的群殴事件,我得去劝架去调和;矛盾解决后,双方干部握手言和之时,常常会调侃解嘲一句,老天爷要是有一场好雨,啥纠纷都不会发生……作为分管生产的干部,粮食生产的丰或歉,成为年复一年常悬于我心头的一个大事,而获得丰收至关重要的先决因素便是风调雨顺。这种对天气变化的关注,久而久之,就形成某种本能性的心理反应。

进城多年了,自身既不再赖土地生存,也远离农事工作岗位很久了,而对于天气变化的本能性心理反应,却依旧发生;尤其是对一些灾害性的气候异变,甚为敏感。自己明白这是操闲心,自忖也算不得乡村情感,不过是乡村生活残留在心底的一缕本能的"结"吧。虽于农事无补,亦无害,倒是由此而常常让我忆及乡村田野四季色彩的生动……

2013年5月27日 二府庄

文 盲 体 验

每逢报纸或刊物的编辑电话约稿，如若我能应约，断话之后不久，随即就会收到那位编辑通过手机发来的信息，告知他的电子邮箱。我当即再拨通他的电话，颇为抱歉地告知对方，我至今不会使用电脑，自然不会有电子文本，我仍然依赖一支钢笔一张稿纸作文……末了往往忍不住自我调侃一句，我还停留在"半坡人"时代……

我之所以自比半坡人，虽不无自我调侃的意味，却也是真实的感受。六七千年前，在我的家乡浐河岸边的半坡村，生活着一群已经能够种植稻谷也能捕鱼亦能建造房屋的真正的人，且形成一个颇具规模的氏族聚居的村落。对照今天业已机械化和电器化了的浐河岸边的乡民的生产和生活形态，看到半坡先民粗放的耕作和简陋的坑凹式房屋，任谁都会顿然感知六七千年前时空距离的遥远，也会感慨先民生产和生活形态的艰难和落后了。我在面对业已普及了的电子文本时，想到自己所依赖的钢笔和稿纸的劳动方式的落后，便联想到家乡的半坡人……

如果说这种自比多属调侃难免夸张之嫌，而文盲的体验却是真实确切的。曾有不多的几次出国观光机遇，无论欧洲无论亚洲某个国家，走在街道上住在宾馆里，路边的匾牌和墙上的图片文字，连一个也认不出来，我的直接体验就是文盲了；每次收到国外寄来的函件，大瞪双眼认不出半个字来，又是一种文盲的体验和感受；尤其是看到自己作品的外文译本，连自己的名字也辨别不出，文盲的体验更是别有一番滋味。每当这种时候，我的心底便会浮泛出沉积已久的意象，一位老头儿或老太婆走进我的乡下院子，从口袋里掏出一封信，那是他们的儿女或亲友从远方发给他们的，让我读给他们听，往往还会随口抱怨自己是不识一个大字的"睁眼瞎子"，似乎比文盲更具象化。我在给他们读过信后，却也不太在意，乡村里不识字的老年人不在少数，司空见惯，不以为奇。只是怎么也想不到，我在面对外文文本的时候也变成了"睁眼瞎子"，我也拿着国外寄来的函件求助着外国语学院的老师。听着外语老师为我读解信函的时候，我就觉得自己和家乡村子里求我读信的老头儿老太婆一样的文盲了。

然而，如上几例和外文纠葛的事，毕竟为数不多，而要求提供电子文本，却几乎是所有约稿编辑谈妥稿件之事最后都有的叮嘱，或口头或手机信息。这样，我便一次又一次地向对方说明动不了电脑也发不了电子文本，只能提供文字文本，需要他们劳神费事再转化为电子文本，很自然地便说出抱歉的话来。而在抱歉的话说着的时候，心底便会浮出文盲的意象。因为经常有电话约稿，也常有出版社编辑依某种新视角重新编辑出版旧作小说或散文集，我的文盲体验便时不时地反复发生，半坡人的自我调侃大约是一种本能的解脱方式。

电脑刚刚兴起时，有朋友很诚恳地向我介绍用电脑打字省时省力出效率的诸多优长，我竟毫无感觉；直到电脑完全普及的当今，我几乎没有一次动过用电脑敲字的念头；常有热心朋友劝我用电脑写作，说现在的电脑很好用，又举出多位与我同龄甚至比我年长的作家早已使用电脑敲字的范例，意在解除我因年龄已高的心理障碍，我依旧不听善意，毫无动心。过后偶尔也发生自问，为啥对电脑敲字这样优越的写作工具写作方式不能产生兴趣，连自己也说不出一条因由。

我依旧是一支钢笔一沓稿纸。那些报刊或出版社与我打交道的编辑，在得知我不能提供电子文本只有文字文本的时候，都很宽容大度,连连说着没关系的话,且爽快地告诉我由他们来解决文字文本转化电子文本的事,我便在说着抱歉的话的同时,意识里又出现了文盲。偶有一次颇为难堪的意外,我给一位曾经打过交道的杂志编辑邮寄约写的稿件之前打电话告知此事,不料对方却说该刊物已经不再接收文字文本,让我把文字文本转化为电子文本发过去。我只好再求助于人,在我把文字文本交给一位会敲电脑的朋友时,文盲的体验尤为逼真。

我也不止一次想过,对于省时方便又出写作效率的电脑为什么没有兴趣,竟一时两时也说不出因由。曾经听说某位拒绝使用电脑写作的作家说过,他面对电脑很难进入形象思维,只有握着钢笔面对稿纸的时候,他意念里的人物和场景便生动起来。我没有摸过电脑,也就难以验证同类感觉。有一点倒是真实无误,我从来没有摸过电脑,似乎没有摸它试它的一丝兴致。这样,我便想到生理因素,大约缺失一根对机械敏感的神经,倒不是握着钢笔执意要坚守什么;这种难能改易的先天性缺陷,在我面对一次又一次电脑电子文本的要求时,反复发生的文盲体验就难以避免了,自我调侃的半坡人也就是很自然的比拟了。

偶尔也有令人动心的一刻。某位熟识的编辑在约稿话题完结之后,突然提出一个要求,让我把手写的原稿寄去,不要复印稿,申明因由是有收藏作家手稿的嗜好,况且如今作家的手稿很少能遇到了,我在答应的同时,心头顿然掠过奇货可居的欣然,自然不是文字内容的奇,而是手写的钢笔字成为少有的奇货了。欣然之情稍纵即逝,随之又是文盲的体验……

2013 年 11 月 9 日 二府庄

神秘神圣的文学圣地

我第一次和陕西作家协会发生联系，诱因是文学刊物《延河》，这是一九五七年我读初中二年级发生的事。我在语文老师车老师的自选题目的作文课上，写了平生的第一篇小说《桃园风波》，时年十五岁。之后的某天早晨上早操时，车老师到操场上来找我，示意我跟他走。我心里不无忐忑，会不会哪儿出了错被领去训斥，尚未走出操场，车老师的一只手搭在我的臂膀上，这个亲昵动作且不说让我受宠若惊到有些慌乱，倒是瞬间便化解了犯错受训斥的疑虑了。车老师却不说话，领着我走进语文教研室。

刚刚踏进语文教研室，看见四五位男女老师坐在自己的办公桌前，突然听到他们接连说出两三个怪里怪气的人名，顿时爆发出哄堂大笑，我顿时被吓得蒙住了。引发他们哄笑的三个人名字，是我在作文本上写的小说《桃园风波》里的几个人物的绰号。我那时刚刚读过赵树理的几部小说，他的小说里的人物大都有一个别致的绰号，正在热衷到崇拜赵树理的我，很自然地也为我写的第一篇小说里的人物起了绰号。能引发几位语文老师的开怀大笑，可以见得那几个绰号还有点意思吧。这是我事后的估计，当时却愣着蒙着站在教研室里动也不敢动了，车老师随即把我叫到他的办公桌前。

车老师告诉我，西安市要搞一次中学生作文比赛，要求每个学校推荐两篇作文，一篇叙事文，一篇议论文，本校语文教研室已选定

《桃园风波》作为叙事文参赛。这是我做梦也没有想到的令人鼓舞的事,姑且不赘。说完这话,当我准备离开之际,车老师又接着说,他想把《桃》文投寄给《延河》。我又是发蒙。车老师料知我对此举的无知,当即解释说,《延河》是省上办的文学刊物,发表小说诗歌散文等文学作品。我听得似懂非懂,却是随车老师觉得怎么做就做吧。车老师末了又说,你的钢笔字不大行,我另用稿纸抄一份寄去。我当时尚不会说感谢之类的话,依旧站着。车老师用稍低的声音又对我说,要是能刊登,会有稿费的……

我便知道且记住了《延河》。当时的省作家协会叫什么名称,我已无记忆,却一直记着《延河》,也大略知道了投稿;如果稿子能发表,会给稿费,第一次听说写小说能挣钱。我后来想到,车老师最后说给我的"会给稿费"的话,大约不是诱惑,而且出于怜悯,我到城里读中学的两年里,一日三餐吃的是开水泡馍,相伴的是咸菜,绝大多数时月里用开水泡的是死硬死硬的苞谷面馍……如若车老师说的话能落实,我就可以吃上白馍了。尽管此事再无下文,我却记住了《延河》。

一九五九年春天读书到初中最后一学期,我已转学到离家稍近的东郊一所中学,从学校的阅报亭的某种报纸上看到一条消息,柳青的长篇小说《创业史》即将在《延河》连载。我此时已经知道陕西的包括柳青在内的几位大作家,却没有读过他的作品。随之到学校附近的邮局探问是否有《延河》零售,得到肯定答复,我便把家里给的买咸菜的两毛钱存在口袋里,随后便买到了柳青的《创业史》首发的《延河》。那时尚不能称《创业史》,名为《稻地风波》。第一次发表的是《稻地风波》的篇幅不小的《题叙》,一读便入迷了。之后每月盼到《延河》在邮局首发的日子,我便买回一本,迫不及待地在宿舍阅读起来。我的崇拜不知不觉间从赵树理转移到柳青,且不说两位作家作品的各自优长,单是把《稻地风波》对关中生活语言艺术升华的魅力,就令我倾倒入迷了。我也是从《延河》的版权页上得知,这是陕西作家协会所办的文学刊物，在西安建国路。随之在《延河》上读到杜鹏程、王汶石的小说，我对柳、杜、王的崇拜便形成了。崇拜情感里便隐约着神圣，文学的神圣，有柳、杜、王等令我崇拜的大作家坐镇的陕西作家协会，也有了神秘亦神圣的文学圣地的感知。

再次和陕西作家协会发生关系，已经是十多年后的一九七二年末或一九七三年初了。文学朋友徐剑铭给我写信，告知一条重大新闻，"文革"中被砸烂的省作家协会开始恢复工作，不许沿用作为旧名称的作协，改称为"文艺创作研究室"，坐镇的仍然是获得"解放"的柳、杜、王等老作家和老编辑。刚刚开过一个以工农兵业余作者为主体的会议，要出版的文学刊物《陕西文艺》实则是《延河》的代称，《延河》作为"封资修"的标本不许再用。编辑们向参会的业余作者约稿，徐剑铭在应诺自己写稿之后，向主持人推荐了我，随后又把我在《郊区文艺》上发表的散文《水库情深》送给《陕西文艺》的编辑。我很感动徐剑铭的推荐。不久就接到署名路萌的来信，内附《水库情深》的用红色钢笔修改多处的稿子。此稿发表在《陕西文艺》试刊的第一期。手里捧着印着我习作和名字的《陕西文艺》，终于在"《延河》"上露面了，兴奋之情无以言表。尽管手里捧着的是《陕西文艺》，心里浮现的却是《延河》……想来颇有趣，给《延河》的两次投稿，均非我为之，一次是我的语文教师车老师，一次是文学朋友徐剑铭，真可谓良师益友。尽管我尚未踏进过陕西作家协会的大门（此时已改称陕西文艺创作研究室），然而似乎已经消解了那种不无神秘的距离。

第一次走进作家协会的大门，约略是一九七三年的春末。我借用在郊区党校参加一个学习班早起晚睡的时间，写成一篇万余字的短篇小说《接班以后》，投寄给《陕西文艺》，不久便接到电话，对《接》基本肯定，还有一些需要修改的意见，我便利用到城里开会的机会，第一次踏进作家协会的大门。不过不是原本的陕西作家协会的大门,而是陕西戏剧家协会的大门;陕西作协设在建国路的大院,据说被什么军管会占据,刚设置不久的陕西文艺创作研究室,被安排到东木头市的陕西剧协院里办公。在我意识里没有差别,见到《陕西文艺》的编辑,就算进了陕西作协的门了。记得当时给我谈修改意见的是已经在电话上说过话的路萌,随之又见到了董得理,肯定地告诉我,将在第三期《陕西文艺》刊出,免不了鼓励性的好话……这是我平生发表的第一篇小说。此后,已经记不得那年那月,我再到《陕西文艺》编辑部去说什么事时,老董拿出刊有我《接》文的刊物,小说的第一节有不少修改的字迹,老董让我一处一处看过,最后才神秘地对我说,这是柳青修改的。说他和编辑部的人去看望病中的柳青,带去了新出的《陕西文艺》,随之又得到柳青修改的文本。我在那一刻有点迷茫,这是意料不及的惊喜所发生的反应,须知我自初中三年级读《创业史》起直到那个时候,柳青如大山一样在心里崇敬崇拜着,却没有单独拜见的机缘。看着柳青对《接》第一节的多处修改的字迹,那种崇敬崇拜的心理又注入一种亲近的情感。

新时期伊始,陕西作家协会回归自己原有的建国路大院,陕西文创室的名字和"文革"一起被废弃了,堂堂正正的陕西作家协会的白底黑字的牌子挂在大门立柱上。《陕西文艺》也自然地终结了,《延河》重现其本真的风采。我已记不准何年何时踏进建国路的陕西作协的大门,却无可怀疑的是去得比较频繁了,或是送新创作的文稿,或是应召到此开各种文学话题的会议。难忘的一件事,发生在一九七九年初夏,我已经从公社(即今时乡镇)调动到西安郊区文化馆,比之事务杂乱的公社,到文化馆读书写作的时间太多了。我的一个短篇小说《信任》在《陕西日报》发表,王汶石当即给《人民文学》前来向他约稿的编辑向前推荐转载,这是向前见到我的时候告知的。之后一两日,我到《西安晚报》参加一个座谈会,在门口遇见也来参会的杜鹏程,一见面就说,你的《信任》我看了,写得挺好。王汶石和杜鹏程都是我久仰的老师,高中时我和三四位喜欢文学的同学组织了一个文学小组,曾经在课余时间到学校旁边的灞河沙滩上反复讨论他刚刚发表在《人民文学》上的短篇小说《沙滩上》。两位前辈对一个后来者的习作的关注,其文品人品的高尚就成为我的直接的情感记忆了。

刚交上上世纪八十年代,我因行政区划变更回到离家更近的设在灞桥镇的灞桥区文化馆。不过一年多时光,我得知陕西作协党组决定调进包括我在内的三个青年作家,到专业创作组搞创作。能有幸进陕西作协大院搞专业创作,在我自有不胜荣幸的欣喜,却也潜存忧虑,万一创作难再发展提升,坐在那个专业位置上的滋味是很别扭的。在我刚刚得知这个消息不过几天时间,西安市文联一位素未谋面的领导驱车来到灞桥文化馆,见面握手之后便直言相告,要调我到他供职的市文联去。尚未等得我表态,他又直言不讳地说,他已经得知省作协要调我去的消息,当即和相关领导交换意见,要调我去他那里。我也当即表示不愿去他那里。他听后呵呵一笑,说他早预料我的这种态度。接着说,他已经给人事局交办过了,不许放走我;说我既不愿去他那里,也去不了省作协。我第一次和他见面,却被他的坦白直率的性情所折服。便随之回话,那我待在文化馆也挺好。我说的倒是真话,调回到灞桥区伊始,区委领导在一次干部大会上宣布各个部门干部任职的时候,任命我为文化局副局长兼文化馆副馆长,并作出特别例外的规定,让我只参与文化局和文化馆的大事议定,不安排具体工作,把主要精力投到写作上。我曾经很感动,有这样关心一个作者的党政领导,在我是幸运的,其实我和专业创作没多少差别。我对这位初次见面的坦率无掩的市文联领导竟无抱怨,反倒觉得在文化馆不会产生到作家协会写不出东西的心理压迫。这样,我便心安意静地在故乡灞桥古镇上继续着读书和写作。

时光不觉间匆匆过去近两年。秋末的一个晚上,一位在灞桥区委工作的老同学到文化馆来很高兴地告诉我,市上要求下属区县为市上推荐两名年轻的备选干部,本区推荐的人中有我。他向我祝贺,无疑是一个难得的提升的良机。他走后我却陷入慌乱,早已确定以写作为主业的我,根本不想再回到行政部门。我担心一旦一纸调令下达就麻烦了,当即决定到省作协通报此事,原先要调我到作协的事还有效吗?第二天一早便乘公交车进城,找到时任作协秘书长的王绳武说明原委。王秘书长很热情,又说了他到市人事局调人遭拒的事,一时似无良策可循。意想不到的幸运随之到来,记不得哪位朋友道出一条途径,说王汶石的老师大作曲家张寒晖的夫人是市人事局局长,可找王汶石给其说说话或写封信。王秘书长当即找到王汶石老师。果然,此事很快就办妥了,我在当年十一月调入省作家协会,安排到专业创作组从事写作。我进入意识里早已储存着的神秘神圣的文学圣地了。

这无疑是我最理想的人生位置,也是后半生的位置。在我过去不敢设想现在确已进入的这个位置之后,欣喜之情很快过去,原有的压迫感占据了意识和心理的主导位置,挂着专业作家的牌号,不要说写不出作品,而是说写不出好点的作品,那样的日子将会不堪设想怎么过。我自然会想到年龄,正好年过四十,勉强还被称作青年作家;再说自家底细,缺失正规的高等教育,依靠自学获得的知识难免残缺;我不能再耽误时间,既想抓紧写作,又需要继续学习弥补先天性知识空缺……大约在跨进省作家协会大门的同时,便决定回归原下老屋,那是一个清静的所在,有利于读书,也有利于回嚼曾经经历的生活。

我从此就回到白鹿原北坡下灞河岸边的祖居的小院,不觉间竟有十年……

2014年3月31日 二府庄

不能忘却的追忆

走进小岗村

至今依然记得,六年前的清明节刚刚过去,我随中国作家访问团走进安徽省小岗村时,心情很不平静。这个小小的小岗村,悬在我心里足足有三十年了,今日终于得着机缘走进来了。

我说小岗村悬在心中三十年,不是夸张。三十年前的一九七八年,秋末冬初,我从一场规模很大的修建"大寨田"的会战工地上下来,调进区文化馆这种比较轻闲也更显松散的文化单位,已经基本确定要把文学创作作为主业的人生志向。桌子上、枕头旁摊开着契诃夫和莫泊桑的书,而睡梦里常常冒出我在平整土地或是修筑防洪河堤工地上的这事那事,一时尚不能从我在人民公社(即今乡镇)工作过整整十年的感觉里调整到这安静的书桌上来。大约就是这个时候,我听到私下里窃窃议论着的一个小道消息,说安徽省已经在农村实施包产到户的"大包干"政策了。直白说来就是"分田到户"了,再透彻说来就是恢复到上世纪五十年代农业合作化之前的单家独户种庄稼的形态了,习惯称呼为"单干"。这个小道消息不胫而走,不仅在农业这个系统工作的人议论纷纷,不仰仗土地吃饭的城里人也纷纷热议,对生活在公社体制下的农民的心理瓦解更是不言而喻的。

我那时候尚不知道小岗村,窃窃私议发展到沸沸扬扬的小道消息,只是笼统地说着安徽,有的说正在搞"大包干——分田到户"的试验;有的说是农民自发搞"分田到户",安徽省官方睁一只眼闭一只眼默许农民的越轨行为;还有的说法很夸张,安徽省已全面推行"分田到户"了……之后不过两三年,小道消息已经作为中央一号文件下达了,"农业生产责任制"在全国农村实行。我也曾作为落实"责任制"的工作组成员驻到渭河边一个村子里,让农民把生产队饲养室的骡马和黄牛牵回家去,把大块土地切割成一条一块划归一家一户……那时候,我记住了小岗村。这个向中国农村近三十年的集体化体制——从农业生产合作社到人民公社——发出挑战的小岗村,引发了随后被称作"农业生产责任制"的堪称翻天覆地的伟大改革。

在小岗村村外的田野上,我们一行来到一座别致的展览馆门前,上书"大包干展览馆"。我看到这个名称便怦然心跳了,及至走进展馆,在看到那幅被放大了的秘密盟约时,竟有一种屏息的感觉。秘密盟约仅有两三行文字,即要搞分田到户的"大包干",上面有这个不足二十户人家的生产队的十八个干部和社员的签名,而且每人都按上了自己的指印。我反复默读着那几行简短的文字,久久凝视着那十八个签名和指印,心中涌起的是一种神圣的景仰。秘密盟约最后一句文字申明,如果此举暴露而招致某人坐牢或杀头,其子女由所有签名者共同帮助抚养到十八岁。这无疑是一个生死盟约。生死盟约的十八个结盟人,在签写自己的名字再按上手印的那一刻,都有了坐牢乃至杀头的心理准备。而能促使这个不足二十户的小村庄的十八户当家男人豁出命来要搞土地"大包干",任谁都会想到他们的光景怎样难以为继……姑且不评说其精神和意义。

我的眼光最后停驻在"严俊昌"的名字上,他当时是小岗村的生产队长,秘密联盟是他一手策划的,由他亲自向各家各户的男主人征求意见,获得呼应,就形成了这个堪称共生死的约定。任谁都会想到,一旦"大包干"的秘密盟约暴露,首当问罪的肯定就是他严俊昌了。任谁也都会想到,小岗村一旦分田到户,土地分割成一块一绺,一家一户的男女主人在自家分得的田块里耕耙、播种、除草,与集体化的大帮人群劳动的场景相对照,不几天秘密盟约就会大白于天下,这是无法掩盖更无法保密的事。严俊昌难道连这样简单的事都会马虎吗?显然不会。这就让我想到,明知遮掩不住却仍然要做,就是冒死心态了。看着秘密盟约上严俊昌的名字,我的心里已经泛溢出伟大的感觉。

见到这位伟大的农民严俊昌,是在第二天的座谈会上。一张方正的脸,一双明澈的眼睛,还有尤为突出的大脑门,头顶是基本全白的头发,我便看到一个睿智却也更为坚实的形象。他已六十六岁,我看到他的服装,是质地不错的西装,当属今天的农民普及了的服饰,我在欣慰的同时,更多的是恍如隔世的感慨。

我们村的安徽菜贩

自进入小岗村,或许自下火车踏上安徽省的大地,我的脑海里便浮现出一个安徽人来。掐指算来,竟然是近五十年前的事了。

这是习惯上称作"三年时期"的一年,即一九六〇年。我正读高中一年级,某个星期六从学校回到家里,在村子里遇见一个挑着空筐的陌生人,看样子是刚刚在集市上卖完菜归来。我也不大在意,村子里有陌生男女过往是常有的事。而这个挑着空筐的陌生人连连和我的两三个乡党打招呼,而且是一种让我听来十分生涩的外地口音,让我难免好奇,便问和他说话的乡党,这是哪里来的菜贩子。乡党随口说是安徽人,又着重加一句,难民。

我随后就知道这是一个不远千里从安徽逃难来到我们村子的难民。据说他先找到我们村子的主事人——党支部书记和生产队长,想从我们生产队的蔬菜地里趸菜卖菜,书记和队长都同意了。据说俩人同意接纳这个安徽人的因由基本一致,于公事说,生产队每天可以少派一个赶集卖菜的劳力。顺便说明一事,自从实行农业合作社以来,我们村这个独立生产队就开辟了一块七八亩的蔬菜种植地,种植时令蔬菜,春夏有韭菜、菠菜、茄子、大葱、洋葱、豆角、西红柿、芹菜、辣椒、大蒜等,秋冬有白萝卜、红萝卜、白菜、冬葱、香菜等。少量给社员分配享用,主要是给生产队增加收入。我们村周边的河川和白鹿原上有三四个规模大小不等的集镇,几乎每天都有逢集的镇子可以销售蔬菜,生产队每天都要派出六七个甚至十多个社员挑着各种蔬菜上原或过灞河赶集去卖菜。这个安徽人从菜园里趸买了蔬菜,生产队每天就可以节省一个卖菜的劳动力了,但也不能不说我们生产队的当家人对这位安徽"难民"的恻隐之心。这个安徽人便在我们村住下来,每天傍晚从集镇上卖完菜回来,马不停蹄直接进入菜园,趸买两筐各种蔬菜,第二天一早就挑着菜筐赶集去了……他竟然在我们村子一住就是四五年。

  我约略了解他,是在他到我们村不久的那年暑假。我从学校放暑假回到家中,几乎每天都能看到这个早上挑着装满蔬菜的竹筐出村、傍晚挑着空筐回村的安徽人。我家门前不过三五十步就有一面小坡坎,坡坎下有一孔年代久远的窑洞,曾经是我家隔壁一户人家的磨坊,一个圆形的石磨盘,两块同为圆形的磨石,曾经是村民磨麦子的好去处。不知何年何月窑洞的后壁发生坍塌,便没有人再进这孔危窑磨麦了。多年过去,尽管这孔危窑再没有发生坍塌,却也没人来磨麦了。这个安徽菜贩就住在这孔废弃的窑洞里,他每天出门卖菜、傍晚回来,都要经过我家门前。暑假里我可以参加生产队劳动挣工分了,每逢阴雨天不能出工,便有同村伙伴相约打扑克,往往选中这孔窑洞。阴雨天安徽菜贩也不能赶集卖菜,就只好待在窑里。我曾和他聊天,他尽管姿态很谦诚,却总是不多说一句话。我其实也就问一些无关痛痒的话,譬如,你跑这么远路到我们这儿来买菜卖菜,何不在自家村子做这买卖？他大约支吾着说，他的老家生意不好做之类的话；搪塞一下。我大约也问过这样的事——你一年四季不在生产队出工劳动，生产队会允许你出门卖菜给自己挣钱吗？会不会扣下分给你的口粮？他依旧支吾着说他们那里的生产队管得不严，可以外出，不指望生产队分粮了。我之所以会问这些，是依着我们当地的政策戒律产生的疑问，当地的农业生产队不允许社员私自出门做任何为自己挣钱的事，如有违犯，就不给他乃至全家人分配口粮。我仍不死心，又把曾经听说他是逃难的"难民"的话题提出。他没有否认，却仍然支支吾吾着说是先遭旱灾又遭水灾，颗粒无收……我大体相信了他的说辞，那时不仅安徽省遭灾，整个中国已经陷入"三年困难时期"，自然灾害是一个重要原因，我们村子也陷入饥馑年月，瓜菜代食，谷糠充饥，且不赘述。

二十多年过去，这个早已被遗忘的安徽菜贩，突然在某一天从记忆深处浮现出来，竟让我惊讶半日。那是上世纪八十年代初某日，我到区上开会，主题是学习和落实中共中央一号文件，即在全国农村实行"农业生产责任制"。会上放映了一部中国农村发展现状的资料纪录片，其中有一组镜头是拍摄"三年困难时期"安徽省某些村子的景象，整个村庄已人去村空，村子中的道路上长满荒草，一个特写镜头映现的是一户人家围墙里的秆状野草，竟然长到高过围墙高过围墙里的房子的窗户，快要接上房檐屋瓦了，这样荒芜的屋院连成一片……低沉的解说词告诉观众，村民全部逃荒要饭讨活路去了，尽管没有说饿死人的事，观众大约都会想到这是不可避免的。我在看着那一组令我惊诧的惨景时，突然想到毛泽东的两句诗——千村薜荔人遗矢，万户萧疏鬼唱歌。这是毛泽东在得知消灭了血吸虫病的喜报后乘兴写下的七律《送瘟神》中的两句。他老人家大约怎么也想不到，血吸虫病造成的那种惨不忍睹的景象，几年之后又在中国乡村出现了。自然灾害是一个因素，更重要更直接的因素当数大跃进和人民公社，这是乡村不识字的乡民都明白的事……我在看到安徽乡村村巷和屋院里的荒芜景象时，就想到那个安徽农民，甚至想象他也许就是纪录片中某个院子的主人……

我已不记得这个安徽农民的名和姓了，却还有他的粗略印象，大约四十出头，中等个头，扁平脸膛，光头，那双眼睛从来也未见过怒色。他和村子里的人碰面，点头说一句客气话便不停脚步地走过去了。他傍晚在菜园里选购几种蔬菜，需得淘洗的就在地头的水车井边淘洗干净，再挑回那孔窑洞，第二天早晨便挑着装满蔬菜的两只竹筐上原或过河赶集去了。他的这种营生持续了四五年，和我们这个不足五十户人家的小村子的男女老少都再熟悉不过了，却突然在某一段时日，村人发现这个安徽人不见了，似乎缺失了什么，互相打问他的去向。他是上世纪六十年代中期某一天悄没声息离去的，据说是包括我们村子在内的地区即将开始搞"四清运动"的诸多传闻风声鹤唳，"三年困难时期"稍得宽松的农村政策又收紧了，阶级斗争的锋芒又显露了，安徽人胆怯了，溜走了……我和村人一样不大在意他的离去。现在在我看到纪录片上那些长满荒草的村巷和屋院时，不仅想到这个安徽菜贩，而且很自然地想到他的家庭，他的父母妻儿到哪里去了，我尽管不敢猜想他们的结局，却不由得心里发冷。

看着严俊昌领头搞的秘密盟约，及至第二天见到已着西装的严俊昌本人，我都想着那个安徽人。前者冒死联名密约分田到户，后者隐身逃难到千里之外的村子里贩菜谋生。他们在生存危机来临时各自选择了求生的途径，也让我加深了对他们的理解，尤其是对严俊昌这位伟大的农民。

惊天动地"万言书"

在我走进小岗村"大包干展览馆"，看到秘密盟约时，我的脑袋里还浮现着陕西户县农民杨伟名。严俊昌是一九七八年要搞分田到户的,采取的是秘密结盟的方式,盟约文字不过两三行。而杨伟名是公开地建议,把一份名曰《当前形势怀感》(亦称《一叶知秋》)的万言书投递给各级政府和相关领导,从最底层的人民公社直送到市、省以至中央,文章里不乏哲思色彩的辩证和具体建议。座谈会上见到严俊昌时,杨伟名因为那份"万言书"而被迫自杀的惨象浮现在我眼前。这一刻,我顿然悟到一个尤为关键的时间概念,即一九七八年这个非同寻常的年份。严俊昌们的幸运就在于秘密结盟在一九七八年,而杨伟名的悲剧概出于一九六二年这个特殊的年份,及至更不堪的随后发生"文化大革命"的一九六八年,他已陷入绝境,只好吞下毒药……

在走进小岗村之前的二〇〇五年岁末的寒冬时月,我曾到陕西户县寻访杨伟名这位被许多高人称为"伟大的农民思想家"的足迹。

此事发端于一九六二年春天。这是时称"三年困难时期"最困难的年月,且不赘述乡民吃糠咽菜甚至剥树皮捋树叶拔野草填腹充饥的惨景。杨伟名时任陕西省户县城关公社七一大队党支部委员,担任大队文书、会计和调解主任,在"三年困难时期",他和支部书记贾生财、大队长赵振离多次交谈如何摆脱困境。他们尽管也相信中央关于造成"三年困难"的几条原因,却也有自己最直接的疑问。在水丰土厚的渭河流域的关中平原,除非百年才可能遇到的特大旱灾能够导致广泛的生存绝望,一般不会发生如此普遍且持久的饥荒,人们记忆里最近的一次旱灾,已经是近半个世纪之前的事了。况且在民间早就流传着"金周至银户县"的民谣,户县在关中平原都算得上白菜心的好地区,今年的旱灾虽有发生,但灾害程度根本比不得三十多年前那场连续三年滴雨未下的灾难。他们三人在商议如何尽快走出困境的时候,自觉或不自觉地都看到了公社体制的问题和弊端,尤其是"干活不计工分,吃饭(集体食堂)不要钱"的"共产主义"。几经交谈几经讨论,他们三人形成了走出困境的几条举措,决定由杨伟名写成文字稿。

这里对杨伟名做一点儿简要介绍：一九二二年农历年末出生在户县北街一个小磨坊家庭，十到十四岁先后在县城两家私塾馆就读，从《三字经》《幼学琼林》等读起，又熟习"四书""五经"中的《书经》《诗经》等，生性聪慧，背记古文五十余篇，奠定了深厚的文字基础。即使因贫穷辍学，他也一边种庄稼一边借来邻居好友的高小、初中、师范和农业专科学校的课本自学。一九四六年七月，闻一多被国民党当局杀害，时为乡村邮递员的杨伟名在《陕西商报》发表悼念文章。一九四九年初加入中国共产党，西安解放后，党组织选派他到咸阳地干班学习培训，无疑是进入地方基层队伍的途径，却被妻子抱住双腿不得离家，随之脱离了党组织。解放后，杨伟名积极参与并组建互助组和初级、高级农业生产合作社，一九五七年再次加入中国共产党。直到大跃进和农村实行人民公社化，他一直任会计、文书，后来当选支部委员。从互助组到人民公社，他都是积极参与并组织建设，而且把自家较为宽裕的房子腾出来，给村子里做食堂。在大跃进和人民公社体制开始出现许多问题时，他依然以负责任的姿态绝不盲从，写文章予以纠正。比如针对当时发生的不仅反科学也近乎不懂常识的"小麦密植"，他写下《谈谈小麦播种量》予以纠正。"三年困难时期"发生的"物资供应困难"，他写成七千余字的《关于处理目前"物资供应困难"问题的建议》，不仅提出良好意见，而且一针见血地指出造成困难的主要原因是"人为因素"。针对党政机关不重视人民来信来访的现象，他写成《致县委信》，指出作为"脑"的领导机构，应当重视作为"耳目"的基层干部和群众的意见。一九六二年四月写《目前农村工作十谈》时，他已经写下十余篇针对农村人民公社各种偏颇现象的建议文章。他的《目前农村工作十谈》刚写完三谈，便停止下来，开始写作《当前形势怀感》这篇近万言的文章，于五月十日完成。内有十三个小标题，分别为：前言、忆"撤退延安"、处方、腰带、改造与节制、恢复单干、进与退、走后门、市场管理、烦琐的哲学、双程轨道、提建议有感、后记。

麻烦和后来的自杀悲剧，概出于这篇《当前形势怀感》亦称《一叶知秋》的文章。

包括《当前形势怀感》以及杨伟名此前的十余篇文章，都收入社会科学文献出版社出版的《一叶知秋——杨伟名文存》一书中，我不必再赘述其全部内容，仅点出《怀感》一文中令我尤为感动到惊讶的两点。一是他竟然敢于提出"恢复单干"，即包田到户，这是任谁都知道碰刀刃的事，他却直白地呈报各级党政领导。联想到十六年后严俊昌秘密结盟的事，是做了杀头坐牢的精神准备的，杨伟名等三人却敢于把《怀感》送到从公社到中央的各级领导手中，难道没有考虑如严俊昌们的严重后果吗？再一点是，他关于上世纪五十年代的认识，提出了"社会主义初期建设任务"的概念，也与今天科学论定的"社会主义初级阶段"相类似。

杨伟名把《怀感》寄出后，很快就引发了用今天的话说是"正能量"的积极反响。中共陕西省委办公厅在《人民来信来访反映》内刊上予以选载，陕西省委宣传部的机关刊物《宣传动态》也摘要刊登，无疑是给各级领导作为决策的参考。尤其值得一提的是，时任咸阳地区专员的王世俊很赞同《怀感》，亲自给杨伟名回信说"感谢你对国家大事的关怀"，告诉他"这封信连日前一封建议信一并印发各有关部门和同志，供他们研究问题时参考……"而且把《怀感》和附信印发给咸阳地区的几位领导参阅，破例把杨伟名这个农民聘为该地区政策研究室研究员。西北局第一书记刘澜涛也有非常举动，指示西北局办公厅主任陶信铺专门到户县和有关人士谈话，并聘请杨伟名为西北局机关刊物《西北建设》杂志通讯员。由此可以判断，刘澜涛肯定读过《怀感》，尽管没有见到他的表态话语，也未能得知陶信铺和户县有关人士传达的刘澜涛书记的指示内容，但仅就聘请杨伟名为《西北建设》杂志通讯员而猜测,起码是很重视杨伟名《怀感》的建议,也颇关心农民杨伟名这个人才。然而,恰恰是刘澜涛关于杨伟名《怀感》的相关资料,竟然在随后的"文化大革命"中导致另一个毫不相干的年轻人的灾难,也成为杨伟名的致命一击……

　　杨伟名和《怀感》的命运,不久就发生了逆转,不是一般的逆转,而是惊天动地的逆转。在《怀感》写成并寄出之后的同年八月,中共中央在北戴河召开中央工作会议,且不说会议的主旨,单说毛泽东主席的一段讲话,直接点到杨伟名的《怀感》。毛泽东以文章中有"一叶知秋,易地皆然"的话题说:"一叶知秋,也可以知冬,更重要的是知春、知夏……任何一个阶级都讲自己有希望。户县城关公社写信的同志也讲希望……"毛泽东主席又问对户县三个党员的来信回答了没有,并甚为郑重地申明"共产党员在这些问题上不能无动于衷"。我读到毛泽东这段讲话时,首先敏感于其中"任何一个阶级都讲自己有希望"这句致命的定性语言,这无疑是把杨伟名等三个党员的来信看成是另一个敌对阶级的声音了。有了毛泽东主席的指示,八月份的北戴河会议刚一结束,九月初就有处理此事的工作组进驻杨伟名所在的户县七一大队了,而且是一个由省、市、县、社四级党委负责人组成的工作组,对杨伟名等三名写信人开始教育纠正的工作。

　　一九六二年八月上旬,在北戴河参加中央会议的陕西省省长赵伯平给陕西省委打电话,询问杨伟名等三人《一叶知秋》的事,当属他亲自聆听了毛泽东主席讲话后的反应。

　　一九六二年八月十六日,省委办公厅《人民来信来访反映》随即全文刊登《怀感》,送省委常委阅读。前次该刊所作的摘编,是供各位领导克服"三年困难"决策的参考,此次全文刊登显然是供批判之用。

　　一九六二年九月七日,省委一位副秘书长和省委宣传部一位副部长,与咸阳专署一位副专员,以及户县县委书记四人一起和杨伟名等三人谈话,且有四次,指出《一叶知秋》的错误。

一九六二年九月十三日,中共户县县委将《一叶知秋》印发给县级机关和城关公社机关支部,明确在通知中指明其在"两条道路斗争"中的观点、立场是非常错误的。

在这样由省到县的连番谈话纠正错误的过程中,三人中最年轻的大队长据说没经历过如此严峻的大场面,最早表态认识错误了。支部书记贾生财起初尚想不通自己所犯的错误,在各级领导的连番谈话指明其错误的过程中,也表示知错认错了。杨伟名在最初一次谈话时,竟然神情自若且甚为自信地表示自己认识无错。工作组把杨伟名视为重点对象,不仅和他谈话,而且和村里的所有党员谈话,在普通社员中召开座谈会,指出单干的错误导向,党员和大多数社员一致表态集体化不能分解为"单干",杨伟名陷入孤立。经过甚为艰难的思考,他写下了一纸检讨书,名曰《亲切的教导,深刻的一课》。

在三个写信人先后认识错误之后,接着便是程序化的关于这个事件处理意见的汇报。户县县委对地委、地委对省委宣传部、省委宣传部对省委、省委对西北局以及中央就三个写信人的处理意见,共同的观点是三个党员主张"恢复资本主义道路,是严重的政治立场错误"。之后,各级领导在各种会议上都有涉及这个事件的讲话,指出其错误是"退到资本主义道路",最严厉的是省委第一书记在省委一次全会上说:"杨伟名们分田到户的观点是十分荒谬的,十分反动的。"就我能见到的各级文件和领导人的言论,这一句是最严厉且最严重的,即"荒谬"和"反动",而且足足是"十分"。

在处理杨伟名等三人的最后结论形成时,从县委、地委到省委的监委会意见完全一致:"杨伟名等三名党员对自己的错误做了检讨,认识很好,且他们只是向组织反映情况,没有实际行动……党内不给纪律处分。"此事终算了结,支部书记贾生财调离七一大队,到竹器社任厂长;原大队长赵振离接任支部书记;杨伟名大约依旧做原来的文书、会计等工作。写到这里,我竟有一种感动,一封惊动毛泽东主席的户县三个党员的来信,也已被毛主席定性为"另一个敌对阶级的声音",这个事件搞得从户县到咸阳专署到陕西省委再到西北局几乎"手忙脚乱",况且有省委第一书记"十分荒谬十分反动"的定性,处理意见却是"不给党内纪律处分"。我感觉到一种温情,一种包容的温情,也应该是处于"三年困难"特殊时期各级党委和领导人对此前狂热的"大跃进"造成的灾难的反思的效应。

杨伟名从此再未写过一篇文章,尽管仍继续着读书看报的爱好,却不写字了,似可理解。他也再无出奇之举,平静地生活着,颇动兴致地为一张全家照赋诗一首:"一胎两女喜孪生,不幸离母襁褓中。居鳏孤楚难抚养,乳娘分忧感衷情。流水光阴匆匆过,双双各长十齿龄。今朝依傍欣合影,愁絮收敛露笑容。"这首诗大体体现着杨伟名此一时段的心情,前妻所生的孩子已长到十岁,他忽然动情赋诗,着意在不幸中遇到的后妻对孩子的"乳娘分忧感衷情","愁絮"表面是说丧妻后无人养育孩子的忧愁,内里显然也更有《一叶知秋》引来的麻烦到此时基本淡静,能够将"愁絮收敛"且可以"露笑容"了的宽慰。我揣测他能在这样短的时间里调整到可以"露笑容"的良好状态的因由,自然在于他本人的襟怀和自信,也在于他贤惠的妻子在此间尤为知心尤为小心的照料和关爱,然而,更关键的一点当在于各级党组织结论里的"不给党内纪律处分"的决定。

我在户县杨伟名的村子搜集他的素材时,人们讲了他的诸多趣事轶闻,仅述一例。某年他和队干部没收了一户社员的边角地,那位社员堵到他家门前破口大骂。杨伟名不仅既劝又压妻子的火气,而且别出心裁地端了一壶茶水送出门去放到骂人者面前,不言自明的意思是:你尽管骂吧,骂得口干舌燥了,喝口茶再接着骂……后来被一些高人誉为"农民思想家"的杨伟名,生活中是这样宽怀柔肠,也当是他能很快走出《一叶知秋》招致的麻烦的个性因素。

相对平静地过了四五年,"文化大革命"开始了,成为他无法逃躲的致命灾难,却是因为一桩他意料之外的事件。

绝望终未绝

"文革"伊始,贾生财和赵振离成为"走资派",被批斗被夺权。而基本不在党政权力范畴内的杨伟名也未能幸免,就因为他的那份《一叶知秋》。他被造反派定性为修正主义分子,又升级为反革命分子,大门上被贴上办丧事才写的白纸对联:单干单干,才能发家致富;修正修正,赫鲁晓夫祖宗。被游街又被批斗,随之实行无产阶级专政,把他和"地富反坏右"排在一列的位置。在此大灾大难面前,杨伟名的心态如何,无疑是我顶关注的一点。他的儿子杨新民告诉我一件事,过春节时,杨伟名把造反派贴在他家大门两边的阴纸对联撕掉,清洗干净,写下鲁迅先生的"横眉冷对千夫指,俯首甘为孺子牛"诗句,自然用的是喜庆的红纸。不仅如此,他在大门两边的围墙上也贴出了他的"大字报",南边是毛泽东主席的七律《送瘟神》,北边是自赋七绝一首:"砥柱触天立中流,时光如涛荡泥土。无私无畏即自由,真理在胸笑在手。"我钦佩杨伟名的情愫,概出于如此灾难性逆境中的"砥柱中流"的刚烈和胆魄,也就无需再猜想他面对游街、批斗和与"地富反坏右"五类敌对分子为伍的心情了。时过不久,造反派们把心思集中于夺权,一个农村生产大队的权已不能满足造反派们的胃口,目标转移向公社这个党政机关,更在乎户县这个地方性的大机关。顺便说一句,作为咸阳地区一把手的王世俊,已经被斗被整得死去活来,其中一条罪状就是支持杨伟名万言书建议的包产到户,是"为复辟资本主义大造舆论"等。此间,无权的杨伟名作为"五类分子"的"死老虎",已不在造反派们心急火燎夺权的焦点之内,反倒被"冷清"地搁置一边去了。杨伟名冷眼观看,静观运动的态势,但他大约丝毫也预料不到的一件事发生了。一个造反派大学生找他来了,进而酿成两人撼天动地泣鬼神的悲剧。

这位大学生名叫刘景华,是西安冶金建筑学院的学生,也是"西安地区大专院校红卫兵统一指挥部"下的一个造反派成员。该组织授命他组建一个调查团,调查整理并形成对西北地区最大的走资本主义道路的当权派且有叛徒之说的刘澜涛的定罪材料。刘景华曾有文字坦言:"我出身于穷苦人家,是毛主席等老一辈无产阶级革命家打下了江山,我一个农民的儿子才得以上大学……我就无条件地站在以毛主席为首的无产阶级革命路线一边,一颗红心两只手,党叫干啥就干啥。党叫我领导红卫兵调查'走资派'的罪行,是对我的信任,我坚决执行。"于是,他很快组建起十二人的调查团,来到西安南郊长安县细柳公社姜仁村,开始着手调查。姜仁村是一九六四年"四清运动"时刘澜涛选择的"蹲点村",三年后的一九六七年九月,刘澜涛已被"军管会"拘押,且押到姜仁村接受造反派的调查。刘景华带领他的十二名团员赶到姜仁村来了,这个满怀"忠心"的红卫兵调查团领队刘景华,在翻阅了作为西北地区头号"走资派"兼叛徒的刘澜涛的揭露材料后,首先对刘澜涛最致命的叛徒问题产生了怀疑。尽管他未说明怀疑的具体事件,但是我推想,肯定是那些揭露材料多属"莫须有"和虚妄之作,缺失最基本的可靠性,也就缺失了可信性。他的怀疑成为一桩颇揪心的困惑,想找人交流却又不能,因为谁都会意识到这是为刘澜涛翻案的大忌讳,况且他的身份是调查团的团长。刘景华隐匿着不无痛楚的怀疑,继续翻阅刘澜涛的罪恶材料,其中有一条涉及包庇户县反革命分子杨伟名的事件。他得知刘澜涛不仅没有处分杨伟名,而且指派西北局办公厅主任陶信镛亲自到户县和有关人士谈话,不仅把杨伟名的《怀感》刊登在《西北建设》杂志上,还破例聘请杨伟名为该杂志的农民通讯员。刘澜涛当年这种作为高级领导人尊重人才的美德和眼睛向下的良好作风曾经成为美谈,现在却成为罪恶。关键在于刘景华对此事发生极大兴趣,怀着已有的疑问,当即找到《怀感》阅读。他自述的读后感是这样的:"我认为这篇文章本质地分析了当时我国农村的经济形势,一针见血地指出了造成这种困难局面的原因,并提出了解决困难的办法……"刘景华就"决定去户县见见杨伟名"。几日前,在对刘澜涛的叛徒问题产生怀疑后,刘景华曾急于和人交谈辩白此事而不能,且郁闷郁结,随之看到杨伟名《怀感》事件也竟然牵涉到刘澜涛的罪证材料时,他终于遇到了一个可以交谈乃至倾吐衷情的对象。他肯定知道这是一个叛逆的决定和行为,不堪设想的后果也是明摆在眼前的。我便尤为感动、感慨于这位难得的独立思考者——刘景华的大无畏精神,尤其是在"文革"最疯狂的夺权背景下。这是从陕西贫困山区走出且怀着感恩忠心的大学生刘景华的反叛,面对的是铺天盖地的"刘澜涛不投降就叫他灭亡"的叫嚣,他要去找杨伟名,这就注定了他年轻的生命别无选择亦无可逃遁的悲剧。

刘景华只身来到户县,两次找过杨伟名。第一次是在七一村的大队办公室里(此时的杨伟名是被判为"死老虎的五类分子",何以会待在大队办公地,我猜大约是被看管),刘景华和杨伟名竟然一见如故,有资料说"促膝相谈"(我猜想刘景华大约是以造反红卫兵的身份为伪装,才可能有与杨伟名谈话的机会)。两人"促膝相谈"一个上午还不能尽兴,杨伟名领着刘景华到他家吃了午饭又接着谈。第二次仍然是刘景华赶到杨伟名家里长谈。在第一次和第二次交谈的间歇,发生了一件大事,红卫兵造反组织正式给刘澜涛形成"叛徒走资派"的结论时,不仅专案组和造反头目意见完全一致,"中央文革"也已有了明确的表态,但刘景华竟然发言说"刘澜涛不是叛徒"。刘澜涛被定性为叛徒的材料上报中央,刘景华当时被严重警告。刘景华不服气,又到户县和杨伟名交谈倾诉。还是在他们两次会面的间隔期,两人还有多次通信交流,可见他们达到怎样相见恨晚水乳交融的状态。然而,他们谈话的内容只有他们自己知道,信件也在后来的灾变中被家人焚毁了。仅我能看到的资料,只笼统地说到杨伟名此时已不顾个人安危,公然指出"文革"是"盲人骑瞎马,夜半临深池",说学习《毛选》的口号"急用先学、立竿见影"是教条主义,说"阶级斗争""反修防修"和"文化大革命"是极左路线的极端发展。这是杨伟名和刘景华交谈和信件的只言片语,总算留下了一些见出杨伟名的思想锋芒的珍贵文字。我想杨、刘两人能如此投机,当属"英雄所见略同",而对刘澜涛定性"叛徒"的反对意见,便是刘景华的思想导致的行动。他的这种行动仍不能倾泄义愤,竟而拍案而起,他把由刘澜涛莫须有的叛徒冤案引发的对"文革"的彻底否定和反对,写成十余张大字报,张贴到古城西安的钟楼上,这是西安的心脏部位。大字报引发惊天动地的反响,很快被公安人员揭走。刘景华被逮捕,判处死刑,但不知因何故没有立即执行。刘景华被囚整整八年,到粉碎"四人帮"后才获释平反。

　　由刘景华案的牵涉,杨伟名陷入灭顶之灾。原本他已不在造反派夺权焦点之内,甚至造反派懒得再批再斗这只"死老虎"。但刘景华被逮捕后,他和杨伟名来往和通信的事也露了底儿,以他所在学校西安冶金建筑学院为主的造反派追到户县,联合户县的造反派,对杨伟名展开前所未有的"武斗"。造反派给杨伟名认定的罪名是"反革命分子刘景华的黑后台",又是"杨刘反革命集团"。之前杨伟名被本地红卫兵批斗时,据说只有低头弯腰的惩罚措施,尚未动用武力。但这回被大学生造反派批斗时,由"文斗"兼加"武斗"了。批斗地点选定在城关公社院内,造反派质问并声讨他和刘景华的"反革命言论",却不准许他回答,更不允许他申辩,干脆不容他开口。红卫兵造反派要他向毛主席下跪,他不跪。造反派扇他耳光,用拳头捶打他,用脚踢他,从背后踢到他膝盖弯里,他跌倒了也跪下了。杨伟名的妻子放心不下,又去不了批斗现场,只好让女儿杨新慧去。杨新慧不敢到批斗现场,偷偷躲在后窗,看到这样一幕:杨伟名膝盖跪着的竟是铡草的铡墩(底座),而且垫着烧焦的煤渣。女儿看到乱拳乱脚乱打乱踢的景象,吓得逃走了。这样的批斗连续两场,时在一九六八年五月五日和五月六日。和批斗中被打罚跪等身体所受的折磨摧残相比,更致命的是杨伟名在造反派的叫嚣声中得知,刘景华已被逮捕,且判了死刑。

杨伟名和妻子当晚双双自杀,这是一九六八年五月六日夜发生的悲剧。

杨伟名的儿子杨新民和两个女儿至今清楚地记着当晚发生惨剧的过程和细节。杨新民告诉我,五月六日傍晚,被整整批斗了一天的父亲回到家中,吩咐他把两个出嫁的姐姐叫回来,却不说有何事。妻子已做好晚饭,杨伟名不吃。杨伟名夫妇和两个出嫁的女儿、儿子杨新民在一个简短的全家团圆见面之后,他便安排三个儿女到右边卧室休息睡觉,他们夫妇常住左边隔间卧室。杨伟名的女儿告诉我,弟弟新民尚未成年,父母让睡就睡着了。姊妹俩觉得蹊跷,根本无法入眠,随后听到厨房有拉风箱烧锅的响动,她俩便来到厨房,见母亲在灶下烧锅,问母亲天这么晚了烧锅干啥。母亲说烧开水。她俩更奇怪了,说电壶(暖水瓶)里有开水呀。母亲便不耐烦,让她俩少管闲事快去睡觉。姊妹俩也未再追问便回屋去了,却依旧难得入眠。不久又听到木楼上有响动,姊妹俩又问谁在楼上干啥。母亲说她取个东西,又催她俩睡觉。到半夜时分,刚刚入睡的姊妹俩被一阵很痛苦也很大的呻唤声惊醒,慌忙爬起来跑到父母卧室前,但是推门推不开,门闩反插着,煤油灯也被风吹灭了。大女儿杨彩英情急之下从后门出去爬上后窗,砸破窗玻璃进入屋内,闻见呛人的农药味,慌乱中点亮煤油灯,就看见父亲杨伟名和母亲刘淑贞并排躺在炕上,已无声息,两人的胳膊还挽在一起……我听到此,做记录的手抖得写不成字。

　　姊妹俩随后才明白,母亲烧水是为了净身,父母的卧室地面上还留着泼洒的水痕,父母都从内到外换穿了一身干净衣服。母亲上楼是取剧毒农药,木楼是作为生产队的保管室沿用着,既存有种子,也有杂物,还有杀虫除菌的剧毒农药。姊妹俩懊悔不迭,曾有疑心,却仍然粗心大意,没想到会发生这样的惨剧。从杨伟名被批斗完回家,到他和妻子双双烧水净身换干净衣服,再到他们夫妇喝下剧毒农药,整日整夜都下着雨。第二天,在某个公社造反派干部吆喝着"杨伟名是自绝于人民自绝于党"的声响里潦草下葬的时候,雨下得更大更猛了,真可谓天公垂泪。

　　在我理解,杨伟名的自杀选择,无疑是一种绝望,一种彻底的绝望。一纸补天济世的《怀感》,把自己弄到这种死不下活不旺的处境姑且不论,而且把一个从穷山沟里跨进高等学府的刘景华害苦了——不是一般的惩戒处罚,而是坐以待毙!杨伟名曾有对《怀感》理论坚持不改的精神自信,也有面对批斗乃至跪铡墩等忍受肉体折磨的刚强,却承受不了彻底的绝望,且不说以生命之躯对"文化大革命"的控诉……我在户县采访结束时,想去杨伟名的墓前致礼,掬一捧黄土撒上他的坟冢。杨新民无奈地告诉我,原本潦草埋葬的坟堆,后来被一家小工厂征地建厂时抹去了,连他也找不到准确位置了。我便退一步想到,把杨伟名的思想和品格以及由此发生的时代性悲剧形成文字,权且当作那一抔无处抛撒的黄土。

　　这是二〇〇五年岁末月初,已经是天寒地冻的隆冬时节。从户县回到西安,我便急于寻访刘景华。我多方打问,得知刘景华平反后一直在广州某高校任教,电话联系倒也未有周折。我说明前往拜访意图,他很爽快地应诺,只是时间稍微推后,他正忙于学生期末考试,还要阅卷。他说春节要回老家,到时可以见面,也免去我劳神费事跑远路的折腾。我便和他约定待他春节期间回来见面。我等待他的电话，想到他从远方归来，又是春节，亲朋好友难得一聚，但我怎么也想不到，农历大年初二晚上接到他打来的电话，竟然说他检查出肺癌。我一下惊呆了。他又缓缓地告诉我，已经做过手术，恢复尚好，只是回不了老家了。我哪儿还有"纠缠"他的心思，连连劝他专心养护身体，采访之事暂且不管。他说手术做得很成功，术后恢复很好，约我一月后去广州见面。

刘景华家住广州老城区一条窄巴的巷道里，临街两边全是卖各种生活品的小铺。几经打问，终于找到一幢平顶住宅楼房，抬头看见楼台上站着一位男子往街巷张望，看见我时便问是不是西安客人。我当即招手应声。我走到他站立的平台，握手问好之际，看见他满头稀疏花白的头发，胖瘦适中的脸上呈现着沉稳平和的气色。我依旧难以抑制激动的情绪。他领我走进他的屋子，住室很宽敞，家具摆饰不见豪华，质朴实用。我和他坐下交谈，他谈到往事，不仅神闲气静，而且更显得淡漠。我意识到不单是时移世易痛定之后的超然，更当属他对把整个民族和国家陷入灾难的"文化大革命"的蔑视。他说话断断续续，我已经不再提问，不忍心看他说话的艰难，也怕过细地谈到曾经遭受的折磨使他伤心动情，肯定会影响正在恢复的病体。我能见到他已经很荣幸。告别时握着他的手，再看着那稀疏花白的头发，脑海中又浮现出那个在西安钟楼张贴声讨"文化大革命"檄文的风华正茂的刘景华，竟有泪水涌出……

2014 年 7 月 19 日 二府庄

又及：近十年前，先后寻访了杨伟名和刘景华，原想写块稍大的东西，却终未成事。遗憾且不论，这两位陕西乡党的伟迹一直搁在心底，竟成一种纠结。近日发生自我宽宥心思，作退一步想，把就我所知的他们的事迹记述下来，既向他们致敬，也注入我的文字存留。

言　论

我们没有史诗,是思想缺乏力度

我是从报刊的统计数字里知道长篇小说创作出版的巨大数字的,也从我周边的生活环境能亲自感觉到。这种繁荣景象起码证明了一点,那些敏感于文字进而喜欢创作的人获得了表述的空间,把文学创作的神秘化自然而然淡化了。

我想谁也不会对文学创作的繁荣持异议,而在于对高水准长篇小说的比例太小不大满意。专家和普通读者都期待令人耳目一新的大作品出现。

从题材来说,上个世纪中国的一百年历史,其剧烈演变的复杂过程,在世界上是没有哪个国家所能比拟的。亲身经历并参与其中任何一个段落的有思想的人,抑或从资料获得具体而又鲜活的生活史实的作家,很难摆脱对这个民族近代以来命运的思考,也很难舍弃在独立思考里形成的生活体验或生命体验,会潮起一种强烈的表述欲望,自然就会有小说创作。这一百年应该反复写,应该有许多作家去写,各自以其独立的思维和独特的体验,对这个民族百余年来反复的心里剥离的痛苦和欢乐,就会有各自不同的异彩呈现的艺术景观展示,留给这个民族的子孙,也展示给世界各个民族。

作家们现在获得了独立思考和独立体验的社会氛围,不再受制于某些极左思想限定的狭窄小径,有勇气也有责任面对自己先辈所打开的百年变迁的历史了。

我想不明白中国为什么没有像《静静的顿河》《约翰·克利斯朵夫》《复活》《铁皮鼓》《百年孤独》这样有史诗品格的长篇小说。

这似乎与经济的发达程度和物质的文明高低没有直接关系。这些史诗作品，都是在旧俄的农业时代完成的。《静静的顿河》产生时，苏联正处于物质最贫乏的战争恢复期。《百年孤独》的作者马尔克斯生活的哥伦比亚，用我们的话说也是一个属于发展中的国家。

对于当代长篇小说的研究和讨论，一直都在持续着。多家评论杂志和文学专业报纸，有许多认真的研究文章阐发着种种见解，我从中曾获得很富于启示的收益。在诸多观点和诸多因素里，有一个主和次的判断，在我看来，主要在于思想的软弱，缺乏穿透历史和现实纷繁烟云的力度。

说到思想，似乎是一个容易敏感的词汇。思想似乎沾惹到政治，说到政治，似乎又很容易招惹令人厌恶的极左或平庸的教条。我想应该早就排除极左政治的阴影了，尤其不能把极左政治等同于政治，不能因噎废食。富于理论高度和深度的政治，是一个国家和民族命运的光明之灯。应该从对极左政治的厌恶情绪里摆脱出来，恢复对建设性的政治的热情。既然作家都关注民族命运，就不可能脱离系着民族命运的政治。

作家的思想还不完全等同于政治。这是常识。作家独立独自的思想，对生活——历史的或现实的——就会发生独特的体验，这种体验决定着作品的品相。思想的深刻性准确性和独特性，注定着作家从生活体验到生命体验的独到的深刻性。这也应该是文学创作的常识。

我以为急不得。首先是繁荣提供了一个雄厚的阵势，那么多作家都持续在进行探索和创造，大作和精品肯定会出现。我想这个过程应该宽容。

2010 年 1 月 13 日 二府庄

珠联璧合说吴、罗

闻知吴三大和罗国士二位仁兄联手搞书画展览，我的第一反应真乃珠联璧合。

吴三大的名字早已泛出大文化圈而响亮于三秦民间，城市打工族乃至山野人家，工棚墙上和山居新屋正厅中堂都挂着吴兄三大的真笔书法作品。我也是从民间角度认识并记住了三大这个颇耐得咀嚼的名字，那是在西安四条大街的独具一格的匾牌上发现的，说来已过三十年了。及至后来有缘握手，一见便感到一派不凡的大气象，顿悟那一笔好字出于这人手里是自然的。诚如书法评论家解读吴兄笔墨，横笔生波，竖笔腾浪，捺笔则蝶，收笔回锋，壮美矫健里透现曼靡柔韧，完全抵达自由不羁的个性化挥洒。

认识罗兄国士稍晚，却也是赏其画便仰慕其人。他的一幅《灞柳飞雪》不仅尽传长安八景之一的神韵，在我更勾起绵绵的诗性的乡情，不禁感慨连连，我的灞河柳絮的神韵，竟让一个外乡人尽领了。罗兄国士擅画月季，号誉中国"月季王"，被域外欧洲人惊叹为"魔手画笔"，千姿百态又栩栩如生的花卉，不仅欧美民间乐于收藏，且以礼品赠送多国总统，亦如国画诠家评罗兄国画，出意纯净，却内涵丰富；情调古朴，却恣意汪洋；空灵恬静，却弥漫诗性乡愁；继承中国画传统手法，却漫泛着西方现代艺术的韵致。

三大仁兄书法超绝，国画泼墨也不俗。国士仁兄国画独成一家，书法功夫也是了得。这是吴、罗两位仁兄艺术创造主与次的异和同。更有令我意料不及之事,年轻时同在省人艺供职,精于篮球技艺,吴司中场组织,罗为前锋神投,两人联手的球队,竟然征战三秦无敌手。我便想到珠联璧合不仅在书法绘画的艺术创造领域,更在生命活力尽得张扬的篮球场上。

人生难得的珠联璧合。我羡慕吴、罗二位仁兄。

2010 年 1 月 16 日 二府庄

难得一种渴望性阅读

文史典籍和民间村巷,多有"八水绕长安"的文字记述和歌谣传诵,不单营造出这座古城气象万千的诗情画意,在更切实的物质层面上标示着一个基本事实,地处中国西北的这个"千古帝王都"的长安,有八条河流环绕,虽不及江南港汊纵横,却不缺水。八条河流流经西安四方城郊,不仅灌溉禾田,更多天光水色的稻田,颇类江南景象,吃水从来不成为一个问题。然而,虽然境未迁而时过到上世纪八十年代,八条环绕西安的河流流量骤减,多数在旱季里完全断流,水田变成旱地,稻田自然消失了。更为严峻到刻不容缓的大事突兀地横到西安城里家家户户的面前,自来水管断水了。源自西安城郊的自来水的抽水井,因为河水断流水位下降而抽不出水来,家家户户吃水、用水便成为横在眼前的头等大事。

西安城里的水荒越来越严重,从上世纪八十年代初到九十年代头几年,已经不缺米面的居民却为吃水、用水犯愁。不必列举用水紧张的世相和传闻,仅说我的一次亲身体验。我是一九九三年初住进西安城的一个小院的,到这年的夏天,供水的钟点已经不能保证本来就很短促的时间,断水已经成为街谈巷议甚为激烈的话题。记得一个三伏天的晚上,燥热难耐,汗流不止,想洗一把脸却舍不得水桶里所剩不多的那点水。这时从楼下传来一声吆喝,说邻近一个家属院的公用水管有水,我几乎从座椅上弹起来,拎起一只空桶便下楼去了。刚走出住宅院大门,便看见从对面那个家属院排列到街巷大路上来的队列,我当即接排在最后一个人后头。眨眼工夫,我的身后又接排上了几个人。我把水桶托付给身后的人,走到队列最前头,看到一个接在地皮上的水龙头,流出一股不过小拇指般的细流,流速慢到随时都可能断流。我便作最简单的盘算,即使不断流,轮到我接水的时候,肯定到明天早晨了。然而我没有动摇,以少见的又是巨大的耐心排下去,站累了蹲一会儿,蹲得腿脚发麻了再站起来走走步。到东方发亮黎明到来的时候,我终于接满了一桶水,不仅没有怨言,倒庆幸那股细流没有断止……

忽然有一天,水管里喷涌而出哗哗哗响亮着的清流,而且一天二十四小时随时打开龙头,都是这动听的水声和清亮的水流,因水而绷紧了几年的那根神经顿然松弛了,人们在欣喜的呼叫里传递且记住了一条河的名字——黑河。黑河水库和黑河引水工程完成了。成倍骤增的西安城市居民家庭用上了黑河的上佳品位的水,那些用来存储生活用水的水缸、水桶全都变成了多余的废物。这条本不在环绕西安的八水之中的黑河,顿然响亮过了八水中的任何一条河流,当是很自然也是必然的事,家家户户的水管里涌流着黑河河水,男女老少身体里储藏着的生命之水源自黑河。西安某人可能忘记自己的年岁,大约不会忘记这条滋养生命之水——黑河。

这是一本写黑河的书。

这是一本在我意料不及甚至大为惊讶之好的书。这种阅读感受也出于自身的直接体验。我曾经有机缘参观过黑河引水工程,莽莽秦岭山中,汇聚起一潭清水。这个水潭大得令我畏怯,转过一座山,是水;再转过一架和多架山,还是水;山峰像是从水潭里冒出的一个个巨型蘑菇。我在那一刻的直接感觉加感慨却是最实际的,包括我在内的西安人可以畅快地用水了;自然也缺少不了赏景的快活,层层叠叠的绿色的秦岭群峰之间,铺展开清幽到呈现绿色的水面,水鸟起落,不尽的诗情画意。这两种感受和印象,其实也不过如此,任谁去了看了都会发生的。直到近日读过王安泉先生写的《黑河》书稿,我才更切实地感知到我的走马观花式的印象,浮皮潦草到连皮毛也不得一二的程度。这种感觉的发生还有一个纯主观的偏颇性猜断,以为《黑河》是写黑河引水工程的纪实性文章。依着这种先入为主的阅读心理摊开书稿,当即便意识到自己想当然的习惯性思维的荒谬了。《黑河》不过是以黑河引水工程为由头,把从秦岭山中流出的这条过去几乎名不见经传,现在却流淌在几百万西安人肌肤里的河流的历史人文和自然景观,以诗性的激情展示出来,让我看到的可以说是一个民族的简编的百科全书——姑且搁置大禹治水自黑河流域起步这样的传说,单是有可靠史实的影响过这个民族和国家历史进程的人物,读来真令我震惊,周文王曾把黑河流域划为他的王朝的京畿之地;周穆王干脆在黑河口住下办公,案牍公务间隙听歌赏舞,于今想来该是何等潇洒浪漫;秦朝在黑河植竹,竹子已是一种杀伐的利器;汉武帝继续在此扩大种植竹林,更新添了射熊的打猎游戏;李渊被押为人质的平阳公主,却成为钉进隋朝心脏的一颗钉子,在黑河流域网织人马,为李渊灭隋建立大唐的关键战役中突出奇兵……更有老子自函谷关移居黑河支流田峪河之滨的楼观台演绎他的道家学说,至今仍为灵光圣地;孙思邈在秦岭山中黑河谷地采药时,配制药方剎绝了山村中蔓延的瘟疫;诗人李白、柳宗元、苏轼都在黑河流域发出吟诵;尤其是白居易,到黑河西岸的周至县任职时,对关中平原烈日下收割麦子的农民大动肝肠,写下至今读来仍令人心恸的《观刈麦》,还有在黑河口的仙游寺喷涌而出的千古绝唱《长恨歌》。几年前我到仙游寺观光时,看到毛泽东手书的《长恨歌》的刻石碑,顿时想到"完美"这个词汇,天才的诗人白居易和一千多年后的天才的诗人兼书法家毛泽东完美地结合在这一方石碑上了。我在那一刻才真切地感知并理解了天才的真实意蕴……

《黑河》作者王安泉竟然搜寻到崖壁上远古人类刻画的四个文字符号,至今未能破解;他踏寻了陕西近代水利专家李仪祉造福民众的黑河灌溉工程黑惠渠,当年可灌十三万亩田地的大渠至今依旧发挥着效益;作者寻找到红军在黑河的足迹,完成了最虔诚的凭吊和膜拜;还有德国专家于上世纪二十年代多次进入黑河流域的秦岭山中调研森林的史实,其中有一次是由陕籍国民党元老于右任作陪;王安泉更多地扫描到当今秦岭山区黑河流域的各色男女的生活情状,采药为生的药农的传奇生活、割漆匠的专注不二、女"知青"的传奇性案情、猕猴桃的试栽、秦腔名角侯红琴在乡村大戏台上演出的轰动场面……作为秦岭最高峰的太白山积雪融水形成的黑河,上至三皇五帝,下到当今生活世相,被王安泉一支笔纵横捭阖,读来便产生一个民族简编的百科全书的印象。因由不言自明,上述那些帝王和诗家在秦岭山中黑河水畔演绎的故事,其意义远不局限更不属于秦岭和黑河,也不局限不属于陕西关中,而是这个民族和国家的历史,仅仅只是发生在黑河流域罢了。既然在小小的黑河流域发生了这个民族和国家的历史上如此重大的事件,黑河这方地域就不是一般的奇山妙水层面上的意义了。

　　我读《黑河》的另一个强烈的感受,竟是一种急切的渴望性阅读心态。这种阅读心态通常很难在散文的阅读过程中发生,多在那些独出心裁甚为精彩的小说的阅读中才会发生,可见《黑河》是一部引人入胜的散文。用引人入胜来说一部散文的阅读直感,起码在我是极难亦极少发生的。掩卷梳理这种颇为奇特的阅读感受,我便对《黑河》作者王安泉刮目相看了。

　　王安泉是喝黑河水长大的。他的情感世界被黑河网织着。用他的话说:"黑河波纹漫过心际,好像黑河对我说:你的一生只有两天,一天遇见黑河,一天是再也不能错过黑河。"他的情感所凝结的"两天"的不尽内蕴,顿然让我感知到我说他和黑河的情感的文字平淡而庸俗。这个人把自己的生命历程归结为"两天",一天踏入黑河,另一天全都行走在黑河上。这种形象化的喻示,唯王安泉独有,属于最难得也是最独特的体验的理性凝结。在黑河流域生活过和正在生活着无以数计的古人和今人,各人对故乡的河流当有各自的情感记忆,而王安泉的"两天"的情感归结,竟令我发生不无惊悸这种难得的阅读享受。换到王安泉的立场和角度,能获得"两天"这样独特的人生体验的归结,必有其非同寻常的思考和举动。

王安泉先生先后十余回踏进黑河源头——秦岭的最高峰太白山,足见乐山爱水的天性了,非天性很难进入这种痴迷的程度。然而,他却不是一般喜欢游山逛景陶醉其中的纯享受型意趣,而是有着多重追寻的甚为神圣的专注。他结束了在西安美术学院的专业学习,便背着画板走进太白山,踏遍黑河河谷,奇峰异景,水光山色,尽着性情涂抹在纸上,当是一双非同寻常的善于发现的年轻艺术家的眼睛;他做过《周至县志》和《太白山志》的主编,这又是一种严密到容不得半点浪漫也容不得丝毫艺术夸张的工作,而且要求通晓天文、地理、人文、历史,乃至动物、植物和中草药知识,还缺不得民俗风情,如此等等。在我的意识里,地方史志其实就是一方地域的百科全书,其主编非等闲之辈所可担当。由此可以想见王安泉闷头读了多少太白山和黑河的相关资料,查寻翻检了多少典籍史料,更不能或缺山里山外的实际踏访,才可能做到既不遗漏,又实现去伪存真,给今人一部可资信赖的周至县和太白山的百科全书。我从文字中得知这位年轻的画家又做着地方史志的主编时,又是一番惊奇,在如我一类常人的印象里,画家多为形象思维的浪漫色彩的人,而史志编著者不仅要求知识专长,尤其要求严谨,又容不得丝毫的浪漫和夸张,王安泉却把这两种相去甚远的角色融为一身,刮目相看的感觉便自然发生了。他曾经为中央电视台和西安电视台所聘请,拍摄太白山专题片,我庆幸两家电视台找到了最佳人选,一个对太白山地黑河流域的历史沿革物事世相烂熟于心又有新鲜发现的学者,难得独禀一双画家的艺术慧眼,可以想见专题片肯定会拍摄得出色亮彩了……读着《黑河》书稿,文字里浮现着王安泉的另一副面孔,作家。相对于写生画画和地方史志编辑而言,散文创作独有其不可替置的优势,可以尽情尽兴抒发了,画笔勾勒的或写实或抽象的线条,有巨大的想象空间供欣赏者展开思维驰骋,却难能实现太白山地黑河流域历史演变人文轶事的阐述;散文写作还可以挣破史志的文风的束缚,任由想象的翅膀飞翔,任由诗性的激情抒发。这样,让我又看到一个作家王安泉的不俗的表述能力。《黑河》之所以让我发生急切的渴望性阅读心理,就在于作者王安泉先生兼着画家、学者和作家的多重修养,画家使他有一双察看山水的诗性的眼睛,学者的知识使他把太白山黑河水久融于心,作为作家倾情书写的时候,便把一道独特体验的山(太白)水(黑河)风景推到如我一伙读者眼前了。读来令人沉迷。

　　《黑河》的文字语言也是令我沉迷的一个重要诱因。简洁明快,通畅而又扎实,一句一词都有鲜活逼真的景物推到读者眼前;甚好地把传统文字表述形式和已成习惯的西式表述形式熔铸一炉,不留痕迹,形成了作家王安泉先生个性化的语言标征;更难得的一点,大量的关中生活口语,运用于叙事状物的文字之中,不仅呈现出语言的鲜活,而且铸成语言的硬度和韧性,足见文字修养功夫。整部《黑河》的叙述和描写,可以用自如随兴来概括。无论叙事状物,无论道古说今,腾挪转换,自然自如,不留硬痕,读来畅达而有舒悦,不见丝毫隔膜,依着笔者习作的体会说,难能如此。尤其值得一说的是,王安泉先生的这部散文《黑河》,颇多起伏又生动的情节,往往让我有陷入小说阅读的错觉,无疑是急切的渴望性阅读心理发生的又一个诱因。随便抽出一小节:

　　　　有人高声对黑水生喊:"昨晚又和你老婆咋睡来?"
　　　　黑水生说:"搂上睡来。"

几个婆娘一齐停下锄,尖声轻蔑地喊:"老骚情!"

黑水生说:"眼红了?"

一片笑声盖过了黑河、渭河的水声。

这样的情节,确像小说里的情景,却比某些缺乏生活体验的小说还显得生动和真实。这里的简洁,却更传神,调侃的双方的音容笑貌尽可在简短的对话里感知得到,而无须再用文字去描写。《黑河》的语言随叙述内容而变换,写到某件史实或现实景物时,作者又呈现出密实的语言,犹如风吹绿野,一波一浪涌来,读来顿生激烈澎湃的美感。

我和王安泉先生虽有过几次接触,然而,只有在读过《黑河》书稿之后,才领略到一种深厚而又鲜活的性情。无论小说、诗歌,抑或是散文,都是某个作家关于世界关于人生的体验的展示,尤其是散文,多是直抒个人的生活体验;读着泼洒到纸上的心语,作者的性情和心灵就坦荡无遗了,尤其是那些容量大、体验深的作品,《黑河》即如此品位。还有一点黑河情结,便是年年月月日日都喝着黑河的好水,再读《黑河》,更有一缕非同寻常的意味和韵味了。

2010 年 3 月 8 日 二府庄

感知躬行者的履迹声响

一

平生乱读书，其中包括一些人物传记读本，有的是影响乃至改变一个国家历史进程和民族命运的人，有的甚至是影响世界格局和数以亿计的多种民族命运的人，也有在自然科学和文学艺术领域卓有建树的人，自然对我认识世界不断校正自己人生的脚步都发生过启迪的效益。

我之所以开篇便说此事，也是话出有因，便是读《躬行集——我的回忆录》所触发。以上所说的人物传记里的人，业已成为历史记忆里的一个符号，于今读来尽管仍不失某种震撼人心的效应，却也仅仅只是一种久远的业已沉寂的历史的回声；更有时空和地理的隔膜，难得消解难得跨越，便留下阅读的小小遗憾。依着既往的这种阅读感受进入《躬行集》的阅读，却发生了决然不同的感受，一种颇为急切的探秘的阅读欲望，其实早在揭开书稿之前就酝酿于内了。

这种阅读心理的发生，说来也很自然。这本名为回忆录实为自传的传主牟玲生，是我读过的各种传记的传主中离我距离最近的一位，没有时空隔膜，尽管长我几岁，各自生活经历的社会大背景却几乎完全一致；更没有地理距离，他家在关中西府，我在东府，后来又都先后迁入古城西安;早在二十多年前我就认识他了,连陌生感都不存在,何以会发生"探秘"的阅读心态？恰恰在于我认识他的非常环境,他是作为一个省的重要领导人在台上做报告发指示,我是坐在台下大厅里聆听领会报告和指示的众多受众之一;台上的他客观地俯视着台下,台下的我也客观地仰视着台上的他。在我第一次仰视他的时候就曾经想到,这位走上一个几千万人口的省的重要领导岗位的人,曾经有过怎样平凡的人生经历,以及超乎寻常的个人意志和品质,神秘感很自然地发生了。就我隐约所知,那个时候党内似乎有甚为严格的纪律,限制对省级领导人的个人色彩的宣传。这样,那种神秘感便潜存心底,竟有二十多年,直到揭开《躬行集》书稿的时候,那种"探秘"的阅读心态便自然发生了,颇为急切。

揭开《躬行集》书稿,我看到的是一个距我最近却也显得陌生的我的领导的人生履迹,坚定而又艰难,果决却又沉重,甚至不无凶险。正是在这样的人生履迹中,彰显着牟玲生人生追求的崇高的精神境界,一种难能可贵的独立的人格品相。

二

读完《躬行集》书稿,我有诸多感受和感动,归结一句话,这是一个把毕生精力和智慧都投入且专注于革命事业和革命工作的人。

牟玲生的少年时期所经历的艰难困苦,是超出我的想象的。他来到人间仅仅半岁,便跟父母开始了逃荒求生之路,远及甘肃平凉,历时三年之久,其间要饭、打工、破庙栖身,能够顽强地活下来确属万幸。然而更让我意料不及的是,牟玲生小小年纪便参与地下革命活动。年仅十五岁的少年掩护三个地下党的大学生躲过国民党特务追捕的劫难,也把自己投入到地下革命的斗争之中,不仅没有动摇,而且不惧凶险。我读到他少年时期参加地下革命斗争的事迹时,感到是很自然发生的事。略一思索,似乎有两大因由,一是直接的诱因,他哥哥牟富生已经是负有重要使命的西府地区地下党的一员了,给他以直接的影响,而且完全信赖地吩咐给他以任务,牟玲生都忠诚致力地完成了。二是牟玲生本身的反叛性格的形成,主要是反动而又腐朽的社会压迫。他一来到人世便逃荒要饭,侥幸活了性命,这在堪比天府之国的关中西府,令人不可思议;他几度上学,又几度失学,全都因为一个穷困而难以为继;他亲眼看见催捐抓丁的国民党地方爪牙拳打脚踢父亲,也看到只能忍气吞声默默流泪的父亲痛苦而又无奈的脸色,仇恨便激发为抗争和反叛。我同时也能想到,人口稠密自然环境甚好的关中地区,恰恰是国民党军、警、宪、特重点布防的关键部位,留给革命者搞地下斗争的空间很小,风险亦更大,少年牟玲生投身地下革命斗争,这种毅然决然的人生选择,必有一个最基本的也是最坏的估计,把生死置之度外了。

　　一个把生死置之度外以大无畏精神投身神圣的革命事业的人,永远令后来者敬重;尤其是一个尚未成年的牟玲生,在人生的初始阶段,便奠基了为被压迫被剥削者争生存求解放的宏大的人生志向,而且投身其中,为后来的人生打下了难得改易难得动摇的坚实基础。他的《躬行集》书稿所呈现的人生履迹,也印证了他人生志向和人生价值追求的一贯性目标,即党的事业和人民的利益。仅看他人生历程中重要几步的声响——

　　共和国成立后的第二年实行土地改革,年仅十八岁的牟玲生担任一个乡土改工作组组长,却能严密地把握土改政策,没有发生扩大打击面的事,那时候全国不少地方发生过打击面过宽的"左"倾偏激事件。

　　上世纪五十年代中期,牟玲生获得留学苏联的难得机遇,努力克服文化基础薄弱的多重困难,留学取得优异成绩,俄语达到可以简单对话的水平。关键在于一点,新中国的建设事业既需要马列主义理论修养,也需要专业知识,为着这样一个崇高的目的学习,不仅劲头十足,智商也获得超常的扩展和提升。

"大跃进"的一九五八年,刚刚留苏归来的牟玲生,作为下放劳动锻炼队的队长来到略阳山区,像当地农民一样干农活务庄稼,又给当地乡民普及文化科学知识。更难得的是,他以试验田的两度失败,验证了"大跃进"年代高产量的虚假和荒唐。

在长达十年的"文革"浩劫中,牟玲生经受了严峻的考验,在扑朔迷离的社会背景里,在派系斗争尖锐对立的漩流中,他始终保持甚为清醒的思路,艰难地坚守着对真理的不二忠诚和对谎言的拒绝。由此而受到惩罚也不改辙易径,宁可接受"勒令"到陕北农村劳动,也不顺从邪恶。在那样险恶的环境里,突显出一个人真正的党性原则,更见识难得的人格风骨和道德操守。

"文革"后期,牟玲生调到宜川县,先任县委副书记,两年后任县委书记。这个时期,正是"四人帮"抢班夺权作恶多端为害最烈的几年,也是各级干部里具有党心和良心的正派人最难立身的时期,牟玲生却在宜川县成就了兴利一方的务实业绩。他没有可能改变险恶多变的社会环境,却有清醒的辨识政治风向的头脑和善恶判断的能力,又兼着坚定不移的党性原则和道德操守,便可以决定自己不说什么不做什么,更可以决定自己要说什么要干什么。我看到,在"四人帮"翻云覆雨的政治环境里,牟玲生在宜川团结县委一班人,做农田基本建设,改土治水、植树造林,既改变千古以来的缺水又跑水的生产环境,又颇具远见的生态环境建设的眼光。他又善于总结经验,以科学审视的思维排除"农业学大寨"运动中几成灾难的条条框框,在宜川推行更切实际的"玉米壕田种植法",而且倡导尚不普及的化肥施肥方法,亲身示范。那些经过改造的台田,不仅在当年国穷民饥的动乱年代造福一方民众,而且至今依然发挥着保水保肥的永久性效益。

一九七八年，牟玲生第二次回到省委工作，任省委秘书长兼办公厅主任。这是省委的中枢神经。无须申述其重要性，也无须赘述其千头万绪到事无巨细的严密，这是任谁都可以想象的。这里我只引述牟玲生进入这个重要角色后，便给自己也给工作人员定下"四不让"的条律，便可以判断他主事的办公厅和秘书工作的办事效率和处事质量了。"四不让"为：不让领导交办的任何一件事在我手里贻误，不让正在交流的任何一项信息在我手里中断，不让任何一个差错和失误在我手里发生，不让任何一个来机关办事的同志在我这里受到冷遇。我自然可以推想，要做到这"四不让"，确非易事。然而，他们做到了，关键在于秘书长兼办公厅主任的牟玲生自始至终都保持着一种以身垂范的姿态。完全可以相信办公厅和秘书工作的办事效率和质量。我突发感想，有牟玲生做秘书长和办公厅主任，既可放心，亦可省去许多烦心。

牟玲生走上陕西省最高领导岗位，出任省委副书记，主管农村工作和宣传文教工作，长达八年。同样无须赘述《躬行集》书稿里的诸多叙事，仅举一例便可看到作为一个省的重要领导人的思想和作风，这就是牟玲生在陕西省延安市召开的种草种树会议上所做的主题报告，是他冒着陕北零下二十度的严寒，带领调查组下乡镇、走山野，跑遍五六个县，不仅搞座谈搞调查，而且亲身走到亲眼观看，更难能可贵在亲自下手执笔，几经修改，拿出一篇既切合陕北实际亦合乎科学的种草种树的规划报告。我又忍不住感慨，在主席台上做这样的主题报告的牟玲生，当会是既充满自信，也满怀感情的；自信来自于这个报告产生的实际性和科学性，感情当是自身亲自调查又亲自操刀完成心血之作的……

我把牟玲生人生历程中具有重要意义的几个履迹摆列出来，在于呈现一个曾经被饥饿和瘟疫威胁过的关中乡村孩子，如何走上一个有几千万人的省的领导岗位的。他的思想发展的成熟过程，他的工作能力不断提升的经历,他对党的思想和原则的坚守,尤其是在鱼龙混杂荒谬逞凶的特殊环境里不惜性命的坚守,他的视野的逐步扩展,还有自我道德的恪守和完善……不仅于他是一种人生归结,更在于对后来者的启迪和示范,人就应该这样面对生活面对世界,就应该这样面对自己足下的生命旅程,无论在社会的哪种位置上。

三

阅读《躬行集》书稿,我突兀地感知到一个人对崇高信仰的不懈追求,和伴随始终的言行一致的精神坚守。

牟玲生不是先接受马列主义学说而投身共产主义革命实践的,恰恰是在几乎没有革命理论准备的少小年纪,就已经进行革命的行动了。他对共产党革命的信奉,得助于从事地下革命的哥哥的直接影响。那个时代关中地区严酷的白色恐怖,再加之尚为乡村少年的年龄局限,很难实现共产主义革命理论的系统学习。即使在共和国成立后的和平环境到来时,百废待兴的革命大局势不仅不可能提供给他坐下来研读马列著作的机会,而是把一个土改工作组组长的重担压在了年仅十八岁的牟玲生肩上。他学习和钻研的理论课本是中共中央关于土地改革的文件,既要领会文件精神,更要在实践过程中准确把握政策分寸。从书稿中所述的他所负责的几个村子的土改全过程来看,完全体现了中央文件的精神和政策,尤其是对情况较为复杂又有特殊因素纠缠的魏考祺家庭成分的划分,确凿可以见出牟玲生这位年轻的老革命的清醒和冷静。这种清醒和冷静,在于政策把握的准确,以及对中央文件精神的高度自觉,这对于一个十八岁的人,委实难能可贵。然而,这个时期的牟玲生的理论学习和修养,主要体现在中央关于某项中心工作的指导文件上,这是结合中国国情的体现着马列主义精神的理论,也是不可或缺的。

牟玲生终于有幸获得学习马列主义原著的机遇，不仅是长达一年的专业学习，而且是出国到苏联留学。对于仅在关中西府乡村学校断断续续读过几年书的牟玲生来说，可以想见其艰难，却被他强烈的求知欲和顽强的学习精神所化解。在苏联老师的指导下，他学习了《共产党宣言》《反杜林论》《社会主义从空想到科学的发展》《资本论》《做什么》《进一步，退两步》等马、恩、列、斯的原著。牟玲生总结这次学习收获时说："这是我生平中最难忘的经历之一。我第一次比较系统地阅读了马列主义的经典原著，学习了马列主义基本原理。"在我理解，这种对马列主义经典著作的学习和对马列主义基本原理的领会和掌握，之所以会成为"我生平中最难忘的经历"，就在于他完成了一次思想的升华和精神的飞跃，这是具有非同寻常意义的大事。年仅二十五岁却有十年革命经历的牟玲生，绝大多数岁月里都在做着具体的革命工作，对于这样一个忠诚革命又有丰富的革命经验的人来说，对于马克思列宁主义真理的领会和掌握，就会从个人受压迫求解放的心理层面，升华为对人类未来进入大同世界的思考，也从哲学层面实现了一次精神的飞跃。这种思想的升华和精神的飞跃，不仅对自己正在从事的具体工作的意义的理解发生全新的提升，还在于对自己从事的共产主义理想的信仰更为坚信了，成为人生价值意义上的唯一追求。

这种从马列主义原理高度上发生的对共产主义事业的信仰，必然的效应就是对真理的坚守，甚至可以说是一种至死不渝的品格，我仅从牟玲生发生在"文革"的一件事，就感知到了这一点。牟玲生在"文革"的派系斗争最激烈的岁月里，仍然不参与任何一派，这种行为本身就显示着他对这场祸害国家的运动的清醒认识。我也经历过"文革"，深知能保持这样不随波逐流不卷入恶性伤害的人，是要冒政治风险的，甚至有生命危险。牟玲生几经胁逼，绝不参与派系斗争；在专案组中，他坚持实事求是，决不做陷害人的材料，迫使军宣队一怒之下解散了专案组;直到造反派使出狠招,把他下放到榆林农村去劳动,甚至把爱人和孩子的西安户籍也注销了。我读到此,便想到了一个人的骨气和独立人格,只有对真理的坚信,才有辨识即使如"文革"这样人妖颠倒的复杂浊流的清醒理性,也才有坚守真理的勇气,才有宁可遭遇压迫、遭遇灾难而不改的骨气和人格。

更令我感动的是,在被作为惩罚的下放劳动中,他却以主人的姿态很快融合到农民群体之中,和村子里的农民一起下地干农活,推车挑担抡镢头,一天三晌和农民一样出工干活。遇到干旱威胁,他和农民一起挑水浇苗,仍不能奏效时,他竟跑回西安,向有关部门申请调拨了一台柴油发电机组,如此等等。用我们通常的习惯用语,确是"急农民之所急"。他在榆林这个村子下放劳动,时间长达三年,竟然成为农民舍不得放走的人了。我又忍不住感动和感慨,一个被惩罚被"贬谪"到边远乡村长达三年的人,却能做到不理会加害者的原本意图,仍然为当地民众做好事谋福利,这种自信到完全踏实的心理状态,不是任谁都能达到的,通常所见的多有丧气灰心难以摆脱消极。牟玲生超常的自信,我想当属对真理的信奉和坚守,客观上也形成对得逞一时作孽一时的邪恶势力的不屑式蔑视。

四

阅读《躬行集》书稿,我突出地感知到一个人凡事求真的科学精神和务实的工作作风。

随意举几例。

一九五〇年任土改工作组组长时,一个富裕农民怕被定为地主成分,偷偷给一位工作组干部行贿,引起不小的公愤,贫农代表大会几乎一致通过给他定为地主成分。作为土改工作组组长的牟玲生意识到不妥,行贿行为是一码事,而他家的实际情况是另一码事,行贿行为尽管恶劣,却不是他的家庭该定何种成分的关键因素。他便几经磋商,仍然给这户人家定位富农成分。在当年农村颇为激烈的土地改革运动中,能保持这样实事求是的科学态度,确实难得。

再如一九五八年他被下放到略阳劳动锻炼期间,正是"大跃进"的浮夸风刮得最猛的时候,报载亩产水稻过万斤、小麦亩产几万斤的高产纪录。他与下放干部和当地群众先后做了水稻、红薯、玉米和小麦的高产实验,以红薯六千多斤和玉米八九百斤的高产成功和水稻、小麦密植的彻底失败,亲手验证了反科学的浮夸风的荒谬,也使自己"增长了不少知识,明白了报上所说的万斤粮之类的报道,只不过是浮夸而已"。这种亲自动手所获得的经验,足以拂去任何动听的谎言。

这里着重说一下牟玲生在宜川县六年期间的政绩,更集中体现着他求真务实的精神和作风。这是一九七二年到一九七八年,正是学大寨运动搞得癫狂的年月,浮夸风和形式主义成为不可抵挡的风气。牟玲生到宜川县工作,先任县委副书记再任书记。初到宜川,他便下马观花,调查研究,费时几个月,把宜川的历史、人文、民风、民俗大略弄个明白,尤其着重于宜川的山、原、川、水等自然环境和农业生产的基本条件的掌握,更用心听取各级干部和当地群众关于改变穷困面貌的意见,终于做到胸中有数,拿出一个切合宜川实际的工作计划和治穷致富的可行性方案。

他看准了宜川地阔人稀产量低的两个主要原因,一是跑水跑肥的山坡薄田,二是缺水致成的低产量乃至绝收的靠天吃饭的被动生存现状,便集中力量花几年时间改造坡地为平整梯田,又下大力气解决灌溉难题。无须赘述他的缜密计划和实施过程,单看他带领干部群众实干六年之后的成果,便一目了然。几十年后,宜川已是闻名省内外的优质苹果生产大县,那些经他们修整的保水保肥梯田或埝地,给苹果的栽植和生长提供了绝佳的条件。他三十年后再到宜川探访时,那些苹果种植户获得良好的经济效益,仍念念不忘他们当年改造田地兴修水利所带来的永久性好处。此刻他产生的欣慰,当属"桃李无言,下自成蹊"。

难得还在于他力推科学种田的思路和坚定不移的主张。前述已说过,上世纪七十年代中后期的"农业学大寨"运动已经搞得浮夸而又离谱,牟玲生却倡导科学种田,推行良种提高产量,而且推行农民尚不习惯也不大相信的化肥和农药,包括请各路专业技术人员向农民普及农业科学知识。他抓植树造林绿化荒山的计划可谓宏大,而且具体,逐一落实,不仅人工栽树,而且动用飞机撒播树种,足以见出他的前瞻性。

我曾经在农村基层公社工作过十年,对于上世纪七十年代后期"学大寨"运动的浮夸风和形式主义深有感受,因而对牟玲生在宜川因地制宜求真务实的做法深感难得,既要有一种符合科学的思维,更要有拒绝浮夸风和形式主义的胆量和气魄,他的"唯实不唯上"的坚定信念,是做好了被摘乌纱帽的心理准备的。读到这些往事,仍令我感动,钦敬也自然而生。

五

阅读《躬行集》书稿,我不无震惊地感受到一个人绝不宽容自己过失的自省精神。

读着《躬行集》书稿,往往会发生让我意料不及的情景,就是牟玲生对自己工作中的几次失误的自责和反省。许多事已因时过境迁而被生活淡化以至淡忘,而牟玲生却积久难忘,更不宽恕自己,一件一件诉诸自传体的文本,词恳意切地检讨和反省,读来不仅感动,且不无震撼。一个人敢于面对自己的过失,也就敢于面对业已成为历史的过去,更有面对未来的踏实和自信。

"'文化大革命'中,受极'左'思潮影响,我也盲目地批判过所谓的'陕西民主革命不彻底'。现在想起来,深感愧疚。"引自《躬行集》书稿的这段自我反省的文字的社会背景,严格说是始自"文革"爆发前两年开始的"四清"运动,是当时陕西对"四清"运动的基本指导思想之一,即"陕西民主革命不彻底",要通过"四清"运动实现"民主革命补课"。在这种主导思想下开展的农村"四清"运动,最直接的后果是把一大批乡村干部错定为"四不清"干部,把许多中农农户补定为地主或富农成分。到新时期纠正冤假错案时,那些被错定的"四不清"干部和补定的地主富农成分的农户,几乎全部平反纠正了。

那场"四清"运动的社会背景,是上世纪六十年代初毛泽东重提阶级斗争问题之后发生的事,全国都搞了,主要在农村,大约从一九六四年起始,分期分批一个县一个县接连搞着,直到一九六六年"文革"爆发而停止。在西北和陕西,把"民主革命不彻底"作为开展"四清"运动的指导思想之一,也是"狠抓阶级斗争"切中西北和陕西的特殊命题。牟玲生作为蓝田县"四清"工作组的负责人之一,执行这样的指导思想和方针是很自然的事,也是不容怀疑的事。当年全国搞过"四清"运动的干部当以百万计,至今仍怀"愧疚"心情而反省自己"盲目"执行极"左"路线和政策的牟玲生,就令我感动了。

牟玲生至今仍感到"遗憾"也感到"有辱使命"的事,发生在他任宜川县主要领导的时候。那一年(一九七三)周恩来总理回到延安,看到革命圣地的延安人民在革命胜利二十多年后仍然缺吃少穿,流下了伤心的眼泪,并当众公开检讨自己没有当好总理。随之,周总理提出"三年变面貌,五年(粮食产量)翻一番"的目标,包括牟玲生在内的延安地区和所辖县区的领导都立下了军令状,保证实现总理的嘱托。直到牟玲生六年后调离宜川县,粮食亩产量提高了,人均粮食数量也增加了,然而却没有达到"翻一番"的目标,一种"有辱使命的感觉"一直潜存心底。

牟玲生没有说未能实现"翻一番"的客观因素,不著为自己开脱的一词一字,却纯粹自责为"有辱使命"。我所能想到的有两点,一是上世纪七十年代中期,"文革"发生的一场接一场的中心运动,已经闹到全国都民不聊生怨声载道的地步,尤其是大批特批"唯生产力论"所发生的怪论,"宁要社会主义的草,不要资本主义的苗",各级领导干部要抓生产反而成为过错。在这种背景下,牟玲生仍然顶着压力在宜川修田、治水、植树、造林(不赘前述),使宜川农业生产的基本条件得到永久性的改善……然而,他却既不做客观辩解更不为自己开脱,把潜存心底的"有辱使命"的"遗憾"留在自己的人生脚印里。这种境界令我感动。

把"两个失误的教训"作为醒目的标题列为一节,可见牟玲生反省的郑重性。一个失误事件,是在宜川搞了劳民伤财的八个"小高抽"水利工程,另一个是在"一批两打"运动中发生过火斗争致人自杀的事件。前者犯了"决策不符合实际"的错误,而后者却是他作为县委一把手应负的责任。尽管他再三强调工作方法防止过激行为,却仍然发生了过激行为致人自杀的惨事,他便揽起作为自己的过失,作为教训,自责至今。

写到这里,我发觉在涉及牟玲生自责反省的几件过失时,我不自觉地都叙说了这几件事发生的社会背景,似乎有为牟玲生辩解或开脱之嫌。然而,我却不能不说,因为在这样的社会大背景下,才会发生这种过失,常见的现象是,许多人把类似的个人责任都推给社会大背景里去了,唯独牟玲生却不宽容更不为自己开脱,而是严格地自律、自责,实现自省。我的由意料不及的震撼里发生的感动,就很自然;敬重一种人格境界,也很自然。

六

读完《躬行集》书稿,那个坐在主席台上做报告,我在台下聆听并仰视的牟玲生不再是陌生的熟人,而是让我有一种知根知叶知外又见里的人了。

牟玲生少年时便投身革命,冒着生命危险而不退缩;牟玲生刚刚成年,从基层工作做起,之后多年变换多种工作,积累了丰富的工作经验;牟玲生有机会留学苏联学习马列主义原著,精神和思想完成了飞跃和升华;牟玲生工作历程的许多时月,都是在我们国家极"左"思潮愈演愈烈的困难局面里走过的,却能保持基本清醒的头脑而不随波逐流;牟玲生严于律己的自省精神,显示出一种坦诚的人生境界……我在前文中所说的感动和敬重,是由阅读引发的真实的情感。

我想到,年近八十岁的牟玲生,回首往事凝结成《躬行集》书稿的时候,如此坦然面对人生的行程的履痕,如此坦然面对自己生活和工作的脚下这块土地和人民,该当是骄傲的,自信的。然而,只有对这块土地和人民鞠躬尽瘁,才能获得面对人生履迹的坦然。

2010 年 6 月 5 日 二府庄

话说陕西人

赵乐际书记《在省文联第五次代表大会上的讲话》,充分肯定了近年间我省文艺工作者在戏剧、电影、电视、文学、绘画和书法等领域取得的令人瞩目的成果,对作家艺术家的创造性劳动无疑是一种真诚而富于力度的鼓舞。

《讲话》号召并期望文学艺术工作者在攀登文艺精品的创作时,"多角度描绘陕西人勤劳质朴、宽厚包容、尚德重礼、务实进取的典型形象……"这是对陕西人地域性共性的概括。作为陕西人,我一直关注和探索这块土地上的今人和前人的精神和气质的共性,以及由前人到今人的演进演变的心路历程。听到赵乐际书记的概括,之所以引起包括我在内的与会者的共鸣,就在于这种概括的准确。唯其精确,才能引发热烈的共鸣,随之而来的自然是思考。这四句十六个字的概括,既呈现了陕西人的性格特征,也揭示出陕西人的精神气质和心理形态,以及作为精神、心理、个性气象底蕴的传统道德规范的德和礼的遗风。我之所以说准确,就在于这种概括切合着陕西人的脉象,自然也是我多年生活在这块土地上的直接感受和感知。

这种准确概括必然会激发艺术家和作家的思考,陕西人的这种共性是如何形成的,其历史和文化的渊源该当做出探索和解析,尤其对历史人物的创作极富启示性意义;在近百年来历史演变和生活演进的骤烈而又复杂的漫长岁月里,陕西这一方地域的一代又一代陕西人，在完成精神和心理裂变的过程中，为何能够依然保持着这种独有的地域性特质；更具切近到不可回避的当下现实生活，经济高速发展物质日渐丰富的主流中，同时浮泛着庸俗乃至腐朽的理念，陕西人也面临着应该坚守什么，如何坚守，力戒什么，如何拒绝，才能使这方地域上的人的独有的品格传之久远……除了党政学校这些社会重要因素之外，文学艺术的张扬和感染力，是无可替代的，作家和艺术家以各自擅长的艺术形式，努力探索揭示各自理解和体验到的陕西人，塑造出坚守和继承着这种品格的令人耳目一新且具心灵震撼的陕西人形象，既是作为陕西领导人赵乐际书记的希望，也是陕西乃至中国观众和读者的期待。

2010 年 8 月 9 日　二府庄

简说柏峰散文

认识柏峰,大约三十年了,那时候他正在大学读书,有缘相识。几十年过去,虽然过从疏淡,却幸未断止,不敢自命为淡淡如水的君子之交,却也可自信庸常无益的来来往往拉拉扯扯不曾发生,便形成一种简约却也明晰的印象。初见柏峰时的学生气儿,渐变为一种谦谦的书生气儿,再变就成为颇不随俗的学者气象了。印象里,柏峰似乎言语不多,更难见夸夸其谈,每有话说,却倒也坦荡直率;许多年自囚于渭南一隅,凭窗读书,锲而不舍,自得其乐,如此恬心静气的治学风范,在喧嚣的当今生活潮中弥足珍贵。

柏峰长期从事语文研究,这是他的主业,在语文界已是资深且卓有建树的研究者,已出版过几部专著,仍不断发表新的研究论文,颇负盛名。他酷爱读书,涉猎面广,更善钻研,对现代哲学和文学理论兴趣很浓,对古典文学和艺术亦有长盛不衰的爱好,取得了令人瞩目的研究成果。上世纪九十年代初期,柏峰就获得过陕西省哲学社会科学优秀成果奖,去年又获得首届陕西文艺理论奖。获奖是对他学术探索的肯定,也是对他苦心孤诣问学精神的鼓舞,自然也可见他学术造诣的功底和不可或缺的价值了。

更难能可贵的是,柏峰还擅长散文创作,而且已形成独立个性的品格。迄今为止,柏峰已出版了《野涧散墨》《枫窗新月》《月在东篱》《柔软的心灵》《归梦绕家山》等散文集。单看这些散文集的书名,约略便可感知作者的性情,以及文章的品相了。柏峰自家写着散文,同时还在思考研究散文这种文体,出版了散文理论专著《二十世纪中国散文》《论中国散文精神》等。同样,单看这两部散文研究专著的书名,顿生肃然,二十世纪一百年间,从新散文诞生到世纪末的散文大繁荣,出了多少堪称伟大的散文作家和堪称经典的散文作品,要做出独立见解而又能服众的一家之言,谈何容易。然而,柏峰做成了。要对整个中国散文作品的精神做出论断,必有一副高蹈群峰又点石成金的眼力,才可能从精神的层面上阐释百年以来的五彩缤纷的散文诸家,这更谈何容易。然而,柏峰也做成了。说到柏峰的散文,阅读中处处可以感知其思想的力度,那里泛溢着新人文主义精神的另一种韵致,无疑是追求高远、和谐和文明的境界。在艺术上,他独辟蹊径,寻求把古典语言和现代语言有机融汇的属于自己的语言,追求典雅清新却又鲜活生动的艺术效果,业已独成风景。

无论是致力于哲学社会科学,抑或是文学创作(散文为偏重)艺术的研究,都在促进并促成他的散文创作的高起点和高境界的自然实现,这是柏峰自己蹚开的适宜自己艺术创造理想的途径。柏峰正当盛年,相信会在自己独辟的艺术途径上继续探寻,获得更高的艺术境地,当是个性独具的"又一村"。

2010 年 8 月 14 日 二府庄

想起了杰克·伦敦

在《西风烈——陕西百名作家集体出征》的新闻发布会上,听到主讲人阐明这项前所未有的(陕西)文学书籍出版计划的基本思路时,美国作家杰克·伦敦竟然从我的记忆深处浮泛出来。

杰克·伦敦年轻时穷困,穷困到不惜冒险参与海盗行径。干着海盗营生的杰克·伦敦发生了良知反省,更重要的是发生了想写小说的欲望,而且这欲望强烈到不仅不可压抑,而且急切到刻不容缓,他便逃离了海盗团伙,栖居在海边小镇上一个小屋里写起小说来。写成一部小说,跑了几家出版社,不仅没有一家出版商看中小说,倒是看到一家比一家翻得更白的白眼,嘲讽的言辞也是一个比一个更尖刻。杰克·伦敦却不仅痴心不改,更加倾心更加专注于新的小说的构思创作。我已记不准杰克·伦敦的哪一部书稿,终于得到一家出版社老板有点勉强的认可,决定出版。杰克·伦敦喜不自胜,连出版社老板明显带有欺侮和坑人的十美元的一口价都接受了。他拿着说不清是稿酬还是版费的十美元酬金,来不及回家,直接到当铺把自己的一辆自行车赎了回来,再把剩余的几美元全部买成最粗劣也最便宜的面包,堆在屋子里,又潜心静气进入一部小说的写作了,一天三顿都是吃面包喝开水。直到面包吃完缺失下一顿的时候,他又把那辆作为唯一财产的自行车送到当铺里,换几个美元再买一抱粗而劣却也便宜的面包,继续他的长篇小说的写作……直到他走红并响亮于美国文坛，直到他的作品很快被广泛的普通读者所热衷，直到他的作品被众多出版社预约、争购、抢购，甚至高价收购。这样，一个享誉美国又享誉世界的伟大作家终于铸成不朽，他是杰克·伦敦。

在《西风烈——陕西百名作家集体出征》即将启程的庄重而又令我鼓舞的仪式上，我想着杰克·伦敦如果生在当代中国陕西，肯定会进入《西风烈》图书出版系列，就不会发生把自行车抵押当铺换面包吃的艰难困苦的事了，而且完全可能早几年就破土而出了。然而，在商业利益驱使下的美国出版界，眼睛紧盯着知名的又走红的几个作家，本属正常的也是司空见惯的生活世相，又逢着美国的经济大萧条时期，出版业本身不景气，杰克·伦敦这样的旷世奇才不被淹没不被摧折已属奇迹，亦属万幸。《西风烈——陕西百名作家集体出征》的声势浩大的出版工程的决策，正是基于目前中国文学图书出版现状做出的。任谁都能看到，文艺书籍的出版呈现着一热一冷的现象，名家的作品成为抢手货，本省难得留住，多数流向省外出版社出版；而众多的尚未成名的青年作家，写出作品却少有人问津，出书成为普遍性困难。这是实施市场经济运作的出版业必然发生的现象。出于扶植和培养有才华有潜力的新一代陕西青年作家，便促成了《西风烈——陕西百名作家集体出征》出版工程的实施。

面对"不相信眼泪"的图书出版市场，能够做出这样大气魄大动作的出版工程的决策，无疑出自一种富于远见的大思路大眼光，为着尚未破土而出也尚未成名的陕西的杰克·伦敦们铺桥修路的，也就是为着陕西未来的文学事业的灿烂前景的。这样切实的扶持青年作家创作的图书出版工程，在杰克·伦敦时代的美国是不可能发生的事情，在今天的任何国家的出版业界仍然是做梦也不会梦到的事。然而，这样的事在当代中国的陕西发生了，且已付诸实施了。我便忍不住感动，毕竟是有中国特色的社会主义体制，既实行图书出版业的市场运作，却也绝不无视市场运作过程中的冷脸，即对无名作家的轻视；在市场运作主导图书出版的现实里，能够正视这种现实里的冷脸，而把关注的眼光投向那些正在跃跃欲试正待破土而出的青年作家，可以感知一种富于远见的眼光，一种专注陕西文学事业的大思路，还有一种关爱后来者的至诚情怀，才有这样令人感到振奋的图书出版计划的创立和实施。

陕西基本被公认为文学重镇。中国"十七年文学"有陕西作家的重要建树，新时期文艺复兴以来的当代中国文学，也有陕西作家不同凡响的声音。无论当代文学界，尤其是陕西文坛，甚至在陕西文坛之外的各界读者群体，似乎都在关注陕西文学的未来，更偏重于三十岁以下的青年作家的成长和前景。能引起各方各界读者的关注，深以为幸，也是一种催发的力量。在我看来，这个《西风烈——陕西百名作家集体出征》的出版工程的实施，便是最务实的扶植青年作家成长发展的举措。得着这样有力的扶持，陕西的青年作家将减除杰克·伦敦当年的苦苦挣扎，能够缩短破土而出峭立未来中国文坛的时间，不仅创造陕西文学的新风景，也将成就中国文学别具一格的景观。

我为进入《西风烈——陕西百名作家集体出征》的青年作家庆祝，并期待不同凡响的新作问世。

我为《西风烈——陕西百名作家集体出征》的创立者和实施者诚表钦敬之意。你们的思路你们的用心，都是为着神圣的文学事业的。

2010 年 8 月 27 日 二府庄

说给云儒三句话

云儒过七十岁生日,各界人士拥集,场面庞大而又热烈。对于一个大半生都从事原本属于冷寂的文学评论工作的人来说,足以见得社会影响的广泛,远远超越了文学界。云儒约我说话,正中我表现欲念,连任何客套都不曾发生,我便踊跃而出,瞬即形成三句话,说给云儒。

第一句话,云儒是我的老师。这话不是客套,更不是恭维,而是真实的事实。

上世纪六十年代初,西安市群众艺术馆为文学爱好者搞文学讲座,我是虔诚的一个听众。周六下午走到纺织城东边的水沟村,花两角钱在农民的家庭客店歇脚,天不明起身赶到西安聆听各种选题的讲座。约略记得是那年春末夏初的一个周日,我在讲堂里看到了走上讲台的肖云儒,竟然由惊诧而瞬间浮泛出悲哀沮丧的情绪来,概出于他那一张脸孔。不单是那张脸的俊气,关键在那张脸所标志的太过年轻的年龄,看去好像比我还要小几岁,我的沮丧以至悲哀便发生了,这样年轻的人登上讲台做讲座,而自我感觉比他还长过几岁的我坐在台下接受他的文学启蒙,还梦想搞文学创作,未免太晚了……

我还是耐心听讲。他的讲题是《散文散谈》。就是在这次讲座上,我亲耳聆听到他对散文这种文体的概括——"形散而神不散"。这句堪称精湛的概括,在我一遍成记。我那时正学习散文写作,这句话便悬在心中。几十年后的今天,云儒关于散文的"形散而神不散"的概括,不仅随处被人引用,业已成为学界公认的关于散文写作最精到也最传神的概括,似可称为肖氏语录。而这样精准的概括,是他在二十出头的年纪作出的,足见其学养之不俗,以及横溢的才气。

我视他为老师,源出于此。尽管见面握手时直呼其名,老师的印记一直悬在心中。

新时期文艺复兴潮头伊始,陕西应运而出一茬青年作家,作品引起整个文坛的关注。几乎与此同时,陕西的中青年评论家组成一个纯民间性质的《笔耕》评论组,紧盯着刚刚跃上新时期文坛的这一茬陕西青年作家的创作变化和发展,对他们的作品进行品评,对他们的创作起到了促进作用。云儒是《笔耕》评论组年龄偏轻却最敏锐的评家,他的笔锋触及每一个作家的作品,赢得了作家们的钦服和珍重。我也是受益者之一,不仅在他肯定意见所给予的鼓励,更在对作品弱点的严肃的批评。记得我的《信任》获一九七九年全国短篇小说奖时,得到的几乎是一口腔的称赞,猛乍听到他毫不掩遮的批评,而且是甚为致命的否定性批评。他既不管你获什么全国奖的影响,而且是在一个小型创作座谈会上正对着我说的。我虽然没有申辩,却基本不予接受。直到几年又几年之后,自我感觉实现了一次又一次创作突破之后,我才一次又一次更深地理解了他的批评。确实说来,是一个生活真实与艺术真实的老话题,也是创作的一个大命题。我在上世纪七十年代末,对于创作的理解和感知,尚不能理解他的批评;反之,他对文学创作的理念和审美,超出了我当时的接受的可能性;当我后来的创作有所突破,大约才一步一步接近了他的那个文学理念和审美准则,钦佩便发生了,敬重也就是很自然的事。

听到也看到一些看人看脸却不看作品成色甚至掂红包轻重的评论的传闻,常会想起仁兄云儒直对着我面的毫不口软的批评,愈觉难能可贵。隐藏在心中三十年的这第二句话,在仁兄庆贺七十华诞的场合说出,在我算得是一个最恰当的机遇。

第三句话,是我刚刚意识到的,即云儒已经进入人生的又一个新的境界——达观。

生日庆典仪式的同时,云儒的散文随笔集《雩山》首发。我先读《雩山》自序,直感便是云儒已进入达观这种人生的高境界。我觉得尤为难得,人活七十现在并不难,难得的是进入生命体验里的达观境界。

我约略可以看到云儒抵达达观境界的一条途径,从文学评论形成广泛影响之后,即到新的世纪伊始,他的言论已经不再局限于文学作品,而是涉及社会、政治、经济、文化、历史和现实,完全成为一个视野宽泛且有独立见解的学者。说来有趣,每当有机缘听他发言,或在报刊上看到他的文章,还有电视上听他侃侃而谈某个话题,都是一种新颖的理念,敏锐的思维;甚至刚刚流行的新鲜语汇,在他说来如道家常。在我这个受众的感觉里,既有对新理念的启蒙,也有新鲜语汇的普及……这种情景里,我突然会意识到,我还是近五十年前坐在文学讲座讲堂里的听众,是学生;他依然是登上讲台讲演的先生、老师。差别仅仅在于——

云儒已是进入达观境界的人了。

2010 年 8 月 31 日 二府庄

老到少年陈奕博

我把颇为神秘的文学天才,物质化为一根对文字敏感的神经。陈奕博无疑与生俱来便拥有这样一根对文字尤为敏感的神经。在同龄人为一篇作文冥思苦索到抓耳挠腮的时候,陈奕博却要出版第二部散文随笔集了,可见其那根神经对文字敏感的程度,且不说天才。

陈奕博的散文随笔触及社会生活种种世相,直言不讳到露出见解的锋芒;有对山河大地自然风光的描摹,却不是浅表的吟诵,常有甚为独特的体验的韵味;更难得在他的笔锋竟然涉及历史上的文学大家,经典著作,以及地域人文,在继承和学习中,常常发出独立思考所获得的独具一格的体验;还有甚为老到的文字。我真不敢相信这是一个少年笔下所倾注的思维和体验的笔墨。

2010 年 9 月 4 日 二府庄

独得一笔活字

近一时期有缘多见到雷涛的书法作品,确已加深并形成一个基本印象,雷涛已从毛笔字升华为书法了。我说的毛笔字,顾名思义,就是用毛笔写的字,尚称不得书法;书法尽管也是用毛笔写的字,却是可以称为艺术的书法作品了。两者的差别如同学生作文和文学作品,毛笔字如同学生作文,尽管也有优劣差异,却难以进入艺术创造的层面去品评;书法如同正经发表或出版的文学作品,尽管也有高下之分,却都进入艺术创造的层面了。前几年见过雷涛的题字,我的印象是毛笔字;几年不见,今年在几种场合看到他的各种题字,一次又一次地发生眼前一亮的惊诧之后,便意识到雷涛已由毛笔字升华到书法艺术的高档了。不觉间油然而生惭愧,自己依旧停滞在毛笔字的低档。

上述每次看到雷涛书法作品所发生的眼前一亮和伴之而生的惊讶,无疑来自直观的冲击,即视像给我感官的意料不及的冲击,惊诧和惊喜便是自然发生的心理反应了。对一种艺术品的这种甚为强烈而新鲜的反应,是我艺术欣赏的基本的心理期待,却不是经常能够获得的享受。我略做梳理,引发这种感官和心理反应的直接因由,便是雷涛书法作品的率性,一种挥洒自如到自由不羁的率气,扑面而来;笔墨起落里的灵气和动感,使整幅书法画面弥漫着也张扬着一种活力。难得就在把字写活了,只有注入书家的率性和率气,才可能有鲜活的气韵泛溢出来。在摆置着诸家的书法作品之中,不看落款署名,我搭眼一瞅便会认出雷涛的作品来,便是那种独有的率性率气所凝聚在笔墨里的灵气和活力。这当属书法艺术的个性,独禀的个性化艺术气质。

  书法能形成一种独禀的艺术气质和气象,无疑标示着书法者已跨入自己独辟的艺术境界,这是很难的事,雷涛却抵达了。难在需得持久不懈的基本功的练习,各路名家名帖的楷书、隶书等的临摹,自不消说。尽管都下足了基本功夫,能否独辟蹊径进入一种个性化的艺术创造境界,却大约只占下功夫练基本功者的一个很小的比例。我看雷涛能抵达独成一景的艺术境界,大约有这样两个因素,首先是文化积淀和文化构成,对书家雷涛内在气质的决定性影响。在我的印象里,雷涛对以国学为本体的传统文化的承继颇为深厚,这是作为中国独门的书法艺术的基础和底蕴,不可或缺;难得在他同时兼备当代最新的文化理念,也拥有最活跃的独立思考的思维。这种兼容着古典传统和现代理念的思维,铸成他的个性化气质,体现在书法笔画结构和墨汁浓淡里的气韵,便独成一番景象了。不少书家注重国学传统而轻视现代理念,有的甚至拒绝现代理念,往往下足了功夫却难以摆脱匠气,那字看去也挺好,却独缺了灵气,是死字。再,当属书家雷涛的个人禀性或者说性格了,刚劲而不粗莽,机敏而不轻泛,这种个性化的禀赋决定着笔锋的运动,就是我所看到的一幅幅充满灵动的活字。

  雷涛的书法已独成一景。雷涛进入自己独辟蹊径的书法艺术境界,更开阔和更幽微的艺术天地有待再探,必有更令我眼睛一亮和发生更大的惊诧的书法艺术作品创造出来。

2010 年 9 月 29 日 二府庄

探索与创造者的礼赞

视角·视野

读着陈若星即将出版的报告文学散文随笔集《夏花秋叶》书稿，我不由暗暗惊诧，这人写了多少人的速写式的报告文学作品呀。尽管认识陈若星也有近十年了，也知道她主笔陕西唯一一家纯文化艺术报纸，是陕西文化文学艺术信息量最大也最新鲜活泼的一家周报，无疑也是我获得文化艺术信息结识艺术新人的一条重要渠道。《文化艺术报》办得好，主编陈若星自然功不可没，自然可以想见她是办报的里手，以及全身心的投入。然而，如实说来，我多年间只是零星看到过她写的署名文章，没有太强太深的印象。再，依着庸常心理推想，主编的主要职能在于不断更新办报的思路，赢得读者阅读的兴致，更有严峻的经济效益的压迫，似乎谁也不会要求主编亲自动笔写文章了。及至读完书稿，我的不断发生着的惊诧却释然了，在于我庸常推想的心理不仅发生错失，而且是大谬了。

先说阅读直感，陈若星的报告文学涉及多少人啊！陕西文学艺术圈里我认识的许多作家、艺术家，都被她的一支笔扫描过了，而这些人的独到的创造和创造过程里的动人的细节，在我却不甚了了，读她的文章便有对这些作家、艺术家更深一层理解的效应，也对他们痴心艺术创造的精神油然而生钦敬。陈彦的佳作《大树西迁》,我曾先后两次看过演出,每一次都被感动得流泪;然而只有在读过陈若星的《大树下的话题》,才了解了陈彦为这部剧作曾几次到上海采访,并住在上海交通大学体验生活,构思、创作,征求意见,修改,几经打磨推敲;初演后又经过大的修改,终于成就了一部深受观众喜爱,又获得专家普遍好评的好戏。再如陈孝英主编的一部汉俄双语对照的中俄友谊散文集《情系俄罗斯》,其中收编了我的访俄散记,我也参加过这本书的研讨会,却不甚了解陈孝英为编这部书所费的艰辛周折,还有这位俄语专家的感情投入,更有这部富于创意的汉俄双语散文集出版后的良好反响。尤其是为着这部书的序言,陈孝英两易其稿,二稿还是在医院病床上忍受着病痛完成的。当我曾经不无欣幸地看着我不认识的俄文印刷的我的文字,却未想到成就这一件涉及中俄文化交流的好事的陈孝英,默默地付出了无以量化的劳动和用心。我对许多作家、艺术家的创造活动有了更多的了解和理解,距离缩短了,钦敬也加深了。

陈若星报告文学的又一显著特点,在于叙述的对象多有那些在文学和艺术上初露锋芒的新人,像刚刚推出长篇小说《血色高原》崭露头角的青年作家高鸿,集歌唱家、作曲家、指挥家于一身的王胜利,甚至连在网上引起热议的《驻村日记》的作者——一位在秦巴山区下乡的省政府干部也不轻易放过,写成一篇令人深思深省的生活观察大命题的文章。这里让我甚为强烈地感知到陈若星的视角,不似当下多种媒体只盯着明星的脚步和屁股,寻找可以热卖的逸闻趣事,而是满怀激情地把一批文艺新苗推到读者面前,对于这些刚刚破土而出的新人的创造自信的树立,尤其对他们开创未来的艺术道路和艺术天地的勇气和信心,具有非常的意义。在陈若星独到的视觉观照里,许多富于艺术创造天才的年轻人被推到前台,对于一个省的文学艺术的未来发展前景,具有不可估量的意义。作为为艺术新人起程而鼓与呼的陈若星,她的这种富于远见的视角,在当今世风里尤为可贵。

还有陈若星的视野,其开阔的程度同样令我惊诧,近十年来陕西文学和艺术界的重要事件,一部有特色的书籍的出版,一部杰出话剧、歌剧、秦腔的演出,一部不同凡响的电影、电视剧的面世,等等,都成为她深度采访之后形成的有思想、有见解且有扎实内容的报告文学作品。这些可看作是她文化艺术视野里的主要观照对象,姑且不赘。她的视野还旁及一个偌大的泛文化范畴,她把一位富于文化思维的医学院的党委书记叶孟理推出来,他在专业性太强到令人有冷峻感的医学人才的骨质里,泅渗了温暖的文化底蕴;更为冷僻的动物研究专家吴晓民,对于珍奇动物的研究和保护,成就卓著,却鲜为人知,陈若星把这位无名的功勋人物彰扬于世;陈若星的视野远及域外,把在中国家喻户晓的电影《望乡》的成因揭示出来,也把一位极富人道而且敢于揭露日本侵略兽行的女性史学家山崎朋子介绍给中国读者;陈若星的视野聚焦于生活中的非常事件的时候,更显现着一种义勇的气概,汶川和陕南发生地震,她以大病初愈之身亲赴灾区扶难兼采访……

编入《夏花秋叶》里的报告文学七十三篇,显然不是她写作的全部,这样速写式的报告文学,当为陕西近十年来文学艺术以及宽泛的文化领域的大事记。我阅读中感知到陈若星的独立个性的视角,以及开阔的视野,成就了这样一部作为一个省的文学艺术大事记式的著作,珍贵在其可靠的史料价值,时间愈久愈显珍贵。我猜想陈若星一路走来,一路热情而又敏锐地扫描、速写这些宽泛到文化领域的人和事的时候,大约只想着把他们非凡的创造活动和创造成果张扬给整个社会,却未必考虑到多年以后所显示的史料价值,尤其是翔实可靠而又鲜活生动的第一手资料。

一个人看取社会的视角和视野的决定性因素,当数思想。思想决定着一个人的内在气质和精神气象,也制约着行径的选择,看取社会的视角就有了独立的个性化特质。由此可以见出陈若星颇不寻常的精神内里的大气象了。这一点,她自己大约也未必有清醒的意识,而是这些报告文学呈现出来的,一个自然而又浑成一体的气象,倒避免了清醒意识里刻意追求时往往容易发生的矫饰。

倾情·倾向

"想到此,我的眼泪'哗'的一下就流了出来,久久不能释怀。"

这是《黄土崖上绽放的璀璨之花》一文中的一个细节。"哗"的流出热泪且"久久不能释怀"的人,不是这篇报告文学叙写的对象,而是作者陈若星本人。作者这一笔文字,却让我甚为敏感。这是写主演话剧《郭双印连他乡党》的史丰的报告文学,或者更准确地说是人物特写。这部话剧里的郭双印的生活原型叫郭秀明,他的真实事迹不知感动得多少人落泪,话剧里的郭双印也感动得不知多少观众热泪涌流,主演史丰多次深入郭秀明生前奋斗的村子体验生活时,触景生情而泪洒热土,他饰演的话剧里的郭双印又感动得南方北方的观众难禁一掬热泪,我也曾热泪涌流。这些人的眼泪,我能理解,却不惊奇,而作为特写作者的陈若星的眼泪,却让我敏感了,这不是话剧演出现场,也不是生活原型郭秀明奋斗的村子的实景实物的触发,仅仅只是史丰说到他近期又一次去看望了郭秀明那个村子的乡党,生活已获得很大改善,可以说过上小康的日子了……人物特写的作者陈若星刚听到此,便发生了热泪涌流且"久久不能释怀"的情感反应。我的敏感在于,作为对一部话剧主演史丰的采访写作,却对话剧人物原型所奋斗的村子的变化能感动落泪,可见陈若星的情感已经和那个村子里的乡民融为一体了,当属一掬欣慰的热泪;更难得的一点在于,这掬热泪更是为着这个村子的领头人郭秀明洒下的,他生前奋斗多年的理想终于实现了。我便感知到陈若星对郭秀明崇高精神的钦敬与崇尚,已经在不觉间转化为情感倾向了。难得的精神崇尚!

对人的精神崇尚,几乎突显于每一篇以写人为主的报告文学里,我随意举出几例。在《激情燃烧的岁月》里,以短短的文字,向读者推出一个立体而又富于质感的音乐家崔炳元。这位富于音乐天赋的人参军之后,为各路驻军演出,足迹遍及兰州军区所涉及的西北的每一处关隘、沙漠、草原、山地、河谷,风餐露宿,冬雪夏暑,整整十年,任劳任怨,倾心倾情为战士服务;他的音乐天赋很快获得倾泻般的释放,一年竟然编创二百多首歌曲,又为歌剧、电视连续剧谱曲,多为激扬悲壮、慷慨苍劲的令人热血沸腾的基调;他始终保持着一个军人的风范,豪情而不失严谨,无私而呈现真情,为着军队建设,也为着倾情的艺术,向来不计个人得失。《月照西城》写了一位别具一格的回族领导干部兼书法家乌思尧,也是集中于一个人精神品相的展示和张扬。这位在工厂干过十八年车工、钳工、统计等实活的回族青年,以其一贯的出色的工作和优秀的品德获得普遍的赞誉和好评,被选拔到莲湖区做行政工作,分管民族宗教事务,直到担任莲湖区人大副主任,依旧呈现着高尚的精神品相,诸如作风正派,刚直不阿,一尘不染等公论民议的一致性好口碑,在时下纷繁的世风里独成一景。他自幼喜爱书法,修业养性,终于修成正果,书法作品独成一格,个人的修养也卓尔不群,不为书道里待价而沽的嘈杂声浪而移情,让我感知到一个通体透亮的回族汉子的精神风采。陈若星对人的精神品相的敏感和推崇,几乎涉及她采访再书写的每一个对象,让人看到诸多坚守在本省文学艺术以及泛文化领域的大家的风骨,而仅有的两个域外采访并介绍的人选,也突显着精神和思想的倾向。一位是日本历史学家兼社会学家山崎朋子,她以冷峻的笔墨揭开日本现代史上最丑恶到不堪的一页,即明治维新到第一次世界大战结束的许多年,日本数以万计的女性到世界许多国家,尤其大多到东南亚各国卖身做妓女的惨痛史实,以翔实到铁定的笔墨铸成纪实文学《山打根八号娼馆》,在日本社会引起的震惊自不待言了。陈若星对这个作家山崎朋子的这种非常举动的介绍,不是花絮或猎奇式的思路,而是着意在她的精神,即她对日本侵略和奴役别个民族的丑恶历史的批判思想。思想决定人的精神,也决定人的生命价值取向的选择,没有对日本那一段历史黑幕进行审视的思想,就不可能发生坚定不移揭示黑幕的力量。尤其是在接触到尚存人世的昔日妓女阿崎婆之后,和她"同吃同住"在非人生活的破茅棚里,竟长达三周之久,了解到无以数计的日本妓女中的"这一个"的悲惨人生。山崎朋子的行为是自己选择的,不似中国作家响应号召才去深入工厂、农村体验生活的。山崎朋子和阿崎婆"同吃同住"的日子里,不仅达到了探索历史的目的,更在和这位残喘人生的被侮辱、被损害的阿崎婆达到了深层的理解和情感的融合。这种理解和融合,不是一般意义上的同情或怜悯,而是一个堪称伟大的思想者的自觉到本能的行为,且不说感人之类。山崎朋子高蹈的精神和思想,既体现在对日本最不堪的历史黑幕的严峻的审视的眼光上,也体现在她对阿崎婆一类被黑幕遮掩的受害者的细微细节里。陈若星把一个具有独立思想、高尚精神境界的日本学者山崎朋子介绍给中国读者,无疑具有示范的意义。另一位外籍人士是美国建国初期的重要人物艾伦·伯尔,却是一个林彪式的人物。此人堪称旷世稀有的人才,十二岁便开始接受大学教育,智商之高非同寻常;此人在军队面临绝境里屡建奇功,可谓文武双全;此人曾经被美国开国总统华盛顿选为自己的军事秘书,及至随后登上副总统的显赫位置;此人又兼有翻手为云覆手为雨的本性,为争名逐利不惜杀害美国历史上另一位同样杰出的人物汉密尔顿……这位旷世稀有的天才人物,缺失的是精神和思想,品德自然无从谈起了,当个人的出人头地的欲望膨胀到不惜大开杀戒时,他不仅成为精神的矮子、思想的愚氓,在道德层面已滑落到流氓无赖和罪犯了。山崎朋子和艾伦·伯尔并列在这部书中,不管陈若星是有意抑或凑巧,都昭示着天地正气和阴霾龌龊的强烈反差,即精神和思想对一个人的立身的灵魂性意义。无论社会地位,无论天生之智商,这两个人几乎没有可比的一个基数,然而面对本国民众,面对世界,一个精神和思想的巨擘和矮子昭然于世了。

写到这里,我就对作家陈若星刮目相看了。

在七十三篇报告文学和人物特写的作品里,展示的是文学艺术以及文化界各路精英的精神境界、独立思想和高尚品德,让我这个读者很自然地看到本书作者陈若星的审美倾向了。作者推崇什么,张扬什么,无可例外地显示着作者自己的审美倾向,这不仅是常识,也是作家自身难以违拗的事,我们阅读小说、报告文学以及散文,都是在文字的行间里看到作者的审美倾向的。这些报告文学和人物特写的写作时间,前后历时近十年。这就是说,在这十年的写作中,陈若星一直坚守着对人的精神和思想境界的审视和畅扬,不仅难得,而是令我敬重了。任谁都能看到,这十年里生活发生了怎样的变化,一波迭过一波的纷繁复杂的生活世相,尤其是打着文化这块牌子的娱乐场合里层出不穷的种种花样,赤裸裸呈现着被金钱驱使着的癫狂和迷乱,影响到向来被视为神圣的文学艺术和更宽泛的文化领域,利益诱惑到一些作家、艺术家和文化学者再也坐不住冷板凳,进入制造快餐文化的市场了。直到前不久,胡锦涛总书记在政治局会议集体学习时,发出了"坚决抵制庸俗、低俗、媚俗之风"的指示,当为振聋发聩之声。当此之时,读陈若星这一篇篇为那些稳坐冷板凳痴情不移于自己精神向度的艺术家的礼赞文章,作者陈若星的审美倾向和精神坚守,不移不易,可见其清醒和冷静,还有操守,非此都难以十年里不移不易且愈加坚定的精神守护,尤其是在恶俗泛滥的时代里。有感于此,我说令我敬重的话,不是客套,而是真实的心理感应了。

我说对陈若星刮目相看的话,也是出于实情而非客套或恭维溢美。在我粗疏的印象里,陈若星是位谦谦君子,在公众场合多是默坐一隅做聆听状,几乎没有听到过她对某个话题的论说。我便形成一个印象,这是一位含而不露的报纸主编,那张《文化艺术报》办得丰富高雅,是一位很有修养的职业编辑,这也与平素较少看到她的文章有关。这次集中阅读了她的报告文学散文随笔集,我才看到一个颇具思想锋芒和精神高蹈的陈若星,不仅刮目相看,敬重就很自然地发生了。

激情·婉约

我说陈若星的报告文学是速写式,在于篇幅都不大,然而却不像一般速写速记的轻泛,而是每篇都有充实的颇具分量的内容。一篇篇不过三五千字的报告文学或人物特写,竟然能把一个个从事多种事业追求的人物风采展示出来,不仅让我看到这些人物的精神世界,而且可以感知到一个个鲜活而生动的个性,从写作艺术和笔底功夫说,不仅不易,而且突显出陈若星的独具一格的表述风格。

最突出的印象是语言的简洁明快,几乎不见闲笔,更不见为了某种语言风格的追求,反而造成矫饰或装腔或忸怩的别扭,她都是直指事象核心部位的揭示和叙述,被书写的对象的精神气质和个性便卓然而立。陈若星的语言有一个显著特点,便是长句,给阅读者的我以强烈的冲击,如同波浪迭起的潮流,酣畅淋漓直抒胸臆,极富感染力。随意举一例,"在这段对于山崎朋子来说具有决定意义的三周时光里,她时刻提醒自己:你打算与阿崎婆同吃同住,才来天草访问的。如果你不能每天三顿吃麦饭、坐在腐烂的榻榻米上,睡在几千个异国男人躺过的棉褥子上,不能在崖下挖坑大小便的话,她能把你看成是同一立场的人吗⋯⋯"这一段叙述语言,直接叙述的是山崎朋子的心理活动,颇见尖锐和激烈的情感波澜,姑且不赘。单是从语言风格说,这种动态的叙述长句,生动而鲜活地状写了叙述对象的真实心态,如若换成白描语言,不知要多过几倍的字数。叙述语言要达到形象化,确非易事。从这种语言的质感说,足以见出作者陈若星的内里情态,激情而近乎昂扬,舒展而又倾情,似乎与她谦谦而含蓄的表象不大合拍,然而却是一个甚为完美的统一。这种富于激情的叙述文字,是适应被书写对象的禀性气质所做的选择,被书写者多是精神追求和事业追求的顽强分子,这种简洁而富于激情的叙述语言,不仅合拍合辙,更合着被书写者的精神和心态。

在为数不多的散文篇章里,我才看到陈若星柔情甚至柔弱的一脉文字。《伦敦德里小调》旋律里,展现的是她踏过人生泥泞的温馨,却仍不见悲观绝望。即使在"文革"大灾难中被逼到山野草房栖居,却没有常见的那种控诉式文字,也没有渲染任谁都能想到的艰难困窘,却把笔墨集中到房东婆婆的笑脸和腼腆而实在的儿子的助人的行为上,许是那种最不堪的困窘里的温情最可珍贵,也见出作者的情怀,即珍重阴霾人生中的人性善的一缕阳光,正是对邪恶的不屑,这也是一种境界,一种情怀。这些篇章里的文字,简约而清丽,一种情怀的抒写,不见任何夸饰,尤为动人。我便向陈若星建议,这类纯情而又温情的散文,不妨多写一些,以飨如我一样期待阅读的读者。

2010年9月30日 二府庄

回首山路，槲叶依然灿烂

读董淑珍著《槲叶山路六十年》书稿，很快便进入一种陷入性阅读状态。这是我阅读生活里早已形成的习惯性心理期待，然而却很少发生。我对《槲》的陷入性阅读，说来有点始料不及，著者董淑珍不在文学圈内，素常也不见舞文弄墨，退休后写下自己人生履痕的《槲》，却让我一下子进入陷入性的阅读状态，完成了一次阅读期待，实现了阅读期待里的满足和享受。这种陷入性阅读的情态，在我就是不能轻易放过一行一句的文字，往往还发生对某些情节的再读和品咂；《槲》稿里的诸多情节直接撞冲到我业已沉寂的久远的生活记忆，时不时就会引发本能性的人生慨叹，甚至不得不暂且中止阅读；更有许多精彩到令人忍俊不禁捶拳或畅怀大笑的情节和细节……我已经陷入《槲》书阅读的忘情状态了。

精彩到堪为经典的细节

我想先从《槲》稿里精彩纷呈的生活细节说起。尽管明知这是不合文章章法的事，因为大凡评说一部著作，多是总体印象的概括论说，再条分缕析。我之所以先说《槲》的细节，确属情感驱使，那些密集到让我目不暇接的生活细节，确实太精彩了。

我随意举一令我震撼的细节。民国初年发生饥荒，家道富裕的外祖父不仅给乞食的饥民吃馍,而且嫌"一回拿几个馍,跑得麻烦。就拿一个大盆子往外拾"。乞食者越聚越多,这位外祖父便领着他们到村前的大河里修筑防洪的堤坝,并宣布:"谁来谁走我不管,干多干少我不管,干活没工钱,吃饭没饭钱。"任谁都能想到,修筑防洪堤坝,受益的是整个村子里的乡民,而付出的吃饭的粮食却是外祖父家的;同样任谁都会想到,饥荒年月里的一个馍一碗饭,是救命的无价之宝,外祖父为群聚的饥民要白白付出多少粮食?他对不理解这种举动的二外祖父解释说,"给寻些活干,他们吃饭就觉得应该;要不,整天给他们管饭,他们心里也觉得不自在。"……

　　我读到这里,不由得哦了一声,心头有一种被撞击的感觉,模糊的外祖父的形象顿时如大树一般撑立起来。对饥民的慷慨施舍在我并不惊奇,惊奇乃至震撼我的正是他的这两句话,他被迫道出的施舍义举的主观意图,不仅要让濒临死亡边沿的饥民获得救助,而且还要让他们不失受济时的人格尊严,也避免了受济者通常都会发生的感恩情感的负面阴影,同时获得作为受济者的自尊。我便推想,这位外祖父肯定见多了求乞者低眉耷眼的羞赧神色,体察并感知到人的尊严的溃崩,于是便想出修筑防洪堤坝的举措,让受济者避免人格尊严的受损。我读到此,便想到这位外祖父不仅是位对人体察入微的心理学家,更是一位自觉尊重他人尤其是受济者人格的乡村思想家,与通常所见所说的行善施舍的人划开了截然的档次。这位尊崇孔子的外祖父,身体力行着孔老先生的教诲,在上世纪初的乱世中,能在饥寒交迫的商洛山区的一隅张扬人格尊严的精神旗帜,我说有如大树撑立的感觉,不属夸张。即使到新世纪的今天,让每个中国人有尊严地活着,仍然是一个热门而又新鲜的话题,便可以感知近百年前窝居商洛山区那位乡村思想家外祖父的精神质地了。写到这里,仍想赘述几句,初读这个生活细节时,我当即想到拙著《白鹿原》里的白嘉轩,似乎和董淑珍的外祖父的精神和心理气象是相通的,可惜我未能拥有外祖父以修筑防洪堤坝实施救济穷人的经典细节。

还有这位外祖父的一个生活细节,是其外祖母身患重病时,他日夜守护在床前,竟然焦虑得眼睛生成了白内障,双目失明了,这种情况在我可以想象,也可以理解;让我完全意想不到的是,在外祖母去世后,这位外祖父竟然日夜守护在安葬着外祖母的坟头,由家里人送饭来,他先将饭食敬献给逝者,跪拜叩首者三,待意念里的夫人吃过之后,他才动筷子吃饭,竟然如此坚守到一百天这个隆重的乡村祭礼完成的时候,跳崖自杀了。这个细节令我震撼到本能地闭上了眼睛,肯定将会铸成永久的记忆。

如果说外祖父以修筑防洪堤坝让受济者获得人格尊严的举动,可以见出这位乡村思想家的精神气象,那么,他在逝去的夫人的新坟前守护一百个日日夜夜的行为,便可见出这位乡村思想家的情感世界了。单是这两个细节,便把一个堪称典型的乡村人物形象雕铸成型了。难能可贵的更在他不是作家创造的艺术形象,而是一个真实的外祖父。

精彩的生活细节充实着这部书稿,不胜枚举,而作为细节的另一种形态的人物语言,在《槲》稿里呈现出各个人物的个性化活力。董淑珍家在"文革"初的"民主补课"运动中被补划为富农,这是作为敌对阶级重点打击和专政的对象,受到的外伤和内伤难以诉说。然而在经过纠"左"得到平反之后,董淑珍的母亲不仅没有哭诉抱怨,反而说:"我说么,还是共产党好,错了就改。国民党把人杀了,也不会说杀错了……"需要说明的是这位老大娘说这些话的场合,不是公开场合的会议式表态,也不是说给某一级干部的光面子话,而是在自家屋里和自己的丈夫以及女儿(即作者)说的,当属真实的肺腑之言。我凭常情推想,在自家屋里这个自由空间,诉一诉几年来被专政的屈辱、苦情和怨气,乃至骂几声娘也合情理。然而这位老大娘却是以德报怨。此情此境里的文章,也仅是为自己"和人一样了,再不叫人低眼下看了"而庆幸,同样没有柱受屈辱的积怨和泄恨的言辞,然而两人的心态仍然显示着个性化的差异。我读到这些话语,更多的感慨却是,要知道中国的老百姓是怎样的老百姓,这就是。我正是在读到这些作为人物心声的话语时,几乎本能地发生连连的慨叹。

更为传神的一个细节语言不忍舍弃。《榭》稿作者的儿子在"眼巴巴看着"妹妹吃奶奶留给她的偏食时,"看着看着便生气了,就开始骂了,'吃,吃,好好吃,把你咋不吃死呢……'"我读到此,便畅怀大笑了,自言自语"刘卫平猴急了"。这连着四个"吃"字,把少年刘卫平的猴急的情状跃然纸上了。笑罢却有点心酸,那些年月里在乡村所谓好吃的偏食,不过是一块麦子面馍或饼子,让作为哥哥的刘卫平当真猴急了。我想到而今作为堂堂的古典文学教授的刘炜评(刘卫平后用名),读到这些往事也会笑一场的,当不会轻易淡忘;人生历程中有为一块饼子猴急的体验垫底,却可能终生获益。

《榭》稿通篇都是以无可置疑的情节和鲜活生动的细节完成叙述的,对我便发生陷入性的阅读魅力。我自然会想到作者董淑珍,拥有那样坎坷而丰富的人生阅历,在我似乎并不太惊奇,我见过听过的比她更惨更苦遭遇的人和事也不少了。我的惊异在于董淑珍的记忆力如此之强,对于少年和青年时期家族亲友和周边人群的生活灾变,竟然有如此犹新的记忆,尤其是那些细微的生活细节,诉诸文字依然呈现着独具的活力。我便想到不全是记忆力强或弱的事,而是作者对生活世相里的细节有一根尤为敏感的神经。

我对天才有一个物质化的理解,便是对社会事相的某种事有一根尤为敏感的神经。有一根对色彩敏感的神经的人,便爱好画画儿;有一根对音律敏感的神经的人,可能成为音乐家;有一根对数字计算敏感的神经的人,可能会成为数学家;同样,有一根对文字尤为敏感的神经的人,便会喜好文学成为作家。作家那根对文字敏感的神经,几乎同时兼备对生活世相里的细节的敏锐感受能力,才有独自的发现,形成独有的品性,笔下的人物就不会雷同于别一个了。由我的这种理解看本书作者董淑珍,无疑是有一根敏感生活细节的神经,因而才可能发现并累积下如此丰富传神亦独特的生活细节。《槲》稿里简约地提到一笔,她在小学和中学(未读完)的作文多得老师赞赏,且预言她会成为一个作家的。生活的灾难性遭际,迫使她连初中学业也未能完成,我便为拥有既敏感文字又敏感生活世相细节的董淑珍甚为遗憾了,把一个完全可能有造就的作家淹没了。然而,有《槲》稿的成功,不仅可以告慰那份天赋之才,也足以告慰自己的人生了。

宽容,坦诚阔大的襟怀

《槲》稿是董淑珍六十余年的人生笔记。从她被生母视为多余人的被嫌弃的角色来到人世写起,历经在我这个同龄人也往往意料不及甚至不可思议的诸多灾难,社会的和家庭的,自然环境的和更多人为的,涉及她的生存、她的婚姻、她的前途,乃至她的生命,常常让我忍不住扼腕;在她一次又一次面对接踵而来的有幸和更多的不幸,包括几次跨越死亡之涧,我的眼前便突显出一个襟怀坦诚而又阔大的独立禀赋的女性形象。面对这位大半生都坚守在山区最偏远也最艰苦的乡村小学教师的生命履迹的时候,我感知到一种平凡人生里的不平凡到堪为崇高的精神气象和人格品性。我尚未和董淑珍谋面,纯粹是阅读她的人生笔记《槲》稿形成了新鲜而又强烈的感受,更确信人的精神和人格,不是以社会职业更不是以社会位置决定其品相的。《槲》稿里展现着董淑珍丰富而又个性化的心灵风景。

董淑珍的敬业精神,是我深为钦佩的。她的敬业,不是通常意义上所见的一丝不苟做好自己的工作，而是在困难到几近绝境里的自我奋斗，不仅不抱怨不诉苦，而是在困境里坚守，且默不作声。她在自己村子里做挣工分的队办教师，因为教学成绩突出而被公社（即乡镇）选拔出来，安排到环境更艰苦的一个又一个初级小学去。她到上扒大队小学去的时候，抱着出生不足百日的女儿，又引着五岁的儿子，让五岁的儿子管护女儿，她给学生备课、上课、批改作业，晚上还要为孩子缝补衣服。村民和干部全都看在眼里，更为彻夜不熄的灯光所感动，决定每月奖励给她三斤点灯的煤油。在那个普遍贫穷时代的山区生产队能有如此慷慨义举，足见感人之深了。董淑珍被调到幢沟小学，一个人承担着一到四年级的复式班教学，可以想象繁忙和负重的程度了，竟然还领着学生搞玉米种植试验田获得成功，引来不少参观者。她再被调到东胜小学的时候，上级意图就很明朗了，这个学校的教学质量在公社地区落后；董淑珍到校一年，东胜小学在本地区统考中名列第一。无须赘述她如何把一个落后小学提升为全公社（乡镇）第一的过程和举措，任谁都会想到她的用心和用力，用心是非凡的智慧所创造的切合学生实际的教学措施，用力当是包括情感和体能的全部投入了。我又想到董淑珍的学历，因为"三年困难"致使初级师范学校"下马"（停办），她仅读过一年就无奈失学了，受正规教育的学历就是相当初级中学一年级。她后来能在一个又一个乡村小学创立优秀到令人瞩目咋舌的成绩，可以想象她的自修所获得的难以用文凭衡量的提升，更有对小学包括复式班教学艺术的探索。我说她的敬业精神的个性化品格令我钦敬，不是虚话，是真实感知。

　　董淑珍的个性化襟怀，不仅令我钦佩，更有深一层的感情撞击了。单说她由民办教师转为公办教师又退回民办教师的事。董淑珍在做了近十年民办教师的时候，因为教学成绩优秀而被转为拿公家工资俗称"铁饭碗"的公办教师，既是对她十年辛苦的应得报偿，也是她人生历程的跳出"农门"跨入国家干部行列的关键一步。然而，好事刚过一年，新的政策不期而至，因为转干指标"突破"，又要把她这一批刚刚转为公办教师的人重新退回为民办教师的编制。我读到这里，顿然发生本能性的心理撞击，是我也曾有过十年的民办教师的经历，转为公家正式干部的艰难漫长的过程，曾经成为精神和心理的一坨阴影。我替董淑珍惋惜连连，她却似乎不大在乎，第一个发言表态愿意接受这项退回民办教师编制的政策了。我读到此，本能性地反躬自问，如果是我当会如何？沮丧的心情肯定会持续很长时月……正是在人生的完全相同的境遇里，我看到董淑珍精神境界起码高于我的患得患失一个不小的档次。我也是在这一瞬，看到一个人坦诚而阔大的襟怀，在一个女教师来说尤为难能。

这种坦诚阔大的襟怀，更多地体现在与包括家庭亲友和社会各界人士的往来关系中，便是宽容。董淑珍的婆婆"是一个特别有心眼、很少说实话、空里来雾里去的女主人"。连婆婆自己也毫不讳言地说："谁想叫我给她说一句实话，想死都没有。"可以想见董淑珍和这位婆婆相处的困难了。在接待一个年轻教师的时候，这位婆婆居然说出一句难听到令我瞠目且不想在此引用的难听话，董淑珍被委屈得流泪，却没有和婆婆翻脸，连一句分辩的话都没说；为了一元钱的急用，婆婆答应借她，却睁着眼把她虚晃过去了，如此等等。然而在十七年的相处中，董淑珍一如既往尊敬婆婆，且以实心爱意对待婆婆的虚话假话。直到婆婆谢世之前的弥留之际，她把婆婆抱在怀里几个小时，直到咽下最后一口气。董淑珍痛哭，从灵前哭到坟头，下葬完结丧事结束仍然抑制不住哭声，可见真爱和真情。她向人所道及的话，全部是婆婆的好话，以及对婆婆人生不幸的深度同情。这种宽容的底蕴是善良，一种天性中的善良。董淑珍处人处世的宽容，更呈现为一种对人的至深至诚而又理性的理解，随之便做出在常人几乎想也不会想到的非常亦非凡的举措。在"文革"动乱里，作为贫农且为五保户的董家,一夜之间被划入剥削阶级的富农成分了,可谓灭顶之灾。董淑珍看到父亲母亲被批斗、被打骂、被凌辱的惨状,却无法救助;她能想到作为剥削阶级家庭出身的人,是被划入另册的,将会给自己带来怎样不可预测的灾祸;然而,她却首先想到并担心的是丈夫,她身背的富农成分肯定会给丈夫的处境罩上阴影,而且是敌对阶级的政治阴影。为了不给丈夫造成伤害,她竟然想到离婚,而且意志坚决。在我的生活经历中所遇所闻的此类事也不少,几乎全部都是被划入剥削阶级成分的一方遭遇遗弃,造成许多家庭裂变的悲剧。董淑珍的非凡举措里,我深切地感知到她对丈夫以及孩子的爱,表现为决意牺牲自己的一切,让所爱的人走出阴影沐浴阳光。这种宽容,绝非一般意义上的宽容,更非某些姿态性的宽容,而是某种自背十字架,让亲人获得自由天地的宗教般的虔诚。

　　董淑珍的宽容,既是一贯的基本的处人处事的姿态,更是一种稳定不变的个性化的品格,凡是和她有缘相遇的人,都能感知得到。她的姐夫是个坏脾气的人,姐姐和外甥难免遭遇伤害,在姐夫晚年日落西山的困境里,她努力劝导外甥要记住父亲的恩情,而不要计较父亲的什么不周之处,尽好孝道。她的堂兄嫂尤其嫂子年轻时是位趋利到近乎刻薄的人,既受到董淑珍父母的关照和爱护,却竟然嫉妒能有机会上小学的小妹董淑珍。董淑珍小小年纪多蒙委屈,成年后却不计前嫌,关照这两位堂兄嫂,直到他和她终于自愧自悔而道歉,读来令我感动而又感佩。以这样宽容的襟怀面对生活交人处世,董淑珍的朋友自然拥集,不必赘述列举。我看到这个宽容别人的人,却"斤斤计较"又念念不忘着对她有过帮助的人。在董淑珍刚刚做民办教师的时候,正值饥饿的所谓"三年困难时期",她的生活也是最艰难的,竟有三个农村妇女常来她任教的学校,送来米、面、馍和油炸食品。这三位女朋友已谢世二三十年了,董淑珍不仅依旧感念她们的接济之恩,而且因为未能报答而成为心理情感的一个结。能够永记不忘帮助过自己的人,是董淑珍宽容的相辅相成的另一面。生活世相里多见的是宽容自己而苛刻别人,更极端者即是所谓恩将仇报的白眼狼。这样,我看到一个人的内里世界的两面,对人宽容,对己却是"斤斤计较"着好心人的帮助,且要回报。这就可以见出董淑珍的襟怀里的清爽世界了。

灾难体验的反向升华及其他

致成我对《槲》稿的陷入性阅读的一个特殊的诱因,是我在董淑珍的人生履痕里,不时引发自己的业已久远的生命的回音,陷入便是不可抑制的事了。董淑珍是上世纪六十年代初做挣工分的队请民办教师,我也是在此时以队请民办小学教师的身份开始由学生变为社会工作人员的;董一人带过四个年级的复式班学生的全部课程,我带的是两个班级的复式班学生的课程;她辗转多所简陋的山区小学,我也是在一幢孤零零的装不起窗户玻璃的房子里给乡村孩子讲了语文再教算术;她大约在任教十年后转为国家编制的公办教师,我比她还要晚一二年才进入吃商品粮拿公家工资的干部队列;她是多次荣获褒奖的优秀教师,我也有此荣幸。然而看到董淑珍比我更为艰难的教学环境,还有她倾心倾力地投入,我便想到如若在同一个公社(乡镇)下属的小学任教,评选先进或优秀教师肯定是她而没有我的份了(不是玩笑)……在我看到她的案头的煤油灯的亮光时,便想到我用墨水瓶改装的煤油灯的火苗,还有熏得鼻孔发黑的煤油灯的灯烟,竟有一抹淡淡的诗意。

董淑珍的少年时期,不仅妄谈诗意,而是近于残酷。即使在我这个同龄人的感知里,确属不可思议的残酷。在她正读小学的少年时期,因为父亲失去体力劳动的能力,母亲也因体质不支而不能下地劳作,一家人的生存便几乎陷入绝境。父母竟然把出路瞅到她的身上,逼她招赘招夫以养家。我读到这些情节，不仅脊背顿生凉气，而且不能想象这种事是真实的。须知这是新中国成立后讲究妇女解放、婚姻自由的特定的生活背景，竟然还会有此等不可思议之事发生。然而却在不幸的董淑珍这里真实地发生了。少年的董淑珍难能违抗父命，却以自己的反抗方式，成功地挣脱了命运强加给她的这种残酷的枷锁，而且是一而再的两次。少年董淑珍尚不可能有什么巧妙的心计，而是以本能的情感作持久的对抗，不说一句话，甚至连和对方对视的一眼也没有，进出一个家门却形同陌路，直至对方终于意识到不可能成为夫妻而自觉离去。且不赘述第二招赘夫婿尴尬走人的过程，倒是可以想到董淑珍的自觉反叛的意识和果决的反叛行为了。董淑珍遭遇过这些在同代人感到不可思议的委屈乃至屈辱的事件，而且是在少不更事的少年时代，心理和情感上造成怎样的伤害，这是作为读者的我确也难以估量的事，姑且不论。然而，进入社会进入教师角色以后的董淑珍，二十余年沉潜在最底层的多所山区小学，真可谓既默默无闻又功勋卓著。看到她在一所比一所更艰难的乡村小学里的倾情和投入的工作姿态，我常常会想到她少年时代的心灵伤害，竟然在她的课堂上和煤油灯下看不到一丝消极情绪；更有她的以善良为底蕴的宽容的处世处人的襟怀，与她不幸的少年时代的遭遇构成一个很大的反差。依着通常多见的生活现象而言，少年时代的太过糟糕的遭遇，多会造成终生也难得弥补也难得改易的情感挫伤，多会形成某种褊狭或消极情绪。我所看到的董淑珍，不仅不留任何被伤害的负面阴影，而是走向人生最为难得的宽容境界，当属完全背反的一个个例。我便推想，当社会或家庭的不幸强加到董淑珍头上的时候，大约是她以自身的痛苦体验获得一种生活哲理，把善和美的阳光洒给世界，才有宽以待人的胸襟，包括宽容那些有性格缺陷的人。

《椭》稿展示的尽管是董淑珍的人生履痕，而这履痕却呈现着当代中国生活演变和社会跌宕起伏的掠影式的真实影像。这大约未必是作者有心着意的意图,反倒留下真实的笔墨。正是那种不着意夸张亦不掩饰的原生态的叙写,才不断触发我的生活记忆。董家曾是显赫一隅的大家富户,却被父亲的一根烟枪一把骰子搞得精光;我的祖上也有类似过程,反倒因祸得福,新中国成立后落下一个比什么都重要的贫农成分。董淑珍在商洛经历的合作化、反右、"三年困难"、"文革"以及改革开放的关键性转折,在自己生活和工作范围里的诸种反响和个人姿态,在我多有类似的经历和相近的感受,不觉间便陷入了。她写到"文革"初期自己"早请示晚汇报"之后才端碗吃饭,而且颇为自愿地推行到家庭。我读到此,不禁哑然失笑,我也有过这样的行为举动,还跳过表忠心的忠字舞。这些业已被生活判为愚昧而可笑的行为,经历者多不愿提及,提及时也多是反讽的口吻。董淑珍却如实写来,她为卧病在床的婆婆诵读毛泽东著作"老三篇",她把在公社(乡镇)会议上推行的"早请示晚汇报"和歌颂毛泽东的歌曲普及到自家屋院里,不是社会强制,而是个人的自觉自愿的行为。这种敢于把自己当年的可笑行为展现给后人,不仅不文过饰非,更见着一种襟怀坦白的反省,敢于面对世界,也敢于面对自己……《槲》稿文字中展示给今人的昨天的阴晴风雨,可贵在于其原生的真实形态,较之文艺作品的夸张和局限,更具独立而不可替及的价值。

《槲》稿的语言简洁而又形象,颇具阅读诱惑。

作者叙事状物,言简意赅,许多甚为复杂的社会世相、家庭变故和更多的个人经历,都写得简洁明快,脉络清晰,几乎不见多余的一句废话,叙事状物能达到一种形象化,而且甚为准确生动,足见文字功力之不俗;更为难得的是客观却不呆板的叙述所造成的可信度,给如我一样的读者阅读的踏实感,当属基本的诱惑(常见的文艺类作品的不恰当渲染,往往使读者产生阅读的排斥感);生活语言的生动和传神,是《槲》的文字的内在活力;人物在多种遭遇情境里的对话语言,非亲耳闻听所得而难以编造。我钦佩董淑珍良好的记忆能力,也惊诧她对这些个性化说词的生动再现的能力。

有《榭》书即将问世,董淑珍完全可以不在意错失写作这个行当的遗憾了。

2010 年 11 月 27 日　二府庄

思考和思想,是精神活力与精神脊梁

张艳茜成了作家了。

这是我读张艳茜即将出版的散文集《城墙根下》书稿过程中形成的一个截然新鲜的印象。

这种甚为强烈而不无诧异的感觉之所以发生,概出于积久且已定型的旧有的印象,她是一个职业编辑,专注而卓有建树却默默为人做嫁衣的文学杂志的编辑,且乐此不疲。在我不太准确的记忆里,大约是上世纪八十年代初,张艳茜走出西北大学中文系的门槛,便走进了陕西作家协会的深宅老院,坐在《延河》文学月刊编辑部稿件堆积如山的一张桌子前,开始了她的职业编辑的人生之旅。在那个不无破败气氛的陈年老院里,聚集着一伙从抗日战争和解放战争的硝烟里走过来的蜚声文坛的作家和诗人,还有一茬《延河》创刊的老编辑,大多年纪不轻,难免有老成持重里的沉闷。在先后进入这个老宅深院的年轻人里,张艳茜是唯一一位女性,不仅年轻,而且靓丽,性格又很开朗,响亮的笑声给那个老屋旧院平添了鲜活的生气,浮动着勃勃生机,与当时正在潮涌着的文艺复兴的氛围相呼应。不觉间二十多年过去了,张艳茜从编辑做到了小说组组长,又做到了《延河》月刊的常务副主编,无疑已是一位既富文学审美眼光又富办刊经验的职业编辑了。当年的年轻人已步入中年,而我似乎没有意识到这种职位和年龄的变化,依旧习惯称呼她小张。许多年来,在一些报刊上零星读到过张艳茜的随感类散文,却从来也没有改变过我对她的职业编辑的印象。《城墙根下》的阅读,张艳茜以作家的姿态站立在我的面前了。

我读《城墙根下》集子里的篇章,不无惊讶地看到一个独立思考着的张艳茜,对生活世相、社会变迁、人生际遇的种种感受和体验,别有一番独到而颇令我惊叹的深刻之处。依我的理解,作家面对现实,面对历史,及至面对自己,都在寻求着独自独有的发现,形成纯属自己的独特体验,发出既不类同前人也不混同今人的声音。决定这声音轻与重的诸多因素中,思想当属至关重要的因素。道理再简单不过,思想决定着作家体验的深与浅,重与轻,独到与平庸。在张艳茜的散文中,领受那些独有的颇为深刻的体验,我感知到一种思想的锋芒。《那双褐色的眼睛》是一篇让我读完却不能放手的佳作,对其中的部分情节和细节再次品读,不是吟诵山水的诗性抒情,也非黑色或灰色幽默的情趣,更不是荒冢残碑前的呻吟,而是揭示出一种确凿令我惊悚到不敢相信却不能不信的情感隐秘。一个如花似玉的知识女性,却甘愿被一个霸道的已婚男人所占有,既不为官场升迁亦不为商场利益等任何欲念,纯粹着一种痴迷许多年的爱。在我,难以理解的是,她所倾心倾情的那个男人的独尊达到一种少见的霸道的程度,她是看得清楚而又明白,然而却丝毫也不在意,更不计较,且心甘情愿接受对方霸道行为带给她的某些屈辱。直到许多年后,她和那个男人在机场不期而遇,"突然感觉,他是一个多么平常的男人啊。"回家后便剪掉了为他一直留着的又长又粗的辫子。我读到此,不觉间呼出一口气来,一个美好的心灵终于自由了。张艳茜在这篇散文中有发人深思的议论,是从复杂的情感世界直接体验而获得的:"小叶抗拒庸常的同时,却又渴望着庸常。"对庸常的抗拒和渴望,是人的精神追求和心理构建的矛盾性和复杂性的呈现,往往很难阐释清楚。张艳茜从小叶的情感遭遇获得的这种生活哲理,却是人类普遍存在的心理形态。张艳茜从直接的情感体验获得的带有普遍性的生活哲理,是善于思考且富于思想力度的思考的结果。另,文中虽然着墨不多的那个霸道的男人,却被勾勒得活灵活现,让人看到一种天性里的恶与劣,还有相辅着的俗不可耐。我读罢此篇,掩卷而顿生奢望,以这样深层的人性体验写一篇小说,起码是别开生面的一页,小叶和那个霸道而又俗不可耐的男人都显示着这一个和那一个的生活真实的典型性。

读着《城墙根下》散文集中的篇章,关于思考的话题逐渐凸显出来,张艳茜总是对社会世相发生着思考。我首先习惯性地想到善于思考或勤于思考这些常用词汇,却明显感觉到用在张艳茜身上不大恰切,前者是偏重于一个人喜欢思考的意指,后者则偏重于要多多思考的强调,或重或轻都带有应该如此的意向,而张艳茜的思考几乎是本能性的心理反应。她的眼睛看到的各色男女和社会世相,认识的或不认识的,远的或近的,动的或静的,都会引发那根敏于思考的神经的颤动,更不必说诸多亲自参与的各种公事和私事触发的种种思考了。她住在东城墙根下的时候,常常在护城河边的环城公园跑步,不仅健壮身体,更在缓解某些"灰暗的日子"造成的心理挫伤。即使在这样多有障碍的心绪里,那根敏于观察也敏于思索的神经依然敏感,对于司空见惯到眼熟能详的城墙的一抹白雪,依然生发着诗性的感触,"层层灰色的墙砖落上了洁白的雪花,衬托出城墙威严之下的典雅与少有的柔美。"当是这种诗性的情怀化释消解着被挫伤的心境里的灰暗。她看到我也熟悉的文学朋友田长山舞剑的雄姿,忽一日却发现这个人从城墙根下消失了,及至他不幸谢世的惨事发生。读到这些文字,引发我的竟是恍如隔世般的沧桑。我也见过田长山在城墙根下舞剑的英姿。我依然存储着灰色古砖的城墙根下一身白衫白裤舞动长剑的田长山的鲜活形象,不料由张艳茜的文字诱发出沧桑感来。我更赞同张艳茜对田长山"是真正的勇士"的归结,我再补充一句,在他的生命里呈现着一个文学圣徒的道德和良知。张艳茜对田长山的人格人品的敬重,自然映现着她本身的审美倾向和道德判断。

张艳茜从东城墙根下移居西城墙根下,尽管继续着"孤寂冷清的日子""拉长了的折磨",那根敏感的神经导致的思索却依旧活跃。正在修葺的西门城楼开始显现的"鲜艳的色彩",竟然发生出"不舒服,与两侧城墙的沧桑、古朴很不相称"。由此引申到关于家庭、关于新旧、关于人与人乃至国家与国家的相处之间的和谐或者说磨合的重大命题,须知这是一个正在持续着精神和心灵"折磨"的人的思索。张艳茜在西城墙根下的散漫游走中,多次在同一地点看到一对拥吻的恋人,几年后又在同一地点看到携着一个小孩儿的夫妻,便联想到曾经多次看见的拥吻的恋人,并从心底祝福这一对终成亲眷的有情人。一个自身遭遇着家庭不幸的人,如此深情且虔诚地看待并祝愿着有情人进入美好的情感殿堂,也见出张艳茜心底温馨善良的土壤。我便获得一种理解,当是这温馨善良的心灵质地,更有那种天性里的习惯性思考,抵御着也消解着持续的"孤寂冷清的日子"给她的"折磨",尽管不可避免"折磨"里的伤害,却减轻了伤害的程度,没有沉沦,更没有垮塌,终于走出了"折磨"困境的泥淖,赢得了新的精神世界。我便想说,有思想好,有思考好,这是人的精神脊梁。

张艳茜眼里的生活世相,总是带有审视和拷问的或重或轻的力度。她几次到医院看望就医的二姐,却勾勒出病房里一幅又一幅生动逼真的人物素描,"一个个头不高,长相凶悍,大腹便便的男人",粗劣的行为和冷漠的态度,让我竟然替那位临产的妻子操起心来。病房里再换了一个手术后的女患者,侍候她的"废物男人却默不作声,手里拿着个苹果咯叭咯叭地吃着,发出老鼠啃啮食物的闹心声音"。仅有的一笔,便把这一个没心没肺的"废物"男人的废相描画出来,而且不忘那位刚刚做完手术的女患者的再三申求,想要换一张价码更便宜的病床,让人顿生一种并不陌生的贫穷里的窘况,即使重病状态下,依然是不能摆脱的心理压迫。由此可以见出目击者张艳茜看人看事着力的焦点,对弱者的关爱和怜悯。《能否坦然走过》比较集中地展示了张艳茜关爱弱者的情怀,在路边,在车站,甚至在她的工作室里,面对乞求的男孩儿女孩儿,她都会送给对方一块或几块钱的,而向来不在意求乞者诉求话语里的虚假,且不说欺骗;她对一位找到她工作的编辑室里借钱的陌生人,也没有拒绝,事过一月这位借钱的人来还钱的时候,她竟被他的行为感动了,竟然自责当时借给他的钱太少了。我读到这篇短文,顿时想起了鲁迅先生的《一件小事》。今天的生活世相远远不是鲁迅先生所处时代的风气了,单是以种种假象搞欺骗性行乞的事频频发生,张艳茜自然不会耳目清静到世外桃源的隔离,她明知其中可能有诈,却依然向求乞者递上钞票。她只专享于一点:"我只图我心里那一刻的踏实,别的随他去吧。"这种面对行乞者的心态,是一种善的自我的完成,而不在意求乞者的真与假。她也许在某次给予的过程中被骗了,却避免了鲁迅先生在"一件小事"过后的自我谴责。张艳茜的这几件小事,正显现着她以善和怜悯面对弱者的情怀,当属一种令我敬重的境界。人和人的差别就在这里。这些谁都会遇见的小事,处理的方式各不相同,张艳茜的方式显示着的,不仅仅是个性,更在前述的那方心灵土壤的质地。

在我的也许偏颇的意念里,散文是一种直接展示作家思想、感情、情趣、审美等的文体,作者的个性化气质全部都昭然于文字之中。即使是那些虚情假意或无病呻吟乃至心里想着黑却表达着白的文字,也只能是作者的一厢情愿,瞒不过读者的眼睛的审视;而那些体现着作家独自发现、独特体验的散文,无论是深刻到惊世骇俗的大思维,抑或是屑小细微的一缕人生情趣,都会引发或大或小的不同层面的读者的阅读回应。如果说虚假的小说还有一定的蒙蔽现象,而散文却很难产生这种效应。这样说来,被看作好写的散文是一种误解,好的散文的写作同样不易。

如上一番感慨,是由张艳茜的散文阅读所触发的。我在上述的文字里,表述了我在《城墙根下》的散文中看到了颇觉陌生的张艳茜,即习惯性思考着的张艳茜。然而,这只是张艳茜个性秉性里最主要的一面,还有另一面便是她的情感世界,在她的散文中展示得真实动人,更凸显出不同别一个的个性里的丰富和生动。文集中的《海上琴声》和《我要寻找的朋友》两篇,是写她少年时期生活的两篇散文,不是常见的捉蚂蚱、打水仗、偷杏桃乃至恶作剧的童年情趣,而是至今依旧不能释怀的忏悔性表白。《海上琴声》展示的是一个小女孩儿眼里的"文革"时期的景象,逼真的环境、逼真的生活氛围和逼真的人物形态,都是不可重演的那个特殊年代的景观。作者只是一种客观的记忆印象的再现,着意是在一位从上海被贬弃到山沟小学的音乐教师,几笔文字便把一个遭遇灾难且独立禀赋的小提琴家的形象跃然纸上,更着力在作品中"我"对音乐老师的误解和可以想象的伤害。情节很简单,跟着音乐老师学习小提琴的"我",听信了家长们关于音乐老师有过"作风问题"的传言,不仅断然舍弃了小提琴的爱好,而且视音乐老师为最令人不齿的流氓而唯恐躲避不及了。凡经历过那个非常年代的人,谁都知道"作风问题"会使一个人处于怎样活不如死的状态,对于一个未谙世事的小女孩儿的如此决绝的举动,当不会问责的。然而张艳茜却和自己过不去。当"文革"灾难结束,尤其是她接受了文明的观念,却对自己幼年的行为可能对音乐老师造成的精神伤害耿耿于怀,足以见得张艳茜心灵世界的纯粹了。《我要寻找的朋友》一文,更为强烈也更为感人地显示着作者纯粹无染的情感世界。初中一年级时,一位来校搞军训的牛排长喜欢为歌唱队打拍子的张艳茜,接触稍多了点,写得一手好钢笔字的牛排长又教她写字……不可思议的猜疑便发生了,音乐老师(新调来的一位年轻女性)找她谈话:"我好心提醒你,不要和牛排长走得太近,要注意影响。"任谁都会想到所谓"影响"的不堪内容了。甚至包括母亲都郑重地向她发出警告性的训示。她又一次陷入困境,尤其是"我觉得人们看我的目光总是有些异样"的无形压迫之下,断然划开了和牛排长的界限,连正常不过的招呼都没有了,连对视一眼都回避了。同样在她成年且有了自己的思想之后,自责便日复一日强烈起来,而且无所畏惧地寻找牛排长,要当面致歉,以抚慰那位被伤害的军人,自己也获得一份心灵的安慰。寻找不见,她又按照打听到的住址给当年的牛排长写信,没有回应,便只有借一纸笔墨倾述难得消解的愧疚了……我读到此,除了感动,便看到一个人纤尘都不容污染的情感世界;即使被迫发生污染,也绝不接受,这是张艳茜个性的又一面。

我最后想说关于"瓜女子"这个话题了。这个话题不完全是阅读《"瓜女子"的坚持》这篇散文所触发,更多的是出于我对一个人的理解,以及新的认识。

我记忆中有着"瓜女子"的说法,却从未当真。不仅不以为张艳茜是个"瓜女子",而且也不完全是同事间的玩笑,却是一种赞扬。这里用到她头上的"瓜",实际是含有正派和真实的褒扬意味的,强调着的另一面,自然是虚与假,更不必说算计诡计之类了。这种"瓜"在当今多所浑浊的生活潮中,确属难能可贵。可贵在一种精神品格的坚守,且不为世风所动。

我想说的是另一层意思。即前文已涉及的令我发生陌生感的另一个张艳茜,而不是"瓜"或"不瓜"的事。在我的几成确定的印象里,张艳茜是一位职业编辑,而且专注到某种以命相托的痴情到痴迷的状态,无论是在漏雨的老房子里,无论是在新办公楼的编辑室里,她面对的都是一摞一摞稿件,面对的都是一本生存愈来愈艰难的《延河》,却从来也没有跳槽另投到一家更能获益的门庭。尽管这种可能的诱惑不止一次有过，她都没有动心。这是我熟悉不过的张艳茜。当我读完《城墙根下》中的散文，顿然意识到这个职业编辑的另一副面孔——作家。这个作家的个性化特质，是习惯性思考的人，她已形成自己独立的绝不人云亦云的思想，对生活世相颇具穿透力的思想，才使我有陌生的感觉。何"瓜"之有？

一个天性里习惯思考的张艳茜，已经进入人生的黄金阶段，她的思想不仅成熟，更会发展，必然会发生独有的生活体验和生命体验，必然有不同凡响的作品创造出来。我期待，且相信。

2010 年 12 月 26 日　二府庄

一方独特的艺术风景

我读安黎的《时间的面孔》，有这样几点阅读直感。第一点，我读这部小说的总体感觉，它是当代中国的百态世相图。这部小说从一个小小的渭北麻子村写起，一直写到省上，中间还有县，还有镇，从村子到省上这一条长链里，都有人物活跃在这部书里头。单是这一点，就我感觉而言，它对于当代社会各个层面的涉猎与扫描，面已经很宽了。想一想，从一个乡村里很小的麻子村，一直到省上那个大院，每个环节，每个级别，都有人物在这部作品里出现，它把整个社会里很重要的一面展示给了读者，这是很开阔也有纵深感的一面。这部小说，不仅从乡村到省上都有各色人物在作品里展示，而且把社会的各行各业也都展示在作品中，政界、商界、教育界、新闻界、宗教界、医疗界等，各类职业行业中的人都穿梭在作品中。这样，这部书呈现给我的，就是当代生活进行时的社会百态的种种世相，种种人物，而且是最现实的。这是我感觉最强烈的一点。

第二点，我感觉尤为突出的印象，就是作品中十有八九的人物，无论从事哪种职业的人物，都是悲剧性的结局。尤其是这个麻子村，即后来改成撒克鲁的村子里的人物，一个接一个地死去，导致死亡的祸因和死亡的方式都不一样，却都是令人心理上很难承受的那种残酷。好一点的人，还不敢完全说是正面人物这样死去的——为啥说不完全是正面人物？因为据我的阅读，在安黎的这部小说里，没有一个像我们素常阅读的作品里那种完全的正面人物或反面人物；他的《时间的面孔》里，都是这种很难用正面或反面定性的一群人。这些特性模糊却个性鲜活的人物，贯穿于作品的始终，营造出一种几乎无可置疑的生活真实。从美国回来的立本，最后的结局是死亡，而且是自杀，是他的空想图画彻底破灭之后的无可选择的归结。这个麻子村里的种种人，一人一种死法。这个村子里总共死了多少个人，我没详细地数。包括跟立本从美国一块儿回来的康圆圆，被社会上难以想象的一些丑恶纠缠，生气，郁闷，无可奈何，最后得癌症死去，且不说作品中出现的麻子村的那些人的死亡。悲剧性的生命结局，几乎是作品中所有人都难以逃遁的一个共同的结局。尽管导致各个人死亡的具体原因虽然不一样，我却感知到一个共同的却是无形的东西，那就是裂变着的生活的逼迫和挤压，而不是纯粹个人的生理因素，比如普遍都在发生的生老病死。若那样，就无任何意义了。作品里人物的悲剧性结局，都是社会本身造成的，起码可以说是麻子村这个典型环境里的人普遍的社会悲剧。这部书里写的这一群人物，我的直观感受就是赤裸裸的欲望着的各色人物。书里展现的完全是一种被利害冲突挟持着的这个人或者那个人，亲兄弟也罢，包含各级官员也罢，乡党邻里也罢，概莫能超出被物质利益挟持的状态。这样的冲突所展示出来的这种生活世相，让我这个当代人往往都感觉到很吃惊。也许我脱离农村的时间比较长了，起码跟我所经历过的上世纪八十年代以前的中国乡村的社会秩序，人的普遍性情绪，变化已经非常大了。《时间的面孔》里对我几乎带有刺激性的两个人物，一个是刘奇，一个是立本。刘奇简直就是个恶棍啊！一般的乡村恶棍，任何时代都不会绝种，我也见过。不仅生活中见过，小说阅读中也领略过，不会太过惊讶的。安黎笔下的这个恶棍刘奇，却是一乡之长，就让我惊诧连连了。作家安黎写透了这个人物。这个人的所有行为，包括语言、作为等，都带有"这一个"的鲜明的个性。读到这个人出奇的行为,让人大跌眼镜的话语,往往让我有一种不堪承受的撞击,阅读时要把书合了起来想半天。刘奇的典型性和荒诞性,却又是一种逼真性。刘奇这么一个小小的乡长,他眼睛里的社会,包含他眼睛里的官场,包含他眼睛里的民众,决定着他的流氓恶棍的行为。我被这个陌生的恶棍吸引着,总想看看他最后的结局。不料作者没有直接写刘奇被处死,只是后来一笔带过这个恶贯满盈的家伙被枪毙。刘奇吸引我的还有一个很直接的原因,和我的生活经历有关。我在乡政府(当年称人民公社)干过十年,但我没当过正乡长,职位只相当于副乡长。那时候还是"文革"时期,处处都在搞"阶级斗争",整人最厉害,都很难找到像刘奇这样横行霸道为所欲为的一个恶棍乡长。但是阅读这部小说,刘奇这个乡长的一举一动、一言一行,则呈现着一种生活的又是艺术的巨大的真实感,让我不能不信。这样,这个人物给我留下了相当典型的一个印象。再有一个人物就是立本。这个立本从美国拿了那么多钱回来,自己身体里有一个致命的疾病,而且还是很丑陋部位的疾病。这个人物对他的家乡怀有那样一份至爱,那种虔诚,那种用心,直到把麻子村搞成一个撒克鲁,最后以完全的彻底的失败告终。失败造成他个人毁灭性的灾难,最终是被他倾心倾力倾情以及倾尽财力关爱着的村里人群体围打,一直到最后自杀。这个企图创造理想"王国"的痴情者的彻底破灭,大约蕴含着作家安黎深层而又独特的关于生活的思考。作者写了最典型的两个精神和人性的两种极端的人物的悲剧性结局,似乎也隐喻着安黎关于当今生活、关于这个民族的多重思考。作品中还有很多人物都是各种各样的悲剧性结局。这些人没有自然性的死亡,都是遭遇了这样的创伤、那样的打击,包括陷害造成的死亡。作品中涉及乡村中各种类型的人物,涉及家庭中父子的、夫妻的、兄弟姊妹的亲情和更为广阔的社会关系,展现了当代中国各色人等的生活世相,而且是只有在当今中国才会发生才会演绎的不无惊心动魄的清浊混流的世相。包括因贪污受贿被打进监狱的县委书记,也是这世相中不独为奇的一相。就我现在的阅读感受而言,一部作品能给阅读者留下强烈印象而不能忘记的人物,只要有一个,这部作品就已经很了不起了。而安黎的这部《时间的面孔》,起码刘奇和立本这两个人物形象,已经给我留下了难忘的记忆,且缓说他们是否具有典型性。

　　第三点,关于这部作品的艺术形态,有人说这个主义,那个主义,而我则是感觉到了一种荒诞的真实。就这部小说的每一个细节,每一个情节,每一个人物的语言和行为而言,它无疑是纯粹而又严格的现实主义,呈现着逼真的现实主义。这种来源于生活本身的真实,令我对每一个人物的言语行为,不会产生任何怀疑。细节情节上是逼真的现实主义,但大的事项,大的情节,主要人物的命运走向,却让我感觉到一种荒诞。这种真实与荒诞的交错,构成了一种姑且称为荒诞的现实主义。我不大懂文学理论,不知道有没有一个荒诞的现实主义。我确实强烈地感受到了一种荒诞,尤其是立本这个人物,他是从麻子村走出去的人,从美国拿回来了那么多的钱,要在家乡搞一个像美国的别墅式的农民生活居所撒克鲁,而且还真的实现了,最后的结局却是全部破灭。从立本开始要做这件大事的时候,我便意识到,它不就是我们过去所说的"空想社会主义"吗?想在麻子村这里搞一个像美国别墅式的住宅区,这个人的思想很坚定,遇到任何挫折都不回头的特别专注的行为,要把中国土厦房里的农民改造成美国别墅区的公民,我感觉到一种"空想社会主义"色彩的理想。立本的构想与实践的彻底失败和破产,当属空中楼阁式的必然结局,他自己最后人生悲剧自杀的发生,在我却有意料不及的震撼。我一开始看到立本的行为,就觉得有点可笑。空想,太空想了!在中国那么贫穷的山村,怎么可能通过那样的办法对农村进行改造?我猜想,作家安黎大约也是以这种眼光来写立本的行为的。安黎写到立本把麻子村改造成撒克鲁以后,住在别墅区里的乡民,依然是中国的乡民而不是美国的公民。他们的生活方式、思维方式、处事方式依然沿袭着麻子村久有的习惯,没有任何改变。而且因为失去土地,没有正常的生存手段,没有工资,造成了人与人之间的冲突,比原先麻子村原始形态的生活方式更富于悲剧性。至此便可看到,安黎是站在自己独特的角度,用独特的目光,审视与打量着社会荒诞式的变迁,这是很富于警示也值得思考之所在。

第四点,我看到这部作品所写的当下的现实生活,也看到作家的思考。这部作品所写的当下的现实生活使我很惊讶。这个安黎悄没声息,一年我也见不了他一面两面,自然不了解他的工作和创作动向。《时间的面孔》所展现的中国乡村社会,可以说是全景式的,从一个小小的麻子村一直到省长这一高层,中间的乡镇、区、县、市都有人物活跃在其中,各个阶层的运作程序、生活氛围,以作品中出现的面目各异的人物为标征,让我看到了当代社会的一种运动方式、运动形态,这个很难得。我一边读着一边还很惊讶,安黎对各级地方政府生活运作的形态,写得相当的逼真呀!单就这些生活的拥有而言,应该说是安黎巨大的创作宝库。我的惊讶就发生在这里:安黎似乎没有在什么地方兼职体验生活的经历,何以会对当代生活如此熟悉于心?就我自己而言,想要了解省一级的人物那种工作和生活形态,我也感觉不自信。因为咱没在那种大院里工作过。安黎却写得让我这个读者有如身临其境的真实感。譬如,省长到麻子村来的情节,那种氛围的描写是生动而真实的。另外,我看到了一个思考者的安黎。这部作品中写的社会世相,各色人等,从一个小村庄的村民,到各级政府的人员在改革时代的种种行为,让我看到安黎痛苦到不无悲观的思考,而且带有思想家的锋芒。没有思想的锋芒,是不会发生如此深刻的体验的。对于一个严肃的作家,难得的是他的思考带着他的思想锋芒和思想的独立性。只有独立的思想,才可能对生活产生独有的感受和体验;如果没有思想的独立性和独特性,那么感受到的就是普遍的，一般的，谁都可能都会发生的浅表的感觉。在这一点上，我觉得安黎具有独立而独特的思想，才造就了《时间的面孔》这样一方独特的艺术风景。这部《时间的面孔》就已经给我们勾勒出了一方独特的、令人不无惊讶和悲伤的风景。

《时间的面孔》的语言也独成一番景观。这是安黎的语言。可以说安黎形成了自己独有的语言表述形态，通畅而又具象，没有矫情做作，一读便进入人物环境和人物性情，这非常不易，也非常难得。尤其是人物的对话语言，那种个性化的突显，对于各个人物精神和心灵的揭示，常有一种神来之笔的感觉。这又不完全是单纯的语言的事了，是作家对各色人物个性化的准确把握，再有如此娴熟的语言功力，才得以甚为完美地表述。

如果要说不足，就是这个小小的麻子村，死了那么多人，一个一个悲剧性地死亡，而且死亡的方式都不一样。读完以后，我再反过来想，这可能吗？似乎又回到荒诞与真实这个话题上来了。这就是我的阅读直感，仅存疑。

2010 年 12 月 19 日草
2011 年 2 月 6 日修改　二府庄

说者与被说者,相通着的境界和操守

秦腔是我来到这个世界接受的第一支旋律,那是少不更事时在乡村戏台下注入生命的,后来竟成为音乐欣赏兴趣里无可替代的主旋律,直到现在依旧难改。无论是在设备豪华的剧院里看秦腔名家各具特色的演唱,抑或是在原坡河川里听到几声野嗓门的吼喊,都有一种过瘾的感觉。然而,如实说来,我也仅仅只是爱看爱听秦腔,却从来也没有在秦腔艺术上用过心,且不敢说那些卓有建树的秦腔剧作家和秦腔表演艺术家,即使比之那些痴情到痴迷的秦腔戏迷,充其量我只算得一个"半迷儿"。这样,阅读剧作家陈彦的书稿《说戏》,在我就有颇不寻常却又甚为切实的收益,为我补上了一堂秦腔艺术的基础课,让我明晰了这个古老悠远又依然焕发着艺术生命魅力的剧种创立和发展的历史渊源和脉络,领略到秦腔艺术发展历程中具有里程碑意义的几位艺术大家的天赋和风骨。其中有业已铸就经典剧本的堪称伟大的剧作家,有传诵古今享誉城乡的表演艺术家,他们独具天赋的艺术创作和别具一格的艺术表演,他们视秦腔艺术为神圣的终生不懈的倾心倾情的追求,他们特立独行绝不混尘的人格魅力,都让我这个"半迷儿"戏迷发生高山仰止的真诚的折服和敬重。

陈彦用一种极富力度的辩证式叙述文字,把一个又一个卓有建树的秦腔剧作家和秦腔表演艺术家推到读者面前,尽管其中多位已经作古,而他们留在秦腔艺术殿堂里的脚步履迹,让我读来仍然有惊心动魄的感受。秦腔男旦演员魏长生三次进皇都北京演出，两次被驱逐出来，因由在今天看来既不可思议，却也合当时的中国国情。初次进北京演出，用今天的话说是轰动效应，当时的社会舆论公认为是"一杆独高"，"连皇亲贵族也有'一时不得识交魏三者，无以为人'的感叹"，市民群体观看秦腔几成倾国倾城的风潮就自然形成了，以致把南北晋京汇演各路戏曲的台下观众拉空了。由此而引发了中国戏曲发展历程中的"花"与"雅"的生死存亡的比拼争斗。雅是贵族化戏曲，花是平民化剧种，为了挽救皇家贵族雅曲的存活，竟以行政手段将魏长生和他的秦腔演出团赶出京城了事。官家手中的权力棍棒毫无疑问可以撵走花部的杰出表演艺术家魏长生，却终究挽救不了雅部濒临湮灭的命运。直到几年后魏长生二返皇都，盛况空前到整个京城"到处笙箫，尽唱魏三（魏长生别号）之句"，开创了秦腔鼎盛时代，连乾隆皇帝也按捺不住诱惑，带着妃子乔装为平民偷看过魏长生的一场演出。然而，在"正统之声再次发难"时，魏长生又被驱逐出皇都京城。几年后魏长生第三次进京演出，又掀起"魏旋风"，直到他在唱完最后一句秦腔剧词走罢最后一脚台步进入幕后，便悄然倒下了。剧团用座椅抬着已经闭气的魏长生到前台谢幕，观众尚不知悲剧已经发生。我的惊心动魄的冲击就在这一刻发生。一个伟大的艺术生命以巧合剧终的最完美的方式落下人生大幕，旷古少见，却铸成了永久。

《说戏》里还说到几位杰出的秦腔表演艺术家，他们各具特色的艺术途径，他们各具特色又富于开创性的唱腔和表演，不仅成为秦腔大观园里不可复制的独立景观，更在于拓宽了秦腔艺术未来发展的无限空间。我的白鹿原上的乡党李正敏，是第一个把秦腔灌制成唱片的秦腔艺术家，而且形成独具魅力的"敏腔"；被作者誉为"农民领袖"的秦腔演员任哲中，也是富于开创意义并形成一腔的秦腔表演艺术大家，在关中几乎家喻户晓，老少都迷醉他那个余韵无穷的腔调儿；同样享誉城乡的喜剧丑角阎振俗,也在于其几乎不可模拟仿照的独创性,陈彦称其为天才,我以为恰当。《说戏》里写到十余位各具艺术个性的秦腔表演艺术家,构成一幅秦腔发展群星璀璨的艺术景观。

相对于上述那些秦腔表演名家,几位创作过经典秦腔剧本的堪为大师的剧作家,却寂寞冷清到被忘却、被湮没的情状。秦腔迷们只顾欣赏品咂声情并茂的演唱,似乎很少有谁问津这个或那个百看不厌的戏本是谁写的。再加之时间岁月的无情,即如我这种喜欢秦腔也算得文艺圈里的人,却是两三年前在一本杂志上读到《说戏》里的《话说李十三》,才知道这位可与世界戏剧大师比肩的剧作家李十三的大名。他于逝世前的十年间写过十大本秦腔剧本,几乎被全国几十种戏曲剧种移植演出,其中的《火焰驹》成为搬上电影银幕的秦腔第一剧。《火焰驹》电影上演时,在城市是万人空巷,在乡村更是家家闭户锁门携幼扶老赶到十余里外的村子去看,正读中学的我也是乡村野场子银幕前的一个观赏者。直到六十多岁偶读陈彦的《话说李十三》,才知晓三百年前陕西渭北乡村出过一个伟大的剧作家李十三;他被嘉庆皇帝派来拘捕他的刑役吓得吐血而亡,那时他正在和老伴推磨磨面。我的第一次惊心动魄到几乎闭气的心理并生理反应,就在那一刻发生了,且不自责相识恨晚、孤陋寡闻的缺失。还有一位堪为伟大的秦腔剧作家范紫东,一生写过六十八九部剧本,已经不是著作等身,而是远远冒过身高了。他的剧作产量大而质量高,仅举《三滴血》而言,近百年间常演常火,也是最早被搬上电影银幕的名作。难得的更在于这是一部"思想与科学双重启蒙"的破冰之作,把传承了两千余年的"先验论"迷信的荒唐愚昧的老底展现得淋漓尽致。然而,谢世不过几年的范紫东和李十三的名字一样,仅仅只局限于很小的专业戏剧工作者的圈子里,其他社会人群就鲜有人知了。尽管这样的现象也属正常,即如今天的演艺界依旧如此,电影电视里演员的社会知名度,远非他或她所演的剧目的编剧所可比拟。然而,也许是我多所感佩,便想到起码应该有更多的陕西人知道这几位具备非凡创造智慧的天才人物。这样说来,陈彦的《说戏》,不仅为我补上了一堂秦腔艺术的基础课,也补偿了我的这一心愿,相信有缘读到《说戏》的读者,会对创造过经典剧本的李十三、范紫东、马健翎们心生敬重的同时,也会对产生过这样堪称伟大的剧作家的三秦大地涨起一分自豪和骄傲。

我自然能想到《说戏》作者陈彦写这部书的用意和用心,正在于此。《说戏》里收录的二十二篇文章,篇幅不长,每篇集中述写一位杰出的秦腔演员或名垂青史的剧作家,一部秦腔大剧产生的生活背景或一家百年秦腔剧社艰辛的发展历程和精神坚守,还有对秦腔竭力尽心关爱的艺术界领导,等等。任谁都能想到,要把业已成为颇为久远的历史中的人和事考据清楚,需得花费多少时间查阅资料和亲历采访,再作考证鉴别去伪存真,才得以把这些杰出人物推到读者面前。须知演艺界的人和事向来缺乏完整详实的资料,多为民间传闻轶事,可以想见其难度。然而,陈彦《说戏》里不仅考据确凿,而且有许多鲜活生动的牵涉人物重大命运转折的生活细节也被他钩沉出彩,诸如"农民领袖"任哲中"文革"中被打断肋骨和在山野放牛时面对群山偷唱的生活细节,与李十三这位剧作家推磨磨面时被皇帝的通缉令气得吐血的细节有"异曲同工"之绝,把这些杰出的艺术家的心理、气质、精神、人格展现得淋漓尽致,一个个独立禀赋卓尔不群的艺术家的形象便活脱脱跃立于我的眼前。这里暂且缓议陈彦叙事写人的功力和才气,更让我感知强烈的是他的道德崇尚和情感倾向。

感知陈彦道德崇尚和由此而自然发生情感倾向的一个重要因素,首当他对这些艺术家富于独创意义的艺术成果、艺术成就的敬重。他对魏长生的舞台艺术的概括,是提升到我们民族的戏曲发展史上予以定位的:"应该说他的一生,本身就包含了民族戏曲的全部生长形态和因素……他的实践,之于民族戏曲,具有恒定的认识价值和象征意义。"他对"农民领袖"任哲中的艺术的理解和感知,是用有别于通常所见的专业套话的语言表述的:"他(任哲中)的周仁也就具有了谁都无法望其项背的生命活性和独特性。"这是对任哲中的深层而又贴切的理解。陈彦这里所说的"生命活性",在我感知里当属生命体验,是说任哲中已经达到一种由生活体验升华为生命体验的艺术状态。我以为这种理解是准确的,也是难能的,是一个有思想的年轻的艺术家对一位老艺术家的透彻而又透亮的理解。陈彦叙述了任哲中"文革"中被罚到山里放牛放声秦腔的细节后,很自然地发出了这一段理论式的概括。这里我强调了"思想",是以为具有深刻思想的人,才会对一个演员在山野吼唱秦腔的行为,达到一种生命体验的理解;通常情况下,人们不过以为那是演员习以为常的行为。作家的思想决定着作家对生活、对人理解的深度和发现生活命题的敏锐度,由此可见陈彦思想光彩之一斑。

陈彦对几位陕西古今剧作家的敬重,也令我感动。他对范紫东戏剧创作的成就给予充足而又客观的评价,尤其着重介绍了经典剧本《三滴血》创作的渊源和范紫东的新思维;不仅写出了这部秦腔剧久演不衰的艺术魅力,更在于剧作家范紫东超前的思想意识,是对"先验论"实施批判的"当之无愧的第一人……先一步拉开了破冰的序幕,敲响了进军的鼓点,不能不说是一种堪称伟大的觉醒与创新"。陈彦对范紫东创作《三滴血》的理解,已不单是艺术范畴的话语,更在对范紫东唯物意识的评说,提高到对全民族思想启蒙的意义上予以肯定和赞美。对剧作家李十三创作活动的研究,对其不朽的艺术成果的中肯而又高度的评论,不仅庄严地奠定李十三戏剧创作的世界性品位,也把这位几乎湮没的杰出人物推到当代人眼前。马健翎是当代剧作家,是陈彦现在工作且领班的陕西戏曲研究院的首创者,应该是陕西以现代生活为题材创作并演出秦腔剧本的第一人,以《血泪仇》为代表作的剧本，从解放区演到共和国成立，直到现在依旧为观众所乐于观赏，陈彦称其为"红色经典"当为恰切的定位。马健翎的古典戏曲创作和改编，同样取得了重大成就，《赵氏孤儿》《窦娥冤》《游西湖》等同样堪为经典。在某些以古典戏剧创作成就抵消现代题材创作成就的言论出现时，陈彦毫不含糊地表示："我以为恰恰是对现代戏的开创性贡献，才更加奠定了马健翎作为戏剧大家的不朽历史地位。"

陈彦对这些秦腔表演艺术家和剧作家的创造性劳动的敬重，自然影响着他的道德崇尚和情感倾向。不单是我引用的他的几段文字，涉及每一位叙写对象的艺术探索和艺术成就的文字，都是泛溢着真诚和激情，都是对他们独到的艺术个性的准确评价，虔诚的崇拜以至高山仰止的倾慕之情毫不掩饰。我想到时不时发生的一些轻狂到令人惊诧的声音，连新文学的开创者鲁迅、茅盾等先辈大师都不在话下。陈彦对秦腔先辈艺术家的敬重，不单是个人修养的品行话题，而是对艺术创造的理解，敬重先辈的杰出创造成就，也就神圣着自己所从事创造的这一支笔了。

对诸多秦腔艺术大家人格质地的敬重，可以看出是陈彦道德崇尚和情感倾向的另一个重要因素。在他的叙写文字中，对那些杰出的秦腔艺术家的人格操守的开掘，占有很大的篇幅。他对魏长生"纵有金钱不轻至"而坚守人格尊严的行为，推崇备至，是作为"中国戏曲史上的一个奇迹"来定位的，无疑对今天演艺界的商品化时弊，具有警示和参照的意义。他对易俗社的创始人和剧作家李桐轩、孙仁玉、高培支等人的事业心和廉洁自持的品格的赞誉是由衷的，并对这个百年剧社的集体精神推崇备至，以致"每每从易俗社门口走过，我都要产生一种高山仰止的崇敬"。由此真诚的情感表白，可以见出陈彦的道德崇尚了。对于一个省属大剧院的领班，又兼着剧作家的陈彦来说，这种道德崇尚和情感倾向，是成就剧院未来发展和个人创作前景的又一方坚实的础石。他对柯仲平一生投身革命文艺的开创和建设的丰功伟绩的景仰，是由衷之情，不见虚词，更无"官话"。他对柯老终生都不脱离基层群众的作风——似属不合时宜的话题，却不仅坚持，而且多有感佩，且由柯老与农民交换烟斗的生活细节，检讨出自己下乡的浮躁行为来。即使是戏剧里的情节和人物，在正义遭遇凌辱和义士陷入不堪时，作为剧作家的陈彦和普通观众一样"替古人担忧"。在每次看到《赵氏孤儿》的"献子"情节时，"都禁不住潸然泪下，无论看多少遍，情感浓度不减，这大概就是真正的经典悲剧的力量"。经典悲剧的力量是无法估量的，但仍受限于受众的心理质地，引发强烈的心理呼应和情感波澜的，是向善的人；奸邪或者趋利忘义之辈，是很难触动那一窝污浊之血的；陈彦每次都被感动得"潸然泪下"，足见出一个真汉子大丈夫心灵质地之软的一面。我随意举出如上一些人和事，是陈彦的文章里的点滴内容，我在被他所叙写的那些秦腔艺术家的成就和品格感动的同时，自然想到作者陈彦面对前辈秦腔艺术家的虔诚姿态和精神倾向了，同样令我感动。对于一个正值创作盛季且成就卓著的年轻剧作家而言，这样深刻而独立的思想见解，这样畅达疏朗的精神情怀，这样向善求美的人格品相，无疑成为新的创作境界探索的坚实基础，将使那根敏感于文字的神经得到充分乃至超常的发挥，且缓说天才。

读着《说戏》书稿，时不时地会读到颇为精辟的辩证性质的论述。我在本文开头所说《说戏》是一种"极富力度的辩证式叙述文字"，概出于这种阅读直感。作者在叙述一些人的一些事的重要情节时，便发出自己的议论，多则几行，少则一句，不仅有点睛的奇异效果，更见出陈彦直言不讳的声音，有些是近年间乃至时下颇为热门的莫衷一是的话题，陈彦都有独立的见解，其中常能感到一种凛然之气。我做了粗略的梳理，他的辩证言词涉及诸多戏剧专业乃至广泛的艺术范畴的话题。

关于秦腔这门艺术存在和未来前景的辩证。《生命的呐喊》一文开篇便发出击案般的坚定之声："截至目前我还没有发现哪一门艺术能如此酣畅淋漓地表达一个人的生命渴望,如此深入腠理地宣泄一个人的生命悲苦,那就是秦腔……总之是我行我素,处变不惊,全然一副'铜豌豆'做派。"这样斩钉截铁的话,是针对近年间出现的多种流行娱乐花样环境下,秦腔还有没有发展空间乃至存亡的大命题,我约略也听到过一些悲观性的议论。陈彦发出凛然的声响,便从秦腔久远的历史辩说,尤其是秦腔无可替及的艺术品性和独有的表现生命的艺术魅力。不仅让我信服,也感到一种淋漓的痛快……这是一篇对秦腔的礼赞。

关于质疑秦腔花脸唱腔的辩证。作者把花脸的独一无二的唱腔的形成,追溯到秦腔诞生的这块土地悠远而又沉重的历史,更在于这块土地上人的群体性气质,"是阳刚气质对人的血性补充的绝对需要",而花脸唱腔则"是秦腔艺术的制高点",也是秦腔这个大剧种的最富于艺术标征的唱腔。如果消解了甚至软化了花脸的唱腔,秦腔肯定缺失了独具的艺术个性;如以陈彦调侃的"二姨子腔"代替了花脸唱腔,秦腔大约就不姓秦了。

关于传统与现代的辩证。这个应该说是一个很大也很宽泛的艺术命题,不只局限在秦腔或其他传统地方剧种,甚至文学创作也涉及了。陈彦是以《铡美案》到《陈世美喊冤》引发这个话题的。作者以风趣调侃却又不无凛然的事例和语言把涉及传统戏曲的一些基本的甚至属常识性的道理确立起来。作者列举的某些挂着现代派皮毛的浅层思维,将会弄出一个教导受害者秦香莲自强自立的现代派包文正来,让人啼笑皆非的可笑的也是不堪的后果。

关于戏曲的娱乐化和教化功能的辩证。这同样是不局限于戏曲的大命题,文学和其他许多艺术也都发生且依旧存在着争论的话题。作者以秦腔《三娘教子》说起,对照着韩剧《大长今》在中国热播的现象,郑重坚信"艺术的本质是对人类进行严肃而深入腠理的思考","'观众进剧场就是来找乐'的纯娱乐化论调……是导致戏曲更加低俗的砒霜、敌敌畏、'三步倒'。"善哉此言,诚哉此语。很难听到看到如此坚守信念的理性话语了。陈彦对流行话语的至理思考,并有截然分明的看法,不仅不盲从,而是连一句半句含糊其词的话也没有;不仅坚守着自己戏剧创作的理念和独到独立的感知,更在被自己成功的创作实践印证过的踏实和自信,还有对戏剧艺术不断深化着的严肃的思考。

陈彦辩证的话题涉及诸多方面。关于传统剧目常常出现的鬼神的事,被某些替今人担忧的人贬斥为"宣传封建迷信",不过是一种简单到愚蠢的看法。陈彦辩证说:"我想《天雷报》之'报应',即是对人世险恶的无奈,借助神力摧毁人间恶行。"封建时代里没有公平的法制,借助天神乃至正义之鬼惩恶扬善,况且也生添了艺术想象的无限空间,现代人却竟然简单地歪看前人。关于现代戏剧创作时弊的辩证,这是由堪称伟大的清代剧作家李十三的创作实践和创作成就引发的话题:"仅追求刻意写作,一生故意为之,就容易形成只可供人把玩的'器物',精致,机巧,却缺乏具有独特生命印记的骨质与活性。当下的戏剧创作不是已经显现出这种精到而又缺血的症候了吗?"这种"精到而又缺血的症候",可谓一矢中的,切中戏剧以及戏剧之外的文艺创作的时弊,缺失"骨质与活性"又"缺血"的任何形式的艺术作品,其实不过是塑料制品,再逼真再精致也难得生命的活力。关于艺术家在名利和信仰问题上的辩证,陈彦在做了理论阐释后,用民间最结实的话语发出警示:"一个人一旦狂妄得面对崇拜、追捧,不敬不畏,甚至受之无愧时,离'暗箭'、'黑砖'、'塌火'、'崩盘'也就不远了。"又如:"当一切离开了信仰的轨道,只在金钱驱使下疲于奔命时,演艺就堕落为逗猫遛犬玩猴,要把戏了。"这些撞击我心理的再扎实不过的语言,显示着作者对艺术界某些丑恶现象的蔑视,也展示出作者自己信仰操守的凛然之气,无疑有警示的意义。我读这些文字,顿生感佩和敬重,不在作者年轻我许多。

《说戏》说得好,这是我的阅读直感。好在语言的坦率与鲜活,不见装腔,更无一丝一缕的忸怩;说人叙事,严密客观;论事辩理,鞭辟入里,时见义正辞严的凛然之气,又见汪洋恣肆的洒脱,让我读得不仅信服,更有一种阅读的痛快享受。我想文章能写到如此状态,尤其是钩沉那些故人旧事,不仅要花工夫搜集翔实可靠的资料,更兼有一份对自己仰慕的艺术家的真实感情,还难得于个人见解的思想锋芒。陈彦这一组文章中,常常出现一些最扎实最生动的生活语言,夹杂在叙事辩理的"雅"文字之间,添了诸多诙谐的调侃色彩,也增加了语言的硬度,更见出作者文字的潇洒不羁,营造出一种严密和鲜活的艺术效应,可谓陈彦的个性化文字。

和陈彦相识相交,是从观赏他的戏剧创作开始并加深的。十余年来,我有幸看过他创作的《留下真情》《迟开的玫瑰》《大树西迁》和前不久刚刚上演的《西京故事》四部现代戏,还有一部由他精心改编的青春版《杨门女将》。依着我的记忆,那四部以现实生活创作的大戏,每一部都感动得我泪流不止,擦湿几块纸巾;非是我感情太过脆弱,我的泪是合着剧场里不时起伏的呜咽声而涌流着的,确凿是剧中人物的美的心灵,触撞得包括我在内的几乎所有观众都承受不住情感的震颤,接受一次人性善和人性美的洗礼,便是水到渠成洗涤灵魂的很自然的过程了。这几部现代戏剧,十余年来连演不衰,尤其是《迟开的玫瑰》,演遍了南北中国,演到哪里,便成趋鹜之状,剧场里流泪唏嘘呜咽和西安剧场里一样此起彼伏,地方戏剧里的地方语言的障碍完全化释了。在艺术界同样获得连连好评,专家的高见和普通观众的感受达到一致,确属难能,更属难得。《迟开的玫瑰》和《大树西迁》,两次获得国家舞台艺术精品工程"十大精品剧目"奖,两次获得"曹禺戏剧文学奖",两次获得政府"文化编剧奖"。戏剧创作的几项国家级大奖都获得了,且是一得再得,面对年轻的陈彦,早在几年前获得这些喜讯时,我不仅感慨,而且肃然了。

眼见着陈彦戏剧创作的丰沛卓著的成就,我在心底却潜存着一个不大亦不小的谜团,不是神秘的天才说,也不是对他戏剧创作道路的探询,恰恰是他面对戏剧创作和面对当代生活的姿态和视角,面对各种流派纷呈的戏剧舞台,陈彦依然执着于现实主义的创作;面对着除腐更新却也纷繁喧嚣的现实生活,不仅不回避生活世相里的矛盾以至灾变,更难得在专注于发现并张扬人性和人德之大美,而且获得了卓著的艺术成果。陈彦何以能有如此坚定的追求?我终于在《说戏》里获知了答案,他在说戏说事说人时的审美意向意趣,就不仅决定着他的创作的艺术审美境界的追求,更在于他对当代生活的发现和开掘的意义指向了。前文已多所涉及,不赘。我终于部分地理解了这位独立思想的年轻的剧作家陈彦。

我写此文之际,陈彦又一部表现底层进城乡民生活的大戏《西京故事》刚刚上演,我又一次被迷醉也被震撼了……

2011 年 3 月 30 日 二府庄

一次探秘性阅读

翻开《我的读书故事》书稿，看到目录中排列的收入文章的作者的名字，我便发生惊讶，活跃在当代陕西文学界的各个年龄档的学者、理论家和作家，竟有近四十位之多，他们有的是学富五车卓有建树且享誉国内外的学者型文化人，有的是专事文学评论已成一家之言的人；更多的是作家，有新时期文艺复兴刚刚潮起时便跃上潮头且著作等身的大家，有刚刚崭露头角发出不同凡响声音的青年作家；能把这么多人的读书故事收拢一书，颇令我惊讶。惊讶的同时伴生着好奇，或者说是探秘心理，这些时常见面且令人敬重的学者和作家，他们是怎样读书的，他们都读过什么书，才使他们攀登到各自艺术创造的高峰，探秘的兴致便自然发生了。

《我的读书故事》集子里收录的首篇《缅怀往昔论读书》的作者霍松林老先生，是一位学贯中西更贯通中国古今的大学者，在我素来就有高山仰止却也莫知底里的神秘感，读罢他写的这篇读书记事，我才见到冰山神秘的一角。霍老先生从三岁起便读《三字经》《弟子规》《千字文》，在今天看来几乎是不可思议的事，即使普遍重视孩子智力开发的当今，三岁的孩子多是从看图识字开始启蒙，可见霍老先生幼时的早慧。到了上学年纪，恰逢新学兴起，父亲不屑于"大狗叫小狗跳"这样粗浅的识字课文，竟然把他关在家里实施家教，让他背诵了《论语》《孟子》《大学》《中庸》《诗经》《古文观止》《唐诗三百首》等十余种国学经典,而且阅读了《三国演义》《水浒传》《聊斋志异》等古典名著小说,这是在十二岁以前完成的。我几乎不敢想象更难以估量,一个扎扎实实趸下这么多传统文化古典艺术经典文本的年仅十二岁的少年,为后来的创造性思维打下了怎样坚实的基础,令我辈生畏。上学到小学高年级再升入初中,他把新文学兴起时的鲁迅、胡适、郭沫若等十几位大家的主要作品都读过了;此间又大量阅读了外国文学作品,从古希腊史诗《伊里亚特》和《奥德赛》,但丁的《神曲》和莎士比亚的几部剧作,直读到苏联时期的高尔基等大家的长篇小说,我约略数算了一下,大约不下百部(篇)。我又一次感动感慨,却仍不敢想象更难以估量,一个装满中国古典、中国现代文学和世界文学的初中学生的霍松林,他的艺术视野扩展到怎样幽远和开阔的空间?眼见的事实是一位卓有建树享誉国内国外的大学者霍松林。

  霍老先生的重要启示,在于做读书笔记,又写读书感想和札记,似乎有普遍的参考价值,做读书笔记既可加深记忆,又可采撷精华;做读书感想或札记,就是思考和辩证了,既融汇了所得的知识,也磨砺了自己思想的锋刃。还有霍老先生背书的经验,我不知现在是否适应时尚,在我却以为受益无穷,博学多才是相对于学浅才疏,尤其是中国古典那些经典文本,我因自己的错失而至今抱憾。说到这里,还有年轻的学者型教授炜评可堪钦佩,一个年轻的中国古典文学的学者,竟然是在"文革"批判孔子的运动中接触《论语》,却兴趣十足地背诵起来;天生一种好记性,装了满脑袋"之乎者也",成为一个古典文学教授,说事辩理,信口便是经典句子。炜评又善于思考,独立见解自成一家,本书收入的《"风流宝鉴"〈世说新语〉》和《〈论语〉的读解》两篇随笔,可见一斑。

  在《我的读书故事》一书中,我饶有兴趣地读到几位堪称大腕作家青年或少年时期偷书的轶事,贾平凹、莫伸、孙见喜等都写出了当年的"不轨"行为。贾平凹和孙见喜的偷书经历有相同的背景,都是"文革"毁灭文学书籍的非常时期发生的事,差别仅在前者是在初级中学遭毁的图书室里偷,后者是在大学的图书馆里偷。如果以偷而论,贾、孙不过是顺手牵羊,而真正有预谋更有冒险精神的偷书行为,却是眉清目秀堪称俊男的莫伸干出的。不必赘述他们大同小异的偷书过程,我却感知到他们三人共同的一点,便是对文学书籍的浓厚兴趣和强烈的阅读欲望,都是发自带有先天性的敏感文字的神经,因为这些行为都是在无人诱导的少年时期发生的。当新时期文艺复兴的潮声初起,莫伸的《窗口》和贾平凹的《满月儿》两篇小说发生重大反响的时候,文学界却纷纷发问这两人来自何方,竟有如此杰作爆响,及至后来获得第一届全国短篇小说奖。殊不知他们从少年时期——尽管属毁灭文学的"文革"——就已经嗜读如命接受艺术熏陶且练笔写作了。

读书可以重新激发起艺术创造面临枯竭时的清波。这是我从张虹的文章《〈沉船〉拯救我的灵感》得到的启示。她说在上世纪末,"正是我步入中年,出效率出成果的时候,可是,我却突然文思枯竭,失去了艺术灵感。"后来通过阅读泰戈尔的长篇小说《沉船》,竟然发生了始料不及的神奇效应,"灵感已像日出照耀黑暗那样突然来临"。阅读激发激活的创作灵感,在张虹而言,不仅是小说创作的再度恢复,更在于作品的质的裂变。尽管张虹把"失去灵感"造成的"文思枯竭"现象似乎说得有失夸张,在我理解却是一个作家创作发展中的正常现象,也是国内国外的大家都遭遇过的事,甚至不止一回,即阶段性出现的面临突破而尚未完成突破之前的困惑,以至不堪的痛苦,甚至常有人以为自己江郎才尽而陷入绝境。一当完成突破,便是"柳暗花明又一村"的别一番艺术创造的绝妙境界了。不同的作家实现创作突破的途径殊多不同,而阅读包括政治、历史、哲学和文学等书籍,似乎在不少作家的创作实践中都发生过如此神奇的效应。张虹的这篇短文又是一个生动的验证。

这部《我的读书故事》收入肖云儒先生六篇关于读书的短文,都是这位同代人从莘莘学子到具有广泛影响的文学评论家,再到富于创造思维的文化学者历程中,几种对他发生过重要启迪的书籍,有最早出版的十卷本《鲁迅三十年集》,有幼年时期阅读的马卡连柯的《教育诗》,有青春时期引发强烈阅读兴趣的杰克·伦敦的几部长篇小说,而且在多年后的"关键时刻",发生了"杰克·伦敦救我"的惊险经历。他读了俄罗斯被他奉为"很大很大又各有不同"的三个"大斯基"的著作,读到车尔尼雪夫斯基《怎么办?》里的某个细节,他竟然"我哭了,灵魂大恸而涕泪横流"。这是他读高中二年级时的阅读经历。任谁都会想到,这种阅读对一个处于少年到青年交接处的人的灵魂的审美锻铸。

这里我想着重说几句肖云儒著《流连在美的历史长廊中》一文。他在上世纪八十年代初时,读到了李泽厚先生的专著《美的历程》,且先后通读过四遍,"进入了中华民族美学精神的深处";且"把《美的历程》当作中国文化史和中国美学史的字典,随时查阅、翻读","一直延用了二十年"。我便想到,作为评论家和学者的肖云儒是怎样丰富自己的知识,怎样扩展自己的艺术视野的,有了今天的成就当属必然。他在这篇短文中谈到一个真切的又极富启示意义的感受,"随时用作者的创造性观点点燃自己的再创造思维,也随时用自己的思索去延伸、丰富他人的论述"。诚哉斯言。无论自然科学,无论文学艺术,那些卓有建树的人,无不都是先接收前人在某一领域所创造的成果,然后再进行自己新的开创性的创造活动,把自然科学推进到一个又一个新的尚未认知的境界,把文学和艺术推进到别一番新鲜而又陌生的"桃花源",我以为都是借助巨人的肩膀,探索再抵达自己的创造天地。

据我所知,《我的读书故事》里收入的这些文章,都是由西安财经学院《西安财经报》约稿,在《我的读书故事》专栏发表的。我颇多感慨,一张大学学报开辟读书专栏,且持续五年,把西安地区的名家几乎一网揽入(此网非电脑彼网),既可见得良好用心,又能见得持之以恒的韧劲,才把这样一部好书呈现给读者,这是本书编者严琳成就的一件好事。

2011 年 4 月 25 日 二府庄

难得敏捷与坦诚

读着即将出版的《朱雀门下》书稿,眼前总是映现着本书著者曹军华的生动面孔,耳畔更伴有他的反应敏捷的快语。读他的文章,就像和他对面坐着听他说话。尽管和这位年轻朋友的接触称不得频繁,多是仨月乃至半年才有一次机遇,从见第一面的交谈,便留下快人快语的个性印象。后来的几次接触,这种印象愈加突出,往往是同座相聚者有心或随意涉及十分宽泛的诸种话题,曹军华常常能迅即做出回应,说出自己的看法。我自然想到,之所以能如此快语,在于思维敏捷,敏捷到一旦触及便能发出反应,连任何哪怕一瞬间的思一下或想一下的过程都没有。这种敏捷思维的基础,当属拥有十分宽泛的知识面,才可能对诸多话题做出反应,对一个完全不了解某项专业的人来说,就只能有聆听的份儿了。能够快语,足见快人,亦足为快人,这就是禀性或者说个性化的曹军华了。常见的现象是有人也知道某项话题,却不多说或根本不说,那就属别一种性情的人了。

我之所以先说曹军华快人快语的个性印象,是读他书稿里的文章引发的。他的文字的突出特点,也是快人快语。无论写人写景写生活世相,无论叙事,无论抒情,无论议论,都是快人快语,便凸显出别具一格简洁明快的语言风采。无论散文或随笔,一旦涉题,便直抒胸臆,把最真实的感觉、感动和感慨,准确而坦诚地表述出来,呈现着思维的敏锐和鲜活,时有令我颇为惊诧的可谓鞭辟入里的文字。不见忸怩，不见作态，更不见装深沉的假斯文。这样，我便有畅快淋漓的阅读直感，也就有如当面聆听快人快语的幻象了……真可谓文如其人。

《朱雀门下》集子里，曹军华写画家和书法家的文章占了很大篇幅，我甚为惊讶他结交了那么多书画界的朋友，有的是当今陕西书画界的泰斗式人物。像创立黄土画派的刘文西，当代山水画坛的领衔人物崔振宽，独俏一枝的书法家钟明善，等等。这些书画界的老先生，和曹军华有生命年轮上的很大差距，又都别具个性，然而都乐于和这个年轻人相交，且视为忘年交，实属难得。在诸多因素中，曹军华对这些堪称书画界大家的深层理解当属最重要的一点，对他们艺术追求和艺术创造的深层理解，才可能打破一般的仰慕和敬重，进而达到心通神交的无碍状态，年龄差别就淡释了。我看到他对崔振宽艺术创造的理解，颇为惊讶："画画到一定阶段，就是画思想、画修养、画境界。关于这一点，在崔振宽先生身上又一次得到了极好的证明。"对于一个成就卓著的山水画家通过艺术追求和艺术突破而抵达完美境界的理解，突出思想这个关键因素，不敢说唯一，起码属于非同寻常的一种深层的理解。我想老崔能得到这种理解，不仅欣然，也许会慨叹"知我者小曹也！"我却又想到，能对这些大艺术家形成深层理解的曹军华，也需具备一个基础，便是思想；只有独立思想而不人云亦云的人，才能发生对艺术大家深层的也必然是独到的理解。

曹军华笔触所涉及的书画界人物，竟有几十位之多，不仅有上述的多位书法和绘画大家，也展示出更多的已成气候独成一家的书家和画家的艺术创造景观，更有对刚刚露出不俗头角的年轻画家的倾情关注。《心中丘壑现笔端》一文中所述写的结识青年画家刘瑜的过程，读来令人感动。他是先见画而后来才结识画家刘瑜的。他被署名为刘瑜的《秦岭锦绣》的山水画"吸引和震撼"，这幅八尺山水画展现的"秦岭巍峨风姿的不凡构图，和那雄健而苍润的笔墨"，在他看来是"展现秦岭风韵与魂魄的为数不多的画作中","当立其中"的一幅杰作。这幅杰作留在心中,仍不甘心,便多方打听画家刘瑜,见面却是颇富传奇色彩的不期而遇。曹军华十分简练的一小段文字,把个儒雅的年轻画家刘瑜的形象勾描得颇为传神。他们一谈便成知己。我更感动他的这种自然到类近本能的倾情艺术的一份痴情,纯属艺术,在物欲膨胀、利欲熏心的书画市场,能有如此纯粹的艺术情结,令我感佩,也当属曹军华之所以能和书坛、画坛大家新秀结识相交的主脉,且不说人缘人格魅力。

《朱雀门下》集子里收入一组散文,作者命题为《山水风光闲情篇》。观赏山光水色的自然气象,感受北方南国大漠奇峰里的截然不同的气韵,是人之常情。然而,不同心性的人所发生的感受,尤其是独特的感受,就有了很大的质地的差异。军华喜奇石,和雷龙璋结伙在太白山的小河中采集奇石,写得轻松爽气又情趣盎然,确也称得"闲情篇"。然而即如这种闲情逸致的文字里,作者仍然赞美雷龙璋的一种美好情怀,"闲情"便不闲了。再如《太湖等雨》,对江南的山光水色的感受,让阅读者的我有如身临其境,似乎也感知到太湖水气清风对内里的润湿了。等雨不及,作者余暇远眺灵山大佛,及至大雨倾盆,绘声绘色地状叙太湖雨景的时候,苏东坡写西湖雨景的绝句顿时泛上心来,确也称得一笔闲情逸致的文字。然而,更多的收入此集中的文章,赏山阅水尤其是追寻古人先贤足迹的过程中,常常会发出颇为尖锐的诘问,还有绝非"闲情"的思考。读到《闪亮不应黯淡——长沙谒曾侯墓》时,我感觉不到"闲情",反而颇多沉重。作者写到曾国藩一个细节,"当他的总督座船在长江上被弹丸小国日本的小火轮一溜烟甩在身后的时候,他竟在一声沉重的哀叹后气得昏厥过去。"这是堪为经典的一个细节。它不是作家的想象和创作,而是发生在曾国藩身上的真实事件,一个承担着国家重大使命的曾国藩的心理气质,便突兀地呈现在读者眼前。这个人生前的"家书"正在读者中广泛传播，影响着许多当代人。然而死后的落寞和孤寂，引发的是曹军华沉重的慨然之情。我由此而理解了曹军华的内里世界，其波澜不仅不是"闲情"，而是一种承载的激情了。

曹军华确也有"闲情"，多体现在他的广泛的兴趣上，譬如对各个朝代瓦当的爱好和收藏，沉浸在一种别样的历史文化的情趣之中。尽管我是外行，却也能感知痴迷者的曹军华的丰富的内里世界的另一脉了。

2011年6月30日 二府庄

马蹄溅落的诗行

灞桥乡党陈瑞华编著完成《孙蔚如将军诗词与书法》集书稿,约我作序。我颇多踌躇。自知古典文学在我是一个大的缺欠,向来不敢说长论短;书法亦未入门,虽然也常写毛笔字,不过是用毛笔写的字罢了,称不得书法。这样,要论说我敬重又敬仰的孙蔚如将军的诗词和书法,便有心虚气短的本能性反应。然而,我又不忍心推辞,概出于一种隐隐的诱因——

七年前,徐剑铭等三位作家写成纪实文学《立马中条》书稿,约我作序,多是想到孙蔚如将军是我仰慕的灞桥前辈乡党。在《立马中条》书稿的阅读中,我强烈地感知到这位横刀立马中条山、给倭寇致命打击的大将军顶天立地的脊梁和凛然的风骨,曾经感动得忍不住把其中一个感天地泣鬼神的细节演绎成短篇小说,当作我对这位将军乡党迟到的礼赞。现在,有幸阅读将军的诗词,展示将军的内里精神世界,我将会感知这位儒将的襟怀。出于这样的期待,我不揣冒昧接手这部书稿,用心解读,领略这位令我钦敬、令我骄傲的将军乡党的精神情怀。

孙蔚如将军年轻时投身国民革命,便胸怀着国家和民族的命运,可谓少年壮志;他毅然投笔从戎,起始的动因不是个人的前途,而是以个人的生命之躯报效国家,便奠定了一种忠诚和勇毅。一九二二年秋天,年方二十八岁的孙蔚如在三原疗养臂伤,住在一个颇为幽静的花园里,桂香馥郁,心中却仍然驰骋着疆场上的"青骢"。诗曰:"小园日暖桂花风,徐步优游清水东。但向此中寻乐趣,疆场不复试青骢。"字面上的"不复",似可看作对和平的期愿,而非现实所可行,从写于同时期的《直捣黄龙迎二帝》一诗中,可以看到将军此时的抱负。这是孙蔚如赴北京疗伤途经河南安阳,拜谒岳飞庙时触景生情,咏出"若非十二金牌召,千古无人拜鄂王"的历史悲剧的慨叹。在近百年后的今天读来,我便感知到孙蔚如作为国民革命军的一员的精神气象了,就是一个忠与奸的截然划界;面对国家和民族的未来命运,在错综复杂的历史大转折时期,他心头悬着作为耻辱象征的宋高宗召回岳飞的十二道金牌;有民族英雄岳飞垫在心底,孙蔚如的人生道路选择和个人品质,就铸成一种难得改易难得动摇的基础;他后来的辉煌历程,尽管多所挫折和危难,更显示着他的人生选择的坚定性,也显现着熠熠闪光的品德。

孙将军这种激烈壮怀的另一脉,恰是对处于军阀混战之中的民间疾苦的痛切关怀。孙蔚如所在的杨虎城部队改编为国民军后,于一九二五年春,他代表杨虎城到潼关参加一个军事会议,同时迎接国民军入陕,在遍地泥泞的雨中赶了六百多里路,沿途看多了乡村的凋敝景象和民不聊生的惨状,隐忍不住便发出心声,在五律《投鞭念佛陀》一诗中呼吁"应怜民疾苦",足以见得跃马疆场的将军真切的柔肠。作者真诚的期愿溢于文字:"海内升平日,投鞭念佛陀",很坦诚也很直白地表示,只要和平、安宁、国泰、民乐的社会实现了,自己可以扔掉象征着战争的马鞭,到古寺里去诵经念佛,而不计个人的任何得失,这是怎样一种光明磊落的襟怀。孙将军身在军中,却厌恶不义之战争,在于他看到军阀混战给国家和人民造成的巨大灾难。在七律《司马台前感怀》一诗中,发出"遍野哀鸿剧可伤"的哀叹;末尾两句"建国未成人遽死,凭谁继起系苍桑",是说孙中山先生突然谢世,谁来承担救国救民的历史重任呢!可以见得孙将军忧国忧民的悲壮情怀,更可以见得他戎装跃马的使命了。

一九二六年,军阀刘镇华围攻西安达十个月之久,杨虎城和李虎臣坚守西安,所谓"二虎守长安"的艰苦卓绝的历史性一幕,永不磨灭地铸成西安人的历史性记忆。作为杨虎城将军的忠诚而又得力的干将的孙蔚如,负责西安古城东北城隅的守护,寸土不失。西安城里的军民遭遇着骇人听闻的灾难,孙将军有感而发的七律《坚守长安》一诗中,留下了西安军民艰难到超出忍受极限的生存困境的文字写照:"菜色载途怜饿莩(殍),马肝充食悯兵饥"。这两句高度概括的诗文里所隐伏着的惨不忍睹的景象,是不仅树叶树皮被揪被扒光了,包括马骡爱犬等牲畜也被杀了充饥,甚至连皮革制品也煮了吃了,战死饿死的军人民众多达数万,作为国民军立足的古城西安终于巍然屹立。诗句中一个"怜"字又一个"悯"字,足以见得这位坚挺在血火西安的将军的悲悯情怀。

在中条山的抗日战场,孙将军横刀立马,把不可一世的日本鬼子堵在潼关之外,不仅让企图进入关中的日本侵略者的美梦破灭,这方古老文明的土地免遭蹂躏,而且打得鬼子兵伤亡惨重,把以关中子弟为主体的西北军的威风张扬起来。孙将军在中条山留下了几首血战的诗篇,诗文里记录着当时的抗战局势,战争的惨烈,暗示出"攘外必先安内"的剿共内战造成的恶果,更张扬着这个民族不屈不挠的精神。《抗敌歌》当可看作孙将军立马中条时的誓词,其中"铁骑纵横气如山,不教胡马渡榆关",显示着将军的凛然壮气;"伫看铙歌齐奏凯,风物如绘旭日暄"则展现着将军必胜的期盼和信心。将军于一九三九年作的《满江红·立马中条》一词,更是壮怀激烈,一句"怒眦裂",可见将军的英武气派;怒视里的侵略者不过是"岛夷小丑";信念里坚信着的是"挽狂澜,作个中流砥柱",孙将军的不可轻蔑更不可战胜的民族英雄形象,跃然纸上。我读此词,便想到岳飞和他的《满江红·写怀》一词。这里引录于右任写的《越调·天净沙·为中条山抗战书赠孙蔚如将军》:"中条雪压云垂,黄河浪卷冰澌,血染将军战史。北方豪士,手擒多少胡儿!"一句"血染将军战史",是对孙蔚如将军戎马生涯的客观而形象的概括;一句"手擒多少胡儿",则把孙蔚如将军的民族英雄的气派彰显出来。

孙蔚如将军在中华人民共和国成立后的诗作,截然是一种欢欣而又鼓舞的美好情怀的表述,这是可以理解的。将军一生都在追求而且实践着国家和民族的光明和新生,当新中国成立以后,身为陕西省副省长的孙蔚如将军,诗句里洋溢着阳光的明媚,是真实心怀的抒发,诸如"和平世界从今始,马列精神万古传"。孙将军自幼追求光明和进步,倾情革命,当这种心愿实现的时候,激情便溢满诗文字句了。有一首写他到青海慰问人民解放军骑兵团的即兴之作:"应策腾空气似虹,櫜枪扫尽仰雄风。和平建设从今起,万族欢歌庆大同。"孙将军的诗,真正体现着"言志"的本真。

咏读孙蔚如将军的诗词,可见艺术造诣之深,尤其突出的一点,旁征博引了许多历史人文的典故,足以见出将军古典文学修养之丰富厚实。说来惭愧,诗中所涉及的不少典故,在我完全陌生,不看注释就难以领会其深意。孙将军数量不算太多的诗词,多是戎马倥偬间内心情感的倾泻,可谓马蹄溅落的诗行,却依然对仗工整,采词造句深奥而又儒雅,显示着儒将的风采和风骨。

书稿里收录孙将军诗词手迹十九幅,更见得儒将独成一格的书法风韵,尽现挥洒自如不拘一格的雄风率性。我在品赏这些堪为笔走龙蛇潇洒自然的笔墨时,突然想到,将军的一笔一画不是为着当书法家而为之,完全是一种率性的书写,毛笔和毛笔里所蘸的墨汁,纯粹是为着情感抒发的需要而倾注到白纸上,倒让我看到了作为传统的书写工具独有的个性化魅力,而排除了为着书法的难得避免的匠气,更显现着真正的作为书写工具的毛笔字的神韵。这种韵,是孙将军个人独有的禀性铸就的。

2011 年 7 月 15 日 二府庄

期 待 交 流

第一眼看到马安平先生翻译的我的散文英文稿，瞬间的惊讶之后，心头竟泛起一缕酸楚。看着那些连一个字母也读不出的英文文稿，我顿然意识到我是一个文盲了。出自自己笔下的文字，变成英文以后，自己连一个字都读不出来了。我在上世纪六十年代初读中学时学的是俄语，可以进行简单的俄语对话，几十年过去，已经几乎忘光了。英语热遍中国的多年里，我无机缘接触，纯粹是一个外语文盲了，缺失的遗憾也无法补救了。

马安平先生约我作序，我当即应承。其实，我给一百多位作家朋友的小说散文作品写过序，却很少为自己的小说或散文集作序，也许出于一种偏颇心理，以为作家的体验都倾注在每一篇作品的字里行间了，尽可以让读者去品味，再没有文章之外啰唆解释的必要了。这样，我出版过的不下七十种小说、散文选本，大约只写过四五次自序，多是套书规定非写自序不可的统一体例。唯一一次自己张罗写下的后记（仍不是序），是平生出版第一本书——短篇小说集《乡村》编成时写下的。道理无须解释。第一次出版作品集的新鲜到情不自禁的兴奋。这回之所以欣然接受马安平先生要我作自序的事，概出于类近第一次出书时的心理感受，虽然《白鹿原》已有几种语言的翻译文本，都未作自序，而散文作品集以英语翻译出版（即将由世界图书出版公司出版），在我却是第一次，想到英语读者读我的散文，便有一种兴奋和新鲜感。我总是对第一次发生的事产生新鲜和兴奋，尤其是写作中经历的第一次。

我看过马安平先生选编的我的散文集的汉字目录，二十篇散文，大致可归为三类，一是写风土人情的篇章，二是吟诵自然山水的文章，三是涉及文学创作的感受之作。这些散文选目，大致体现了我多年来散文写作的风貌，应该说是马安平先生很有眼光的挑选。

我写这个序文的时候，仍然是一种兴奋和欣慰的感受，概出于我几十年来依然继续着的对创作的理解，作家把自己对生活的体验诉诸文字，就是想与读者进行交流；喜欢阅读你的作品的读者越多，验证着作家体验的独特性，才能引发读者的心灵呼应。想到我的散文即将与英语读者实现交流，新鲜和兴奋的同时也伴随着忐忑，我在散文中叙述的生活体验和人生感受，能在多大的读者层面上引发心灵呼应，确凿是既令人期待更令人不安的事。无论如何，我拭目以待。

约略记得是两三年前，我和马安平先生与西安工业大学校长刘江南教授相聚聊天时，刘江南校长提议马安平先生翻译我的散文英语文本，在我感觉偶然，在刘江南校长当属"蓄谋已久"。所幸马安平先生对此提议很感兴趣，当即应承愿做此事，我很感动。当这本英语散文文本即将面世的时候，我对马安平先生翻译的辛劳诚表慰问，为他的认真表示钦敬，为刘江南先生的美意的实现表示谢忱。

2011 年 10 月 27 日 二府庄

略说党宪宗

欣闻党宪宗的新作《沉重的回报》召开研讨会,谨表真诚的祝贺。

我读《沉重的回报》,每读一篇,精神和心理便经历一次沉重到不堪的折磨。我真切地感知到"沉重"这个词汇的无以估量的重压,以致压迫得我不敢再接着读下一篇,却又忍不住掐不断阅读的欲望。一部作品能对我这个老读者产生这样奇异到少有的阅读感受,足见其惊世骇俗的功力。这功力不单是文字,更多的是倾注其中的党宪宗的凛然的道德审视。关于《沉重的母爱》和《沉重的回报》的阅读感受,我已在和李康美先生合写的序言里作过表述,不再赘写,倒是想对作家党宪宗多说几句。

我和党宪宗认识甚早,来往却稀少。印象里是一位创作古典诗词的高手,不料在年过六旬之后,一改斟字酌句的老夫子形象,把笔尖对着生活世相里最不堪的一面,进行持久连续的审视和灵魂的净化的写作,引发强烈的社会反响。在我平庸的意念里,六十岁是一个老年的年龄标志,孔老先生说"六十耳顺"多为国人接受。党宪宗却恰在六十过后,面对道德和良知沦丧的某些生活世相,不仅难以"耳顺",而且仗义执言起来,其痛楚到不无义愤的怒火,尽现在文字之中。这种情感,当属一种二度青春现象,是党宪宗这个个体生命独有的。我向党宪宗致以敬意,为他的创作成就,更为他的道德良知,还有他勃勃的生命活力。

2011 年 12 月 17 日　二府庄

四位才子，共舞心灵绿地

王锋拿来即将付梓的《坐卧终南》的样本，乍一看这个书名，脑子里当即映现出王维的影像来。王维隐居终南山中，吟诗作画，和终南山水已经融为一体，无论诗，无论画，都是进入生命体验的独得的艺术景观，也是自古至今独立不群的一种人生境界。这本集诗、文、书法、国画和治印艺术为一体的集子中的作家、诗人、书画家，正当青年和壮年的黄金年龄区段，都处于艺术创造的最活跃状态，无论他们的艺术个性和艺术追求有怎样不同的意趣，精神境界却趋向一致，便是或坐或卧于终南山水之中。在物欲催促而形成的浮躁到癫狂的种种世相的当今，这四位诗人画家却要坐卧终南，我便直接感知到一种超凡脱俗的人生境界，自然也就发生敬重的肃然。尽管他们没有像王维独居于终南山中的某个草舍，而能有坐卧终南的向往，便见出一种清纯洁净的心境，一片心灵绿地，已经难能而可贵了。我说肃然起敬的话，不是虚奉，而是真实感知。

在《坐卧终南》的四位入选者中，我最熟悉的一位是诗人兼书法家王锋。他的古体诗词创作，早已形成气候，文学圈内及至泛文化领域都已产生不俗的影响。他的古体诗词，即兴而成诵，所谓触景生情便吟诵成绝句或律诗，得意时常常会发到我的手机上，品读之后便对他说出我的阅读感受。且不赘述我的评价，更有高人王蒙先生对他诗作的高档定位。我颇感慨，能入得王蒙的阅读视野已很难得，而能获得王蒙的品评和赞赏,足见王锋诗词的品位了;王蒙和王锋多有即兴唱酬佳作,又见得年龄相差几近一倍的老王和小王的忘年之交,是以诗性交融而忘却了年龄差别的,这是最可珍贵的情谊。

我认识王锋很早,引起我关注的是他很富个性也独具见解的一些涉及陕西和全国的文学创作的话题,尤其是前几年在《华商报》主持过"一周文坛演义会馆",持续一百期,蔚为一时之盛。他的并不太大的眼睛,却纵横当代中国文坛,几乎一览无余;又有一杆幽默而犀利的文笔,准确而又生动地展示得淋漓尽致。我曾经是他"文坛演义"的热心读者,不单获得许多文学信息,更想过一把他的极富智慧的文字瘾。我曾建议他把出过百期的"文坛演义"的奇文出一本书,不然就太可惜了。我也曾经多有惊诧,平时缺言少语的王锋,动笔成文便见出别一番风流。我曾赠他一首诗《王锋印象》:"在河之洲一少年,不逑淑女迷诗篇。踏遍北原南岭地,阅尽春花秋霜天。唇里纳言蕴默雷,笔底演义起狼烟。思逐风云年华好,独立独秀独扬帆。"这是我印象里的这位才气横溢的诗人王锋,在堪称独秀古体诗坛一枝奇葩的王锋面前,尽管有班门弄斧的忐忑,也顾不得了……平时几乎没有见过王锋的书法作品,这次看到,又是惊诧,从来不见张扬的书法,既见得功夫,又见出个性,亦有飘逸不羁的帅气率性在。

范伟自取一个范樵父的笔名,初看有古香古色的气韵,再看便感知到精神追求的取向和人生境界的自我定位。樵父大约是樵夫中年龄稍大的长者,无论樵夫或樵父,都是深山老林中以打柴为生的人,在范樵父来说肯定是在终南山里挥斧挑柴自得其乐的;既定位为樵父,便让我想到一种天然到本性的淡泊自守,看花开花落云聚云散。当王锋偕范樵父和我握手时,看着这位总是满脸笑容略显单薄的年轻人,我就想感知樵夫的独特气质,似乎不太明显,手掌上也没有樵夫的硬茧,而当打开画册领略他的一幅幅书法作品,我才意识到我的偏差,这个范樵父手中挥舞的不是樵夫的斧头,而是一杆重过斧头却挥洒自如的毛笔,创造出一派苍劲的书法艺术景观。看来他是渗透了散翁的萧散风骨,又感知于这个时代的雄博气象,我这个书法外行,不敢乱作评说,相信书界大家的评价,也只有欣赏的欣幸了。

集子中收录的范樵父的散文随笔,多属他的感性生活随记,给我突出的阅读感受,便是信手拈来,不事雕琢,看似没有着意用力,却尽现真实而又自如的生活情态和人的心理情态;清朗散淡的文脉气韵,呈现着樵夫面对青山流水的平和与达观。这是范樵父独有的散文意境,大约得益于樵夫的那种情怀。

看王松的山水画,我的直观感受是一种亲近和亲和,甚至产生一种进入且散漫其中的欲念。这应该是作为画家王松作品的受众的我少有的感受。作为一个画界之外的普通受众,往常里难得深究各路画家的师承渊源和个人独辟蹊径所抵达的艺术新境,更多关注的是阅读的直接感受,有喜欢的,有不大喜欢的,有令人震惊的,也有令人轻松开怀的,等等。然而,让我发生亲近亲和以想散漫其中领受那种雾山清流的欲念,却是王松笔下的山水。形成这种阅读情感,也许与我印象里的终南山、商山、丹江、金丝峡等有关,我几次进过秦岭,也有幸领略金丝峡谷的原生态景观,还有不无惊险的丹江漂流,当我在王松的画作里重温那些天然景象时,却是一种升华和幻化的感觉,只有达到一种美的艺境,才可能对受众发生如此的感受。再,画秦岭画商山画黄土高原画丹江的人不少,画作也各呈其艺术景象,而王松的画作能让受众的我发生进入的欲念,至关重要的一点,我猜想在于他是秦岭山中的子民,生于斯,长于斯,幼小的心灵在无意识的情状里接受着青山绿水的滋润(且不说陶冶),那种独有的情感、独有的体验,是区别于外来的写生者的,自然是得天独厚的;在他成为画家展示家门周边的山水时,那种独有的情感和体验,便泅入笔下的墨痕和色彩之中了,这是非技法所能实现的艺术潜质,才会让如我一类受众发生一种想进入其中的亲近亲和的感受。读王松的创作自述和程征先生的评说文章，都是专业化的独立见解，颇多启示，作为画外人的我，更不敢妄言了，只能说欣赏感受。

魏杰和我是一墙之隔的邻居，他在墙北的赫赫有名的西安美术学院，我借居墙南的一隅窝居，却没有互相穿墙走动的事。古人说隔行如隔山，此话早已不灵，在传媒几乎铺天盖地无处不染的当今，即使低调如魏杰先生者，在我早已闻得大名，他的治印艺术已在全国闻名，于治印世界更是成就沛然。然而就我的印象，治印在种种艺术门类中，确属冷门。人说写作是寂寞的事，但稍有成就，便声名鹊起；再有杰作出手，声名会传播于市民阶层。治印相对来说就难得相比了，普通民众对治印艺术的兴趣，远不及对一部一篇好小说的普遍。我的感动正在于此。我很难体会的是，一个人捏着几把细小的刻刀，守着大不过手掌小到小拇指指尖的各色治印的石头，奇思异想，刻制出一方又一方汉字的独特风景，这需要怎样的专注精神？这种刀下的艺术景观，很难在公众媒体上展示，他的艺术匠心也很难与民众实现共赏的交流，这需要怎样强大的心理坚守？魏杰已年届五十，依旧在各色石头上实现着创造着自己的艺术景观，在如我这样的业外人想来，似乎难以理解，却也能理解，便是个人兴趣，这是与生俱有的个体兴趣，如同作家对文字发生敏感引发写作兴趣，如同画家对色彩发生敏感引发绘画兴趣，魏杰对石头上的文字发生敏感而引发动手动刀的兴趣，便是自然的事。这样，当他掂起一块石料再动刻刀的时候，便是一种创造的强烈意趣，以及创造理想实现之后的无以表述的幸福感。不仅没有外行人推想的冷寂，而是被一次又一次在各色大小石料上的艺术创造的成功所陶醉，乐在其中是自自然然的事。但愿且相信，魏杰对印石的天然兴趣持久不减，在东方独有的治印艺术里开创出新的艺术景观。

四位都算得才气横溢的艺术家，虽然追求的艺术门类不同，精神操守和人格修养的境界却趋同一致，便是坐卧终南。有这样的精神和人格,可以相信他们在各自的艺术领域,不断攀升和开拓新的艺术境界,把自己的艺术天才发挥到极致,面对终南的坐姿或卧姿,当属最坚实最可靠的人生姿态。

2012 年 5 月 12 日　二府庄

慢说解读　且释摹写

初看到这部小说散文集的编者所取的书名《陈忠实解读陕西人》,我的第一感觉是不大恰当,在于"陕西人"这个概念太过宽泛,不仅为我的写作能力所不及,而且也不大切合我已经发表过的作品的实际,我的作品尤其是小说,主要写的是关中人,这是顺理成章更是难得违拗的事。我是关中平原边沿白鹿原下灞河川道人,生于斯,长于斯,工作于斯,脚踏的是关中平原的土地,吃的是这方土地生产的苞谷和小麦,打交道的对象自然也是以这个村子、那个村子的关中人为主,对生活的体验也是由他们而发生,或短或长的小说里的各色人物,自然都带有关中平原人的色彩和质地。如果书名取为陈某人解读关中人,似乎更为恰当。

我之所以会发生这种"不恰当"的感觉,更重要的一点,是我对陕西版图上三大板块的差异性解释。以黄土高原和毛乌素沙漠为主体的陕北,历来以半农半畜和完全的畜牧业为乡民的生活形态;关中平原则是我们国家最早的农业开发区域之一;秦岭南边的汉水流域的汉中和安康,却更具南国水乡的风情和民俗了。这三大板块呈现着截然不同的地理风貌,更呈现着截然迥异的乡风民俗,突显着一方地域的人的群体性的气质特征。所谓一方水土养一方人,这一方人便被这一方水土养成了独有的气性风貌,且不细究文化和历史演变的更为重要的影响因素。关中人相异于陕北人,也相异于汉水流域的人,我写的主要是关中乡村的各色人物,笼统说成陕西人,在我就难免发生不踏实亦不恰当的感觉了。

略作筹思,又有了为自己开脱的余地,有一些作品涉及陕北人和陕南人,并非纯一色的关中人,其中一部篇幅较大的中篇小说《四妹子》,其主角四妹子就是陕北人,我把她从陕北嫁到关中乡村的一家农户,就是要展示不同地域文化引发的心理冲突。另有短篇小说《一个人的生命体验》,主要写的是作家柳青。柳青是陕北人,是中国当代卓有建树的作家,也是我崇拜的偶像。我写了他在"大跃进"和"文革"这两个非常时期的两个生活细节,彰显的是作为人民艺术家的精神坚守和道德底线,与我的另一篇短篇小说《李十三推磨》中的堪称伟大的剧作家、关中渭南人李十三是相通的。他们高尚的精神追求和道德人格的坚守,无论面对的是极"左"造成的毁灭性灾难,抑或是封建皇权的威压,都突显出宁折而不弯的品格。这种品格不因地域文化和生活习俗的差异而改变,不仅是陕西人共有的品德,也是这个民族的精神脊梁。如此想来,我便接受了陈某"解读陕西人"这个书名。

这本集子中收编了三篇"三秦人物摹写"的短篇小说,是我意识里异常明确的要面对陕西人的写作。先说三秦这个地理概念,是战国时代雄踞关中的秦国某个国王,把关中平原分为西、中、东三块,封给他的三个儿子统领,便有了三秦。陕西人至今仍习惯把陕西省称作三秦大地,概念已不是秦国时代的区划了,而是指陕北、关中和陕南三大板块,三秦实际已经成为陕西的别称。再说有关"三秦人物摹写"这三篇短篇小说写作时的心态,却是完全不同于以往那些小说的写作。以往的小说,多是对生活的发现和体验而谋思成篇,尽管不无感动的激情,然而,面对笔下的男女人物,却很难发生像面对"三秦人物摹写"里的三个人物时的忐忑不安到惶恐的心态。

这三位是真实的陕西人,更堪称顶天立地铁骨铮铮的三个陕西人,一位是我的灞桥乡党孙蔚如将军,他助杨虎城、张学良发动"西安事变",之后率领西北军立马中条山,打出了声威,堵死了倭寇西进的途径,让关中父老免遭日本鬼子的蹂躏。诸多的血战姑且不叙,单是八百关中子弟在被逼到黄河边的绝境时,纷纷从悬崖上跳入黄河,没有一人投降,这种惊天地泣鬼神的惨烈场景,闻之便有屏息闭气的压迫。我在获得这个真实的撼人心跳的细节直到写成《娃的心,娃的胆》,八百抗日壮士跳进黄河的画面一直萦绕于脑际,至今也未消弭。另两位都是文人,一位是陕北籍当代作家柳青,一位是关中籍古典剧作家李十三。且不说他们卓越的艺术创造成就,单是他们面对扭曲人格乃至生命危机时的精神坚守,却一样凛然,也让我发生忐忑不安、心跳加骤久久不能平静的震撼。柳青在"大跃进"年代被逼要放创作"卫星"的声浪里,咬紧牙关对抗着浮夸到疯狂的世风,竟然把自己的手指头抠得鲜血淋漓而浑然不觉得疼痛;李十三这位堪称伟大的剧作家穷困到自己推石磨磨麦子的状态,却被清朝皇帝以"莫须有"的罪名问罪,气得一口又一口鲜血喷吐出来……

面对这三位陕西人,在忐忑不安、心跳加骤久久不能平静的状态里的写作,是一种前所未有的诚惶诚恐的仰视神圣的心态,我想到一个切合这种写作心态的词汇:摹写。摹写是一种在我少有的写作姿态,敬仰、崇拜,唯恐不及,更担心传达不出他们高蹈的精神境界和凛然独立的人格。稍感安慰的是,这几篇摹写我敬仰的陕西人的杰出代表的小说,见诸报刊后引起广泛反响,我不仅没有以往某篇作品得到好评的得意,却是那种忐忑不安到诚惶诚恐的心态得以平复,我的笔墨没有玷污他们精诚的鲜血。

仅就这三篇短篇小说的人物,不属"解读",是摹写,是敬仰和崇拜情态下的摹写。

其余小说和散文,可以说"解读"。

2012年5月27日 二府庄

不敢妄言经典

闲聊时常听到经典也说到经典这个词儿，阅读中更频繁地遇到过不知多少回，而当何锐先生要我写一篇对于经典的理解的短文时，却感到茫然，关于经典的较为准确的定义，竟说不出所以然来。然而对经典的阅读感觉，却是真实鲜活而且经久不变的，便是那种顶礼膜拜到高山仰止的独特的阅读感受。

仅就短篇小说而言，一些堪称经典的作品，一读便铸成永久性记忆，历久弥新，对我能发生如此影响的短篇小说，在我就视为经典作品了。我首先想到的是都德的《最后一课》，这是我在初级中学语文课本上读到的，距今五十多年过去了，想象哈默尔先生写在黑板上的"法兰西万岁"，以及他用手势向学生表示的"课上完了……去吧"的最后一句话，却在我的记忆里存留至今。且不赘述这篇小说的艺术，也不必在意法国和德国有关这个故事发生地的领土归属的争议，单就一篇很短的短篇小说而言，能对一个中国学生的我发生如此久远的记忆，确不多有。直到上世纪七十年代末的中国文艺复兴发生，我在集中阅读一批短篇小说大家的作品时，又想到了这篇《最后一课》，找来读了，更多的是想看看这样少的文字，又是一个毫不起眼的小学教室，且是以一个比我还年幼的小学生（我读此文时是中学生）的视角和感受，却把一个国家沦亡的大悲剧呈现给世界……

还有一个《孔乙己》里的孔乙己，同样是在中学课本上得以见识这位潦倒的乡村旧知识分子的尊容的,同样是一见便不能忘,至今依然惊异鲁迅先生入木三分而又传神的笔墨,令我望尘莫及……前述上世纪七十年代末,我集中阅读了契诃夫和莫泊桑的短篇小说,意在以真正的文学涤除极左的文艺思想对自己的影响。在甚为专注的阅读中,常常忍俊不禁而发出一声"噢呀"的惊叫,或是笑出声来,一个个人物形象活脱脱呈现于眼前,竟然没有异国异族的隔膜……这就是经典,顶礼膜拜到高山仰止的情感便自然地发生了。

《日子》发表已有十多年了,其间被各种短篇小说选本收录过,也被评论家多有提及,在我自然是颇感欣慰的事。然而,何锐先生在他编辑的名为经典短篇小说选本中要收入《日子》,初闻此讯竟有点忐忑,拙作《日子》未必能算得上经典,但作为对经典的一种回应,我又有几分自信。几经思量,《日子》总还算得一篇优秀小说吧,不然不会有多种短篇小说选本都相中它。何锐热心至诚地选编《回应经典》这本短篇小说集,自有他的初衷和标准,《日子》有幸入选,我自然高兴,却依然自我定位为较为优秀之作,且不敢妄言经典。

2012年6月5日 二府庄

横空出世　非同凡响

集中几天时间阅读了冷梦的长篇小说《西榴城》,形成"横空出世、非同凡响"的直接感受。这是少有的阅读感受,即使有个人偏爱可能产生的偏颇,然而却是真实发生的阅读直感,颇为强烈。

所谓横空出世,在于《西榴城》这部长篇小说所体现的思维形态,即关于业已成为过去的历史和正在发生着的现实生活的思维,已不拘泥于生活演进的时序,甚至有意作了模糊化的回避。我猜想冷梦之所以如此,不是巧设迷幻,而是使自己的思维挣脱生活时序和生活真实的羁绊,进入一种既是高蹈又成俯瞰的自由状态。这样,呈现在我眼前的几位主要人物多带有神秘莫测一时难辨其真实面目的神秘色彩,甚至让我一直在阅读过程中都发生着神秘莫测的疑问,这个人为什么这么说、这么做?这个人和那个人到底有着怎样的心理纠结?他们一个个都依各自的心理在西榴城里来来往往,互相纠葛却很难因对方的影响而改变自我。这些人物一言一行都是可知可感的、真实的个性化行为,却总让我同时又有一种扑朔迷离的陌生感;这些人物所生活的时代,似乎让我有切近的熟悉,却又有"不知秦汉"的某种玄虚感;这些人物生活的西榴城,让我猜想到西北的某个古老的具有悠久历史文化的古城,却又产生遥不可及的一方神秘所在。大约是如上所述的这些阅读直感,便看到冷梦凌空俯视西榴城里芸芸众生的理性而又冷峻的眼光,也就造成《西榴城》横空出世非同凡响的艺术景观。

　　小说《西榴城》的主线事件是一桩历史谜案,即涉及一百二十名游击队员生死的一罐银元,错综复杂,纠葛近半个世纪而难得揭破真相。为节省笔墨,恕我不再赘述其情节。约略说来,这桩太过残酷的历史冤案,牵涉两组或者说三个家族两代人的命运;从横的方面看,是社会与家族构成的一方颇为特殊的网络。这些人物从纵的层面到横的层面演绎到最后,形成一种令我震惊到齿冷的丑陋险恶的人性之一面,我才意识到冷梦的着力点,在于人性的审视。冷梦展示的错综复杂的情节,不无扑朔迷离的人物行踪,其实都是构成人性险恶的遮蔽的物象。这些遮蔽的物象之所以难得揭开,既有社会在某个时段的客观因素,更在于作恶的丑类挖空心思到无所不用其极的掩饰手段,使这宗冤案曲折迷离,不仅使原来涉及的受冤者不能鸣冤,而且波及他的家族同胞和后来的人。这样的惨剧,更见出人性的恶,让我不由得产生后脊背冰冷的不堪承受的感觉。关于人性这个话题已不新鲜,而能演绎到如此深刻的程度,可以见出《西榴城》作者冷梦独到的思考,也使小说呈现出大手笔的风貌。

　　和这种人性恶相对应的是人性善。《西榴城》里的人性善和人性美,尽管其人物的行为多有扑朔迷离的色调,甚至不无"怪异"的细节,却是一种坚贞不渝到圣洁的程度。这种人性的善和美,是以一个家族两代人的命运展现出来的,有默默忍受的几乎望不到头的屈辱,不止一人的生命代价,是一个家族两代十几口人,都为着人性善和人性美的坚守。其精神之光让我感到生活的希望。

　　《西榴城》演绎着人性善与人性恶、人性美与人性丑,在很长的时空里,恶和丑不仅残害着善与美,而且在弥天谎话即将漏底之际,所谓的"丑类"不仅没有反省和忏悔,而且毫无人性地置自己的父亲于死地。这是小说最后的令我心颤的一个情节。作为法官的陈虹刚到牢房去找甫和民,甫和民知道陈虹刚是自己的儿子,陈虹刚也知道甫和民是自己的生父。陈虹刚不仅硬着嘴黑着心不承认生父甫和民，而且明知这是一桩历史冤案，仍然不顾法理要置甫和民于死地。这里发生的甫、陈两人面对面的交锋，把人性善和人性恶展示到令我不堪承受的残酷。这桩历史冤案的制造者陈济时绝不可能忏悔，在我可以理解，即他致一百二十名游击队员死亡的罪孽当属死有余辜，他是承受不起的，且不说身败名裂的后果。我更寒心的是陈济时的儿子陈虹刚，他已经是堂堂的法官，他已经知道养父陈济时的深重罪孽；他和养父同在一处不期而遇，面对同一个淫乱对象竟能化解尴尬；他已知道生父是甫和民，竟然要把养父制造的冤案办成铁案，要让生父甫和民冤死在他的枪口之下……这个作为第二代的年轻人的心、这个已经发生了精神变异的陈虹刚，我已难以判断其黑的程度、冷酷的程度了。

初读《西榴城》，我还一时不能适应其叙述方式，觉得冷梦怎么也魔幻起来了。到读完作品，才意识到写这样的题材和这样的人物，这是艺术探索上最好的选择，让我感觉着荒诞的同时，又感受到生活真实的逼真。冷梦把荒诞建立在生活真实的基础之上，更在于对人物精神、人物思想、人物情感的准确透析和把握，这是《西榴城》给我造成阅读冲击的艺术效果。冷梦荒诞或魔幻了一回，竟不留生硬的痕迹。

在我的印象里，冷梦多年以来一直写着纪实文学，已出版过《黄河大移民》《高西沟调查》《百战将星·肖永银》等长篇报告文学，且获得过鲁迅文学奖。她已探索长篇小说的创作，《天国葬礼》和《特别谍案》也有不俗的反响。《西榴城》是第三部长篇小说，不仅与前两部小说在艺术品相上展现出很大的陌生感，而且与之前纪实文学的一事一人，乃至一句话的严密严谨更不可比对了。我便看到作为作家的冷梦的变化，变化里显示着的探索精神，也显示着艺术创造的活力。

2012 年 9 月 4 日 二府庄

独立个性的声音

阅读《困惑与催生——雷涛文学演讲录》，明显区别于小说、散文的欣赏性阅读，而是一种聆听，听一个人说话，说他对文学的见解，说他对发展陕西文学的意见，说他对一些作家和作品的看法，还有对某些泛文化话题的见解，也涉及对正在发生的生活世象直言不讳的点评。我之所以产生聆听式的阅读这种生动感，不单是其中的一些演讲发表时，我本身就是现场的受众之一，重读这些演讲内容，便有一种曾经的映像再现的生动；更重要的一点，是这些演讲文稿的个性化特质，不是素常见惯也听惯了的某些报告或讲话，多是公共话语，不署名便很难辨别是谁讲的。

雷涛的演讲稿能让我感知到明显的个性化特质，直观的首先是演讲的话语，往往是直入话题，切中内里，既有理论阐释，又依事实为据，显示着客观、理性而又科学的语言力度，少有司空见惯的大话套话，便形成生动的个性话语。在我看来，这不单是讲话习惯或者说是讲话风格，更内在的基本因素是对文学创作的理解，既符合文学创作的普遍规律，又有自己的独立见解，讲话才有一种自信，独成一景的话语风格便是自然的了。十年前在"文学管理体制的创新"座谈会上的录音稿《文学的困惑与催生》，对"十七年"陕西文学和新时期陕西文学的估量，不仅客观亦切中实际，而且从整个中国文学的平台所做的评述是热情却又理性，令人信服。单从这一点来说，对陕西文学准确的把脉和深层的了解、理解,作为一个省的文学事业的领导者来说,难能可贵。

在这篇演讲稿中,对陕西文学面临的问题和形成这些问题的归因分析,也是切中实际的,是"市场经济的发展,对文学提出了新的要求"。在市场经济这种大的社会背景里,"出现了文学作品内涵上的'三多三少'……"对陕西作家队伍群体的不足,即知识构成的缺陷和缺失,观念的陈旧和思维方式的滞后,都是制约作家发生独特体验和艺术创造活力的致命性障碍。由于把脉准确,对进一步发展和繁荣陕西文学所提的思路和举措,是积极而富于创见的,诸如在作家不断强化知识结构的同时,更强调作家要"具备高尚的人格、健康的情感,才能写出好的作品"。在我理解,作家的人格和情感,不单是自身修养的事,而是影响作家生活体验以至生命体验的敏感和体验的质地,这是容易被忽视却不可忽视的至为重要的一点。另,面对开放的中国社会,面对刚刚兴起的市场经济掀起的汹涌的商潮对各项社会事业的冲击和影响,文学事业和作家的发展不可能循着老路旧规亦步亦趋,雷涛敏锐而清晰地看到创新的使命,及时提出适应性的举措,既切合文学的规律,也是寻找在新的社会背景下文学发展的更富活力的途径,新的观念和锐意进取的思维,彰显着一种活力。其中对于文学新人创作发展的举措,由"养"到"签约"的更富激励效应的新机制的创立,是富于创造性的思维,也为后来文学新人的涌现和优秀作品的迭出不穷所体现。

在这部演讲录中,我多处看到他对作家思想的强调,尤其是在培华学院的演讲稿里直言不讳地说:"作品的平庸是作家思想的平庸。"我对此观点不仅信服,而且颇多感触。大约在上世纪八十到九十年代思想解放最活跃的时期,关于文学创作的各种思潮一波迭过一波,其中有一种不大也不小的言说,作家创作不要政治,也就可以不要思想。无须赘论此说的偏颇,在于早被业已形成的共识所纠正,即作家的思想对于创作的发展具有决定性意义。让我感佩的是在那样的思潮里或余波中，雷涛如此清醒，没有丝毫游移。

在这部演讲稿里，我能充分感知一个人对文学事业的热心热情以至倾情，对作家的佳作所生发的由衷的喜悦，可以说溢于言而显于情。在签约作家新闻发布会上的演讲，对于一种更富活力的新的体制开始运作的欣然和自信，不仅让我感知到探索作家协会体制改革的勇气，更让我感受到一种倾情于文学事业的诗性激情。对于一个省的文学事业的领导者来说，这是难得的感情投向；对文学的喜爱到倾情投入，这是区别于一般的文学官员的领导职能的，我之所以说"难得"，之所以看重这一点，就是有感于此。

这种诗性的倾情，也表现在对本省作家有优秀作品问世的诸多事例上，仅说他对吴克敬小说《状元羊》的令人感动的非常举动。且不赘述他对这部小说的赞赏之词，令我感动到惊奇的是，他难以抑止阅读的兴奋和欣喜，竟然于三更半夜"急切地拨通了吴克敬的电话（读完小说是深夜二时），向他表达了我当时的心情和对作品的最初印象"。对一部佳作达到如此类近狂喜的情态，足以见得倾情。这里似乎不完全属于领导对属下创作的关切，更生动着作家与作家的朋友情谊。再，雷涛对《状元羊》的阅读感受，没有受到别人评说的影响，纯粹属于个人的阅读直感，可见欣赏视角之独特和不俗，并且为《状元羊》后来获得的广泛好评以至荣获鲁迅文学奖所验证……难得在倾情，可贵在倾情。再如，陕西女性作家作品丛书的出版和首届陕西女作家创作研讨会的召开，是他在一次小范围的闲聊中发现的命题，即应该加强对陕西女性作家创作情状的关注和创作成就的张扬，且随之形成切实的举措，也显示着对陕西文学另半边天的倾情。

这种倾情的另一种表现形式，是对作家的理解。不仅是对作家创作劳动、创作追求、创作状态的理解，而且体察到作家的生活方式乃至个人的情感世界,他对路遥写作和患病期间的一些细节的钩沉,至今读来仍令我有不由自主的感动。

阅读这部演讲稿,让我充分感知一个人的个性化声音、个性化表述。

一种坦率。没有含糊,没有模棱两可,没有回避,直诉己见,观点和审美意向直接端出,这是我在《文化的认同与存异——在中韩文学交流会上》演讲中的甚为强烈的感知。

一种直白。对王浩然的人生姿态的礼赞,是由衷的,也是直白的。对王浩然的纯洁高尚的精神礼赞,彰显着礼赞者本身的道德崇尚,不见忸怩,不见虚词,直白既是对真知的最好表述,也是个人情怀的坦诚宣示。

一种操守。"最重要的就在做人要以德行为先,这是立身的基础,也是事业有成的先决条件。"演讲者由对葛炎的道德和作风的由衷钦佩,引发出如上至理真话,也是自我立身的基础。于当今颇显纷繁的生活世象里,能发出如此唯一不二的郑重宣示,也令作为读者的我钦佩。

2012 年 11 月 12 日　二府庄

借助一双敏锐的眼睛

阅读这部英伦三岛游记的书稿，初读不久便发生甚为浓厚的阅读兴趣，不单是我未去过英国自然会有新鲜乃至新奇的感觉，更重要的因由是我在文字里发现了一双敏锐的眼睛。这是一双刚刚由少年跨入成年人的眼睛，尚未脱尽稚气和天真，却更显现着尤为敏锐的眼睛。

这双敏锐的眼睛所观察到的一个陌生国家生活世象的细微细密，似乎不是刻意为之，更显示着一种天生的敏感，不经意间便能捕捉到一般人常常容易粗略疏忽的细节。她在苏格兰风笛表演的围观人群中，发现并记录下"原本很矜持的行人，都会脚随着节奏左右摆动"。捕捉到受众的这种无意识的肢体动作，足以让读者感知其沉迷的心理状态，也让读者能感知风笛这种民间表演的独特魅力。这双敏锐的眼睛每触及异国异地的自然景色，都有新鲜的发现，且有独特的感受。随意举出作者对北桥的月亮的观感，便是只有在北桥才会出现的不同于别一方地域的月色，而且"有了月色的韵律"。能感受到"月色的韵律"，可以见得这双眼睛的敏锐不单是天然的生理机能，而是一种心灵感知。

这双敏锐的眼睛所触及的英伦三岛的自然景色，社会风情，诉诸文字，让我有如身临其境的逼真和生动，得益于不作夸张的描绘，尤注重准确，一种细微到丝丝缕缕的准确描写，状景就逼真生动了。不仅让我感知到作者质朴的文风,更见出笔头不俗的文字功力。作者对"原本也没有太多特色的小镇"温德米尔的状写,却让读者的我感知到独特的特色:"已经长满了花苞的藤条顺着矮墙散落开来,露出石砖上的青苔……点点初绽的花朵将藤条装饰得春意盎然。"作为一个游人,对异地小镇上的石墙上的青苔也能揽入文字,可见那双眼睛的敏锐,又见出栩栩如生的景观,文字准确的表述得心应手。作者写人,也是文字出彩,看似并非刻意为之,却更显见其文字功力。且看作者对一家庭旅馆店主的描写:"稀拉的白发搭了下来,弯弯的鼻子,稀落的牙齿,裹在松垮袍子里的干瘪身躯……""看起来很像是英国文学里的女巫"。读到这里,即使作者不说"像是英国文学里的女巫",我已经看见一个活灵活现的女巫了。我颇感佩的是,作者几笔简约的文字,有如速写画家手中的铅笔勾勒的线条,把一个女巫似的英国老太婆的肖像活脱脱地跃然纸上。我随意举出这两小段文字,一是状物写景,一是写人,文字简约而准确,效应是逼真也生动,让我有如身临其境的感觉。其实,这本游记通篇都是这种文风,我说的不俗的文字功力,是这种文字阅读的突出的直感。

在这本游记中,多处读到作者对社会世象的议论,对人生诸多话题的态度,对常见的和刚刚出现的生活现象的思考,都有毫不含糊的自我判断,也都有明确的价值取向,没有人云亦云,没有虚词朦胧,而是简捷明快地直抒己见。这些见解让我看到一个富于独立思想的青年,也就有了个性化的光彩。关于追求幸福这个极为普遍的生活话题,作者议论说:"追求别人眼中的幸福,很难说是不是对自己的否定,否定自己的梦想,否定自己的能力,否定自己的情绪,否定自己的选择,最后否定了自己的人生。"读着这样的文字,我感知到的是作者对自己梦想的坚定不移的追求,对自己能力的自信,对自己情绪的守护,对自己选择的人生道路确信不疑。归结一点,即追求属于自己的人生。可以想见这种自己的人生,是绝不随波逐流的独立的人生,每一步都要也都会踏出自己声响的人生。在作者刚刚从少年进入青年这样的人生区段,能有如此明朗的关于人生的宣示,已经是颇见独立思维更见独立个性的声音了。其实,由关于人生话题的延伸,作者已经正面做出了人生的坚定选择:"一直都有两种人的存在,挑战生活的和顺应生活的;结果无非也就是三种,生活的主人、奴隶和背弃者。选择顺应生活也就注定了其成功是做高等级的奴隶,而挑战生活的风险却很难估量,主人和背弃者也就一念之间。"读着这些颇富人生哲理的文字,我感知到一种严峻的警示意味。如果不了解作者,很容易想到这是阅历丰富的人的人生体验的归结。然而,我知道作者是涉世未深的小青年,能有如此深刻的关于人生的议论,就让我在惊诧之际,意识到她的思想的力度了。

这本英国游记的阅读,让我感知到作者颇为丰厚乃至渊博的知识储备。作者进入英伦三岛的许多偏远之地,在备细录记一景一物的同时,如数家珍地插叙这方地域的历史渊源,宗教习俗,及至别具一格的民间传说,等等。我以常理推想,作者不仅读书多,而且善于在民间捕获知识。作者走到爱丁堡,对这座古城的历史,曾经发生过的重大事件,都在现实景观的描写中予以插叙,圣十字架修道院的传说,让人感知到神秘的同时,也联想到中国不乏类似的传说。另如爱尔兰的"巨人之路"的神奇传说,作者叙述了这个传说之后,再以专业的知识解释"'巨人之路'是由火山熔岩的多次溢出结晶而成",显示着知识的宽泛。作者到北威尔士的卡那封城,对这座城市历史渊源的简略叙写,勾勒出一座古城延续至今的重大事变的脉络,传奇的却是真实的。散漫于这本游记中的英国各地的历史、现实和传说,让我感知到作者知识渊博的同时,也理解记叙文字游刃有余的成因。

这部游记的书稿里涉及许多流行话语,作者都阐述了自己的见解。诸如:活着的意义,有关成功与失败尤其是失败,关于自由,关于女性资本,等等。这些话题几乎是人人都回避不去的普遍性话题,而面对这些话题的人生姿态，却呈现着各各不同乃至相去甚远的差别，也就呈现着让小说家挖掘不尽的众生相。作者面对这些话题，不仅没有回避，而且是直接辩证。她所申辩的看法和观点，我信，也赞同。

读这部英国游记，借助一双敏锐的眼睛，仿佛走了一趟英国，甚至比我亲身前往看到的景致还要丰富。这不是虚词，是真实的阅读感受，我自知既没有如作者那样敏锐的眼睛，也没有对英伦三岛的常识性了解……尤为感慨的是，看到了一个独立个性的青年。

2012年11月23日夜 咸宁

记忆抒雁

春节期间难免懈怠慵惰，正月初五早晨又比往常起床晚了。待坐下来打开手机，便看到北京一位文学朋友发来的短信，告知雷抒雁在当日一时三十一分去世的噩耗，我失声呼出一声"抒雁啊……"顿然陷入一种意料不及的重创后的失语状态，脑子里一片空白。

随后就有一位熟悉的记者打电话来询问我对抒雁去世的感想，我脱口而出："一个伟大诗人谢世了！"惋惜和伤痛的话语且不赘述。之后稍微沉静下来，我便想到刚刚说过的"伟大诗人"于抒雁会不会过誉？却也很快释然，这是我的感知和理解，应该容得哪怕是"一家之言"。第二天早晨，我看到《西安晚报》文化版通栏黑体大字的标题：中国当代一位伟大的诗人走了。顿时感到心被重重地撞击，看来不是我的偏爱，因为问询我的那位记者供职的是另一家媒体，这是北京和西安几位文学界人士共同的慨叹之声！

其实，对雷抒雁"伟大诗人"的印象，始于三十多年前的一九七九年。准确地说，是在《光明日报》读到长诗《小草在歌唱》时，"伟大诗人"这个超乎寻常的概念就在我脑中萌生了。我那时候刚刚从基层农村调动到西安郊区文化馆，刚刚写了几篇短篇小说，尤为关注刚刚潮起的新时期文学的发展脉动，也更敏感于思想解放以及必然发生的对祸害国家和民众的极左思想的批判和清算。在这一决定着国家和民族未来命运的时代背景里，猛乍读到《小草在歌唱》这样令人振聋发聩的风暴般的诗句,便有"伟大诗人"的慨叹自心底涌出。在《小草在歌唱》的阅读中,我感知到诗人雷抒雁强大而深邃的思想力度,唯此才能对张志新精神品格深刻感知,进而升华,才会产生如此真诚的景仰、如此真切的惋惜,才会发出强烈而富于力度的对极左思潮进行批判的"雷声"。由此,引发社会各个层面的人的共鸣便是必然而自然的效应了。以这种强大深邃的思想审视社会的同时,雷抒雁对自我的审视是清醒而又严厉的,这种自审意识让我感觉到羞愧,说痛彻心脾也不过分。面对张志新,雷抒雁坦率地喊出:"我恨我自己,竟睡得那样死,像喝过魔鬼的迷魂汤,让辚辚囚车,碾过我僵死的心脏!我是军人,却不能挺身而出……我惭愧我自己,我是共产党员,却不如小草,让她的血液流进脉管,日里夜里,不停歌唱……"我也喝过极左的阶级斗争路线斗争的迷魂汤,而且写过几篇图解这种迷魂汤理论的小说。读到《小草在歌唱》的时候,我也正处于自我反思的情境中,说羞愧到痛彻心脾确是当时的真实心态。我后来把这种自我反思称作"剥离"——不仅是对极左的文艺理论的剥离,更是思想的弃敝图真的剥离。抒雁自我审视的精神,强化了我的精神、思想和心灵剥离的力度,还有审视昨天"喝迷魂汤"的勇气……《小草在歌唱》和伟大诗人雷抒雁便铸成了我永久的记忆,尽管我尚不认识这位乡党。

虽然尚未和这位乡党谋面,他的名字却早在距今五十年前被我记住了。那是上世纪六十年代初,高考落榜的我回到白鹿原北坡根下的那个小村庄,在一所初级小学当民办教师,正热衷着业余文学写作,不惜破费订阅了陕西作家协会主办的文学刊物《延河》。记不清是哪一年的哪一期《延河》杂志上,刊登着一篇小篇幅的报告文学《槽头春秋》,两位署名作者之一是我高中的一位同学,另一位就是雷抒雁。看到那位和我同读三年颇为熟悉的同学的名字,我的情绪竟有点波动,愈发为没能挤进大学门坎而懊丧。从文章或是附记中得知，雷抒雁和我这位同学同在西北大学中文系读书，一起到礼泉县一个全国挂名的先进生产大队去采访，写了一位忠于职守爱社如家的饲养员的优秀事迹。且不说《槽头春秋》写得如何，我懊丧的情绪，源于对他们能接受大学系统的文学教育的欣羡。我最清楚不过的事实是，一九六二年是三年困难时期的代表性年份，许多在校的大学生至少放一年长假回家谋生去了，那年高考招生的指标一缩再缩，少到一个空前绝后的量。这一年能考上大学的学生，不说千里挑一也肯定是百里挑一，非得是勤苦攻读又兼着天资聪颖的"人尖儿"。我的同学，以及和他同进西北大学中文系的雷抒雁无疑都是佼佼的"人尖儿"……我后来读到评说雷抒雁诗歌成就兼及他创作道路的文章，涉及他在中学和大学读书时就发表过诗作，无疑属少年天才诗人等等，却没有人提及他写的报告文学《槽头春秋》。而我正是在读《槽》文时记住了颇富诗意的抒雁这个名字。直到十余年后再读《小草在歌唱》的时候，顿时想到，歌唱着小草的雷抒雁已经是一棵令人瞩目的大树了，"伟大诗人"的感慨便自然产生了，便有结识这位乡党的欲念。

我已记不清是在哪年哪月，在什么环境里和这位乡党雷抒雁握手结识的。许多年来，没有过纯粹个人的你来我往，多是中国作协开会时才有谋面的机缘。大约是他在鲁迅文学院主持工作不久，曾邀我和他的学员作过一次关于小说写作的对话和交流。那个时期，他身负其责，又很敬业，忙于鲁迅文学院的种种改革，很少有机会回到他的故乡关中来。大约在他年过花甲卸下鲁迅文学院常务副院长的挑担之后，回乡的机会才一年比一年频繁，我和他接触见面的机缘也就多了。

说不清是哪年哪个季节，也说不准是白天或是夜晚，手机里突然发出"我是抒雁"那个再熟悉不过的声音，我当即兴奋起来。他说他回到了西安，约我谝谝（聊天）。我当即和他约定时间和地点，便漫无边际地谝起来了。没有什么正经事,均为触景生情的东拉西扯。无论触及什么话题,他都有非同一般的独特言说,常常令我一愣一乍地觉得新奇。他说到某些社会病相,一般不用理论辨析,多是用关中民间那些传承不知多少年的乡俗俚语,把病相的虚妄一戳见底,令我感到轻松。也免不了涉及当时文坛的某些话题,同样如此。我享受着一个人的睿智和独特话语的魅力。我往往尽量少说,以便多听他的连珠妙语,或者引出话题,再听他的意料不及的评说。记不清前两三年在哪种报纸上读到他的一篇散文,是写他的家乡泾阳县的乡风民俗,我读得很有兴趣,在于那里的民间生活花絮和我生活的西安东郊的乡村少有差异,在他的文字里能感受到一种美好的乡土情结。其中有一个细节,他说关中无螃蟹,我忍不住笑了。待他又回西安电话召我去谝的时候,我便揭他的"官僚"错觉。我说,你应该说你们泾阳县无螃蟹,不可扩大到关中,我的家乡灞河里不仅有螃蟹,还有草虾、鱼和鳖等,只是当地人从来不吃这些东西。倒是在三年困难时期我读高中时,一位四川籍老师刚入学的儿子,从学校后门外灞河边的稻田里抓鱼捉鳖还有螃蟹,在他家房门外的火炉上烧烤,引得我们这些北方学生惊讶不已,这是我平生第一次看见人吃螃蟹。抒雁听罢哈哈一笑,大约默认了他的"官僚"……他和我谝闲话的时候,满口地道的关中话,偶尔会漏出一句两句带着关中腔儿的普通话,随即又改换成关中话,而且自我解嘲似的说,还是说咱的关中话解馋。随即引发出对关中方言土语中诸多词句的见解,说它们不仅不土,而且在古文史籍中都可以找到出处,比如关中人把"吃"说"咥",吃了一顿好饭常说咥了一顿好饭。古文中也多处都有"咥"字,恕不赘述。由此,他提出应有一部考证关中方言的专著。我当即告诉他,我已见到过三种不同版本的关中方言研究的著作,并应诺为他寄去。匆促间我忽略了这个承诺,不料他竟走了,我便有了无法弥补的自责。

前年他回到西安,电话召我谝谝。闲谝间我提出让他到白鹿原上的民办大学思源学院为中文系学生作报告,他欣然应允。在西安诸多事项的间隙,有一个下午的空档,不料正是这个时间,正好与思源学院所设的白鹿书院的年会相冲突,我就失去了聆听他报告的机会。我接他上原作报告,报告完毕想请他吃白鹿原地道的农家风味的饭,他却早已另有安排,只好送他下原去做他的事。过后我打问了他为中文系学生报告的内容,约略读到三大要点:当前诗歌创作的现状总体呈现繁荣,却也隐存两类毛病,一是大而空,二是小而细;再,关于古典诗歌的学习;第三点说到人民性和时代气息应是诗歌不可缺失的主调。主持这场报告会的先生给我说,整个演讲过程,生动幽默,会场气氛热烈,多次掌声……

雁过留声。雷抒雁这只雁留给中国当代文学的不是庸常的声响,而是新时期文学的洪钟大吕之声。我尤为庆幸的是,他的声音也留在白鹿原上,留在了原上莘莘学子的心中。

2013 年 3 月 28 日 二府庄

因为感动作后记

在我电话询问李娜如何送交这部集子的稿样时,她回应说她来取,当即就来。令我颇感意外的是,她和西安出版社社长张军孝一起来了,我感到不安。这么一部拙作集子的书稿,竟劳顿社长亲自跑路,不安的心绪里自然多有感动。交代了这部集子的相关事宜之后,便把一厚摞剪贴的稿样交给李娜,并由衷地表示歉意。在当今电脑化时代里,电子文本是最快捷的处理书稿的普及了的手段,我仍然只能靠剪贴稿样这一种自嘲为半坡人时代的原始方式,肯定给编辑增添了再处理为电子文本的麻烦。交稿了,也抱歉了,突然又想起一件事,这部集子还要写一篇后记,容待随后交稿。

自己主动想为一本书写后记一类文字的举动,有违我许久以来的习惯。我出过不少集子,极少有自序和后记的写作,约略记得上世纪八十年代初出版平生第一部小说集《乡村》时,曾经有按捺不住的兴奋,无论如何,我竟然有一本书行之于世了,兴奋之中写了一篇后记,却也不足千字。后来再出版的小说集或散文集,便没有写自序或后记的打算,除非是某家出版社相约出版几位、十几位作家的系列书籍,规定每位入选者必须写一篇自序,我不能破统一的体例,便自序短文。我之所以不写自序和后记,在于一种也许不无偏颇的成见,无论小说、散文或随笔,作者要表述的意思已经在文字中尽情展示了,相信读者会有自己的阅读感知,作者便没有多此一举的言说了。这次想写后记，同样不涉及集子里的内容，而在令我颇为感动亦感慨的一点情感因素，略作赘记。

大约是去年冬天一次朋友聚会时，西安出版社社长张军孝送给每人一部方英文的散文随笔集《情人夜宴》，这是经他的手精心包装的一本书。书中的少数篇章，我曾在最初发表的报刊上读过，对于英文别具一格、天然幽默的文字我有一种欣赏的兴致和享受，尤其是他的那些"不循常规"的思路，让我有一种惊诧的欣然。有《情人夜宴》集子，便可以从多重视角领略方先生的奇思妙想了。张军孝告诉我，他已连续出版了陕西十余位作家的书，也想为我出一本。在我尚未来得及回答的时候，他又补说一句：我明年就到站了，退休之前能给你出一本书……他的话尚未说完，我当即应诺，手头正有一堆书稿，可以编一本集子……便一言为定了。此前曾有外地出版社相约，仅有口头承诺，尚未有出版合同的制约，我便断然决定交给张军孝出版了。这点小纠结，我没说给他。

我是被他即将到站的话感动了，说震也不算夸张。一个把自己的智慧和精力投入到被人常说的"为别人做嫁衣"的编辑出版事业上的人，忙忙碌碌紧紧张张干了大半生，在即将进入花甲之年，也将从编辑座椅上告退的时候，依旧在为陕西诸位作家编书出书，而且还未忘记我。说来我和张军孝结识多年，不仅谈不上过从甚密，倒是疏于谋面，仅就他在即将到站之前依旧为作家朋友热情出书的举动，也让我感知到一个人的襟怀，且不说敬业以及事业心的话。依我的惯常心理而言，许多即将离退的人，多是考虑下一步怎么走的纠结事儿，也难免离开实际工作岗位的空虚和失落。军孝却依旧做他想做的事，这种坦然的情怀显得自然而本色，让我于感动的同时，也顿生钦敬了。

说到西安出版社，我又想起一桩往事，那是整整二十年前的一九九三年，《白鹿原》刚刚面世不久，有一男一女走进我的办公室，男的自报为我的灞桥乡党,在西安市委宣传部工作,大名晏朝。容不得我和他拉乡党的家乡话,晏朝便直接说明来意,拟为我出版两本书。一为短篇小说集,一为中篇小说集。我当即表示同意。之后,我才说出他们的顾虑,怕我眼头高瞅不中一个新挂牌的市级出版社。我说你想过头了,给我出书是我的荣幸,况且,以我的名字命名出书,在我之前的出版物中尚未发生过,多少迎合了我的隐存的虚荣心理……大约是读者对《白》书的阅读兴趣的余兴,后来又获得某项国家图书奖,我高兴;责任编辑寇崇珑打电话时的情绪也让我感到他比我还兴奋。这是我和西安出版社第一次合作,双方都很愉快。

现在,我又一次和西安出版社牵手了,是社长张军孝的真诚而又热情的手。我对他和李娜简要说明,这是二〇〇〇年至二〇一二年期间所写的散文、散笔和言说,属第一次合集出书。因为内容庞杂,一时尚难定下书名,初拟以其中一篇散文《白墙无字》作书名,征求他们意见。军孝略作筹思,便予以肯定,于是就确定下来。

在我写这篇后记时,颇感人生匆促,不觉间二十年过去,但就我在西安出版社的两次出书而言,几位热心编辑先后退休,寇崇珑退休多年,乡党晏朝也从省委宣传部退居人大任职,张军孝即将退休,且不能说那些未能结识的编辑。我自然想到,一拨又一拨为别人做嫁衣的男女编辑,成就了多少作家,也撑起了一家影响日渐声隆的出版社的门脸,其智慧和心血尽都泅浸在无以数计的书籍的墨香里。但愿这本拙作《白墙无字》,能成为我和张军孝的友谊之桥。

2013 年 4 月 16 日 二府庄

难得热诚，更难得慧眼

——《谷溪序文集》序

接到谷溪寄来的五本《谷溪序文集》文稿，我着实出乎意外，且不说吃惊。在我铸定的印象里，这是一位激情昂扬而又独立人格的诗人，即使年过七旬，依然诗潮汹涌诗性情怀不衰的诗人，的确意料不到他竟然写下这么一厚摞序文。我数了一下，七十余篇，序文对象包括小说、散文、诗歌。仅就小说而言，对几位作家的长篇小说作序，也有对几位作家的中、短篇小说集作序，还有对一些单篇中篇小说和短篇小说的评说文章；散文和诗歌部分，有对作家、诗人的散文集、诗歌集的序文，也有对某篇某首散文、诗歌佳作的专论。我约略估计，由他作序的这七十余部（篇、首）的小说、散文和诗歌，少说也有千万余字吧，这是一个很大的阅读量，对于一个诗人来说，肯定要舍弃他的不少诗歌创作时间；更难得的是他写的序文，都是他认真阅读作品的真知灼见，无论一部长篇小说，乃至一首诗歌，他都能切中作品的独特品性，道出作家和诗人的独特体验。这不仅显现着谷溪鉴赏作品的独特品位，我更感佩他阅读的老实和认真，不仅是对序文作品和作者的尊重，也见得他对文学艺术的始终不渝的虔诚和神圣。看了这些序文的写作时间，且不说他在年富力强的年龄区段里写的或长或短的文字，我更感佩的是他近年间的序文写作，一个年过七旬的陕北老汉，依旧在认真地阅读长篇小说和散文、诗歌，依旧激情不减地写作他的阅读感受。从他的序文文字里,处处都可以感知他的思维的敏锐和一如既往的激情,我便不由地感慨自语,这个陕北老汉不见老啊——许多年前,我戏称谷溪"陕北老汉",他还我以"关中老汉",到了真正成为老汉的今天,我读谷溪为诸多作家、诗人所写的序文,却感知到他的思维依然保持着既往如青年时代的活力,那根敏感文字的神经依然敏锐。

阅读谷溪所写的一篇篇序文,领略他对那些小说、散文和诗歌的精到而又坦诚的评说,不仅令我信服,而且诱发起我对那些作品的阅读欲望。与此同时,我甚为强烈地感知到序文著者谷溪对他脚下的那方地域——陕北的情感色彩,这种堪称浓到化解不开的情感,是一种不自觉到自然的流露,浸洇在文字之中。须知这些序文多是写给那些以陕北的历史和现实生活为题材的小说、散文和诗歌,而非谷溪自己直抒对陕北这块大地的情感和体验的散文和诗歌,依旧能让我甚为强烈地感知他对自己足下那方地域的情感。我便想到,但凡涉及陕北这块大地的文字笔墨,无论作者是他的新朋老友,抑或是素不相识的陌生人,都会触发他的情感激情。他为知青作家许复强的长篇小说《情感之恩》所作的序文《深播高原的爱,破土萌发》一文中,叙述了许复强"怀胎十年"或者说"十年磨一剑"的矢志不移的精神写成长篇小说《情感之恩》,也作出精当而又令人信服的评论。然而,让我尤为感动的是他的情感。许复强是一位到陕北插队的北京知青,谷溪曾在延川当过专管北京插队知青工作的专职干部,并不认识在另一个县插队的许复强。直到三十多年后的二〇一一年,谷溪接到"一个陌生的长途电话",是许复强邀他为刚刚写成的长篇小说《情感之恩》作序。他说:"作为一个年逾古稀的文艺工作者,曾一次又一次地下决心不再写序文之类的文字了……我还有什么托辞的理由呢?我的'知青情结'驱使我不仅爽快地答应了他的请求,并告诉他正要赴京开会,届时一见。"

我甚为敏感谷溪的"知青情结",不单是作为"知青专干"和北京插队知青的情感,业已凝结成为一种"情结",更让我感知到他对陕北的情感,已经扩展到在陕北经历过风雨的北京知青身上,成为他乡土情结的另一个载体。似乎可以说,但凡与陕北这方地域有关系的人和事,都能触发他那根情系乡土的神经,既是本能的,又是自觉的。

谷溪这种乡土情感,在对诸多陕北籍作家和诗人的作品的序文里随处可以感受得到,他把对这方地域的情感很自然地转化为对陕北作家诗人真诚的关爱和扶助。在给女作家魏常瑛的长篇小说《大山深处》所作的《令人在灵魂深处隐隐作痛的土地》序文里,谷溪由衷地感慨:"为什么陕北的后生们强悍耿直,姑娘们漂亮而灵秀?为什么在那赤裸裸的山沟里总弥漫着一种古老而神秘的文化气息……"在他沉浸在陕北山沟里的"古老而神秘的文化气息"里的时候,顿然惊悟:"一说陕北,话头就长。"可见陕北在谷溪心中的分量以及迷恋的状态。他对女作家魏常瑛由发现到写这篇序文,竟有二十余年的连续而直接的关注和扶助,最初发现她的一首小诗和一篇散文,由他推荐发表在《榆林日报》和由他主编的《延安文学》上,直到二十年后为她的长篇小说《大山深处》作序,就把一个痴情文学的陕北女子导引为可以自由挥洒笔墨的作家,他对《大山深处》的成功面世,对其艺术创作的独特魅力的点评,似乎比自己某篇作品的出手更欢欣鼓舞。

在对兰一斐的中篇小说《龙冢》的点评里,由这部中篇小说题材所涉及陕北大地历史渊源这个独特视角的诱发,谷溪便以诗人的敏感由衷抒怀:"山穷水瘦的陕北高原古老神秘,充盈着浩瀚的沧桑感和原始的韵致,每每使人感动,却又令人难以尽解其中底蕴……"因为《龙冢》成功开掘到"其中底蕴",它不仅赞赏《龙冢》的"多义性象征的叙述体系""开放性的召唤结构",也抒发他对这方神秘而又神奇土地的诗性情怀。再如点评王冠的中篇小说《黑衣鼓手》时,对陕北一种源自狼皮做的鼓的传承,鼓手和鼓道的深远的历史文化渊源和精神的揭示,都使谷溪发生连连赞美和赞叹。在对赵秉宙的小说创作所写的述评里,谈到《黄土冲动》里陕北汉子走西口的生活,我看到谷溪已经不像是在评点一部小说,而是对陕北高原和高原上的人在呐喊……我在文头所说的谷溪对陕北高原有浓到化解不开的情感,是我最直接的阅读感受。

在谷溪序文的阅读中,我的又一种甚为突出的感受,是他对作家和诗人的个性化艺术追求的敏感和推崇。任谁都晓得,艺术都是以独具个性的魅力才呈现其生命力的,个性化的艺术创作本身的含义便是独辟蹊径,即创造。既有对历史和现实生活的独立发现独到理解独特体验,也不可或缺艺术风景的别具一格的新鲜。谷溪不仅深谙此创作规律,而且尤为关注作家和诗人的个性化特质,对他序文的写作对象的个性化艺术的发现和强调,不仅让我看到他对创作的深刻理解,也会使序文写作的对象受到启迪,进而坚定业已呈现的个性化创作的信心和勇气。

《背着爱与亲情去偿还爱》这篇序文,是写给青年作家常胜国的小说集《以生的名义》的一篇评论。他对常胜国的小说逐篇做了点评之后,便发生了"为什么同样的故事,由不同的人讲出来,效果差别甚大"的思考,及至和常胜国交谈时,常胜国道出自己信奉且"常常品味海因里希·伯尔的一句话,'经过许多磨练,后来才找到了属于自己的表达方式。'"在这里,谷溪完全意识到这位青年作家的个性化艺术追求的难能和可贵,便欣然坦言:"我以为'强烈的个性色彩'不仅是画家的追求,也应该是一个作家的追求……"可见谷溪已经领略到创作的真谛,不仅自己循此创作,也和青年作家形成共识。写到这里,我也颇多感触,我很信服海明威关于自己的创作概括为"寻找属于自己的句子"的语录,与谷溪和常胜国信奉的海因里希·伯尔的"找到属于自己的表达方式"不仅英雄所见略同,连语录的文字都相似。对于散文写作,谷溪同样尤为关注作家的个性化气质,包括语言。他赞赏刘凤珍的散文正是基于这一点:"如果说美学理想是作家美学追求的目标,那么审美情趣则是作家个性化风格的集中展示。"正是在刘凤珍的散文中敏感到"个性化风格",便涌出洋洋洒洒的欣赏和赞扬的评说文字。仅从他对常胜国的小说和刘凤珍的散文创作的个性化艺术的发现而言,可以看出正是谷溪对作家的深层理解得准确,才显出识才的慧眼,颇令我钦佩敬重。

早已耳闻谷溪关爱文学作者的动人佳话,却只有在读过他的序文集才明白其底里,他不是通常所见的热心热情抑或关照等等,而是对作者作品的理解。理解作品才是对作家的最可贵也最难得的关爱。道理很简单,无论初登文坛的青年作者,抑或痴志不改几十年的中、老年作家,他们最感开心最为欣慰的事,莫过于新作出手便能被一位编辑或朋友理解其中的用心,常会发出"知我者某某也"的酣畅的人生慨叹,较之饥与饱,冷与暖等生活关照相去甚远。无论做《延安文学》主编时长年累月审阅文稿,无论接待各方诗朋文友切磋艺术,及至年过七旬依然为他欣赏到欣喜的长篇小说《情感之恩》作序,便可见得对文学的痴情。痴情表现最为重要的关键一点,便是对作家作品的理解的慧眼和慧心。这是谷溪赢得老少男女文朋诗友称赞的关键,也是难得的一点。

《亮开一个陕北女子的心灵世界》这篇序文,是写给耿永飞仔的小说散文集《恣意盛放》一书的。这是一位八〇后的青年女作家。谷溪对这位在他看来"与生俱来的文学天赋"的作家的作品集逐篇点评,尤其欣赏中篇小说《恣意盛放》,给出了切贴而又非同寻常的评价:"作者在用法律、道德、情操的准则去审视、掂量生命的价值与意义。更重要的是,作者自觉不自觉地向人类灵魂提出了严正的质疑和拷问。"我推想小说作者耿永飞仔读到这些评说文字,会有一种被理解的欣慰和舒悦。他对名不见经传的青年作者胡同的发现,亦是从他的非同凡响的中篇小说《村政》发生的。面对一位"清癯的陕北后生"送来的几部中篇小说手稿，也面对缺乏资金而难以付印的《延安文学》的困境，他不惜版面（刊物八十页码）头条推出中篇小说《村政》。"《村政》的刊发，在国内一度引起不小的争议和关注，许多读者纷纷打来电话，询问作者情况，索要他的联络地址。评论界人士也很快写来评论文章……"关于这部小说的评论，请读谷溪序文原文，我不再赘述，让我感动的仍是谷溪对《村政》的理解。若要证明谷溪这种理解的准确，是作品面世后的强烈反响；一个地级市的文学刊物的一篇小说能引发全国读者的阅读兴趣和评论家的关注，确非易事。我替青年作家胡同庆幸，他遇到一位能理解其杰作即识货的谷溪，便破土而出了。如果说对胡同的发现是他编辑职责范畴的事，而对张志远作品的敏感和理解却是一个偶然，他到周至楼观台看望一位朋友时，朋友说到当地一位"酷爱写作的人"张志远，晚上便热心地翻阅张志远的小说稿，"虽然有些地方显得粗糙，可是取材新颖，构思奇巧，字里行间喷发着一种惊人的力量。有一股匪气、霸气和山野之气，扑面而来……"这是他初读的印象，可以说是独具慧眼独特感知的印象，由此而断定，"他是一块急待打磨、抛光的玉"。谷溪便用心着力"打磨抛光"张志远这块内蕴文学创作天赋的玉，一年后推出他的短篇小说《塔里木叔叔》，成为他叩开文学之门的第一块敲门砖，之后便有中篇小说短篇小说不断出手，这块玉就亮出其独有的光彩和魅力了。谷溪对高安侠散文集《弱水三千》所写的序文《弱水心中流》，本身就是一篇动人的散文。谷溪对一位获得生命体验的作者的散文佳作的领会与感动，形成倾泻般的激情文字，既是对一位创作者的才华的赞赏，更在为难能进入深层的生命体验的散文佳作的面世而倾洒激情的文字。其实，谷溪这种沉迷的阅读在多篇序文和编稿手记的短文中都有流露，那种对作品理解和赏识的文字行间，让我时时都能看到一双智慧的文学眼睛。

读谷溪所写的序文，我不仅有如上几点感想，竟而发生感动，这是少有的乃至仅有的阅读现象。被一篇小说、散文或一首诗感动是常有的事，而被评说作品的序文感动，却也难得发生。况且，在人们通常的印象和意识里，序文多是连篇累牍的溢美文字，读者甚至宁可读原文而避开序文，使序文丧失了公信力。谷溪的序文不仅让人深信不疑，而且让我发生陷入性的阅读，这其中的魅力不单是诗性文字，更是他的真诚。他对作家个性化艺术气质的敏感和对作品的深刻而独到的理解，也异常鲜明地呈现出序文作者谷溪的独特禀赋，序文的个性化文采就令我进入沉迷性阅读了。

为作家朋友的新作写序，我也写过多回。而为一部序文集写序，在我却是唯一的一次。这篇序文之序，举例多涉及谷溪序文中提到的小说和散文，而未涉及诗人和诗歌，留一点遗憾，其实在谷溪的序文中都是相通的。

2013 年 5 月 5 日 二府庄

新时期最具影响力的文学评论家——雷达

雷达是新时期最具影响力的文学评论家之一,他的文学评论影响了新时期以来文学创作的发展,成就也已注定。雷达的文学评论能将历史的、文化的和美学的批评熔为一炉,评论风格独特,富有建树,在当代文学评论界和作家中有着广泛而良好的影响。

雷达的文学评论具有独立的批评精神,有宏阔的历史和文化视野,艺术观察敏锐,文本剖析细致,总能切入主题,非常富于激情,文字很有诗性。这就是他的评论,既能获人眼目,又很耐人寻味,尤其会对作家产生启示性效应。

雷达的文学评论有一个特点,就是他的评论不仅仅是谈理论,他还特别注重理论联系实际,特别关注并发掘作家本身的特点和作品的特色。总是力求以真诚的态度面对作家和作品,通过深入细致的作品阅读,揭示作品的思想底蕴和艺术价值,总结作家创作的特点和风格,继而发掘当代文学思潮性的东西,寻找文学创作的规律和一般性特征。由于他的评论与创作密切相关,所以他常常能发现一些真问题,并在对问题的剖析和评论中提出自己独特的见解。这样的评论对作家的创作特别富于启示作用,对当代文学的发展极有促进作用。

雷达是甘肃天水人,自古秦陇一家,他的乡土情结很重,在关注全国文学创作发展态势的同时,也特别关注西部作家和创作,我的小说创作就得到了他的特别关注。《白鹿原》出来不久，他就写了长达接近二万字的文学评论，《废墟上的精魂》发表在一九九三年第六期的《文学评论》上，不仅产生了很大的影响，至今还是关于《白鹿原》评论的最为扎实、中肯和最有理论见地的评论之一。二〇〇八年一月，由雷达先生点评的《白鹿原（评点本）》，由文化艺术出版社出版，至今仍是《白鹿原》各种发行版本中最受欢迎的版本之一。他对《白鹿原》的评论和点评，对于我这个作者来说，在思想和艺术的很多地方都有启示和触动，真的使我受益匪浅。

2013 年 6 月 二府庄

超越文学的史料品格

——《一号文件》读记

第一眼看到《一号文件》这部书的名字,我竟不无心颤地惊诧。且不说我是写农村题材,自然到本能地关注农村现实的作家,即使作为当代社会的任何一种角色,都会对"一号文件"产生敏感。这是因为,一九八二年中央第一次发出"一号文件",彻底结束了中国农村延续近三十年的旧体制,为亿万农民打开了一条活路,也奏响了中国改革开放的先声。连续五年的五个"一号文件",都是关于农村改革的切合实际的指导方针,对于农村的发展乃至对整个社会改革的促进和影响,其意义无可估量。三十年后回看纪实文学《一号文件》,我更多了一种经历者的万千感慨,由衷地对成就这部具有历史意义的杰作深感钦佩。我之所以"且不说"作家的身份,是因为一九八二年的第一个"一号文件"下达时,我是贯彻和实施"一号文件"的一名政府工作人员。一九八二年春节过后,我被灞桥区政府派到渭河边一个公社(即现今乡镇)宣传并实施"一号文件"精神。我和另一位干部一个村子一个村子地宣讲"一号文件",然后再一个村子接一个村子地把土地分给农户耕种,把集体饲养的牲畜分给农户单独喂养……今天再读莫伸的《一号文件》,三十年前在渭河边走村串户"分田分地分牛马真忙"的情景又浮现在眼前,难免发生既是个人人生,又是生活演变的历史性慨叹。

纪实文学《一号文件》里所写的，多是这样一些人：他们对极左僵化的公社体制下，农业生产停滞不前乃至屡遭破坏，多了一分思考且提出改善意见。然而他们却几乎无一例外地遭遇打击迫害，以至死亡，酿成人生悲剧。这不仅是他们个人的悲剧，更广泛的意义上是民族和国家的悲剧。设想户县的陈罔台和后来的杨伟名的建设性意见若能获得采纳且得到推广，所谓"三年困难"饿死无以数计的人的悲剧性灾难，肯定会减轻几分……我读到这些典型的人和事的时候，很自然地意识到，恰恰是他们和他们当年实事求是的科学思维和无所畏惧的行为，使得"一号文件"的诞生和实施成为必然，尽管那是在三十年之后。

"一号文件"把中国乡村发展的出路，导引到了符合中国实情的也是科学思维的道路上来。纪实文学《一号文件》里记述的诸多典型的人和事，都以其鲜活生动，尤其是无可置疑的真实性，证明了中共中央"一号文件"决策的英明。这样也就奠定了《一号文件》这部纪实文学独有的史料性品格和价值，对于当代和未来那些想了解中国发展道路的人来说，它将是一份珍贵的原生态资料。从这个意义上来说，莫伸成就了超越文学的功勋性创作。

读着纪实文学《一号文件》，我曾几次发生某种颇为刺激的自愧性心理反应。莫伸写到的几个人和几件事，我也曾接触过，原想做点文章，却未能做成，留下遗憾。譬如他写到万里在安徽率先搞农村体制革命，我也曾去那里作过采访；再如姚生泉的日记体著作《中国农村变革实录》，我也曾认真阅读过，尽管获益匪浅，却无作为。尤其是莫伸在《一号文件》开篇首章所写到的户县杨伟名的事迹，让我竟有一种冲撞性的感受。几年前我曾专程住到户县了解杨伟名的事迹，确也获得了许多珍贵的资料，却终于未能有所作为，至今觉得遗憾。读到《一号文件》里关于杨伟名的文字，我感到欣慰，一个具有科学思维又兼无畏品格的堪称伟大的关中农民杨伟名，得到了张扬，我因此而感谢且钦敬莫伸。

　　读着这部六十余万字的著作,我又想,莫伸该下了多少功夫!他审视一个个写作对象时的缜密思维,他严谨的文字,姑且不论,单是要搜集如此丰富翔实的资料,得跑多少路,翻多少档案,找多少人叙谈——况且多是业已过去多年的生活事件,纪实文学又容不得一个想当然的细节,单是能够摊出如此功夫具备如此毅力,单是他的创造精神,就令我钦佩敬重了。再,在我的印象里,莫伸不在农村题材写作的作家行列,突然拿出一部中国农村发展历程的《一号文件》,足以见得他的知识的宽泛,也足以见得他"为生民立命"的精神境界。

2013 年 7 月 2 日　二府庄

感佩一双眼睛

虽然年龄相差一大截子,结识杨小兵却很久了,准确时日尽管糊涂无记,却清楚无误地记得第一次谋面握手,便知道他是一位专职摄影记者,那是胸前挂着的作为职业标志的甚为高档的照相机告知我的。许多年里,未断来往,却称不上密集。近日他送来一集照片,翻阅赏读之际,竟令我浮想多多,不仅见识到某些陌生的生活图景,更多的是勾起曾经经历过的生活记忆,发生某种非自觉的陷入与沉浸。我竟而独自感慨,尽管那张浓眉大眼的四方脸上的谦谦笑意依然自在,印象里的摄影记者杨小兵,业已成为别具一格的摄影艺术家了。原来印象里的杨小兵供职新闻媒体,自然是一年四季都在东奔西颠抢拍新闻镜头,而他送给我的这一集照片,新闻气象虽不能说全无,却也淡薄,而让我感受到的是浓郁的民间民生情态,我的陷入与沉浸便非自觉地发生了。

这一集泛滥着浓郁的民间生活情态生活世相的照片,观照的多是城市底层的诸多生活层面各色人群的生活情态,用时令词汇说当属原生态的情状,便有一种逼真的撞击读者的强力,也是摄影艺术独有的魅力。翻阅这些照片,不同的人物不同的场景所构成的原生态的画面,竟然让我的感受不断发生变化,喜了忧了,甜了酸了,远了近了,说五味杂陈也不算夸张。有一幅公交车抛锚男女老少乘客推车的画面,各个人物各不相同的身姿动作,在这一瞬间凝聚为一个共同的也是最简单的心愿,让车重新跑起来。看到这幅生动的画面,我不由哑然失笑。另有一幅抓拍的是一个在环城公园滑雪摔倒爬地的小男孩的镜头,虽然不无"狼狈",却让人感知到只有童年才会发生的这种甚为金贵的尽情尽兴的"表演",同样让我忍俊不禁。还有一幅大学生抬着老师入洞房的照片,让我忆起来电影《红高粱》里抬轿子的情景,却似乎更见得抬着老师的学生的溢于满脸的欢欣里的真诚。在我被这些鲜活、生动而又轻松的画面感染着的时候,又看到一个小男孩在街头夜市弹琴卖唱的照片,尽现童稚却不见羞涩的小圆脸,却让我同样是忍俊不禁地咋舌了;与其相对应的另一幅照片,是一个年龄不差上下的小姑娘坐在路边读报的镜头,身旁坐着以捡破烂为生的年轻的父亲,年轻父亲瞅着女儿读报时的欣然笑意,却让我在感受一种亲情的温馨的同时,心头泛起一缕酸酸的感觉;还有与上述父女相类似的一幅照片,两个女孩和爷爷蹲在路边卖嫩玉米棒子,爷孙三人都洋溢着笑,我却更添酸酸的感觉了。我是在这些画面里看到了现实生活未经任何修饰的最为真实真切的情景,且不说艰难,小兵的照片显现的恰恰是艰难里的笑的温馨,更见其不尽的意蕴了。

　　看到一幅足球迷纵情欢呼的照片,我相信只有铁心铁杆的球迷才会在自己喜欢的球队进球的瞬间爆发出如此癫狂的表情,即使走红的影视明星也难得表演到如此逼真;另一幅夜总会里集体舞蹈着的男女青年如林般高扬的手臂,让我感受到挟裹着的激情的青春旋风,似乎要破顶冲天了。在我替房顶操着闲心的时候,再翻到一幅画面,突然有一种情感跌落的顿挫到回不过神来的感受。这是两位中年农村妇女,并排推着自行车行走,一位的自行车后座和车头上架满了大蒜辫子,另一位的自行车后座两边搭绑着两只大竹筐,装着冒顶的干辣椒。她俩大约是同村乡党,结伴到城里来出售自家责任田里的农副产品。两个人的面部表情虽然稍有差异,主调却都是木然。足球场上和舞厅里癫狂到忘我的笑颜和这两位农妇木然的神情,就让我发生回不过神来的跌落顿挫的感觉。我无须做任何评说,只说我的感觉,那些人是那样生活着,即如球迷和舞者;这些人是这样生活着,即如进城卖大蒜和辣椒的农妇……茶艺师表演茶道的类似软功武术的动作,竟让我这个每日都缺不得绿茶的人,吓得不想或不敢喝绿茶了;看着贾平凹拿着一个烤红苕往卖红苕的农妇手持的秤盘里放下过秤的瞬间,也喜好这一口的我顿时溢出口水来;城门洞墙根下两位驻足闲聊的老人,其脸上和整个身姿都泛溢着闲适平和的心态,当属这个年龄段的人最佳的状态了;迁了村再迁庙的杂乱现场,一瞅便发生嘘叹,又一个村子从地球上消失了……消失了的村子,留在小兵的照片里,还有上述的社会底层各个层面各色人物的瞬间情态,也在小兵的照片里铸成永久。这些昨天发生过的令我五味杂陈的生活图景,似乎有着既切近又远逝的矛盾感受,也便自然想到,再过若干年,人们再阅读这些照片的时候,想必会有历史演变的沧桑感吧!

看着一幅幅定格在照片里的社会底层各个角落里的男人女人老人小孩的生活情态,在发生五味杂陈的直观感受的同时,很自然地想到摄影的杨小兵的眼睛,何以会投注到这些司空见惯却也不会被谁多看一眼的人身上?我便想到杨小兵的意识和思想里,有颇为自信颇为强烈的一种倾向,致使他把关注和聚焦的对象盯住了如上所见的那些人。在我理解,这种行为既是自觉的,也有本能的因素,独立的思想和独有的意识所选择的关注对象,无疑是自觉的;而自觉的坚守积久不改,便成为一种类近本能的自由状态了。我因此而发生对这位年轻的摄影家朋友的感佩和敬重。

这部摄影集里的不少照片所抓拍的生活世相,诸如夜市里光着膀子享受生活的小伙子,在大街上卖唱的盲人乐队,在小巷里爆米花的手艺人,等等,我也都遇见过,再在杨小兵的摄影集里看到这些场景,顿然意识到我的麻木,同时也意识到小兵的敏感。小兵聚焦的神经的敏感,当属他的独立的思想和独有的意识致成的,愿他这根敏感的神经永远敏感,捕捉更多的鲜活而生动的生活图像,为正在经历着的生活留下印记,那是有别于文字也是文字难以取代的历史印迹。

和摄影艺术相隔太大,不敢冒然评说小兵摄影的艺术层面的话,待专家去品评,我作为阅读者,仅说到这集子里的原生态生活画面的直观感受,供小兵参考。

2013 年 7 月 18 日 二府庄

燃烧的生命

——《张剑颖烈士纪念文集》阅读感知

读着《张剑颖烈士纪念文集》书稿,一个堪称伟大的革命烈士张剑颖的伟岸而又生动鲜活的形象树立在我的眼前。尽管《文集》中收录的介绍张剑颖生平事迹的《张剑颖传略》不足四万文字,却让我发生这样强烈的阅读感动和感慨,似乎某些长篇大卷的形象化纪实文字也难能发生这样的阅读效应。我便想到一个基本的因由,即是张剑颖烈士短暂的生命历程中所创造的非凡的英雄业绩;他把整个生命投入到中国革命的艰苦卓绝且又漫长的事业中,他的生命激情他的生命智慧,是一种全身心的投入,一种忘我的投入,竟而至于燃烧殆尽,也无怨无悔……对这位伟大的革命烈士的崇敬也就自然产生了。

纵观烈士张剑颖短暂的生命历程,他做的工作大致可以分为两大类,一是按照革命事业的需要,亦即党组织的安排,做着具体的又是几经变换的工作,而且干得有声有色。再一是以戏剧为主的文学创作,成就卓著,在解放区的部队和乡村民众之中产生了广泛的影响。这也是令人感动且颇有些诧异的事,一个在严酷的革命战争环境里做着可以想象的,艰难到不无生命危险的事项的人,竟然不断有剧本和快板创作出来,无疑是不可多有的生命奇迹。

我很感动也很敬重他的革命精神。张剑颖二十一岁从西安单级师范学校毕业就投入陕西靖国军杨虎城部任副营长,参与了反抗窃国大盗袁世凯和反对北洋军阀的斗争,一介书生由此便开始了他的戎马生涯。初入杨虎城部不久,张剑颖被调入杨虎城在栎阳筹建的兵工厂,为了尽快制造出当时最先进的79步枪"汉阳造",他两次秘密南下汉阳,不仅"偷"回了造枪的关键机械设备,而且挖来了一位全能技艺的老工人。更令人惊异的是,他再去汉阳又"盗"取了制造79步枪的关键一环——"枣核",成功地制造出了"栎阳造"品牌的79步枪,为杨虎城部武装的更新立下功劳。我便发生惊讶和感慨,一个刚出校门进入军营的张剑颖,一出手便打出非同凡响一拳,既显示着这个年龄段的初出茅庐的少小青年难得的成熟老练,更显示着非凡的智慧。由此开始历经十六年,张剑颖在杨虎城部转战不息,历任副营长、教官、制造局建设会主任,西安电话局局长,孤儿教养院院长、秘书长及甘肃省府秘书等职。如果就个人生计包括命运,张剑颖当属甚为丰裕也甚为响亮的,然而,他却从甘肃省府秘书的显要位置上辞职回到家乡栎阳镇,到栎阳小学去当了一个收入无法与省府秘书可比的教师。不是在官场失意,更不是犯错受贬,而是自动辞官辞职,概出于纯属个人高蹈的精神情怀:"一心胸怀报国之志的张剑颖看不惯官场的尔虞我诈,钩心斗角,更不想搅入到官场的是是非非中去,于是便毅然辞去……"(《张剑颖传略》)这就是张剑颖。

　　张剑颖回到栎阳镇,便接触到地下党组织,在地下党员杨宜翰的安排下,到栎阳镇小学教书。由此开始,张剑颖便迈出了他人生的第二个堪称辉煌的生命行程的一步。在我理解,在腐朽至极黑暗至极的上世纪三十年代的中国,觉醒了的一批知识青年,早已开创出一片又一片尽管弱小却充满光明的天地,无数受压迫受迫害的工人尤其是农民,进入到革命根据地,扛起了推翻腐朽王朝解放受压迫人民的重任,尽管还是星星之火,却呈现着必然燎原的趋势。在这样的时势背景里,对于张剑颖这样有着高远人生志向的热血青年,走进中国共产党领导的革命阵营,无疑是必然到自然的理想选择。

张剑颖工作的栎阳学校成为地下党的秘密交通站。张剑颖被渭北工委派使到瓦窑堡向刚刚长征到达陕北的党中央汇报工作。张剑颖经谢觉哉和毛泽民的夫人钱希均介绍加入中国共产党。张剑颖在中共关中分区委员会任三科科长。张剑颖在中共关中分区第二次代表大会上当选为习仲勋任书记的分委委员。张剑颖任关中分区教育科长，又任培养大批优秀干部的边区师范副校长。张剑颖调任关中地委建设科科长。张剑颖亲自参与解放区水利设施以及造纸、纺织工厂的设计和劳动。抗日战争胜利后不久，张剑颖任关中地委宣传部副部长再部长。一九四八年九月十四日，张剑颖病逝于延安。这位把一切都献给中国革命的志士，仅仅是因为淋雨发病而倒下，再也没有站立起来。任谁都能想到，淋雨发生感冒之类的疾病，绝非致命的主要因由。关键在于他的超负荷的奉献与付出，尤其是一次紧急撤退中心脏受到严重损伤，而淋雨发病不过是身心疲惫的一个诱因。我读到此处，深为惋惜，一个为革命理想倾心倾力到完全忘我的张剑颖，却在革命即将胜利的前夜谢世了。我在此罗列了他进入革命阵营直到去世时所承担过的多种革命工作，未作具体叙述，不再重复《传略》文本。我的总体的而又强烈的感觉，无论党组织把他安排到哪个环节上，他不仅没有任何个人选择的想法，而且全都是满腔热情的接受和全身心的投入，及至亲自挥锨打井，扬鞭扶犁，执镰收割……这里我又想提及他在甘肃省府秘书这个所得不菲的位置上辞职的事，足以见得一个人的舍与取，不是为着个人的快活，而是全心全意为着国家和人民的美好未来而甘愿的付出。这个人的人生追求，这个人为理想追求所作的至恭至诚的忘我工作姿态，在我读来便自然地产生伟大的概括。这是张剑颖的精神和人格的恰当定位。

张剑颖辉煌人生的另一面是以戏剧为主的文艺创作。这是让我甚为惊异到难以想象的事。他投身革命，无论换调哪个岗位，承担多重的责任，都是具体的第一线的甚至时时都有生命危险的严酷的使命担当,怎么可能"悠闲"下来遣词作句编写戏剧? 然而,在我难以想象的事,张剑颖却令人信服地做成了。不仅做了,而且创作数量之大品位之高更令我钦佩。我便想到张剑颖的生命是燃烧着的能量巨大的火焰,其创造激情创造才华非常人所能比拟。

张剑颖的戏剧和快板书的创作,多是在他参加革命的不同时段的应时顺势之作,即革命形势发展到某个重要关头,他一边挥枪打仗,一边执笔为革命鼓呼。这种鼓呼的戏剧和快板,对于宣传革命对于发动群众对于敌方阵营的瓦解,都有枪炮所难以替及的巨大作用。在国共合作联合抗日的上世纪三十年代末四十年代初,国民党连续发动两次反共高潮,国民党驻陕的胡宗南进犯延安革命根据地遭遇失败,张剑颖和习仲勋一起领导军民开展了对国民党的反摩擦斗争。在此严峻的背景里,张剑颖创作了秦腔剧本《关中炮火》,揭露国民党破坏抗战屠戮人民的真反共的虚伪面目,讴歌关中军民在血与火的战争中的顽强战斗精神。这样的戏剧所产生的影响,是人心向背,是枪炮所不能代替的。张剑颖还创作了大量的快板书,更快捷更方便传播到部队和社会各个层面,无异于匕首投枪,为革命发出义正词严的呐喊。一九四六年抗日战争刚刚胜利,国民党便发动反共内战,张剑颖创作了《反内战三字经》《百子图》和《陕西民谣》等快板书予以揭露,民众传诵,蒋管区的乡民也多能背熟,对于群众的开启性影响不可估量。

说到为革命鼓与呼的创作,大约归属遵命文学,而张剑颖全然没有遵命的意向,完全是一种自觉的创作行为。再,对于为革命鼓与呼的遵命文学,容易发生习惯性误解,以为这样的创作,无论小说、诗歌或戏剧,多有艺术性不足的缺失。这种既有的成见始发自何时何事,虽一时说不大清楚却是真实存在。如果这种看法有几分道理,而张剑颖当属一个例外,他现存的十余部创作或改编的现代戏和古典剧,多是常演不衰极富舞台艺术魅力的佳作,有的剧目如《黄花岗》,被专家公推为秦腔经典。我读到《文集》中收编的十余位评论家所写的对张剑颖戏剧创作的评论文章，不仅赞同，而且对我这个戏剧外行解读欣赏这些戏剧佳作内蕴的艺术魅力多有启示，便不再赘述。这里仅就他的快板书补说几句，这些快板书的规整风范，语言的生动鲜活，内容的扎实丰富，令我不觉间读出声来。这种适宜民间传播的快板，似乎向来登不得文学艺术的大雅之堂，然而我却由此感受到张剑颖的文字功底的扎实雄厚非同一般，还有对关中方言和生活语言的稔熟，升华为独具魅力的艺术语言，诸如《百子图》等一批作品，更见出他潜存的艺术创造的活力。

张剑颖创作的被公认为经典的秦腔剧本《黄花岗》，写成于一九二一年，他刚刚二十五岁。我便想到这是一位天才的剧作家，也想到我曾有对天才的物质化解释，即与生俱来有一根对文字尤为敏感的神经。张剑颖有幸在雨金高小读书时，独得戏剧大家孙仁玉的教诲和关爱，便使他的那根敏感文字的神经更为敏感，且进入戏剧创造的最佳状态。由此开端，无论在革命队伍的哪个岗位上，他的那根敏感文字的神经，都会对时势发出独立独特的声音，就是一部又一部戏剧，以及更顺手更适宜宣传群众的快板……我之所以说他非遵命而纯属自觉的创作，即在此内在因缘，那根敏感文字的神经，在他处于复杂艰难的革命形势里，便有鼓与呼的文字涌出，留给今天的我们感知当年革命的鲜活形态，也让我们加深理解张剑颖的革命和创作的丰富人生。

我为张剑颖的早逝深感痛惜，在共和国即将成立之际，在他的革命理想即将实现的前夜，在他正当艺术创作最佳的生命时段，却溘然去世。且不说在共和国成立后可能的新的使命的责任和担当，单就艺术创作而言，在和平年月的美好环境里，这位戎马倥偬半生的作家张剑颖，该会有怎样的精彩华章创作出来……

2014年3月16日 二府庄

欣慰与感动

——"田小娥命运大家谈"感言

走进"田小娥命运大家谈"征文颁奖会会场,我竟发生感动亦感慨的情绪波动。

说来有因。去年三月伊始,《文化艺术报》与西安市三八红旗手联谊会联合举办以田小娥命运为主旨的征文活动,我得知此事时曾不无担心,《白鹿原》出版已经二十多年了,作为小说中的一个非主要人物,还会有人对其感兴趣吗?还会有话要说吗?我甚至难以把握,还有人会记得这个原上的女人么?时光毕竟过去了确也不短的二十多年了,一个虚构的女人会在读者的记忆里储存多久,确也不敢乐观。

征文开始见报的第一次所发的四篇文章,我一一读过,直到五月一日最后收尾的三篇评论,两个月里大约刊出近三十篇评论文章,几乎每期都占两块整版,所有评说田小娥命运的文章我都拜读了。我的担心早已消解,且已被一篇又一篇评论文章所感动,每一篇文章都有一个透视田小娥这个人物的独特视角,足以见出各位评家眼里的田小娥的声色气象。作为田小娥这个形象的"始作俑者",我不仅感到一种被理解的欣慰,而且还有一些论述观点是我尚未完全料及的,可以说对我所写的这位女性的再理解不无启示。

在见诸各篇评说文章末尾的作者简介中,评说文章的作者多是陕西籍贯,也有几位中国南方北方的评家。而从作者从事的职业说,有工科大学的教授、法律工作者、报刊编辑、行政部门的干部、小学中学教师、公司老总,更令我惊讶的是有几位在校大学生,还有一位农民……几乎当今从事诸种职业的人都参与了,都对近一个世纪前的不幸的原上女人田小娥的命运发出独立见解的声音,我想田小娥曾经时隐时现在原上的鬼魂幽灵该当自消了。

我看到获奖作者中有一位九〇后的在校大学生路楮楮,刚刚跨过二十岁,甚为惊喜。从诸多媒体所作的读者读书的社会调查报告留给我的印象,尤其是年轻人多沉迷于网络流行话语的阅览,还有通俗类的各种图书;对纯文学作品乃至世界名著阅读的人群比例越来越小,连连发出多读中国和世界名著的呼吁。路楮楮读了《白鹿原》,而且对田小娥的命运发出自己的声音。暂且不说其评论文章,单是她能够参与讨论这个举动就令我感动且感慨了,一个九〇后小姑娘和近一个世纪前的悲剧女性对话,也就把相隔近一个世纪的昨天和今天贯通了,这是白鹿原的昨天和今天,或多或少总也映现出这个民族这个国家的昨天到今天的精神心理的艰涩历程。在发表评论文章的作者里,和路楮楮一样正在大学读书的学子,还有甘肃农业大学的南莉娜、西安工业大学的刘诗萌,大约都属九〇后。她们对近一个世纪前的被损害与被侮辱的乡村女人田小娥的关注,我在感动感慨的同时,也甚觉欣慰。

颁奖会组织者安排我给特等奖获奖者雯馨儿(真名樊亚惠)颁奖。我已知晓她是一位残疾人,却不知具体的身体状况,颁奖会主持人介绍雯馨儿,原是一位法律工作者,正当青春年华开始人生之旅的梦幻时刻,却发生灾难性病变,致命在关键的脑部,以至致残。她不甘亦不屈命运的不幸,以超人的顽强意志与命运抗争。她读书写作,收获颇丰,连续有佳作发表,不久前刚刚完成一部近二十万字的作品,即将出版。她的母亲用轮椅推着她走上颁奖台,我给她颁发了获奖证书。我在和樊亚惠（雯馨儿）握手的时候，看见她涌流的眼泪，和我说话的声音是哽咽着的。我同时感觉到她的和我相握的手很有力，竟然令我很是感动，须知这双手因为脑部病变而僵硬，她以怎样超乎常人想象的毅力叩击电脑，使手指恢复活力，也敲出了她文学创作和人生理想追求的华章……

2014年3月26日 二府庄

父子冲突的社会内涵与文化意蕴

——谈《西京故事》里的几个人物

一

读着陈彦的长篇小说《西京故事》，我便进入了西京城郊一个既陌生却又似曾相识的村庄——文庙村。这个村庄里的各色人物的生活形态，与我记忆里昔日关中乡村发生的看似矛盾却也合理的生活运动发生了必然联系。及至读完这部五十万言的宏篇大著，矛盾的感觉便完全消解，不禁沉浸在文庙村的种种人情纠葛之中，为这个或那个原住民或外来户的男人和女人着起急来。这种自然发生的几乎是无意识的情感陷入，是一种阅读享受，尤其难遇，无疑是《西京故事》独特独有的艺术魅力给予我的。

掩卷之际有一个直接的感知，文庙村是一个小社会，是一个非同寻常的小村庄构成的小社会，它是大社会大世界的缩影，更可贵之处，它是与正在行进着的当代生活发生同步声响的艺术世界。《西京故事》里的文庙村，呈现出令人屡屡感到心理纠结以至悲怆的生活世相，这是著者对生活的客观再现和对生活本真的还原，因此自然产生出更富感染力的艺术效果，这足以见出作者非凡的从生活到艺术创造的深厚功力。

文庙村是一个特异的乡村,迅猛扩展的城市蔓延覆盖了麦子和蔬菜生长的土地,已经不依赖土地谋生的村民却仍然继续着农民的身份;四面八方的外来男女农民聚集文庙村寻求生路,形成这个时代特有的"农民工""打工族"群体,这在中国是一个数以亿计的庞大群体;由原住民和外来打工的乡民聚居的文庙村,由这些人物的诸种社会和家族关系,将触角伸向西京城城市和乡村的各个层面,诸如高等学府、官场和商界、医院以及不无色情霓虹的娱乐场合;这种只有在当今才会形成的文庙村的景观,当属一种甚为典型的环境了。

在这方典型环境里,著者陈彦集中叙述了两组人物的生存形态,一是外来户罗天福一家,一是原住民西门锁一家。他们的生存理念及梦想在其各自追寻的步履里,欢欣或痛楚,得意或失意,都活脱脱显现出一个个鲜活而又迥然各异的个性形象,这些人物的命运遭际让我情感纠结,以致发生少有的陷入性阅读,且缓说其典型性。

二

我在文庙村感知到了强烈和浓郁的文化象征韵味。文化,已成为当今社会生活无处不在的话题,既有着对社会生活各个层面的健康的或曰正能量的积极影响,也有把文化当招牌作广告词乱粘乱贴的庸俗化现象相伴而出,及至一些文学作品也多见"为赋新词强说愁"的粘贴文化的现象。《西京故事》里的文化蕴藏,与文庙村这个村子的历史渊源包括这个以文化立庙的专注于文化象征的名字不无关系,然而也仍然只是一种表征性崇尚,让我更贴切地感知到的是,小说人物精神心灵世界里浓厚得难以淡释的文化底蕴,这也决定了这种文化的本真质地。这些人物中首先得数罗天福。

罗天福是从山区来到文庙村打工的一个农民,是为着供养先后考上大学的女儿和儿子的单纯却更令其心劲高涨的目的;他的生活阅历也很简单,在山区老家的村子里当过民办小学教师,后来又当过多年本村的党支部书记,其身份依旧是农民;无论是仅有的中等教育资质的民办教师,抑或是作为中共在一个小村庄的支部书记,都是毫不起眼的普通不过的身份,然而正是这种谁也不会太在意的一个农民,他的精神和灵魂里的文化底蕴,铸定着他的行为方式,无论在纷繁的谋生市场,还是在家庭频发的诸多事变中,罗天福都在坚持着一种道德操守。随便举一个小说情节。房东家的不无无赖品相的小崽子金锁竟然死乞白赖地缠住罗天福的女儿罗甲秀求爱,且是抱着甲秀的腿死缠不放,罗甲成不堪忍受其对姐姐的这种侮辱行为,愤怒地用脚踹踢又抡扁担抽打金锁,致其受伤住院。且不说两家人由此引发的纠纷,作者的叙事焦点却集中到罗家父子之间。父亲罗天福不仅真诚道歉,而且主动接受医疗费用等赔偿,不仅不惜拿出靠打饼积攒的不足万元钱来还,还打算卖掉祖传的珍稀古树,由此而引发与拒不认错更不想赔偿的儿子罗甲成的父子冲突;罗甲成摔门而去,意在对抗以至发泄对父亲"软弱"的不满。罗天福遭遇的不仅是儿子甲成造成的血汗钱的损失,更在于难以估量的心理伤害,这种伤害由心理外溢到生理病变,潜存于肢体的老病根突然爆发而致其躺倒了。我看到这种自然到几乎是本能的心理和生理的反应,便感知到道德在罗天福的身体与心灵的完全融通,也就不会发生审视和判断之后才有定夺的过程了,倒是他的处世做人的道德被损害时,才会有这种本能性的强烈反应。

上述父子冲突由儿子甲成的悔悟很快得到缓解,而甲成根深蒂固的心理欠缺继续发酵,直至做出非同寻常的几近身败名裂的错事,致使罗天福陷入失望到崩溃的境地。我看到这个处处待人接物都恪守着宽容心态的农民罗天福爆发了,直接诱因是对儿子甲成的彻底失望,深层的乃至致命的情由,当是他坚守的道德底线被儿子甲成踢踏无着了。他竟而至于痛骂儿子"你滚!滚!"的决断的话,在于罗天福"觉得人老几辈子,甚至几百年,几千年的那些基本活法和真理,在罗甲成那里已经变得一钱不值了……罗天福一生坚守着一个信念：以诚实的劳动安身立命。反正饭得一口口吃，事得一点点做。无论吃什么饭，做多大的事，都得是自己凭双手刨来的，挣来的，而不是从别人碗里抢来的，空中挖抓来的，不择手段巧取豪夺来的。但罗甲成已经模糊了这些基本概念，只想一夜改变自己，至于用什么方法，已经不愿意去更多追究和思考了，这是他觉得自己已经彻底不能驾驭自己亲生儿子的根本所在"。作者陈彦对此情此境里的罗天福的心理情态的叙述，何妨看成是罗天福坚守的生活信念崩溃时的心灵独白。

我在感知罗天福精神信念的坚守所遭遇的几近破灭的痛苦时，也感知到作为这个民族传统精神和传统美德所面对的危机；罗天福的痛苦，当属今日商品社会诸种世相冲击传统道德底线必然发生的事，逃躲不了的事，且不是罗天福这个作为艺术形象独自发生的事，而是无以数计的民族精神坚守者都会遭遇的痛苦的事。难得的是作者陈彦对罗天福这个人物的身份定位，一个既做过民办教师又做过乡村支部书记的人，原来仍是一位农民，这个农民对民族精神传统道德的痛苦坚守，也就有别于知识阶层从理论意义上的探索乃至疾呼，更见出民族精神传统道德在社会底层的蕴藏和面临的危机。我便感知到罗天福这个人物形象的社会基础之阔大和涵盖意义之深广典型。自以为不属过誉，罗天福的生存空间里，显示着人文人性人情的审美剖析与审视，是一种贴近的现实感与崇高的审美感的汇聚与融合。由此可见作者陈彦对当代生活的倾心关注和敏锐发现，也见出独有的深刻思考和难得的生命体验。

三

《西京故事》里的诸多人物，都在各自的生存空间、生活范畴里以自己的信念和习惯过着各自的日子，几乎没有涉及重大的事变和剧烈动荡的事件,多为琐细的日常生活形态,却发生着让读者的我时不时感到心灵撞击的震动,这是一个个人物性格的甚为巨大的变异引发的,让我感知到各个人物精神心理的丰富性、复杂性、多面性,也就显现出一个又一个的"这一个"。

首当数得罗甲成"这一个"。罗甲成的生活位置,牵涉到家庭和社会的多个层面。他是从山区刚刚进入西京城里一所名牌大学的新生,新的环境和新的人生位置,致使他的精神和心理发生大约连他自己也始料不及的变异。他的根系仍扎在父母打工卖饼子的社会底层的文庙村,而他倚栖的是名牌大学的高校;他既脱离不开维系他生存的打工族这个弱势群体聚集的一方最不堪的角落,又要时时处处面对身边各种优裕者不无得意的面孔,单是和他同居一舍的三位同窗的优越的家庭和社会背景,构成的巨大反差就形成一种无法摆脱的又令他忌恨的压迫;他悄然萌生的爱情的对象,却是一位学术名人的千金,那种巨大的反差致使他始终不敢把爱字说出口来,倒也让读者的我看到高级知识阶层颇为神秘的一隅的人生景观。

置身于这种反差极为悬殊的社会背景和生活位置里的罗甲成,由于他的个性,即自信与自卑这个难得调和的矛盾构建的精神和心理形态,致使他发生了异乎寻常的心理裂变。在山区乡村和学校那种生活状态差别不大的环境里,他的聪明天赋促成的独秀学业以及进入名牌大学,无疑助长着他的自信,却也使自卑隐匿不显,而当进入反差悬殊的新的社会生活环境时,自卑心理几乎是一夜之间突显出来,形成自信和自卑胶结着的心理,一时获得得意,一时又陷入痛苦。在进入文庙村的第一夜,他翻来覆去睡不着觉,因为父亲"租住的这个地方,让他感到很不舒服"。堂堂的高校学子和父亲睡在无异于贫民窟的地铺上,这种矛盾纠结的心理便初露端倪了。随之就看到他不时地与父亲罗天福发生或大或小的冲撞和抵牾,根源无非是父亲低下的社会地位使他难得张扬起自信,也失掉自尊,陷入自卑；在与同舍三位或为官二代或为富商二代的同学相处不久，最直接的也是躲避不开的是他们言语行为里有意识或无意识的刺耳又刺目的炫耀，使他不仅不能接受不能容忍，而且在心底里产生一种本能性的排斥和反感，于是便陷入与电脑为友的自我封闭状态；这种矛盾纠结——自信与自卑——的一种外在的派生物，是极端的爱面子心理，他对姐姐甲秀在校园里捡废品卖钱的自助行为不能容忍，劝阻无效后又采取粗暴的手段予以制止；大约更具心理挫伤的事，是他暗恋着的同学童薇薇和他的社会地位的天壤似的差别，童薇薇在假期可以和高知父亲到欧洲去旅游，他却只能去打工挣取学费，如果说他对同舍三个同学的言行还能抵抗，而对童的初恋的情感的挫伤不仅不能承受，而且成为无法化解的压迫和痛苦；基于如此多重因素，在学生会选举中所发生的身败名裂的非常事件就是合理的了。之所以说合理，还是源于那个自信自尊和自卑的心理纠结，是为了挣脱这种纠结而失去理性的举措，也是自信自尊到自我膨胀的荒谬的选择。我在读到罗甲成陷入人生毁溃的境地时，油然而生扼腕慨叹，竟有相惜之情发生，我曾在一篇散文中写过，穿着一身粗布衣裤背馍进城念书时的心态，是时时处处都感觉到的自卑。我能感知罗甲成的自信与自卑纠结的心理，也想到这当属处于社会底层的人群的普遍心理形态。罗甲成的人生轨迹之所以能引发读者甚为强烈的呼应，也就是很自然的事了，这个人物也就不是一个孤立的形象，而是一个时期普遍的社会心理的涵盖；在庞大的弱势群体尚不能短时期内改变生存状况的时势里，罗甲成的这种焦灼的心态就不会缺失呼应者，一个艺术形象的生命力就会久远。

四

以上我着重写了对罗家父子这两个人物的阅读感受和理解，自然就想到作者何以能写出这样两个非同寻常的艺术形象,或者说用什么样的神秘而又高超的手法创造出陌生而又鲜活的"这一个"和"那一个",我以为作者准确地也专注地把握着人物的文化心理结构。

罗天福既做过乡村民办教师,也做过山村中共党支部书记,似无任何特殊或者说出奇之处,在中国乡村有这样生活经历和资质身份的人无以胜数,而罗天福这个业已进入城市边沿依赖打烧饼谋生的普通不过的农民,之所以能对我发生震撼性的阅读效应,就在于他的文化心理结构的独特性,这使他区别于现实生活中南方或者北方的农民,也区别于既有的中国和译介小说中的农民形象。罗天福继承着传统文化的最优秀的本质精髓,便是仁和义,便是对善的坚守和对恶的拒绝。他尚谈不到像理论家对中国传统文化精细的研究,却是把传统文化的精髓不仅作为做人准则,而且完全融入血脉的一个人。这样的农民罗天福,传统文化已经成为他独特的心理结构形态。作者陈彦准确地把握着罗天福这种独特的心理结构,个性化的"这一个"就呈现于他的笔下、读者眼前了。我从罗天福的身上,感知到我们民族传统的优质文化在民间的深厚蕴藏,且相信这不是"最后一个渔佬儿"。罗天福是作为一个艺术形象被我看到的,自然可以推想那些和他一样从事各种职业打工谋生或继续在乡村依赖土地春播秋收的农民群体中,不乏与罗天福一样恪守着传统文化且融入血脉的默默无闻的人。

在罗家父子时断时续愈演愈烈的矛盾冲突中,透过表层的这样或那样的具体事由,我看到的仍然是精神追求和精神信奉的难以调和的冲突,也就是不同的文化心理结构的冲突。儿子甲成既缺失传统文化的修养,似乎现代文明和优秀文化也很淡薄,支撑他自信自尊到欲望膨胀的一点优长,仅是聪颖的天资。这样,他和父亲罗天福的冲突,就是截然相异的两种文化心理结构的冲突。作者陈彦以解构人物文化心理结构这把钥匙,打开的是深入人物灵魂的各个隐秘的角落。再看颇具神秘色彩的另一个人物东方雨老人,更见得传统文化所结构的心理极为传神的形象,他与罗天福素昧平生,只是在文庙村不期而遇,即进入相识且相通又相知的状态,是他们对传统文化的继承和信奉所形成的无隔和融合。尽管他们在文庙村的生活位置颇多差别,个性里的情趣和行为也各具一格,却丝毫也不影响由精神心理的相通形成的相互的敬重。及至罗天福把处于精神崩溃状态的儿子甲成送进东方雨老人的神秘的院子,罗甲成才终于找到了精神和灵魂的栖息之地,即对传统文化的归属感,未来的罗甲成如何完成自我的精神剥离以及重新建构健全的文化心理结构,完全可以期待。这里我想引述东方雨对罗天福的一段评说文字:"罗天福在我心中的形象变化,是与这个时代的价值倒错一道与日俱增的。罗天福是一个小人物,但他也是鲁迅所说的那些民族脊梁之一。他以诚实劳动,合法收入,推进着他的城市梦想;他以最卑微的人生,最苦焦的劳作,坚持着一些大人物已不具有的光亮人格。我对他挫折频出的梦想充满期待,那两个来自乡村的孩子,如若不被城市急功近利的超级利己主义臭气所熏染,而以父亲的人格理想做依托,一点点去丰满自己的羽毛,我就觉得罗天福的西京梦是有价值的⋯⋯"罗甲成面对这些评说自己父亲的文字,对他以往印象里业已定型的"窝囊的父亲"当会发生警示性影响,这也是我前述的对他未来人生"完全可以期待"的重要因素之一。

  罗天福这个人物丰厚的文化心理蕴藏,必然会对周边的各色人物发生影响,诸如上述的对东方雨和儿子罗甲成等横和纵的社会层面的精神向度的波及,乃至辐射似的无形亦无可估量的力度。然而,却也存在不及的角落,房东郑阳娇是颇为典型的一例。她的宝贝儿子金锁骚扰纠缠家教老师罗甲秀——罗天福的女儿时,被愤怒的罗甲成揍打致成轻伤。郑阳娇索赔漫天要价,甚至连丈夫西门锁也觉得过头的情况下,她还不无得意地宣称:"我要拿美名熬驴胶呀,老娘一不想当先进,二不想出风头,老娘就认钱,钱才是最美最好的硬通货。"仅此一句直白的宣示,我便看到一个人的精神空白,文化的空白。罗天福的文化心理决定着他在文庙村这个小社会和家庭中的个性行为,郑阳娇以金钱结构的心理也就决定着她在文庙村和家庭里的别一种个性行为,这个市侩女人的一言一行,往往让我感觉到恐惧。陈彦准确地把握住了罗天福等人物的文化心理结构形态,也准确把握住了郑阳娇等人物缺失文化的心理形态,便创造出一个个独具个性的人物。单就罗天福而言,当属当代文学作品中独得的"这一个"。

2014 年 4 月 27 日 二府庄

难忘一个人的响动

——忆吴天明

天明谢世有两个月了,他极具个性禀赋的形象和声音,时不时地就会浮现在眼前和耳畔。依着曾经来往时说话互相直呼名字而略去姓氏的习惯,我仍只说天明不带他的吴姓。

结识天明,电影是媒体,算来已经是四十年前的事了。上世纪七十年代初,我刚刚写成并发表第一个短篇小说《接班以后》,被西安电影制片厂的编导们相中,约我改编电影剧本,便住进西影厂后边一排平房的招待所里,就和天明结识了。他尽管长我几岁,也不过三十出头,生龙活虎干脆利落的一个小伙子,说话特爽快。他被安排为这部正在筹拍的电影的导演助理或副导演,涉及电影剧本改编的这事那事总由他和我交办。不料,时不过月余,天明又被安排去接另一部电影,约略记得是一部儿童剧,由他独立执导,自然也就不再和我来来往往了。尽管我对这位刚结识不久却能说得来的朋友的离去甚觉不舍,却也为他祝贺,能单独执导一部电影,对他这样的年轻人机遇难得……且不赘述我的那部电影后来怎样成了影界大腕的笑料,天明的那部儿童剧电影似乎也没了下文,我之后便回到我工作的公社,当即学大寨修梯田去了,一晃多年过去,难得谋面。

再得知天明的动静,却是如雷贯耳的响亮和猛烈。这是上世纪八十年代中期,我看过天明执导的电影《人生》,又一次被震撼了。

之所以说又一次，是在读路遥的《人生》小说时已经发生过震撼。我既为《人生》遇到了一位能深刻理解其内蕴的导演而庆幸，也为天明的导演艺术所折服所钦佩，更庆幸天明所展现的卓尔不群的禀赋气象。随后便见他佳作不断，进入艺术创造的辉煌时期，其艺术才华如日中天。尽管与影视界不在一个圈内，天明的非凡的响动却时有所闻，不单是他的新作电影，更在于他把一个原本不大起眼的小制片厂，几年间变成一个声震中外影坛的西安电影制片厂了。在他的既善于包容的胸怀和慧眼识人亦爱才的魅力的诱惑中，一批杰出的演员和导演脱颖而出，成为中国电影发展史上耀眼的人物，像张艺谋等。

转眼到了上世纪九十年代。某天中午，一个陌生人找到我的办公室，自我介绍说他是天明的弟弟。我当即询问天明的近况。他告诉我天明仍滞留美国，不久即将回国，却是肯定无疑的事。我感到很欣慰。他很郑重地告诉我，是天明托他来找我说《白鹿原》改编电影的事。他说天明在美国已经读过此书，当即电告他找我商议改编电影的事。此时小说《白》刚出版不久，尚无人有改编电影的动议，我没有任何犹疑，便答应由天明改编电影，完全相信他能做成且做好此事。他说需要我写一纸改编电影委托书，正式合同待他哥哥天明回来后再办理。我遵嘱写了委托书，他很高兴地告别了。之后不几天，谢晋工作室一位负责人打电话来，说谢晋要将《白》改编电影。我便告诉他，已将改编权交给天明了。我信守诺言。再过了不几天，有关《白》书在内的所谓陕军东征的几部小说出了麻烦……不要将《白》改编为别的艺术形式出现等，唯一令我稍觉安慰的是可以继续印刷发行，当时将这种处理意见称为冷处理。又过不几日，一位相关负责人回答记者提问时称，《白》不许改编电影和电视剧等，这是公之于众的公开指示。不仅天明，谁也做不成任何艺术形式改编的事了。

到我见到天明说到此事，大家哈哈一笑了之。这是第二年年末的事。天明刚刚从美国归来，几位朋友相约在老孙家吃羊肉泡馍，多年不见，相见甚欢，自不必说。时过二十余年，相见时的情景已经无记，幸亏一幅照片留住了当年的他和我以及张子良相聚的情景。这张照片我已无存，突然看到《西安晚报》报道天明谢世的消息所配发的这张照片，让我不禁唏嘘慨叹。经问询才知是马治权先生拍摄。照片上三人围坐，剧作家张子良居左，咧嘴畅笑；我坐右侧，也张着嘴龇着牙大笑；天明居中正面照，也在笑，半张着嘴在说话；能惹得张子良和我同时大笑，肯定是他在说着什么有趣乃至滑稽的事。三人面前的桌子上，摆着三只大号老碗，无疑是只有吃羊肉泡馍才用得上的大碗。碗里却空着，大约是只顾着听天明说话，尚顾不上掰馍……二十年前的天明，满头浓密黑发，尚未发福变胖，谈吐有一种个性化的神采，定格在一幅照片上，也铸定在我的心里。

天明后来在北京重新开创自己的电影事业，成就卓著。几次回到西安，抽空找我，还说想做《白》的电影改编，依然是好事多磨更难成。他在西安还做过几项与影视相关的文化活动，我记得大约有两次约我参加，电话里还是很结实的关中民间话语："你来给老哥轰摊子！""轰摊子"也说"轰场子"，凑热闹气氛的用语。我自然都去了，真是为他的文化活动轰摊子去了。心里其实隐约着一种弥补心意，即他想将《白》改编电影终究不能如愿的遗憾。

天明突然谢世，撂下他正在图谋的新的艺术创造的事，多为遗憾。然想到事业型的人大都在一息尚存时，总是淡漠不了新的追求；依着他已经创造过的堪称辉煌的业绩，足以告慰人生了。

2014年5月5日 二府庄

生命禁区里的生命壮歌

——我读《阿里生死缘》

初拿到《阿里生死缘》这部纪实文学书稿,顿然便生发出神秘的感觉,大约是我对那方太过偏远的地域的陌生化反应,也可能是曾经听说过的相关阿里的点滴传闻留下的印象。及至读过谢恩主所著《阿里生死缘》,那种神秘的感觉不仅没有淡释,反而愈觉浓密了;我随着作者的足迹进入阿里的每一步,都是神秘里相伴着的惊奇、惊讶,甚至不无惊心动魄。

阿里是如我一样的常人所难以想象的地域。那里被科学家和人类学家断定为"生命禁区",即使非亲身体验和感受,也能大体猜想生活其中的艰难。海拔四千五百米,高寒缺氧,一年里的八个月都是冬季,最低气温零下四十多度,空气中的含氧量只有西安的百分之四十。作为人生存的片刻也不能缺失的氧气,竟然稀薄寡淡到这种状况,外来人多有各种疾病出现,心肺肝肾都会发生病变,以至丧生。在这方三十四五万平方公里的"生命禁区"里,尽管人烟稀少到几百公里都见不到一个人,然而却仍然有九万人生活在这方地域的荒原和沙漠里。恶劣的自然环境注定了他们生存的艰难,与内地人快速提升的生活水准拉长了距离和差异,甚至依旧在原始的生存方式里挣扎,贫穷是普遍的生存状态。中央对西藏有对口支援的战略决策,陕西的援助对象是阿里地区,近二十年里向阿里派遣七批援藏干部,有力地促进了阿里地区经济的发展,使当地的藏族为主的群众的生存状态有了很大改善,生活得到提高,促成了该地区的社会和谐稳定和发展进步。谢恩主是陕西派往阿里的第六届援藏干部,三年时间里,走遍了那方地域的各个角落,经历过不无生命危险的艰难困苦,创造了艰苦卓绝也称得上卓越非凡的业绩。我随着他的足迹笔墨,见识也感知着他的行为和胸怀,一种钦佩和敬重的心理情绪便自然发生了,且愈加深重,就是这位年轻干部的高尚精神。一个人对另一个人的钦佩和敬重的情绪的发生,年龄的差距不构成障碍,这是我面对尚未谋面的谢恩主这位年轻人的真实感悟。这种感悟自然来自《阿里生死缘》的阅读。我的阅读感想有别于通常意义上的对文艺作品的理解,更强烈的是一个人的精神境界的不俗,乃至高尚。

在如我一般常人的意识里,面对如阿里这样的"生命禁区",多视为畏途,如果是作为一种体验式的短暂的观光走动,似无不可,而要到那里常驻三年,开展工作,经受在内地难以想象的困难,包括生理性灾变,更不要说照顾家室的事了。然而,谢恩主却是"兴冲冲地报了名",要去西藏阿里作援藏人选。他几乎是毫不犹豫地作出这样的抉择,是出于这样的动机:"太安逸的生活总会慢慢消磨掉人的斗志,如今有机会,我何不给自己一个可能,去更难苦的环境中历练自己。这样即使老了想起来,也会觉得不枉此生。"这完全是一种自觉自愿到渴望性的选择,接受艰苦生活和工作环境的锻炼和磨砺,在今天普遍喧嚣着的享受生活乃至巧取豪夺的时风里,谢恩主的这种人生选择就见出一种高尚的精神,一种非同寻常的超脱平庸世俗的人生追求,确属难能可贵。正是出乎这样的精神主宰着的心理出使阿里,便有了克服和战胜不可预知的艰难困苦的思想准备;以这样自觉的高尚的精神作基础的思想准备,无疑强过任何物质的支撑,也完全可以信赖他的尔后的面对艰苦事象的行为决不会退缩。我尤为钦佩这种精神。

于是，我便看到谢恩主的独具个性魅力的作为，更见出一种对事业忠诚的情怀。他刚到阿里半个多月，噶尔县城加木村暴雨造成的洪水致使三处毁坝决堤，淹没蔬菜基地和苗圃，县城机关驻地部队职工住房以及粮库都大面积遭遇水淹。在这样突如其来的灾害面前，谢恩主不听劝阻，也忘记了自己尚未适应高原气候的身体，不仅参与指挥防洪，而且身先士卒，"我赶紧跑过去帮忙，两个人抬着沉沉的袋子，把沙袋往车上搬……没有完全适应（指身体）但碰到这样的情况，干劲都非常足，劲儿仿佛一下子就比平时多了好几倍。"在险情刚刚被排除后，却发现同来的八个人缺少了三个，人说他们到别一河段去了，他坚持要找到他们同来同回，终于在河心的沙堆上发现被困的三人。他不无冒险地断然指定汽车到水浅处救出五人（另有两人）。这里，我看见的他已不是一位堂堂的宣传部长，确凿成为一个搬沙袋堵漏堤的劳工了。难能的是他不是作为一种姿态，而是本能性的反应所发生的行为，说维护国家和人民的利益不受损害的意向，在他已是一种没有任何含糊的潜意识的本能性反应，而不是一时的激情，足以见出一个人的心灵的忠诚的本色质地。这种对党的事业的忠诚的体现，是他对工作一贯的一丝不苟的认真。党的十八大召开后，他受命带领援藏干部到札达、普兰、日土、噶尔四县的机关、学校、寺庙、乡村以及地直机关宣传十八大精神，深入到高寒地带的牧村，即使有牛粪火炉，仍然冻得手脚打颤，加了被子刚睡着又被冻醒。在这样恶劣的环境里，他点着蜡烛，又一再修改自己的宣讲稿。无论听众是机关、学校的知识人，抑或是少有文化的牧民，他都是一丝不苟地宣讲，单是他本人就宣讲过七场，受众达三千余人。为此他放弃了给援藏干部的休假。夜里盖三床被子仍然被冻醒，生理不适到牙龈充血，在内地人难以想象的艰苦到恶劣的自然环境里，依然保持着坚毅的精神和一丝不苟的工作作风，执着地把十八大党的声音传达到每一个干部、工人、牧民的心中，难得的认真。

　　这种对党的事业的忠诚，直接渗透在他的情感世界。为了从基础上惠及民生的务实策略的实施，谢恩主申请到一个纯牧区的羌变村驻队。这里的老百姓素以牛羊肉和藏巴酥油茶为主食，很少吃米面蔬菜，而素来不吃任何动物肉食的谢恩主，可以想见其生活的难。这且不论，他的用心却倾注到当地的牧民身上，他在调查养老院时，面对一位拉着他手的无依无靠的藏族老年妇人，他"被她拉得一阵心酸，我看她实在可怜，便把身上的两百块钱都掏出来给了她"。这个羌变村所在地区是一个严重的高寒干旱地区，吃水成为首要难题。他看到"一个小男孩拿手一下下缓缓从井里往外拉水的身影。一个藏族老妇人背着装水的木桶在山间踽踽独行的身影，不断地交错出现，渐渐模糊了我的视线"。我在这里颇为欣慰地看到，谢恩主面对当地牧民饮水的困境，亲自向上级打报告，积极争取，获得包括打井、种草等改善生存环境以及开办手工店等项目的三百万资金，任谁都会想到当地牧民即将绽放的笑颜。这里令我深为感触的是两个生活细节，一是给敬老院藏族老妇人赠送钱时的"一阵心酸"，一是面对藏族小孩和老妇人拉水背水情景时"渐渐模糊了我的视线"。面对生活在贫穷线上窘困无助的人民，作者"一阵心酸"又泪眼模糊，这既是一种生理本能的反应，更应是一种高尚的精神心理所驱使下的情感反应，太可纯洁也太可珍贵了。任谁都能感知到当今生活时风里对利益疯狂的追求和对弱势群体的冷漠。谢恩主既有个人掏腰包的资助，也有鼎力申报援助资金的举措，于私于公既显示着善意爱心，也显示着公务员承担的为人民服务的使命和责任。在当今各级党政干部普遍履行"接地气"的新的施政举措风潮里，我尤为感佩谢恩主的如上所述的两个细节，他和底层的地气不仅未曾隔断，而且接通的是心气和血脉。

　　谢恩主不仅写了自己在阿里援助乡民发展地方生产的经历，更多地记录了许多援藏干部和各项事业的工作人员的感人事迹。随便举两项事例，一是阿里地区医疗卫生设施不健全，缺医缺药更缺血库，常常在发生需要给失血过多处于生命危急关头的病人输血时，由援藏干部献血，凡能与病人血型对上号的人，几乎没有人吝惜自己的鲜血。谢恩主在《白衣天使》中叙写了地区医院妇产科援藏大夫罗蒙的感人事迹，他也在危急时刻为病人献血。且不复述罗蒙的感人事迹，我却为谢恩主的笔墨呈现的胸怀感动，他总是关注罗蒙等援藏干部、医生等人的奉献精神和积极主动克服种种困难的事迹，可以见出作者自己的心境，说虚怀若谷当属恰当。再如《流动法庭》一篇里所记述的援藏干部中的法律工作者的事迹，让我看到，作者谢恩主总是能看到同行的一个又一个援藏工作者的种种优点，他们适应艰难环境里富于创造性的工作业绩，不仅赞赏，且十分敏感，足以见得作者本人见贤思齐的襟怀。

乐观的情感在极其恶劣的生存环境里尤为难得，也令人感动，在长冬无夏的阿里地区，出汗竟成了一项生理难事，洗澡没有条件，偶得洗澡或桑拿的机会，却因气压和缺氧造成有气难喘的痛苦，他却到种植蔬菜的大棚里蒸了一回桑拿，痛快淋漓地出了汗，而且幽默了一回："你为阿里做贡献（暖棚），我们靠你出大汗。"在他的驻地周围，全是石头和沙漠，在工作之余的闲暇时间，他的异想诗趣萌动起来，要种草栽花了，不惜到十几里之外抱土、刨沙翻地，竟然长出一片绿草，向日葵也开花了……一个全心奉献的援藏干部的精神胸怀是丰富多彩的，对绿色生命的精心培植，泛溢着浪漫诗意的乐观情调，可以见出谢恩主精神和内心的丰富，也是在阿里那个"生命禁区"里始终保持一种昂扬进取的姿态，且能创造卓有成效的业绩的一个重要因素，精神心理因素，是任何优裕的物质因素难得比拟的。

在《英雄之光》这一组纪实文学中，作者写了几位英雄和模范人物，有一九五〇年"进藏先遣连"总指挥的李狄三，曾被毛主席盛赞为"盖世英雄人民功臣"。有两次进藏工作且献身的孔繁森,就是在阿里奋斗到生命的最后一息的。有和作者一起援藏的同志和朋友的张宇,给我的阅读印象是又一个孔繁森。有在西藏工作了二十三年的张建林,对西藏已经形成化解不开的情结,尽管长期与父母妻儿不能团聚,依然无怨无悔。有几位在西藏阿里工作的女干部,她们要克服较男同志更多的困难和麻烦,却都是兢兢业业恪尽职守。

我在阅读这些英雄的事迹时,感动是自然的,却又想到书写他们的谢恩主的文字里的深情。他对这些解放西藏、建设西藏(集中在阿里地区)的英雄模范人物的景仰之情,真挚浓重。我感知到谢恩主的精神崇尚和追求,对于那些为阿里人民做出卓越贡献和牺牲的英雄模范的人格的敬重和仰慕;即使是对普通的默默无闻的基层女干部,都怀着一种虔诚诉诸文字。这里,我看到书写者谢恩主的精神境界,是远离世俗流行的种种庸俗的高尚。

在《雪域风情》一组纪实作品里,作者写出了令我意料不及想象不到的阿里地区的社会风情和迷人的自然风光,藏民家中的传统摆饰,吃和喝的妙趣横生的风俗;神山、圣湖和鬼湖的神秘气氛里,蕴藏的是洗刷心灵污垢的向善的意韵;马背骑手的风姿和女人节、男人节的轻松浪漫的氛围,等等,读来如临其境,却也忍不住顿生惊诧,让我见识了一方地域独特美好的社会和家庭的形态,也对藏族同胞更多了解了。这里我又看到作者谢恩主的笔墨里呈现的细心。观察的敏锐,似乎更显见着艺术家的眼力。及至《高原精灵》这一组集中于高原各种家养和野生的动物的传奇性记叙和描绘,生动鲜活到如观实景,更难得在极尽动物各种情趣的描述中,弥漫着作者的爱心和悲悯情怀……作者既得助于一双敏锐的文学的慧眼,亦得力于一支笔底的文字功夫,如此生动如此准确地又是绘声绘色地记叙描写,留下了独具个性观察和体验的一笔。

我颇觉欣慰,曾经向往西藏而终未成行的遗憾,在《阿里生死缘》的阅读里得到弥补,且相信比我走马观花式的匆匆去来获益更为丰富。

(引用文字均出自《阿里生死缘》。)

2014 年 5 月 27 日　二府庄

哲思的诗性抒怀

——读张立散文集《树荣》笔记

拿到《树荣》散文集书稿,未开始阅读先有一番感叹,亦不无惊诧,因由全在我自身。认识且多有交谊也很久了,平时我读过张立的一些散文篇章,却是零散的,更是不经意间在某种报纸或刊物上"碰见"的,读时也觉得鲜活,颇有张立的个性化体验。然而,毕竟因为零散,也因为"碰见"的机会有限,便很难形成一种理性的总体的印象。想不到他竟要出版这样一大本散文集,又纠正了另一种错觉,总以为他忙于他的报纸副刊和文化的几个版面,自己的创作被挤对得很少,我在敬重他的敬业精神的同时,也为他太少的创作而抱憾。现在看到《树荣》书稿,不仅是慨叹之后的释然和欣然,也更有对他在繁忙的编务之余勤奋创作的敬重了。这是说他的编辑和创作的成就,心底里还隐约着一种乡情。他是蓝田县人,我生活的村子是市属灞桥区最东头的一个小村子,北边东边南边都是蓝田县辖的几个村子,和蓝田人打交道的机会似乎更多,包括我在小学的两年高小就是在蓝田县属下的一所高级小学读完的,我曾玩笑也很真诚地说过我算半个蓝田人,和张立就可以称得乡党了。他家居秦岭浅山,门前有自东向西的倒流着的灞河流过,不过二十公里便流到我家门前,确凿是同饮一河水了,这个乡党又生添了别一番情意。

更切实的惊诧和感慨,是对《树荣》书稿阅读的本能到情不自禁的反应，且伴随着整个阅读过程，无论是走南逛北的游记，抑或是素描体的人物速写，常有富于哲思的文字流泻出来，十分自然，成为一篇美文佳作的点睛之笔，也让读者的我顿然领悟作者铺叙到此的用心。更让我发生上述的惊诧和感慨的，是这种叙事状物过程中显现的思想，即见出这是一个敏于事象不断发生思考的人，更在于这种思考的个性化特质，即属于独特发现并产生的独立体验，就决定了这种体验区别于庸常的鲜活性，也就注定了这些文字的生命力。任谁都知道，无论何种体裁的文本，无论多少万言的长篇大作，抑或千把字的短文，致命往往就在于作者生活体验乃至生命体验的独特和深刻。张立的《树荣》便显示着这颇为难能亦难得的亮点。在《家乡的炊烟》里，张立以诗性的文字倾情于"老家屋顶上袅袅的炊烟"，暂待后说那文字的诗性之美，而当我沉浸那乡村炊烟的神韵且唤起我儿时的记忆的时候，突然读到这样的文字："人生在世，几十年光景，如果没有让炊烟濡染过，那才叫遗憾，至少人生是不完整的，生命的历程就少了一些根须，生活的情趣就打了折扣，怀旧的话题就索然无味……"老屋顶上弥漫的炊烟，成为生命的根须，这显然已经是张立独有的体验了，当属于从生活体验的层面深入到难得的生命体验了。在我有限的涉及家乡炊烟的文字接触的记忆里，似乎尚未见谁把家屋上飘浮的炊烟视若生命的根须。有了这样独特的体验，张立"老家屋院上的袅袅炊烟"就有了区别一切文字中的炊烟的个性化神韵了。再如怀念父亲的《父亲留给我的那把老镢》，其中作为作者集中叙写的父亲的那把老镢，也是农村出身的人家家户户都不会缺失的劳动工具，包括我自己，司空见惯别无新鲜。然而，张立在把父亲的整个人生凝眸在一把老镢上的时候，突然笔锋一转，父亲的那把老镢已经幻化为自己手中的一支钢笔了。他坦率而又直白："如今，谁问我是干啥的？我大声告诉他，扛着镢头进城打工的农民！"我便看到他意识深处的人生底座,是父亲的那把老镢;依这把老镢作为人生底座,且不说创造和成就,单是人生的步履,当可相信不会旁逸斜出了。面对自己崇高的事业,依然是父亲那把老镢的精神:"我把报纸当作一块土地去耕耘……感到自己又成了扶着犁,吆着牛的一个农民……"由父亲的老镢,联想到扶犁吆牛耕耘土地的农民,这也属于作为报纸编辑的张立的独特体验了,读者尽可以理解他的敬业精神和创造性思维了。这种思想的火花,即使在游山逛景的文字中也时时迸出,诸如两组写新疆山水风情和西藏等地地域特色的散文,处处可见张立敏锐思维所结晶的颇有力度的精彩的哲思文字。

《树荣》集里有一组素描体的人物速写,多为文学艺术界卓有建树的大家,国画家赵振川,资深文学编辑张守仁和吕震岳,文艺理论家肖云儒,作家方英文,摄影艺术家杨小兵等。让我颇为兴奋且感幸运的是,如上列举的这几位大家,在我不仅耳熟能详,而且多为交谊甚久的朋友,未读张立描述他们的文字之前,他们已经生动在我的眼前了。我的阅读兴趣的兴奋点便骤然发热,张立所写的某某和我印象里的某某有何差异,尤其是他还写了那些我尚不知的有关某某的趣事秘闻。我的阅读期待得到了满足,他笔下描写这几位大家的文字,把他们各具风采的个性化形象跃然纸上,不仅加深了我原有的印象,更感受到生动鲜活的人格魅力。(于是我突然想到,有如此刻画人物的文字功力,写小说当会如何?就我的偏见而言,小说人物的刻画,比之真实人物的描写的空间更自由更阔大,可惜张立这一支笔了,暂且不赘。)再有一点,是对这几位大家艺术创造的成就,有一种高屋建瓴的评说和概括,着重他们各自的艺术追求的个性化特质,以及在某领域所获得的别开生面也别具一格的开创性艺术成就。张立在叙写这几位大家的艺术成就的同时,写到他们各自走过的不同的艺术追求的途径,而矢志不移的唯艺术为神圣的精神心理却是相通的,每个人都是几十年的坚守,坚守的是各自追求的艺术境界和艺术理想,不断调整不断跨越的脚步,历经的艰难自不必说,抵达一种新的创造境地的成就就会使我一次又一次感动了。我不再复述这几位大家的创造事迹,有张立的文字在。我却在张立叙写这几位大家的文字里,领悟到张立对人(几位大家)的理解,所显现的写作者的精神和道德崇尚的倾向。

《消逝的与未曾消逝的》写的是作家兼翻译家张守仁和编辑吕震岳的往事,不是全面记述其人生业绩,仅以张守仁得吕震岳扶助发表散文处女作《杜城抒情》攀上文坛为话题,既写了张守仁成为作家兼翻译家仍深念吕震岳的知遇之恩的感人的感恩情怀,也写到吕震岳一贯倾心倾情地发现年轻作家的编辑作风,我也是受益受惠者之一。张立对张守仁和吕震岳的品格定位为"他们身上闪烁着传统道德情操的优秀品质"。面对张守仁和吕震岳,张立反躬自审,关于人生的哲思可以说是振聋发聩:"时光犹如逝水一去不会复返,即使记忆过滤掉生活里曾经发生过的许许多多的东西,然而,过滤不掉珍藏在心灵深处的时常给人以希望和力量的人和事,消逝的就是不该保留的,而留下的却永远不会消逝,这也是生活的辩证法。"这是张立的道德倾向,不见一丝含糊。在《肖云儒的那根香肠》里,张立以简约的文字叙述了文化学者肖云儒学术研究的非同寻常的足迹和堪称辉煌的成就,归结为一句形象化的比拟:"他像一节意大利香肠,被人一节节切去,现在所剩无几了,将来只剩下一点绳子了。"这是肖云儒自拟的喻体说给张立的,我和张立一样深有感慨。然而,我这里更感动张立对肖云儒这节"意大利香肠"的理解,是对一个专注于学术探索也倾情于为大众奉献的人(即肖先生)深层的理解;而能发生这种深层的理解,也就见出张立对事业追求和奉献社会大众的精神倾向了,也让我理解了他如前述"把报纸当作一块土地去耕耘"的情愫了。一个是甘愿被一节节切去的香肠,一个是自觉把报纸当作土地精耕细作的农夫,他们的精神境界和心理情怀是相通的。在《实力派方英文写真》和《瞬间凝固的情味》两篇人物速写中,张立似乎以信手拈来的一个又一个独具个性化的真实生活细节,把作家方英文和摄影艺术家杨小兵活脱脱推到我的面前,那些意料不到的语言和行为的细节令我哑然失笑。(这里我又忍不住要说张立对人的观察和书写的敏感和文字的功力,创作小说当属水到渠成的事,姑且缓说。)我在这两篇人物速写中,依然感知到张立对书写对象方英文和杨小兵的理解,真诚而又凝重,却是那些令人失笑的生活细节酿成的别一种艺术效应。大约是他和方、杨两位供职在同一个媒体单位,朝夕相处,互相了解自不必说,可贵在于对同事所从事的事业所取得的成就的敬重,以及对他们追求创造的精神的深层理解。他说他读方英文的小说,"读了便有种惘惘然的感觉,委实因了其情绪的漾动思维的魅力以及字里行间深蕴着潜伏着某种意趣。故而,读着他的小说,心头老是充斥着什么,激动而难以平静……"我以为这是张立独有的阅读感受,也是真实而又达到心知意会的深层感受,较之那些早已令人不耐烦的廉价吹捧文字更可靠……读着这一组人物速写,加深了我对这些并不陌生的作家艺术家成就和创造精神的了解,也领悟到写作者张立面对生活面对艺术的精神追求和审美倾向,更有人格,对张立的感知也深了一层。

《树荣》集的文字色彩,近乎让我有着迷的阅读享受。过去靠"碰"在报刊上尝读张立散文随笔,虽有一时的阅读快感,终难形成总体印象。这次对《树荣》集的阅读,直接感受是着迷是享受,确非溢美,而是真实的阅读感受,自然也就对张立的语言有感知了,稍作梳理,便见得这种张氏语言的几种美的色彩。

一种精微细密的语言文字,多见于形象的描写,逼真的景象呈现到读者眼前。譬如《树荣》里的那株老槐树,从根到茎到枝到叶,都有不同于别一棵槐树的独特姿态;细密处可见到"皲裂……翻卷着"

的树皮,更有寄生其中的"蚂蚁、蜘蛛、蛾子,还有吊线虫……"这自然得自于作者细心的观察眼力,更得益于精微精到的文字。在这样的描写文字中,我感受到一种语言的动感,即把作者自己触及的老槐树的每一细节时的感知和想象一并展示,这样不仅避免了常见的写景状物时的文字僵硬的弊端,也甚为鲜明地张扬起张立的个性。一种诗性浪漫的语言文字,多见于大漠荒原草地湖山的描写。随着张立的文字所展现的脚步,我也如同走进新疆、西藏那些"遥远的地方",我强烈地感知到一种诗性激情的喷涌式抒情。面对沙漠,面对胡杨林,面对草原,面对天山,面对……作者处处都有诗性的文字直抒出来。作者的这种诗性语言,更得益一种形象化的比拟,随意举一例,同样是南疆的两条河,对塔里木河,张立的感受是"一条伟大的母亲河",而对孔雀河,却拟人为"是一位健康、活泼、泼辣、自信的黑皮肤维吾尔族姑娘"。敏锐的文字神经所激涌的诗性语言,也就展示出作者的内里情怀。一种平实质朴的语言文字,却又隐存着幽默和睿智。平实质朴也是一种语言美,张立文字的平实和质朴,有一种如同和人当面对话的感觉,少有修饰,如实道来,这也是一种难得的语言境界文字功夫,《陕西补胎人》中尤为体现。正是这样平实质朴的短短几行文字,把一个在路边靠补胎谋生的陕籍妇人写得活灵活现。在这种平实质朴的文字叙述中,让我意料不及的是,突兀出现的一串极富幽默韵味也极显睿智的文字,如同缓流中暴起的浪花,往往令我哑然失笑,之后又忍不住再品读那些幽默睿智的文字,《藏路心影》等篇里也多有这种妙语。一种儒雅别致的语言文字,恰切地适应着描写对象的气质。试读不足两千字的《肖云儒的那根香肠》,姑且不论用如此简短的文字概括了肖云儒这位学者的生活历程(前文已涉及),这里要说的是张立的另一种笔墨,即儒雅之气,这无疑是书写对象致成的文字选择。

我对《树荣》集的语言文字有如上四种阅读感受。同样是张立一支笔,不同的篇章呈现着各自不同的文字风采,让我又一次相信某种创作规律,面对不同的各种各样的自然景象社会风情和社会角色,作家自觉乃至本能地就会选择适宜其景其情其人的语言去书写;而能写出种种适宜其描写或叙述对象的优美文字,当属一个作家成熟且富独立个性的创造的体现。我倒是顿生期待之情,愿这样多姿多色的美文,能更多地从张立笔下诞生。

2014 年 8 月 5 日 二府庄

我去你来无尽意……

——怀念贤亮

贤亮谢世已有两月，他的影像和声音，仍然时不时地映现在眼前鸣响在耳边。往常里没有这样频繁现象，确凿是在得知他不幸谢世的那一瞬，心脏和大脑顿时发生轰然崩塌的感觉之后，他的到老依然不失俊俏的面孔和耳熟能详的声音便频频出现。

再再追溯记忆，还是难得确定何年何月在什么地方有幸结识这位仰慕已久的作家，却清楚地记着阅读他的发轫之作的情景。那是上世纪七十年代末到八十年代初的事，他的《灵与肉》《绿化树》等作品相继发表，我都是他最虔诚的读者。我说虔诚而不想说震撼，是想避讳这个业已被滥用的词汇，尽管这种撞击心灵的震撼常常让我闭目掩卷，且独自沉吟着竟然这样竟然这样……我不必对他的小说再做评说，多年来专业和业余的评论家早已有定论；我只想说阅读他的小说在我产生某种意料不及的心理反应，再不诉说自己生活历程中遭遇的挫折以及难忘的饥饿记忆。道理再简单不过，看到他作为右派被改造时的灾难，我的那些挫折就算不得什么了；他在那样不堪的境遇里竟然钻研马克思的《资本论》，而我却在挫折发生时自暴自弃，把玩车、马、炮打发时日，精神境界之高下和胸襟之宽窄的对照，就令我不仅汗颜不仅难得自容，最直接的心理反应就是再不要说自己遭遇的那点挫折和困窘了。再，我在他的文字里，处处能够感受到一种诗性的天才的神韵。随举一例,章永璘在接过马缨花给他的一个死面馒头时,他发现了她留在馒头表皮上的指痕,且有这样的文字描写:"它就印在白面馍馍的表皮上,非常非常的清晰,从它的大小,我甚至能辨认出来它是个中指的指印……"我读到此,颇生诧异,年复一年都处在食不果腹饥肠辘辘的章永璘,在得到白面馍馍时该当是猛咬大嚼才对,怎么会有别一番怡情的发现和欣赏?如若是我,早已迫不及待地吞嚼了。稍过片刻便有意会,这个章永璘不妨当作张贤亮,大约只有张贤亮才会有此发现有此怡情,在于他有一根对文字对异性美尤为敏感的神经,对白面馍馍表皮上的马缨花的指纹的发现就是很自然的事了,欣赏的怡情也就泛溢出诗性的浪漫了。我便为张贤亮庆幸,那样不堪的凌辱与折磨,摧残着他的肉体和心灵,而那一根敏感文字的神经(通常说天才)依然保持着敏感,不仅深化着他的生命体验,也使他在摘帽翻身的几乎同一时刻,便能抓起笔来书写出独特体验的文字……

和贤亮结识的许多年里,每年至少有两次聚首见面的机缘,即中国作家协会每年年头召开的全委会和年中召开的主席团会,印象里他很少缺席。印象深的一点是,无论会议讨论什么议题,他都有令人耳目一新的见解,会场顿时便呈现静寂的气氛,足见得他的话语有非同凡响的效应;又会突兀爆出一阵哄堂大笑,那是他的一句幽默妙语激发出来的。印象深的另一点,他是烟民,常常在烟瘾发作时到会场外的抽烟区去过烟瘾,我也就有和他相聚的更自在的空间。不单是我,烟民们和他在抽烟区相遇,很自然地便形成了他的话语中心,随意聊着的多是生活现象的话题,他一插话发表看法,多以幽默的话语发出别开生面的见解,令人在哄笑声中感知一种个性化的智慧……在匆匆而过的时月里,有幸和贤亮有过两次较长时间的相聚,可称作我去他来。

我去是说我去宁夏。一九九八年秋天,宁夏文联秘书长余光慧电话相邀,宁夏省委宣传部和宁夏文联宁夏作协召开创作座谈会,邀我参加这个会议并和与会作者交流创作,在我尚未回应之际,余光慧已搬出张贤亮的名字,说她代张贤亮约我。我便玩笑说,有贤亮发话,我不敢不去。其实还暗藏私心,有机缘到贤亮的领地和他相聚,定会有收益;况且已闻他在宁夏镇北堡开发出一座影视城,我想开开眼界。我便去了和陕西"连墙"的宁夏。我遵照会议安排和宁夏与会的作家朋友和在校的文科大学生座谈文学创作,姑且不赘。某一日,贤亮约我到他已具规模的影视城参观,他开口便说他开发的影视城是:出卖荒凉。乘车沿途便看到沙漠地上一眼望不到边的荒蒿杂草。他大约说过,你们陕西有兵马俑有大雁塔有曲江池有法门寺有钟鼓楼有……可以坐收海内外游客的票子,我在这儿却"出卖荒凉"。他领我参观了曾经在此拍摄过的多部电影电视剧留存的景观,说了一件件拍摄时发生的轶闻趣事,言谈间洋溢着成功地出卖荒凉的得意与自信。他很得意他的出卖荒凉的思路,几乎是不断重复申述出卖荒凉这个纯属他的思维创造的词汇。他领我来到一架摄影机前,是中央电视台的一位记者要报道他的镇北堡影视基地,也说影视城,让我说说观感。我便由他的出卖荒凉的思维谈我的感受,这是张贤亮的思维,一种超常的独有的思维,当属别开生面的创造性思维了。通常的包括我在内的面对这种荒凉时的感受,多是一种无奈的慨叹,很难想到会有出卖的价值。贤亮开玩笑说,感谢给他做了一次广告。我也玩笑说,尽管免费为你做广告,我却要感谢出卖荒凉思维的启示。

　　大约在这天夜里,我写了《贤亮印象》的一首诗:千里驱车我拜佛,白沙尽头涌绿波。绿化树下人变鬼,菩提荫里血祭国。游遍千山自成仙,爱到极处生恨歌。且唱且走塞北地,大风再起过黄河。尽管浅白不敢称七律,却见得真诚和钦敬。其中的"绿化树下""菩提荫里"是说他的大作《绿化树》和《我的菩提树》,末尾的"大风再起"是说导致他罹难的发轫之作《大风歌》。这首即兴拙作,当时是否给他看过,已完全无记,今日公布,愿他在天之灵一笑了之。

他来是说他来西安。这是七年后的二〇〇五年六月下旬,西安几位文化人策划成立"白鹿书院"业已完成,让我约几位熟悉的作家朋友莅临成立仪式,并在"白鹿论坛"讲演,主题是文化,那时刚刚兴起文化热,便有这样的主题。邀请外省的作家和文化学者中,主办人让我邀约张贤亮、从维熙、熊召政和张曰凯,我很忐忑,知道他们都是忙人,不知大驾能否光临这个民间文化论坛。让我庆幸的是,四位大家都乐意来,我在兴奋中也觉得颇有面子了。四位作家无疑是整个活动中最受关注的亮点人物,其中重要一项活动是在刚刚开设的"白鹿论坛"发表关于文化的讲演。"白鹿论坛"设在地理上的白鹿原上的一所民办大学里,四位作家和所有与会学者乘车上了白鹿原,对于西北这种特殊的"原"的概念就不再陌生了。四位作家各具演讲风采,阐述自己对文化尤其是传统的儒家文化的独到见解,赢得听众的理解和赞赏,这里只说贤亮的精彩演说观点。

贤亮不拿讲稿,侃侃而谈,先问"究竟什么是文化",然后不无调侃地自答:"从羊肉泡馍到葫芦头也都是文化","现在文化特别泛滥,文化是个筐,什么都往里面装……"他直言不讳地指出文化热里泥沙混杂的现象,然后坦率标示自己的观点,"我得出的文化是一个时代的生活方式和生产方式产生的一种思维方式。"他强调"文化对民族很重要。文化是一个民族的DNA,一个民族的基因"。他以历史上蒙古打败西夏国后不是对西夏民族在肉体上的消灭,"而是把所有文化载体全给活埋了"的史实鉴证,西夏的党项族便融入了汉族和回族等民族,可见文化乃是"一个民族的基因"。他对中华民族的文化演变的历史是高屋建瓴的概括,"具有活力和再生能力,我们的汉族曾被许多民族统治过,而所有的外族都曾被我们的民族文化同化;我们又吸收了许多外族文化,形成一个中华民族的文化,得到了更新的发展。"他又从近代以来国势衰弱而导致的文化危机，指出"我们的DNA文化基因非常脆弱"，"现在所面临的种种问题全部都在我们的文化基因上……易染病症……带着它所决定的思维方式和行为方式"。关于我们文化的现状，他认为："现在我们的文化DNA处于重组阶段，是百川争流，各显风骚的阶段。"关于我们文化的未来前景，他认为："所幸的是，我们开始在西方文化、传统文化中摸索我们的文化。"他在此谈到他在某次传统文化研讨会上听到一种观点："传统文化没有什么可讨论的，中国的落后就是由传统文化造成的，因为传统文化是农耕文化。"这些完全彻底否定传统文化的说辞，是贤亮引用的。他直言不讳指明"这话有一定的问题"。进而申明自己对传统文化的观点："中国的仁人志士，包括鲁迅所说的中华民族的脊梁，每个人都是传统文化培育出来的。"他指出现代的人"既差传统文化，又差西方文明"，重组而且构建传统文化的DNA，是"建设一个和谐社会和现代化的中国"必不可缺的……

且不说他的见解对我的启示，更直接的是情感因素，即是把一位在我敬重的堪称伟大的作家的声音熔铸进古老的白鹿原上。

贤亮那次来西安，除了参与"白鹿书院"成立和"白鹿论坛"的活动，更多的是被社会各界邀请参加多种专题集会，多家媒体的采访对话，所到之处，读者拥挤，末了乘兴为主办者挥毫题辞，在西安曾引发一种社会轰动的效应。我在几次陪同的场合，感受到的却是他的作品的深层影响，更是无可估量的广泛，人们是和我一样读过《绿化树》等杰作之后就认识并记住了他。这样，我便在悲伤他离去的同时，也增欣慰，他和他的章永璘们早已储入万千读者的记忆，永远不朽。

2014年11月30日 二府庄

路遥和他的《平凡的世界》

路遥最重要的文学作品《平凡的世界》，随着电视剧的热播，再一次进入大众视野，而且迅即受到广大观众和读者的欣赏和呼应，这是一件值得深思的事情。《平凡的世界》所描写的年轻人生活成长的基本环境与今天相比，已经有很大的甚至质的不同，却依旧能引发今天的乡村和城市广大读者观众的情感共鸣，并对他们发生价值和情感的双层影响，这样就奠定了《平凡的世界》的史诗品格，抑或说经典性作品。

坚持现实主义创作精神，丰富并开拓现实主义创作方法，是路遥始终不渝的艺术创作理想。路遥说过："现实主义在文学中的表现，决不仅仅是一个创作方法问题，而主要应该是一种精神。"这种精神在我理解就是依循现实的客观逻辑，再现和表现生活直面人生。早在他创作《平凡的世界》之前的一九八三年春天，我们一起到河北涿县参加中国作协举办的"农村题材小说创作座谈会"，路遥在大会交流发言中阐释他的现实主义创作主张，末了有一句让我至今不忘的警句："我不相信全世界都养一种澳大利亚羊。"这句话的社会背景是，刚刚开放不久的中国文坛，一下子把近一个世纪的各种文学流派招引进来，现实主义开始遭遇被看作是落后过时的创作方法。路遥这句机智幽默的比喻，不仅见得他的睿智，更见出他对世界追求的独立个性和禀赋。几年之后《平凡的世界》的面世，在读者中引发了广泛共鸣,而且更难得它在三十余年中经久不衰,足以见得现实主义的活力和魅力。路遥的《平凡的世界》不仅是他的现实主义创作理想的完美实现,更在于对当代文学的现实主义创作提供了标本和示范,极大地丰富和发展了现实主义的内涵。

  生活是文学艺术创作的源泉,路遥用自己的整个创作生命书写了这句至理名言。我们习惯说陕北路遥和路遥的陕北,那是他的生生之地,体验是直接的;更难得的是他在个人身份发生变化之后依然扎根立足陕北,从乡村到县城,从窑洞到矿井,继续着他的体验,这种直接的体验无疑是路遥独得独有的,也是成就他创作的独特风景的关键。在创作《平凡的世界》的准备阶段,他读过近百部各种风格的长篇小说,无疑是汲取营养,丰富现实主义;又翻阅了十年来的《人民日报》《光明日报》《参考消息》等资料,系统了解历史、政治、经济、文化的纵横脉络,以便理解改革开放以来中国的发展脚步……这样,便铸成了不朽的史诗《平凡的世界》。

2015 年 3 月 24 日　二府庄

对　话

作家要有使命感

——答裔兆宏问

裔兆宏：您在《白鹿原》之后,几乎没有新的长篇小说问世。而现在一些网络写手,三个月就能出长篇;出版界更是如此,一部看似洋洋大观的读物不足一个月就可推向市场。您认为当今的中国文学作品还是否需要底蕴、厚重、深度?

陈忠实：我觉得对于作家来说,文学作品,尤其是长篇小说,应该是源自于个人的生活体验。《白鹿原》凝结了很多我个人的生活经验,可以说,它是我生命的提炼。当然写作是很自由的状态,不同的作者有不同的创作方式,我不想评论别人的写作方式好不好。我只能说,让我三个月就出一本书,我做不到。

至于底蕴、厚重、深度这些词,我想它们都跟我们这个民族的历史有关。中华民族号称五千年的文明史,这段五千年的文明史实际上是一部沉重的历史。从"三皇五帝"的神话传说到秦始皇统一中国,从"五代十国"再到元明清时代,中华民族不断发生的分裂、统一过程,这个历史本身就很沉重。即使到了近现代,这种状况依然存在,从鸦片战争到辛亥革命,从五四运动到抗日战争,从新民主主义革命到十年动乱的"文革",几乎在二十世纪前半叶的中华大地上,所发生的事件本身就是沉重的历史。作为一个有使命感、责任感的作家,如果要涉及民族命运,你要写这样的过程就不可能轻松。这是因为不是你要沉重,而是民族本身就沉痛、沉重,我起码是这样的感觉。

亩兆宏:您曾说过《白鹿原》是没有续集的,那《寻找属于自己的句子——〈白鹿原〉创作手记》产生的背景是什么?

陈忠实:我是不会写《白鹿原》续集的,因为我对那段历史的感受已经完成了。我一直认为,作家在作品写完之后,就不该再说作品之外的话。在我已经出版的六十多种小说、散文、选本和文集之中,除了编辑要求,我很少写序言和后记。作品就让读者去看吧,文学圈内的作家、评论家,也任他们去审读。作品里头所包含的东西,相信读者和评论家都能理解,都能完成这个交流,所以没必要再写了。但在朋友们的劝说下,我还是在《白鹿原》出版十六年后,写下了这本《寻找属于自己的句子——〈白鹿原〉创作手记》。

实际上在《白鹿原》出版以后,就不断有人跟我约稿,希望我将《白鹿原》背后的故事写出来,也有出版社邀请我写自传,但我一直没有动笔。我认为,作家生命的意义就是创作,作品就是作家的传记。但在盛情难却之下,我答应试着写一下创作手记。对创作的理解,作家和读者的角度是不同的。作家把人生体验形成一本作品——跟读者交流的作品。如果你的作品没有表述出来的东西通过其他方式表述出来,那不算数,因为作品没有表述出来,读者感受不到。当时我还有一个心理,就是和我同时代的每一个人都经历过国家的经济困难和政治灾难。在农村,这种苦难可能就更深重了。我高中时的好多同学,吃的苦不比我少,有的写作能力也不比我差,但是没有人去找他们写自传,让他们把自己受的苦表达出来。为什么要找我陈忠实写自传?无非就是因为我写了几篇小说嘛。所以我觉得没有必要这么做。

我对于《白鹿原》的创作激情是至今难以忘记的。一九八五年,我开始创作中篇小说《蓝袍先生》的时候,开头写的是解放前一个关中乡村的小知识分子的家庭。这个乡村私塾教师家庭的背景，把我幼年乡村生活的记忆一下子就打开了！这些回忆给我带来了很大冲击，朦胧地意识到其中有着挖掘不尽的故事，于是我就萌生了创作长篇小说的想法。此后，我开始研究西安周边一些县城的县志。解放前蓝田县最后一部县志的主编，就是《白鹿原》中的朱先生。县志中有五六卷是记载贞妇烈女的。第一页记载的是某某氏，她十六岁结婚，十七岁生子，十八岁丧夫，然后就是抚养孩子，伺候公婆，完成一生。这是我记忆里的妇女生命史。往后的一个比一个文字少了，排在最后的竟然没有任何事实的记载，仅列一个人名字。翻了几页，我就推开了。可是，就在推开的一瞬间，我突然意识到，这些女性，用她们的整个生命过程，才换取了她们在县志上就四五厘米长的位置。可悲的是，后来的人没有谁愿意翻开它。随后，我又把县志拿过来，一页一页地翻过去。当时，我就想算是向她们行一个注目礼吧。

很多生活中其他方面的事情，时间长了我都会淡忘，不过有关写作，特别是《白鹿原》的准备、写作过程，我不敢说是刻骨铭心，但过了十几年淘汰不掉的，都成了永久的记忆。

《寻找属于自己的句子》这本书只是我写作的感受，距离自传很远，因为基本没写个人的生活经历，最多就是涉及《白鹿原》创作时的一些生活。

裔兆宏：您认为文学创作经历过程中最痛苦的是什么？

陈忠实：每一个不同阶段，都有不一样的痛苦。我感觉在选择新的艺术创作之前、还没有找到途径的时候，那就是最痛苦的时候。这在我的中短篇的写作过程中也都发生过。

裔兆宏：有很多社会职业是遗传的。比如我们发现最多的是画家，最少的则是作家。为什么作家承传这个职业的很少，木匠等工匠都很多？您的三个孩子中有没有当作家的？

陈忠实：最重要的原因是我发现文学创作不是技术，应该是一种创造性的劳动,仅凭一种概念上的学习是不可能的,它更多的是凭个人对社会生活的感悟和体验。我的理解是,作家的天才是一个很难理解的概念,我把它物质化一下,就是一个人对文字敏感的神经,这根神经可能从很小的时候就产生了。

是父母给了子女那根对文字敏感的神经。要知道,一个对数字敏感的人很可能是对科学有兴趣的,而对色彩敏感的人可能会成为画家。像钱锺书考大学时,他的数学成绩极差,但考大学的文章却写得很好,可见他对文字是敏感的,对数字是麻木的。你要让钱锺书当数学家,他的世界就不会精彩。还有一个例证,作家的许多子女之中,可能会有一个成为作家的,不是父母对那个孩子的影响的结果,而是他生来就有一根对文字敏感的神经,那根神经就是天才的物质化。鲁迅、茅盾、巴金、郭沫若等大家子女的人生选择都是如此。即使是画家的遗传人,如果没有创造性,那也是不能成为真正的画家的。所以我的子女中没有人成为作家也就不奇怪了。

2010 年 4 月 二府庄

作家都在思考这个时代

——答《江南》杂志黎峰问

一、《白鹿原》每年都在印刷

黎峰：《白鹿原》刚刚出版时，洛阳纸贵，书店很难购得。据说当时西安街头，汽车司机如果违章，驾驶员只要送上一本《白鹿原》，交警便马上放行。能给我们谈谈《白鹿原》当年热卖的情况吗？

陈忠实：要说当年《白鹿原》热销的事，在我既有恍若隔世又有如在昨天的感觉。应该感谢西安人民广播电台和中央人民广播电台，他们在一九九二年第六期《当代》上看到《白鹿原》书稿的前半部分时，便决定播出，于一九九三年春天一前一后播出，听众反响很大，无疑是最好的宣传。我可以负责任地说，在《白鹿原》出版前，只在《陕西日报》发表不过两百字的消息，告诉读者关于《白鹿原》在《当代》发表和在人民文学出版社出书的时间，再没有任何的宣传手段，更说不上炒作。到一九九三年八月初，《白鹿原》在西安上市时，新华书店约我为读者签名售书，正值西安酷暑时月。我赶到书店门口时，看到排着望不见尾的购书队列。从早晨八时许签到中午一时，简单吃过午饭接着再签，直到下午五时左右收场。这是我平生签名时间最长、签得最多的一次。我不仅不感觉疲劳，反倒感觉在乡下祖屋从构思到完成这部小说的六年时间里所聚集的期望,在这一天完全实现了。此后热销恕不一一叙说,倒是可以列举印刷数字来看看当年的情景,初版初印不过一万四千八百五十册,这是全国征订数字,接着便五万册再十万册连续印刷,到年末大约连印七八次。盗版书是在《白鹿原》书面世不到半月出现的,随之便摆满了大街小巷的个体书店,包括街头书摊,也包括公家开设的国营书店。那时候我常为找上门来的热心读者签名,在我接待签名的书中,各种盗版本约占七成。起初我坚持不为盗版本签名,后又想到读者是无辜的,我便改变态度照签不误。我前后大约收集到二十余种《白鹿原》书盗版本,乃至我的所有中、短篇小说的盗版集子。令我更为欣慰的是《白鹿原》的长销,进入新世纪的十年,几家出版社出的几种版本的《白鹿原》书,每年都在印刷,通常在五六万册。去年是印刷量较多的一年,大约十余万册,起码证明读者尚未厌倦这部小说,这是我最为欣慰的事。

黎峰:《白鹿原》的成就不言而喻,今天连最边远的农村小镇都能买到《白鹿原》。到现在为止《白鹿原》卖出了多少册?大陆以外的版本有哪些,反响如何?

陈忠实:我一时难以累计各种版本的数字,正版书大约有二百万册。大陆以外的版本,最早出版的是香港一家出版社出的竖排繁体字版本,大约在《白鹿原》面世后两三个月就出版了。我在一九九五年访美国时,在两家华人开的书店里都看到这种港版本的《白鹿原》,同时也摆着人民文学出版社出的《白鹿原》。台湾先后有两家出版社出版过《白鹿原》。外文版最早翻译出版的是日本一家据说较大的出版社,日文版《白鹿原》分为上下两册,精装本。随后,韩国翻译出版,竟分为五册,厚厚一摞。越南一家出版社出了越文版,未与我打招呼,是我认识的一位在北京留学的越南学生给我带来一本越南文本《白鹿原》。越南那时尚未加入世界版权公约,如同我们在上世纪五六十年代一样,可以翻译出版世界上任何作家的作品。法国一位华裔学者正在用法文翻译《白鹿原》，前不久电话告知剩下最后三四章，翻译完成还需再修改，乐观地估计年末出法文版《白鹿原》，可靠说来就明年了。英文版在美国翻译出版很不顺利，有两三家出版社谈过，曾有一家出版社想出，待看过前两章翻译文字后（一位美国女汉学家翻译），便谢辞了。给我解释的因由，是《白鹿原》书文字太长，翻译成英文后文字至少增加一倍，出上下两部会有较贵的售价，担心亏本。我却想到还有另外的因由，不便告诉我，用销售市场的前景估计这个话推辞，大约是为作者我易于接受。

黎峰：二〇〇七年，我参加全国青创会，南方某家大型文学刊物的编辑对我说，当代的中国作家留给后世，传承下去的作品屈指可数。他说《白鹿原》在中国当代文坛上，毫无疑问是小说丛林中的一棵大树，是文坛上一座风光无限的高峰，至少能再传一百年。对于这部作品的广泛的社会影响和它今天的地位，作为作家自己你怎么看？

陈忠实：我不敢设想一百年后的事。依着近十年来中国经济的快速发展，简直不敢设想二十年后的中国的城市和农村是怎样一番景象。经济的快速发展，直接影响的是人的物质生活质量，也影响更广泛的人群文化教育的提升，人的审美和情趣必然会发生很难预料的变化。上世纪九十年代我曾为自己买了一辆可心的自行车而兴奋不已，现在即使一个乡村青年也不会对任何名牌自行车感兴趣了，买汽车已司空见惯，更要看牌子。我还是幸运的，《白鹿原》书出版十七年了，读者还愿意买它读它，近十年仍以每年五万到十余万册的销量继续印刷发行，我已很欣慰了。起码可以说明，现今的读者还没有舍弃《白鹿原》。再过许多年后，读者还会不会问津《白鹿原》，在我真是不敢奢望的事。

黎峰：一直有消息说《白鹿原》将拍成电影和电视连续剧，大家也很期待。这个事情现在进行得怎么样了？上次魏心宏也说一直觉得你的《康家小院》要是改编出来，一定会是好的影视作品。请问陈老师对作品改编成影视剧的看法,对作家写影视剧本的看法。

陈忠实:《白鹿原》书改编电影和电视剧的事,说来话长,姑且不说。现在刚刚获得电影拍摄的批文,我祝他们成功。魏心宏很喜欢《康家小院》,多次对我说过适宜拍电视剧,却未被影视公司看中,也罢。我的几篇短篇小说和中篇小说都被改编成电视剧,反响平平。我不拒绝小说被改编成影视剧,变一种传播的方式,也是好事。就我写作的目的,总是希望多一个读者,改为影视作品,无疑扩展了和读者交流的渠道。作家写影视剧本是好事,也是作家多种才华的展示,但不是人人都能做。我做过,却做不好。

二、为自己造一部死时可以垫棺作枕的书

黎峰:你在《白鹿原》的题记上写了一句巴尔扎克的话:"小说被认为是一个民族的秘史。"《白鹿原》出来后,评论家们说这是一部渭河平原五十年变迁的雄奇史诗。你怎么理解巴尔扎克说的"秘史"这两个字?在《白鹿原》的创作里如何实现了史诗的写作?

陈忠实:在我理解,秘史是相对于正史而言。正史是一个民族形成和发展过程的确切而又可资信赖的历史。秘史当为正史在这个民族的男女人群心灵上的投影,以及引发的各个不同的心理裂变,相对稳定的心理结构的破碎、颠覆,以及完成新的心理结构的平衡。这是一个痛苦的剥离过程,也是精神世界完成更新的过程。其中的痛苦和快乐,不是个别人的偶然事象,而是整个群体普遍发生的事。既然是精神和心理世界发生的裂变,就不会像正史考证史实那样判别是或非,而是纷繁和多样,不同阶层乃至同一阶层的人,都会有各个不同的心理征象,更多地呈现着一种心灵的隐秘。小说大约就是揭示那种隐秘的。巴尔扎克把它称为一个民族的秘史。"小说被认为是一个民族的秘史"这句话,我是在《白鹿原》书接近完成时,读一篇论

述巴尔扎克创作的文章里获知的。许是这句话正好切中我正在写作的《白鹿原》的意旨,许是又暗含着我当时的写作心态,所以竟然一遍成记,到写完《白鹿原》书要送出书稿时,便把巴尔扎克这句话题在书前。由此可见,我在构思和整个写作过程中,尚无明确的秘史这个概念,只是我对上世纪前五十年的白鹿原地区的生活体验和思考,暗合了秘史的意蕴。关于史诗,这是《白鹿原》出版后的一些评说。在我至今依旧不敢领受这样的好评。我可以坦白地说,在《白鹿原》从构思到写作完成的六年时间里,从来没有想过要写史诗的事。我要把史诗一开始横在脑袋里,肯定压得我就难以写作了。我说过"想为自己造一部死时可以垫棺作枕的书"的话,完全是为着大半生不能舍弃的写作兴趣,自然是面对自己的。我那时的心思只集中到一点,把我已经发生的关于这个民族命运的体验表达出来,以一种新获得的艺术体验去实现,不要因匆促非文学因素而留下遗憾。

黎峰:写作《白鹿原》你回到了乡下老家,我在一些你的访谈里看到你说你回到乡下是要"远离尘嚣""耳根清净"等词,当时你要回避的是什么?

陈忠实:我想回到乡下老家的决定,是获得专业写作条件的一九八二年冬天做出的,不是为了写作《白鹿原》才回祖屋的老屋院。专业写作条件的荣幸得到,我的第一反应是时间可以由我支配了,写作从此将成为主业。我同时也意识到压力,作为专业作家如果写不出像样的作品,且不说别人如何议论,自己的脸上也难以承受。我要抓紧这难得的专业写作的机遇,争取写出较好的作品。我在新时期出现的一茬陕西青年作家中,年龄偏大,就更浪费不起时间,便决定回乡下祖屋的屋院读书写作。城市比之乡村,既引领着最新的生活潮流,也杂拌着喧哗;即使文艺圈内,也难免厚此薄彼的是是非非,七长八短的议论,听了容易分心。我回到原下祖居的屋院,可以静心读书,更可以回嚼在乡村工作二十年的体验,形成作品。却不是清高。

黎峰：冒昧问一下，当《白鹿原》还没有写出来的时候，你在陕西文坛是否受重视？当时你的内心是否惶恐？

陈忠实：我一直受到前辈陕西作协领导和作家的关心，这不仅毋庸置疑，而且给我创作形成心理压力，写不出像样的作品，会使他们失望，压力很直接地转化为探索创作的动力。"惶恐"的心理反应出现过，那是在读过路遥的《人生》这部中篇小说之后发生的。我的直接感受是，这个比我小六七岁的同院朋友，已经把我拉开了很长一段距离。我那时正热心农村实行生产责任制之后农民心理的演变，而路遥却触摸到乡村青年更为普遍的人生追求。我由此而发生了对自己的创作思路的甚为严峻的反省。

黎峰：有个故事说你在创作《白鹿原》之前，对妻子说不弄个东西出来就回家喂鸡，是这样吗？你在《寻找属于自己的句子》里也写到，李星曾经激你说，再写不出长篇你就跳楼算了。

陈忠实：传言难免走形。关于回不回家养鸡的话，不是说在写《白鹿原》之初，恰恰是在写完之后。当时连我也有点六神无主，难以判断审稿的结果如何，妻子问我，如果发表不了咋办？我顺口说，那就办个养鸡场。其实这是我早已揪着心的事，养鸡也不是纯粹开玩笑的话，而是此前想到过的事。我已想过，年届五十了，写出的小说（长篇）如果发表不了，那就很为自己这个作家难为情了。我想办个养鸡场，不仅增加经济收入改善生活，更重要的是对自己生活角色的调整，把写作重新调整到业余的位置，于脸面于心理会更平和。李星确实说过这句话，那是在一次会议上。那天早上中央人民广播电台公布了"茅盾文学奖"获奖篇目，我尚未听到这个消息。会场里，我和李星坐在路遥的左边和右边。李星从路遥（正在发言）背后告诉我《平凡的世界》获奖的喜讯。隔过几分钟后，他又从路遥背后跟我说，你今年要是还把长篇（小说）写不完，就从这楼上跳下去。我一时被噎住，却也感动了我，他比我更着急。

黎峰:《白鹿原》应该是你创作的第一部长篇小说了,能请你谈谈在《白鹿原》里写作的一些技巧吗?你如何保持了那种大气、顺畅的感觉?

陈忠实:回想起来,在这部小说的构思和创作过程中,我几乎没有想到过"技巧"这个词。我竭尽全力着意在作品人物,前面已涉及这个问题,即每个人物的心理结构形态,能否准确把握不同的文化心理结构在白鹿原社会的重大事变中所发生的异变,才是外在性格的内在基础,它不仅呈现人物性格的差异性和生动性,更注定某种性格的合理性和可信度,且不敢想典型性。我把绝大的用心花在这方面了。自然还有情节的安排,也是循着人物心理结构变化的动向,给每个人物展示心理动向的一个恰当的机会。恰当在于合乎情理,却也可以偶然露出意料不及的横空一现。我在写作中常常斟酌,不同的心理结构的人物在其重大或者细微的情节里,写到怎样的程度才算恰到好处,什么情境下要不惜笔墨充分展示,什么情境下戛然而止不赘一词一句才不留下画蛇添足的蠢事,全在一种自我感觉中完成,很难用技巧的术语规范做量化的伸或缩。同样出于着重在作品人物的文化心理结构形态的把握,我几乎没有明确给自己规范要写得"大气、顺畅"。在我对小说创作的体验而言,一部或一篇小说呈现的风貌,大气或者秀气,顺畅或者晦涩,制约性因素是作者要写的人物的精神品相所决定的,不是不管不顾人物而要独出心裁追求某种表达形式。自然还有人物生存的社会背景和生活环境,也是决定作品气象的重要因素,这些因素甚至决定作家对语言的选择。我是从鲁迅先生的作品中得到启发的。鲁迅小说的每一部,无论中篇小说还是短篇小说,其气象风貌不仅不雷同,而且独成一景。《狂人日记》的气象和祥林嫂的生命气场各自独成风景,这是各个人物不同的文化心理结构所决定的。不同文化心理结构的人物,直接影响到作家的语言选择,即必须找到一种最切合人物性情的语言。同样是鲁迅给我以启发,不可设想用写阿Q的语言再写狂人,更不可能写祥林嫂。鲁迅的散文,同样呈现着不同的语言景象,也是先生不同时期不同心境的语言形态。准确把握要写的人物的文化心理结构形态,寻找一种适宜表达这种形态的方式,包括语言,才可能使作家把独特的体验充分展示。这大约就是创造。

黎峰:你觉得长篇小说的创作跟年龄有关系吗?现在很多年轻人上来就写长篇,你有什么样的忠告?

陈忠实:一般的也是普通的现象,作家随着年龄的增长,知识积累会更丰富,生活体验和生命体验会更深刻,艺术以至笔墨会更老到。然而却不尽然,国外国内都有这样的创作先例发生,即某个作家恰恰是二十岁左右的时候完成了惊世之作,也造成了他一生的艺术创作高峰,不说别人,自己在随后的许多年创作中也难得跨越,像肖洛霍夫和他的《静静的顿河》。年轻人写长篇,着重在体验的深浅和独特发现,自然缺失不得艺术功力。这种事我不甚了解,还是作者自己把握自己较为恰切。我不仅不能随便提意见,更不敢说忠告之类的话了。

黎峰:关于"陕军东征"当时是怎么样的一个情况?外界也有一些说法,说这是我们省上的自娱自乐活动,当时其实没有特别的影响。也正是因为有了你的《白鹿原》,后来"陕军东征"这个话题才被人常常地拿来说事。

陈忠实:就我所闻,一九九三年初在北京召开了一位陕西作家的作品研讨会,一位与会的评论家获悉有几位陕西作家的长篇小说相继在北京几家出版社出版,随口玩笑一句,这简直是"陕军东征"嘛。到会的《光明日报》记者也兼作家的韩小蕙女士,随之写的通讯文章的标题里就用了"陕军东征"这个提法,在《光明日报》发表后引起关注,也引起议论。我是从《陕西日报》转载的韩小蕙的文章得知这条消息的。我读后自然很高兴,为陕西文学创作的新收获庆祝。我对评论家说出"陕军东征"的口头表述完全理解,作为文学传播,我敏感到可能会有负作用,就在于那个"军"字,尤其是那个"征"字,可能会使人读来撑眼。无论陕西作家,无论南方北方的作家,大家都是文朋诗友,各自展示自己的作品,不存在谁征谁的事,我当即找到本单位(作协)几位有话语能力的人交换意见,并统一看法,我们自己不用"军"和"征"这两个字,用陕西文学繁荣或别的词汇表示。然而几乎无济于事,媒体和个人都在用"陕军东征",我也只能徒叹奈何。我约略听到一些负面消息,也只能继续徒叹奈何,又不便释疑。

黎峰:看到近期的报道,说太白社准备出你的《李十三推磨》,这是一部新的长篇吗?

陈忠实:这是一本短篇小说集,收入新世纪以来我写的短篇小说。《李十三推磨》是其中一篇。这篇小说写的是清代一位堪称伟大的剧作家李十三的两个生活细节,也是被文字狱致死的细节。

三、行政级别的升迁对我诱惑甚微

黎峰:曾经看到一个书上说你的生活习惯是朝茶晚酒。能请你谈谈现在的日程安排和生活习惯吗?

陈忠实:茶还在喝。还是喝陕西绿茶。二十多年前内火旺,某些器官常发炎症,牙疼,大夫建议喝绿茶调节,并点名陕西绿茶。一试果然有效。一喝便喝到现在。酒在十年前戒掉了,改喝啤酒,习惯百威牌的味道。现在是早上七点钟起床,冬天晚半小时。起床后第一口是烟,第二口是茶。缓解过来后便到工作点上,写稿或读书,读的多是要写序或召开研讨会的书。晚上十二时睡觉,睡眠很好。参加一些社会公益活动,还有文学活动,力避以文化包装的商业活动,难免被多种因素挟裹,却还算迫不得已的少量。

黎峰:我现在还住在东郊的空工院,离陈老师老家西蒋村就六七华里,那里山清水秀,但离城市太远,常常也让人觉得是被城市隔绝了。陈老师少年时代那里是什么样的景象?

陈忠实: 我家紧依偎着白鹿原的北坡坡根。上世纪五十年代全村不足四十户人家。村庄背后的原坡上,是一台一台的梯田,只种一料麦子。春天无疑是最富诗意的季节,麦苗的绿色呈现着起伏的波浪,荒坡上也是绿草。到六月收割过麦子,直到九月末再种麦子,长时间都是赤裸的土地。因为缺水源,收麦后种不得秋苗。山坡上是我的开心之地,给牛割草的后响,常常陶醉在逮蚂蚱的快活之中。家门前是灞河和不大宽阔的河川。这是养育生命的宝地,收罢麦子又种苞谷,一年两料基本保收,有灞河水的引灌作保证。灞河在平时清澈见底,游泳洗澡再好不过,可惜我没学会浮水。

黎峰: 农村生活给你写作提供了什么?那时候生活和精神状态是个什么样子?

陈忠实: 农村生活首先提供给我的是生存依托,依靠收获土地上的麦谷生存。传统文化、传统道德、传统习惯和风俗,完全在不知不觉,又不留任何痕迹的无意识状态下完成对我的影响和传承。我在少年时期没有任何自觉的反叛行为。我在进入高中读书以后,尤其是接触了国内外的文学作品后,往往会引发对我生活的乡村的人和事的反观。我和乡村人一样生活着,承受着生活的艰难,也有乡情友谊的欢欣。我后来进入社会,环境也是乡村。尤其是在最基层的公社(乡镇)工作了十年,还是在家乡的地盘上。我是一个最底层的干部,走出公社(乡镇)大门,看见的就是男女老少的乡村人的面孔。我那时候是完完全全的专职乡村干部,接触多种性格的乡村干部和群众,对家乡农村的了解和理解逐渐丰富。那个时候正是"文革"期间,我早已断了文学创作的爱好。这样反而因祸得福,我在乡村专心致志做事,做事的过程也就加深了对乡村生活的积累,倒是避免了以作家的角色深入生活、体验生活的局外人之弊端。新时期文艺复兴伊始,我预感到写作可以作为人生追求的事业来干的时候,便调离到相对比较轻松的文化馆工作,致力于写作这个人生兴趣。这时候和这之后,我越来越感觉到二十年基层工作尤其是十年公社(乡镇)工作经历的宝贵。我甚至感到,如果没有那十年公社(乡镇)工作的经历,很难设想我后来的文学创作是怎样一种景象,也很难设想会不会有《白鹿原》的创作。

黎峰: 你是一个很谦和、很亲切的人,你保持着说关中话,比如你经常说"乡党"这个词,是什么样的意思?你觉得陕西方言有些什么韵味?

陈忠实: 乡党就是乡亲,泛指老乡,一个村子的人称为乡党,出了省界整个陕西人都可以称乡党。陕西方言太过宽泛,陕西因差异甚大的地理环境分为三大块,陕北有游牧乃至匈奴的较为奔放的生活习性,秦岭南边的汉中和安康又类近于南方的风情了,渭河流域的关中是我的家乡。三大板块的人群生活习惯差异明显,说话的口音也相去甚远,方言也自成一体。我说的是关中话。我原以为关中话很土,后来却渐次发现许多方言的无可替代的韵味。文学写作的表述语言中掺进方言,有如混凝土里添加石子,会强化语言的硬度和韧性。我后来渐次明确,从字面上让外地读者猜不出七成意思的方言,坚决舍弃不用,用了反倒成了阅读障碍。近年间,我收到几种关中方言的考证文本,许多看似土得掉渣的方言俚语,竟然被语言学者在古籍文章中一一考证出来。我便感知到关中方言土语,当属中国语言的活化石,还存留在这方地域当代人的口语中。

黎峰: 您的人生丰富多彩,早年高考的失败,后来当上了教师,后来又当上了国家干部。作为我们从农村出来的人来讲,这些都很不错了。那么你是怎样走上了文学创作这条道路?

陈忠实: 我在初中二年级喜欢上了文学,并在作文本上写下平生的第一篇小说《桃园风波》,直到现在对文学创作都没有厌倦,依旧兴趣十足。一九六二年高考名落孙山，痛定思痛后决定，自修文学。人获得知识的途径，最理想也最便捷的途径就是接受高等教育，缺失了这个条件的我，只能选择自修，同样可以获得自己想要的知识，只是比正规的高等教育的途径更艰难许多。我那时给自己订下一个目标，自修四年发表文学作品，我发表的处女作就是大学毕业结业证。我的努力没有白费，到一九六五年春天发表了散文处女作《夜过流沙沟》，提前一年多实现目标。我在"文革"中间放弃了文学创作，迫于无奈。新时期文艺复兴的一九七八年冬，我发表了短篇小说《南北寨》，一九七九年大约写了十余篇小说，其中《信任》获得年度全国短篇小说奖。我在一九八二年冬获得专业作家的称号，并调入陕西省作家协会专业创作组。自此时起，文学创作成为我的专业，也成为我的人生理想、人生追求的主业。

黎峰:那么当时你就想到了自己一定会成为很有威望的大作家吗？上次魏心宏来西安，说一直想约请你写自传，你有过这样的想法吗？

陈忠实:我在上世纪六十年代初，看到当地报刊上经常出现几位工人和农民业余作家的名字，很羡慕，想着自己如果能够像他们一样发表短诗、小散文或者小小说就好了。那时候，我读着《创业史》《风雪之夜》《保卫延安》等几部陕西作家的作品，连想也不敢想我会成为作家，能成为一个发表作品的业余作家就很好了。新时期文艺复兴，连续发表了许多短篇小说和中篇小说，且获得了不少好评，我的信心也鼓舞起来了，直到进入《白鹿原》的写作并完成。我是一个偏于保守的人，向来不敢说大话，更不敢吹牛。写作的事，是走过一步，再选择下一步；在下一步尚未踩踏稳当之前，我不敢宣言说一定会踏上下一步的那个台阶。

黎峰:你在基层公社干了十年党委书记、革委会副主任，差不多是经历了一个完整的"文革"时代，你现在回想起这段经历，能告诉我们一些你的看法吗？

陈忠实：我是一九六八年末临时抽调到公社。此前中央文件指示刚刚成立的各级革命委员会搞一个中心运动，清理阶级队伍。我所在的那个不过万人的公社，竟然清理出来几百个"阶级敌人"。年末又有中央文件指示，要对被清理出来的"阶级敌人"落实政策，便抽调出七八个社属中、小学教师组成专案组，公社领导做组长，经过近一年逐村逐单位一个一个落实定案，过程且不赘言，结果是没有定性一个"阶级敌人"。原因很简单，取消了造反队的多个村子，潜存的派性更难消除，那些被当作"阶级敌人"揪出来的人，多是派性的受害者。紧接着一个中心工作，是恢复各个村子里被"文革"造反搞瘫痪了的党支部，难度也很大，主要障碍还是派性。费时近一年，把各个生产大队的党支部建立起来，最后是公社党委的建立。这项工作结束，我和另一位中学团委书记留下来在公社工作。我之所以被选在公社协助工作，我想主要原因是文字能力，为领导写讲话稿，写年度或阶段工作总结等。领导留我时有一次简短的谈话，很斟酌地肯定留我的原因，把握政策较稳当，人还可靠。直到一九七三年，我才正式调入公社，解决了公职。因为我在公社里是最年轻的干部，也因为有了四年多的农村工作实践，此时"学大寨"运动已成为公社持久性的工作，我总是被安排到重点工程去完成任务，我也乐于干实事。我曾协助一位主管农业的公社领导，在原坡缺水地区建设小型蓄水库塘，使每个生产队都有了多少不同的水浇地，曾经被上级推广过经验。我独立搞过两次农田基本建设大会战，一次是在麦收后和种麦子之间的两个月时间里，完成八百亩跑水跑肥的山坡地改造为平整梯田。这些被改造的平整梯田，至今也是一劳永逸地发挥着效益。又一次是为家乡灞河修筑了八华里河堤，得到上级拨款资助，临水面有水泥板护贴。从先一年入冬动工，到第二年发生涨水之前完工，这条可以对开汽车的河堤修成了，三十多年来再未发生过灞河涨水冲毁农田的灾害。这两项较大的工程,都发生过平均摊派任务的问题,然而那个时候却不犯政策之忌,后来不久被纠正了。现在在个体生产的乡村,是连想都不敢想的事。我在这里有自我表彰之嫌。我在乡村工作中接触多种人,也了解了乡村,为后来的文学创作提供了方便,却是当时没有想到的事。

黎峰:"文革"期间,当你在西安看到柳青、杜鹏程被游街批斗时,你是什么心情?这些影响到了你的文学理想吗?

陈忠实:我在"文革"初期被划为保皇派,惩罚措施是养猪(农业中学种地也养猪)。我拉架子车到西安一家面粉厂买分配给学校的饲料麸皮时,恰好遇见文艺界的游街队伍,看到被游的柳青等我崇拜的作家。我的直接感觉是,中国连柳青这样的作家都不要了,我还想干什么。我基本不再想文学创作的事,后来到公社工作,就专心于乡村与农民打交道的事了。到"文革"后期,一些文化艺术单位恢复工作,偏重于鼓励"工农兵业余作者"写作,我是被激发起来的一个,我才发现文学创作的喜好没有消亡。然而很清醒,文学创作当不得正事干。我只是在十分想写或又相对有一段清闲的时间,便写一篇,四年写过四篇短篇小说。我把这种写作自我定义为"过瘾",过一回文字表述的瘾。

黎峰:二〇〇八年省上开青年作家创作会,贾平凹老师提到你们当年曾经组织了一个"群木"文学社,我还在一个资料上看到,当年包括你在内的陕西八名知名作家曾经成立了一个影视创作的工作室,能否请你谈谈你跟陕西几代作家,包括柳青他们老一辈的,跟你同时代的,以及后来的这几代作家的交往。

陈忠实:这个话题太宽泛了,待有机会时专门说这个话题。仅说你提到的二三事。一九八〇年初,我在家乡灞桥区文化馆做群众文化工作,业余搞创作。文化馆的业务上级是西安市群众艺术馆。市群艺馆专事辅导文学创作的干部,很关注本市几位写作的青年作者,便有意把这几个人组合到一起,互相切磋,交流心得,互相促进,再得提高。他先找到贾平凹再找到我,大家都赞成,而且贾平凹已提出一个"群木"作为文学社的名字,并有解释,一群幼树互相拥挤,竞争竞长,志在天空。我当即表态赞成,善哉!并尤为欣赏"群木"的社名和意蕴,树木成片成林便会竞长,前途在广阔的天空,互不伤害。文学社成立后,我大约参加了两三回聚会。问题发生在我住在灞桥古镇,离城较远,公交车下午六时就停运,安排在晚上的活动就没有机会参加了。那时候没有经费,没有会场也没有餐费,更没有交通工具,我损失了不少交流机会。影视工作室是上世纪九十年代中期成立的,以著名编剧张子良和杨争光牵头,我是一个不会编剧的成员,充数而已。柳青生前我见过两三面,第一回是他在游街时。第二回是他刚获得"解放",被邀请到一个出版会议上向业余作者讲创作,我在听讲者之列,看到一个惨不忍睹的动作,正讲到某个问题的关键处,柳青停止说话,顺手从衣袋里掏出一个球状喷雾器,把尖头塞进嘴里,一捏一放球状物体,便往喉咙里喷进一股一股白色气体,发出哧啦哧啦的声音。听说柳青是在喘不上气时,便用医生配给的这种器具缓解呼吸之难。我几乎不忍心看那惨象。第三次是在省文化厅举办的一次创作会议上,大约是在一九七四年六月,请柳青来给业余作者辅导创作,仍然离不得那只喷雾器。那时候正学习一条"反潮流"的最新指示,柳青借题发挥:"能不能识别潮流错误,是认识水平问题;能识别错误潮流,反或不反,是个品质问题。"我至今记得这句话。我很想拜访柳青,却缺乏勇气,这是我的弱点。同代作家接触太多,待有机会时说,不然,篇幅太大了。

黎峰:你当了十余年作协主席,这与你一向低调不想为官是否相悖?体会如何?作家做官有何利弊?我们知道,你在任期干了很多大事,干这些事是否影响了你的创作?

陈忠实:其实也不相悖,人在一种意料不及的环境下,是会从一种别的角度选择取舍的,我即一例。早在陕西作协换届前两年已经内定路遥为作协主席人选,我当时还在原下老家写《白鹿原》的书稿。我完全赞成路遥作为未来的主席。我曾在此间两次给领导写信,坚辞推卸将我安排到另一个文艺团体做党组书记的意向。我那时倾心于写作,《白鹿原》尚未完稿,行政级别的升迁对我诱惑甚微。不是我清高。我向来未曾表白过自己清高的话。自一九八二年末成为专业作家,我就意识到已经进入人生的最理想境地,同时也意识到,能否写出较好的小说,全在自己的本事了。不然,连怨天尤人的理由也没有了。我因此而回到原下老屋,就是为了能专心于写作的探索,致志于从少年时期发生的至今不能舍弃的文学爱好。专心致志与写作爱好,有别于一般的清高。正在筹备陕西作协换届的时候,路遥却病倒了,竟不治而谢世了。陕西文学界及至社会各界,都深为这位富有才华的中年作家惋惜不已,同时也把作家普遍存在的生活窘困的事象暴露出来。陕西作协办公院里的房子,墙倾屋漏,人们开玩笑说这是拍《聊斋》鬼狐影视最好的外景地。希望改善作家生活和办公环境的呼声高涨。大半年后换届,我被推上主席这个位置,没有拒绝,确实也是被那种希望改善生活和办公环境的热切议论所感染……至于做了什么事,已成过去,恕不一一列举。至于体会,一言以蔽之,我尽我有限的能力做了一些事,也有当做而未做成或未做完满之事。我向来不说是否影响了我的创作的话,尽管这是经常被问到的话,我都不敢说是,连默认也没有。确实的事实是,我的写作兴趣由小说转向散文,竟许久都难以再转回小说创作。作家当官,肯定有利有弊,而且个人的利与弊又各不相同,难能一概而论。我对此事缺乏用心,难以判断。我做了一些事,很难称大,多为文学范围的事,也有跑门子要钱的事,更免不了一些应酬场面的事。事已过,不赘述。向来不说影响创作的话,如前面所答。

四、每个作家都在思考这个时代

黎峰：这些年来我们每年出版的长篇小说大概在两千部左右。在数量上我们已经很强了，但好像我们并没有在国外很有影响力的作品。像一位美籍阿富汗作家写的《追风筝的人》，据说全球热销六百万册，创下出版奇迹。我们中国作家的作品在国外没有市场，你觉得主要原因是什么？

陈忠实：我也从媒体上看到过这样的信息，也见到过分析不能畅销的原因，想必你也看到过，不赘述。我难以判断外国人为什么不买不读中国作家作品的原因。我想到过欧美人的阅读兴趣是否和我们有差异；也想到过我们的小说作品所写的内容，尤其是写当代生活变迁的作品，是不是与欧美人的生活习俗相差太远，不好理解，且不说几十年接连不断的政治运动所造成的灾难，单是那些政治运动的口号和特殊用语，在欧美人恐怕都难以领会其含义。因为这样的运动和术语，只有在中国发生过使用过，中国人耳熟能详，洋人们大约会陷入莫名其妙的迷糊莫辨，也就减弱了阅读的兴趣，这不过是我的猜测而已。

黎峰：有人说，国内小说比国外落后将近五十年，作为中国的文学大师，你觉得当代中国文学在世界文学中处于一个什么样的位置？

陈忠实：先纠正你的"大师"的误传。我不是大师，不是谦虚，是远远不及大师的格。我只认我是个作家，这是一个职业符号。无论说中国文学落后世界文学多少年，都是很难具体计算的，说落后三十年或落后五十年，都很难做出确切的论证，更难做出具体数字的量化比较。文学作品比不得某项科学技术，后者完全可以得出具体的量化对比，文学作品就难了。依我从媒体上获知的信息形成的印象，近年间中国作家的文学作品翻译到国外的数量已有起色，然而与我们翻译出版的外国文学作品的数量,几乎构不成一个比例;有幸翻译成外文出版的小说很难畅销欧美国家的图书市场,不能成为这些地方读者争相阅读的读物,也和我们国内不断形成的某个外国作家某部小说畅销且热读的现象形成鲜明的对照。可见,在世界文坛上,我们仍然是一个很大的"输入国","输出"和"输入"几乎难以构成比例。你说的"位置",我难以做出具体的排位,"输出"和"输入"的文学作品的不成比例,大体上就可以看出其格局了。

黎峰:你对当代中国文学,包括陕西文学的现状有何忧虑?对前景有什么期待?

陈忠实:没有忧虑。没有发生过任何忧虑。不是我天性乐观,也不是无所用心,是出于我对文学创作现象的理解,也许褊狭。一部优秀作品的出现,总是让世人意料不及,这部作品的作者也就从无名到著名了。人们通常的想法是他会越来越成熟,体验会越来越深刻,笔法会越来越老辣,这样发展的作家不少见,然而,似乎逆反这种通常现象的作家也不在少数。肖洛霍夫很年轻时写成了史诗《静静的顿河》,后来又写成了《被开垦的处女地》,当年也算得佳作,但似乎与《静静的顿河》难以比肩,现在几乎销声匿迹。之后几乎再没有稍大规模的作品出世。出人意料的是,在他的晚年,一部大短篇或小中篇小说《一个人的遭遇》,却震撼了当年的苏联文坛,也传播到世界很多国家。类似的作家的创作现象起码不属个别。我就能理解,一个作家的出现,创作的发展,是很难预料的事,远远比不得今天的天气预报的准确度,甚至连作家自己都难以自主操控……我忧虑有何用?没有必要。同样的道理,一个地区、一方地域在一个时期文学创作的发展,也是很难实现主观操控以期如愿的。某个时期,突然涌现几位令人瞩目的作家,难以预料;某个时期,相对比较平淡,没有引起广泛关注的作品出现,也难以预料,更难以采取立竿见影的措施扭转局面。在我理解,一部作品的品相完全决定于作家体验的深或浅,这是很难以外在因素促成的事……我即使有忧虑,也没有任何积极意义。我相信会有惊世佳作出现。

黎峰: 现在是个经济社会。写作是很多年轻人的梦想,但因为不能养家糊口,也就只能是一个梦想。特别是现在一般人的作品在刊物发表很难,就是发表了,一个中篇小说大概也就两千元左右的稿费。就是一个长篇小说,三年五年写下来,正常出版了也就十多万的版税,养活自己很成问题。不知道陈老师们当年写作的时候有没有碰到不能养活自己的问题。

陈忠实: 我在《白鹿原》书写到一半的时候,经济压力突显出来,三个孩子读书相继进入中学和大学,学费比较猛地涨起来;再加之集中写作《白鹿原》,没有写中短篇小说,基本上断了稿酬收入,仅凭当时的一百多元工资收入,就发生了难以支撑的困境。给我以榜样力量的是杰克·伦敦。我此前读过一本写他传记的书《马背上的水手》,其中写到一个细节,杰克·伦敦倾心致力创作小说,作品却难以出版。美国没有政府出资供养的专业作家,似乎也没有谁愿意资助他的小说创作,常常闹到连一块面包都没有的断顿儿困境。他的唯一财产是一辆半旧的自行车,便送入当铺,换几个买面包的钱继续伏案写作。他的一部小说好不容易被一家出版社看中,但仅出价十美元买断版权,杰克·伦敦尽管明知被坑,仍然接受了。他要的是作品不再积压这种结果,终于有了面世的机会。他拿着十美元赎回自行车,把剩下的钱全部买成面包,继续写作。一个只能吃干面包的杰克·伦敦,是不敢想营养成分的,更遑论其余物质需要了。他再发生断顿儿时,又把自行车送入当铺,换几个买面包的钱。直到他的作品畅销,出版商以十倍百倍的版权费争购他的新作的景观出现,一个杰出的作家杰克·伦敦在美国出现了,自然不会只啃干面包了。当时我尽管发生经济困难,但比杰克·伦敦好到天上了。我不愁饭吃,是比单一的干面包好得多的面条,一月可以吃两次肉,改善生活。直到

《白鹿原》书出版,初版领到一万元版费,一下子成了万元户了。我说的杰克·伦敦的事,以及我的困窘,都是陈年老话了。当今世界,多方竞争日见激烈,环境和人心也是今非昔比了,喜欢写作和挣钱过日子的矛盾却依然困扰着尚未发达起来的作家,相信他们各自都会找到较为适宜自己生存,而又兼及创作爱好的途径,至少不至于弄到杰克·伦敦当自行车买面包的困境。

黎峰: 写小说的人还因为写故事而拥有多一些的读者,拥有多一些的出版、被阅读以及被改编的机会的话,诗歌相对于小说就更艰难得多。对于现在的诗歌困境,主要是对于写作者经济上的压力和无望,您怎么看?在这方面,诗歌作者有什么更好的出路么?同样,对于现在孤独的写作者们来说,他们也面临着同样的问题。在经济社会如何去求得生存和写作的自由?这是一个全世界写作者所必须直面的问题。如果不解决这个问题,就很难去指责媚俗,也难以挽回许多优秀写作者的流失。

陈忠实: 我较少接触诗人,但听说过诗人的困境。诗歌在近年间很难形成热诵的现象,当年雷抒雁的《小草在歌唱》被整个社会诵读的动人情景再没有发生过。我听说诗歌集出版甚难,也能想到单凭写诗的稿酬很难过日子。艰难可能在年轻诗人群体里比较突出,因为年龄稍长的诗人大多都有职业,也就有一份稳定收入,起码生活不成为问题。据说不少年轻诗人没有固定工作,收入也难保证,收入就发生时紧时松的情状。我能想到的办法是,先兼一份工作,有保证基本生活的收入,把写诗排在业余。其实小说作家也多是这样,靠写作不能养家糊口的时候,就得先找到能养家糊口的途径。写作——无论小说或诗歌——暂且先放在业余操练。发展到靠写作不仅可以养家,而且收入甚丰的时候,自然就以写作为专业了,且不需谁批准。听说欧美的作家大都如此。仅供参考。在经济社会如何去求得生存和写作的自由,主要是中国的写作者面临的一个新问题,这是随着市场经济的实施和运行日渐突显出来的。西方国家一直运行的是市场经济,作家们从来面对的就是靠写作能否过日子的问题,靠写作的收入不能养家糊口,自己就会找到可以挣钱过日子的各种社会职业,把写作的爱好摆到业余,这是无须谁教谁的本能选择。我在美国乘火车时看到一种景观,火车站有小小的售书台,许多乘客扔几枚硬币便选一本便于口袋装进的很小的书,上车后便坐下读,到站后顺手就扔到车门旁的一只桶里。据说那里有不少专写这类供乘客解闷的随读随扔的书的作家。然而,并不担心杰克·伦敦为了不吃干面包而选择这类书的写作。经济利益肯定会驱使一些人进入"媚俗"写作,但不会是全部,也不会是大部。在我理解,作家对社会人生的体验决定着作家写作笔头的指向,不完全是经济利益的驱使所能决定。我相信对历史或现实生活有独特的深刻的体验的作家,肯定不会放弃此而改辙追彼。自然,有许多写作娱乐性读物的作家,也无可厚非,既是这些作家的兴趣和特长,社会也需要这样读来轻松的读物。

黎峰:任何一部文学作品都不能脱离时代,但是又要有普遍性、共通性。西方提出文学作品要有"永恒的人性"。在当今中国的经济社会,文学恐怕也不能脱离时代自行存在。那么今天的作家该如何反映这个时代的真实情况?

陈忠实:我遇到一个回答不了的问题。每个作家都在思考这个时代。每个作家对这个时代都有自己独特的体验。每个作家都在寻找反映这个时代的真实的而又只属于自己的句子。每个作家的大脑里都有一方独立的秘而不宣的艺术天地。只有在展示出某部作品的时候,我们才能获得答案,哦,这个家伙竟然如此独出心裁。如果有一个大家都可以适用的"反映这个时代真实"的途径,那么一百个作家写出的作品就会是一副面孔。况且,同一个作家在不同时段,也会发生新的体验和另一种表述方式。

黎峰:讲故事是文学的一项特殊功能,在这个快餐文化盛行的时代,如何能讲好一个故事,真实的、有责任心的故事,让读者能看下去,并引起思考、感慨、共鸣、震动?

陈忠实:这又是一个让我回答不出的问题。依我的阅读感受,富于创造意义的小说,不同的作家各有自己的叙事策略和叙述方式,叙述的故事都发生了"引人思考、感慨、共鸣、震动"的艺术效果。譬如《悲惨世界》《无名的裴德》《生命中不能承受之轻》等等。不会存在一个大家都能适用的"讲好一个故事"的办法。如何把自己业已成型的故事讲出来,能够让读者发生"思考、感慨、共鸣、震动"的阅读效果,每个作家都得费尽智慧,不惜险招和奇招,力求达到那样的艺术效果,这就是创作。也就是创造的意义。

黎峰:现在我们传统作家出版的图书卖得很少。书印上两三万本出版社就冒汗了,但另一方面,像盗墓小说"鬼吹灯系列"、职场小说《杜拉拉升职记》、纯爱小说《山楂树之恋》等网络小说在网上又有很高的点击率,让作者一夜成名,甚至暴富。网络文学无疑是良莠不齐的,准确地说,是"草盛豆苗稀"。但经过数十年的磨砺,也出现了闪光的金子。对于传统作家来说,"无视"网络显然不是很好的解决问题的办法。您认为传统作者会逐渐向网络写作靠近么?

陈忠实:首先需向你致遗憾并致歉意,我至今没有机会接触网络文学。不是我无视网络小说的存在,在于我不会使用电脑。我至今仍旧用钢笔写字,依赖报纸刊物和电视获取新闻,阅读依旧是书刊。我听说网络文学五彩缤纷,徒叹奈何。你所列举的几部很受欢迎的网络小说,我在报纸上看到过宣传文章,遗憾的是没有读到。我向这几部书的作者遥致祝福,能写出万众"点击"热议不减的小说,我的基本的判断,便是作者有独特的体验,能引发众多的读者点击,证明了读者的阅读兴趣,也证明了读者阅读引发的共鸣。没有独特的体验和独特的艺术表达形式,是很难引发阅读兴趣的,更谈不到共鸣的效应了。小说的生命力本就在这里,传统的文本小说是这样,网络小说也是这样。我刚刚给一位朋友打电话得知《杜拉拉升职记》和《山楂树之恋》已经有文字图书出版,我会买来阅读,那么多人喜欢的小说,我不读将会觉得遗憾。你说的网络文学是"草盛豆苗稀"的现象,也不奇怪,传统文学的出版物,杂志或者书籍,都有一套甚为严格的审稿程序,不要说"草",即使是"豆苗",不大旺实的也会被淘汰。这样就使难以估计的大批来稿浮不上水面。网络小说似乎没有审稿机构,写下就上,自然难免良莠不齐的局面了。我又设想,报纸、刊物和出版社审阅后放弃的那些书稿数量之大,大约不比网络小说中你说的"草"少太多。网络给那么多喜欢写作的人提供了一个不需审稿就可以发表作品的广阔而又自由的平台,相信会有很多作者经过演练而成长起来。今天种"草"的作者,明年或明天也许会孕育出奇葩来。你所说的网络媒体和网络写作的优势,我都能接受,不无羡慕之情。传统作家是否会向网络写作靠拢,我难以判断,这是个人兴趣所做出的选择。只是可以肯定地告诉你,我无法靠拢网络写作的方式,尽管羡慕,却难以接近——我不会打电脑。

黎峰:从前曾经有过青铜时代、铁器时代,那么现在毫无疑问是信息时代。从大的方向来说,信息时代对于文学作品的创作和传播,应该是大有裨益的。但信息时代的弊端也在于信息太多了,人们没有耐心来听你讲一个故事,作家也似乎没有耐心来讲一个故事。在这样的时代,创作者们应该坚守什么?应该放弃什么?如果需要放弃的话。

陈忠实:你说的"人们没有耐心来听你讲一个故事"的话,你可能有读者调查依据,我没有这方面的稍微可靠的资料,所以不敢判断。你又说的"作家似乎也没有耐心来讲一个故事"的话,我却要分辨几句。一个不争的事实是,每年都有两千多部长篇小说出版的繁荣景象,已经持续了多年,去年竟然已经发展到了三千余部,且不说数以万计的中短篇小说的发表。就我的印象而言,中国现时的长篇小说,都在叙述着当代和古老的故事。上世纪八十年代曾经有过一些无故事无情节甚至无人物的号称"三无"的小说,领一时风骚,却不是缺乏耐心讲故事,而是寻求一种新的表述方式的探索,近年间几乎不见"三无"作品了。从中国传说中的皇帝到封建帝制的瓦解,许多历史人物和大的历史事件,几乎被当代作家都写了,仅以陕西而言,我看到名气不大的一位黄陵县的作家出版了写黄帝的小说,孙皓晖先生出版了十一大本五百万字的《大秦帝国》。辛亥革命到共和国成立,解放后的新中国到时下,各个大的历史变迁的时段和平民生活,数不清被多少作家写过了,现在依然兴趣不减,继续在写。这些小说大都有动人的故事,许多历史小说的故事惊心动魄。我便觉得当代作家不仅更有耐心讲故事,而且在历史和现实的故事中,努力开掘不同风格的意蕴,常常给人启迪。同样,我说不了应该坚守什么又放弃什么。这是作家个人思想探索、艺术求变的个性化选择。我只是毫不含糊地相信,每个作家都在努力探索,以求艺术创造的新境界,必然会坚持自己信奉的东西,舍弃不再感兴趣的东西,追寻自己需要的东西。

黎峰:目前,年轻一代的写作受到越来越多的关注,一些上世纪九十年代出生的也开始写长篇了。您能结合自己的写作经历谈谈想法吗?您对这些后起之秀有何建议?

陈忠实:上世纪九十年代出生的小孩写小说写诗歌,我觉得很正常。就我所知,绝大多数作家的文学爱好和写作兴趣都是从少年时代就发生的。我对这种现象有自己的一个小小发现,作家和其他专业人群的差别,就是与生俱来一根对文字尤为敏感的神经,这是父母给的。在有机会接触文字,尤其是文学作品的文字时,这根神经便会兴奋起来,便会发生人生喜好的兴趣性倾向,就会喜欢读文学作品,就会动手写诗或者小说,是很自然的现象。有些具备对文字敏感的神经的人,却没有机会接触文字,几乎是文盲,然而那根敏感文字的神经不仅不闲置,也不萎缩,而是发生着一些纯自然的释放,我对那些生动传神的民间诗人就是这样解读的。如果他们起码能接受高中教育,完全可能成为一位卓有建树的诗人。这样的人在我生活的地区几乎每个村子都有一个,可惜大都是文盲,他们见事就顺口而出有韵律的民歌民谣来,传诵一时。人和人的个性差异,就在于具有一根对什么事物敏感的神经。有一根对色彩敏感的神经的人,很自然地倾向于绘画;有一根对音响敏感的神经的人,也就从少小年纪倾向于音乐;有一根对数字敏感的神经的人,不仅数学课学得轻松,且有乐趣,而且有可能成为数学家,如此等等。人群中那些生有一根对于文字敏感的神经的人,多是从少年时代便发生兴趣性倾向,不仅喜欢读文学作品,读着读着便动手写作了,时下涌现的不少的少年作家就源于此因。即如中国当代作家,人皆共知已故的刘绍棠,上世纪五十年代上中学时就发表小说作品了,被誉为神童。那个时候,和刘绍棠同代的少年文学爱好者写作者到处都有,不过不及刘绍棠杰出罢了。所以可以说,上世纪九十年代出生的少年作家是一个正常的社会现象,有勇气写长篇也很好,即使失败,也是一种磨炼。具有对文字敏感的神经的人中,未来创作的前景和成就很难做出估计,各个喜爱文学创作的人,生活阅历的差异,阅读的差异,接受社会和家庭影响的差异,更有个性的差异,等等因素,都影响着各个少年写作者创作的发展。可以说,那根对文字敏感的神经能发挥到怎样的状态,全在个人后天的努力。我向来很畏怯对青年作者"建议"一类的事。以我的体验,任由各人去摸索,去闯荡,即使某些导致失败的弯路,体验一下也没有坏处。我所说的那根对文字敏感的神经,是我对"天才"这个太多神秘色彩的词汇的物质化解读。

黎峰:写作者们通常都是在不断地阅读,好的创作一定离不开丰富的阅读,在这方面,陈老师您有什么特殊的阅读喜好么?能给读者推荐一下您认为优秀的作品么?

陈忠实：你说得很对，截至今天，我还没遇到也没有听过不读书的作家。阅读开阔视野，阅读启迪智慧（即开启那根对于文字敏感的神经），阅读也丰富艺术天地，阅读更深化思维……说不尽的好处。所以人说开卷有益，以创作为乐事的人更如此。我不好向人推荐作品，因为各人的意趣差异很大。由各人去选择，即使买了读不出兴趣的书，放下不读，再换一种，总会找到爱不释手的书的。我往往就是这样选择读书的。

黎峰：如果请您对我国文化事业的发展做一个前瞻的话，您怎么看？比如说二十、三十年后，我们的文学、文化将会怎样？

陈忠实：这完全是一个难以想象的问题。我之所以觉得难以想象，是今天文学繁荣的景观，在三十年前的我来说，就是根本没有想象得到的。况且，如今中国经济的快速发展所引起的社会每个领域的快速变化，未来的经济和其他社会事业的发展国家都有战略计划，唯有文学创作难以制订可供实施性的计划。我们的文学将会是怎样繁荣的景象，难以想象，却可以肯定繁荣，也当有进入世界多个地区并被广泛的读者喜欢阅读的一批中国小说。文化范畴太宽太大，不敢妄说。

黎峰：最后，我知道，您是准球迷。听说你在当年创作《白鹿原》时，还经常到空工院看球。前段时间的"足坛扫黑风暴"，引起了全社会的关注，对此您怎么看？

陈忠实：上世纪八十年代没有卫星传递电视信息技术，靠发射塔传输，我住在白鹿原北坡下，正好处于电视信号传递的阴影里，电视机只相当于半导体收音机的功能，平时看不到电视也就罢了，每逢有中国队的国际比赛便坐卧不宁。我常在夜间骑自行车赶到七八里外的接收信号好的村子，到亲戚和朋友家看足球转播，有两次赶到你工作的空工院熟人家里去看。如果当年认识你就好了，多一个看电视的好地方。"足坛扫黑风暴"在我的最初直感里，是大快我心。但这种感觉很短暂,随之便说不出话来,无话可说,抑或是话太多反而倒不想再说一句。岂止是我,从上世纪八十年代到九十年代,中国有多少球迷倾心中国足球走出亚洲走向世界,结果三十年过去了,现在连南亚那些国家的足球队都难对付。黑幕撕开了,却是一伙利用足球给自己谋财的人把球迷涮了……真是让人伤心到不想说一句话。中国足球从头开始,但愿能尽早给中国球迷带来欣喜,抚慰被伤得太过不堪的心。

2010 年 4 月 25 日 二府庄

作家生命的意义在写作

——答《辽沈晚报》陈妍妮问

记者：您是球迷，前一段世界杯比赛都看了吧？您最喜欢哪个球队，他们在世界杯上的表现您还满意不？

陈忠实：四年一届的世界杯，无疑是球迷的狂欢月，我自不例外。我喜欢并看好的球队是巴西、阿根廷、德国和荷兰，结果先后都淘汰了，只有荷兰进入决赛，却输给了西班牙。事过再不必说满意与否的话，只是惊讶我的判断和预测的智商，尚不及那只章鱼保罗。

记者：有时间还会经常回到白鹿原看看不？最近回去过吗？白鹿原是个怎样的地方？现在还是老样子吗？都变了吗？

陈忠实：总是要上原的。多是参加原上的社会活动，也经常陪对白鹿原感兴趣的国内和国外的客人上原。陕西有许多原，就是独成一方的小平原，仅西安周围就有好几道原，城北边的龙首原，是西汉皇宫所在地，唐代的大明宫紧靠东侧；城南有少陵原和神禾原，作家柳青深入生活和创作小说《创业史》，在神禾原住过十三年；城的东北边有铜人原，是秦始皇焚书坑儒的地方；城东南有白鹿原，汉文帝葬于原的北坡，坡下是灞河，故称灞陵，此原又有了灞陵原的名称。白鹿原东西长约五十华里，南北宽约四十华里，曾独立设县。现在的白鹿原盛产樱桃，原上原下都是樱桃林；已有高等级公路四通八达；或大或小的村庄已经焕然一新，成片的小楼房各呈其姿，传统的瓦房和土坯房少有遗存。

记者：据说《白鹿原》刚刚出版时，洛阳纸贵，书店很难购得。当时西安街头，汽车司机如果违章，驾驶员只要送上一本《白鹿原》，交警便立马放行。这对于我简直不能想象，就像是听故事，但又确实发生了。当时，《白鹿原》的热卖是怎样一种场面？

陈忠实：你听到的是民间传闻，无法证实，可信亦可不信，全当是传闻。《白鹿原》的畅销是事实，仅以我亲历的事为可靠，《白鹿原》在西安上市首日，书店约我为读者签名，我看到了看不见队尾的队列，从早晨八时许签到下午一时，简单吃了点东西，再接着签，直到下午五时许结束，这是签名时间最长的一次，记不得签了多少本书。

记者：您在书的扉页上写道"小说是一个民族的秘史"，现在这句话还在被很多人不断提及。您当时落笔之前就想好了，想要写一部史诗一样的作品吗？写作之前就定好了这个主题和目标？

陈忠实：巴尔扎克的这句话，是我正在《白鹿原》的写作过程中在一篇文章中读到的，十分投合我当时的心意，便一遍成记，待书稿写完时，便引用在扉页上了。《白鹿原》的构思和写作过程中，悬在我心里的一个愿望，就是写出一部死时可以垫棺作枕的书。这种心理完全是指向自己的，即从少年时期便喜欢写作，到死时连一本自己满意的书都没有，真不敢想是几重悲哀。这种纯粹出于对文学创作爱好的愿望，只能由自己实现，而不旁及其余，"史诗"之说是连想也不敢想也确凿未想过的事。我只专注于一点，把截止到一九八七年末业已体验到的这个民族的命运展示出来，不要因匆促而留下遗憾。至于读者会怎样评说，喜欢或否，我尚无把握。

记者：您说生命的意义就是写作。但是这个过程一定是很艰辛的。您在创作中都遭遇过哪些困难？怎样去克服？

陈忠实：生命的意义就是写作，这是仅作家这个职业而言。写作的过程是艰辛的，却也是快乐的，往往会快乐到忘我的境地，快乐到感觉不到辛苦。如果创作中一直由艰难辛苦伴随,我想是难以为继的,尤其是篇幅较大费时较长的作品的创作。我遭遇的困难首先是写作本身,构思中的犹豫不决和不尽人意;写作过程中遇到的翻越不过的坎儿,多是构思时不符合人物个性的设计,一时又想不到更好的情节,如此等等,自然都只能更冷静地思考,甚至等待灵光一现的新的途径的出现。生活上也会出现一些困难,记得最严重的一次是《白鹿原》的写作最后一年,孩子学费起涨,物价也涨,我因《白鹿原》的持续四年的写作,而没有短稿出手,断了稿酬收入,仅凭月工资难以应付开销。我的办法不高明,首先是生活节俭,省下钱来;再就是得一位友人相助,借给我钱,到《白鹿原》的稿酬到手后,才还了这笔救助的款项。

记者: 有评论说,当代的中国作家留给后世、传承下去的作品屈指可数。《白鹿原》毫无疑问是文坛上一座风光无限的高峰。对于这部作品的广泛的社会影响和它今天的地位,您作为作家本人怎么看?

陈忠实: 说"风光无限"显然有夸张、溢美之嫌,任何事物都有自己独具的风光的优长一面,却都是有限的,何至于一部小说。"高峰"的话我也在一些媒体的文章中看到过,除过直觉上发生的忐忑之后,基本还能保持一种自我审视的冷静,不可当真。不是我佯装谦虚,而是我经历过太过残酷的事实成为贴近的参照。上世纪八十年代以前,且不说我对《创业史》的倾心折服,文学界公认为当代文学的一座丰碑,一部史诗。然而随着改革开放的深化,文学观念也迅速发生着剥离和更新,我几乎不忍心看到对《创业史》的诸多质疑乃至批评文章。柳青在《创业史》里所讴歌的农业合作社,到上世纪八十年代初就一哇声地在中国乡村解体了,这是柳青无论如何也始料不及的。这是《创业史》评价的致命之处,尽管书里的几个堪称典型的乡村人物依然鲜活。我自然类推到《白鹿原》,再过十年、二十年,随着改革开放的一步又一步深化,读者的审美兴趣和评论家的审视视角的变化,如何看取《白鹿原》,我就很难预料了……《白鹿原》书出版十七八年来,能得到评论家的关注,还有持续着的销量,已深为感动和欣慰。

记者:除了资料的准备,听说您在写作之前还在门前种了一棵法国梧桐,现在很多人用这个树的繁茂比喻您在文学创作上的收获,说《白鹿原》就是当代小说丛林中的一棵参天大树。这棵树现在还在吗?您当时怎么想到种下这棵树的?

陈忠实:我在一九八八年清明前栽下这棵法国梧桐。此时刚开笔起草《白鹿原》稿,完全是无意识的巧合。一九八六年我在祖居的宅院的前院空地上,盖起了三间水泥板盖顶的新房,原打算一九八七年就要栽树的,却没有买到法国梧桐树苗。一九八八年早春,我先后托付了几个赶庙会的村人给我买,终于买到了两棵指头粗细的一年生法国梧桐树苗。栽下后许久,都未发芽,后来发现细杆已经干枯了,我大失所望。不料又过了数日,有一棵干死的树苗的根部冒出地皮一个新芽,我大喜过望,精心管护,当年便长高到超过我的头顶。时过二十二年,这棵法国梧桐已长得很高了,树身粗到差不多有一搂抱,当属村子里最高最粗的几棵大树之一了。

我喜欢栽树,远远胜过栽花种草。我自小便跟着爱栽树的父亲栽树。父亲在自家地头的水渠岸上喜栽长得极快的白杨树,速成后砍伐卖钱,为我和哥哥交学费。我后来栽树已淡漠了卖钱的意识,纯粹是为在自家院里院外添一道道绿荫风景。我在后院的坡坎上栽了许多棵洋槐树,槐花的香气弥漫到屋院里来;我在中院栽了枣树,又栽了紫丁香,不同的花香灌进窗户;我在前院栽了火晶柿子树,每年十月初能摘下几筐香甜的柿子,还有一棵紫薇树,早已高过屋脊,满树的紫红色花朵连续开放,花期长达三个多月;我在大门外栽下香椿树,又栽了法国梧桐,香椿树上爬满一种俗称椿媳妇的蛾子,撒尿如小雨,随后便把香椿树挖掉了,梧桐树的浓荫下,常招来闲聊闲谝的村人。我写过一组《我的树》的散文,其中就有这棵梧桐树栽植和发展的趣事。

记者: 您当初是怎么对文学产生兴趣的?哪个作家和哪部作品让您感受到了文学的魅力。哪些作家对您的创作产生了影响?您欣赏他们什么?

陈忠实: 我在初中二年级的文学课本上学到了赵树理的《田寡妇看瓜》,很惊讶,这样的乡村中司空见惯的人和事也能写成小说,我也能写,便在作文课上写下我平生的第一篇小说《桃园风波》。从此便开始了我的文学爱好,终生竟然都难以舍弃。对我产生过重要影响的作家有赵树理、柳青、鲁迅、茅盾和巴金等,他们的主要作品我都读过。俄罗斯和前苏联作家的书我读得较多,尤其是肖洛霍夫、高尔基、柯切托夫、舒克申等作家的作品。以马尔克斯为代表的几位拉美作家的代表作我也读了,还有捷克作家米兰·昆德拉的作品,能买到的都读了。他们对生活的开掘和独具的艺术表述方式,都启发过我,也鼓舞我努力"寻找属于自己的句子"(海明威语录)。还有几位美国作家的作品,对我都有影响。

记者:《白鹿原》书中哪个人物是您最喜欢、最在意的?您在创作这些人物的时候都想到了什么?

陈忠实: 我在《白鹿原》书中写到的人物,都是最喜欢、最在意的,即使出场仅一两次的人物,也不能随意马虎。道理很简单,既需要他或她出场,就必须写出他或她的不可或缺来。无论主要人物或次要人物,尽管花费的笔墨多少有差别,对待他们的态度却一视同仁,就是要把这个人物的个性写出来。

记者: 现在,《白鹿原》电影就要开拍了,您对请哪位演员扮演哪个角色有自己的想法吗?

陈忠实: 我没有任何想法,不单是我对演艺界甚为隔膜,关键在于电影是另一种表述形式,导演独具选择演员的慧眼,不仅从成名的演员中选择适宜电影人物的角色,更绝在往往从芸芸众生中发现具有天赋的演员。我不操这份心,操心也是白操心,甚至可能坏事,让王全安导演斟酌吧。

记者: 看到报道说您可能会在电影中扮演冷先生?确有其事吗?好像很多书迷也都很期待您能在影片中客串。

陈忠实: 你说的话我也是从当地报纸上看到的,玩笑而已。西安一家报纸记者问我这个话题,我也开了一通玩笑,要是非逼我出场,倒是可以试演老年的鹿三,唯一的优势,我有一张布满皱纹的脸,不需费劲化妆,就是老长工鹿三的脸了。然而不能单凭形似,关键在神似,我就出不了场了。谢谢读者朋友的热心关注。

记者: 这次您是否参与了剧本的创作,对剧本的改编有什么建议?

陈忠实: 我对原编剧芦苇谈过小说人物创作的动机,以及我对小说人物心理演变的阐释,供他改编剧本时参考,以便把握各个人物。电影剧本的改编,是另一种艺术形式的再度创作,我无成功的经验,完全相信芦苇会改编成功,他是卓有建树的一位电影剧作家。再说,我曾经三四次改编过自己的小说,有电影也有电视剧,均反应平平,这次便完全依赖芦苇了。

2010 年 8 月 12 日　二府庄

自我定位,无异自作自受

——和中国国际广播电台邱晓雨谈话

邱晓雨旁白:各位好,这里是环球名人坊,我是邱晓雨。本期《作家与世界》系列深度访谈中,我将对话的是陈忠实。在大部分读者的印象里,陈忠实的名字和一部长篇小说相连,这就是被誉为上世纪九十年代中国文学重要收获之一的《白鹿原》。

这部渭河平原五十年变迁的雄奇史诗,是作家陈忠实的成名作。写出这部小说的时候,正是陈忠实知天命的年份。而在此之前的五十年中,陈忠实经历了什么?之前那些没有《白鹿原》出名的文学作品,又描摹出他怎样的心路历程,折射了中国社会的哪些变迁?下面,我们会用两期节目,走进这位年近七旬的西北作家。

《白鹿原》之前的写作都是练笔

邱晓雨:陈忠实先生,你好,欢迎光临《环球名人坊》。

陈忠实:你好。

邱晓雨:我今天进门之前,不知道为什么有一个印象,以前看《白鹿原》的时候,对这个书有印象,没有仔细地想你是什么样感觉的一个人,后来看《立身篇》,看《初夏》,看《猪的故事》,我不知道为什么心里特别害怕你。

陈忠实：我没有想到你看过我这么多作品。

邱晓雨：对《白鹿原》感兴趣，之后就会再去找其他的作品看。

陈忠实：你刚才说的那些中短篇小说，都是上世纪八十年代中期之前写的，《白鹿原》写作之前的，作为练笔的作品。

邱晓雨：用《白鹿原》对比《立身篇》那样的作品，有点让我觉得不像是一个人写的。

陈忠实：是上世纪八十年代初，我们那个时候的文学正处于一种反思，即反思十七年文学尤其是到"文革"，排解了对于文学和艺术的那些极左的东西，来寻求真正的文学，真实意义上的文学。

邱晓雨：等于有一个转向？

陈忠实：嗯，从一九七八年到上世纪八十年代初期，就是这个过程。

邱晓雨：《白鹿原》就是真正文学意义上的写作。

陈忠实：嗯，那已经到上世纪八十年代末，我才进入这个创作，那应该就是我基本完成了对文学狭隘的、僵化的带有极左色彩的那些理念的排解，接受了一些真正意义上的文学理念，也就涨起了探索的勇气和力量。

邱晓雨：所以，像《初夏》，我记得是一九八五年的时候最后修订的，那时候还有一点点痕迹，可是到了上世纪八十年代末，《白鹿原》就完全已进入到你说的这种文学的境界了。

陈忠实：对，是，是。

邱晓雨：现在你不光是作家，也是领导。有篇文章当中好像写到你的话，说"作协主席，这是一个由嫉妒和阴谋导致的职务，目的在于终止一个作家业已取得的辉煌，并且决不允许他继续辉煌"。真的么？

陈忠实：纠正一下，这不是我的话，这是一个很年轻的作家朋友他写我的文章里的话。

邱晓雨：说到你？

陈忠实：嗯，他是这样来看这个问题。

邱晓雨：那你是怎么看的？

陈忠实：这显然是一个矛盾，因为在我当陕西作家协会主席的那个时候，正是我们陕西作家协会最困难的时候，作家和机关干部生存环境最糟糕的时候，房子都是上世纪三十年代建的小平房，那是一个起义了的国民党军官的宅院，解放以后，他把这个宅院捐献给人民政府，人民政府把作家协会就安排在这个宅院里头。到我进入作协去工作的时候，这个宅院里的房子已很残破，房顶塌陷，几乎每一个房子都漏雨。所以我当作协主席以后，一个很重要的任务就是要改善作家和机关的办公环境，办公条件。当时在西安文化界，包括市民中间，有一句很形象的概括我们作家协会的话，说要拍《聊斋》，就不用搭外景，到作家协会那个院去就是自然的环境。

邱晓雨：是说看上去就很残破，像有鬼的那样。

陈忠实：嗯，就是鬼狐出没的地方，你就可以想见那个破烂。

邱晓雨：是为了让作家有想象力。

陈忠实：那都是文艺界人开玩笑说的。大家要求太强烈，我一当上主席，就给承诺了一件事，我说要改善办公条件，经过了大概五年才把那个办公楼盖起来，这个当然要花费很多时间。改善机关条件，改善大家的生活和工作环境，那应该是我的一种责任。

定义自己：自作自受

邱晓雨：如果用几个词儿定位你自己，会是什么？

陈忠实：自作、自受。

邱晓雨：自作自受？

陈忠实：嗯。

邱晓雨：为什么这么说呢，有点感觉像惩罚一样？

陈忠实：没有，自作，就是我喜欢作，比如说创作，我自己做，我自己去探索，成功了，我享受欢乐；失败了，我承受痛苦，自作自受，俩词儿就够了。

邱晓雨：很简洁地就定位了。

陈忠实：嗯。

邱晓雨：这次来重庆，我在看天气。我记得你因为出生的时候没下雨，好像常说下雨好像就能改善命运。

陈忠实：我出生时候的状况都是母亲告诉我的，我自己不可能有感觉。我生日是农历的六月二十二，后来找到公历对照，是公历一九四二年的八月三日，这是西安最酷热的时候，三伏，要是不下雨，西安那个高温，室外温度和室内温度常常达到四十多度。我母亲说我生下来的时候，全身就起痱子泡，从头到脚整个是把我包裹着，那没有办法，那个时候也没有空调，她就是只能拿扇子给我扇，但不可能从早扇到晚，所以我出生时候，就体验了干旱和酷热，所以对雨特别敏感，一到下雨就特别舒服。

邱晓雨：会影响你写作。

陈忠实：心情好了，写作当然就好了。

不同的人离开这个世界的方式和途径都不一样

邱晓雨：这道题提出来之前，我都会先说，如果你觉得不愿意回答可以不答，你希望以什么样的方式死去？

陈忠实：死亡是任何一个人都不可逃避的，每个人都有一个归终，我倒是常常庆幸，比如说跟我同时代的人已经去世了，尤其是我们文学界的人，患了不治之症，我去参加追悼会的时候，常常就有一种感叹，我说上帝对我是宽容的，起码比对他更宽容。

邱晓雨：那你会觉得想起来很恐惧吗？因为我一般觉得写东西的人，在自己的小说作品当中，会一遍一遍地涉及这个话题，是不是比普通不写的时候，比我们，其实相对有更宽阔的那种感觉？

陈忠实：就我而言，以往小说里头写死亡的很少，但《白鹿原》里头写死亡的比较多，许多读者和评论家对我写那些人物的死亡方式很感兴趣，不同的人离开这个世界的方式和途径都不一样，尤其像朱先生最后神话似的那种死亡方式。

邱晓雨：而且很智慧的那种。

陈忠实：而且有预感要死亡了，鹿三也是那样一种有预感的死亡方式。小娥就更不用说了，如黑娃，都有各自不相同的一种死亡方式。他们人生轨迹的最后归结，决定着他们的死亡方式。

邱晓雨：你认为他的归宿应该是这样的？

陈忠实：嗯，除了自然的因素之外，像得不治之症，这是任何人都可能得的。我在作品里头更多的是写他们的社会因素，社会因素跟他们死亡的关系，对人死亡形式的影响。

我无所谓，因为现在就我的生命历程而言，比之我的同代人，不说其他各界的，单是文学界的朋友，我已经送走了好多人。每一次送他们的时候，我都有一种庆幸，上帝对我比对他们更宽容，能宽容到什么时候，这是上帝的事，我决定不了。

邱晓雨：所以你已经在心理上，比我们来说，面对它没有那么恐惧？

陈忠实：你们现在还不应该想这个问题，你想这个问题不好，这么年轻，正应该是闯自己事业的时候，涉及这个问题，大约都应该是进入老年期以后的人，很难免考虑这个问题。

邱晓雨：这个问题可能就是每个人对死亡的态度，并不是真的说，大家决定想去怎么死。那如果你死后要转世成一种动物或者植物，你会选什么？

陈忠实：如果要转化为一种植物，我觉得就转化成一棵树，一种树。什么树，我都不太在意，只要是一种属于绿色的生命形体，在这个土壤里头生存，在我的意识里头，每一种植物都有它们生存的意义。

邱晓雨：各有各的灵气。

陈忠实：嗯，跟人一样。人在这个世界上，各种形态的人，就跟自然界、植物界一样。

邱晓雨：如果能选的话，你是愿意做白鹿原上的一棵树，还是你写到过的青海高原上那种经历练的树？

陈忠实：我最好还是在我的家乡做一棵树，可能更亲切，更自在。

邱晓雨：我听说你写《白鹿原》的时候，好像还种了一棵树，我不知道是不是真的？

陈忠实：我种了很多树，后来写了一组散文，副标题就叫《我的树》，我很喜欢种树。

白鹿原上最难写的朱先生

邱晓雨：你看你对树有这么多研究，也写它们，刚才你说到人，我想起《白鹿原》里有各种各样的人，他们的经历不同，我特别想知道，就是这些人，你刚才说到每个人的死亡，你会有一个设定，包括什么样的社会关系，决定他有这个归宿。但是写的时候，谁是你觉得比较吃力的人物？

陈忠实：一个人物，就是这个朱先生。我在最初构思，包括开始写作的时候，心里最不踏实的，包括有一种畏怯感的，就是朱先生。

邱晓雨：他好像是有一个原型的，是吧？

陈忠实：嗯，关键就在于他有一个原型，这个朱先生是《白鹿原》里头，对于生活原型依赖最重的一个人物。这个人物，我告诉你他是清朝废止科举制度最末一茬的举人,他是儒家学说的关中理学学派的最末的一个代表性人物。这个人物在我们当地,在我们陕西,尤其是关中地区,几乎是家喻户晓。我还没有上学的时候,就听我父亲讲这个人的传说,他有很多神秘化的传说。这个神秘传说,我们过去可以把它说成迷信,后来我理解,是因为这个人知识渊博,包括对自然天象的观察和判断,有时候都能判断出来什么时候下雨,什么时候天晴。

邱晓雨: 有点像诸葛亮。

陈忠实: 嗯,民间关于他的传说全是神乎其神的,带有迷信色彩的。实际上我理解,他懂得自然天象,所以这个人在民间就传播很广。因为我写其他人物,没有生活参照,无非就是你这个人物写得好,写得生动,或者写得不生动。而这个人物有一个活生生的,在老百姓的脑海里头既定的一个印象,他们一看,说你写的这个人物根本不像原来的牛先生。这个生活原型姓牛,我在下边添了一个"人"字,就变成了一个"朱",最担心就是这个人物,能不能得到陕西观众读者的认可。

邱晓雨: 后来你这个作品出来之后,他的家人跟你有交流吗?

陈忠实: 我后来在一次文学活动上,就是那个小说刚出来以后,认识到他一个孙子。他这个孙子是《西安晚报》的副主编,我们俩一握手以后,我第一句话就问,我说我对老先生的刻画没有不公吧,你能认可吗?那个人非常高兴地说:非常好。我很感动,因为他可能也没有见过他的爷爷,他也是听传说,听家里他父亲和周围的人说。

让作者落泪的田小娥

邱晓雨: 我特别关心小娥,这样一个非常重要的角色,是写《白鹿原》之前,你在脑子里就开始勾画这个形象了吗?

陈忠实：这个是我构思《白鹿原》最早出现的人物之一。是我在蓝田县查阅县志，其中有三卷还是四卷，全部记载的是蓝田县有史以来的贞妇烈女的名字。

邱晓雨：贞妇烈女？

陈忠实：某某村，某某氏，那个时候女人都没有名字。

邱晓雨：某某氏，只是她丈夫的姓氏。

陈忠实：丈夫的姓和她的姓结合在一块，最后加一个氏，我老婆跟我，对她称呼就是陈王氏，我姓陈，她姓王，陈王氏。

邱晓雨：对，这种方式。

陈忠实：她没有真实名字，没有一个妇女有真实名字。第一册上，对那些最典型的贞妇烈女还有几百字的介绍，比如说十五岁嫁人，十六岁生子，十七岁丧夫，然后就在这个家庭里头坚守一辈子。抚养孩子，伺候公婆，最后村里头的人给挂一个贞节匾，这就是最典型的。到第二本，大概连这个都没有了，就全部记的是某某村，某某氏，就这么两句话，我突然有种感觉，我说这些人，这些女人，你想想她们十五六岁出嫁，十六七岁生子，丧夫之后，毅然在这个家庭生活一辈子，一个女人抚养孩子，伺候公婆，对于她个人而言，就没有任何享受，那么这些人的生命和心理的承受力，可能是中国活得最痛苦的一种人，甚至不如一死了之，全部是为别人活着。就在这一刹那，我说我要写一个反叛这些人的人，田小娥就出现了。

邱晓雨：田小娥。

陈忠实：嗯，她没有任何思想启蒙，也没有任何人生理论，纯粹就是作为一个自然人应该在社会中获得的最基本的生存理念。

邱晓雨：但她天性是解放的。

陈忠实：她应该这样生存。社会应该给女人一种怎样的生存，最基本的合理的生存。对于"贞妇烈女"卷里头那些女人来说，她们从小被灌输的、继承的就是从一而终，丈夫死了就守节，这个残忍的程度不符合人性——最基本的人性。我们且不说其他理论,就是在这种禁锢下,为追求基本合理的生存权利,而对强大的道德枷锁进行反叛,就产生了田小娥这个形象。

那个时代里头,进行过反叛的人,也不是三个五个,也有一个相当数量的数字。在民间有很多所谓荡妇淫娃的传说,我都听过很多。那么民间对于所谓荡妇淫娃的那些传说,和县志上所记载的,刻记下来的东西,形成一个相当强烈的对比。

我说我要写这样一个女性,纯粹出于自身生存本能进行了一定反抗的一个女性,以及悲剧性的结局,因为在那个时代,她不可能是完美的结局。

邱晓雨:对,她虽然有你期待的那种反叛,她按人性来做自己的事情,但是你也写过她"生的痛苦,活的痛苦,死的痛苦"。

陈忠实:白灵的婚姻,她的反叛就是在接受一种新的思想而实现觉悟的情况下,自觉的反叛。田小娥的反叛,纯粹是一种生理需求的自然的反叛,我着重就是写这两个女人不一样,白灵,家里也给她定了亲,很小就给她定了亲,她一接受共产主义的新思想,就完成了一个很自然的坚决的反叛,而且是成功的。

邱晓雨:而且在价值观上选择和自己是相同的人。

陈忠实:嗯,跟兆鹏那种完美的结合。

邱晓雨:有瘟疫了以后,鹿三被小娥附身,按理说,你在笔下是很喜欢田小娥这个人物的,但是最终还是拿镇妖塔把她给镇住了,选择这种方式,我在想是不是一个美丽的女人就像妖孽一样?

陈忠实:不,这不是我镇她,是那个社会要镇她,封建礼教、封建道德绝对不能容忍。而且跟一些迷信传说有关,本来瘟疫是自然发生的,现在我们就算发生了什么……

邱晓雨:也不用镇谁。

陈忠实:还有瘟疫,那个时候瘟疫发生的时候,人们没有科学见识,那是那个社会形态形成的一种愚昧想法。缺乏基本的科学常识,他就把这个弄到神鬼上去了,既敬神,又敬鬼,最后要镇压这个邪恶的鬼,就把田小娥给镇压了。

邱晓雨： 田小娥是一个境界,她已经追求自由了,追求自己人性的解放。白灵是新时期的,她思想不一样。

陈忠实： 对。

邱晓雨： 再往后没有这种镇妖塔了,社会都进步了。可后来像你写到四妹子,砸不烂的,那种打不趴下的这么个女孩,我觉得就这些女孩子也还都是很像小娥的。是不是在农村那种环境里,这种不太安分的,想要往前进步的女性,面临的困难往往会特别多?

陈忠实： 那当然,顺从的人,逆来顺受的人,当然就稍微要好点。敢于闯荡的,所谓出格的,自然就要遇到各种社会给的压力,这个是自然的。

邱晓雨： 嗯,应该说每个人,包括你小说里的人,现实生活里的人,都会遇到一定的困难,看自己是不是愿意去挣扎,然后一直实现自己想要的东西。

陈忠实： 是,是,对。

土茅房里头把日记一页一页撕下来烧成灰

邱晓雨： 关于写作,你有没有想到过放弃? 如果有,当时是什么样的原因?

陈忠实： 我有过放弃,那就是在"文革",那是自然的放弃。我是"文革"前一年一九六五年,我二十三岁开始在地方报纸上发表小散文了,当时很兴奋,也没有想到还能写长篇小说,当时的感觉是,我能经常发点小散文就不错了。

邱晓雨： 就铅字的豆腐块就可以。

陈忠实：嗯，一般都是一千、两千字的小散文，就感觉很高兴了。从一九六五年初到"文革"在次年的六月份发生，所有报纸都停止了副刊，我大约发了七八篇散文吧，当时都已经感觉甚好了，到"文革"一开始，那个声势就把我吓坏了。我当时是一个民办中学教师，包括郭沫若都说，他读了《欧阳海之歌》，应该把他的全部文学创作都烧毁，扔了。

邱晓雨：否定自己。

陈忠实：嗯，就是"文革"刚一开始，我在报纸上亲自看的，"文革"开始"破四旧"的时候，把我吓坏了，因为当时对于中国的文学作品，现代的文学作品，解放后的文学作品，几乎是全部否定批判的。尽管我当时生活很困难，但总还买了一些文学书，我那个时候有一个很好的习惯，就是每天必须记日记，记了这么厚一摞。还写生活笔记，在生活中观察一些生活事象，一些生活细节，都记下来。"文革"风声一起，我首先想到的就是我那些日记和生活记事。

邱晓雨：很危险。

陈忠实：那个家伙若叫人翻出来，就不得了，那些生活记事，既有社会的光明的东西，更多的还是社会生活细节中的一些丑恶的东西。我说这个家伙要被人翻出来，我就活不了了。我在一个礼拜天回到家，农村的那个家，都是土茅房。我就在我家的土茅房里头把日记一页一页撕下来，全部烧，烧成灰，用黄土把它再一覆盖。

邱晓雨：多难受啊。

陈忠实：从此我就再不记日记了，不敢记日记，好多人出事都是把日记翻出来惹的祸。

邱晓雨：或者是信。

陈忠实：嗯，信上头说两句什么什么调侃的话，还不要说对党的政策满不满的事，根本谈不上这个，就被打成反革命。这个时候对写作的放弃，那是被迫的放弃，你不想放弃也得放弃啊。

爱好和生存,生存总应该是第一

邱晓雨: 写东西就意味着有可能有危险,是吧?

陈忠实: 还不完全是这个。整个文学杂志都停刊了,作家协会都砸烂了,把作家、编辑全都赶到山区劳动改造去了,从中国作家协会到地方的作家协会全部砸烂了。我们陕西作协那个机关,就刚才说的那院里头是驻军进去的,是部队把那院子占领了,把那些老编辑、老作家,全都弄到了陕南陕北农村去劳动改造了,刊物不办了。所以我不可能再写作,也确实感觉到一种危险,"文革"中间,对于你文字的挑剔,置人于死地的那个程度,历史上可能都没有过。

我们陕西有一位很有名的短篇小说家,上世纪五十年代的作家,在全国影响很大的一个短篇小说家,叫王汶石,他的短篇小说写得相当好,我很崇拜他。他在一篇小说里头写到自然景色的时候,我跟你说关中三伏天的太阳,那很厉害,照在人头上就跟火烧一样。他写这个太阳怎么强烈,照得小白杨树的叶子都耷拉下来,这自然景色描写很自然,这是他上世纪六十年代初期的作品。到"文革"中间,造反派就拿这句话把他打成反革命,说太阳是毛主席的象征,你写太阳把白杨树的叶子都照得耷拉下来,可见你对太阳的仇恨到了什么程度,就这样,给他兴文字狱了。哎呀,人都吓得跟什么似的,我说这景色就没有办法写了。

邱晓雨: 压力太大了,每个人都会很恐惧。

陈忠实: 爱好和生存,生存总应该是第一,生存安全才是第一。

谁也不可能跨越当时那个时代

邱晓雨: 在你心理上,会真的觉得,郭沫若他都觉得自己写的东西,和一些比如说《欧阳海之歌》这样的东西,价值观上可能有不一样。你很早就看小说《静静的顿河》那一类很有人性的东西,在那个时候你会真的在内心觉得自己的认识是错的,"文革"初期带来那样的东西是对的吗?

陈忠实:因为我读过很多苏联文学作品,最早读《静静的顿河》,后来读过很多苏联文学作品,也读过少数几个西方作家的作品。我在那个时候形成一个什么概念呢,就是西方这些文学作品,人家之所以那么写,那是西方的文学观念;我们是社会主义中国的文学,我们是按毛泽东的延安文艺座谈会的讲话来写的,西方那些文学理念对我们不适宜,我们不能那么写,这在当时就形成很明确的这一种信念。

邱晓雨:真的在思维里头是有这种信念的?

陈忠实:嗯,你不可能按西方那些文艺手法去写,因为我们的文学批判从解放一直不断,一直批判资产阶级文艺观,发展到"文革"中间,江青搞的"三突出",它有一个发展基础。我记得上世纪六十年代初,文坛上兴起批判"中间人物论",一个不大不小的文学批判风潮。

邱晓雨:还不是上面给的力量,是自己。

陈忠实:嗯,那纯粹是文坛上兴起来的,批判"中间人物"。什么叫"中间人物",当时有个特殊的概念,就是不好不坏,亦好亦坏,不上不下的中不溜人物,连这种人物都不能写。只有在"文革"前的中国文坛上才会出现所谓"中间人物"这种特殊的概念,连这种人都不允许作家去写,写了就说你不塑造英雄人物,这就是文学实际存在的问题。

邱晓雨:我觉得作为一个年轻人,当时写东西,又对文学有热情,是不是很难不被这个环境带动,因为它的大方向导向是这样,你必须按它的标准来要求自己?

陈忠实：是。

邱晓雨：从不让写的不能写，到后来包括很多人对极左的迎合态度，也一起进入到这个风潮里面了。就是因为整个大的文学环境，给你的是这样一种压力对么？

陈忠实：从专业作家到刚刚学习写作的业余作者，都在努力探索怎样塑造英雄人物。因为你不这样，你的作品永远都不可能发表，就这么简单直接。我们的舆论媒体，都是文学杂志、报纸。对文学的要求就是这样，你走到任何文学团体，也都是这样要求的。

邱晓雨：因为只有这一种被承认。

陈忠实：只有写英雄人物这一种观念，是对文学创作绝对的要求，你不可能有其他想法。

邱晓雨：文学观念其实在《白鹿原》那会儿就已经转变过来了，那你今天，再回头看看那时候发表的东西，内心不会觉得挺那样的？

陈忠实："文革"前？现在看那个时候，都是经历过的，都是真实的，也没有什么后悔不后悔。因为你不可能逃避。经过"文革"那十年的折腾，不止是我一个作家，任何一个人都是经历这个过程过来的，你不可逃避，要不你就放弃文学。

邱晓雨：就是你过不了这个坎儿，你就永远到不了那边。

陈忠实：嗯，不可能逾越，谁也不可能跨越当时那个时代。

知青题材背后的城乡差别

邱晓雨（旁白）：在进入作协后，陈忠实做出过一个决定，那就是回家进行创作。今天，他依然怀念那一段拥着火炉吃着烤馍，和村民下棋的日子。在十年的创作生涯里，陈忠实一直住在农村。因为家庭经济条件并不好，他曾表示如果小说不能出版，就准备去养鸡谋生。来自农村的陈忠实除了描写深受中国封建传统影响的乡土生活,还涉及过城乡之间的题材。在他早期的小说《打字机嗒嗒响——写给康君》中,有这样一段主人公的语言:"狗屁小说,写知青下乡简直跟下地狱一样。那么,像我这号祖祖辈辈都在乡下的人咋办?一辈子都在地狱生活?谁替我喊苦叫冤?所以说,我最痛恨的就是那些心安理得吃商品粮还要骂我们农民的城里人。"

邱晓雨: 这是你一部小说里的内容,你还能记起来这段吗?

陈忠实: 那是我小说中人物的话。

邱晓雨: 对,人物的话。

陈忠实: 《打字机嗒嗒响》。

邱晓雨: 对,《写给康君》。

陈忠实: 《写给康君》。

邱晓雨: 但其实我看到这个,我在想,是不是确实在农村会有很多人真的会这么想,这肯定的吧?

陈忠实: 这个就是所谓的差别,城乡差别。这个差别差在被差的这一方就是乡村人,处处都显着差别,这个我就不用说了,这个生活世象太多了。城里人有商品粮,尽管粮食不是太充足,但是能保证供应。还有油,每个月尽管很少,还有几两油,还有半斤肉,乡村人什么也不给啊,国家就跟农民要公购粮,粮食一拿走,农民什么都没有。你地里庄稼种得好,粮食打得多,生产队就分粮多一点,生活就好一点。你的庄稼长得不好,粮食打得少,分得少,不够吃,饿肚子,那是你们的事。国家的救济粮是很有限的,所谓粮食"不过关",主要是对农村而言,这个城乡差别太明显了。

包括很敏感的知青题材,很多知识青年下到农村以为很苦,跟下地狱一样。包括后来很多文学作品都有这方面的反映,上世纪八十年代初很多写知青生活的作品,都是带有控诉性的,知青到农村多么苦多么苦,多么灾难。可是农村青年呢?甚至在同一个中学念书,高考落榜和高考停止以后,不用政府往下压,他们自觉就回到农村家里去了,我就是其中之一。

好多此类题材的影视剧,包括文学作品都写这个。可是回乡的农村青年绝不比城市下乡青年少,为什么没有这个情绪呢,他们已经成为自然,心里有那个承受力,回农村是必然的、自然的,不用谁说,更不用政府去做工作。

邱晓雨:其实应该也反映了在农村的很多人,内心真的就是这种感受。

陈忠实:对。

邱晓雨:看到知青下乡,听到知青对当时社会的控诉、抱怨,但是他意识到自己其实没有抱怨的权利,好像是这样的。

陈忠实:是,是。

邱晓雨:《写给康君》里面还有一个题材,可能我们从古代就有陈世美这样的人,很多人为了发展,一定要去一个更好的地方,家里面的爱人他也要舍弃。文学作品当中你们是一种这样的态度,那现实生活当中大家会怎么看待这样的人呢?

陈忠实:现实生活里头,两种理念,传统理念是糟糠之妻不可废。无论男人和女人,按照我们传统的道德要求就是从一而终,对女人是从一而终,对男人就是要对这个女人负责一生,不能离异,包括到上世纪五十年代离婚的都非常非常少。到八十年代,性解放,这个概念出来以后,冲击很大。其实这个里面掩盖了很多非道德的东西。

男女双方,原来"文革"甚至改革开放初期受过苦,受过灾难的人,生活也艰难,艰难时期组成的家庭,好像这个矛盾不突出,一旦一方的社会地位,包括经济能力得到大的改善以后,社会关注度就多了,个人的心理和情感上也会发生很多变化。当他在面对新的环境里边的男男女女们的时候,就是面对所谓花花世界的时候,还能不能坚守住原有的婚姻道德那个情感承诺,就可能形成一个问题,这是一种。

另外一种就是原来在艰难环境下,甚至吃不饱,穿不暖,个人生活不稳定,在这种艰难环境下组成的家庭,可能也未必都是完全满意的,可能多少都带有一些凑合的成分,没有选择的权利。这种婚姻很多,当新的社会环境形成,他在社会上的地位,包括经济地位都发生了大的改变的时候,对原来的配偶不满意成分就会突然扩大了,就想改变,这样子造成很多家庭的悲剧。

邱晓雨: 所以从城市进入乡村,一方面是争取更好的自己想要的生活环境,去实现理想,一方面还要经历这种考验才可以。

陈忠实: 是,是。

问我能不能跨越《白鹿原》,我不敢保证

邱晓雨: 你作品很多,大家可能最熟悉的是《白鹿原》。

陈忠实: 对。

邱晓雨: 现在如果向全世界的人推荐你的一部作品,我想知道还是《白鹿原》吗?

陈忠实: 对。

邱晓雨: 但是有一个问题,写《白鹿原》的时候,你就说过,希望这是一本以后能在棺材里枕着的书。我是想起《初夏》最后一句话写着:"生活在不断的死亡,生活在不断的新生。"但是像现在,你已经有一本在棺材里都能枕着的这么大一本书了,在创作上还会考虑怎么来保持新生吗?

陈忠实: 这是由各种因素造成的,我说垫棺做枕之书。

邱晓雨: 垫在棺材里面做枕头。

陈忠实: 那纯粹是指向我自己,跟别人无关。你可以把它看作是一种对文学的神圣,但显然也还不完全是一种文学创作。因为就我理解,作家的创作是有各种追求的,我起码要追求到我自己满意的一部作品,且不说别人认为它能形成什么样的影响,我能满意,它就可

以垫棺做枕了,全部是指向自己内心。为什么要这样说呢,因为我太喜欢文学创作了,跟朋友开玩笑说了这一句话,后来就广为传播。

邱晓雨:但从某种意义上我觉得《白鹿原》可以说是你个人的《立身篇》。

陈忠实:对。

邱晓雨:你自己会不会也觉得想超越《白鹿原》,已经给自己设定了一定的难度?因为太多人喜欢它。

陈忠实:是,我的回答一直就是,是。不光是我,就我知道的一些名作家,国外的和国内的,他某个时期创作一部产生巨大影响的作品,后来写的作品,好像再没有产生那样具有社会影响的效应。

不光是一个作家,好多人都是这样子。甚至有的作品是三部,而社会评价最好的往往只是第一部,一部比一部差。作为一个连贯性的三部的作品,后两部都保证不了跟第一部同样产生那样强烈的影响,何况你另外的题材的创作,就更难了。只有托尔斯泰做到了,托尔斯泰一部比一部写得好,这是世界文坛上绝无仅有的。

你们问我能不能跨越这个,我不敢保证。我作为一个作家,就只能把一个时期的体验,尽可能不留下遗憾地表述出来就行了,至于它能达到什么程度,那你勉强不得啊。

我想去看一下杜甫 给他送一斗小麦

邱晓雨:像关中这个地方,其实自古就是各个朝代的都城,这种渲染对你来说有多大程度的影响?这个地方其实有这个地方的独特性,有你的文化土壤。

陈忠实:对于我来说,我觉得不要把这个东西神秘化。关中这一块土地,历史上所创造的辉煌到了我这一代人的时候,全部变成了破砖烂瓦,埋在地下,你看都看不见。直到改革开放的新时期,国家财力比较雄厚了,人的文化意识、历史文化意识强烈了,才开始不断地整治文物。

历史上遗留下来的,不要说现在,就在上世纪八十年代以前,在人的整个意识里头,李世民离我们太遥远了,不要说对乡村人,对城市人而言,粮食吃不到月底,油只有四两,生活的困境和紧张,是每个家庭里头的首要问题,且不说阶级斗争搞得人人自危,谁去想李世民干什么,谁想杨贵妃干什么。我们今天吃饱喝足,穿着各种时装,才有闲心追寻历史文化,才有了这么一点情调。

对当代人的影响是一两千年历史形成的,传播在这块土地上的封建政治理念、封建道德演化成民风、民俗,对人形成影响和心理制约。我一直在关中生活,后来才意识到,哪怕是一些文盲,从小教育自己的孩子,都是我们的封建道德中规范的那些东西,一代一代传下来。

至于秦始皇陵,一个土堆堆在那儿,我们现在重视这个历史文物,旅游参观,看的人很多。过去堆在那儿,老百姓连看都不看,谁看啊,看它解决不了肚子饿的问题。

邱晓雨:这个题应该挺好答的,作为丈夫,你给自己的分数是多少?

陈忠实:我该打高分,我不说具体分。

邱晓雨:高分?

陈忠实:因为我这个家庭是一个农村家庭,我夫人是农民,我是乡镇(当时称公社)的一个基层干部,工资很低,三十几块钱。结婚后连续生了三个孩子,她抚养孩子,生产队劳动都不能参加,工分挣不来,全部生活就靠我那一点工资和包括养猪什么的,这些来支撑,她抚养了孩子。到新时期,工资一步一步往高升的时候,家庭经济状况也改善了,我尽我的努力,至于他们的感觉如何,我不敢评价。

邱晓雨:他们对你的小说怎么评价,你家里的人?

陈忠实：我们一般在家里都不说文学，只说生活。

邱晓雨：如果没有时空的妨碍，不论朝代，不论国家，你最想去的地儿是哪儿？

陈忠实：我最想去的还是我们长安，而且是唐代的长安。

邱晓雨：唐代的长安城？

陈忠实：嗯。

邱晓雨：那儿有大明宫？

陈忠实：嗯。我哪怕到唐长安城边上。其实，我那个家就是唐长安城旁边二十多公里的一个乡村。盛世之下，老百姓应该是活得最滋润的时候，但我心里也畏惧覆亡时的长安的凄凉，所以不愿意在那个时候。

邱晓雨：所以要到唐朝，但不能太晚，不能到晚唐。

陈忠实：对。

邱晓雨：我们后面一个题，说你可以跟这个世界上任何一个活着的或者死了的、真有的或者虚构的，就是你没有正式接触过的人相约，你会选谁喝茶聊天？

陈忠实：我想去看一下杜甫，如果我家里有粮食的话，给他送一斗小麦，他太凄凉。

邱晓雨：这是你想见的人，不光是喝茶聊天，是希望让他过得在当时能好一点。

陈忠实：嗯，因为他最后的凄凉给我的刺激太深，如果我们家庭有饭吃，我会给他送一斗麦子去。

邱晓雨：希望杜甫能听到。

始终把握性描写的准则

邱晓雨：我记得你写小说时说过，凡是涉及性描写，是不做诱饵为原则的。

陈忠实：对。

邱晓雨：性描写也是体现中国民族文化的一个环节，怎么去把握中国文化的背景？考虑的时候，真的是信笔写下来，觉得心里想写就写？还是会考虑到中国人很多东西是跟外国人，或者其他不是这个地方的人，是不一样的？会有这个意识么？

陈忠实：我把握性描写的一个准则，就是出于作品里头设置这个人物的生命历程中，他的爱情，包括他的性，对这个人的生命的影响。爱情和性成为他生命所不可逾越的一道坎的时候，造成他生命的痛苦或者欢乐，我就得把它准确地写出来。如果性跟这个人物的生命历程没有关系，那么就是非必要，那就没有必要写了，写多或者写少，都是以此来把握的；还决定于这个人物的个性心理，再深一层说就是这个人物的心理结构形态。

邱晓雨：能感觉到，因为整个在《白鹿原》那么大的背景里面，性描写它是有一种很严肃的背景，人物的命运，包括整体文化形态也能显现出来。但是你比如说看《白鹿原》的有一些人，你是不把它当诱饵来写，但有一些特别偏好这一块的读者。你会怎么看，你是会喜欢他们，还是不喜欢他们？

陈忠实：我谈不上喜欢或者不喜欢，这个我就决定不了了，文学作品面对不同兴趣的读者，就有不同的看法，这是很正常的。

邱晓雨：作家对一定范畴的文化是有影响的，你期待出现更多什么样的读者，什么样的评论者，什么样的声音？

陈忠实：这个我没想过。

邱晓雨：这个就是比较大了。

陈忠实：这个我也决定不了，社会的发展和存在，谁也决定不了。包括我们的人群，发展到今天这个状态，涉及创作界和评论界，各个人都以自己的追求和喜好在这个文坛上做着自己的事，谁要影响谁很难。所以我索性就不想这件事。

邱晓雨：所以你会做实事，用五年把作协的房子修好，给他们一个好的环境。

陈忠实：嗯，这是我的事，别人未必都喜欢这样做，如果我当时在作协创作和生活环境好的话，矛盾不尖锐，我也不会去做这个事，都是因时因地而决定做什么的选择。

我喜欢赵本山的小品

邱晓雨：我不知道你看春节晚会吗，春晚？

陈忠实：看。

邱晓雨：如果说春晚邀请像你这样的作家，创作一个小品，你更期待是一个什么题材的小品？

陈忠实：小品的时间限制得很少。

邱晓雨：对。

陈忠实：一个智慧的小品，又能涉及我们生活正在发生的民众关注的一些问题，所以我喜欢赵本山的小品，原因也在这儿，他总是涉及最直接的生活现象，又包含思想。

邱晓雨：什么最让你恐惧，在这个世界上？

陈忠实：意料不及的创伤，是最令人恐惧的。生活环境里头，比如你行走着，一辆汽车撞到你的后腰上，这是最恐惧的。我们的社会生活，人生经历中间，也有类似的情况，让你感到恐惧，而你毫无防范之心的时候，这是最恐惧的。

邱晓雨：你觉得幸福是什么？

陈忠实：做成了自己想做的事，在我来说，就是写作。不要说《白鹿原》，就是一篇两篇三篇自己的散文，当第一眼看到发表的报纸，或者是杂志的时候，那一刻是最幸福的。

邱晓雨：你现在仍然是？

陈忠实：还是这种心理。

邱晓雨：最后，你随便说什么都行，作为这个节目的结尾。

陈忠实：通过你这个媒体，希望能够完成我跟读者的交流，对我的写作，尤其是不足的部分，希望得到你们的反馈。

邱晓雨：好，我们一定尽力。

邱晓雨（旁白）：作为一个已经担任中国作协副主席的知名作家，我以为陈忠实不会再像当年那样，对于发表一样东西感到那么兴奋。但是尽管年近七旬，尽管为了陕西省作协和全国作协不得不负的责任，陈忠实甘愿腾出自己大量的创作时间和精力，尽管他认为最巅峰的状态是勉强不来的，我还是惊讶地发现，那种自从他初涉文坛就有的对创作的热望，一直没有因为时光的流逝和职位的变化而变淡。

这是我采访的作家里，目前唯一一位说道，会在第一眼看到自己发表的东西，会觉得幸福的人。我以前以为这个职业的人，都会因此幸福。但是确定的给我这个答复的人，只有陈忠实一个。所以我很希望，他能像自己所说的那样，把这一个时期的体验，做尽可能不留下遗憾的表述。

每个时代也都有自己的遗憾，让这些作家的文字来留住它们吧。文字尽管不是完全的历史，但是毕竟让我们认识和记住了很多东西。对于一个民族来说，这必不可少。

2010年8月18日　太原

有关我的创作

——答《黄河文学》和歌问

和歌：陈老师，如果说在读其他小说的时候，感觉是读了一个故事，它们截录了生活的一些片段的话，读《白鹿原》的感觉却是，它是一个世界，它包含了很多故事，但又不仅是一个故事，而是一部史诗。《白鹿原》里所描绘的一切，作为一个世界存在在那里，又不像真实的世界随着时间消逝，而是获得了永恒。您觉得如何给《白鹿原》定位更合适呢？

陈忠实：感谢你对《白鹿原》"它是一个世界"的概括。

我至今没有想过给《白鹿原》定位的事。当初构思和写作这部小说，目的很明确，就是想写出封建帝制解体后，以根深蒂固的封建文化、封建理念结构着心理形态的白鹿原上的男人和女人，面对迎面而来的新的思想、新的文化、新的理念的冲击，原有的文化心理结构被搅乱被打碎，以新的文化、新的思想重新完成心理结构的新生的艰难痛苦。我把这个过程称作心理剥离。人的文化心理结构的打碎和重建的剥离过程，很难一次完成，每个人物在这个过程中都会经历起码不止"一个故事"。白鹿原这一方社会，整个都在发生着打碎和重构的过程，更不会是一次性的完成。这样，这道原在近五十年间经历了一次又一次的事件，这道原上的人也必然经受一次又一次的精神和心理的剥离过程，故事就一桩接一桩地发生了。

《白鹿原》一书发表近二十年来,受到读者的关爱,从热销进入长销状态,现在每年以十万至十五万的印数销售,我亦不仅深感欣慰,早已超出我当初写成时的愿望了。尽管如此,我仍然想到岁月淘汰的无情,《白鹿原》依然还要经受新的读者的审读的过程,被淘汰的可能也就存在着。这样,更免说"史诗"了。

和歌:《白鹿原》里面有一个完整的道德体系,其中,如果说朱先生是个大儒的话,那白嘉轩就是一个行动中的体现者。这其中体现出的道德观念,我们中国人都不陌生,但也没有想到会这么具体,这么直观。《乡约》是从文字上把它具体化了。您以前有没有意识到自己对中国的传统价值观念有如此深入的了解?对于这样的道德观您是持什么样的态度?

陈忠实:对中国传统价值观念,我不仅不了解,而且自年轻时就持一种批判乃至轻蔑的姿态。我是一九五〇年上学,学的自然是解放后编的新课本,及至高中毕业,语文课本都是遵循"厚今薄古"的主导原则编选内容,古文占很小的比例,更谈不上系统的国学基础了。我自初中喜欢文学,多是读当代中国作家的作品,后来更偏重到偏颇地阅读翻译文本,尤其是苏联文学。受那个时代总体潮流的影响,把传统文化和国学一概斥之为封建糟粕。当我第一次面对我生活着的白鹿原上世纪前五十年的历史时,有一个人便跃到眼前,就是朱先生的生活原型牛兆濂先生。

牛兆濂是清朝废除科举制之前最后一届得中的举人,他是白鹿原下灞河北岸人,距我南岸的家不过七八里路。他在蓝田县开办书院,不仅有南方北方的学子,而且有朝鲜半岛的留学生。他钻研并教授的是张载的关中学派的理学。我在蓝田查阅县志和相关历史资料时,发现了《乡约》。这个曾经传播中国南北乡村作为宗族守则的《乡约》,是北宋哲学家吕大临的杰作。吕大临也是蓝田人,曾拜师张载的书院,后来不仅成为北宋的宰相,而且有多种著述。他的"合二而一"哲学观,到上世纪六十年代初被杨献珍发掘并阐释,不料遭毛泽东点名批评,着重要害是"阶级调和"论,由此而掀起一场批判"合二而一"、张扬"一分为二"哲学观的运动。我在读到《乡约》条文时,不仅惊喜,确曾有一种震撼发生。我的直接感受是,我获得了透视白鹿原地区人的心理结构的途径。作为国学的儒家思想,传播过程中有一个致命的障碍,便是社会底层的广大乡村以及城市的贫民阶层多为文盲,很难领受"之乎者也"的儒学。吕大临的《乡约》大约就是为着打破这道障碍而制作的,文字直白通俗,易懂易记,规范人的行为十分具体,不仅可以作为所有乡村家族教化族人的守则,而且可以成为家庭规范子弟儿孙的做人准则。前文所说到的中国人的文化心理结构,就是《乡约》里的一条一款为竖挂横梁构建而成的。我曾自我调侃说,我过去看中国人和欧美人的差别,是谁的皮肤白了黄了,谁的眼睛深了浅了蓝了黑了,谁的头发黄了黑了卷了直了,谁的胸毛稠了稀了……现在我才发现,中国人和欧美人最大的差异在文化心理结构上,中国人的文化心理结构是以《乡约》架构的,欧美各国人的文化心理结构的构件无论怎样大同又有小异,却绝无《乡约》里的一木一瓦。

我不惜篇幅,把《乡约》的前几条照抄到《白鹿原》书里,寓意即在于此。

关于传统道德,我是在面对传统文化的大命题时,不可回避地也有了自己的审视和选择,无须表态,我把对包括传统道德在内的传统文化的理解,都浇铸到朱先生和白嘉轩的身上了。许多年后,令我欣喜的事发生了,温家宝总理在一次演讲中引用了理学关中学派创始人张载的语录:为天地立心,为生民立命,为往圣继绝学,为万世开太平。作为理学关中学派的最后一个传人牛兆濂,是一个身体力行着的白鹿原人。

和歌:同时它也是一个传统生活的演示。里面对于婚丧嫁娶、读书耕地等一应的大事小情该如何处理,本着什么样的原则,都有非常详细的演绎。同时也包括了革命与叛逆、贞节与淫荡。简直是一本百科全书。还写出了儒家文化在一段历史时期的表现和经受的挑战。如果它是几千年的沉淀的话,您如何看待这种文化对于我们现在生活的影响?根据您的意见,这种传统将来会是什么样的轨迹?

陈忠实:我所看到的生活现象,已经是今非昔比了。浸淫着儒家文化色彩的生活习俗,已经从当代人的生活中悄无声息地消亡了。譬如婚礼仪式,城市里流行一种既不完全仿效西方也非中国传统的程序,服饰打扮走过红地毯以及当众拥抱等行为,有点洋气,而婚礼主持人从头到尾倾泻而出的半是正经半是挑逗还有夹带的酸词浪语,却承继着中国老式婚礼主持人的满嘴顺口溜的习俗……真可谓土洋结合的成功范例。乡村青年的婚礼也效仿城市婚礼的程序操办。《白鹿原》书里写到的乡村生活习俗,已经基本消隐了,《乡约》规范的做人行为准则早已作为"四旧"破除了。孩子从小接受学校教育,先生们以革命接班人的规范教育学生,家长以自己的做人准则培养孩子,似乎更多关注的是学业成绩,我很难估计传统文化对当今生活发生着怎样的影响。

我更难判断这种传统文化将会以怎样的轨迹演进。

和歌:您觉得您是发现了一个这样的世界还是创造了一个这样的世界?

陈忠实:《白鹿原》这个世界的存在是客观的,人类在这道原上和原下繁衍生息了不知几千年。这道原东边不过十公里处是距今一百余万年的蓝田猿人的发现地,西边坡下是距今六千多年的新石器时代仰韶文化典型代表的半坡人生活的遗址,原上也有此一时期人类生活的遗物的发现。我长期生活和工作在这道原的北坡根下,却熟视无睹,只是关注着原上原下人在公社体制解体前和解体后的生活变化,希望在这里能够发现一个"上城的陈奂生"或是"造屋的李顺大"。我真正把探视的眼光集中到这道原的昨天的历史,是一九八五年发生的。可以说我发现了现实生活里的白鹿原这个非同寻常的世界。尽我的理解和感受,写成了小说《白鹿原》。这自然是我构建的一道原了,且不敢说是创造。

和歌: 我一直对您写作的视角很感兴趣。这部作品的另一个伟大之处在于,它并没有遵从官方的视角、意识形态的视角,而是从更超脱、更悲悯也更高的角度来叙事。与此前您的中篇的风格差异很大。这个跨越是质的跨越,以至于有人说这是有如神助。《寻找属于自己的句子》里提到"剥离",是不是指您创作《白鹿原》的一个重要的心理转折?从此前创作农村题材的小说,到写出一个史诗般的作品的重要转折。这个奇妙的过程您能不能再说说?

陈忠实: 其实这个过程说不上奇妙,更说不到"有如神助"了,我的创作过程是一个学习的甚为漫长的过程。一九七三年我创作发表第一篇短篇小说《接班以后》,尽管也逃脱不了演绎和图解政策的时病,但对生活的描写和人物性格的刻画,赢得了甚为强烈的反响,有人甚至猜疑柳青换了一个名字写作了。相对于八年前我发表的千把字的处女作散文,也当属"有如神助"。关于"剥离"和"文化心理结构"对我写作发生的重要转折,前两个论题已经涉及,不必重复。就我自己所经历的探索过程而言,《蓝袍先生》这部中篇是对此前中短篇小说写作的一次突破。这部中篇小说发表不久,评论家王仲生觉察到了我的变化,曾写过一篇很有见地的评论,在我的印象里,除了极个别的一出手便铸成不朽的青年文学天才之外,绝大多数作家都是循序渐进,完成一次又一次思想和艺术的突破,抵达一个独立的创造高峰。我印象最深的是和我住一栋楼的路遥于一九八二年发表中篇小说《人生》,不仅实现了个人艺术创作的重大突破,也使一个时期农村题材小说创作发生突破性的意义。想到八年前路遥发表的小说处女作《优胜红旗》,确也用得上"有如神助"而发生了重要转折。

在我理解,这是路遥不断学习不断探索所获得的一次非凡的艺术突破。

和歌:我读了您的那本《寻找属于自己的句子》,是写完《白鹿原》后的创作手记,印象很深。因为创作手记一般来说,是作者对于写作的过程和为什么这么写的一个资料性和理论性的东西。但在我看来这本书已经自成一体了。很少有作家能如此系统地理性地分析自己的作品的成因和人物的产生过程,有的作家会故弄玄虚,归之于灵感。但你却不是这样。你说这是有一天突然发现了自己有着丰富的不为自己以前所知的积淀。这是不是反映了您那个时候的内心的成长和写作能力的成长呢?

陈忠实:你对《寻找属于自己的句子》的赞赏,让我欣慰。《寻找属于自己的句子》中谈到对记忆深处积淀着的生活记忆的发现,进而触发了我对一九四九年以前乡村生活演变的极大兴趣,且有一种神秘感。新时期文艺复兴以来我的所有作品,都是对瞬息裂变着的乡村生活的直接感受的表述,几乎没有兴趣也难得悠闲之心关注那些陈年旧事。在中篇小说《蓝袍先生》的写作时,撞开了旧中国乡村记忆的木门,陡然涨起探询的强烈欲念,想写一部长篇小说的欲望便发生了。我完全没有意识到你说的"内心的成长和写作能力的成长"的事,只是一种创作欲望的发生。

和歌:当然,每个写作者都有一个自我认识、自我提高的过程,都有一个神秘的宝库,而恰当的挖掘和表达却很难做到。达到这个是需要机缘还是自己的求索呢?我觉得自己的探索有落入形式上的标新立异的危险,您的体会是什么?

陈忠实:机缘是存在的不可或缺的。譬如作为新时期文艺复兴的标志作品的《班主任》,没有改革开放的大机缘是很难出世的;随之而来的新时期文艺复兴的繁荣景观,也是不可能发生的。还有一种纯属个人写作的小机缘,大多数作家都不止一次发生过,我也因这种机缘的发生而兴奋和庆幸。

我更看重求索。创作的"创"字就主要体现着新的求索。创作最忌讳重复,既不能重复别人,也不能重复自己;不重复就得创新,创新就意味着求索新的途径。求索或者说探索,在我理解主要有两点,首先是作品要写什么,即作家对生活发生了什么独自的体验和发现,必欲展现而后快。这里我强调"独自",即是说作家自己对生活的体验和发现,别人不曾也尚未体验和发现的东西,既不会重复自己也不会重复别人,探索便获得了最高意义的成果,这种新体验和发现,既可能是尚未触及过的生活领域,也可能是自己抑或别人业已触及甚至写过的生活领域,因为发生了既不同于自己也不同于别人的新的体验,就更富于深层发现和体验的新鲜性和独特性。再,当属艺术形式的创新。在我理解,艺术形式的创新或选择,是以前者即内容决定的,包括语言。以怎样的叙述或描写的形式,才能充分展现业已体验到的内容,艺术就富于个性特色了。鲁迅先生的作品是足以为范例的。无论《狂人日记》或《阿Q正传》,包括短篇小说《祝福》或《药》,鲁迅先生的叙述方式或者说艺术形式差异太大了,仅语言而论,不敢想象用写阿Q的那种语言怎么可能写狂人和祥林嫂。这样,我便相信,艺术形式包括语言的选择,都是为作家业已体验到的内容而苦心求索的。离开了内容而选择一种新的艺术形式,或者没有对生活新鲜而独自的体验,单是展示一种自己感兴趣的新的艺术形式,很难获得期望的效果。

探索自然免不了失败的危险,那么就重新探索,终有获得成功的时候。

和歌:《白鹿原》有一种大美,这种美是源自它的丰富和独特。比如日常语言,把它们非常妥帖地转换成了书面语言,或者说使我们知道我们的口语中原来有许多用语其实是古雅的,是很有内涵的,从而对自己的语言更多了一些了解。您平时很注意这种积累吗?对于日常语言的这种领会,跟您身处关中有很大的关系吧。

陈忠实:你对《白鹿原》的语言的赞赏,给我更增一份自信。我真的没有对关中生活语言做过收集或积累的功夫。我是关中东府人,关中话是我的唯一一种交流工具,好话瞎话丑话酸话都会说,这是自学会说话便逐渐"积累"下来的。然而,作为文学语言,我却经历了一个甚为漫长的演练过程,不无弯路。初学创作阶段,看到南方北方一些我敬佩的作家的作品,尤其是写农村题材的小说,我看到不同地域许多生动传神的方言土语,很自然地就在我的习作中写进关中方言土话,把许多生僻的土话用了进去,以为这就是生活气息和语言特色,效果自然适得其反。道理很简单,语言是完成交流的工具,一切生僻到让关中以外的人读了感觉莫名其妙的土语,反倒成了交流的障碍,肯定倒了读者的胃口。

及至《白鹿原》的写作,我对生活语言的选择已有一个基本的法则,那些从字面上可以让外地读者领会至少六七成含义的词汇才用;如果从字面上让人连一半意思都揣摩不来的词汇,坚决舍弃;人物对话语言,尽可能生活化,更争取个性化。我在《白鹿原》的叙述语言里,用了许多生活语言,主要是为了叙述的生动和逼真,避免了任谁都不陌生的纯文学语言的平庸。再,就我对叙述语言的探索体会,在叙述语言里用上生活语言,有如混凝土里添加的石子和钢筋,增加了语言的硬度和韧性。

和歌:美国作家亨利·詹姆斯在评价一个作家的时候说过,他具有一种伟大的能力,那就是"全面体会日常生活的能力",以及把它们纳入作品中,使它们从整体上散发出诗意的光彩。觉得难能可贵的是您这部长篇,也很适用这句话。史诗般的作品,却有那么精致的准确的细节。比如说,鹿子霖第一次从田小娥那儿走的时候,让她下次把炕上铺得软和点儿,一句话点出了两个人生活状态的差异;还有就是孝义的媳妇借精生子,她的婆婆因为受道德上的影响而在心理上产生了厌恶,最后郁郁而终的事。诸如此类的细节很多,很准确,又很精妙,是您观察所得还是写作时的必然发展?您对细节在作品中的作用有什么看法?

陈忠实:记不清哪位大家说过,情节可以任由作家编造,而细节却必须真实。我信服这句至理名言,至今依旧。我读或长或短的小说,如果接连读到两三个生编乱捏让人不可置信的细节,便会发生强烈的排斥感,放弃阅读。细节在现实主义文学创作中,对于人物刻画是至关重要到致命的关键环节。一个个性化的细节对人物心理隐秘的揭示,胜过千言的平面介绍。多年前读过某一部小说,许多情节乃至人物都记不清了,却记得某个人物的一两个细节。好的细节的艺术效应甚至是多层面的,即如你举的鹿子霖离开田小娥窑洞时说的那句话,"点出了两个人生活状态的差异",在我实施写作时的更为务实的效果,节省了许多描写田小娥窑洞生活一贫如洗之情状的笔墨。

我对细节已经形成了依赖心理,想写一个短篇小说,如果没有至少一两个绝妙的细节,我就涨不起写作的自信来。我在生活中发现一个令人惊心的细节,难以淡忘,常常会依此酿制出一个短篇小说来。几年前写的《日子》和《李十三推磨》,都是由亲历的和闻听的动人细节而生发出来的。

和歌:《白鹿原》中有一些超现实的因素,比如说白鹿的出现、预言和风水,等等。但您并没有把它们的特质扩大,相反只作为一种"点",这您在创作时是如何考虑的?受没受到您多次提到的拉美文学的影响?

陈忠实:我是《百年孤独》最早的一批中国读者之一。该书译文在《十月》发表时我就读到了,那是一九八三年的事。随后多年,我陆续读了拉美几个国家最具影响的代表性作家的作品译本。《百年孤独》对我的影响,不是魔幻,而是让我把紧盯着现实生活的眼睛分出几分来，投向我生活着的以白鹿原为标志的地域的昨天。这方地域的历史远非拉美诸国可比，单是魔幻这种艺术形式，只会在拉美的土地上被马尔克斯创造出来，欧美没有发生，中国也难得发生。道理再简单不过，中国民间似无魔幻传闻，更多的是神和鬼。玉皇大帝且不说，关公是农民最感亲切的神，他死后据说被封为单管风雨的神，关中乡村差不多每个村子都建筑着一座关公庙，为着祈雨。每户农家的墙壁上都设有敬奉土地爷（神）的土地堂，为着庄稼的好收成；更有灶神爷敬在家家户户的厨房正墙上。鬼不属中国独有，欧洲、美洲也有，有人居的地方都有鬼的传闻，所以也不足以当作魔幻论。马尔克斯的魔幻色彩的标征，是家族的一个孩子竟然长出一根尾巴。如果以此仿效出中国人屁股上或身体其他部位也长出一个什么东西来，或者演绎出人变狗等传奇，这种照猫画虎的结果，是可想而知的。

《白鹿原》里写了白鹿的传说，写了神，也写了鬼，却不是魔幻，是白鹿原乡村的生活。

和歌： 您有没有想到过修改它？有没有觉得有遗憾的地方？

陈忠实： 这部小说写得很慢，酝酿和构思整整两年，写作用了四年，把我所能意识到的东西基本表述出来了，所以没有遗憾。没有遗憾，也就没有再作修改的打算。

和歌： 您说《白鹿原》是垫棺之作，但我觉得那是一个写作的高峰，从那之后您进入了一个全新的状态。读您后来的散文，觉得您有一个从容的状态、达观的态度。比方说，您又回过头来看到您种的树了，河湾里的白鹭，小外孙的童言稚语等。《白鹿原》的写作完成和得到如潮的好评，对您此后的人生状态有什么样的影响？最初写作是出于生计和自己兴趣的考虑，但如果您现在写作的话，是为什么写作？创作会赋予您内心什么样的状态？

陈忠实： 现在是一种触发式的写作，无论散文，无论短篇小说，都是生活事项触及某一根神经，便发生创作欲望，说不吐不快也合实际。《白鹿原》之后的为数不少的散文和为数不多的短篇小说,都是这样写成的。另一种写作可称为遵命文学,是遵文学朋友之命为其著作写序,我比读文学名著还用心,感知他的思想和艺术魅力,溢美是溢他作品所独有的美,不是滥说好话。约略想来,我大约为近百位作家朋友写过序了。写序不仅让我看到作家朋友的情怀和追求,也让我更了解了这位作家立身的品行。

无论哪一种写作,完成一篇或长或短的文章,画上最后一个标点符号的那一刻,都是我感觉最幸福的时刻。

和歌: 从您的文中处处可以感觉到您对于贫困的坦然,对于俭朴生活的安然,所谓安贫乐道的人生态度。如果回到过去的生活,回到农村,您还能习惯吗?简单生活其实不仅是一种习惯,也是一种生活态度的表达?

陈忠实: 现在回到农村,不仅习惯,而且成为想回去却回不去的缺憾。我曾在二〇〇一到二〇〇二年回到白鹿原北坡根下祖居的屋院,一个人住守了两年,重新过起少年时期背馍进城上学的生活,差别是从城里把馍背回乡下。妻子在城里为我蒸了馍,擀好面条,我拿回老家,吃完了再进城去背,这是我生活和写作情绪最自在的两年。读书或写作的时候,时有多种鸟儿的叫声传入屋子,抬眼一看,窗外小院里的枣树上有这种或那种鸟在缠绵。关键在于,这时候的乡村生活,远非少年和青年时期贫困交加的生活所可比较,我从十三岁起背着苞谷面馍到距家五十华里远的西安读初中,一天三顿都是开水泡馍,到冬天馍就冻成掰也掰不开的冰疙瘩;到"三年困难"时期,连这种苞谷面馍也成了稀罕吃食了。不单是我,我们村子里的乡党,在上世纪八十年代初土地下户以后就告别了苞谷面为主食的生活,过去只有过年才能吃几天麦子面馍(所谓白馍),现在从年头吃到年尾。乡党们由衷感谢邓小平的好政策,说土地下户以后的日子是天天都在过年。

有青少年时期的艰难到挨饿以至休学的经历垫底儿,我也和乡党有同样的感觉,现在的日常生活是过去过年也享受不到的好日子。当苞谷、小米等粗粮被视为保健食品推向宴席也推向家庭餐桌的时候,我常有一种苦涩溢泛于心。也是因为曾经的艰难,很难养成论着营养成分吃饭的文明行为,倒是更喜欢郑板桥的两句诗:"删繁就简三秋树,领异标新二月花"。郑板桥说的是他的艺术追求,在我却联想到生活,宜得"删繁就简",才可能更有利于艺术追求的"标新立异"。

和歌:从您的文字中,总是能感受到您对于生活的感恩。您现在的生活梦想是什么?写作梦想是什么?

陈忠实:梦想在我现在这个年龄基本没有了。少年和青年时期,首先焦灼的一个生活命题,或者说梦想,就是想成为一个有固定和保障收入的公家人。高考名落孙山之后,便想得更实际也更具体,能当上一个国营工厂的工人,就算进入天堂了;当了民办教师,便梦想着转正为吃商品粮领月薪的公办教师;后来被吸纳为公社干部,已经超出我的梦想了。就生活梦想而言,我早已不做了,约略想来,当是一九八二年被陕西作家协会吸纳为专业作家那一时起,我的直接感受是进入人生的理想位置了,不敢做的梦居然成真了。及至六十岁,朋友为我过生日时,我真诚感言:每个人来到这个世界的方式大同小异,而离开这个世界的方式却大相径庭。我唯一乞求上帝的是,哪怕给我任何途径都可以接受,只要给我保持一个清醒的头脑就好了……现在依旧,却难称梦想。

和歌:在《白鹿原》中,还有一些中篇里,您写过爱情,有过很精彩的性描写,您理解的爱情是什么?哪种爱情是您比较欣赏的?您是如何处理作品中人物的爱情和性的关系问题的?在这个问题上,您对于其他写作者有没有什么建议?

陈忠实:我理解的爱情自然是爱,由爱而发生的情才是纯真可靠的。我欣赏的爱情就是由爱而发生的情。这种爱情首先是对一个人的爱,对一个人的性格、气质、品德也包括才能和形象发生的倾慕之情。如果能恪守这种纯真的爱,而能抵御金钱和地位的诱惑,在物欲横流到横行的当今时世,这样的爱情尤为珍贵。我在很长一段时间的小说创作中,几乎没有以女性为主体的作品,不少作品中都是纯粹的男性的世界,最具这方面代表的是《徐家园三老汉》。文学朋友对我说,你最拿手的是写农村老汉。在我却成为写作中不容回避的课题,因为男人只构成生活的一半。我试图打破这个障碍,写过几篇男女爱情的小说,发表后无人喝彩,反应平平,我便知道女性世界的障碍仍未打通。及到中篇小说《四妹子》和《地窖》,爱情包括性的探索才有了一些令我鼓舞的读者反应。而到《白鹿原》的写作,我梳理出那个时代存在着的几种幸福和灾难的婚姻形态,不可避免要涉及性,这在我当时视为严峻的一个命题。我给自己确定了写爱和性的"三原则":不回避,撕开写,不作诱饵。

这个"三原则"的产生,源自两年前在蓝田县查阅县志时,我看到了记录着贞妇烈女名字的文本,那些少小年纪嫁人结婚之后的女性,不幸丧夫,守寡终生为着守节,任谁都难以体会她们精神和心理的损害。因此而发生"不回避,撕开写"的甚为强烈的冲动。"不作诱饵",就为自己划开一个界线,写爱写性都不能作为吊读者胃口的诱饵,而是为着揭示作为传统文化中最腐朽最缺人性的对女人的苛律;也是我前述的把脉人物文化心理结构形态,也把握了和她相关的男人的心理结构形态。如果不蕴含人物的心理负载和文化心理形态而单纯写性,就会流于滥情,就失去了写爱和性的意义。

以上是我对写爱和性的发展过程和最后的定位,仅供参考。每个作家都有各自的思考,我不敢妄作建议。

和歌: 在哪个时期,您的写作从内心、从文字的呈现来说更自由?不仅是忠实地表达自己,更能无障碍地表达自己?

陈忠实：你所说的这种创作境界，我却没有作为一个话题认真想过。今天想来，应该是在《白鹿原》的写作过程中实现的。我把对《白鹿原》所写的那段历史的体验与理解，尽我的表述能力作了书写，不要做尔后遗憾或遗恨的事。我在刚刚写完的时候，曾经不打算拿出来，是顾忌到当时某种"左"的时风。某天早晨听新闻广播，突然听到邓小平南行讲话的几段语录，我喜不自胜，意识到改革大业将会更开放地发展了，文学和艺术自然会更加破除禁忌，便决定可以投稿了，当即加快了修改的速度。

随后以散文为主的写作，更直接地抒发我对生活的体验和感受，几无障碍。虽然体验的深浅不一，却基本保持真实。

和歌：请您给《黄河文学》的读者们说一句话吧。

陈忠实：愿《黄河文学》的读者，情感如黄河一样，于平流无石处悠游舒缓，也不可或缺如壶口瀑布般壮怀激情的时刻。

和歌：非常感谢您这样坦诚地接受我的采访。

2011 年 8 月 9 日　二府庄

没上大学是人生的遗憾

——与西安工业大学人文学院院长冯希哲对话

冯希哲：陈老师，很感谢您能抽出宝贵的时间接受我的采访。《白鹿原》是当代最优秀的长篇小说之一，而且被教育部列为中文专业大学生必读的百部书目之一，很多大学生都看过《白鹿原》，也很喜欢。您觉得《白鹿原》所讲述的心理层面的民族历史最值得大学生关注的是什么？

陈忠实：作家要反映历史，要从人的心理层面和精神层面，来考察那段历史，那些大的历史事件发生的时候，是对这个民族普遍的人，而不是个别的人的心理造成怎样的影响？对社会各个阶层的人，城市的、乡村的，社会高层的、社会低层的，造成怎样的心理影响？使原来的心理结构形态，在这种历史事件的冲击和影响之下，发生了怎样的裂变以至质变？从而使他的精神和心理达到一个新的对世界对生活的结构方式、认识方式。

冯希哲：《白鹿原》展示了一个个普通人的命运。您究竟如何看待命运？对于年轻人来说应该怎样面对自己的命运？

陈忠实：从历史的角度，像《白鹿原》写的封建制度解体，新的社会制度尚未完全建立，这个艰难而又充满了各种灾难在内的社会裂变过程中，作为那个时代的各种命运无不受到社会变迁的重大冲击和影响。能迎着这种社会变革而上的，代表着新的潮流，他们在争取他们所理想的那个新的社会形态形成过程中努力奋斗，他们个人的命运就与这个民族和国家的命运是一致的。在和平时期，包括我们现在，改革本身在一定意义上也是革命，要革除旧的，寻求新的发展途径。在这个时代潮流下，我们的大学生当然应该从大的思想取向上，和这个国家这个民族保持一致，在这个大的背景下来争取自己个人的命运，这也应该是和这个国家的民族的发展命运是一致的。个人争取自己的命运的时候，包括个人命运的有所成就，也是对国家大的背景的一种促进。

冯希哲：对于写作，您曾形象地用蒸馍来比喻："馍蒸到一半，最害怕啥？最害怕揭锅盖。因为锅盖一揭，气就放了，所以，馍就生了。"对于那些希望通过不断跳槽来实现自己价值的大学生，您有什么看法或者好的建议？

陈忠实：我觉得跳槽不应该一概否定。因为人在这个社会中间总是要寻找自己的位置，寻找哪个位置最适宜发挥自己的智慧。我高中毕业后，之所以选择做小学民办教师，角度可能和别人有差异。纯粹的体力劳动，干一天活到晚上就非常累，就想早早睡觉，没有自修文学的精力和时间。我选择民办教师，不是纯体力劳动，白天都贡献给学校贡献给孩子，努力做好教师，到晚上就属于自己，尤其是冬天晚上更长，可以有四个小时的时间来自修。现代社会提供给青年人的选择太多了，每个人无非都是要选择自己喜欢的一个职业去做，当然也有利害的考虑，这不能排除，也不能说不好，都无可厚非。搞专业的能选择到自己专业的那个岗位当然最好了。问题的关键是既然选择了一个部门一个位置就应当全身心投入，要努力做好。所以，问题的关键是为了什么跳槽？如果仅仅是看到一时一地的经济效益好，我觉得还是要冷静对待，慎重选择。经济效益好点的，或者充满诱惑的，未必适合自己的智慧和才能。

冯希哲：您曾说作家不应淡泊名利，怎样理解这句话？

陈忠实：所谓淡泊名利，我的理解是清高，不在乎所得。这在历史上是传统文人经常挂在嘴上的一句话。但真正考察历史，毫不在意名和利的，能数出几个人来？陶渊明是一个，但是他是对官场失望之后才归隐田园的。所以我索性就不说这个话。一个人成就了自己的事业，甚至给人类给社会带来了巨大的变化，做出了重要的贡献，名利自然会来的，譬如钱学森、陈景润、袁隆平等科学家，他们为自己的事业奋斗，取得了举世瞩目的突出成就，你即便再不讲究名利，名利也是会随之而来的。关键问题是人在发挥自己的才能和智慧的时候为了什么？为了一个国家一个事业，取得了突破性的成就，那就不是个人名利的问题，而是影响着一个时代生活的发展和社会的发展，那么人民对他们发自内心地敬重和热爱，那是必然的。所以我觉得首要的应该把自己的智慧和精力，集中在社会需要自己所选择的事业探索中去。追求事业的成就可以促进国家民族以及社会的发展，起码不是障碍，你即便不追求名利，名利也是推不掉的。

冯希哲：您曾与大学失之交臂，上大学一直是您的梦想。从您个人体会来看，没有上大学是不是您的人生遗憾？

陈忠实：我毫不避讳，没有上大学是我人生的遗憾。我常与大学生交流，当走到每一个大学门口，看到校牌的时候，我心里都要咯噔一下。在没有最好的高等教育这个求知条件之后，我便选择了自修。就我理解而言，人获得知识途径有两条道路，一条是上学，上大学是获取知识最快捷也是最好的道路；另一条路是自学。我在未能进入大学之后，便选择了泥泞而艰难的自学途径，那也是获得知识的一条途径，因此也就有了长达二十年的乡村基层工作，接触了农村和农民。如果上了大学，那就是另一个我了，就有可能命运是另外一种情况，那就要和农民隔上一层，我后来的生活道路都不可设想。这是因祸得福。因为喜欢文学，又有长期的乡村工作经历，所以我无可选择的都是农村题材。

冯希哲：那么您觉得大学生应该以怎样的态度来对待学习？

陈忠实：大学是干什么的，就是获取知识的场合，而且是人生旅途中最重要的一个驿站。小学中学都不是决定性的，只有进入大学才能进入人生最重要的一个驿站。在大学所获取的知识是可以直接应用到社会，也可以直接发挥自己的智慧，所以要争取在大学期间把自己喜欢的专业学好学精，这对一个人的一生来说都有不可估量的意义。

冯希哲：您的座右铭是："只问耕耘，不问收获。"这句话是表明您真的不在乎收获还是您相信，只要耕耘，就不怕没有收获？收获对人生的意义是怎样的？

陈忠实：这是我一个时期的一段座右铭，不能在耕耘的过程中间总问收获，不能总在那掂量我付出了多少劳动，这往往成为自己继续付出和继续奋斗的一个巨大的障碍，只有埋头苦干，努力去耕耘，相信收获是自然的，是必然的。但问题还有它的另一面，你努力耕耘了，未必百分之百都有收获。所以在耕耘的时候，我之所以不问收获，就是尽自己的可能先把功夫下到，收获一个大的颗粒也行，收获一个小的颗粒也行，不要因为耕耘不到，而把可能取得的一个大颗粒的收获，而变成一个小的颗粒的收获，甚至没有收获。

冯希哲：您认为现代的大学生应该有什么样的情怀与视野？大学生应该怎样规划自己的人生？

陈忠实：珍惜上大学的机会，不要浪费这个良机，获取最可能多的知识，来进入社会，来投入自己喜欢的事业。

2010年12月20日

有关体验及其他

——和《陕西日报》张立的对话

记者:陈忠实先生,您好!在去年刚刚闭幕的全国第八次作代会上,您再次当选为中国作家协会副主席,又一次证明了您仍然是我国当代很具有影响力的长篇小说作家,事实也是这样的。您能谈谈您在当选中国作家协会副主席后,今后有什么新的创作打算?

陈忠实:我的写作与我的社会任职基本没有多少关系。自上个世纪九十年代以来,我以散文随笔的写作为主,也写了数量较多的读书感想,多是为作家朋友的书作序。这两类文章的字数,不会少于我小说字数的总量,偶尔也写一些短篇小说。我仍然会继续这种写作状态,无论散文、随笔或短篇小说,有感觉就写,有话非说不可就说,留下我对生活的感受,或对往事新的理解。我的守则是不写不想写的文字,即就是不写没有真实体验的虚而又俗的文字。我依然神圣着自己至今不能淡漠的文学!

记者:由著名导演王全安执导的电影《白鹿原》目前已经处于杀青阶段,有网友认为电影《白鹿原》注定超越不了原著,因为,原著写得实在太好了,您认为这种意见有道理吗?

陈忠实:我不会上网,感谢你把网友的看法传达给我。我能理解网友的意见,多是出自于对《白鹿原》的喜爱,便断言电影"注定超越不了原著",似乎把话说得太绝对了。就我的印象而言,中国有不少依据小说改编得很成功的电影,譬如《秋菊打官司》,还有路遥的《人生》,都是从优秀的小说改编的很成功的电影。还有依据世界名著改编成堪称经典的影片,不仅未使原著减色,而且在某些方面升华且超越了原著,关键在于导演。同样一部小说,A导演可能改编失败,B导演可能取得突破性的成功,这方面的先例也不少。且拭目以待王全安导演的亮彩。

记者: 不管怎么说,电影也好,戏剧也好,还是其他的艺术形式,相对于原著来说,都属于二度创作,也都和原著既有联系也有再创作者自己的思想和认识以及审美趋向,不仅仅是把原著搬上银屏或者舞台就完事了,亦步亦趋地对原著进行天衣无缝般的浓缩,更重要的是在二度创作中折射出一种新颖的东西,更加贴近当代人的审美需求,您说呢?

陈忠实: 你说的很对。由小说改编的诸如电影、戏剧等其他艺术形式,完全属于编剧和导演的二度创作。既是创作,就特别忌讳依葫芦画瓢,事实上,完全照搬原著也是不可能的。其他艺术形式的编剧或导演,之所以相中了某部(篇)小说而进行电影或戏剧的改编,肯定是这部(篇)小说的某几个或着重一个东西触发了他艺术思维的最敏感的神经,能够给他进行艺术再创造带来开阔的也是更富深意的空间,他才会有再创造的信心和激情。就我有限的关于电影的印象,有的改编者和导演的主题取向和原著基本一致,以具象化的画面强化原著的主题思想;有的改编者和导演却放过原著的主题,恰恰更感兴趣在原著的某个隐存的处于侧面的话题,进行开掘和引申。这两种改编都有成功的范例,也不乏失色的遗憾。无论哪一种改编,再创造的意念是改编者的主导精神,不应局限于原著,而应有一种超越的自信,才能充分展示自己的艺术理想和艺术才华。

记者: 陈忠实先生,过去,著名现代女性作家丁玲曾经提倡"一本书主义",事实上,一个人一生能创作出一部经典之作就相当了不起了。例如,曹雪芹的《红楼梦》,还有您比较欣赏的肖洛霍夫也只创作出《静静的顿河》这么一部特具震撼力的小说,最近获得二〇一一年诺贝尔文学奖的瑞典诗人托马斯,其作品仅仅是一些短诗,但却具有恒久的思想和艺术价值!如果超越不了自己已经达到的艺术高度,宁肯选择不再写作,或者不再涉猎长篇小说领域,其实,这是一种对艺术负责任的态度,您说是吗?

陈忠实:"一本书主义"确是丁玲说的话。其实,作为以写作为生命、视文学为神圣的一代又一代作家,谁都在追求着创作一部恒久不泯的小说,且不敢提高到太高的"经典"的档位;哪位作家也不想自己耗时熬夜精心写作的作品无人问津以致湮灭。丁玲不过是把别的作家不好意思出口的话直白地倡扬出来了。严酷的现实是经典的目标太难抵达了。我国漫长的古典文学史上,仅仅只筛选出包括《红楼梦》在内的"四大名著",其间不知道有多少作家在点灯熬油捻断青丝或白发而徒叹奈何……当代文学的繁荣景观令人鼓舞,年产两千到三千部长篇小说堪称为世界第一,相信这样大的小说出版量持续发展,肯定会有惊世之作出现。

然而,写作是有别于科技的一种创造活动,没有具体而精确的指标,也不像某些体育项目都有其最新的量化指数,不能超越不能打破便是无效劳动。"一本书主义"是作家的创作理想。为了这个理想,作家一部接着一部进行创作探索和艺术实践,这是普遍现象,也更符合创作这项少数人从事的较为特殊劳动的性质,即把对生活的体验和生命的体验表述出来,所谓不吐不快。至于能否成为"经典",已不能成为写与不写的抉择因素了。在我的理解,尚不属"对艺术负责任"与否的话题,如托马斯这样的诗人的创作现象是一个个例,类似者甚少。即如往届诺贝尔文学获奖作家而言,多属于多产作家,代表作或者说经典之作大约也只有一部。再如我喜欢的米兰·昆德拉,我最看中的是《生命中不能承受之轻》,其后的几部小说我都读了,虽各有所长,然总体而言,似乎没有超过这部书,但是他却一本一本写着,并没有因为不能超越《生命中不能承受之轻》而停笔,关键在于他有新的艺术体验要展示。

记者:您的《白鹿原》是我国当代文学长篇小说的重大收获,从问世到目前,一直是最受人们欢迎和推崇的文学作品,而且也一直畅销不衰。这说明了一个问题:真正深刻地反映了社会生活本质的文学作品,其思想和艺术就一定会达到时代认识和时代精神的高度,您是这样认为的吗?

陈忠实:我同意你的看法,多年来一直对此说深信不疑。艺术表述的独特性不可或缺,关键在于作家的思想。思想的深刻或浮浅,直接决定着作家感受和体验生活的层次。我曾以炼钢为喻体,先进的冶炼手段能炼出精钢,而粗陋的炼钢设备只能制造粗钢。作家有独立而深刻的思想,对生活的体验可能深化到生命体验的层面,不仅不会发生雷同的现象,而且会形成一道独特的文学风景。我前述的米兰·昆德拉的《生命中不能承受之轻》堪为范例,《百年孤独》更不用说了。前者所体验到的生命不能承受之轻,就独俏于常见的多为表现不能承受之重的小说了;马尔克斯面对拉美百年历史所体验到的"孤独"和米兰·昆德拉的"轻",同属于独有的深层的生命体验,超凡脱俗而独俏一枝了。在我理解,他们的"轻"和"孤独"的体验,得之于他们独立的思想。

记者:您的《白鹿原》,实现了您最初立志创作出一部可以当作民族生活的当代史和风俗史一般的小说的艺术设想,而今已经过去十几个年头了,您觉得您这样的小说审美追求,还具有当下意义吗?

陈忠实:就你的"当下"这个很具体的时空划界而言,似乎"意义"还存在。我的判断是这本书的销量,依然持续着一个令我欣慰的数字,在诸种版本中,人民文学出版社的茅盾文学奖书系中的《白鹿原》,仅二〇一一年竟然印刷了三次;十月文艺出版社的那种精装本继续在印刷，前不久又推出了一种重新包装的版本。这种情况显示一个最基本、最可靠的事实，截至你所说的"当下"，读者尚未厌倦《白鹿原》，这部"小说审美追求"，仍然为读者所感兴趣，它的"当下意义"也就存在着。至于往后的岁月，读者对《白鹿原》的兴趣还能持续多久，我就不敢预测更不能做出判断了。

记者：陕西是文化强省，就文学艺术生产来说，一直处于全国前列，路遥的《平凡的世界》、您的《白鹿原》和贾平凹的《秦腔》都先后获得了茅盾文学奖；中篇小说、报告文学和散文也不断获得鲁迅文学奖和冰心散文奖，特别是出现了在全国具有一定影响的一大批中青年作家，冯积岐、朱鸿、邢小利、方英文、柏峰、庞进等一些小说和散文以及文艺评论家，其创作实绩推进了陕西文学持续发展，前景非常广阔，您看是吗？

陈忠实：对陕西文学未来的发展前景，我和你一样坚信而且乐观。你所列举的几位小说、散文和评论家的作品，我都读过（不是全部），曾经被感动乃至震惊其独到的创造，我对其中几位的作品读过也写过我的阅读感受。借此机缘想表述一种遗憾，就是冯积岐的长篇小说《村子》，没有获得与其成就相称的评价和声誉。《村子》是写乡村社会由旧体制转化为现体制过程中很具深刻性和鲜活性的一部杰作，由此我颇感慨"好酒真怕巷子深"了。

在我的印象里，除你列举的几位作家之外，还可以列出一长串作家的名字，他们有的在本省已蜚声文坛，有的已在全国文学界产生影响。我在一些国家级文学报刊上常能看到他们的作品被着重推出，确实令人鼓舞。他们都处于最富创造活力的年龄阶段，且都基本形成了独特的艺术个性，其未来的创作前景完全可以期待，会有非同凡响的大作品创造出来。

记者：党的十七届六中全会决定全力推进社会主义文化大繁荣大发展，特别是学习落实胡锦涛总书记在全国第八次文代会和全国第九次作代会的重要讲话,这必将促进文学艺术事业又一个春天的到来,陈忠实先生,请您谈谈您的感想好吗?

陈忠实:十七届六中全会关于推进社会主义文化大繁荣大发展的决议,具有开创性的不可估量的意义。改革开放三十多年来,我国经济发展取得了举世瞩目的巨大成就。在这个令人鼓舞的雄厚国力的坚实基础上,推进文化事业的发展和繁荣,正当其时。文化对于一个国家至关重要的意义,在于对人的精神和素质的建构和提升。人的精神和素质,是受其接受的文化奠基的;文化决定着人的心理结构形态,自然也决定着人的思维和价值取向。依着先进文化建构的人的心理形态,便会使民众的精神和素质得到升华。至于文化产业的发展,更具有无可估量的巨大的空间。

我赞成你说的文学艺术发展的春天已经到来的观点。中国文学已经呈现出繁荣的景象:单是长篇小说每年出版超过两千部,还有每年出版的不少思想深度和艺术水平都显示出高水平的散文作品,仅就其出版数量而言,堪称世界第一的文学大国。文学界以及社会各界,都在关注着文学——我相信文学艺术的春天已经到来,也必将更加绚丽多彩!

2012 年 1 月 10 日 二府庄

关于电影《白鹿原》

——和《文艺报》记者李晓晨的对话

电影《白鹿原》自筹拍以来就受到极大关注,它是影视与文学的又一次联姻,小说再次支撑起电影之魂。陈忠实在小说的扉页写道,"小说被认为是一个民族的秘史",那么当它被改编成电影之后还能保留原作的神韵吗?二〇一二年三月三十一日,这部电影获得了由国家广电总局电影管理局颁发的公映许可证,预计将于今年下半年上映,至此这部"十二年磨一剑"的电影终于可以同观众见面了。此前,该影片曾在第六十二届柏林电影节上亮相,并在第三十六届香港电影节上作为闭幕影片播映。日前,记者采访了陈忠实,说起小说以外的话题,他说得最多的是——我是个外行!

记者: 电影终于可以公映了,据您所知,一些提前观赏到《白鹿原》的文艺界人士对电影评价如何?

陈忠实: 评价众说纷纭,主要有三种。第一种观点认为这部电影震撼人心,尤其在今天影视剧过度娱乐化、庸俗化、类型化,满眼都是打打闹闹、穿越戏说的环境下,《白鹿原》所散发出来的那种震撼人心的精神力量和历史厚重感十分难得。电影比较真实地展现了我们民族某个历史阶段的命运变迁,以及那个时代中人的生活。第二种观点是觉得电影没让小说的读者满意,电影削弱了小说厚重的思想性和历史性,把那个时代的革命活动、白鹿两家故事里蕴涵的民族精神性的东西打薄了。原来复杂的叙事线索变成了单线条叙事,电影的核心人物成了田小娥,白嘉轩、白孝文、黑娃、鹿子霖的命运都因为她发生转折。还有一种意见觉得,这部影片能做到这样已经不错了。

记者: 电影主要对小说做了哪些较大的改动呢?

陈忠实: 电影最后删减为一百五十分钟,到一九三八年日本飞机轰炸白鹿原就结束了,具体到人物就是以把田小娥的灵魂镇压在镇妖塔下结束。之前还有一个三小时的版本一直到新中国成立才结束。对小说改动较大的有几处。在人物设置上,主要人物从二十多个缩减到七八个,朱先生、白灵都没出现,冷先生也基本没有戏份。从叙事上来看,多条线最后成了单条线,毕竟不可能在两个多小时里把所有我在小说里想表达的东西都展现给观众。

记者: 关于电影对小说的改编,您认为哪些部分比较满意,哪些觉得还有遗憾?

陈忠实: 我最满意的是电影呈现给观众的历史氛围是基本真实的,人的生存形态也是真实的,这点非常重要。因为历史氛围的真实决定了人物命运和人物情感的真实。我写的是上个世纪初的故事,要让观众觉得合情合理,电影必须保证历史的真实。乡村的伦理道德、沿袭已久的民间文化习俗等影响着当时人与人之间的关系,一旦这些习俗、规则遭到破坏就会产生矛盾,进而影响人物情感的真实性。无论小说还是电影都要反映生活在那个时代的人的真实情感,人物与时代都是血肉相连的。现在的许多小说和影视剧,人物和时代明显脱节,让观众觉得不可理解。解决好历史真实、艺术真实和生活真实的关系很重要。

说到遗憾,我总希望电影能更充分、更准确地通过直接的视觉画面把小说的全部传达给观众,总希望小说里的人物更充分、更集中地与观众交流,但受到不同艺术形式的时空限制,留下了遗憾。

记者: 大片的麦浪、地道的关中方言、原生态的地方戏,使电影

《白鹿原》具有浓郁的地域特色，给观众留下了深刻印象。当初您会觉得大量使用地方戏和方言是一种冒险吗？

陈忠实：贯穿电影始终的唱腔是在关中地区一种几乎失传的民间艺术——"老腔"，演唱者都是地道的农民，平时就靠在红白事上唱戏谋生。之所以把"老腔"用到电影里还有些渊源，几年前西安一个文化热心人约我去看一场民间艺术演出，唱"老腔"的演员一开口我就被镇住了，那种震撼好像只有第一次听《黄河大合唱》时才有。后来北京人艺要排话剧《白鹿原》，林兆华托我找些会唱秦腔的民间艺人，我一下想到了他们，林兆华听了也被镇住了，这几个人就这么走上了话剧舞台，后来又出现在电影中。这算不上冒险，我想大家会喜欢这种原汁原味的音乐，也就是农民们说的"野嗓子"。

至于用方言对话，一开始我建议弄两个版本，一个配方言，一个配普通话，但最后导演还是选择只用方言。方言是生活和时代背景的重要组成部分，关中方言许多都是咱们民族的原始语言，古语中的很多词句用法都在其中保留了下来。我在写小说时对使用方言有自己的把握尺度，一直坚持要让其他地方的读者能从字面上把握词句百分之七十的意义，否则我不会使用。电影在方言的使用上走得更远，但他们也听从我的建议删掉了许多粗话和特别生僻的用法。

记者：把地方文化植入影视作品似乎已经司空见惯，"地域元素"成了影视剧创作的一个法宝，您觉得这部电影在这方面处理得怎样？

陈忠实：这部电影的确有浓郁、鲜明的关中特色，但它没有简单地为影片贴标签，没有刻意离开故事情节和人物形象单纯表现文化符号，这样看上去比较融洽。这些人物就生活在这块土地上，他们的矛盾、纠葛都与这块土地有关，所以不可能脱离这里的语言和风俗。

记者：《白鹿原》从小说到剧本，再到电影，您在这个过程中主要做了什么？

陈忠实：不管电影、话剧、电视剧，我都是个外行，我就是给编剧、导演讲创作体会，帮助他们更深入地理解人物、事件。他们都很用心，都非常努力地呈现小说。

记者：除电影以外，《白鹿原》还被改编成话剧、秦腔、舞剧、广播剧等，同名电视剧目前也已进入了剧本创作阶段，能否简单评价一下它们？

陈忠实：话剧、秦腔、舞剧、电影可以说各有千秋。秦腔基本是单线条化，唱腔、唱词、舞美比较有吸引力。话剧基本上全面展示了小说的故事，时间从上世纪初一直到新中国成立，保留了所有人物，但在两个多小时中它没法演明白这么多内容，只能通过人物对话交代大的历史事件和人物命运，它做到了有头有尾，但没有看过小说的人就很难看明白。舞剧就更简单、纯粹了，主要表现黑娃和田小娥的爱情，用舞蹈展现出当时的社会对他们爱情的扼杀，反而不受小说情节的限制，优美的舞姿也能吸引观众。

记者：这部小说改编的难度很大，却吸引了众多编剧和导演积极尝试。现在大家都说缺少好剧本，今年广电总局还设立奖金重奖优秀剧本，您认为文学作品可以为"剧本荒"提供什么？

陈忠实：他们喜欢这部小说，希望在各自的艺术领域里表现这个故事。讲好这个故事确实很难，人物多、情节多，没有集中的故事冲突，一系列大事件都是以人物为中心展开。不是所有好小说都适合改编成其他艺术形式。

文学和影视最大的差异是，小说通过文字和读者交流，它的优势在于可以充分描写，可以充分展示作家对人物的把握；影视是以直观的形象与观众交流，它的优势是能把文学形象具体化、生动化，比如王全安选了张丰毅，林兆华选了濮存昕，在观众心中白嘉轩就是他们的样子。读者普遍认可的好小说都能成为好剧本的脚本，比如《红岩》《林海雪原》等，但也有些好小说是改不成电影的，那些有完整的情节、鲜明的人物和强烈的冲突的小说更容易改编。编剧、导演、演员对原著的理解是否准确、到位,是影响他们能否创作出优秀作品的重要因素。

记者: 现在许多作家都改行当编剧,还有的写小说时老琢磨着怎么能更适合改编成影视剧剧本,您如何看这种现象?

陈忠实: 对那些本身具备编剧天赋和才能的作家,当编剧是件好事,但不是每个作家都能当编剧,像我,即便写一集给我一百万,我也写不出来。我不赞同在写小说时老惦记着改编成剧本,这违背了文学创作的规律。如果老想着怎么能把情节写得离奇、惊险,甚至硬要加一些所谓有戏剧性的冲突,这就损害了小说的艺术性。

记者: 被寄予厚望的《白鹿原》没能拿到"金熊奖",这让许多人感到失望。我们好像特别着急在国际上获奖,用国际标准衡量我们的艺术创作。

陈忠实: 当时剧组给我发了条短信,说没获奖的原因是"有头无尾",大概评委觉得电影前半部分对人物命运展示得比较充分,到结尾时很多人物却不见了。能在国际上获奖当然是好事,这不光是中国作家、电影人的想法,各国都如此。但这应该是一个水到渠成的过程,不能勉强。达不到获奖标准,干着急也没有用。每年诺贝尔文学奖公布时,获奖者本人都很惊讶,所以我觉得"获奖"是不可期盼的,希望越强烈反而越容易失望。我们就踏实搞自己的艺术创作,获奖固然好,获不了也没啥遗憾的,眼睛总盯着奖杯是很难受的。

2012 年 4 月 11 日 北京

和作家秦岭说水

时间:2012年7月5日晚9:00
地点:中国·西安
主题:饮水安全与中国农民的命运
对话人:陈忠实(中国作协副主席、陕西省作协名誉主席)
　　　　秦岭(作家)
对话内容:

秦岭: 首先感谢您给中国文学史提供了《白鹿原》这样具有标志性的文学作品,也感谢您多年来对我个人创作的关心和支持。两个月前刚刚在西安和您以及陕西的作家们探讨过中国农村文学与中国农村现实的一系列话题,两个月后的今天,又在西安与您探讨中国农村饮水安全与中国农民命运,似乎不像巧合,倒像是事关农村、农业和农民话题的延伸,冥冥中,有种注定的意味。

陈忠实: 到了我这个古稀年龄,身体也时有不适,社会活动参加得越来越少。但是你这个话题与中国农民的命运有关,还是引起了我的注意,你一个电话过来,我觉得回避就是不妥当的。农民要过日子,就需要喝水,问题是,中国农村的饮水不安全因素这么多,问题这么严峻和残酷,直接影响到中国农民的命运,这就不是一个单纯的水利方面的话题,而是涉及农民生活、生存、生态的方方面面,文学如果回避这一现实背景,就不可能摸清中国农民生活的本相。我不清楚水利部、中国作协委托你来写这本书,到底是让你写中国农村饮水安全工程中的好人好事呢,还是写饮水安全带给乡村物质、心灵、精神层面的反应与变化?如果是前者,那就意思不大,如果是后者,可见水利部是有眼光的。你知道,我多年前就在《小说月报》上看过你有关粮食题材的小说,那是我第一次注意到你,几千年的粮食制度,被你用一个很小的刀片就切进去了,我欣赏你反思历史和观察生活的角度。这次,你如果能把握好农村饮水在农民生活、人性层面的点滴故事,以小见大,那么,这部书就有了成功的可能。

秦岭:当然是后者,我会朝这个方向努力。我可以实事求是地告诉您,水利部有关领导与我座谈、对话的时候,谁也没有给我安排既定的主题、既定的题目、既定的采访对象,更没有刻意安排让我采访中国农村饮水安全工程中涌现出来的先进集体、先进个人。他们根据中国农村饮水的状况和现实,只是建议我把重点采访的区域放在大西南和大西北,另外,根据我考察的需要,可以前往全国任何一个省份。他们就一个希望,让我从作家的角度,到一线去,到最偏远的农村去,到农民中间去,直接从最基层的水利干部和农民中找故事。什么感兴趣就写什么,什么打动我就表现什么,所有的梳理与提炼、剖析与反思,他们不做任何干涉,让我尽量发挥主观能动性。他们十分尊重我个人的视角、发现和观察,他们认为只有这样才能触摸到中国农民生活乃至情感层面的形态与变化。如果是前者的话,他们就不会相中我了,他们有的是调研人员和专业记者。

陈忠实:如此看来,水利部是在用一种历史的、务实的态度委托你做这次饮水安全考察。中国熟悉乡村的作家很多,但是水利部与中国作协偏偏委托你到乡村大地去"找故事",一定是深思熟虑了的,一方面体现了他们对你在社会层面、知识层面、创作层面的充分信任,另一方面说明他们对全国农村饮水状况和饮水安全工作心中有数。这几年经常有作家寄来所谓的纪实文学让我看,我多数读不下去，特别是一些主题先行、命题明确的应景随俗之作，有纪实，没文学，显然违背了纪实文学的基本规律，屈从于某些方面的意志和意图，看不到作家的主观意识和思想层面的独立创造。你这次考察回避了这些顽疾，我相信会搞出一个有特色的纪实读本。纪实要客观公正，文学要能够走进农民真实的心灵和错综复杂的情感，这样，一本书出来，才算得上丰富、饱满、有分量。

秦岭：我十分理解您的观点和忠告，本次考察，从重庆、贵州、广西、云南的偏远山区一路走来，农村饮水触目惊心的现状在不断改变着我的观察视角、创作思路，之前的一些创作设想甚至彻底颠覆。无论是完善还是颠覆，对我最终的开掘都是有益的。陕西是我大西北之行的第一站，下一站会去宁夏和我的老家甘肃，我相信，我思考的触角将会有更多的拓延。我记得，您的许多作品，包括《白鹿原》在内，多有对农村饮水状况的描述，饮水作为农民生活中必不可少的一部分，任何一位作家写到农民，大概都难以避免。在现实中，您个人有关水的记忆是怎样的？

陈忠实：我小时候生活的那个村子，属于西安市灞桥区霸陵乡，叫西蒋村，在原的北坡根下，村子东边有一道沟，沟里有一条小溪，比较大，从东流到西。家家门前也有活水。村子有开挖的涝池，洗衣服、淘粮食、饮牲口都能用。涝坝上接出两片瓦，农民可以在下面接水，按当时的标准，算是比较干净了，如果按照现在的标准，肯定是有问题的。那个年代，能吃上水，就不错了，啥叫饮水安全，很少有人认真考虑过。上世纪六七十年代，上游想修个水库，把水截了，结果没成功，变成一个潭，那阵子缺乏管理，牲口饮水、洗衣全在那里，潭里杂草很多，沤出了味儿。村民只好自己打井取水，但是，好景不长。由于灌溉和气候因素，不久，水位急剧下降，灞河上也开始形成淘沙、卖沙的产业链，有些井水也就干了，吃水越来越困难了。人们开始找水、挑水，挑来的水，都是稠泥浆，光沉淀都要好半天。明知这水有问题,但是还得照常饮用。周边许多地方,特别是山区、原上,祖祖辈辈喝水更加困难。农民喝水有什么样的困难,就有什么样的命运,水和农民的命运,几乎是相辅相成的。比照困难的,我们那里的村民还会有什么奢望呢,能够生活在灞河边,就已经很幸福了。

秦岭:黄土高原,在一定程度上早就成为水资源匮乏的代名词了,而全中国,尚有三点二亿多农民在长年缺水的困境中苦苦挣扎。在一个经济全球化背景下号称"大国崛起""强国"的国度,不少地方的公民还在因缺水而悲愤自杀、因抢水而械斗流血、因找水而离乡背井、因求水而膜拜鬼神、因污水而残疾终生、因喝水而卖血换钱。凯歌声中,如何理解来自大地上喊渴的声音。我在甘肃天水农村的时候,对水的困境,可以说有切肤之痛。今天来感受陕西农村的饮水状况,作为西北人,我有一种重温疼痛的感觉。在向陕北出发之前,很想听听您个人对农村饮水状况的体验,我想说的是,相对您生活过的灞河之畔,那些更为缺水的地方,您是否前往实地感受过?作为一个对生活和艺术高度敏感的作家,您一定有自己的感受。

陈忠实:全球化时代,一个国家的农民缺水喝,不仅仅是一个尊严的问题。让农民喝到水,维护的不仅仅是喝水人的尊严,更是一个民族的尊严。我当公社干部以后,去过一些乡村,真切感受到了农民缺水的严酷性。当时周边一些地方,背水、驮水、拉水,有的几里路,有的十几里路,许多劳动力深陷在水的营生上,每一个家庭的生活、日子都会因为水而发生变化,一天下来,当喝水成为最艰难的门坎,听着让人揪心。"文革"后期,有次,省上组织我们公社干部到渭北缺水地区参观解决饮水工作的经验,看了以后十分震撼。那个地方的经验是:家家户户挖一个和土炕差不多大的水窖,把雨水集流到水窖里,存储起来,说是有卫生措施,也能定期消毒,但是据说成本很高。实际上,在那里的农村,要确保水质没有污染,是不可能的。你想想,遇到干旱天气,一两个月不下雨,水窖里的水又不是活水,放也放坏了。那年头,放坏了,农民也舍不得放弃,只能喝那些变质的水。但是,在当时,水窖尽管仅仅是农民的权宜之计,发挥的作用仍然是很大的。有水,比没水好,至于水质如何,就顾不上了。如今,农村修建的水窖很多,在保证水质的技术上也比以前成熟了许多,用你这次考察的术语,就是安全了许多。但是在当时,特别是在"文革"后期,水窖是个很新鲜的名词,所以对当时的印象,我至今难以忘怀。

秦岭: 国外的知识分子,包括作家在内,多是民生意识、社会意识很强的人士,他们遍布各阶层,随时随地就能与最底层的心灵连接,许多中国知识分子也在反思这个问题。我曾经听陕西的农民讲,在饮水的事情上,您还直接帮助过饮水十分困难的乡亲,这样的话题对于一名德高望重的中国作家来说,更像一段文学之外的传说,因为作家和农村饮水,似乎并没有话题上的关联。您能具体谈谈吗?

陈忠实: 平时我很少说这个事儿,我也是农民出身,农民帮助农民,没有啥值得大惊小怪的。不过今天咱俩一起聊这个话题,还真是让我感慨。在我的印象里,你是第一个跟我聊起中国农民喝水问题的作家。现在文学界都在讲关注现实,真正的现实在哪里,在我理解,民生问题,才是中国农村最大的现实。那么,中国农民的民生问题最突出、最普遍的是什么,我认为是喝水。喝水不仅与发展有关,更与农民的日子有关。关于我帮助乡亲打井的事,那是八九年前的事情了,大概是二〇〇三年那阵吧。当时我离开西安,在村里写作,当时全村的吃水问题已经十分突出,村干部找我,问我有没有办法解决村民的吃水问题。听到村民的呼声,我心里不是个滋味儿。我是一个作家,既没权,又没技术,但是,村民偏偏找到了我,既然村民把喝水的希望寄托在了我的身上,我就有责任想办法,该能尽力的,就尽量尽力。我是个很少求人的人,思来想去,我就给省有关部门的一位领导谈了这个事情,这个领导也热爱写作,有文人情怀,他听了我的介绍,觉得也符合政策上倾斜的条件,于是拨了一些钱。有了资金,当时村干部立即行动起来,打了一口八九十米深的井,二〇〇四年上边派人对水质进行了化验,水质不错,又清又甜,没有发现有害物质。不久,地方政府和水利部门又修建了一个水塔,给家家户户安装了自来水,西蒋村终于改变了以往干旱没水吃、天涝吃泥水的状况。简单情况就是这样的,我没有参与具体的事情,只是从中间起到了穿针引线的作用而已。现在听说陕西农村到处都在搞饮水安全,饮水的标准也提高了,农民喝水方便了许多,安全了许多。但愿饮水不再困扰农民的生活,像生活在城市的公民一样,不要为水而发愁。就生活质量而言,农民和城市居民的重要区别之一,就是水,农民的命运要改变,首要的问题是解决水的问题。

秦岭:关于您帮助村民打井的故事,您始终保持了低调,用您的话说,就是仅仅发挥了"穿针引线"的作用,但是,据我所知,村民对您的这一善举,看得非常重,在他们眼里,已经把您的民生情怀与地方的井水文化联系了起来。在他们眼里,您作为一个大名鼎鼎的作家,面对农民喝水难的状况,不仅没有回避,而且直面应对,最终实实在在地让干渴的农民喝上了水。有人告诉我,您此善举,在一个村子的饮水史上,有里程碑的意义。您怎么看这个话题?

陈忠实:面对这样的话题,我的心情很复杂,也很沉重。面对农民,我真的没有做什么值得大惊小怪的事情。这件事情,村民对我十分感激,有人也找我采写这个事情,我婉言谢绝了。说穿了,只不过是一口井,却引起了来自方方面面的注意。中国社会,特别是飞速发展的今天,这么一个小事情引起注意,是不正常的。中国是一个农业大国,农民占了绝大多数。新民主主义政权建立以来,农民对国家做出的巨大贡献、付出的艰辛和牺牲,这是一本大账。供给制时代,农民节衣缩食、勒紧裤腰带对国家城市工业的支撑,对城市居民生活必需品的提供,哪个稍有良心的中国人会忘记?"饮水思源",谁要真不懂这个简单的道理,我估计,这样的人,连喝水也不会感觉自己多么幸福。作为中华人民共和国的公民,谁都要喝水,在国家财力的支持下,城市居民喝水都很坦然,而我们的农民却因为得到了一口水,就感恩谢德,这让我很不习惯。你想一想,几千年过去了,我们的农民还为喝水发愁,新中国成立也几十年了,大多数农民喝水的问题不但没有解决,这些年由于各种因素,反而更加严峻,怎么思考这个问题?难道简单地归于农民的宿命。所以,你提到的农村饮水安全工程,我觉得很必要,也很及时,如果这项工程在全国全面铺开,并且取得成效,中国农民都得到实惠,都能喝上方便的水、安全的水,那么,像"一口井"这样的小事情,就不再是农民的大话题。在我看来,在现代社会,农民需要的不仅仅是很现实的一滴水、一碗水、一缸水、一口井,他们应该有更高的需求,符合发展的需求,符合时代的需求,符合历史发展规律的需求,有关方面和整个社会应该关注农民的这些需求,创造条件去实现这些需求,否则,这个社会就无法和谐,无法公平,无法实现真正的进步。

秦岭:您说得很对,饮水之困,绝对不能简单地归于农民的宿命。您还提到了农民"更高的需求",这是一个现实命题,也是一个时代命题,中国要发展,中国的农村首先要发展。在我前期采访考察过的六十多个县、乡和村子中,农民们也在深深地思考这个问题。在农村饮水安全工程中得到实惠的农民,他们对于生活的品质已经不再停留在仅仅能喝上水这一层面,产业结构的调整,农村劳动力的回归、转移以及对精神文化的需求,日益突出。"水兴则农兴"。这句古老的农谚,如今听起来仍然那么的充满历史的穿透力。在饮水问题上,农民的命运似乎从来没有摆脱历史和时代的交叉点,作为一个写作者,我时而钻进历史,时而落脚现实,时而又不知不觉地进入农民灵魂最幽微的所在,时而自己的心灵又被安放在农民精神家园的天平上接受考量,置身于这种错综复杂的兴奋与峰峦叠嶂的矛盾之中,我个人的收获真是太大了。

陈忠实：我完全理解，你所说的收获大意味着什么。我参加过许多采风团，中国作协每年也要组织各种采风活动，我估计你也参加了不少。但是像你这样一种单枪匹马面向全国范围的采风考察，是不多见的，一是具体的采访对象由你自己去寻找；二是你随时可以根据自己的兴奋点选择你的考察路线；三是你有选择考察方式的自由以及和老百姓面对面的机会。有了这几点，对一位有良知的作家而言，极其宝贵，因为这不同于浮光掠影，不同于走马观花，而是能够真正地沉下去，面对真实、真诚与真相；面对真正的状态、真正的矛盾和真正的气息。喝水，是农民祖祖辈辈念的一本经，你现在要把这本经写出来，那些最基层的人、最基层的生活、最基层的烟火味儿给你秦岭的精神世界造成的冲击力必然是巨大的、直接的、原生态的。中国作家不缺技术和才华，缺的恰恰就是这种被冲击的外力。我们一直倡导关注现实，问题是，有些人会关注，有些人并不会关注。在我看来，关注现实从来都是双向的，观察者和被观察者必须能够在心灵上产生交锋和融汇，否则作为作家，即便长十双眼睛，也看不懂现实，而现实即便张开渔网一样的怀抱，也会把作家漏掉。我想，你有这样的机会利用长达几十天的时间，在中国农村最边缘的地方行走，时时刻刻在感受、触摸水资源背景下中国农民的命运，这是上帝对你的恩赐，更是对你文学生命的恩赐。你的小说主要以农村题材为主，这次行走给你补充的生活营养，够你消化一阵子，也够你写一阵子。纪实文学专著出版后，一定能够产生副产品——生活气息浓郁的小说。文学之所以能为历史发声的，就是因为与人的命运有关，如果关于农村饮水的小说写好了，说不定就会倒过来，成为正产品。我期待你这部纪实文学的同时，也期待你相关题材的小说。

秦岭：十分感谢老前辈对我的期望，其实二十多天前在重庆和广西的田间地头考察的时候，小说创作的灵感就已经在脑海里频频闪动。这些年，我写小说冷静了许多，此行的观察所得，我会更加冷静地沉淀,特别是对中国农民命运的思考,我会让自己思考的方式更加靠近炊烟、沟渠和乡村的心灵。记得几年前《文学界》杂志约请我写您的印象记,我拟的题目叫《圪蹴在白鹿原上的老汉》,我今天仍然要说,面对乡村大地,我会让自己圪蹴下来,与乡村默默对视。

陈忠实: 我相信你能把水和农民的关系搞清楚,把水和农民的命运表达好。"命运"这个词,对于文学来说是个了不得的概念。你这次走一圈回来,对中国农村社会必然有新的认识和理解,所以对这次难得的行走,要更加讲究智慧,把自己的长处好好发挥出来,展现出来,要尽量从大地走向心灵,走进农民心中的秘密。

秦岭: 我会好好争取的,力争让这本书乃至今后的小说创作,尽量抵达我文学的理想。您对话中的有些观点,我也会带给水利部。西安已经很热了,您多注意身体,今后有机会,您再不吝赐教。

陈忠实: 对我,你不用客气,对话的前提是有话可说。下次到西安来,咱吃羊肉泡馍。

作家秦岭受命国家水利部和中国作协,写成专著《在水一方——中国农村饮水安全工程纪实》,其中一章是和我的对话,涉及饮水安全和中国农民的命运的话题。

2012 年 7 月 5 日

文学的心脏,不可或缺

——与《解放日报·周末刊》高慎盈的对话

对电影《白鹿原》,总体上是满意的,却也不无遗憾

记者:您比我们先睹电影《白鹿原》,看后感想如何?

陈忠实:就现在剪定的两个半小时的电影而言,我确凿感知到导演和演员的难能可贵。这部电影展示小说所写的时代生活是准确的,人物的各个不同的心理轨迹和命运是富于时代色彩的,也各具个性化的特质。

记者:总体上是满意的?

陈忠实:对。却也不无遗憾。有一种遗憾是早有料定且心知肚明的——小说《白鹿原》时间跨度长,人物众多,事件也多且复杂,而无论秦腔、话剧、舞剧和电影,都受制于有限的时空,不可能容纳小说里的全部人物和主要情节。即使如原先构想的做上下集,仍然要舍弃包括朱先生等甚为重要的角色。对此,我不仅能理解,更尊重导演的选择。

另一种遗憾却是始料未及的。原先作为上下部的剪辑样片,约三小时二十分钟,和我一起观赏样片的作家朋友,评价甚高,我也有同感。后来剪辑到两个半小时的样片,大约结束在抗日战争日本鬼

子飞机轰炸西安,距小说结尾的共和国成立尚有七八年时间,而且关涉几乎所有人物的结局都没有了,遗憾就发生了。

记者: 当初想把《白鹿原》搬上大银幕的导演很多。据说您最初属意吴天明来拍摄?

陈忠实: 小说《白鹿原》刚面世时,身在国外的吴天明托他弟找我谈定拍摄电影的事,受制于说不清的因素而未能如愿。后来,王全安获得了拍摄《白鹿原》的批件。

记者: 你们是否就改编进行过交流?

陈忠实: 拍摄前他曾找我谈过,我向他阐释了作为小说背景的那段历史,也介绍了几位主要人物的文化心理结构差异,利于他的电影制作。电影拍摄期间,我到两个外景内景地各去过一次,看看拍摄现场,和几位演员见面聊天,完全是"走马观戏"。我不懂电影拍摄,倒是开了眼界。

记者: 现在看来,这部电影是否达到了您的预期?

陈忠实: 可以说达到了我的预期,只是后来缩减到两个半小时的片子,颇为遗憾;更遗憾的还是王全安自己。

我写的人物我都喜欢,没有主次之分

记者: 电影讲述的是清末至一九四九年之间发生在陕西一片黄土原上的历史。您觉得,城市观众能有兴趣、能产生共鸣吗?

陈忠实: 且先不说共鸣。一九四九年以前的黄土原上的、业已久远的生活故事的小说《白鹿原》,能否引发当今读者的阅读兴趣,就曾经是我的担心。

小说出版后的畅销和近二十年来持续的长销,当属对我的最大也是最切实的慰藉。读者不仅对《白鹿原》所写的乡村历史故事不觉隔膜,且颇感兴趣。电影是依小说改编的,读者和观众的兴趣同出一源。你说的"共鸣",最好不要由我说话,倒是你我多听听读者的、观众的看法。

记者:《白鹿原》算得上是中国最难改编的小说,但奇特的是,不断有人试图搬上舞台、银幕,原因何在?

陈忠实: 这同样是一个应该让导演们回答的话题。我想大约是对作品里的主要人物感兴趣,才想把这些人物的人生形态以立体化的表演展示出来。

记者: 众多人物中,您最喜欢哪一个?

陈忠实: 我写的人物我都喜欢,不受主次之分,即使出面一两次的非主要角色,我也努力让他在有限的文字里显示出不同别人的个性。如果一定要说出一个"最喜欢的人物",当数白嘉轩。尽管我尤其喜欢,却也浓笔重墨着他的腐朽的思想色彩。

记者: 当您写《白鹿原》时,是否有种跟着人物走的感觉?

陈忠实: 可以说是"跟着人物走"。对每一个人物在此情此景或彼情彼景下的行为和说话的个性化把握,要达到准确,只有循他或她的文化心理结构的途径来实现,比中医把脉还准确。

记者: 您从文化心理结构学说的角度,描摹白鹿原半个多世纪的风土人物、性格心理、命运变迁。《白鹿原》预告片中则突出了"中国式欲望"这一主题,您认同这一概括吗?

陈忠实: 你说的预告片是发在网上的吧?我不会用电脑更遗憾不能从网上获得信息。"中国式欲望"的表述,我对这一提法颇觉新鲜。

我理解,这一提法强调的是"中国式",也就是区别于别一个民族别一个国家的"欲望",自然属于中国人的独有的"欲望"了。所谓"中国式欲望",是一种概括式的泛指,如果缩小到白鹿原上,这里所说的"欲望"却是种种形态。同辈人的白嘉轩和鹿子霖的"欲望"大相径庭,鹿兆鹏和白孝文的生存"欲望"也相去甚远;更不要说"代沟"式的巨大差异了。白灵和她父亲白嘉轩的生存"欲望",不仅完全对立,而且闹到"就当她死了"(白嘉轩语)的地步。这里应当有一个时限,它在多大程度上能概括为"中国式",这需要读者和观众的认可。

再,"中国式欲望"会不会被我"认可",着重在导演和演员是否对各个角色循着不同的文化心理结构来展示其心路历程。不同的角色的"欲望",是各自文化心理的直观展现;如果展现得准确,让观众能看到各个不同的文化心理结构形态及其裂变的轨迹,那就会感知到"中国式欲望"的根基和实指了。在我看来,这种"中国式欲望"的概括,基本循着各个人物不同的文化心理结构演示着。

农村里日常见惯的人和事居然都可以写成小说?我想那我也能写

记者:您上个月刚过七十大寿,"人生七十古来稀",此时回顾您一生的创作历程,有哪些感受?

陈忠实:我的创作大体分为三个阶段性的历程。从喜欢文学到走向"死胡同",是第一个阶段。

记者:您的启蒙作家是谁?

陈忠实:赵树理。初中二年级,我在课本上学到赵树理的《田寡妇看瓜》,一个很短的短篇小说。读完之后把我农村生活的经历一下都激活了。这些农村里日常见惯的人和事,尤其是乡村人的语言,居然都可以写小说,还能进入中学课本?!我很惊讶,我想那我也能写。随之就到学校图书馆里借赵树理的小说。我的文学兴趣就从这儿发生了。

记者:在此之前没有读过小说,更没写过?

陈忠实：都没有，就只有课堂上写作文。看了赵树理的《李有才板话》，文学兴趣就激发起来了。随之就在作文课上写小说。

我第一篇小说是在作文本上写的《桃园风波》。我们家也有桃园，那时候正好是农业合作化转入高级社的时候，要将农民最后拥有的果园都收归集体所有，发生了很多矛盾。我每个礼拜天从学校回去都能听到很多这些事，于是就写了一篇。老师给我的评语居然写了作文本的近两页，都是让人心跳的好话。那时候计分制的满分是五分。老师给我评了一个五分，并且在右上角画了一个加号。我就受到了很大的鼓励。紧接着，又写了一篇小说《堤》，写我们合作社里建大坝、蓄水灌田中的一些矛盾纠纷。老师又对我赞赏有加。学校提供两个名额去参加西安市的作文比赛。一篇就是我的这篇小说。

记者：结果如何？

陈忠实：最后没结果。这位老师非常热心，他将我的《堤》抄写一遍，投给《延河》。我那时候根本都不知道有文学杂志。老师跟我说，要是发表了会给你稿费。

记者：有多少稿费？

陈忠实：没发表。我那时候生活很困难，从家里背一个礼拜吃的馍到学校，学校还给我些助学金。老师说如果发表了，可以改善生活。这个老师特别好，姓车，我后来写过一篇文章怀念这个老师。

记者：从喜欢上文学到正式发表作品，这应该算是一个比较大的转折吧？

陈忠实：对。一九六五年初，我高中毕业回乡以后当民办教师，发表了第一篇散文叫《夜过流沙沟》。到"文革"开始，一共发表了六七篇散文，两首诗歌，都在地方报纸。然后"文革"开始了，老作家都被打垮了，像我们这样的业余小作者就更加不用说了。

到"文革"后期，报纸有副刊了，文学杂志也开始恢复了。大约一九七三年前后,《延河》改为《陕西文艺》,重新出版。他们要扶持工农兵作者,一个和我要好的业余作者向《陕西文艺》的编辑推荐,说西安东郊有一个作者叫陈忠实,这个人写得不错。他们约我,我就将我的一篇散文给他们,在《陕西文艺》第一期上发表。紧接着,我写了我第一篇小说《接班以后》,在《陕西文艺》上发表后,产生了很大的反响。

由于我那时候已经在公社工作,后来又被提拔成为公社副主任,分管很多工作,整天在生产队跑,但写作这个兴趣还是压不下去。

记者:您的小说都是工作之余写的?

陈忠实:对。有一次办了个两三个礼拜的学习班。相对就比较轻松,我写了第一篇小说。到一九七四年,我去了南泥湾五七干校锻炼半年,利用节假日、晚上,我又写了第二篇小说。

我把我的创作转到接受真正的文学,第一次完成了"剥离"

记者:十年浩劫后,以《伤痕》《班主任》为代表的伤痕文学在社会上产生了极大反响,是否也影响了您的创作?

陈忠实:一九七八年夏天,我正在给家乡的灞河修建防洪河堤,有天晚上,打开《人民文学》,躺在地铺上看一篇小说《班主任》。我在这篇万把字的小说的阅读中竟然有心惊肉跳的感觉:小说敢这样写了!

一九七八年末,我调离公社到文化馆,我感到,文学创作可以当作事业来干的时候已经到来了。当时我比较担忧的是我所接受的文学概念。尽管我读过很多世界名著,但接受的主要是极"左"的文艺思想。

记者：比如，文艺是为专政服务的，正面人物"高大全"……

陈忠实：对。我就意识到我需要真正接受一次文学的洗礼。我暂时没有动手写作。我借了一些文学名著来读，以真正的文学来荡涤我已经形成的极"左"的文艺概念。

最后我选择了两个作家，一个是莫泊桑，一个是契诃夫。我把文化馆所存的这两个作家的短篇集都找来，最后在这两个作家中选择了莫泊桑。为什么呢？因为契诃夫是以人物来谋篇布局的，我觉得我当时的水平还达不到。莫泊桑是以情节来谋篇的，每个短篇都有一个很好的情节。所以我在莫泊桑的短篇里又选择了十到二十个短篇，反复阅读。

记者：一种解剖式的学习？

陈忠实：对。就是一种解剖式的读法，是一种纯粹的学习，谋篇布局、遣词造句等等。经过一个冬天的阅读，一九七九年到来的时候，我的自信心就增强了。我就开始写我的短篇。一九七九年，我写了近十个短篇，其中一篇《信任》获了全国短篇小说奖。这就进入了我的第二个写作过程。我称之为"剥离"。

记者：怎么个"剥离"法？

陈忠实：我是从西安郊区一个搞种子研究的人身上得到的启示。他要不断淘汰劣质的植物品种，就要搞种子分离。联系到写作上，尤其我自身的创作上，我觉得人的精神也有一个分离的过程，但稍有差别，我称之为"剥离"——剥除旧的观念，不仅思想上而且艺术上。

我把我的创作从"四人帮"极"左"的文艺观念转到接受真正的文学，这是我第一次完成了"剥离"。后来，"剥离"的概念不断升华，从短篇到中篇、到《白鹿原》的写作之前，我写了五六十个短篇、九个中篇。写作量不是太大，但保持对生活、创作的理解继续着"剥离"的状态。这应该是我创作的第二个阶段。

直到《白鹿原》的创作，对生活、生命，包括革命、历史，包括我个人的艺术理解,又进入了一个新的过程,这是进入了第三个阶段。

大树底下好乘凉,但另一面就很残酷——大树底下不长苗

记者:您刚才说,对您影响最大的作家是莫泊桑和契诃夫。

陈忠实:不。影响我的作家是不断变化的。最初是赵树理,紧接着是柳青,后来是山西籍的王汶石。一九五〇年到上世纪六十年代初,王汶石在全国都堪称是短篇小说大师。他的短篇把陕西关中的风情、人物的个性描写得太精到了、太漂亮了。

柳青的《创业史》是我阅读量最大的一部书。我前后买过九本《创业史》,我去南泥湾五七干校,就带了两本书,《毛泽东选集》非带不可,另一本就是《创业史》。

我的短篇小说《接班以后》一发表,居然在陕西文化圈产生很大影响。有人议论:"哎呀,怎么柳青的文章给换了一个陈忠实的名字?"因为当时谁都不知道陈忠实,大家都猜测是不是柳青"文革"之后改名字了,因为太像了。

记者:这种"像",是有意识的模仿还是无意识的深受影响?

陈忠实:那是喜欢,喜欢到不能摆脱。柳青获得声誉其实是在《创业史》之前的《铜墙铁壁》,写陕北的解放战争。这个小说我读过几次都没有读完,陕北方言我读不进去,战争题材我也不太喜欢。我读《创业史》是初中三年级,那是一九五九年开始在《延河》上连载,我去邮局买了一本,一读一下子就进入了。

记者:因为小说描写的是您熟悉的生活?

陈忠实:太熟悉了。他把关中乡村生活写得那个到位,包括语言,包括人的性格。那个时候我家每个礼拜给我两毛钱买咸菜吃,我

都不吃咸菜了,开水泡馍,用两毛钱去买一本《延河》,一直买到初中毕业,还没有连载完。紧接着我上了高中,听说《创业史》要在上海的《收获》杂志全文转载,我求我在城里当工人的舅舅在西安给我买了一本《收获》送到学校,我才把《创业史》全文读完。那个印象是几十年都不能摆脱的。

记者:热爱到不能自拔。

陈忠实:对。太喜欢了。后来就是一种随意性的阅读,随便把《创业史》打开到哪一章节都可以往下读。这种影响是潜移默化的,不自觉的。到我写短篇小说的时候,语言风格受到了很大影响。

直到上世纪八十年代初到中期,我才意识到,必须形成自己的风格。"大树底下好乘凉",我们倚靠它可以获益匪浅;但另一面就很残酷——"大树底下不长苗",尤其文学,必须形成自己的个性。就像我刚才说的"剥离",除了思想观念,在艺术上也要有一个剥离过程,要从大树的阴影之下寻找自己的天空、阳光。

记者:这和其他艺术是一样的,从模仿到成为一个真正的艺术家也是一种"剥离"。

陈忠实:一样的。我是从自然界受到这种启示,开始寻找自己,形成自己的创作风格。

从文学爱好者到职业作家,我这个转变经历了二十五年

记者:您刚刚说的至少说明了两点。第一是时代对作家的创作和命运起到很大影响。像"文化大革命"期间您就停笔了。"文革"后,在"解放思想"的时代大背景下,面对一些新的思潮和新的观念的兴起,进行"回嚼"或"反思",完成思想观念的转变。这种"剥离"也是紧跟时代的步伐,实现精神上的新生和艺术上的回春。

第二点是,创作还是来自于现实生活。像您,最早就是一个在基

层摸爬滚打的农村干部。从一个业余的文学爱好者到职业作家,经历了很漫长的过程。

陈忠实: 从一九五七年到一九八二年,二十五年。

记者: 您这个身份的转变,花了二十五年。人们对如今的作协把一些作家养起来的做法有质疑,您怎么看?

陈忠实: 养起来也是一种办法,但作家必须要解决写作和生活的关系。陕西作协这点做得比较好,成为专业作家之后,让作家兼职。像我,一九八二年,作协让我在灞桥当基层干部,我就可以在那一片随便跑。

记者: 这不是"体验生活",而是直接参与进去,成为生活的一部分。

陈忠实: 对。上世纪八十年代初期是农村改革最激烈的时候。我被分配到渭河边上给农民分土地,把土地、牲口从集体分到一家一户。这是很深刻的体验。

我们就两个人做这项工作。因为没有经验,就在一个村子搞了试点。我记得,当时牲口少、农户多,没有办法平均,于是采取抓阄的方式。分完牲口以后,矛盾还一直持续到晚上十二点。一直做了两三个月,才把土地分好。

分完土地之后,深夜我一个人骑自行车回住处,到莲池旁边的时候,我突然意识到:我跟柳青构成了"反动"——柳青当时是一个村子一个村子地去宣传农业合作化,一家一户地说服农民,把私有土地和牲口收上来,建立了农业合作社。二十多年后,我在渭河边上,说服农民,把柳青当年合并的土地分还给农民。

柳青是我崇拜的作家,而二十多年后,我和他做的刚好是相反的事情!这不能不引起我的思考,而且这思考和一般干部落实工作任务不可同日而语,和领导表扬我的工作做得好不好的感觉是完全不一样的。这就是直接的生活经验。

记者： 直接参与生活，参与社会发展，参与历史进程。在这个过程中，激发创作热情。

陈忠实： 对。直接获得一种生活体验，然后进入理性的思考。

我把作家的思想喻为炼钢，
磨砺思想锋芒是很费工夫的

记者： 上世纪九十年代，您进入了个人写作的第三个阶段。《白鹿原》问世后，震动非常大，被称为难得一见的史诗性巨著。您在写作时，是否带有一种为民族作史诗的使命感？

陈忠实： 我曾经在多年前说过，《白鹿原》的写作是为自己死时有一本垫棺作枕的书。这主要是为着从幼年就喜欢文学的那个至今难得改易的兴趣。

在《白鹿原》的构思阶段，我粗略计算了一下时间，到完成这部小说时，就接上乡村人习惯上所划的老汉的年龄界限——五十岁了。我对人生中的生命短促的紧迫感发生了；伴之而来的是一种压迫感——从喜欢到迷恋文学大半生，没有写出一部自己完全满意的小说，这是任何荣誉和金钱都难以补偿的缺憾。

在一次和文学朋友喝酒喝得亢奋时，朋友问到这个话题，我把在心中沉郁许久的话说了出来："我想为自己写一本死时可以垫棺作枕的书。"依此可以作证，这部小说的写作，完全是自己对文学创作的一种宿愿，是指向自己的。至于后来产生的较大反响，起码超出了自我宿愿实现的目的，我自然获得慰藉。

记者： 有评论家认为，作家每写一部作品，都要从良知出发，都要有一种使命感，作品才能对人民对社会有用。

陈忠实： "使命感"这种东西，有则更好。关键在于寻找个人创作的突破口，生活体验以至生命体验的独特性，还有包括文字这种表述的基本功力在内的艺术形态,都得有自己的独特追求。否则,"使命感"不仅构成一种压迫心理,而且很可能落空。

记者:您似乎很少谈作家的"使命感"。

陈忠实:我大约没有说过"使命感"的话。这不是我清高,而是我对小说创作的理解。

我从初学写作到后来的长篇小说《白鹿原》的创作,越来越相信作家生活体验的独特性,更难能可贵的是进入一种生命体验的状态。我越来越相信,决定生活体验和生命体验的独特性的一个重要因素,是思想。

我曾把作家的思想喻为炼钢,深刻而独立的思想有如最先进的炼钢设备,能够把矿石冶炼出精钢来;而肤浅平庸的思想有如低劣的炼钢设备,面对同样的矿石却只能炼出粗钢。磨砺思想锋芒,这是很费工夫的事。不然,很难实现"使命"。即便说,也是空喊。

我当了十几年作协主席,从来不用"培养"这个词

记者:除了"使命感",还有一个文学创作者和评论者都十分关心的话题——文学天才。

陈忠实:文学创作的天才,确实是一个颇为神秘的话题,也是在我喜欢上文学便感到困惑以至压迫的一个话题。

创作需要天才,又如何验证自己是否具备创作的天才呢?无法验证。我看到外国和中国的许多作家和诗人,多是在青年甚至少年时期便有佳作问世,自然对我形成压迫,如果自己不具备创作天才,用功将成为白费,可能连适合自己能干的事也耽误了。

记者:"天才"问题也曾困扰您?

陈忠实:是啊。但我尽管心里存在天才这个阴影的压迫,却无法

舍弃或改变这个爱好,即使在"文革"对文学创作几乎一扫而光的严酷背景里,我仍然偷读意外获得的世界名著《悲惨世界》《无名的裘德》等,哪怕放弃了文学写作的业余爱好,纯粹是一种欣赏性阅读。

记者:您现在觉得,什么样的人是文学天才?

陈忠实:我后来对困惑自己的文学天才,有了一个物质化的理解,即某个被称作文学创作天才的人,生来就有一根对文字尤为敏感的神经。少小年纪接触到文学语言,那根敏感文字的神经就兴奋起来,促成他的偏好,以致成为终生难以改变的追求。

依此可以推想,中学都没有读完的华罗庚能成为大数学家,当是那根对数字尤为敏感的神经,能够起到事半功倍的效应,当然不可或缺钻研的勤奋。这样,我就能够理解,生长于同一书香门庭的兄弟姊妹,可能有人对文学发生兴趣,有人对机械发生兴趣,有人对什么事都缺乏特别的兴趣,决定因素便是那根神经的有无或偏向。

记者:所以您曾说,当了十几年作协主席,从来不用一个词"培养"。

陈忠实:从来不用,如果作家能培养,我为啥不把自己的儿子培养成为作家?

据我所知,现当代作家中,子承父业或子承母业的现象不是没有,而是一个极小的比例。仅就离我最近的陕西文学界而言,上世纪五六十年代享誉中国文坛的十余位小说家、诗人、散文家和文学评论家,他们的儿女中几乎没有一个是以文学为职业的人。而画家和书法家,还有秦腔等地方戏曲的表演艺术家,子承父业、女承母业的人却不少。我便想到文学创作的这种现象,很难说培养。

我又看到另一种现象,许多作家出身于农民家庭,父母甚至是文盲,没有书香的熏染,却从小对文学发生兴趣的,以至成为当代文坛的骁将,比如路遥、邹志安等。他们是文学创作的天生之人才,生命里注定要选择文学创作。

生活和文学的自然法则,容不得任何人投机

记者: 您是上世纪九十年代的文学领军人物。也正是在九十年代,金钱裹挟下的欲望开始泛滥文坛。文学领域中出现了许多新名词,从痞子文学到身体写作等等。

陈忠实: 你所说的这种种文学现象,前些年发生着的时候,我在媒体上都看到过,也看到对这几种小说写作的议论和评价。我基本保持着这属于文学创作领域的正常现象乃至必有现象的看法。

记者: 包容的态度?

陈忠实: 不是我包容,而是基于对小说创作的理解。不同的作家,对小说创作的艺术理想差异很大,生活体验差异很大,思想差异也很大,笔下所展示的文字差异就很正常了。即如上世纪初中国新文学的发端时期,有鲁迅等直面民族精神和命运的奠基性史诗的写作,也不无风花雪月等形态的作品。

记者: 消遣小说、"尿布文学"等等,也是一种形态的作品?

陈忠实: 这种东西社会也需要。他的生活经历可能就局限于这种生活体验,他只能写这种作品而且乐在其中。

记者: 但文学创作不应该与时代的脉搏相连吗?

陈忠实: 肯定是有扣着时代的脉搏写作的人。但是谁也代替不了谁,谁也改变不了谁。可能有一天,他写"尿布文学"不满足了,他要走出自己的圈子了,去进入社会了。

现在就我能了解到的,大多数的作家写作还是面向社会、面向现实,还是在思考时代命运的。队伍里出现一些另类写作,也不奇怪。"身体写作"前几年比较热,现在基本也没什么影响了。这是生活本身,包括文学本身,一种自然的、无情的淘汰。这个法则是无法改变的。如果靠色情去俘获读者、提高发行量的话,这是写作者的

悲哀。

记者：法则会教育人,生活会教育人。

陈忠实：生活和文学的自然法则是容不得任何人投机的,投机了一时但不可能永久。

记者：所以我们的文学还是要忠于生活体验和生命体验。

陈忠实：这是已经被国内外的文学大师无数次证明了的。

记者：证明了文学还是需要"心脏"的。

陈忠实：当然。没有文学的心脏,跳动是不持久的。

不可能大家都去写《百年孤独》,如果这样文学就太孤独了

记者：进入二十一世纪后,越来越多的作家走上了"文学创作的影视之路"。文学作品改编成影视剧,成为当下很重要的一个文学现象。

陈忠实：这个我觉得不是中国独有的现象。作家写出小说,电影、电视剧的导演希望以一种比较形象化的表述来展示给观众。这样就对小说家所要张扬的东西给了一个更具象化的表述。

这和文字阅读是两种感受。文字阅读,是包括读者自己的想象的。而具象化的表述,把所有人物都展现在读者面前。比如,张丰毅就是白嘉轩,白嘉轩就是张丰毅。电影有它自己的优势。它把文学圈里的阅读扩展到整个社会,市民、农民阶层能进行直观的欣赏。这应该是对小说创作的扩展和延伸。

记者：改编成影视后也有利于扩大作家的影响力。

陈忠实：包括一些原本在读者中没有太大反响的作品,成功改编成影视作品后,产生了非常大的效应,这也不在少数。

记者：如果某些作家明确自己的目标就是快速进入商业通道,会

不会对文学带来伤害?

陈忠实:这样的作家,可能会有,但不会是全部。有为影视改编提供方便的现象存在。但影视的诱惑不会影响作为作家的坚持,大多数作家还是坚守文学的风骨。就像是张贤亮,给他再多利益,他也不会为了改编成电影而写小说。而且,社会有时候也还需要这些东西。

记者:不可能大家都去写《百年孤独》。

陈忠实:那是不可能的。否则,那就真的太"孤独"了,文学太孤独了。应该有适合不同兴趣层面的读者的写作。不可能每个人都去写《百年孤独》。

实际上,有些人,就算文学再神圣,他也孤独不起来,他进入不到孤独的境界,只喜欢娱乐性的电影、电视这种写作。作家之间的差异很大。反过来,利润再丰厚,诱惑再大,马尔克斯也写不了纯商业的东西。一个是他不愿意,另一个是他可能就做不来。

文学的本质,是作家对社会对人生的独特体验

记者:更进一步说,您认为商业化时代会对文学带来多大的影响?

陈忠实:商业时代汹涌的商潮,会对文学产生冲击性影响,但不会改变文学的基本属性。

其实这种影响业已发生,在泛文化尤其是艺术界,商业利益驱动的低俗平庸乃至不堪入目的影像、表演等,早已司空见惯。文学领域也很难独清一池,娱乐性、猎奇性和色情性的写作,应商潮而生,而且很有市场。

欧美地区似乎早已如此,然而并未影响大作家大作品的出现和

出版。上世纪九十年代中期,我到美国有两次乘火车的经历,在火车进站口有一个售书台,出售多种报纸、杂志和书籍,尤其是那种包装简陋售价很便宜的小说,专售乘客在火车上的消遣性阅读。我看到有男性和女性在火车上的阅读,也看到他们到站下车时,便把读本顺便丢在车厢门口的纸篓里了。

后来我得知,有不少专写这类读物的写作者,据说收入不菲。然而,并不影响美国出现一个又一个优秀作家。他们神圣着的纯文学精神依然神圣,文学的本质不仅未见异化或改变,而且更深化了。欧美的市场经济已过两百年,纯粹的文学依然发展。

记者: 您理解中,文学的本质是什么?

陈忠实: 我所理解的文学的本质,是作家对社会对人生的独特体验,用一种新颖而又恰切的表述形式展现出来。所谓独特体验,就是独有的体验,而且能引发较大层面读者的心灵呼应,发生对某个特定时代的思考,也发生对人生人性的理解和思考。

譬如昆德拉的《生命中不能承受之轻》,在于他从通常所说的生命不能承受的重,而深刻到不能承受之轻,不仅是他独有独特的体验,而且从生活体验升华为生命体验了。这种体验引发的心灵呼应,不仅是本国读者,而且是不同国家不同民族的读者;不仅是有过此类生活经历的会发生心理呼应,未经历过此类生活遭遇的读者也会发生关于生命思考的心理呼应。

记者: 一些文学作品脱离现实,在一个虚无的基础上展开故事。这样的作品能不能算是文学?

陈忠实: 你提的这个问题,其实你已经有了一个否定性的结论,这是文学常识。

我要说的是,在我不无偏颇的关于创作的理解,是作家对生活的体验需要展示,这是文学创作的原始动因。诗人触景生情便有歌吟,李白面对庐山瀑布,发生"飞流直下三千尺,疑是银河落九天"的浪漫诗句;杜甫面对民不聊生饿殍载道的惨相,发出"朱门酒肉臭,路有冻死骨"的悲叹。小说创作更是如此,无论面对现实生活,无论面对已成昨天的过去的生活,抑或甚为久远的历史,作家发生独有的体验,生活体验或难得的生命体验,便激起不可抑止的创作欲望,就有令读者感动以至杰作出现。这是创作的基本路数,似难违拗。

缺少高水准长篇小说,主要在于思想软弱,缺乏穿透历史和现实烟云的力度

记者:对中国当代小说有两种截然不同的说法。德国汉学家顾彬称"中国小说都是垃圾",另一种是说"中国小说离诺贝尔文学奖不远了"。您怎么看?

陈忠实:说中国小说都是垃圾,显然以偏概全了。他可能主要是指当代小说,他起码不敢说鲁迅的作品是垃圾吧。他应该对中国小说有更全面的了解。我们的文学创作能成熟到什么程度,能被外国读者接受到什么程度,还可以再讨论。

记者:更极端的是,有人甚至说"文学已死"。比方说,文学杂志越来越难以为继。像《大家》杂志甚至用同一个刊号出版两种期刊,收费登载各种论文。

陈忠实:就我知道的,全国各地的文学刊物还都存在着,停刊的很少。现在文学刊物普遍采取的生存方式是为财团做一些服务性的宣传,财团提供资金,这样就基本解决了生存的资金。单纯靠发行赚钱的文学刊物,少之又少。

记者:在十一届三中全会之后,文学刊物风靡一时,像《萌芽》杂志都要排队去买。那时,文学成为时代的号角,现在,文学似乎进入了平常化状态。

陈忠实:我是这样理解这个过程的——这是个特殊年代的特殊

现象。毕竟我们经历了"文革"十年,很多人受迫害,话说不出来。这时,文学成了一个时代的先声,理论上还没有解决的问题,作家通过文学作品将民众的积怨抒发出来了,所以他赢得的是人的心灵的呼应,这不是我们一般概念上的文学欣赏。

记者：所以这是一个特殊时代的特殊现象,并不具有文学创作的普遍意义?

陈忠实：不具备。那个时期,对文学没有兴趣的人,听说哪篇文章如何如何,都去争购作品。到上世纪八十年代中期以后,这个现象就没有了。政治上把很多东西都解决了,很多受冤枉的人都平反了。大家一口气出了,心里就平静了。

记者：文学也归于平静了。所以不能用那个时代的突然热闹来和现在比较。因此,您对当前的文学现状并没有过多忧虑。

陈忠实：我所知道的文学创作态势,是空前繁荣。前几年每年有两千部长篇小说出版,近两年的长篇小说出版量已突破三千部。有人做过统计,"文革"前十七年出版的长篇小说不足二百部,参照对比,当今中国文学创作繁荣到超出想象的景象了。"文学已死"的话,起码不符合当前长篇小说创作的态势。

记者：但是,在"量"的繁荣中,有没有"质"的提升?

陈忠实：中国是缺少高水准长篇小说的。在我看来,主要在于思想的软弱,缺乏穿透历史和现实纷繁烟云的力度。

作家独立的思想,对生活——历史的或现实的,会发生独特的体验,这种体验决定着作品的品相。思想的深刻性、准确性和独特性,注定着作家从生活体验到生命体验的独到的深刻性。这也应该是文学创作的常识。

所以我以为,急不得。首先是繁荣提供了一个雄厚的阵势,那么多作家都持续在进行探索和创造,大作和精品肯定会出现,我想对这个过程应该宽容。

对于诺贝尔文学奖,我想都不想

记者: 至于"诺奖",早已经成了文坛的一个情结。我们离它真的不远了么?

陈忠实: "诺奖"吵吵了好多年了。且不说"诺奖"对中国文学有什么偏颇看法,在我的印象中,"诺奖"是很难让人预料的。每年"诺奖"一公布,记者采访获奖者。每一个获奖者都表示"出乎意料",根本没有这个思想准备。

记者: 据说,诺贝尔文学奖依据六条标准来评价:是否表达了高尚的理想和对真理的追求;是否表达了对人类的同情和深厚的人道主义精神;是否捕捉了时代的重大主题,写出了人类面临的困难和命运,或者特别突出了人类的精神困惑等等。这是否给了我们一些启发?

陈忠实: 这六条标准,并不陌生,可以说是作家们耳熟能详的创作命题。就我有限的阅读,当代中国作家的不少作品都涉及其中这个或那个甚至不止一个两个命题。

这六条命题,是作家面对生活必然会发生的思考。如果不涉及这六条命题的思考,那就只有娱乐功能的地摊读物了。关键在于思考的深或浅的层面,这决定着生活体验和生命体验的独特性,自然决定着作品的质地和品相。鲁迅先生未必知道这六条标准,而他关于民族命运的思考所形成的体验,铸成狂人、阿Q、孔乙己等典型人物,依旧鲜活在读者心里。

面对这六条并不陌生的命题,我想应该不断深化思想,形成独立独特的生活体验和生命体验,才可能有独秀一枝的作品产生。创作者尽可能完美地展示自己的体验,别想那个"诺奖"。每年"诺奖"公布之后,获奖者谈到感受时,几乎无一例外都说到"没有想到"。可见他们原本不是瞅着"诺奖"写作的。

记者：所以，中国的作品离"诺奖"远不远也很难说。

陈忠实：对，很难说。所以我认为就索性不要想，他给更好，不给我们就继续创作。

记者：也就是那句话：走自己的路，让人家去说吧。

陈忠实：让人家去评吧。

记者：这几年"诺奖"的获奖作品您都看吗？

陈忠实：大部分我都看过他们的代表作。我觉得都不错，都有特点。

记者：在您眼中，这些文学作品的共同特点是什么？

陈忠实：都是各成一体，很难看到他们之间有类似或者相同的东西。这是对我很大的启示。今年年初，我读土耳其帕慕克的《我的名字叫红》，他的写作就很不一样。一个人一道艺术风景，很难看到谁跟谁近似的东西。他们的个人体验、生活体验差异性非常大。这给我们的启示很大——就是要写自己独立的、独特的生活体验，甚至生命体验。

记者：有人说，《白鹿原》是中国版的《百年孤独》，是中国最有希望得"诺奖"的。

陈忠实：不敢当不敢当。我就是写了一九四九年前的那五十年我对那一段中国社会和生活的理解，受到读者的喜爱对我来说都非常安慰了。对于"诺奖"，我想都不想。

记者：您是否会写一部自传或出本传记？

陈忠实：《白鹿原》出版十余年来，有多家出版社约我写自传，或让我口述，由人代笔，我都辞谢而未做。我对某些自我评功摆好以至自吹的自传，阅读的感觉是无言，警示我别做这类蠢活儿。

记者：忽然想到，您这个"陈忠实"的名字有什么寓意吗？

陈忠实：这是我父亲取的。我家那个村子叫西蒋村，但没有人姓蒋，百分之九十五都是姓陈的。我排到了"忠"字辈，所以我父亲给我取个"忠实"。

记者： 父亲给您取"忠实"，是想让您做一个真实、实在、踏实的人。

陈忠实： 但是这个名字给我的最初印象是我不喜欢。为什么呢？我从上小学到初中，常遇到一个问题，包括老师也会跟我开玩笑："你名字叫陈忠实，那你忠实不忠实呀。"

这尽管是玩笑，但从很小的年纪就警示着我不能说谎，必须诚实。别人可以说假话，我不可以，因为我叫陈忠实。包括同学之间开玩笑，"你这个陈忠实，你不忠实呀"。虽然是玩笑话，但是这个比毛主席语录还有作用。

记者： 作为生活中的陈忠实来说，是要忠诚老实；作为作家的陈忠实来说，则是要忠实于生活，忠实于生活体验和生命体验。可不可以这样去理解"陈忠实"？

陈忠实： 谢谢你的理解和表扬。

2012年8月25日　西安

白鹿原上的文化守望

——与《中国文化报》记者杨晓华的对话

杨晓华:《白鹿原》出版以来,持续受到读者的喜爱,就您掌握的情况,现在有没有一个包括外文版在内的发行数的准确统计?

陈忠实:《白鹿原》具体发行了多少本,我也不知道。反正是几种版本一直都在发行。电影《白鹿原》上映,又一下子发行了六七十万册。去年人民文学出版社举行了《白鹿原》出版二十周年纪念活动,他们说,这个小说从一九九二年出版到二〇一二年,一开始就热销,后来持续每年各种版本发行十多万册,这在当代文学中是很少的。我自己也很惊讶。二十年,两三代人啦,这对我来说是最大的安慰。

《白鹿原》最早翻译成日语,接着是韩语,再后是越南语,去年是法语。英语的翻译来谈的很多,但有一个问题卡住了。法文版签合同时,他们出版社的总编提出还要代理其他语种,还有德语、西班牙语等,他们号称法国第二大出版社,和各国出版社都有往来,对其他语言的翻译出版有好处。我就直接签合同了。所以,现在各种语言要翻译,我都不能谈了,得和法国出版社的代理商谈。

杨晓华:雷达先生在《废墟上的精魂》一文中,认为《白鹿原》正面观照了中华文化精神和文化养育的人格,从而探究民族文化命运和历史命运,是新时期文学、现实主义文学的一次飞跃。您是什么时候产生这种浓郁的文化意识的?是什么样的契机和动力促使您要从文化心理结构上对传统社会做一个史诗性的观察和描述？

陈忠实：应该说，就是创作《蓝袍先生》引发的。在《蓝袍先生》之前，我主要是写当代农村生活的变革，写农村实行责任制之后的思想、家庭、人际关系的演变。我发表的第一个中篇小说《康家小院》写到了现代生活潮流对乡村传统文化的撞击，但是文化的意识并不明确。到《蓝袍先生》，这个意识就较为明确了，我就是要写一个人的精神裂变，写精神裂变过程中的社会和人的命运。正是因为这个中篇触及文化心理结构的问题，我才感到这是个深不可测的一个大的人物活动的背景。后来就开始关注那一段历史，就是一九四九年以前，从封建社会解体到共和国成立这一段历史，我们传统文化和现代思潮的关系问题。

杨晓华：如果说您之前的创作，重心都集中在单个人物的刻画上，到了《白鹿原》面对的是受到类似文化心理结构影响的人物群体，这个挑战是很大的。

陈忠实：我从来以为我对农村是最了解的，因为我生在农村，长在农村，工作在农村，前后几十年。我不像柳青，他挂职县委副书记去深入生活，实际上就是深入我这样的生活，我本身就是这种生活的人，我的这种体验是最直接的。但是写一九四九年以前的时候，我突然感觉到一种不自信。对一九四九年之前的农村太不了解了，尽管有些感性经验，但那是很幼小的生活记忆，所以我就渴望了解这块土地的昨天。

当时我还有一个逆反心理。我本来对寻根文学很感兴趣，但是后来看到几个人写的东西都是写荒山野岭、荒无人烟的地方，写小土匪，小酒店发生的怪事情，我就感觉到，寻根寻到最末梢去了，这个不好，应该寻民族文化的根，民族文化的根最具代表性的就是一个城市或者古镇，因为一个城市或古镇，是一个地方工业、商业包括文化发展最具代表性的地方，民族文化的根应在这里，而不在荒山野岭。

有了以上这几种因素，我就开始全面了解白鹿原。白鹿原只是一个具体的小原，实际上西安周围的几个县都有原。先开始查县志，西安周围三个县长安、蓝田，还有已经消失的最古老的咸宁县的县志（辛亥革命后和长安县合并）。一边不停地查，一边一笔一笔抄，抄了厚厚一本子。我还搜集了后来很多人写的革命回忆录。蓝田这个地方的山里头有过一个红军的根据地，红二十五军，红十五军都待过，出了很多革命家，一个小小的蓝田县，解放后光部长级、军级干部就四五个。中国共产党一九二一年成立，一九二六年白鹿原上的一个镇就建了党支部。我感慨，过去光知道瑞金是红区，延安是红区，从来没有想到我生活的白鹿原上也是最早闹过革命的地方，我就有一种震撼的感觉。这些回忆录给我提供了丰富的素材。有好多事件后来都写到小说中了，当然都化成我的人物了。

我想西安周围农村的变化和西安和全国的变化是紧密联系的，所以我读了范文澜的《中国近代史》，我想把关中的事件和大的背景联接融合起来，那就不是一个孤立的事件。至于到原上，到民间去找村子里的，包括我们村的那些老人聊天、调查，那就多啦。这个过程中，很多人物情节就开始冒出来了，大概有两年的酝酿，人物关系和结构就浮出水面了。

杨晓华：后来在创作《白鹿原》的时候，您是从白嘉轩娶七房女人的描写开始的。小说发表的当时很有争议。上世纪九十年代末，很多作家和评论家都提出"身体叙事学""身体文化学""身体社会学"，回头再看，《白鹿原》当初从这个角度入手开启作品，是很深刻的。我甚至觉得这是整个作品的一个具有很大文化隐喻功能的结构性安排。

陈忠实：对我来说，当时没有太复杂的考虑，很简单，在白嘉轩这个刚刚进入社会的具体的人身上，他父亲去世使他遭遇了家庭灾难，尽管事前事后他开始承继族长。但纯粹说他的家庭灾难，意义不是很大,这个灾难可以集中体现在连续死几个女人这个事情上。这里有一个很重要的东西,就是在白嘉轩这样的一个人看来,女人在男人的心目中到底是个什么?在封建社会的乡村,妇女是一个什么样的概念?在当时社会中是怎样一个存在形态?写了那么好几个女人,各有各的不幸,连白嘉轩自己也丧气,说要不要再缓一段,他妈说:女人就是糊窗户的纸,破了烂了,再糊一层。女人心目中的女人就是一张破纸!演绎几个女人的形象,就是要让白嘉轩的母亲说出这个话来,就是要告诉读者,在封建社会里头,女人的社会生存是什么形态。这是一层意义。

还有一层更切近的意义就是,在封建社会,对一个家庭来说,最大的悲剧就是绝后,"不孝有三,无后为大",男权社会你没有儿子继承,你就是有万贯家财,死了以后没人继承,就变成别人的了,就旁落了,你还有什么心思去积累财产?所以对男人来说,最大的人生恐惧就是绝后,所以必须要有人继承,他才有再生产的劲头,这是一个很简单很核心的社会理念,是宗法社会的关键支柱。

所以,是人物的精神心理结构决定了这样一个开头。我没有想到其他的开头方式。而且,一旦完成这样一个对人物心理特点的塑造,我就再也没有写白嘉轩和他后来的夫人怎么样。

杨晓华:您在讲文化视角的时候,用得更多的是"传统文化",没有用"儒家文化"这个词。关于传统与现代文化的关系问题,一直存在争议,作为一个作家,您在自己的作品里也进行了深入的剖析和呈现,可否谈谈您的看法?

陈忠实:传统文化主要就是儒家文化。儒家文化在宋代出现了学派林立的现象。其中张载以关中为基地讲学育人,号称"关学",历宋元至明清以后,"关学"已经成为深入八百里秦川的文化心理。为了创作《白鹿原》,我查县志,看到了北宋神宗熙宁九年(公元一〇七六年)所制定的我国历史上最早的"村规民约"——吕氏《乡约》,

我大为震动。这个乡约,用来指导乡民做人、做事、处世,是关中人精神心理上的一个纲领似的东西。吕氏《乡约》在这块土地诞生,后来传播到南北各地,成为明清乡村治理的精神纲领。吕氏《乡约》的作者就是关中大儒张载的嫡传弟子、号称"蓝田四吕"的吕大忠、吕大钧、吕大临、吕大防兄弟。

我当时就想,刚解放后的五十年代初,各级政府要给每个农民家庭订立爱国条约,在关中农村,每个家庭的门楼旁边,没有门楼也要在房子的墙上用白灰抹出一个小方块来,让有文化的人写五条爱国条约,比如热爱祖国、热爱人民、勤劳勇敢什么的,家家都有。你看,宋代的儒家给农民定下乡约,那个内涵要比我们的简单的五条丰厚得多,而且很具体,容易教化民众,所以这个乡约就成为我理解那个时代原上人精神心理结构的纲领性的东西。

我并不研究儒家,我的作品也主要不是评价儒家,我主要是关注我们民族的精神历程。封建社会解体,辛亥革命完成以后,中国的传统文化,在乡村是怎样影响着、制约着人们的精神心理,这些乡村的乡绅和村民的心理是怎样构架的?当国民革命、共产主义革命在生活中发生的时候,这些以传统文化为心理结构的各种人,发生了怎样的精神变异或者裂变?不仅是大的社会运动的内容,更深层的是人的心理结构被打乱,甚至被打散。我是写这个的。实际上不要说那个时代的人,就是解放后很长一段时间,一般民众的精神心理上,仍然没有完全解构那些传统思想。不管是传统文化中美好的,还是腐朽的东西,都仍然在支撑着中国人的心理结构。

杨晓华: 改革开放、市场经济的发展,使得中国社会的价值缺失和紊乱问题凸现出来,社会上不断有人呼吁重建传统文化、回归传统文化。对此您是怎样认识的?

陈忠实: 儒家文化的命运在中国现代历史上经过了几个阶段的变化。我的理解,"五四"主要是否定这个东西。解放以后,一味要接受新思想,我们整个文化系统都是厚今薄古,发展到后来就是全面批判儒家,尤其是"林彪事件"发生后,把孔子都不叫孔子,叫"孔老二"了。从学校到家庭教育,传统文化几乎都断裂了。"文革"期间,那种残酷的批斗,把我们文化中美德的东西几乎全部毁掉了,真是惨不忍睹。这种摧残可以说比战争还厉害,战争主要是物质上的,死很多人,但对活着的人没多大影响,可是"文革"对活着的人进行精神上的打击和折磨,后患无穷。我们辛辛苦苦建立的共产主义道德体系在"文革"期间也受到破坏。新时期一开始以经济为中心,大家很自然就被商业利益驱使,很多干部贪污腐败,数量之大,不可思议。我确实也看到很多人提倡传统文化的东西,但这个构建相当困难。

杨晓华:新时期以来的作家,在语言上都格外追求创新,您对自己的文学语言也是下过很大功夫,有着高度自觉的,这种思维习惯是如何培养起来的?

陈忠实:这有一个发展过程。我小时候看的第一篇小说就是赵树理的。看完后,我也开始在作文本上写小说,我看赵树理那些人物都有外号,就也给我的每个人物起个外号。后来,柳青的《创业史》,开始在《延河》上连载,我当时在初中三年级,认为柳青把关中的语言提炼到了最迷人的程度,所以一下子又很崇尚柳青的语言,不自觉地受到影响。上世纪八十年代中期以后,我意识到一个作家必须要在包括语言在内的整个创作上形成自己的风格。"大树底下好乘凉",但是"大树底下不长苗",大树的叶子把阳光都遮住了。在这种个性化语言的形成中,鲁迅对我启发很大。作家不可能用一种语言去写他的所有生活体验,他必须根据他体验到的内容和人物,作品人物的气质独特性,决定选择什么样的语言。鲁迅写阿Q的语言不可能用来写祥林嫂。作家语言的决定因素是人物的精神气质。作家必须找到适宜于他要表现的那个人物的精神气质的一种语言。这应该是语言创造最生动的东西。

《白鹿原》的写作过程中，对语言我也是下了功夫的。比如，描写语言和叙述性语言的取舍问题。描写语言容易把作品写长，叙述语言凝结性比较强。不管写人写事情，如果用描写语言写，需要一百字，如果用叙述语言可能一句话就形象化地叙述出来了，这是我选择《白鹿原》语言方式的最要害之处。用白描语言去写，《白鹿原》起码要写两部，九一年、九二年，中国文学开始冷下来了，如果有两三部那么长，读者读起来容易厌倦。所以我就想通过各种途径压缩篇幅，其中最重要的就是使用叙述语言。为此，在写小说之前，我还写过两三个短篇，纯粹用叙述语言，其中一篇，从开篇一直到完一万多字，只有两三句对话。叙述语言难度更大，如果功夫不过硬，不能做生动形象的叙述，那就干巴巴的，味同嚼蜡了。

2013年2月25日 二府庄

从话剧《白鹿原》再演说起

——答《陕西日报》记者高山　蔡思雨问

二十年魅力不减,多形式表现各有千秋

记者: 阔别七年,当得知新版话剧《白鹿原》上演时您有什么样的期待或感想?

陈忠实: 这个当时很难预料。毕竟《白鹿原》七年前已经演过,且不说去年电影也刚刚放过了,不管评价如何但观众还是很踊跃。我担心电影放映以后,观众还有没有兴趣再看话剧。结果话剧演出仍然是观众踊跃,所以我很感动,说明电影放映并没有太影响或冲击观众们对话剧的兴趣。

记者: 这应该归于原著的魅力对大家的吸引吧?

陈忠实: 主要还有演员的魅力。因为舞台表演跟小说是两回事,但作为原著作者,我也感到很欣慰,毕竟它就是《白鹿原》嘛,无论是电影还是话剧,观众对它的兴趣未减,那就是对作者最大的安慰了。

记者: 自小说《白鹿原》问世以来,其实已经有过秦腔、话剧、舞剧、电影等多种艺术形式的改编,您觉得哪个更能展现原著的韵味?

陈忠实: 这些我都看过,各有所长。像秦腔,它的优势就是可以把小说里的、一些在舞台上无法表现的大情节大事变用唱词交代出

来。舞剧的局限比较大,它就集中在表现黑娃和田小娥的爱情上,对于社会各个阶层的碰撞完全是依照肢体语言,人们通过舞剧主要是欣赏演员的肢体语言,这也是它的优势。电影的遗憾在于后来的删节,像朱先生这样重要的人物都进不去,但电影的长处就是直观性非常强。话剧从第一次演出时观众的热情应该就是一种很大的肯定,几个人物的个性、精神、心理基本反映出来了,也克服了舞台的局限。

无论哪一种艺术形式都存在一个很难解决的问题,就是小说人物太多,情节多,跨度长,作为舞台艺术时空局限太大,所以不可能把那个大的历史事件、那么多的人物命运转折全部反映出来。不过,电视剧正在紧张筹拍中,据说要拍五十集,我估计电视剧能表现得更充分一些。

《白鹿原》与华阴老腔的不解情缘

记者: 当初为什么选择华阴老腔,而不是陕西的文化符号——秦腔来表现《白鹿原》呢?

陈忠实: 其实排话剧之初,导演林兆华只知道陕西有秦腔,所以想在话剧中插几段秦腔清唱,就让我给他找几个秦腔演员,而且声明不要专业的。后来在寻找民间演员的过程中,我突想到在此前一年被人邀请去看过一次陕西民间演出,就是陕西各种戏剧的清唱晚会,那是我第一次听到老腔,非常震撼。我就跟林兆华导演说,这个插在《白鹿原》中间可能效果不亚于秦腔。于是,我给找了几个秦腔演员,同时把华阴老腔演员也找来,专门让演员一人演一段,给林兆华听。当老腔刚唱了第一段后,我发现林兆华的眼睛都直了,也应该是一种震撼的感觉。这是一种生存在民间、流传在民间最原始的秦人的吼声,可以感天动地的一种戏曲。最后,老腔在话剧中也收到了强烈的演出效果。

记者：您觉得华阴老腔对《白鹿原》有怎样的烘托效果？

陈忠实：老腔是在这一片土地上产生的一种剧种，带着这一块土地的韵味，而且可能更具代表性的韵味，所以跟那个时代里头的白鹿原人的生活、情感、心理应该是互相应和的。尽管它在戏里演出的内容，跟戏剧本身的情节没有任何瓜葛，但它和那个时代、那种地域性的情感韵味是吻合的，所以对于话剧来讲，它张扬了那个时代的一种民间的生活氛围，也是那个时代的关中乡村人的一种心理呼喊。

记者：有人认为《白鹿原》对华阴老腔这一古老剧种发挥了拯救与发扬的作用，您怎么看？

陈忠实：算是机遇吧，它正好上了北京舞台，如果首演在西安可能未必有那么大的影响。在北京一演出，那些看惯了洋戏、洋舞的观众，突然发现我们民族还有这么震撼人心的一种民间演出形式，所以就得到了一种精神的张扬。

过去没有老腔的专职演出，要么是乡村过会上演，要么就是民间的红白喜事给人家请去演出，而且不在高台上演，都是在地上拉一条幕布就算是舞台了。

那一年，老腔因为话剧舞台上的亮彩一下子在全国火了起来，被全国好多省市春节晚会邀请演出，后来又甚至出国演出。就这样，这个濒临灭绝的剧种又重新得到了人们的喜爱和发展。因为话剧产生广泛影响后，也产生了比较好的经济效益，据说当初为了生计放弃老腔表演的演员们又恢复演出了，现在还有很多年轻人学这个，可以说老腔表演后继有人了。

大家的认可、甚高的评说，是作者最大的幸福

记者：据说在小说《白鹿原》最初完成时，您还一直担心能否出版？

陈忠实：当年人民文学出版社两个编辑从北京来拿稿的时候，作为我来说心里面还很不安，不知道他们会是什么看法。按通常的习惯，一篇五十万字的长篇要叫编辑们看完要经过小说组组长还有出版社的领导层层审阅，最后给你一个公开表态，对这个书能出或者不能出，评价如何，估计最少得两个月以上。但是我完全没有料想到，在他们从西安拿走书稿以后刚刚过了二十天，我就接到了回信，而且评价很好、很高，这也完全出乎我的意料。他们对这个小说的首肯和甚高的评说，对于一个创作者就觉得自己的全部用心、用意都被理解了，就是完全得到了一种共鸣，这应该是一个作家最幸福的时刻。

记者：当时您说"如果不能出版，就回家养鸡了"。这应该是句玩笑话吧？

陈忠实：这是真事。说这话，我不完全是开玩笑，出于三个原因。一个是家庭，因为我闷头写这个长篇写了四年，其间几乎再没有写其他文章，所以稿费收入基本就没有了，家里生活一下会陷入困窘状态。再一个，当时农村刚刚兴起养殖专业户，收入都很好，很鼓动人，我说得改善一下生活了。更重要的一点，我写完这个小说就五十岁了，我自己也考虑，作为一个作家，写作到五十岁，长篇不能出版，那么我就想把创作再放到业余位置上，然后干一下物质生产。给社会贡献不了长篇小说，可以贡献鸡蛋嘛！当然，这个也仅仅是很短暂的时刻，因为不过二十天就收到回信了，这些话就成笑谈了。

记者：时隔这么多年，小说《白鹿原》依然受到广大读者的追捧和热爱，畅销不衰。对这一现象您怎么看？

陈忠实：从一九九三年六月正式出版发行到现在，我也没有想到它会处于一种畅销状态。这二十年里，仅一九九三年一年就印了六七十万册，后来就是几乎每年都印七八万到十万册之间，截止到去年，因为电影《白鹿原》上映，去年一年大概能印五十多万册。而且在我签名售书的时候，看见来的有各个年龄层次的读者，有时候参加一些座谈会各个年龄档次的都有。这是我没有预料到的。

写自己所想,实现自己的文学梦

记者:小说《白鹿原》不仅获得了中国长篇小说最高荣誉,而且一直被读者们认可和喜爱,能不能说《白鹿原》是您的巅峰之作?

陈忠实:现在看来可以这么说,我写的作品里目前反响最大、最持久的就是这个长篇小说了。二十年里,这个书还没有被遗忘,能够被几代读者所喜欢,这应该是对作家最好的褒奖,我也感到安慰。

记者:还记得您曾说要创作一部作品作为您的"垫棺压枕"之作,那《白鹿原》所取得的成绩是不是圆了您当初这个梦想?

陈忠实:我喜欢了一辈子文学。从初中二年级就喜欢文学,一直到五十岁才写完一个长篇,那么在要写这个长篇的时候心里就寄托很重,不说是为国为民,而是自己做了大半生的文学梦。起码这个长篇写成,应该算是我一生喜欢文学的心理安慰,用民间的俗话来说,就是可以垫棺做枕,不留遗憾吧。正是这一种写作心理,所以感觉都到这一步了也不要着急,尽自己所能体验到的生活和艺术去写完这个作品,把这些东西都充分表示出来就可以了。

记者:说到梦想,当下,"中国梦"成为各行业的热门话题和奋斗目标。能谈谈您对"中国梦"的理解吗?

陈忠实:梦么,就是一种理想,一种人生理想。中国梦,就是中国国家发展的理想,未来中国世界的理想,最美好的理想。

作为个人来说,每个人都在做建筑自己理想的梦。各人有各人的梦,农民也有他的梦,首先是吃饱穿暖,能盖一个二层小洋楼,能给娃及时娶上个媳妇,在信用社能有个存款单,生老病死再不成为一种人生的大灾难。

作为作家,从喜欢上文学到后来意识要当一个作家,这就是人生理想，用现在流行话说叫作家梦。但是，这个作家梦能实现到哪一种地步，那是作家后来对于世界的理解、对于文学的理解。这个差异就很大了，尽管都是文学梦，作家很多，每个作家都有自己的文学梦。

记者：在如今民族复兴、文艺复兴的有利时代背景下，您觉得作为全国文学重镇的陕西应该以什么样的姿态来追求我们的"文学梦""中国梦"？

陈忠实：不同的作家对社会、对现实、对历史有不同的体验，对于艺术有不同的感受，所以不同的作家对艺术追求，包括对生活的体验的程度差异都很大，他们都在追求自己的文学理想，所以别人很难替代，也很难为他下什么决心。

艺术生产跟其他工业、农业生产是不一样的，它不是以共性见长而是以个性见长。个性主要靠作家自己的生活体验，甚至到更深一步的生命体验，还有艺术体验，形成一种独立的、独特的艺术风貌，建构一种自己的文学圣地。

一个作家，一个个性。努力去实现自己的独特体验，无论是艺术的、生活的甚至是生命的，不断加深自己的体验，独有、独特，又能得到共鸣的这样一种体验，写自己所想，表达自己就可以。

2013 年 6 月

再说《白鹿原》

——与陕西广播电视台主持人、西北大学文学博士刘睿对话

刘睿（以下简称刘）：任何一部作品的诞生离不开文学的传统，这部小说数十万字，波澜壮阔，在创作中，对前人著作，借鉴最多的是哪些？

陈忠实（以下简称陈）：这在我是很难做出判断的事。我喜欢文学的诱因，是在初中二年级语文课上学到的赵树理的短篇小说《田寡妇看瓜》，这应该是我平生读到的第一篇写农村生活的小说，不仅喜欢，而且惊讶，这样的乡村人和事都能写进小说，还选入中学生文学课本，我耳闻目睹的乡村人和事也不少，于是就在自选作文课上写下平生第一篇小说《桃园风波》。这个时期我把学校图书馆里所有赵树理的作品都借来读了，赵树理无疑是我崇拜的中国最伟大的作家，我也很自然地模仿他给小说人物取绰号的做法。

我随之又崇拜起柳青来，这是在读初三最后一学期时适逢《创业史》在《延河》上连载，一读便入迷为之倾倒。之后十余年间，先后购买过九部《创业史》，甚至在"文革"中《创业史》书遭禁的不堪时月，我给《创业史》包装上《毛泽东选集》的红色塑料封皮，偷偷阅读。我最初发表的几篇小说，被很多读者误认为是柳青另附笔名的作品，主要是说作品有柳青味儿。

新时期伊始，我集中阅读了契诃夫和莫泊桑两位短篇小说顶级

大家的小说,不仅要尽快排剔极左文艺的影响,更要学习他们短篇小说的创作艺术。到上世纪八十年代初,我读了多位苏联作家的小说,诸如杰出的短篇小说家舒克申和长篇小说家柯切托夫等翻译成中文的所有作品。到上世纪八十年代初中期,魔幻现实主义的开创人和杰出的代表作家卡彭铁尔和马尔克斯的代表作《人间王国》《百年孤独》《霍乱时期的爱情》等都读过……这些中外作家的作品都对我学习文学创作产生过重要影响,不同年龄段对不同作家的作品的阅读,对那个时段的创作探索都发生过启迪,要说一个"最"的人,一时尚不好排出。

刘:从创作的角度谈,创作《白鹿原》时最原始的动机是什么?是《蓝袍先生》创作时的一点触动,还是有自觉的意识去写"一个民族的秘史",还是有一个别样的创作出发点?有没有对一些社会问题的反思促使您进行创作,有没有在八九十年代社会文化思潮的碰撞中,在复杂内心的矛盾中,促使您反观传统文化的因素在?

陈:你的所有问句,我都给予肯定的答复。唯一稍作调整的一句话是,《白鹿原》的创作是由《蓝袍先生》写作过程中触发的,随之就发展为你所说的"自觉的意识去写'一个民族的秘史'"。

刘:陕西小说界有个认识,就是创作水平的高低取决你有没有成功的长篇小说,您如何评价这种认识?这是不是您《白鹿原》创作的一个动力?

陈:这种以长篇小说评判作家创作水平的看法,大约不单在陕西文学界存在,而是较为普遍的一种观念。这种看法显然是偏颇的。前述的契诃夫和莫泊桑、苏联时代的安东诺夫和舒克申,都是享誉世界文坛的经久不没的文学大家,他们一生专注于短篇小说。再如鲁迅先生,他的短篇小说成为新文学的经典。在我来说,无论短篇小说、中篇小说、长篇小说,致命的问题在于作品本身。

我可以坦白地说,《白鹿原》的创作动力不在于此。一九八五年夏天,陕西作协在陕北召开"长篇小说促进会"时,我表态尚无长篇小说创作的打算,这是实情。不料就在当年初冬,因中篇小说《蓝袍先生》的创作而触发了长篇小说创作的欲望,几经筹备,直到动手写作,也没有想到"创作水平高低"的事,而是为自己做一个"死时垫棺作枕"的东西,告慰自己一生的文学梦。这种"枕头"之说,完全是面向自我的。

刘:《白鹿原》留给我最深的印象是:史诗般的构建;醇厚的关中乡土气息;人物形象的生动;魔幻手法;隐含的社会政治反思。这些是否是创作时有意识要传达给读者的,还是水到渠成?另外,还有其他的什么想传达给读者?

陈:谢谢你对《白鹿原》书的评说。关于"史诗",尽管有多位评论家说过,我仍然心虚,常识告诉我,时间是无情却又公正的考官,未来的读者是否还会对《白鹿原》发生阅读兴趣,自不敢断言。《白鹿原》书里所包含的思想,自然是我的生活体验,书写出来得以出版,就会实现和读者的交流。至于"魔幻手法",当属错觉,"魔幻"的最为表象的特点是人的多变,诸如人变成动物等。《白鹿原》书里写了几场鬼事,鬼是中国民间最常见常遇的事,还有风脉,建屋修墓都要请风水先生把握好风脉,这些都算不得"魔幻"。

刘:探求"地域文化心理结构",您认为关中的"文化心理结构"是什么?等级观念、封建保守?

陈:在我有幸接触"文化心理结构"学说之后,有一种茅塞顿开的感觉,一个地域与另一个地域的人群的普遍性差异,表象是风俗习惯、服饰以及语言,而本质本色的差异在于不同文化影响铸成的心理结构。我曾阐述过自己对关中人的文化心理结构的看法,是以儒家文化为底蕴的结构形态,这是由关中这方地域在中国历史上的特殊地位所决定的,关中人至今自豪自己生活的地域是帝王之都,有多少大的小的封建王朝都在此立都。无论哪个王朝,尤其如汉和唐这样的大王朝,都要在自己宫墙外围造就知书达礼更兼和顺的乡民,儒家文化被学人衍化成乡规民约,教化百姓,便建构了这一方地域一代又一代乡民的文化心理结构形态,有传统文化的优质,也有封建糟粕。

刘: 文学的创作,提倡"为情造文",不太主张"为文造情",小说当然有生活现实的沉淀,但虚构的成分似乎也多得很,要达到传神的境界,难度极高。您在创作的过程中遇到的最大困难是什么?

陈: 我在学习创作的不同时段有不同的难题,深化生活体验是一个相对而言一直存在且也一直追求解决的困难,由生活事象出发而产生的创作欲念,如何使其具有鲜活而尤其是独特的内蕴,是一直追求且也一直感觉不能完全满意的事。

刘: 您的小说《白鹿原》通过渭北平原农村近半个世纪的风雨变迁折射了中国近现代悲壮的农村变迁史,其中尤为重要的是渗透着您对农民生命际遇的深切关怀,您能不能谈谈朱先生这个人物给予着您什么样的文化理想?

陈: 朱先生是我意念里的学人。他承载的是我们传统文化的精神、境界、风骨等。他所处的时代,决定了他的命运悲剧。我没有回避他的思想意识中的封建糟粕。然而,我更主要的是想让他彰显出传统文化的美。

刘: 在十三朝帝都文化的影响下,是不是有男权中心思想在?方志中的贞妇烈女,唤起了您要通过田小娥这个形象发出一声呐喊,体现出您的女性观,您是否赞同?同时,性描写似乎又有一种对女性把玩的态度在其中,似乎体现了您在女性观上的矛盾性,您如何评价?

陈: "男权中心思想"是在中国长期的封建制度下的一个普遍现象,在有着十三个大小王朝立都的关中地区尤甚。田小娥这个形象,诚如你所说的是为被奴化被伤害的女性的"呐喊"。《白鹿原》书中设计的性描写,在我是一个再三斟酌的重要命题,尤其是田小娥这个形象所涉及的婚姻、家庭和性。我最终为自己确定一个框子或者说戒律,即揭示人物精神心理必不可缺的性,一定写透,不涉及此的性文字,争取一句也不要写。为此我曾归结了十个字的写性三原则,即"不回避,撕开写,不做诱饵",且用小纸条写下来贴在案头。你所说的"对女性把玩"的阅读印象,可能是我在具体写作时仍然把握不准,多写了几句,造成读者有此阅读感觉。如实说来,我倒没有"女性观上的矛盾性"。

刘:《白鹿原》开头,是不是受《安娜·卡列尼娜》的影响,一定要有一个吸引人的好开头。于是对"白嘉轩后来引以为豪壮的是一生里娶过七房女人"一句,有人评价,是为了博人眼球,有噱头的意味,您如何认为?

陈:《白鹿原》的开头是我的开头,蓄谋甚久确定的一个开头。

这个开头写了白嘉轩娶了七房女人的事,意在为白秉德临终前的那句话作铺垫,即:过了四房娶五房……哪怕卖牛卖马卖地卖房卖光卖净……致命在"不孝有三无后为大"。白嘉轩的母亲说得比白秉德更直白更露骨:女人不过是糊窗子的纸,破了烂了揭掉了再糊一层新的。死了五个我准备给你再娶五个……这里不仅见出那个时代"无后为大"的孝的观念根深蒂固,也见出你前一个问题中所涉及的"男权中心",不仅白秉德这个男人把死去一个儿媳续娶一个视为"再卖一匹骡子",其母亲则更视女人不过是"糊窗子的纸"。一个女人在另一个女人(母亲)的心里的价值可见低贱到怎样不堪的程度。"博眼球说"和"噱头说",大约只注意了白嘉轩娶妻丧妻的情节,而忽略了白秉德夫妇对此事的态度……不宜再说,再说就有违我不阐释人物和情节的自我约律了。

刘:"文革"中,您在西安见到柳青游街,对《白鹿原》中白灵被活埋,黑娃被枪毙,白孝文投机革命,以及朱先生的"鏊子说",有没有影响?是不是有政治的反思在其中?这些人物的结局,似乎有了一种从生活体验到生命体验的跃进,您如何认为?

陈：这是一个在我很难判断的问题。反思是肯定的，上世纪八十年代全民族都在反思，拨乱反正，我也有自己的反思，包括对社会命题之外的文学。我崇尚作家的生命体验，然而是否获得并进入生命体验的层面，尚不敢吹。

刘：在阅读过程中，《白鹿原》和《静静的顿河》相比，有一个明显的感受就是环境的描摹较少，您是怎么考虑的？

陈：这是出于对《白鹿原》的篇幅的考虑。初始构思时，考虑到所写的内容比较多，拟写成上下部，字数多少就不成为一个问题，肯定会为景物描写留有较大空间。最后构思基本完成时，已确定限定单本一部，字数控制在四十多万字，风景描写的文字就成为首当节减的"多余"了。再，最后确定放弃描写语言，选用叙述语言，一种人物角度的语言叙述，主要是比描写语言省了字数，一句形象化叙述语句，可以包容几句乃至十余句白描语言的内容。风景描写只能在叙述中点到。

刘：卡彭铁尔开创的魔幻现实主义手法在小说的前半部表现较多，后半部表现很少，是不是发现一旦脱离白鹿原的独特文化环境，这种手法就失去了它的根基，还是有其他的考虑？

陈：前边涉及魔幻现实主义话题时我已说过，《白鹿原》书中无魔幻。在我的意念里，魔幻大约只是拉美地区乡民创造的神奇事象。中国民间只有鬼和神的诸多传说，我在《白鹿原》里写了一些鬼和神的神神秘秘的传闻，没有魔幻事象。

刘：《白鹿原》二十年来一直为人们津津乐道。在您心目中，《白鹿原》在什么状态下就可以成为经典了？

陈：这是一个谁也回答不了的问题。尽管《白鹿原》出版二十多年来获得超出我意料的好评，也一直处于不错的长销状态，然而我不想经典这个虚妄之事。常识告诉我，经典无论在学界，抑或在普通受众的群体中，都具有长说长读的不衰不弃的恒久魅力。《白鹿原》书出版仅仅二十年,很难设想再过二十年,还有多少人会对它感兴趣。话说到此,可见不是客气,是实话。

刘:任何一种文学作品都无法独立于特定的社会历史以及社会形态之外,伊格尔顿指出,即使是莎士比亚这样的经典作家,也不过是文学或文化机构的一种任命。在《白鹿原》经典化的过程中,是否感受到了这种"任命"? 您如何评价?

陈:我既然如前述看待经典,就不会有关于经典"任命"的感受,也就不作"评价"了。

刘:《白鹿原》出版已经二十多年,现今回过头再看自己的作品,您认为还有什么不足之处?

陈:《白鹿原》基本表述了当年的思考和艺术理想,企望更完美,却局限于当年的生活体验和艺术体验,仅能如此。今天回头看,有一些情节和细节仍有增强或削减的余地。

刘:现在中国的城市化进程在快速发展,面对城市文学有了新的面貌,您觉得陕西作家应该调整创作姿态,还是继续保持乡土文学的创作势头? 进一步,在城市化进程中乡土文学应该有怎样的时代使命?

陈:依我粗略的印象,仅就小说创作(无论短篇小说中篇小说以及长篇小说)的数量而言,写城市各种人群生活的小说,早已超过了写农村题材的小说。我有多种赠阅的文学刊物,单看小说类,写农村题材的作品占不到百分之十,这是全国文学创作的态势,陕西文学创作也莫能例外。何以如此,有待考究。在这样的创作态势里,我觉得不存在或者说不必强求"作家应该调整创作姿态",抑或是"继续保持乡土文学的创作势头"的命题,道理很简单,作家是依赖生活体验及至生命体验实现创作的。无论城市,无论乡村,无论现实生活,抑或历史生活,作家发生了独特独有的体验,就产生创作欲望,随着体验的深化,就会完成构思,再完成创作。生活在城市各个角落的作家,熟悉城市,对城市生活的变迁,对城市各个阶层的男女的心态裂变发生感应,这是自然不过的事,新的创作由此发端。再有一种现象,出生乡村且素以乡村为书写对象的所谓农村题材作家,后来进入城市且生活日久,随之写出城市题材的甚为优秀的作品,也当属一种扩展了的体验的展示。我意不必人为"调整",依各个作家自己的创作兴趣而做出选择。

你说到的"乡土文学应该有怎样的时代使命",这是一个太大的命题,颇觉惶然,且姑妄谈一点个人偏见。在书写乡村各种人物各种风情的小说里,不可或缺那种深刻揭示并展现乡村生活运动发展具有时代鲜活而真实印痕的作品,尤其是当代,新中国成立六十余年的中国乡村的演变,中国农民命运的有幸和不幸,当有史诗产生。

2014 年 7 月 5 日 二府庄

附：诗词 23 首

小重山·创作感怀

春来寒去复重重。掼下秃笔时,桃正红。独自掩卷默无声。却想哭,鼻涩泪不涌。　单是图利名？怎堪这四载,煎熬情。注目南原觅白鹿。绿无涯,似闻呦呦鸣。

1992 年夏

青玉案·滋水①

涌出石门②归无路,反向西,倒着流。杨柳列岸风香透。鹿原峙左,骊山踞右,夹得一线瘦。　倒着走便倒着走,独开水道也风流。自古青山遮不住。过了灞桥,昂然掉头,东去一拂袖。

1992 年夏

---

① 滋水:灞河古谓滋水,秦孝公为显霸业,改为霸河,偏旁"氵"为后人所加。
② 石门:灞河发源地,倒流河。

踏莎行·人民大厦四十年

柳丝情长,春草不老。宾客来去知多少?遂心圆梦到三秦,四十誉满长安道。　　来也微笑,去也微笑。犹存汉唐高格调。一掬深情寄四海,五洲尽是相思鸟。

1993 年 6 月 19 日　西安

阳关引·梨花①

春风撩拨久,梨花一夜开。露珠如银,纤尘绝。晨光里,看团团凝脂,恰冰清玉澈。四年矣,终究等到清明节。　　便手舞足蹈,歌一阕。自信千古,有耕耘,就收获。依旧谢浮华,还过愚人节。花无言,魂系沃土香益烈。

1994 年 3 月　西安

七律·和宁夏张其玮先生

文坛百态毋需忧,
我行我素静如初。
凄风苦雨蚀斯民,
旧礼新潮划亲仇。
拭目扪心史为鉴,
破禁放足不作囚。

---

① 友人送梨树苗,植于小院里,四年后的清明节,梨花开放,其景其情至今难忘,以记。

　　　　国事家事生死事,
　　　　同舟共济到尽头。

　　　　　　　　　　　1995年元月15日作

附:张其玮原诗: 文坛寂寥窘悠忧,三秦原上一声吼。
　　　　　　　　淳风幽土滋刁民,善主良奴刃亲仇。
　　　　　　　　情解白灵赤子鉴,憾凝黑娃红中囚。
　　　　　　　　卜问先生人间事,别有滋味在心头。

七律·和路友为先生诗

　　　　欣慰拙著有人传,沟连两心是古原。
　　　　稚少痴梦艺苑里,老大醉耕不计年。
　　　　遭遇灾变谁无哭?醒来沉静我有缘。
　　　　寄语情钟白鹿人,体验未深不谋篇。

　　　　　　　　　　　1995年1月15日作

附:路友为原诗: 壮哉秦风妙手传,如史如诗白鹿原。
　　　　　　　　笔意纵横八百里,墨痕点染五十年。
　　　　　　　　但听滋水歌当哭,难解白鹿情与缘。
　　　　　　　　敢问雍村枕书人,方志续修更几篇?

七律二首·故乡

其 一

云垂雨疏柳如烟,桃杏含苞又经年。
轻车碾醒少年梦,乡风吹皱老客颜。
来来去去故乡路,翻翻复复笔墨缘。
踏过泥泞五十秋,何论春暖与春寒。

其 二

忆昔悄然归故园,无意出世图清闲。
骊山北眺熄烽火,古原南倚灼血幡。
魂系绿野跃白鹿,身浸滋水濯汗斑。
从来浮尘难化铁,十年无言还无言。

1996 年清明

酹江月·香港回归感赋

云开飞虹,神州望,钟声撩拨心声。分分秒秒,重如槌,教我泪纷血涌。北国南海,演歌练舞,期盼七月同庆。铁栅断处,血脉一日接通。　　难诉百五十年,屈辱一页,兽行到寿终。"一国两制"大思维,主权不可议争。壮哉斯言!纵有铁腕,难续旧梦。何须再问,"丧钟为谁而鸣"!

1997 年 6 月 20 日作

贤亮印象

千里驱车我拜佛，白沙尽头涌绿波。
绿化树下人变鬼，菩提荫里血祭国。①
游遍千山自成仙，爱到极处生恨歌。
且唱且走塞北地，大风再起过黄河。②

1998年8月10日 银川

菊花诗二首

家　菊

含露凝香铺地开，小院金菊报秋来。
秋风秋雨秋阳好，顿生诗情上高崖。

野　菊

何事争春斗妍态，不与桃杏一时开。
伏花凋谢香色去，抖出遍山黄花来。

2001年9月28日于原下

---

① 《绿化树》《我的菩提树》均为贤亮小说名。
② 《大风歌》为其发轫诗作，并招致灾难。

七律·百年柯老

彩云之南一少年,一路呼啸到延安。
身卷狂飙唱大风,脚踩火焰铸诗篇。
曾经囚狱终不悔,却蒙委屈一泫然。
诗歌还诵戏还唱,声声柯老祭百年。

2002年1月25日 昆明即席

红 梅 傲 雪

——题骞国政藏白灵璧奇石

奇石出灵璧,颗颗有灵气。
白灵璧上梅,怡然成雅趣。
久纳日月光,复承地脉育。
血魂凝红梅,地脂孕玉体。
卓尔不混尘,超然脱俗媚。
一见便成记,不见常相忆。

2002年3月17日 原下

墨泅点点润屐痕

——读郭加水诗文集感诵

秋风细雨洗躁氛,清茶伴我读美文。
诗赋政论启心智,思绪潮声逐风云。
挥毫纵论天下事,坚辞利刃辩古今。
盛衰兴亡史作鉴,贪官庸僚不为群。

谋政一方重纲纪,恪守绿地难染尘。
清醒如许堪垂范,不觉捶拳意沉沉。
山涌眼底碑峰立,水入胸襟诗泉喷。
笔点秦巴群岭翠,墨落汉江气象纷。
锐劲经纶铸大业,慷慨陈词图布新。
难得句句衷肠话,一掬热泪酬斯民。
唇焦只为稻桑事,殷殷爱意扶弱贫。
好诗从来和血出,孺子牛知孺子心。
北国有树移岭南,不择冷热绿成荫。
窑炕落生小米养,壮筋强骨黄土魂。
修身励志开视镜,位卑位尊都躬身。
高位负重时勤政,柔肠不改唯觅韵。
诗文篇篇铸心路,墨洇点点润展痕。
苍山如海无须问,掩卷华章才识君。

2002 年 9 月 15 日 汉中

致柴达木油田工人

——步王昌龄《从军行》韵

豪情直抵昆仑山,
壮士眼前无阳关。
平生纵歌大漠地,
鬓毛未霜不思还。

2004 年秋 柴达木

白鹿书院成立感赋

——步炜评诗韵

原上原下有前贤,
白鹿风骨一脉连。
吕氏创立二一论,
杨生阐释一命悬。①
精舍曾经播南北,
蓝川无奈归冷弦。②
院门重开鹿鸣地,
群鹿争鸣铸新篇。

2005 年 6 月 29 日 曲江即席

附:刘炜评诗:

谈经说法待群贤,
大道千秋一脉连。
白鹿长鸣动天地,
为呼风雅谱新篇。

---

① 蓝田吕大临为宋代哲学家,创立"合二而一"哲学论。杨献珍于上世纪六十年代重新发掘阐释此论,遭批判。
② 蓝田儒人牛兆濂,号蓝川,曾主持芸阁学舍书院,学子满门,后被新学冲淡冷落关门。

致熊召政[①]

林涛断止蕴默雷，
隐身青史面残碑。
十年长卷惊时世，
却问熊氏曾是谁？

2005年11月1日 二府庄

凤　栖　原

凤栖原上凤又鸣，
玛瑙鲜桃次第红。
神笔点染满原绿，
长安女子乐农耕。

2006年7月 汉风台

渭滨夜聚
——和张陇得先生诗韵

人生有诚才结缘，
老友新朋总新鲜。
真话直抒不说悟，
矫情虚掩难称谦。

[①] 熊召政以"举起你森林般的手，制止"长诗轰响上世纪八十年代文坛，随之遭冷处理，之后便销声匿迹。十年后百万长卷《张居正》问世，文坛朋友竞相疑问，这个熊召政是不是原来那熊……

感时论世未数更，
读书写字又经年。
常忆渭滨初春夜，
叟言忘忌亦忘原①。

2007 年 4 月 17 日夜初拟

2010 年 8 月 16 日成稿

---

① 原，即白鹿原。

附：张陇得诗

幸会陈忠实

促膝品茗幸有缘，
喜啜新叶龙井鲜。
妙语藏禅后生悟，
成容露蔼睿者谦。
神聊天地未入更，
似读诗书胜十年。
春风轻漾陈仓夜，
我心已驰白鹿原。

少 陵 原
——《少陵原之风》感赋

少陵原畔说兴亡，
终南无语雾苍茫。
一步一踩钩陈事，
一阕一章动肝肠。
鉴史最是亡国恨，
兴邦恰需创纪方。
诗文百篇凝一愿，
原上原下无城乡。

2007 年 6 月 16 日 雍村

王锋印象①

在河之洲一少年,
不逑淑女迷诗篇。
踏遍北原南岭地,
阅尽春花秋霜天。
唇里纳言蕴默雷,
笔底演义起狼烟。
思逐风云年华好,
独立独秀独扬帆。

2007 年 8 月 1 日 二府庄

致魏明伦②

剧坛大家独一声,
敢为金莲重塑身。
随笔杂谈任挥洒,
鬼才鬼话却威雄。

2010 年 10 月 15 日 二府庄

---

① 王锋,合阳人。语出《诗经》:关关雎鸠,在河之洲。窈窕淑女,君子好逑。"在河之洲"即合阳洽水河川。
② 魏明伦从事文艺六十年庆祝周,约我参加,不能前往,写此诗表示祝福。